BASTEI
LÜBBE

Über die Autorin:

Susan Hastings, geboren 1954, hat seit den 1990er Jahren zahlreiche historische Liebesromane und historische Romane bei verschiedenen Verlagen veröffentlicht. Sie lebt mit ihrem Mann in der Nähe von Leipzig.

Susan Hastings

ICH, DIE KÖNIGIN

Historischer Roman

BASTEI LÜBBE

BASTEI LÜBBE TASCHENBUCH
Band 15 671

1. Auflage: Mai 2007

Bastei Lübbe Taschenbücher in der Verlagsgruppe Lübbe

Originalausgabe

Lektorat: Andrea Kalbe
Titelillustration: getty-images/Charles Beaubrun
Umschlaggestaltung: Gisela Kullowatz
Satz: SatzKonzept, Düsseldorf
Druck und Verarbeitung: GGP Media GmbH, Pößneck
Printed in Germany
ISBN: 978-3-404-15671-9

Sie finden uns im Internet unter
www.luebbe.de

Der Preis dieses Bandes versteht sich einschließlich
der gesetzlichen Mehrwertsteuer.

Prolog

Der Zwerg spreizte seine kleinen dicken Finger und bewegte sie mit einer überraschenden Anmut wie im Tanz. Seine Augen rollten wie Murmeln in den Höhlen, und der gelbliche Augapfel wurde sichtbar.

»Ich sehe dahin, wohin kein Auge blickt, und ich höre dahin, wohin kein Ohr hört. Ich rieche dahin, wo noch keine Nase riecht, und ich spüre, was noch keine Haut spürt.«

»Was redest du da für Unsinn«, schalt ihn Isabél. »Ich denke, du bist ein Hofnarr und treibst allerlei Späße?«

»Sicher«, krähte Bulbito. »Für die einen bin ich Bulbito, der Hofnarr, der seine Zuschauer mit Späßen erheitert.«

»Und für die anderen ...?« Isabél hielt den Atem an.

»... bin ich die Stimme von dort, von jenseits des Heute.« Er zeigte mit seinem Wurstfinger in eine unbestimmte Ferne. »Ich sehe ein großes, weites Land, in dem Tausende Feuer brennen wie Sterne am Himmel. Ich höre die Schreie der Gemarterten und Unglücklichen, die ihrer Habe und ihres Lebens beraubt werden. Ich rieche die Fäulnis aus den Gräbern, die aufsteigt und sich mit dem Geruch des Weihrauchs in den Kirchen mischt. Ich spüre Schmerz von Folter und Gewalt ...«

»Genug!« Isabéls Stimme schnitt wie ein scharfes Messer durch die Luft. Augenblicklich verstummte Bulbito. »Du bist kein Prophet. Du bist nur der Hofnarr.«

Er verbeugte sich so tief, wie es ihm sein missgestalteter Körper erlaubte.

»Prinzesschen, du wirst an meine Worte denken. Immer wieder ... immer wieder ...«

Teil 1

Isabél

1464–1468

Segovia

Es war der obligatorische Blick in den Spiegel, den Isabél auch in der größten Eile nie vergaß. Aus dem schlichten Rahmen blickte ihr ein nicht unschönes, jugendliches Gesicht entgegen, mit blauen Augen, heller Haut und einer etwas kessen Stupsnase. Ihre Wangen waren von dem schnellen Ritt gerötet und das hellblonde Haar vom Wind zerzaust. Sie nahm einen Kamm aus Elfenbein von der Konsole und kämmte ihr Haar streng nach hinten. Dann schlang sie ein seidenes Tuch darum.

Sie weilte erst kurze Zeit in Segovia. Eigentlich wusste sie nicht so recht, warum sie und ihr Bruder Alfonso hierher gerufen worden waren. Aber sie mussten dem Befehl des Königs Folge leisten. Der König, das war Isabéls älterer Bruder Enrique aus der ersten Ehe ihres Vaters, König Juan II. Seit zehn Jahren saß er auf Kastiliens Thron.

Mit schnellen Schritten durcheilte sie die engen Gänge des Alcázar von Segovia, wo der Hof derzeit residierte. Seine hohen Mauern bargen den Staatsschatz Kastiliens. Trutzig und verschlossen, himmelwärts strebend, mit halbrunden Türmchen und Turmzinnen war die Burg ein Bollwerk gegen alle Feinde des Reichs. Im Inneren jedoch zeigte der Alcázar jene Verfallserscheinungen, die das ganze Königreich charakterisierten. Da regierten die Leichtlebigkeit und Leichtfertigkeit, die Intrige und der Verrat.

Isabéls Rücken versteifte sich unwillkürlich, als sie Lachen, Wispern und Kichern aus den dunklen Nischen und hinter den wuchtigen Säulen vernahm. Geflüsterte Worte, Lockrufe der Lust, die Isabél ängstigten. Ungeniert fanden sich die Pärchen in den Winkeln dieser Burg zusammen. Niemand hinderte sie daran, niemand nahm Anstoß. Den Blick starr geradeaus gerichtet, beschleunigte sie den Schritt.

Isabél hörte Lachen und Musik aus dem großen Saal, dessen zweiflügelige, reich geschnitzte Holztür jetzt von Dienern geöffnet wurde. Sie trat ein und blieb stehen. Es herrschte ein buntes Durcheinander von Menschen in den unterschiedlichsten Kleidungen. Da gab es Musikanten, Gaukler und Tänzerinnen, Höflinge neben stolzen spanischen Granden[1]. Im Mittelpunkt jedoch stand der König, aber nicht, weil er strahlend und erhaben auf dem Thron glänzte. Es gab keinen Thron. Enrique IV. hockte mit untergeschlagenen Beinen auf einem mit dicken Kissen ausgelegten Podest. Er trug ärmliche, nachlässige Kleidung. Sein rotes Haupthaar und der struppige Bart waren ungepflegt, seine durch eine Fraktur nicht mehr ebenmäßige Nase verlieh ihm ein gewöhnliches Aussehen. Mit seinen unproportional langen Gliedern wirkte er unbeholfen und staksig. Ein Wunder, dass er in dieser unbequemen Stellung über Stunden verharren konnte. Sein ganzes Gehabe erinnerte eher an einen muslimischen Emir als an einen katholischen König.

Seine Günstlinge und die unzähligen Schmarotzer am Hofe, die sich der Freigebigkeit des Königs nur zu bewusst waren, umringten ihn stehend oder hatten auf Bänken Platz genommen.

Als Enrique seine Schwester entdeckte, flog ein freudiges Lächeln über sein Gesicht und entblößte seine gelblichen Zähne.

»Isabél, mein Sonnenschein! Tritt ein und erfreue dich an der Unterhaltung, die man mir präsentiert. Es tut einem jungen Mädchen nicht gut, allein in seiner Kemenate zu hocken und Trübsal zu blasen. Ich will verhindern, dass du deiner Mutter immer ähnlicher wirst.«

Er brach in schallendes Gelächter aus, und die Höflinge stimmten pflichtbewusst mit ein.

Isabél schoss die Zornesröte ins Gesicht. Sie hatte das Schicksal ihrer Mutter, die in Schwermut verfallen war, über Jahre in dem düsteren Schloss von Arévalo geteilt, ohne sie davon heilen zu können. Die Trennung von der Mutter und der Wechsel zum Hof ihres Halbbruders fielen ihr nicht leicht. Es gab keinen Grund, über Isabéls Pflichtbewusstsein zu spotten.

---

1 Span.: Wichtiger, Adliger; hier: Angehörige des Hochadels.

Unter den Anwesenden entdeckte sie ihren Bruder Alfonso. Er hielt einen Pokal in der Hand und trank den Wein wie Wasser. Seine Augen glänzten bereits glasig. Auch die meisten anderen Gäste waren angeheitert. Lakaien schenkten unentwegt Wein aus den königlichen Kellern aus.

»Komm, mein Täubchen, nimm an meiner Seite Platz!« Enrique warf ihr ein dickes Kissen mit goldenen Quasten hin.

Langsam trat Isabél näher, dann blieb sie vor einem hochlehnigen Stuhl stehen, den die Gäste offensichtlich verschmähten.

»Der Platz an Eurer Seite steht einer anderen Frau zu«, sagte sie und setzte sich, während sie nur einen kurzen Blick auf die Frau an Enriques Seite warf. Das aber war nicht etwa seine angetraute Gattin, Königin Juana, sondern eine seiner vielen Mätressen. Derzeit war die bildhübsche Portugiesin Guiomar de Castro seine Favoritin. Diese räkelte sich, in ein farbenprächtiges maurisches Gewand gehüllt, neben Enrique auf den Kissen und betrachtete mit herablassendem Spott im Gesicht die Tänzerinnen. Für Isabél hatte sie überhaupt keinen Blick übrig.

Ein Raunen ging durch den Saal. Isabéls Antwort war ein Affront gegen den König, doch Enrique fasste sie als einen Scherz auf. Er legte den Arm um Guiomar und zog sie zu sich heran.

»Wie wahr, mein Täubchen, oft weiß ich selbst nicht, welche am besten zu mir passt. Manchmal denke ich, gar keine. Jedenfalls muss ich mich ab und zu mal von ihnen erholen.« Er lachte lauthals, als ihm Guiomar einen tadelnden Klaps versetzte.

Isabéls Miene blieb verschlossen. Sie spürte die Blicke und das Tuscheln der Höflinge und Señores. Beides galt nicht etwa Guiomar, sondern ihr.

»Hübsch ist sie ja nicht gerade«, murmelte Juan Pacheco, der Marqués von Villena, seinem Nachbarn Fadrique Enriquez zu.

Don Fadrique, seines Zeichens Admiral von Kastilien, lächelte süffisant. »Das ist auch überhaupt nicht nötig. Wer sie zur Frau bekommt, hat ohnehin noch seine Mätressen. Als Heiratskandidatin spielt nicht die Schönheit eine Rolle, sondern die Abstammung.«

Pacheco hob die Augenbrauen. »Heiratskandidatin? Wisst Ihr etwas, das ich nicht weiß?«

»Immer, mein lieber Pacheco. Sonst wäre ich Euch gegenüber doch nicht im Vorteil«, grinste der Admiral. »Der König hat seine Pläne mit ihr. Warum sonst hat er sie an den Hof rufen lassen?«

Pacheco betrachtete abschätzend das Mädchen, das sich aufrecht und von Schmeicheleien und Geflüster der Höflinge scheinbar unbeeindruckt auf dem unbequemen Stuhl hielt. Sie lehnte auch das angebotene Weinglas ab.

»Lasst sie noch ein paar Monate bei Hofe sein, und sie wird geformt wie warmes Wachs. Sie scheint nicht das düstere Gemüt ihrer Mutter geerbt zu haben, auch wenn sie sich jetzt aufführt, als würde sie jeden beißen, der sie nur anzurühren wagt.«

»Sie wird beißen, den, der sie anrührt«, erwiderte Don Fadrique. »Aber ich denke, wer sie als Faustpfand hat, ist einen Schritt voraus.«

Pachecos Kopf fuhr herum. »Seid Ihr etwa dieser Jemand? Ich traue es Euch durchaus zu.«

Don Fadrique setzte eine undurchdringliche Miene auf. »Wer wird denn seine geheimsten Pläne verraten?«, murmelte er.

Pacheco lachte belustigt auf. »Eure Pläne, lieber Fadrique? Ich denke eher, es sind die Pläne des Königs. Ihr schmückt Euch mit fremden Federn und legt falsche Fährten aus. Glaubt Ihr nicht, dass sich auch andere den Kopf zerbrechen, was Enrique mit seiner Halbschwester vorhat?«

»Sicher, sicher. Es ist allerdings von Vorteil, es *vor* den anderen zu erfahren.«

Der Wortwechsel der beiden Männer wurde jäh unterbrochen, als die Tür mit einem Knall aufflog und die Königin mit zornigem Gesicht und wütend funkelnden Augen hereinplatzte. Sofort verstummte die Musik, die Tänzer verzogen sich schleunigst. Juana, die zweite Ehefrau des Königs, war die Schwester des portugiesischen Königs Alfonso, sehr hübsch und sehr temperamentvoll. Der Grund ihres Zorns lag in Enriques Armen.

»Du doppelzüngige Natter, du schleimige Eidechse, du widerwärtiger Wurm! Ich habe dich nicht in den Kreis meiner Hofdamen aufgenommen, damit du bei nächster Gelegenheit unter die Decke meines Gemahls kriechst. Es gibt genug andere Hähne hier am Hof, mit denen du es treiben kannst, bis du wund wie ein gebrühtes Schwein bist. Schämst du dich nicht, dich in aller Öffentlichkeit wie eine maurische Hure auf dem Boden herumzuwälzen? An der Seite des Königs ist *mein* Platz! Mein! Mein! Mein!«

Sie stürzte sich auf die verblüffte und überrumpelte Guiomar, die sich nicht schnell genug von den Polstern aufrappeln konnte, und schlug ihr mit jedem Wort den zusammengeklappten Fächer ins Gesicht. Blut spritze, Guiomar schrie auf. Enrique warf sich dazwischen, ohne allerdings viel bewirken zu können. Juana war rasend vor Eifersucht, und es störte sie nicht im Geringsten, dass der gesamte Hofstaat ihr bei diesem Ausbruch zuschaute.

»Juanita, Täubchen, liebstes Mäuschen, was tust du da? Wir haben doch nur ein bisschen den Tänzerinnen zugeschaut. Das Mädchen kann doch nichts dafür.«

»Nichts dafür?«, tobte Juana und schlug weiter auf Guiomar ein. »Hure, Verführerin, Miststück! Miststück! Miststück!«

Guiomar hob schützend die Arme über den Kopf und versuchte, vor Juanas Gewalttätigkeiten zu flüchten. Aber sie stieß nur an eine Wand aus Gaffern, Sympathisanten oder Feinden. Die einen nahmen für Juana Partei und feuerten sie an, die Konkurrentin aus dem Feld zu schlagen, die anderen ergriffen für Guiomar Partei.

Innerhalb kürzester Zeit entstand ein wüstes Handgemenge, der halbe Hofstaat prügelte sich. Keiner kümmerte sich um die Rufe des Königs, der zur Besonnenheit mahnte. In dem Durcheinander gelang Guiomar die Flucht.

Juana, dem Objekt ihres Zorns beraubt, blickte sich wie ein wutschnaubender Stier um, dann traten plötzlich Tränen in ihre Augen.

»Diese Schmach«, schluchzte sie auf. »Diese Schande!«

Isabél sprang auf. Hinter ihr stießen die sich prügelnden Höflinge ihren Stuhl um. Sie nahm Juana in die Arme und drängte sie aus dem Saal.

Juana fing hemmungslos an zu weinen. »Ach, Isabél, wenigstens du hältst zu mir. Selbst meine Hofdamen verraten mich und vergnügen sich mit dem König. Ich bin so unglücklich!«

Dass Letzteres nicht unbedingt stimmte, wusste Isabél nur zu gut, aber sie schwieg und begleitete die Königin in ihre Gemächer. Dort ließ sich Juana auf das Bett fallen.

»Ich danke dir, Isabél. Du bist eine wahre Freundin. Dass du das mit ansehen musstest! Ich wünschte, du hättest all diese Zuchtlosigkeit nicht erlebt. Wie muss es jetzt in deinem Herzen aussehen! Was musst du von uns denken!«

»Beruhige dich, Juana. Ich bin ja bei dir.« Mit einer Handbewegung bedeutete Isabél den Hofdamen, die bestürzt in Juanas Schlafgemach gelaufen kamen, dass sie allein zu sein wünschten. Zögernd zogen sie sich wieder zurück.

Isabél streichelte tröstend über Juanas Schulter. Irgendwie hielt sich ihr Mitleid jedoch in Grenzen. Sosehr sie Juanas Zorn über die Untreue des Königs und die Anmaßung Guiomars verstand, so war Juana selbst auch kein Engel. Abgesehen davon, dass sie einen Eklat vor den Augen des ganzen Hofes herbeigeführt hatte, wollten die Gerüchte um die kleine Prinzessin Juana, Tochter der Königin, nicht verstummen. Diese war vor zwei Jahren geboren worden und Isabél war ihre Taufpatin. Sie hatte es als Ehre betrachtet, Taufpatin der kleinen Prinzessin zu sein. Schon damals murmelte der Hof hinter vorgehaltener Hand, dass es nicht Enriques Kind sei.

Als hätte die Königin ihre Gedanken erraten, hob sie den Kopf. »Ich will mein Kind sehen! Sie sollen mir mein Kind bringen!«

»Ich kümmere mich darum«, erwiderte Isabél und erhob sich.

Die Kinderfrau brachte die zweijährige Prinzessin herein. Die kleine Juanita schrie und zappelte und wollte unbedingt selbst laufen. Die Kinderfrau setzte sie auf den Boden.

»Komm zu mir, mein kleines Blümchen, komm zur Mama!« Die Königin streckte die Arme aus, und die kleine Prinzessin tapste auf unsicheren Füßen zu ihr. Auf halbem Weg stolperte sie über ihren Kleidersaum und fiel hin.

»Törichtes Weib!«, schalt Juana die Kinderfrau und eilte zu ihrem

Kind. Sacht hob sie es auf und setzte es aufs Bett. Sofort beruhigte sich die Kleine.

Isabél betrachtete das Kind nachdenklich. Wem sah es ähnlich? Die kleine Juana hatte helles Haar, große blaugraue Augen und ein lustiges Grübchen am Kinn. Isabél kannte jemanden, der ebendieses Grübchen am Kinn besaß. Es war Beltrán de la Cueva. Er war ein enger Vertrauter des Königs, und man munkelte, die Königin sei dem hübschen Günstling keineswegs abgeneigt gewesen.

Allerdings gab es noch einen ganz anderen Grund für die Existenz dieses Kindes. Kaum noch hinter vorgehaltener Hand, sondern ziemlich lautstark und öffentlich sprach man bei Hofe über Enriques Kinderlosigkeit. Seine erste Gattin Blanca schenkte Enrique keinen Erben, weswegen diese Ehe geschieden wurde. Blanca nahm die Schuld auf sich, dass es an einem körperlichen Makel ihrerseits liegen würde. Doch auch Enriques zweite Ehe mit Juana blieb sieben Jahre kinderlos. Obwohl seine Mätressen heftig und wortreich bestätigten, welche Qualitäten Enrique im Bett aufwies, blieb auch diesmal ein Erbe aus. An der Königin konnte es jedoch nicht liegen.

Eine besonders pikante Geschichte kursierte bei Hofe, als sich der König in den ersten Jahren seiner Ehe über ein Jahr auf einem Feldzug befand. Nach seiner Rückkehr befahl er Juana zu sich. Die Königin jedoch war im siebten Monat schwanger. Durch eine tollkühne Flucht entzog sie sich der Eskorte, die sie zu ihrem Gemahl begleiten sollte. Zwei Monate später brachte sie heimlich das Kind zur Welt, überließ es fremden Leuten, und erschien kurze Zeit später am Hof, als sei nichts geschehen.

Danach wurden die Stimmen lauter, die behaupteten, der König sei impotent. Um sein Ansehen zu wahren, musste dringend ein Thronerbe gezeugt werden. Man flüsterte, dass es dem König nicht unrecht gewesen sei, dass die Königin Don Beltrán de la Cueva mehr als die gebotene zeremonielle Aufmerksamkeit geschenkt hatte.

Wie dem auch sei, die Infantin wurde nach siebenjähriger Ehe der Königin mit Enrique im Alcázar von Madrid öffentlich und im Beisein der Granden des Reiches geboren.

Es war eine prachtvolle Feier, als die kleine Juana getauft wurde. Isabél erinnerte sich noch sehr gut daran. Von Erzbischof Carillo erhielt Juana das Taufsakrament. Paten waren Juan Pacheco, der Marqués von Villena, und kein Geringerer als König Louis XI. von Frankreich. Und die damals elfjährige Isabél. Ebenso öffentlich wurde die Anerkennungsurkunde des Königs verlesen. Juana war seine Tochter und damit Thronerbin. Eigentlich war alles in bester Ordnung.

Isabél setzte sich aufs Bett und spielte mit ihrem Patenkind. Die seltsame Beklemmung, die sie bei dem Streit im Saal befallen hatte, wich von ihr. Die kindliche Unschuld rührte sie an. Hier, inmitten dieser Unmoral und der Falschheit, wuchs ein kleines Wesen auf, rein und unbefleckt, mit einem unschuldigen Lächeln im Gesicht und großen, verwunderten Augen. Wie lange würde es dauern, bis auch diese Augen nicht mehr unschuldig blickten?

Isabél erschrak. Auch sie war voller Unschuld und Reinheit an den Hof gekommen. Oder nicht? Wann würde sie sich in den Sumpf von Intrigen, Machtspielen und Günstlingswirtschaft hineinziehen lassen?

Sie warf einen Blick zur Königin hin, die das Spiel der beiden scheinbar gleichgültig beobachtete. Plötzlich wurde ihr klar, dass sie sich schon mittendrin befand. König Enrique hatte die kleine Juana als legitime Erbin erklärt. Was aber, wenn das Kind starb? An zweiter Stelle der Thronfolge stand Isabéls Bruder Alfonso. Und an dritter Stelle – sie selbst!

Sie wurde aus ihren Gedanken gerissen, als ein Page einen Besucher meldete: Don Beltrán!

Juana fuhr vom Lager hoch und wedelte mit den Händen, als müsse sie eine Schar Vögel aufscheuchen.

»Schafft das Kind weg! Und lasst mich allein! Schickt die Zofe herein, sie soll meine Frisur in Ordnung bringen. Isabél, danke dass du mir beigestanden hast. Das werde ich dir nie vergessen.«

Isabél erhob sich ebenfalls. Jetzt war sie hier fehl am Platze. Auch sie wollte jetzt lieber allein sein. Ganz allein!

Zurück in ihren Gemächern, blieb Isabél aufatmend an der Tür stehen. Auf dem Tisch lagen noch die Bücher, Schriften der antiken Klassiker, die sie aus der Bibliothek ihres verstorbenen Vaters entliehen hatte. König Juan II. war ein feinsinniger Mensch gewesen. Seit seinem Tod war die Bibliothek verwaist. Enrique besaß keinen Sinn dafür.

Die Bücher waren nur ein schwacher Trost für ihr Leben in Arévalo, wohin ihre Mutter sie mitgenommen hatte nach dem Tod ihres Vaters. Es war ein düsteres, unfreundliches Schloss, wo sich Isabél nicht wohl fühlte. Zudem begann die Königswitwe zunehmend unter einer seltsamen geistigen Verwirrung zu leiden. Isabél versuchte die Mutter zu trösten, weil sie meinte, es wäre die Trauer um den Vater. Doch die Depressionen steigerten sich; zuweilen befand sich die Witwe in geistiger Umnachtung. Isabél fühlte sich fremd.

Einziger Lichtblick war Beatríz de Bobadilla, die Tochter des Schlossverwalters. Mit ihr hatte sie sich angefreundet und die schönste Zeit ihres bisherigen Lebens verbracht. An der Seite der lebenslustigen Beatríz durfte sie Mädchen sein. Oft gingen sie gemeinsam auf Volksfeste und Jahrmärkte, tauchten ein in den lebhaften Trubel. Da herrschte ein babylonisches Sprachgewirr, da mischten sich Farben und Formen, Gewänder und Düfte. Mit Beatríz streifte sie durch die Reihen von Buden und Ständen, erkundete Gassen mit Handwerksläden, Basare mit Waren aus aller Welt, kaufte sich Armketten mit Münzen daran, indische Tücher aus feinstem Stoff in bunten Farben oder kleine, aus Jade geschnitzte Figürchen.

Es waren sorglose Stunden, fröhlich und voller vielfältiger Eindrücke. Da war sie nicht Prinzessin, sondern Kind an der Hand der Freundin.

Es klopfte an der Tür, dann öffnete sie sich leise. Isabél wandte sich um. Ihr Bruder Alfonso trat zögernd ein.

»Ich wollte nur nach dir sehen, ob es dir gut geht«, sagte der Knabe. Er war zwei Jahre jünger als Isabél und sowohl vom Körperbau her als auch im Gesicht sehr kindlich. In dieser fast feindlichen Umgebung fühlte er sich dazu berufen, seine Schwester zu beschützen.

»Warum sollte es mir nicht gut gehen?«, gab Isabél die Frage zurück.

»Weil ... weil ... wegen vorhin«, stammelte Alfonso mit schwerer Zunge.

»Es ist vorbei«, sagte sie gefasst. »Danke, dass du dich um mich sorgst. Deine Sorge ist unbegründet.«

Alfonso freute sich und errötete. »Ich muss deine Ehre verteidigen«, sagte er ernst und griff zum Gürtel, wo ein fein ziselierter kleiner Dolch steckte. »Hier gibt es so viele seltsame Menschen. Die Hofdamen der Königin fassen mich immer an und lächeln mir zu und sagen so eigenartige Dinge. Ich möchte nicht, dass die Männer dich auch anlächeln und anfassen und solche Dinge sagen.«

Isabél straffte sich, und sie presste ihre Hände zu Fäusten.

»Das werden sie nicht, verlass dich drauf. Sie werden es nicht wagen, weil ich es nicht zulasse.« Sie blickte ihn entschlossen an. »Weil du es nicht zulassen wirst.«

In einer gefühlvollen Anwandlung nahm sie ihren Bruder in die Arme und drückte ihn an sich. »Du bist ein wahrer Kavalier.«

Es war natürlich eine Illusion, dass Alfonso sie vor irgendetwas beschützen konnte. Er war viel zu jung und unerfahren. Er besaß Mut und den festen Willen, seine Schwester vor allem Unrecht zu beschützen. Mehr nicht. Armer Alfonso!

Während sie ihren Bruder noch in den Armen hielt, wünschte sich Isabél, Beatríz wäre bei ihr.

Königin Juanas Auftritt zeigte ernste Folgen. Nicht nur die Prügelei im Saal hinterließ bei den Beteiligten sichtbare Spuren. Was vormals nur unter der Decke äußerlicher Verstellung schwelte, trat nun offen zutage: die Spaltung des Hofes in Befürworter und Gegner der Königin und ihres Kindes.

Einer der härtesten Gegner Juanas war Erzbischof Carillo. Er, der zunächst die Infantin unter großem Pomp getauft hatte, zweifelte nun ihre Rechtmäßigkeit an. Nicht zuletzt das unbotmäßige und selbstherrliche Auftreten Don Beltráns brüskierte den Hof und gab Juanas Gegnern kräftig Nahrung.

In Burgos versammelte der Erzbischof Gesinnungsgenossen um sich und erörterte die Lage.

»Keiner, dessen Geist wach genug ist, wird bestreiten, dass der König keine Mittel scheut, um seiner Kinderlosigkeit abzuhelfen. Ich meine keine medizinischen Mittel.« Carillo blickte auffordernd in die Runde. Neben ihm saß sein Neffe Juan Pacheco, der zustimmend nickte.

»Ich meine«, fuhr Carillo fort, »die überaus deutliche Günstlingsbezeugung Don Beltráns. Immerhin ist er der erste Favorit des Königs und hat sich demzufolge auch dem Willen des Königs zu unterwerfen. Und wenn der König Nachwuchs will ...«

»Ich glaube, wir brauchen hier nicht für den Umstand zu argumentieren, dass der König nicht Vater des Kindes ist«, warf Pacheco ein. »Das ist inzwischen die öffentliche Meinung. Don Beltrán hat es übrigens nie abgestritten. Und da er auch der Favorit der Königin ist, braucht man nur eins und eins zusammenzuzählen.«

Carillo lehnte sich auf seinem Stuhl zurück, und ein sarkastisches Lächeln umspielte seine Lippen.

»Es gibt noch einen ganz anderen Beweis«, sagte er in die entstandene Pause hinein, in der die Anwesenden miteinander heftig diskutierten. Alle wandten ihm die Köpfe zu. Selbstzufrieden strich er über seinen Bauch, als hätte er soeben ein köstliches Mahl zu sich genommen. »Kraft meines Amtes als Beichtvater kommen mir natürlich all die großen und kleinen Sünden der Mätressen des Königs zu Ohren. Wie es ihre Pflicht ist, schildern sie mir alle Einzelheiten der Zusammenkünfte mit dem König.« Carillo räusperte sich. »In Anbetracht des Beichtgeheimnisses darf ich sie hier nicht weiter ausführen. Besonders seine damalige Favoritin Catalina de Santoval wurde diesbezüglich befragt.«

Er verzog das Gesicht. Der König selbst hatte Catalina zur Äbtissin des Klosters Dueña ernannt. Jedermann wusste, wie sauer Carillo dies aufgestoßen war. Es wurde immer deutlicher, dass der Erzbischof nicht nur gegen Juana und ihr Kind, sondern vor allem gegen den König war.

»Jedenfalls sind die Beweise einer Impotenz des Königs derart gravierend, dass uns gar nichts anderes übrig bleibt, als die Legalität der Infantin abzuerkennen.«

Ein zustimmendes Gemurmel setzte ein. Carillo hob die Hand. »Wir fordern die Auslieferung Don Beltráns! Wir fordern die Aberkennung der Thronfolge für Juana. Der Adel steht hinter uns. Wir werden Enrique zwingen, seine Tochter, diese Beltraneja, zu enterben. Damit ist der Weg für Alfonso als Thronfolger frei.«

Pacheco beugte sich zu Carillo herüber. »Vergesst mir den guten Fadrique nicht, lieber Onkel. Ich bin überzeugt, er kennt auch ein paar Geheimnisse, die er mir nicht anvertrauen wollte. Der König hat Pläne mit seiner Halbschwester.«

Carillo grinste selbstgefällig. »Glaubst du, das weiß ich nicht? Wer wäre ich, wenn ich nicht jedem dieser Intriganten zwei Schritte voraus wäre? Natürlich hat der König Pläne mit Isabél. Aber es stört nicht unseren Plan. Alfonso ist wichtig. Er wird in unserem Sinne handeln. Weißt du, der Adel ist wetterwendig. Er sagt zu allem ja, wenn er davon nur seine Vorteile hat und seine Privilegien nicht gefährdet sieht. Das Wort Treue kennt er nicht. Die Granden kennen nur das Schwert und die Annehmlichkeiten des Lebens. Wir aber, mein lieber Pacheco, wir sind die Köpfe, die das Ganze steuern.«

ꙮ

In Kastiliens kleinem Nachbarreich Aragón herrschte König Juan, der erst mit einundsechzig Jahren den Thron bestiegen hatte. So klein sein Königreich auch war, so verbissen verteidigte es König Juan gegen jegliche äußere Angreifer, auch wenn sie noch so sehr in der Übermacht waren. Besonders das große Kastilien beäugte König Juan argwöhnisch. Ständig bestrebt, seiner Herrschaft Glanz und Glorie zu verleihen, setzte er dafür alle verfügbaren Mittel ein, seinen Ehrgeiz, seine Raffgier und auch seinen Geiz.

Sein größter Ehrgeiz war jedoch, über Kastilien zu herrschen. War es auch unmöglich, den größeren Nachbarn mit Waffengewalt zu erobern, so gab es jedoch die Möglichkeit, wenigstens zusammen mit Kastilien zu herrschen. Seine Hinterhältigkeit und Verschlagenheit kannten keine Skrupel, die kastilische Opposition zu unterstützen und für seine Zwecke zu nutzen. Er musste nur auf die passende Gelegenheit warten. Wie eine Spinne im Netz lag König Juan von Aragón auf der Lauer. Er besaß ausgezeichnete Kontakte nach Kastilien, denn sein Schwiegervater war kein Geringerer als Admiral Fadrique Enriquez, dessen nicht minder machthungrige Tochter der König geheiratet und die ihm den Sohn Fernando geboren hatte.

In Kastilien braute sich etwas zusammen, hatte ihm Don Fadrique zugeflüstert. Und er konnte sich sogar der Unterstützung Erzbischof Carillos sicher sein.

Enrique IV.

König Enrique hatte keine Ahnung von den Machtspielen hinter den Kulissen seines Palastes. Blind für Hofintrigen und politische Ränkespiele, verfolgte er einen ganz anderen Plan. Er hatte seine Halbschwester nicht umsonst an den Hof nach Segovia rufen lassen. Nicht dass er sich um das Wohl Isabéls sorgte. Die Schwermut, die sie vielleicht bei ihrer Mutter in Arévalo aufgenommen hatte, würde sie am leichtlebigen Hof schnell wieder ablegen. Wichtiger war ihm, Isabél als politisches Faustpfand einzusetzen.

Ohne Wissen des noch kindlichen Mädchens reiste Enrique nach Gibraltar, dort traf er mit seinem Schwager, dem Bruder Königin Juanas, König Alfonso V. von Portugal, zusammen. Es war eine Art Geheimtreffen, dem nur wenige Eingeweihte beiwohnten. Mehrere Tage zogen sich die Gespräche hin, deren Inhalt die noch engere Verbindung Kastiliens und Portugals war.

»Du heiratest meine Halbschwester Isabél«, schlug Enrique dem schon betagten portugiesischen König vor. »Und dein Sohn João heiratet meine Tochter Juanita.« Er blickte den König triumphierend an. »Das ist wie ein doppelter Knoten.«

König Alfonso strich sich nachdenklich über den Bart. »Fürwahr, das ist eine gute Idee.«

»Sag lieber, das ist eine gute Verbindung, Schwager«, erwiderte Enrique.

»Lass sie uns besiegeln.« König Alfonso hob seinen Weinpokal. »Auf Kastilien!«

»Auf Portugal! Auf unsere beiden Reiche!« Sie stießen an, sodass der dunkelrote Wein aus den Kelchen schwappte.

Ein Schreiber hielt den Beschluss in einem Manifest schriftlich fest. Isabéls Schicksal schien besiegelt!

Es bedurfte keiner Spione, dass König Juan von Aragón von diesem Pakt erfuhr. Zutiefst beunruhigt rief er seinen Schwiegervater Fadrique Enriquez zu sich. »Das dürfen wir nicht zulassen«, schnaubte Juan. »Dieses Bündnis kann für uns zu einer tödlichen Gefahr werden.«

»Enrique rasselt nicht mit dem Säbel«, erwiderte Don Fadrique. »Ich glaube nicht, dass Kastilien Aragón überfallen wird.«

»Kastilien nicht, aber Portugal«, gab Juan erregt zurück. »König Alfonso ist unberechenbar. Mit Kastilien im Rücken wird er tollkühn. Das darf nicht geschehen!«

Don Fadrique blickte Juan aus zusammengekniffenen Augen an. »Was willst du tun?«

»Ich? Nichts! Du wirst etwas tun. Tu etwas gegen Enrique. Mach ihn unmöglich! Öffentlich! Das Volk muss über ihn spotten, mit dem Finger auf ihn zeigen. Gib ihn der Lächerlichkeit preis. Er ist ein schwacher König, wankelmütig, weich wie ein verdorbener Apfel. Versetze ihm den Todesstoß. Sammle seine Gegner um dich, verbünde dich mit ihnen. Das wird dir nicht schwerfallen.«

Don Fadrique schwieg. Doch in seinem Kopf arbeitete es. Er kannte viele Adlige, die er leicht auf seine Seite ziehen konnte. Pacheco zum Beispiel, der Neffe des Erzbischofs Carillo. Er wechselte nur zu gern die Seiten, wenn er für sich einen Vorteil sah. Er, Fadrique, würde Pacheco nicht lange überzeugen müssen. Vielleicht konnte er sogar Carillo selbst für sein Vorhaben gewinnen.

»Ich vertraue auf dich, Fadrique. Wir müssen Enrique vom Thron stürzen. Es gibt viele Mittel. Du solltest nicht nur auf eines vertrauen.« Er schaute Don Fadrique eindringlich in die Augen. »Verstehst du?«

»Natürlich habe ich verstanden. Du kannst dich auf mich verlassen.«

Ahnungslos über die im Hintergrund laufenden Ränkespiele um ihre Person ritt Isabél einige Tage später mit kleinem Gefolge in einem nahe liegenden Wald aus. Es war Herbst geworden, die Blätter hatten sich verfärbt, und die Tage wurden kühl. Morgens lag Nebel über dem Boden, und im Laub raschelte und wisperte es wie von unsichtbaren Elfen und Geistern. Als die Sonne gegen Mittag hervorbrach, dampfte der Waldboden in den schräg einfallenden Strahlen.

Isabél trieb ihren wendigen Araber an. Sie mochte schnelle Ritte. Hier im Wald dämpfte der Boden die trommelnden Hufe. Draußen, wenn sie die weite Hochebene erreicht haben würden, konnte sie ihm freien Lauf lassen.

Es war ein einzelner Mann, der zuerst ihren Begleitern und dann auch Isabél auffiel. Er trug einfache Kleidung und mochte ein Bauer oder Waldarbeiter sein. Mit großen Schritten stapfte er durch das Unterholz. Er besaß lange Beine, die in ausgetretenen braunen Lederstiefeln steckten.

Isabél zügelte ihren Hengst. »Enrique!«

Der König drehte sich um und lächelte ein wenig verlegen in seinen roten Bart hinein.

»Warum gehst du allein durch den Wald? Das ist gefährlich!«

»Nicht gefährlicher als im Palast«, gab Enrique zurück.

Isabél saß ab und wies ihre Eskorte an, im weiteren Umkreis die Gegend zu sichern. Der König setzte sich auf einen umgestürzten Baumstamm, Isabél nahm neben ihm Platz.

Enrique starrte vor sich hin. Bislang hatte er Isabél gegenüber nichts von seinen Heiratsplänen verlauten lassen. Irgendwann würde er es ihr mitteilen müssen. Er presste die Hand gegen seinen Bauch.

»Was hast du?«, fragte Isabél besorgt. »Hast du Schmerzen?«

»Mein Magen nimmt mir wohl einiges übel. Dabei hüte ich mich vor Völlerei. Aber immer, wenn mich Sorgen quälen, schmerzt es hier drinnen, als hätte ich etwas Schlechtes gegessen.«

»Du solltest einen Arzt befragen«, riet Isabél.

Enrique winkte ab. »Die palavern irgendwelches unverständliches Zeug und geben mir ekelhaft schmeckende Medizin. Ich habe das Zeug weggeschüttet und die Ärzte davongejagt.«

»Quälen dich wieder Sorgen?«

Enrique stützte den Kopf in seine Hände. Zwischen seinen Fingern trat das struppige rote Haar hervor.

»Ich weiß, was sie alle über mich sagen«, murmelte er. »Sie denken es nicht nur, sie sagen es laut. Sie schreiben es sogar.«

»Schreiben?« Isabél blickte ihn von der Seite an und empfand plötzlich Mitleid mit ihm. Sie war sich nicht sicher, ob dieses Mitleid wirklich angebracht war. So presste sie die Lippen zusammen.

»Dieses Manifest des Adels ... In Burgos haben sie sich zusammengerottet und eine Schmähschrift verfasst.« Er schluckte. »Sie verlangen von mir, dass ich Juanita enterbe, weil sie unehelich gezeugt sei.« Er strich sich mit der Hand über die Augen. »Ich schwöre, dass es mein Kind ist!«

Isabél schwieg. Damals, nach Juanitas Geburt, hatte ganz Kastilien die kleine Infantin gefeiert. Alle hatten sie anerkannt, die sie heute verleugneten. Sie ahnte, wie es in Enrique aussah. Sein gequälter Gesichtsausdruck sprach Bände.

»Was wirst du tun?«, fragte sie schließlich.

»Ich habe diesem Pamphlet keine Beachtung geschenkt. Damit strafe ich diese gemeinen Verräter am besten. Soll ich ihnen den Kopf abschlagen? Du weißt, dass ich kein Blut sehen kann.«

Nein, es war nicht Enriques Art, einen Wurm zu zertreten, der ihm die Leber zerfressen könnte.

»Was sagt der Kronrat dazu? Hast du ihn nicht einberufen?«

»Natürlich habe ich das«, fuhr Enrique ungehalten auf. Seine kleine Schwester musste ihm nicht sagen, was er als König zu tun hatte! »Ausgerechnet Barrientos, mein alter Erzieher, riet mir, gegen den rebellischen Adel zu kämpfen.« Sein Gesicht färbte sich dunkel, und seine blauen Augen loderten vor unterdrücktem Zorn. »Er wollte tatsächlich, dass ich den Aufrührern eine Schlacht liefere und damit den Tod zahlloser Menschen auf beiden Seiten verschulde! Er hat dabei völlig aus den Augen verloren, dass es nicht seine eigenen Söhne sind, die ich in den Kampf schicken soll, sonst würde er nicht solche Reden führen. Nein, nein, darauf lasse ich mich nicht ein! Diese Angelegenheit muss auf eine ganz andere Weise geregelt werden.«

Isabél blickte ihn von der Seite an, ohne die Frage auszusprechen. Enrique beantwortete sie von allein.

»Die löblichen Eigenschaften eines Christenmenschen sind das Verzeihen und die Vergebung. Selbst Gott gewährt sie.«

»Du willst einlenken?«

»Warum nicht? Wenn ich damit das Leben so vieler junger und unschuldiger Männer retten kann, die sonst auf dem Schlachtfeld verbluten würden?« Er warf Isabél einen scharfen Seitenblick zu. »Würdest du es mir auch als Schwäche auslegen wie Barrientos?«

»Schwäche?« Sie überlegte. War es Schwäche oder christliche Tugend, die Enrique so handeln ließ?

Er wartete Isabéls Antwort nicht ab. Seufzend raufte er sich seinen Bart. »Ich verstehe nicht, warum sie mir das antun. Es ist doch mein Wunsch und mein Wille, meinem Volk ein guter König zu sein, menschlich gegen diejenigen, die sich schuldig gemacht haben, liebevoll zu den Ehrlichen, Freund der Edlen und Guten. Dieser Wille leitet mein Handeln. Warum versuchen sie mich immer wieder anzugreifen? Ich will doch gar nicht kämpfen! Ich hasse das Schwert. Stattdessen reiche ich ihnen die Hand, gebe ihnen Geschenke und erwarte nichts weiter als Freundschaft und Entgegenkommen.«

Isabél kam sich hilflos vor. Was sollte sie Enrique auch sagen? Er war ein gütiger, friedliebender Mann, einfach, wohlwollend, jeglichem Eigendünkel und Hochmut abhold. Er vermied es, das Blut seiner Untertanen sinnlos zu vergießen. Er brachte viel Verständnis für die einfachen Leute auf, besaß eine beachtenswerte Toleranz selbst in religiösen Fragen. Er mochte keinen Tand, keinen Prunk und verstand es, sich über kleine Dinge zu freuen. Was war daran so schlimm?

Enrique nahm einen verdorrten Zweig in die Hand und betrachtete ihn nachdenklich.

»Sie sagen, ich würde das Reich Don Beltrán überlassen, und er könne schalten und walten, wie er wolle. Er würde mit Gottesverachtung und Undankbarkeit meine Familie entehren.« Er schluchzte auf. »Sie werfen mir vor, ich hätte die Staatsräte und die Granden gezwungen, den Treueeid auf die Infantin zu leisten.« Mit verzweifeltem Blick schaute er sie an. »Habe ich dich gezwungen, die Taufpatin deiner Nichte zu sein?«

Isabél schüttelte stumm den Kopf. »Ich tat es für das Kind, nicht für die Infantin. Aber ich tat es auch für den König.«

Der König sprang auf und lief mit großen Schritten hin und her. »Ich glaube an das Gute in den Menschen. Was ist daran verkehrt? Ich verzeihe jenen, die sich gegen mich stellen. Es ist nur ihre menschliche Unzulänglichkeit, die sie solche Worte ergreifen lässt. Sie können nichts dafür. Ich will sie nicht verärgern. Ich will sie gewinnen. Was nützt mir eine Konfrontation? Was nützt es mir, wenn ich sie bestrafe? Sie werden weiter gegen mich kämpfen. Nein, nein, ich reiche ihnen die Hand zur Versöhnung.«

Isabéls Kopf ruckte hoch, und ihre Augen weiteten sich. Enrique stand da, die Fäuste in die Hüfte gestemmt, doch er wirkte gebeugt wie ein alter Mann.

»Auch wenn es mir unsäglich schwerfällt, ich werde Juanita enterben und Alfonso zu meinem Thronfolger bestimmen.«

»Nein!«, platzte es aus ihr heraus. »Er ist doch noch ein Kind!«

»Ich war auch noch jung, als ich den Thron bestieg«, gab Enrique heftig zurück. »Außerdem lebe ich ja noch.«

In Isabéls Kopf drehte sich alles. Würden die Granden nicht eine Sicherheit für Enriques Einlenken fordern? Würde ihnen eine Unterschrift des Königs genügen?

»Ich mag keine Unruhe an meinem Hof«, sann Enrique weiter. »Auch nicht unter den Hofdamen der Königin. Ich werde Guiomar dem Herzog von Najera zur Frau geben. Sie muss fort. Dann wird sich Juana auch wieder beruhigen.«

»Ja, das wird sie.« Isabél nickte bedächtig. Warum schickte Enrique nicht Don Beltrán vom Hof? Dann würden sich vielleicht auch diese unseligen Gerüchte endlich beruhigen. Aber konnte sie dies einem König raten? Wer war sie denn, dass sie sich so etwas anmaßte?

»Dann wird alles so wie früher. Ich liebe sie doch.« Enriques Gesicht wurde weich, und er fasste nach Isabéls Arm.

Sie presste die Hände zusammen. Sie fühlte sich aufgewühlt und unsicher. Aber in dieser Situation konnte sie Enrique nicht mit ihren Gefühlen und Befürchtungen belasten. Es war besser zu schweigen.

Im abgeschiedenen Teil ihrer Gemächer hatte sich Isabél eine kleine Hauskapelle einrichten lassen. Sie war ebenso schlicht wie ihre anderen Räume eingerichtet. Ein holzgeschnitztes Kruzifix mit dem Heiland an der Wand, ein hölzerner Betstuhl ohne Polsterung und Samtbezug, mehr benötigte sie nicht. Zwar besuchte sie regelmäßig die Messen und Andachten und ging zur Beichte, aber dieser private Rückzug in den Glauben, das Innehalten und das Gebet, wurden ihr hier in Segovia besonders zum Bedürfnis.

Die Ereignisse bei Hofe beschäftigten sie mehr, als man es ihr ansah. Sie trug ihr Herz nicht auf der Zunge. Anderen Menschen, selbst dem König gegenüber, blieb sie zurückhaltend. Die Gedanken und Sorgen, die sie quälten, machte sie mit Gott oder mit sich selbst aus. Vor allem ahnte sie, dass sie hier in diesen Mauern niemandem trauen konnte.

Sie kniete sich in den Betstuhl, faltete die Hände und richtete ihren Blick auf den gekreuzigten Heiland.

»Vater im Himmel, deine Wege sind unerforschlich, deine Pläne für unseren Geist zu groß. Verzeih einem niedrigen Menschen, dass er sich ängstigt im Angesicht ihn erschreckender Vorgänge. Mein Bruder, der König, hat uns rufen lassen. Alfonso soll Thronfolger werden. Doch welche Rolle hast du mir zugedacht? Ich begebe mich in deine Hand. Leite mich durch eine Welt voller Verrat und Lüge. Zeige mir den rechten Weg, durch diesen Sumpf zu gelangen, ohne darin unterzugehen. Verleihe dem König genügend Weisheit, dass er den Sumpf erkennt und sein Volk herausführt wie damals Moses das Volk Israels aus Ägypten.«

Sie legte die Stirn auf ihre gefalteten Hände und schloss die Augen. »Herr, gib mir Kraft, um alle Aufgaben und Prüfungen zu bestehen, die du mir stellst. Gib mir ein untrügliches Auge, um zu sehen, wohin ich meinen Fuß setze. Gib mir einen klaren Geist, um richtig entscheiden zu können. Gib mir die Standhaftigkeit, den Versuchungen des Teufels zu widerstehen. Gib mir den wahren Glauben, um mich daran aufzurichten. Gib mir das Licht der Erleuchtung, um an deiner Weisheit teilzuhaben. Gib mir deinen Segen für mein Handeln. Amen.«

Langsam erhob sie sich. Ein schwacher Sonnenstrahl stahl sich durch das kleine Fenster mit den bleigefassten Glasscheiben. Er fiel auf das Gesicht des Heilands, und Isabél schien es, als ob er lächelte.

Später saß sie in ihrem Zimmer über einem Buch, einer Übersetzung des griechischen Gelehrten Heraklit. Es war für sie eine fremde, faszinierende, aber auch schwer verständliche Welt, in die sie eintauchte. Es war eine andere Weltanschauung, eine andere Religion, und es waren kluge Köpfe, die sich Gedanken gemacht hatten. Der dunkle, gleichnishafte Stil des griechischen Philosophen faszinierte sie. Für ihn gab es keinen Gott und keine Götter, sondern ein Feuer, das den Himmel beherrschte. Für ihn gab es kein Beharren, kein starres Sein, sondern nur Bewegung und Veränderung. *Panta rhei* – alles fließt.

»*Panta rhei*«, wiederholte Isabél. »Wie hübsch das klingt.« Wenn sich etwas bewegte, würde es sich auch verändern!

Es klopfte an der Zimmertür, und ein Diener trat unter Verbeugungen ein. Noch ehe er etwas sagen konnte, wurde er beiseite gestoßen, und ein junges Mädchen kam hereingelaufen. Sie war etwas größer und schlanker als Isabél, mit dunklem Haar, etwas kantigem Gesicht und leidenschaftlichen schwarzen Augen.

»Beatríz!« Isabél sprang auf, und die beiden Freundinnen fielen sich in die Arme.

»Ich dachte, du fühlst dich vielleicht einsam. Ich wollte dir etwas Gesellschaft leisten.«

»Das ist wunderbar, Beatríz. Ich bin so froh, dass du gekommen bist. Diese hohen Mauern hier ...« Sie seufzte. »Sie erdrücken mich.«

Die temperamentvolle Beatríz wirbelte herum. »Weißt du noch, wie wir gemeinsam über die Basare und Märkte geschlendert sind? Wie wir uns auf den Volksfesten vergnügt haben? Ach, lass es uns noch einmal tun!«

»Nur zu gern, liebste Beatríz. Aber es wird Winter, da kommen lange, trübe Tage.«

»Ich werde sie dir vertreiben. Du wirst sehen, der Tag vergeht, ohne dass du es bemerkst. Doch nun erzähle, wie geht es dir? Wie geht es Alfonso? Ich habe einen Brief deiner Mutter dabei. Und von meinem Vater soll ich dich auch ganz herzlich grüßen ...«

»Langsam, langsam, Beatríz«, bremste Isabél sie. »Nicht alles auf einmal.«

Beatríz fasste die Freundin an den Schultern und musterte sie eindringlich. »Stimmt etwas nicht? Du bist so ernst geworden.«

Isabél schüttelte ihr blondes Haupt. »Nicht ernster als vorher. Aber hier bei Hofe ist es ratsam, erst nachzudenken, bevor man etwas tut. Noch besser ist es, seine Gedanken sorgsam für sich zu behalten.«

Beatríz zog erstaunt die dunklen Augenbrauen hoch. »So ernst ist es?«

Über Isabéls Gesicht flog ein Lächeln. »Du wirst es noch selbst erleben. Komm, setz dich und erzähle von deinen Lieben daheim und von Arévalo. Ich bin begierig, Neuigkeiten zu erfahren.«

»Was soll es in so einem Nest schon für Neuigkeiten geben?«, gab Beatríz zurück. »Ich hoffte, von dir viel Neues zu erfahren. So ein Leben in der Nähe des Königs muss schrecklich aufregend sein.«

»Wenn du mit aufregend unmoralisch meinst, dann liegst du richtig. Ich glaube, hier in diesen Mauern gibt es nicht einen Menschen, der frei von Sünde ist. Zumindest geht es häufig lustig zu. Unterhält der König seinen Hof nicht mit irgendwelchem Jahrmarktsklamauk, dann geht es in den Gemächern der Königin mit ihren Hofdamen hoch her. Glaub mir, sie tun alles, um mich an ihren schlüpfrigen Festen teilhaben zu lassen.«

»Und?«, fragte Beatríz gespannt.

Isabél lächelte milde. »Es interessiert mich nicht. Es ist, als sollst du essen, wenn du keinen Appetit hast. Wenn man dich dazu zwingt, dann überkommt dich Ekel.«

Beatríz schenkte Isabél einen mitleidigen Blick. »Du Arme«, meinte sie schließlich. »Was musst du erdulden.«

Isabél lachte auf. »Gar nichts muss ich erdulden«, widersprach sie. »Ich mache nur das, was ich will.«

Die Freundin schwieg. Sie glaubte Isabél nicht. Was würde sie schon gegen den Willen des Königs ausrichten können, wenn dieser seine eigenen Pläne mit ihr verfolgte?

ꝏ

Natürlich war Beatríz begierig darauf zu erfahren, was hinter Isabéls geheimnisvollen Andeutungen steckte. Ihr war schon aufgefallen, dass bei Hofe eine ungezügelte Fröhlichkeit herrschte, und es trieb ihr die Schamesröte ins Gesicht, wenn sie Pärchen sah, die sich ungeniert küssten und Zärtlichkeiten in aller Öffentlichkeit austauschten.

Eines Nachmittags lud Königin Juana Isabél und Beatríz in ihre Gemächer ein.

»Warum stellst du mir nicht deine kleine Freundin vor?«, fragte Juana leutselig und betrachtete Beatríz ausgiebig. »Sie soll an unserem fröhlichen Treiben teilhaben, so ein junges Ding.«

Ihr anzügliches Lächeln missfiel Isabél. Aber sie hatte Beatríz ja gewarnt.

»Schaut, wir haben ein Singspiel vorbereitet.« Sie wies auf ihre Hofdamen, von denen sich einige mit leichten Gewändern kostümiert hatten. »Es ist ein griechisches Singspiel. So etwas liebst du doch, Isabél. Man berichtete mir, dass du die Literatur der Griechen derzeit bevorzugst.«

»Ganz recht«, erwiderte Isabél. »Heraklit. Meines Wissens hat er aber keine Singspiele geschrieben, sondern philosophische Schriften verfasst.«

Juana vollführte eine wegwerfende Handbewegung. »Philosophie, Nonsens! Das ist viel zu schwermütig. Wir wollen lachen und uns am Anblick der Schauspielerinnen erfreuen.« Sie klatschte in die Hände. Die Hofdamen nahmen ihre Positionen ein, Musik erklang hinter einem Paravent.

»Das Stück heißt *Die Freuden des Pan*«, erklärte Juana und legte sich bequem in die Polster zurück. Isabél und Beatríz setzten sich neben sie; Beatríz mit gespannt-freudigem Gesicht, Isabél mit undurchdringlicher Miene.

Das Singspiel bestand aus einer Mischung von Gesang, Tanz und Schauspielerei. Die Handlung war simpel. Ein junges Mädchen, verkörpert von einer Hofdame in einer zarten Tunika, wanderte durch arkadische Gefilde und lauschte dem Flötenspiel eines noch unsichtbaren Hirtenjungen. Sie fühlte sich von seinem Spiel magisch angezogen. Endlich entdeckte sie ihn hinter einem Olivenbaum.

Isabél glaubte ihren Augen nicht zu trauen. Es war ihr Bruder Alfonso! Nur mit einem weißen Tuch um die Lenden geschlungen hockte er am Boden und spielte Flöte. Das Mädchen umtanzte ihn, um sich dann neben ihm niederzulassen und ihn zu liebkosen.

Nun tauchten weitere Hofdamen in leichten Gewändern auf. Sie stellten Nymphen dar, die durch das Spiel des Hirtenjungen verzaubert wurden. In einem Reigen umtanzten sie das Paar am Boden.

Isabél sprang auf, doch Juana zog sie wieder in die Kissen. Beatríz hingegen blickte gespannt mit vornübergebeugtem Oberköper auf die Szene. Im gleichen Moment fiel ein anderer Flötenspieler ein, kräftiger und lebhafter. Es war Pan, umkränzt von Efeu und Weinlaub, in unanständig kurzer Tunika. Und dieser Pan war kein anderer als Don Beltrán!

Zugegeben, er war ein schöner Mann. Beatríz hob lachend die Hände, als Pan sich über sie beugte. In diesem Moment streckte die Königin den Arm aus und zog Don Beltrán zu sich aufs Lager.

»Pan gehört mir!«, rief sie übermütig. »Aber für euch habe ich auch noch eine Überraschung.«

Der Kreis der Nymphen öffnete sich, während die Musik erneut hinter dem Paravent einsetzte. Zwei weitere ansehnliche Hirtenknaben mit Flöten traten aus dem Olivenhain hervor. Einer gesellte sich zu Beatríz, der andere zu Isabél. Geschmeidig ließen sie sich nieder und begannen, die beiden Mädchen zu liebkosen.

Isabél erhob sich mit einem Ruck. »Sehr hübsch«, stellte sie nüchtern fest. »Aber nun sollten wir gehen, Beatríz.«

Die Freundin blickte auf und schob enttäuscht die Unterlippe vor. »Warum? Jetzt wird es doch erst richtig interessant.«

»Ein bisschen zu interessant«, erwiderte Isabél. »Ich ziehe Heraklit vor.« Sie zögerte einen Moment, als sie über Beatríz hinwegstieg. »Aber ich überlasse dir gern auch meinen Hirten. Du kannst ja mit beiden die Freuden des Pan genießen.« Entschlossen schritt sie dem Ausgang zu.

Beatríz rappelte sich auf. »Warte, Isabél, warte! Du kannst mich doch hier nicht allein lassen!«

Verfolgt vom Gelächter Juanas und ihrer Hofdamen, eilte sie Isabél hinterher. Draußen auf dem Gang blieb sie stehen und lehnte sich an die Wand. Ihre Wangen hatten sich gerötet, und ihr Atem ging schwer. »Du bist eine Spielverderberin!«

Isabél, schon einige Schritte auf dem Gang vorausgeeilt, wandte sich zu Beatríz um. »Sich verführen zu lassen, ist beileibe nicht schwer. Aber es gehört viel dazu, standhaft zu bleiben.«

Der König hatte zur Jagd geladen. Es war eine stattliche Jagdgesellschaft. Neben den Mitgliedern des Kronrats nahmen viele spanische Granden aus den edelsten Familien des Landes daran teil. Enrique legte Wert darauf, dass auch Isabél und ihr Bruder Alfonso die Jagd begleiteten. Isabél war froh, nach den vielen langen Abenden bei ermüdenden Handarbeiten wieder einmal nach Herzenslust ausreiten zu können. Sie genoss den frischen, kühlen Wind, der ihr ins Gesicht blies. Die kläffende Hundemeute eilte den Reitern voran. Aus dem Unterholz war das Rufen und Klopfen der Treiber zu vernehmen.

Beatríz teilte Isabéls Reitleidenschaft nicht. Außerdem gehörte sie nicht zum erlauchten Kreis um den König, dem das Privileg der Jagd zustand. So froh Isabél sonst über Beatríz' Anwesenheit war, so froh war sie auch über das Stückchen Freiheit während dieser Jagd.

Auf einer Lichtung ließ Enrique halten. Pagen standen neben einer gedeckten Tafel mit Wein. Sie reichten den Jagdteilnehmern gefüllte Pokale.

»Lasst uns auf eine erfolgreiche Jagd trinken!«, rief der König und hob seinen Pokal. Die Reiter hoben ebenfalls ihre Pokale und wünschten dem König Jagdglück.

Enrique setzte seinen Pokal an und leerte ihn mit einem Zug. Wenig später krümmte er sich zusammen. Sofort waren einige Getreue an seiner Seite. »Es ist nichts«, winkte Enrique ab, aber sein Atem ging schwer.

Isabél wendete besorgt ihren Araber. Enriques Magenprobleme wurden immer offensichtlicher. Sie wollte versuchen, ihren Bruder davon zu überzeugen, endlich die Leibärzte zu konsultieren, anstatt sie ständig abzuweisen.

Enrique lächelte gequält. »Ich habe nur zu hastig getrunken. Es war meine Schuld.«

Mühsam richtete er sich im Sattel auf. Es gelang ihm nur schlecht. Von vielen Augen wurde er beobachtet, die einen abwartend, die anderen besorgt.

Gonzales de Mendoza, seines Zeichens Erzbischof von Calahorra und als Angehöriger einer der einflussreichsten Familien Kastiliens selbstverständlich unter den Jagdgästen, beugte sich zu seinem Cousin Iñigo hinüber.

»Langsam glaube ich nicht mehr an Zufälle«, raunte er diesem zu. »Das ist keine Magenkrankheit. Ich bin sicher, jemand betätigt sich hier als Giftmischer.«

»Hast du einen Verdacht?«, fragte Iñigo ebenso leise.

Der Bischof warf einen kurzen Seitenblick auf Carillo. »Und was für einen.«

Iñigo zügelte sein schwitzendes Pferd. »Sollten wir nicht eingreifen?«

Gonzales schüttelte den Kopf. »Wenn dir dein Kopf lieb und teuer ist, solltest du dich in Geduld üben. Carillos Einfluss ist nicht zu unterschätzen. Ich jedenfalls möchte meinen Kopf noch ein bisschen behalten.« Er deutete unauffällig zu Pacheco. »Der ist noch gefährlicher. Und skrupellos. Ich glaube, sein Onkel hat ihn vorgeschickt, um die Drecksarbeit zu erledigen. Wir sollten auf der Hut sein.«

Iñigo drängte sein Pferd an die Seite des Königs, als wolle er ihn auf diese Weise vor einem möglichen Angriff beschützen. Enrique atmete mehrmals tief durch, dann erbrach er sich. Iñigo bekam alles auf sein Gewand, doch er wich keine Handbreit.

»Majestät«, flüsterte Iñigo, sodass es nur der König verstehen konnte. »Das könnte ein Anschlag gewesen sein. Ich bin mir sogar ziemlich sicher, dass es Leute gibt, die Euch nach dem Leben trachten.«

Einen Augenblick verharrte Enrique, dann schüttelte er sich wie ein nasser Hund. »Unsinn! Wer würde denn so etwas tun? Ich habe niemandem etwas getan.«

»Es gibt genügend unter den Granden, die nicht zufrieden sind.«

Enrique schenkte ihm einen nachsichtigen Blick und wischte sich den Mund mit dem Ärmel seines Gewandes ab. »Die Granden sind nie zufrieden. Aber wen wollt Ihr verdächtigen? Habt Ihr Beweise, Mendoza?«

»Sicher. Don Pedro de Velasco hat Euch, Majestät, ein hassenswertes Untier genannt. Nur Euer Tod könne noch den Untergang des Landes verhindern.«

Enrique lachte trocken auf. »So? Da muss Velasco noch ein bisschen warten.« Er wandte sich zu seinem Gefolge um. »Worauf warten wir noch? Das Wild ist sonst über alle Berge!« Er gab seinem Pferd die Sporen und preschte davon. Die Reiter folgten ihm.

Isabél hatte es nicht ganz so eilig. Der Zwischenfall hatte sie nachdenklich gestimmt. Ihr Blick fiel auf Carillo, der ebenfalls zurückgeblieben war.

»Was haltet Ihr davon, Exzellenz?«, fragte Isabél.

»Wovon?«

»Von der Krankheit des Königs.«

»Ich bin für die geistige Gesundheit des Königs zuständig, nicht für die körperliche. Ich bedaure, dass er keinen Rat von mir annimmt.«

»Und was habt Ihr ihm geraten?«

»Er sollte auf seine Leibärzte hören.«

»Das habe ich ihm auch geraten. Auf mich hört er auch nicht.«

»Siehst du! Dabei stände es ihm gut, auf dich zu hören.«

Isabél lachte belustigt auf. »Warum sollte er das tun? Er ist der König, und ich bin ein Nichts.«

»Das würde ich nicht behaupten«, erwiderte Carillo gedehnt. Sie ritten Seite an Seite im Schritt. Das Hundegebell war nur noch entfernt zu vernehmen. »Du bist dem König offensichtlich viel wert.«

Verwundert schaute Isabél ihn an. »Wie das?«

»Warum sonst hätte er dich mit dem portugiesischen König verlobt?«

»Verlobt?« Isabél stockte der Atem. »Mit König Alfonso?«

»Mit König Alfonso!«

Isabél zügelte ihren Hengst. »Das ... das kann nicht sein! Enrique hat mir davon nichts gesagt.«

»Nun, das finde ich nicht sehr anständig von ihm. Schließlich sollte ein junges Mädchen wissen, mit wem es demnächst das Ehebett teilt.«

»Exzellenz!« Sie wurde blass. »Seid Ihr wirklich sicher?«

Carillo grinste in sich hinein. Isabél schien nicht zu wissen, dass Verlöbnis und Hochzeit einer Infantin von der Zustimmung der versammelten Cortes abhingen. Es würde Enrique wohl kaum gelingen, die heillos zerstrittenen Granden Kastiliens an einen Tisch zu bekommen. Doch sein Gesicht drückte Zuversicht aus, als er es Isabél zuwandte.

»Selbstverständlich. Es wäre für mich schon von Nachteil, nicht zu wissen, was in Kastilien vor sich geht. Du wirst Königin von Portugal.«

Isabél schüttelte den Kopf. »Nein, ich würde die Frau des portugiesischen Königs werden. Nicht mehr.« Ihre Augen wanderten zum Himmel, und ihre Stimme begann zu zittern. »Eines alten, verschrumpelten Monarchen.«

Carillos Augen verengten sich. »Du hättest Besseres verdient.«

»Wie meint Ihr das?«

»Wie ich es gesagt habe.« Er trieb sein Pferd zu einer schnelleren Gangart an. »Du könntest eine wirkliche Königin sein.«

Isabél schaute ihm nach. »Königin sein«, murmelte sie. »Was für ein Unsinn!«

Bulbito

Sehnsüchtig erwartete nicht nur Isabél den Frühling. Der Winter auf der kastilischen Hochebene war hart und kalt. Die windumtoste Einöde forderte ihren Bewohnern Härte und Geduld ab. Doch wenn der Frühling einkehrte und das Land für kurze Zeit mit einem milden Hauch streifte, kehrten die Lebensgeister zurück.

Der kastilische Königshof hatte den Winter in Segovia verbracht und sich hinter den hohen Mauern des Alcázar verkrochen. Nun regte sich das Leben langsam wieder, und wie die Igel aus dem Winterschlaf kamen Höflinge und Hofdamen, Beamte, Krieger, Ritter und Knechte, Mägde und sonstige Bewohner des trutzigen Wehrbaus heraus. Sie blinzelten in die wärmende Frühlingssonne. Das ockerfarbige, gewellte Hinterland war mit einem zartgrünen Schleier überzogen, und über das alte römische Aquädukt plätscherte frisches Schmelzwasser, das der Rio Acebeda an die Stadt heranführte. Es war wie ein befreites Aufatmen, das durch die Lungen der Burgbewohner ging.

An einem der ersten warmen Frühlingstage veranstaltete der Königshof ein Picknick in der Nähe des Aquädukts. Auf einer Wiese, die mit Frühlingsblumen übersät war, wurde das Lager aufgebaut. Die Damen des Hofes saßen auf weißen Linnentüchern oder dicken Teppichen, Höflinge und Galane unterhielten und bewirteten sie mit Wein und Zuckerwerk. Bienen und Hummeln surrten durch die Luft und verirrten sich schon mal auf einen Zuckerkringel oder ein farbenfreudiges Kleid.

Auch Isabél genoss den Frühling. In den langen Winterwochen hatte sie sich mit Geschichte und Grammatik, Musik und Malerei beschäftigt. Einige Zeit verbrachte sie in einem nahe gelegenen Kloster mit dem Studium heiliger Schriften und philosophischen Gesprächen.

Beatríz fand Isabéls Aktivitäten übertrieben und ihrem jugendlichen Alter nicht angemessen. Häufig hatte sie versucht, die Freundin zu Spiel und Spaß aufzufordern.

An diesem Tag jedoch zögerte auch Isabél nicht, sich dem Zug des Hofes hinaus ins Freie anzuschließen. Etwas abseits von den ausgelassenen Hofdamen der Königin ließ sich Isabél nieder. Sie besaß außer Beatríz keine wahre Freundin, und so gab es nur einige Mädchen in ihrem Gefolge, die in ihrem Alter oder noch jünger waren. Sie kicherten albern, wenn die jungen Galane um sie herumschlichen und ihnen so manches scherzhafte Wort zuriefen.

Isabéls Augen suchten ihren Bruder Alfonso, der sich zu einigen Jungen gesellt hatte, die ihre Kräfte spielerisch miteinander maßen. Mit Holzschwertern fochten sie Kämpfe aus, bis ihnen der Schweiß von der Stirn rann. So manches Mädchenauge verfolgte heimlich diese Vorführungen und erkor für sich ihren Favoriten.

Alfonso zeigte sich von der weiblichen Bewunderung unbeeindruckt. Königin Juanas Hofdamen begleiteten die Vorführungen mit spöttischen Bemerkungen und schenkten ihre Aufmerksamkeit und Gunst den etwas älteren Jünglingen und Höflingen, die sich zuhauf in Enriques Dunstkreis herumtrieben. Aber keiner schien heute etwas übel zu nehmen. Das milde Frühlingswetter stimmte auch die Gemüter mild.

»Bald wird der Hof aufbrechen und wieder durch Kastilien ziehen«, sagte Beatríz. »Ich nehme an, du wirst mit ihm ziehen. Fast beneide ich dich darum, denn ich werde wohl zurück nach Arévalo kehren.«

»Darum solltest du mich nicht beneiden. Das ganze Land ist so voll Unruhe. Wenngleich mir das Schloss von Arévalo nicht behagt, so beherbergt es doch diese wundervolle Bibliothek.«

»Du kannst doch nicht immer nur an den Büchern kleben«, tadelte Beatríz. »Hast du denn noch nicht genug? Den ganzen Winter brütest du darüber. Schau dir lieber das Land an. Da gibt es genug zu erleben.«

Isabél wandte sich um und deutete auf die in mehreren Gruppen herumstehenden Granden. Sie hatten sich die Gelegenheit nicht entgehen lassen und ihre prächtigsten Kleider angelegt. Wie Pfauen stolzierten sie über die Wiese, drehten sich um die eigene Achse und versuchten, sich gegenseitig zu beeindrucken.

»Schau sie dir doch an, die Großen Kastiliens«, erwiderte Isabél. »Jeder gegen jeden.« Sie schüttelte den Kopf. »Und jeder nur zu seinen Gunsten.«

Beatríz lachte auf. »Was erwartest du? Ein Land voller Heiliger?«

Sie wandten sich um, als plötzlich lautes Gelächter aus Richtung der Königin erklang. Die Hofdamen scharten sich um etwas, was aus der Ferne wie ein Tier aussah.

»Was hat Juana da? Einen Affen?«, wollte Beatríz wissen.

»Nein, einen neuen Hofnarren. Der König hat ihn irgendwo in der Gegend von Granada gefangen«, erwiderte eines der Mädchen, die mit ihnen auf der Wiese lagerten. »Ich habe ihn bei Königin Juana schon gesehen. Er macht Kunststückchen wie ein Hund, aber er sieht aus wie eine verfaulte Feige.«

Isabél zog die Nase kraus, was ihr Gesicht seltsam verunstaltete.

»Eine verfaulte Feige?«

»Er ist ein Negro, ein Muselmane, klein und hässlich wie ein Gnom. Königin Juana und ihre Hofdamen haben viel Spaß mit ihm.«

Beatríz winkte einen jungen Gecken zu sich. »Du, geh doch mal zur Königin und frag sie, ob sie uns ihren Hofnarren für ein Weilchen ausleiht.«

Der Junge errötete vor Freude und Eifer. »Zur Königin persönlich?«

»Aber ja doch! Sag, Isabél schickt dich.«

»Unsinn«, widersprach Isabél verärgert. »Ich will ihren Hofnarren nicht. Hier laufen schon genug Narren herum.«

Der Junge blieb unschlüssig stehen, und seine Augen wanderten fragend zwischen Beatríz und Isabél hin und her.

Beatríz zog ein farbiges Band aus Isabéls Kleid und reichte es dem Jungen.

»Nun geh schon in Gottes Namen und gib das der Königin. Dann glaubt sie dir.«

Er eilte eifrig davon, um den Auftrag auszuführen.

»Sei kein Spielverderber«, schmollte Beatríz.

Auch die anderen Mädchen schauten ungeduldig zum Lager der Königin hinüber. Die Hofdamen drängten sich unter dem kleinen Baldachin, der etwas Schatten spendete. Doch die Sonne war noch nicht so unbarmherzig, dass sie einen Baldachin benötigten. Etwas anderes musste sich darunter befinden, was ihre ganze Aufmerksamkeit fesselte.

Der junge Geck benötigte eine Weile, um Juana sein Anliegen vorzutragen. Die Königin blickte zu Isabél hinüber, die den Kopf abwandte. Doch Beatríz winkte übermütig. Juana winkte zurück und sagte etwas zu ihren Hofdamen. Die nahmen dem Jungen Isabéls Band ab und wickelten es um den Hofnarren. Sie sprach einige Worte zu dem Gecken, dann kamen beide zu Isabél herüber.

Mit wachsender Verwunderung betrachtete Isabél das Etwas, das an der Seite des Jungen auf sie zugewackelt kam. Erst auf den dritten Blick war dieses Etwas als Mensch zu erkennen. Das Mädchen hatte nicht übertrieben. Der Gnom besaß die Größe eines Zwerges, mit kurzen Armen und Beinen und einem überdimensionalen Kopf. Dieser Eindruck wurde noch durch den riesigen Turban verstärkt, den er auf dem Kopf trug.

Der Mohr trug seidene Pluderhosen und goldene Schnabelschuhe. Ähnliche Schuhe besaß Enrique, und manchmal trug er sie auch, wenn er sich im Alcázar aufhielt. Über einem Baumwollhemd trug der Gnom eine kostbar bestickte Weste. Der Turban bestand aus feinstem weißen Seidenstoff, den ein großer Edelstein mit einem Büschel aus Golddraht zierte.

So prachtvoll seine Kleidung war, so scheußlich war sein Aussehen. Er besaß ein knolliges Gesicht voller Runzeln, aus dem zwei dunkle Augen mit gelblichen Rändern blickten. Er sah wirklich aus wie eine verfaulte Feige.

Der Junge verbeugte sich vor Isabél. »Ich soll Euch von der Königin ausrichten, dass sie ihn Euch zum Geschenk macht. Allerdings nur für diesen Tag.«

Er zupfte an dem Band, das der Gnom um seinen unförmigen, disharmonischen Körper gewickelt trug.

»Einen Menschen zum Geschenk«, murmelte Isabél.

»Das ist doch gar kein Mensch«, kicherte eines der Mädchen.

»Wie heißt du?«, wollte Isabél wissen.

Der Gnom öffnete die wulstigen Lippen und entblößte dabei gelbliche Zähne. »Bulbito[2]«, antwortete er mit kehliger, hoher Stimme.

»Bulbito?« Beatríz lachte amüsiert. »Wohl eher eine verfaulte Zwiebel! Du solltest dankbar sein, dass dich der König aufgehoben und nicht weggeworfen hat.«

Bulbito grinste und zog dabei eine fürchterliche Grimasse. Isabél schauderte bei seinem Anblick, doch sie bemühte sich, sich dieses Entsetzen nicht anmerken zu lassen.

---

2 Span.: kleine Knolle, Zwiebelchen.

»Bulbito – hast du auch einen richtigen Namen? Ich meine, einen Taufnamen?«

Der Gnom grinste wieder. »Bulbito, das reicht.«

»Das reicht nicht«, widersprach Isabél.

»Vor Gott benötigt man keinen Namen«, gab er respektlos zurück.

Isabéls Züge verspannten sich. »Was weißt du von Gott?«

»Ich weiß viel, sehr viel«, erwiderte Bulbito unbeeindruckt.

»Du lügst«, erwiderte Isabél heftig.

Bulbito schüttelte seinen riesigen Kopf. »Nein, Prinzesschen, ich weiß, was morgen sein wird.«

»Niemand kann das wissen«, widersprach Isabél heftig. »Es sei denn, er ist ein Prophet.«

»Wer weiß, wer weiß ...« Bulbito begann zu tanzen und drehte sich um sich selbst. »Ich sehe dahin, wohin kein Auge blickt, und ich höre dahin, wohin kein Ohr hört. Ich rieche dahin, wo noch keine Nase riecht, und ich spüre, was noch keine Haut spürt.«

»Er macht mir Angst«, flüsterte eines der Mädchen.

»So lasst ihn doch!«, rief Beatríz. »Wollen wir nicht wissen, was er prophezeit?«

Isabél zögerte, dann atmete sie tief durch. »Und was siehst du?«, fragte sie schließlich.

»Ich sehe eine Königin, die trägt zwei Kronen.« Er drehte sich einmal um sich selbst. »Ich höre dahin, wohin kein Ohr hört.«

»Und was hörst du?«, war Beatríz' Frage.

Bulbito hielt eine Hand hinter sein winziges, missgestaltetes Ohr, das seltsam verbogen unter seinem Turban hervorlugte, und lauschte in eine unbestimmte Richtung. »Ich höre flüsternde Stimmen, die Lügen verbreiten.«

Wieder drehte er sich um sich selbst. »Ich rieche, was noch keine Nase riecht.«

»Hoffentlich etwas Gutes wie gebratenen Kapaun«, ulkte das Mädchen.

Bulbito schnupperte in die Luft und schlich auf seinen kurzen, krummen Beinen einem unbekannten Duft nach. »Ich rieche verbranntes Fleisch, das Gott gefallen soll.« Wieder drehte er sich einmal um sich selbst. »Ich spüre, was noch keine Haut spürt.«

Niemand stellte die Frage danach, was er spürte. Doch Bulbito schien sie auch nicht zu erwarten. »Ich spüre den Stachel des Hasses bis ins Mark.« Seine Lippen verzogen sich zu einem hässlichen Grinsen.

Beatríz und die Mädchen schwiegen betroffen. Bulbito verharrte in einer merkwürdigen Position, mitten in seinen tänzelnden Bewegungen, die Augen verdreht, als wäre er tot.

»Bring ihn zurück«, befahl Isabél in einem ungewohnt harten Ton.

Der Junge, den das ganze Schauspiel eher amüsiert als erschreckt hatte, verzog enttäuscht das Gesicht, fügte sich aber sofort. »Komm, du seltsamer Affe«, herrschte er Bulbito an, der sich vor Isabél tief verbeugte.

»Prinzesschen ... Majestät!« Dann eilte er mit trippelnden Schritten dem Jungen hinterher.

»Ein unheimlicher Kerl.« Die junge Hofdame schüttelte sich.

Auch Beatríz war das Lachen vergangen. »Eine seltsame Art von Humor hat er«, murmelte sie. »Warum kann die Königin nur darüber lachen?«

Isabél verzog keine Miene. »Nur Gott weiß, warum er solche Geschöpfe geschaffen hat. Aber vielleicht ist das auch das Werk des Teufels!«

Wenig später begegnete Isabél der Königin auf dem Gang des Alcázar. Wie immer wurde Juana von ihren Hofdamen wie von einem Schwarm Schmetterlingen umschwirrt.

Als Juana Isabél bemerkte, blieb sie stehen und hob die Hand. Die Hofdamen hielten respektvoll Abstand. Die Königin schlug ihren kostbaren Fächer auf und hielt ihn vors Gesicht. Ihre dunklen Augen funkelten Isabél über den Fächerrand an.

»Du hast also mein Geschenk verschmäht?« In ihrer Stimme klang Spott, aber auch Drohung.

Isabéls Rücken versteifte sich. »Es entsprach nicht meiner Auffassung von Spaß«, erwiderte sie.

Juanas Blick wurde nun herablassend, und sie fächelte sich Kühlung zu.

»Deine Auffassung von Spaß. Weißt du überhaupt, was das ist? Aber woher sollst du es auch wissen, Tochter einer Geisteskranken ...«

»Ihr sprecht von meiner Mutter!« Isabél spürte die Hitze des Zorns im Gesicht.

»Zum Glück ist es deine Mutter und nicht die des Königs. Bist du an den Hof gekommen, um Intrigen zu spinnen? Gib zu, du hast den König beeinflusst, Juanita die Thronfolge abzuerkennen.«

»Wie könnte ich?«, begehrte Isabél auf. »So etwas steht weder in meiner Macht, noch wäre es mein Wille.«

»Pah! Deinen Bruder Alfonso willst du auf dem Thron wissen, und dir damit deine Machtposition stärken.«

Für einen Augenblick verschlug es Isabél die Sprache. Wie kam Juana nur auf so einen abwegigen Gedanken?

»Ich werde dafür sorgen, dass du falsche Natter zertreten wirst wie ein Wurm. Enrique soll mit dir das machen, wozu du da bist, dich entweder in ein Kloster stecken oder einem Mann zum Weib geben, der dir Gehorsam lehrt.«

Sie ließ Isabél stehen und schritt hoheitsvoll davon, im Schlepp ihre Hofdamen, die sich kichernd nach Isabél umdrehten.

Was war nur in Juana gefahren? Noch vor kurzer Zeit hatte sie Isabél als ihre einzige und wahre Freundin bezeichnet! Isabél war die Taufpatin von Juanas Kind. Niemals würde sie ...

Glaubte Juana tatsächlich, Isabél hätte veranlasst, die Infantin Juanita zu enterben? Was hätte sie davon, wenn Alfonso in der Thronfolge aufstieg? Aber natürlich! Isabél stünde an zweiter Stelle der Rangfolge und würde damit einen bedeutend größeren Einfluss erlangen. Wenn Enrique stürbe, müsste die Königin wieder zurück nach Portugal gehen. Das war also der Grund von Juanas plötzlichem Hass!

Verwirrt eilte Isabél in ihr Gemach. Die Königin müsste wissen, dass Isabéls Stellung nicht hoch genug war, um den König dahingehend zu beeinflussen. Außerdem hatte Enrique selbst zugegeben, dass er sich mit dieser Entscheidung dem Druck der oppositionellen Granden beugte. Wusste dies die Königin nicht?

Nur eines begriff Isabél: Sie hatte von nun an eine Feindin am Hof – die Königin!

Die Farce von Ávila

Carillo hatte ursprünglich seine eigenen Pläne mit Isabél geschmiedet. Dieses kleine, naive dreizehnjährige Mädchen wäre das rechte Instrument für eine Verbindung mit Aragón gewesen. Der König war Carillos geheimem Vorhaben zuvorgekommen, indem er Isabél mit dem portugiesischen König verlobte. Carillo brauchte nun eine andere Marionette, um gegen den König zu intrigieren. Dies war Thronfolger Alfonso. Noch jünger als Isabél, noch naiver, kindlicher und unerfahrener, eignete er sich bestens für einen Putsch.

Pachecos rhetorische Fähigkeiten überzeugten die Vertreter des Adels derart, dass sie ihn als Gesandten zum König schickten, um ihm die Forderungen der Aufständischen zu überbringen. Mit der ihm eigenen Unverfrorenheit trat Pacheco vor Enrique.

»Majestät, der kastilische Adel fordert Euch auf, Euren Halbbruder Alfonso offiziell als Thronanwärter anzuerkennen. Als Beweis für Euer Einverständnis fordern wir Euch auf, uns Prinz Alfonso auszuliefern, damit er die Thronfolge annimmt.«

Enrique starrte Pacheco an wie ein Gespenst. »Alfonso? Was wollt Ihr von Alfonso?«

Pacheco reckte den Kopf vor wie ein Geier, wenn er Beute sichtete. »Ihr wisst, wie es um Eure angebliche Tochter steht, Majestät. Der

Adel erkennt Juanita nicht als Thronfolgerin an, und Ihr wisst genau, warum. Der Adel ist bereit zum Krieg. Wollt Ihr das riskieren?«

Der Ratsälteste Don Lope war aufgesprungen. »Majestät!«, rief er beschwörend. »Überlegt Euch genau, was Ihr antwortet. Wenn Ihr jetzt den Forderungen nachgebt . . .«

Enrique atmete schwer. Die Hand auf seinen Leib gepresst, kalten Schweiß auf der Stirn, keuchte er: »Mir ist nicht daran gelegen, unschuldiges Blut zu vergießen. Ich kann es nicht verantworten, Menschen in den Krieg und damit in den Tod zu schicken. Ich beuge mich der Übermacht.« Dann reckte er sich. »Ich sehe es als Klugheit und Weisheit an, diese Situation so einzuschätzen. Ein Kompromiss ist besser als ein Krieg. Ich hoffe, nachfolgende Generationen werden mir das zugute halten.«

Pacheco deutete eine Verbeugung an und unterdrückte ein zufriedenes Grinsen. »Diesmal handelt Ihr tatsächlich weise«, erwiderte er. Er übergab Enrique die Pergamentrolle zum Unterschreiben.

»Wenn es Euch beruhigt, der Infant wird sich mit Juanita vermählen, auf dass beide die Regierungsgewalt übernehmen werden.«

Enrique blickte erstaunt auf. »Ach, tatsächlich?« Ein unsicheres Lächeln erhellte sein Gesicht.

»Und wo wir schon einmal dabei sind . . .« Pachecos Stimme wurde eine Spur sanfter. »Der Adel fordert auch die Absetzung Don Beltráns als Großmeister des Santiago-Ordens.«

»Das ist unmöglich«, begehrte Enrique schwach auf. »Wen soll ich denn dafür einsetzen?«

Pacheco trat einen Schritt auf den König zu und lächelte. »Ist das so schwer zu entscheiden?«

»Alfonso! Wo ist er?« Außer sich eilte Isabél den langen, engen Gang entlang zum Thronsaal, wo sich der König mit seinen engsten Getreuen aufhielt. Die heftigen Debatten der Mitglieder des Kronrats hatte er sich verbeten. Er hatte entschieden. Noch war er König.

»Wo ist Alfonso?«

Enrique hob langsam den Kopf und benötigte eine geraume Weile, um Isabél richtig wahrzunehmen. »Er ist bei Pacheco in Sicherheit«, erwiderte er. Seine Stimme klang müde.

»Wie konntest du das zulassen?« Tränen standen in ihren Augen. »Er ist doch noch ein Kind!«

»Er ist der Infant. Ich habe ihn als Thronfolger anerkannt. Es war der einzige Weg, um ein Blutvergießen zu verhindern.«

»Alfonso ist eine Geisel! Du hast ihn geopfert!« Isabél konnte ihre Empörung nicht unterdrücken. »Du musst etwas unternehmen!«

Enrique schüttelte stumm den Kopf. »Ich vertraue auf die Freundschaft und Loyalität des Adels. Ich habe ihnen die Hand ausgestreckt zur Versöhnung. Ich warte ab; sie werden zu mir kommen.«

Fassungslos starrte Isabél ihn an. »Und wenn sie ihn töten?«, flüsterte sie.

»Unsinn! Sie brauchen ihn. Es ist ein Handel. Die Granden sind schon immer aufmüpfig gewesen. Weißt du, Isabél, manchmal muss man eben Kompromisse eingehen. Sie wollen Alfonso als Thronfolger, also sollen sie ihn bekommen. Und da vereinbart wurde, dass er mein Töchterchen Juanita heiratet, bleibt doch alles beim Alten. Juanita wird den Thron besteigen.«

»Alfonso und Juanita?«

»Warum nicht? Wenn ich es mir so recht überlege, ist das gar nicht so dumm. Darauf hätte ich auch kommen können.«

»Die Granden drohen mit Krieg! Damit erpressen sie dich.«

Enrique hob die Schultern. »Das tun sie doch immer. Aber ich lasse mich nicht erpressen. Zum Schein gehe ich auf ihre Forderungen ein, und sie geben Ruhe. In der Zwischenzeit kann ich darüber nachdenken, was ich tue.«

Enttäuscht kehrte Isabél in ihre Gemächer zurück. Sie sorgte sich um ihren Bruder. Und sie vertraute den kastilischen Granden nicht, wie

Enrique es tat. Sie war nur froh, dass Beatríz bei ihr war. In der Freundin fand sie Halt.

Beatríz trat zu ihr und legte die Arme um ihre Schultern. »Kannst du nicht etwas unternehmen?«

Isabél fuhr herum. »Ich? Was sollte ich schon unternehmen? Ich bin nicht die Königin.«

»Ja, du hast recht«, gab Beatríz kleinlaut zu. »Vielleicht wäre es gut, wenn du die Königin wärst.«

Das hatte Isabél schon einmal gehört. »Unsinn!«, rügte sie ihre Freundin. »Ich will davon nichts mehr hören. Enrique ist der König, und er wird das Richtige tun.«

»So wie bei dir«, gab Beatríz zurück. »Er hat dich einfach mit dem portugiesischen König verlobt.«

»Es ist unser Los, durch Heirat die Politik zu gestalten.« Isabéls Stimme blieb erstaunlich gelassen. Beatríz' forschender Blick schien sie ebenfalls nicht aus der Ruhe zu bringen.

»Und das nimmst du einfach so hin?«

»Wer sagt, dass ich es hinnehme?«

»Weil du dich nicht dagegen auflehnst.«

Ein seltsames Lächeln spielte um Isabéls Mundwinkel. »Man verlangt von uns, dass wir uns verstellen. Das ist auch unser Los.«

Beatríz betrachtete sie misstrauisch. »Du sprichst in Rätseln, fast wie dieser hässliche Zwerg ...«

Augenblicklich fuhr Isabél auf. »Bulbito?« Ihr Rücken versteifte sich. »Ich möchte diese Kreatur nie wieder sehen.«

»Fürchtest du dich vor ihm? Das ist unnötig. Er ist harmlos, eben ein Gnom. Er kann nichts dafür, dass er so hässlich ist.«

Isabél schüttelte den Kopf. »Nicht seine Hässlichkeit ist es, die mich ängstigt.«

»Sondern?«

»Das, was er sagt. Wenn es stimmt ...«

»Pah, hör nicht auf diesen Zerberus. Er wollte dich nur erschrecken.«

»Wenn es stimmt«, fuhr Isabél unbeirrt fort, »dann steht diesem Land eine schreckliche Zukunft bevor.«

»Glaub nicht daran«, beschwor sie Beatríz. »Er ist Hofnarr und kein Prophet.«

Isabél verengte die Augen und blickte in eine unbestimmte Ferne. »Die Stimme von dort, von jenseits des Heute«, murmelte sie. »Eine Königin mit zwei Kronen, Stimmen, die Lügen verbreiten. Ein großes weites Land, in dem Tausende Feuer brennen wie Sterne am Himmel, Schreie von Gemarterten, Fäulnis aus den Gräbern, die sich mit dem Geruch des Weihrauchs in den Kirchen mischt. Was hat das zu bedeuten?«

Beatríz hob die Schultern, als würde sie frösteln. »Um Gottes willen, Isabél, vergiss dieses dumme Geschwätz! Wenn man den ganzen Tag nur in diesen dunklen Gemächern hockt, muss man doch trübsinnig werden.« Beatríz stockte, als sie Isabéls Blick bemerkte. »Entschuldige, ich vergaß, dass deine Mutter ...« Sie schwieg und biss sich auf die Unterlippe.

»Seit ich in Segovia weile, gibt es Feste, Belustigungen, Jagden. Man könnte den Eindruck gewinnen, dass das ganze Leben nur aus Spaß besteht. Dabei ist es genau umgekehrt. Das Land versinkt in einem Sumpf. Und warum? Weil alle nur an sich denken und Gott vergessen haben. Und jetzt ... jetzt opfert der König meinen Bruder Alfonso ... Es ist entsetzlich«, schluchzte Isabél plötzlich auf. »Enrique will nichts unternehmen. Er glaubt, die Bösewichte mit Milde und Güte für sich gewinnen zu können.« Sie hob die geröteten Augen zu Beatríz. »Ich muss etwas unternehmen! Aber was?«

»Hast du Vertraute am Hof?«

Isabél schüttelte stumm den Kopf. Sie hatte sich bislang sehr distanziert verhalten und festgestellt, dass es gut so war. Zu wetterwendig waren fast alle, die sich hier ihre eigenen Vorteile erhofften.

Plötzlich fuhr sie herum. »Carillo! Der Erzbischof muss helfen. Er befindet sich in Toledo. Lauf, Beatríz, suche einen vertrauensvollen Boten, den ich mit einem Brief nach Toledo senden kann.«

»Meinen Diener Ruíz«, sprudelte Beatríz heraus. »Er ist mir treu ergeben. Er wird den Brief überbringen.«

Isabél setzte sich an den Tisch, um den Brief zu schreiben. Bevor sie zur Feder griff, faltete sie die Hände und hob den Blick. »Herr, ich vertraue meine Angelegenheit deiner Weisheit an.«

*

Isabéls Brief war nur der letzte Tropfen, der Carillos Fass zum Überlaufen brachte. Zurückgezogen auf sein Landgut, wo er sich seine Wunden leckte, musste er mit ansehen, wie sich sein Neffe Pacheco die größten Vorteile aus der Kampagne gegen den König gesichert hatte. Vor allem das Amt des Großmeisters des Santiago-Ordens wollte Carillo für sich sichern. Nun war ihm Pacheco zuvorgekommen. Und nicht nur ihm.

Fadrique Enriquez reiste zu ihm nach Toledo und beklagte sich bitter über Pacheco. »Er hat uns hereingelegt. Er hat uns an die Wand gedrückt. Wie stehen wir nun da? Und er lacht sich ins Fäustchen. So war das nicht geplant!«

»Gewiss nicht«, gab Carillo zu. Er schob Fadrique Isabéls Brief zu. »Wir werden am Hof gebraucht.«

Don Fadrique überflog die Zeilen. »Als Retter«, ergänzte er. »Wir werden Alfonso retten.«

»Und der König wird uns verzeihen.« Carillo erhob sich. »Lasst uns sofort aufbrechen.«

*

Carillos Plan ging auf. In Segovia angekommen, baten sie um eine Audienz bei Enrique. Isabél atmete insgeheim auf. Sie setzte sich für die beiden ein, und der König gewährte die Audienz sofort.

Als reumütige Sünder warfen sich Carillo und Don Fadrique vor dem König auf den Boden und erflehten Absolution für ihre Verfehlungen. Sie beteuerten dem König ihre unverbrüchliche Freundschaft und Loyalität und versicherten, den Infanten aus Pachecos Händen zu befreien.

Enrique sprang auf und lief zu den beiden am Boden liegenden Männern. »Erhebt Euch, erhebt Euch, Señores. Ihr beschämt und beglückt mich. Gewiss bin ich vielfach enttäuscht worden, aber ich empfange jeden mit offenen Armen, der mir seine Loyalität versichert. Ich glaube an Eure Aufrichtigkeit, Señores. Euer Exzellenz, Gott hat Euch den richtigen Weg gewiesen«, wandte er sich an Carillo. »Ich möchte altes Unrecht wieder gutmachen. Ich übergebe Euch die Stadt Ávila als Lehen, zudem erhaltet Ihr den Sold für eintausenvierhundert Lanzenkrieger. Und Ihr, lieber Admiral Enriquez, bekommt natürlich Valladolid wieder zurück.«

Nicht nur der König, sondern auch Carillo und Enriquez atmeten sichtlich auf. Der König, weil er wieder zwei Getreue zurückgewonnen hatte, der Erzbischof und der Admiral, weil sie ihre Köpfe noch auf den Schultern trugen. Jeder andere König hätte sie wohl wegen Hochverrats hinrichten lassen.

Nicht so Enrique. »Siehst du«, sagte er später zu Isabél. »Ich hatte recht gehabt. Es ist tausendmal besser, dem Gegner die Hand zu reichen, als Blut zu vergießen. Sie haben ihren Irrtum eingesehen. Jetzt sind sie wieder meine Freunde.«

Isabél hatte die Nacht in ihrer kleinen Privatkapelle zugebracht und für Alfonsos Errettung gebetet. Auch sie war erleichtert, jedoch anders als Enrique. Wer einmal die Seiten wechselte, der würde sie wieder wechseln. Wichtiger war ihr jedoch, dass ihr Bruder Alfonso nicht in die Machtkämpfe des Adels hineingezogen wurde. Sie war sich sicher, dass ihre inbrünstigen Gebete erhört worden waren. Bald schon würde sie Alfonso wieder in die Arme schließen können.

Indes versammelten sich im nahe gelegenen Ávila die Königsgegner unter dem Schutz von Carillo. Ungeachtet seiner Lippenbekenntnisse vor Enrique suchte der Erzbischof nach einer Legitimation zum Sturz des Königs. Enrique war zu wankelmütig, zu unberechenbar. Carillo benötigte eine willfährige Marionette, um selbst aus der zweiten Reihe regieren zu können. Dieses Ansinnen bestimmte sein ganzes Streben, und jedes Mittel war ihm dazu recht, wenn es nur Erfolg versprach.

»Warum soll es nicht möglich sein, dass die Granden des Landes bestimmen, wer als König regiert?«, rief er und hob beschwörend die Hände. »Schon einmal gab es in der Geschichte Kastiliens einen derartigen Akt, als damals König Enrique II. von den Edlen als Souverän eingesetzt wurde. Das gibt uns die Legitimation, den Infant Alfonso zum neuen König auszurufen.«

»Richtig!« – »Jawohl, tun wir es!« – »Bravo, Carillo!«

Die eindringlichen Worte des Erzbischofs fanden unter den Granden Billigung und Zustimmung.

Wie so häufig war Carillo der geistige Urheber vieler umstürzlerischer Pläne, ausführen sollte sie jedoch ein anderer. Admiral Fadrique Enriquez schritt zur Tat. Er ließ vor den Mauern der Stadt ein großes Gerüst errichten, auf dem ein prunkvoller, mit den Königsinsignien verzierter Thron aufgebaut wurde. Auf diesen Thron wurde eine Puppe mit dem Aussehen König Enriques gesetzt, mit der Krone auf dem Haupt und dem Zepter in der Hand.

Die Bewohner der Stadt strömten herbei und betrachteten staunend die geheimnisvollen Vorbereitungen. Sie hatten keine Ahnung, wozu dies alles dienen sollte, und sie hatten auch keine Ahnung von der Verschwörung der Granden. Für eine Volksbelustigung und Abwechslung waren sie jedoch jederzeit zu begeistern, und so beobachteten sie die seltsamen Aktivitäten.

Inmitten des riesigen Auflaufs vor dieser Königspuppe erschienen drei prachtvoll gekleidete Reiter. Es waren Erzbischof Carillo in glänzender Rüstung, Pacheco de Villena, nicht minder prächtig gewandet, und zwischen ihnen – Alfonso! Der Junge ahnte nicht im Geringsten, was mit ihm geschah. Man hatte ihm gesagt, dass er nun im Triumph seinen neuen Aufgaben zugeführt werde. Als das Volk ihm zujubelte, grüßte er erfreut und glücklich zurück.

»Siehst du«, flüsterte Carillo ihm zu. »Das Volk liebt dich.«

Neben dem seltsamen Thron hielten sie an. Carillo stieg von seinem Ross, entledigte sich seiner Rüstung und kleidete sich in das Ornat des Kirchenmannes. Dann zelebrierte er eine Messe.

In Demut fiel das Volk auf die Knie. Der Erzbischof rief Gott an, um seinen Schutz für den Infanten zu erflehen. Plötzlich erschien ein ganz in Schwarz gekleideter Ritter auf einem schwarzen Pferd, riesig, unheimlich, unwirklich. Niemand kannte ihn. Die immer noch auf den Knien verharrenden Menschen murmelten erstaunt und verängstigt. Wie einer der Reiter der Apokalypse galoppierte der Ritter heran, zügelte sein schäumendes Pferd und wandte sich an die Menge.

»Volk von Ávila«, donnerte seine Stimme. »Die Zeit ist gekommen für das Strafgericht Gottes. Gott straft die Schuldigen. Gott straft die Sünder. Gott straft die Tyrannen.« Er zeigte mit dem ausgestreckten Arm auf die Königspuppe. »Da sitzt er, der Sünder, der Schuldige, der Tyrann!« Der Ritter entrollte ein langes Pergament. »In diesem Dokument sind alle Verfehlungen des Königs aufgelistet. Es ist eine Liste des Schreckens, es ist eine Liste der schrecklichsten Tyrannei, die beendet werden muss. Nun hört, Bürger von Ávila, was dieser König euch angetan hat.« Er verlas eine schier endlos scheinende Reihe von Untaten, die Enrique zur Last gelegt wurden. Ob sie wirklich stimmten, konnte keiner der erschütterten Zuhörer beurteilen. Die Demonstration des schwarzen Ritters aber war so beeindruckend, dass die Menge schwieg und mit angehaltenem Atem lauschte. Die edelsten der Granden hatten sich unterhalb des Thrones aufgereiht und stimmten den Worten des schwarzen Ritters mit stetigem Kopfnicken zu.

»Nieder mit dem Tyrannen! Nieder mit König Enrique«, endete der Ritter seine Rede.

Erzbischof Carillo selbst trat an die Königspuppe heran und riss ihr die Krone vom Kopf. Als Nächster stieß Pacheco de Villena ihr das Zepter aus der Hand. Dann kam der Graf von Placencia und nahm das Schwert weg. Der Großmeister von Alcantara sowie die Grafen von Paredes und Benavente schließlich packten die Puppe und schleuderten sie zu Boden. »Nieder mit dir, du Elender!«, schrien sie. Als Letzter der Granden stand noch Diego López de Zúniga vorn. Er versetzte der Puppe einen Fußtritt ins Hinterteil.

Alfonso erblasste. Sein kindliches Gemüt erfasste nicht, was da vor sich ging. Beunruhigt blickte er von einem zum anderen. Er hatte geglaubt, an einer Messe unter freiem Himmel teilzunehmen, sich dem Volk als Infant zu zeigen, sich von ihm bejubeln zu lassen, wie es dem Thronfolger zukam. Aber sein Halbbruder Enrique lebte ja noch, regierte noch, war der rechtmäßige König! Die Menschen, die ihm in der letzten Zeit am nächsten standen, sich um ihn bemüht und ihn hofiert hatten, benahmen sich nun wie tollwütige Hunde. Warum taten sie das?

»Es lebe König Alfonso!«, riefen sie nun. Doch sie riefen es allein. Beim Fall der Königspuppe ging ein Aufschrei durch die Menschenmenge, die nun begriff, dass König Enrique gestürzt werden sollte. Doch wollten die Leute das wirklich?

»Was tut ihr da?« Die ersten erhoben sich und ballten die Fäuste. Carillo hatte wohlweislich seine eintausendvierhundert Lanzenträger, finanziert vom König, aufmarschieren lassen. Unter ihrem Schutz führten sie den verwirrten Alfonso in die Stadt hinein.

»Das Volk ist dumm«, sagte Carillo und lächelte ihm beruhigend zu. »Man muss es zu seinem Glück zwingen – Majestät!« Er verbeugte sich vor Alfonso. »Nehmt nun die Glückwünsche Eurer treuesten Untertanen entgegen.«

Im Stadtpalast wurde Alfonso auf einen erhöht stehenden Stuhl gesetzt. Und Alfonso tat das, was seine Getreuen von ihm erwarteten: Als Dank für die Glückwünsche setzte er ihnen Pensionen in Höhe von zweihunderttausend Maravedí[3] aus.

ಐ

Die Unruhen, die nach dieser Farce von Ávila in ganz Kastilien ausbrachen, brachten das geschwächte Land vollends aus dem Gleichgewicht. Die Bauern und Stadtbewohner richteten sich gegen den verhassten Adel und hielten zu König Enrique. Die Granden untereinander waren zerstritten und kämpften um die Vormachtstellung. Enrique igelte sich im Alcázar von Segovia ein. Aus Sicherheitsgrün-

---

3 Kastil. Währung, Kupfermünze.

den beorderte er Isabél, seine Gattin Juana und die kleine Juanita zu sich und untersagte ihnen, den Palast zu verlassen. Draußen tobte das Gemetzel, dem Isabél ohnmächtig zusehen musste.

Enrique tat nichts. Er schaute tatenlos zu, wie das Land im Chaos versank. »Was soll ich tun?«, fragte er und hob ratlos die Schultern.

Isabél saß kerzengerade und bleich auf einem Stuhl, die Hände im Schoß gefaltet. Die Königin saß neben ihr. Sie warf Isabél einen giftigen Blick zu.

»Wegen dir ist es so weit gekommen«, zischte sie. »Ich bin überzeugt, du steckst dahinter.«

Isabél antwortete nicht, obwohl es in ihrem Inneren brodelte. Sollte sie sich jetzt mit der Königin streiten?

»Wir werden alle umkommen«, klagte Juana und bedachte nun Enrique mit vorwurfsvollen Blicken. Sein Zögern ging ihr zu weit. »Tu was dagegen, halte die Granden im Zaum. Wer ist eigentlich noch dein Verbündeter?«

»Sie werden zu mir zurückkommen«, erwiderte Enrique »Wenn sie ihren Fehler einsehen, kommen sie zu mir zurück.«

»Bis dahin sind wir alle längst tot«, keifte Juana. »Alfonso verschenkt dein Geld an die Granden.«

»Er ist ein Kind. Er kann nichts dafür. Ich kann die Maravedís nicht festhalten. Nackt und bloß bin ich auf die Welt gekommen, und gleichermaßen wird mich die Erde wieder in Empfang nehmen.«

»Ich will aber nicht unter die Erde kommen«, giftete Juana und sprang auf. »Wenn du nichts unternimmst, dann werde ich etwas unternehmen!« Sie eilte hinaus und warf lautstark die Tür zu.

»Temperament hat sie immer noch«, stellte Enrique amüsiert fest. Den Ernst der Lage hatte er nicht begriffen.

Während Enrique zögerte, handelte Juana. Sie rief den verfemten Don Beltrán um Hilfe. Dieser zögerte keinen Augenblick, sondern scharte ein Heer von aufgebrachten Bauern um sich. Zu seinem Glück waren die einzelnen Familien der Granden untereinander so zerstritten, dass sie Don Beltrán nicht geschlossen gegenübertreten konnten.

Erst als Don Beltrán von Erfolg zu Erfolg marschierte, schüttelte auch Enrique seine Lethargie ab. Als König stellte er sich ganz selbstverständlich an die Spitze der Truppen. Angesichts des Aufgebots der königlichen Truppen, vermischt mit einer wüsten, aber entschlossenen Schar Bauern, die alles als Waffe verwendeten, wessen sie habhaft wurden, brach der Widerstand des Adels zusammen.

Sobald sich das Blatt zu Enriques Gunsten wendete, brach er den Feldzug sofort ab. Er erwartete, dass viele der Granden zu ihm überlaufen würden, und er wurde nicht enttäuscht. Er belohnte die flehenden Bitten der Adligen um Vergebung mit großzügigen finanziellen Mitteln.

Don Beltrán, der Gescholtene, Ungeliebte, wurde plötzlich wieder zum Helden an Enriques Hof.

»Das sind mir die wahren Freunde«, kommentierte der König und gab zu Don Beltráns Ehren ein Fest. Niemand triumphierte aber innerlich mehr als Königin Juana. Ihr Geliebter war wieder in Ehren aufgenommen worden. Die zum wiederholten Male zu Enrique übergewechselten Granden des Landes zeigten gute Miene zum bösen Spiel.

Strahlender Mittelpunkt des Festes war natürlich Don Beltrán, der sich ausgiebig feiern ließ. Königin Juana strahlte nicht minder, und das lag nicht nur an dem prächtigen Geschmeide, das sie angelegt hatte. Ungeniert warf sie Don Beltrán glühende Blicke zu. Enrique schien es nicht zu bemerken. Er erfreute sich an den Huldigungen der Schmeichler und Schmarotzer, die sich rechtzeitig genug wieder auf seine Seite geschlagen hatten.

Entgegen seinen sonstigen Gewohnheiten ließ Enrique üppige Speisen auftafeln. Der Kellermeister brachte die besten Weine. Musiker und Tänzerinnen unterhielten die Gäste. Es gab Schaukämpfe und ein Ritterturnier. Eine ausgelassene Stimmung herrschte, die

Juanas Hofdamen durch amouröse Einlagen noch anheizten. Kaum jemand bemerkte, wie sich Enrique immer wieder zusammenkrümmte und seine Hand auf den Bauch presste. Er versuchte, sein Problem, so gut es ging, zu überspielen.

Das Fest neigte sich seinem Ende zu, und viele Gäste waren schon gegangen, als ein Diener eintrat und einen Besucher meldete: Pacheco de Villena! Isabél, ebenfalls im Gehen begriffen, zögerte. Zusammen mit Beatríz stand sie an der Seite der Halle hinter einem Vorhang. Eigentlich ziemte es sich nicht, heimlich zu lauschen, und Isabél hätte wahrscheinlich den Saal auch verlassen, wenn Beatríz sie nicht zurückgehalten hätte.

Pacheco hatte ein falsches Lächeln aufgelegt.

»Majestät, das Volk sehnt sich nach einem Landfrieden. Zwar hat Euer Gegner die Waffen gestreckt, aber es herrscht keine Ruhe im Land. Die Präsenz Eurer Truppen schürt immer wieder die Glut unter der Asche. Deshalb mein Vorschlag: Entlasst Eure Truppen, und es wird Ruhe einkehren.«

Enrique strich sich seinen Bart und wiegte nachdenklich den Kopf. »Ihr meint, dann kehrt wirklich Frieden ein?«

»Aber sicher«, beteuerte Pacheco. »Doch solange Eure Truppen mit den Säbeln rasseln, wird es keinen Frieden geben.« Er blickte den König lauernd an.

Isabél hinter dem Vorhang hielt den Atem an. Enrique würde doch nicht etwa ... Beatríz hielt sie am Handgelenk fest und legte den Zeigefinger auf die Lippen.

»Ich finde Euren Vorschlag gut«, ließ sich Enrique vernehmen. »So soll es sein, wenn es dem Frieden im Lande dient.«

Pacheco verbeugte sich. Sein Ziel war erreicht. Der König löste seine Truppen auf!

»Wartet einen Augenblick, Marqués! Mir kommt da eine Idee. Ich hasse es, Konflikte mit dem Schwert zu lösen. Es ist doch viel schöner, dies durch eine kluge Heiratspolitik zu erreichen. Jetzt schlage ich Euch etwas vor. Leider seid Ihr ja schon verheiratet, sonst wärt Ihr mein größter Favorit. Aber Ihr habt einen verwitweten Bruder, Don Pedro Girón Pacheco, der Großmeister von Calavetra. Ich gebe ihm meine Halbschwester Isabél zur Frau. Nun, was sagt Ihr?«

Pacheco war tatsächlich überrascht. »Das ... das ist genial!«, rief er aus. »Mein tiefer Dank, im Namen meines Bruders, gilt Euch, Majestät. Aber ...« Er stutzte und verdrehte die Augen. »Ist Isabél nicht bereits mit dem portugiesischen König verlobt?«

Enrique winkte generös ab. »Die Geschenke schicken wir zurück, und Alfonso bekommt eine Entschädigung. Ich denke, er wird es verkraften.«

»Ja, wenn das so ist ...«

Isabél hielt sich krampfhaft am Samtvorhang fest, sonst wäre sie wahrscheinlich in Ohnmacht gefallen. Ihr Verstand weigerte sich zu begreifen, was ihre Ohren doch eben vernommen hatten.

Beatríz hielt die halb ohnmächtige Freundin fest und fächelte ihr Luft zu.

»Nein«, flüsterte Isabél mit bleichen Lippen. »Was tut er mit mir?« Sie ließ sich auf einen gepolsterten Hocker sinken. Beatríz jedoch konnte ihre Empörung nicht für sich behalten. Sie sprang hinter dem Vorhang hervor und zog einen kleinen spitzen Dolch aus dem Gürtel. Eigentlich diente er zur Einnahme der Mahlzeiten, aber er leistete auch in manch anderen Situationen ganz gute Dienste. Drohend erhob sie das Messer, und der Stahl funkelte wie ihre zornigen Augen.

»Ich werde diese Hochzeit nicht zulassen, weil Isabél unglücklich wird. Lieber stoße ich diesem Don Pedro den Dolch in sein Herz!«

Enrique und Pacheco starrten Beatríz verblüfft an. Die junge Frau zeigte so viel Entschlossenheit, dass sie begriffen, wie ernst sie es meinte. Pacheco beeilte sich zu verschwinden, um seinen greisen Bruder von der wunderlichen Fügung zu unterrichten.

Nun trat auch Isabél hinter dem Vorhang hervor und sah den König fassungslos an. Enrique schüttelte bedauernd den Kopf. »Ach

Isabél! Muss ich dir denn erklären, dass es nun mal das Schicksal hochgeborener Mädchen ist, mit wichtigen Persönlichkeiten verheiratet zu werden. Sieh es als deine Aufgabe an, politische Vermittlung zu betreiben, indem du den Gegner heiratest. Durch die verwandtschaftlichen Bande fühlt sich dein zukünftiger Mann mit mir verbunden und wird mir treu ergeben sein. So führt man Krieg, ohne Blut zu vergießen.«

»Ist das wirklich deine Überzeugung?«, fragte Isabél betroffen.

»Um ganz ehrlich zu sein, meine liebe Gemahlin Juana hat mich auf diese geniale Idee gebracht. Sie schätzt dich sehr, weißt du? Und sie ist auch der Meinung, dass du auf diese Weise einen großen Beitrag für den Frieden leisten kannst.«

Isabél rang nach Luft. »Juana steckt dahinter?«

Sie warf einen beunruhigten Blick auf Beatríz, die immer noch schwer atmend neben dem Vorhang stand. Den Dolch hatte man ihr abgenommen. Hoffentlich verstieg sich Beatríz nicht darauf, auch die Königin ermorden zu wollen ...

»Ja«, freute sich Enrique. »Und ich bin ihr sehr dankbar dafür. Ich freue mich für dich, mein Täubchen. Es soll ein rauschendes Hochzeitsfest werden, das verspreche ich dir!«

Isabél war längst nicht so leidenschaftlich wie ihre Freundin. Sie entlud ihren Kummer in ihren Gebeten und schickte sie gen Himmel.

Gott musste sie erhört haben. Auf dem Weg nach Segovia zu seinem ausgehandelten Eheglück verstarb Don Pedro. Isabél wurde von dem Gespenst einer erzwungenen Ehe verschont.

Aranjuez

Dort, wo der Rio Jarama in den Rio Tajo mündete, erhob sich mächtig und wehrhaft das Haus der Santiago-Ritter. Die ganze Gegend versprach durch ihren Wasserreichtum Fruchtbarkeit. Nicht weit davon lag Aranjuez, ein wenig vergessen und verschlafen.

Die beiden etwa zwölfjährigen Jungen, die am Ufer des Rio Tajo hockten und ihre Angeln auswarfen, hatten sich der Beschaulichkeit der Gegend angepasst, denn sie dösten im Schatten der uferbegleitenden Bäume und verscheuchten die Fliegen, die sie hin und wieder ärgerten. Es war warm, aber nicht unerträglich heiß. Luis, der Sohn des Schusters, kaute auf einem Grashalm.

»Ich sagte dir doch, sie beißen nicht um die Mittagszeit. Das wird heute ein karges Mahl geben. Wenn meine Brüder vom Markt kommen, haben sie Hunger wie die Wölfe. Vater sagt, sie fressen ihm noch die Haare vom Kopf.«

»Haben sie doch schon«, erwiderte Pedro, der andere der beiden Knaben, Sohn eines Ölhändlers. »Dein Vater hat fast keine Haare mehr auf dem Kopf. Man sieht es nur nicht, weil er immer diese komische Filzkappe trägt.«

»Ja, ja, davon kann er sich eben nicht trennen. Er mag nicht, wenn man über seinen kahlen Schädel spottet.«

»Gib zu, es hat einen anderen Grund. Er hat sich erst als Erwachsener taufen lassen, und ihm fehlt die Kippa, die er nun nicht mehr tragen darf.«

»Das ist Unsinn! Vater ist ein sehr frommer Mann. Er hält alle Fastenzeiten ein, geht zur Messe und zur Beichte und hat eine Christin geheiratet. Du bist doch auch ein Converso. Dann weißt du ja, wie es ist.«

»Eben deshalb. Meine Mutter wechselt immer noch am Freitag die Wäsche.« Pedro erhob sich träge, um nach den Angeln zu sehen. »Sollten wir nicht andere Köder verwenden?«

Luis richtete sich halb auf. »Ich glaube, das nützt auch nichts. Die

Fische sind heute ebenso faul wie wir.« Er lachte. »Hast du heute früh Dolores gesehen, als sie die Wäsche zum Trocknen auf die Wiese gelegt hat? Als sie sich gebückt hat, öffnete sich ihre Bluse, und man konnte bis zu ihrem Bauchnabel sehen.«

»Und?«

»Ihr wachsen schon richtige Brüste. Sie hingen aber so seltsam spitz nach unten wie bei unserer Hündin, wenn sie Welpen säugt. Ob Dolores auch Welpen säugt?«

»Wie kommst du denn darauf? Dolores ist elf Jahre alt. Ich glaube, bei Weibern fängt es da an, dass sie eben aussehen wie Weiber.«

»Und sich so benehmen. Als ich Dolores gefragt habe, ob sie mit ihren spitzen Brüsten ihre Bluse durchsteche, da wurde sie rot und wollte mich mit dem Wäscheschlegel verprügeln.«

Pedro stieg vorsichtig ins Wasser hinein, um unter den Steinen nach kleinen Krebsen zu suchen, die er als Köder verwenden konnte.

»Das tut man auch nicht«, tadelte er den Freund. »Weiber wollen immer Schmeicheleien hören.«

»Pah, wieso soll ich ihr Schmeicheleien sagen? Ich bin überzeugt, sie klaut in unserem Garten das Gemüse. Jedenfalls fehlen uns immer Pflanzen, und man sieht genau, dass sie abgeschnitten wurden.«

»Vielleicht waren es die wilden Kaninchen, die in den Erdhöhlen leben. Manchmal kommen sie bis in die Gärten.«

»Nein, es war Dolores, nur um mich zu ärgern«, beharrte Luis. »Pass auf, die Steine sind glatt!«

»Ja, ja, ich passe schon auf. Kann es sein, dass du dich in Dolores verliebt hast? Oder warum schaust du ihr sonst in die Bluse?«

»Ich wollte es doch gar nicht sehen«, wehrte sich Luis. »Sie hat es mir richtig gezeigt. Weißt du, der Prior sagt, in jedem Weib steckt der Teufel.«

»Der Prior mag keine Weiber leiden. Der redet immer so. Und was Dolores betrifft ... aaaah – uah – Hilfe!« Pedro ruderte mit den Armen in der Luft, dann platschte es, und er fiel rücklings in den Fluss. Der Tajo führte in diesem Jahr viel Wasser, und die Strömung war stark. Sie riss Pedros mageren Körper sofort mit sich.

Als er den Schrei seines Freundes hörte, sprang Luis sofort auf. »Pedro, halt dich fest!«

Pedro versuchte, nach dem überhängenden Gras am Ufer zu greifen, doch er rutschte immer wieder ab. Wild ruderte er mit den Armen um sich, Wasser spritzte ihm ins Gesicht. »Hilfe! Hilfe!« Er röchelte, schluckte, prustete. Weder er noch Luis konnten schwimmen. Doch in diesem Augenblick der höchsten Gefahr für seinen Freund dachte Luis nicht daran.

Verzweifelt lief er am Ufer nebenher und rang die Hände. Sein Stoßgebet zu Gott ging im Rauschen des Wassers unter. Er stolperte über einen trockenen Ast, strauchelte und stürzte. Derweil trieb Pedro hilflos weiter. Seine Schreie waren verstummt, und Luis wusste nicht einmal mehr, ob Pedro noch lebte. Er rappelte sich auf, packte den Ast und rannte weiter am Ufer entlang. Wo der Fluss eine kleine Biegung machte, sprang Luis ins Wasser und streckte den Ast hinein. Beinahe hätte auch er das Gleichgewicht verloren, so schlammig und uneben war der Grund. »Halt dich fest!«

Er sah nur Pedros verzweifelt rudernde Arme, die versuchten, nach dem Ast zu greifen. Mit einer Hand bekam er ihn zu packen, und Luis zog kräftig daran. Pedro hangelte sich ein Stück näher. Mit einem lauten Knirschen brach der Ast, aber Luis bekam Pedro am Hemd zu fassen. Sie klammerten sich aneinander und retteten sich ans Ufer. Keuchend, zitternd und tropfnass blieben sie so im Gras liegen.

Pedro hob als Erster den Kopf und blickte auf Luis herab, dessen Gesicht vor Angst und Schreck leichenblass geworden war.

»Du hast mir das Leben gerettet«, krächzte Pedro mit heißerer Stimme. »Das werde ich dir niemals vergessen.«

Langsam rappelte sich Luis auf. »Das war knapp«, stellte er fest. Seine Zähne schlugen klappernd aufeinander.

»Du solltest deine Sachen ausziehen und zum Trocknen aufhängen«, schlug Pedro vor.

»Du aber auch«, erwiderte Luis. Sie blickten sich um. Hier draußen waren sie allein in Gottes freier Natur. Niemand sah sie. So zogen sie ihre nasse Kleidung aus und hängten sie auf einen Strauch zum

Trocknen. Dann ließen sie sich in der Sonne nieder. Luis schloss die Augen. Seine bläulich verfärbten Lippen hielt er zusammengepresst, und noch immer zitterte er. Pedro streifte Luis' mageren Körper mit einem dankbaren Blick.

Mein Gott, der Junge war ja noch kleiner und schmächtiger als er! Und doch hatte er ihm das Leben gerettet!

»Du bist ja beschnitten«, stellte er verblüfft fest.

Luis hob die Augen und drehte sich dann flugs auf den Bauch. »Na und? Du nicht?«

Pedro hockte so, dass es Luis nicht erkennen konnte. Es war ihm auch gleichgültig. Was tat das schon zur Sache? Gott hatte ihm geholfen, ihm und Pedro. Gott liebte alle Menschen!

Seitenwechsel

Das nachhaltige Erlebnis mit der geplatzten Zwangsheirat ließ Isabél noch vorsichtiger und distanzierter werden. Sie hoffte, je unauffälliger sie sich verhielt, umso weniger würde sie des Königs Aufmerksamkeit erregen. Natürlich wusste sie, dass es in fürstlichen Häusern üblich war, die Töchter mit fremden oder befreundeten Potentaten zu verheiraten. Sie beherrschte das höfische Zeremoniell, und sie vertiefte sich in philosophische Studien. Sie lernte Sprachen, und sie diskutierte mit ihren Lehrern über Religion.

Beatríz beobachtete erstaunt und mit Rührung die langsame Wandlung der kindlichen Isabél zu einer jungen, ernsten und klugen Dame, die ihre Gedanken wohl zu verwahren wusste und sich reserviert genug verhielt, um sich nicht in die umtriebigen Machenschaften bei Hofe hineinziehen zu lassen.

Manchmal bedauerte es Beatríz, dass Isabél ihre kindliche Unbefangenheit verloren hatte. Zwar war sie noch immer fest im Glauben und besaß einen unerschütterlichen Willen, doch Beatríz hatte den Eindruck, dass Isabél sich mehr und mehr in sich selbst zurückzog.

»Manchmal weiß ich gar nicht mehr, was du eigentlich denkst«, beklagte sie sich.

»Ach, weißt du, Beatríz, das ist doch gar nicht wichtig. Für mich ist wichtig, dass du für mich da bist. Ich habe hier keine Freunde, nicht hier und nicht da draußen. Nur zu dir habe ich Vertrauen. Das darfst du niemals vergessen.«

Die beiden jungen Mädchen umarmten sich. Beatríz schaute sie aus feuchten Augen an. »Isabél, manchmal beschämst du mich mit deinem großen Herzen. Ich erkenne es nur zu selten. Ich bin ein törichtes Weib, weil ich öfters zweifle. Sieh es mir nach.«

»Du quillst über vor Liebe und Leidenschaft, liebste Beatríz. Ich wünsche dir einen lieben Mann, den du mit dieser Liebe glücklich machen kannst.«

»Ich? Heiraten? Niemals!« In Beatríz' Augen trat wieder dieses leidenschaftliche Funkeln, das Zorn, Empörung, aber auch Zustimmung ausdrückte.

Isabél lachte auf. »Siehst du? Du brauchst keine Ehe als Zweckbündnis einzugehen. Du kannst dir erwählen, wen dein Herz begehrt. Du weißt gar nicht, wie ich dich darum beneide.«

»Du beneidest mich?«, staunte Beatríz.

Als Antwort schenkte ihr Isabél ein wissendes Lächeln.

Ein Kammerdiener trat ein und überreichte Isabél ein Billet. Sie warf nur einen kurzen Blick darauf. »Die Königin lädt uns zu einem Ausflug an den Fluss ein«, sagte sie verwundert. Nach Juanas feindseligen Attacken wusste Isabel nicht, was sie davon halten sollte.

»Das ist doch wunderbar«, freute sich Beatríz. »Ich bin froh über jede Gelegenheit, diesen Mauern zu entfliehen, und du solltest es auch sein.« Sie öffnete den Deckel einer Kleidertruhe und zog alle Stücke heraus, die sich darin befanden. »Himmel, Isabél, das ist ja alles fürs Kloster geeignet! Du solltest dir eine leichtere und vor allem farbenfrohere Garderobe schneidern lassen.«

Sie wählte ein blaues Kleid mit farbigen Bändern und einem leichten Spitzenstoff im viereckigen Ausschnitt. Sie kannte Isabéls Unbehagen, wenn ihre Kleidung zu offenherzig war.

»Zieh es an«, forderte sie die Freundin auf. »Ich lasse dir inzwischen dein Pferd satteln.«

»Die Königin schreibt etwas von einem Ausflug«, wandte Isabél ein.

Beatríz lachte auf. »Du willst dir doch nicht etwa die Schuhe ruinieren?«

Abschätzend blickte Isabél auf ihre Pantoffeln. Sie bestanden aus golddurchwirktem Stoff mit kleinen stoffbezogenen Holzabsätzen, die bei jedem Schritt auf dem steinernen Fußboden wie Ziegenhufe klapperten.

»Zum Reiten trage ich weiche Lederstiefel. Was die Königin trägt, ist mir egal.« Sie schlüpfte aus den Pantoffeln und rief nach ihren Zofen, die ihr beim Umkleiden behilflich sein sollten.

Die Sonne lachte vom kastilischen Himmel und tauchte die Hochebene in ein weites, helles Licht. Königin Juana hatte wieder einmal weder Kosten noch Aufwand gescheut, um den »Ausflug« als bewegtes Fest zu gestalten. In einem langen bunten Zug zog sie mit all ihren Hofdamen, Höflingen, unzähligen Kammerherren, Pagen, Begleitern und Musikanten durch die Stadt hinaus, hinunter zum Ufer des Rio Eresma. Die Königin wurde in einer Sänfte getragen, neben ihr ihre Tochter Juanita sowie die Erzieherin der Infantin.

Enrique ritt neben der Sänfte. Er und Juana wechselten verliebte Blicke. Das Volk von Segovia, das eiligst die Straße säumte, jubelte dem Königspaar zu, das Einheit und Harmonie demonstrierte.

Sogar Bulbito befand sich in diesem Zug. Er ritt auf einem schneeweißen Esel und konnte sich nicht entscheiden, ob er lieber in der Nähe der Königin oder der Musikanten und Gaukler bleiben sollte.

Isabél blickte sich um. Plötzlich wurde ihr bewusst, warum Segovia die Lieblingsresidenz des Königshofes war. Das anmutige Tal wurde ohne Zweifel von dem gewaltigen Bauwerk des römischen Aquäduktes dominiert. Es überbrückte das Tal mit seinen Bögen und Doppelbögen. Unzählige Granitquader hatten die damaligen Baumeister ohne Verwendung von Mörtel zusammengefügt, und doch vermittelte es einen wundersamen Eindruck von Leichtigkeit. Es mochte an der Höhe liegen und an den schmalen Stützen der Doppelbögen. Einige Bögen waren zerstört worden, als Al Mohamed, der Emir der Taifa von Toledo, einen Vorstoß in die Meseta wagte. Es wirkte wie eine Wunde am Körper einer eleganten Schlange.

Segovia selbst wurde vom mächtigen Alcázar dominiert, nur noch übertrumpft vom Haus Gottes als höchstem Punkt der Stadt. Die Burg bestand aus einem Konglomerat von Mauern, Türmen, Balustraden, Zwillingsfenstern, Zinnen und Scharten. An einer Seite ragte der mächtige, mit ornamentalen Mustern verzierte Turm Juans II. empor. Ihn krönten neun kleinere Türmchen, die die Wuchtigkeit des Bauwerks milderten. An manchen Stellen verwuchsen Mauerwerk und steil ansteigender Fels miteinander. Ein trockener, struppiger Wald umgab die Mauern. Wo die Flüsse Eresma und Clamores sich vereinigten, schob sich der Alcázar wie ein Schiffsbug in die Meseta vor. Um ihn herum scharten sich die Kirchtürme, die sich wie Leuchter des Glaubens zum Himmel streckten.

In der Stadt lebte ein fleißiges und rühriges Volk. Vor allem das Handwerk der Tuchmacher verhalf Segovia zu Berühmtheit. In den zahlreichen Manufakturen entstanden die Stoffe, die, in ihrer Qualität unübertroffen, auf allen wichtigen Märkten Europas gehandelt wurden.

Obwohl die Granden Herrenhäuser auf ihren ausgedehnten und weit verstreuten Ländereien besaßen, hatten sie sich auch in der Stadt Prunkpaläste errichten lassen. Wegen ihrer Streitereien, sowohl unter ihresgleichen als auch mit der Krone, glichen diese Paläste jedoch kleinen Festungen, wovon vor allem die Wohn- und Geschlechtertürme mit ihren schartenartigen winzigen Fenstern zeugten. Hinter der Stadt bildeten die Berge der Meseta das steinige Panorama.

Isabél warf einen verstohlenen Blick auf Bulbito, der ihr immer noch unheimlich war. Bulbito grinste und bleckte dabei seine gelben Zähne.

»Guten Morgen, Prinzesschen«, krähte er. »Nicht vergessen! Ich sehe es, ich höre es, ich rieche es ...« Zum Glück trieb er seinen Esel wieder zurück zu den Musikanten.

Isabéls Gespielinnen hockten auf zwei von Maultieren gezogenen Wagen, weil sie sich geweigert hatten zu reiten. Wahrscheinlich befürchteten sie nur, ihre Kleider zu beschmutzen. Dafür wurden sie nun unsanft durchgerüttelt.

Am Ufer des Flusses, in der Nähe der Eremitei Santa Maria de Parral hielt der Zug. Zelte und Baldachine waren bereits aufgebaut, eine kleine Kampfbahn vorbereitet. Enriques Günstlinge wollten sich in einem Ritterspiel messen. Die Damen fächelten sich heftig Kühlung zu, die Herren schwitzten unter ihren Rüstungen, und die kleine Juanita weinte ununterbrochen.

Auf einer langen Tafel reihten sich Unmengen von Leckereien: gebratene Drosseln, in Teig gebackener Kapaun, mit Kräutern gefüllte Forellen, kandierte Früchte, pralle Trauben, Kannen mit Wein. Es begann ein üppiges Schmausen, ungezwungen im Gras oder einfach im Stehen. Die Stimmung war ausgelassen; selbst Isabél schien diesmal richtige Freude zu empfinden. Sie lachte und scherzte und fütterte ihren zierlichen Araberhengst mit einem knackigen Apfel.

Nachdem sich alle gesättigt und kräftig dem Wein zugesprochen hatten, sollte das Ritterturnier beginnen. Für die Edelsten war eine kleine Tribüne aufgebaut worden. Das Königspaar nahm Platz, ebenso Juanita mit ihrer Erzieherin. Den Hofdamen der Königin und allen anderen Gästen gebührten die Plätze dahinter. Lediglich Isabél hätte sich neben den König setzen dürfen, aber sie tat es nicht. Auch sie nahm in der zweiten Reihe Platz.

Enrique wandte sich zu ihr um. »Warum setzt du dich nicht hierher, mein Täubchen?«

»Dieser Platz gebührt dem, der heute nicht hier weilt«, erwiderte sie.

Enrique stutzte, dann grinste er breit. »Ach, warum musst du gerade jetzt davon anfangen? Wir wollen doch nur etwas Spaß haben.«

»Alfonso hätte jetzt sicher auch lieber Spaß. Aber er befindet sich in

Geiselhaft.« Ihre Stimme klang leise, aber scharf. »Du tust nichts, um ihn daraus zu befreien.«

»Natürlich bemühe ich mich«, widersprach der König. »Aber das ist nicht ganz einfach. Die Verhandlungen gestalten sich zäh und ...« Er hielt inne und presste die Hand gegen seinen Magen. Sein Blick wurde starr, sein Gesicht wurde erst blass, dann puterrot, und sein Bart sträubte sich wie bei einer tollwütigen Katze.

Die Höflinge, die am nächsten saßen, sprangen zu ihm, um ihn zu stützen. Enrique schwankte, würgte und krümmte sich zusammen.

Auch Isabél sprang auf. In letzter Zeit war es immer häufiger zu solchen Anfällen bei Enrique gekommen. Starrsinnig und gegen sich selbst gleichgültig hatte er die Ärzte davongejagt und die Medizin, die sie ihm verordneten, an die Wand geworfen. Jetzt ließ er sich willig auf ein Polster legen und rang nach Luft. Aufgeregt beugten sich Günstlinge, Lakaien und Wachen über ihn, ratlos, was sie tun sollten. Jeder gab einen anderen Rat zum Besten.

In der Zwischenzeit erholte sich Enrique und richtete sich auf. Kalter Schweiß stand auf seinem Gesicht. »Worauf wartet ihr? Fangt endlich mit dem Turnier an.«

»Majestät, wäre es nicht besser, das Fest abzubrechen und in den Palast zurückzukehren?« Es war der besonnene Iñigo Lopez de Mendoza, der sich jetzt dicht neben Enrique drängte.

»Papperlapapp! Enrique schob Iñigo beiseite und rappelte sich hoch. »Ich habe mich nur aufgeregt. Isabél hat mich aufgeregt.« Er nahm seinen Platz wieder ein und winkte den Reitern, die sich auf der Bahn aufgestellt hatten, zu beginnen. »Warum reitet Ihr nicht mit, Mendoza?«, wollte Enrique wissen.

»Weil ich für wichtiger erachte, in Eurer Nähe zu bleiben, Majestät.«

»Papperlapapp!« Enrique zog ein Gesicht, als hätte er in eine Zitrone gebissen. Dann nahm ihn aber das Kampfgetümmel auf der Bahn gefangen. Die Ritter kämpften mit stumpfer Lanze, und es kam lediglich zu einigen Knochenbrüchen und Verrenkungen derjenigen, die unsanft aus dem Sattel gestoßen wurden.

Isabél saß nach diesem Vorfall stumm auf ihrem Platz und hielt die Hände im Schoß zusammengepresst, die Finger verflochten, dass die Knöchel weiß hervorstanden. Ihre Miene blieb verschlossen, und ihre Augen folgten kaum dem Geschehen auf der Bahn. Sie wusste nicht so recht, was sie davon halten sollte. War Enrique wirklich krank, oder stimmten etwa die nicht verstummen wollenden Gerüchte, dass der König permanent vergiftet wurde?

Plötzlich gellte ein martialischer Schrei. Auf dem Turnierplatz krümmte sich einer der Kämpfer und wälzte sich im Gras. Sofort sprangen eifrige Knappen und Helfer herbei. Eine zersplitterte Lanze hatte sich durch die Rüstung des Ritters gebohrt. Erst als ein Knappe dem Verletzten den Helm abnahm, erkannten die Zuschauer, dass es sich bei ihm um Pacheco de Villena handelte. Er schien nicht tödlich verletzt, denn er fluchte und tobte und schwor übelste Rache.

»Wer kämpft hier mit einer spitzen Lanze?«, rief Enrique, doch gleich darauf krümmte er sich wieder zusammen. »Ihr wisst doch, dass ich kein Blut sehen will.« Seine Stimme wurde schwächer, und kalter Schweiß perlte ihm von der Stirn. Sofort eilten die Helfer zum König und ließen den verletzten Juan Pacheco im Gras liegen. Nur sein Knappe kniete neben ihm und versuchte, den Tobenden zu beruhigen.

Bulbito wuselte durch die Beine der Umstehenden zum König und beugte sich über ihn. Er schnüffelte an ihm wie ein Hund und hob dann den Kopf.

»Der Fisch«, murmelte er. »Ein böser Fisch. Ein giftiger Fisch.« Jemand versetzte ihm einen Fußtritt, und er rollte davon. Für einen Herzschlag lang kreuzten sich die Blicke von Iñigo de Mendoza und Isabél. Es lag plötzliches Verstehen darin. Iñigo wurde abgedrängt, als sich Enrique wieder aufzurichten versuchte.

Pacheco heulte immer noch herum. Er lag wie ein Maikäfer auf dem Rücken und zappelte mit Armen und Beinen. Sein Knappe und ein Feldscher versuchten, ihm die Rüstung abzunehmen und die Wunde zu versorgen.

Fast wäre im Tumult der kleine Trupp Reiter übersehen worden, der im vollen Galopp von der Stadt her angeritten kam. Rücksichtslos unterbrachen sie die Veranstaltung.

»Majestät, Hoheit, brecht sofort ab und kehrt in die Stadt zurück! Kundschafter melden einen Angriff auf Segovia. Sie sind schon mit ihren Truppen unterwegs!«

»Wer – sie?«, fragte Enrique verblüfft.

»Die Königsgegner, Alfonsos Parteigänger! Eilt Euch, Majestät und begebt Euch mit Eurer Familie in den Schutz des Alcázar. Dies meldet Euch Gouverneur Moncaraz!«

»Schickt sofort meine Truppen aus!«, rief der König.

Der Soldat schaute Enrique erstaunt an. »Eure Truppen, Majestät? Die habt Ihr doch selbst aufgelöst!«

Das lähmende Entsetzen währte nur kurz. Dann liefen alle durcheinander, suchten eine Gelegenheit, in die Stadt zurückzugelangen. Der Königin fiel es nicht im Traum ein, ihre Sänfte dem verletzten Pacheco zur Verfügung zu stellen, der nicht mehr reiten konnte und mit einem sehnsuchtsvollen Blick danach verlangte. Ein Kammerdiener zog rasch die samtenen Vorhänge zu und verbarg so die königliche Familie vor neugierigen Blicken. Die Träger verfielen in schnellen Schritt. Juanita weinte noch immer.

Enriques Getreue hoben den König auf sein Pferd. Er hielt sich nur mit Mühe im Sattel. Juanas Hofdamen mussten einen der Wagen dem verletzten Pacheco überlassen und drängten sich unter unsäglichem Gejammer auf dem zweiten Wagen zusammen.

»Wenn ich das überlebe«, ächzte Pacheco, »dann werde ich an dieser Stelle eine Klosterkirche zu Ehren der Heiligen Maria errichten.«

Ein Knecht schwang die Peitsche, die Maultiere ruckten an, Pacheco kippte nach hinten und schlug unsanft mit dem Hinterkopf auf. Dann nahm ihn eine gnädige Ohnmacht gefangen.

Auch Isabél, Beatríz und ihre Begleiterinnen hatten sich auf ihre Pferde und Maulesel geschwungen. Keine wusste, wie ernst die Gefahr wirklich war. Zumindest stellte es sich nun als sträflicher Leichtsinn heraus, dass sich Enrique dazu hatte nötigen lassen, seine Armee aufzulösen. Was wollten die Palastwachen gegen einen Angriff unternehmen?

Für einen Augenblick schoss es Isabél durch den Kopf, dass es ausgerechnet Pacheco de Villena war, der den König aufgefordert hatte, seine Truppen aufzulösen. War das nun ein Zufall oder handelte es sich um Verrat? Steckte er hinter diesem Schmierenstück? Was ging hier wirklich vor sich?

Sie hatten fast das Stadttor von Segovia erreicht, als sich Isabél zurückfallen ließ. Der König hing, gestützt von Iñigo, kraftlos im Sattel. Der Gouverneur Moncaraz beorderte alle zum Alcázar, damit sich die Königsfamilie darin verschanzen konnte. Zum Entsetzen aller weigerte sich Isabél, ihnen zu folgen.

»Hoheit, ich flehe Euch an …« Der Gouverneur riss an den Zügeln seines Pferdes, das nervös im Kreis tänzelte. »Seht, die Truppen rücken heran! Ihr müsst Euch in Sicherheit bringen!«

»Was ist mit Alfonso?«, rief sie Enrique zu. Doch der König reagierte nicht. Ohne sich umzuwenden, ritt er zum Alcázar.

Isabél starrte ihm hinterher. Beatríz, die beinahe das Schloss erreicht hatte, kam zurück. Ihr Gesicht war voller Sorge. »Was hast du vor?«

»Reite ins Schloss. Mir geschieht nichts.« Sie wandte ihren Hengst und ritt wieder aus der Stadt heraus.

»Isabél! Isabél!« Beatríz geriet in Panik. Was war bloß in Isabél gefahren? Sie würde die Freundin nicht allein lassen! Entschlossen wollte sie ihr folgen. Doch die Stadttore waren bereits geschlossen. Die königstreuen Bürger von Segovia mussten sich selbst helfen. Der Gouverneur hatte sich mit seiner Stadtwache im Alcázar verschanzt und verteidigte das Wertvollste, was es in dieser Stadt gab, den Staatsschatz. Die Bürger überließ er sich selbst.

»Verrat! Das ist Verrat!« Enrique schäumte. »Wie kann sie so etwas wagen?« Nicht nur der König reagierte fassungslos auf Isabéls Verhalten. Noch nie hatte sie eine eigene Entscheidung gewagt, noch nie hatte sie sich irgendeinem Befehl widersetzt. Sie hatte geweint, gebetet, geklagt, aber sich immer gefügt. Auch in die Verlobung mit dem portugiesischen König. Sie hatte sich nie um Politik gekümmert, sich niemals auf eine andere Seite geschlagen, stets loyal zum König gestanden. Sie vergrub sich in ihre Bücher, diskutierte mit ihren Lehrern, ließ sich regelmäßig die Beichte abnehmen ...

Die Beichte? Carillo! Dieser Intrigant musste dahinterstecken, und als einer von Isabéls Beichtvätern konnte er natürlich recht leicht auf sie Einfluss nehmen. So wie sie mit Alfonso umsprangen, so benutzten sie jetzt Isabél!

Diese Einsicht kam für Enrique zu spät. Dass sich Isabél auch noch erdreistete, nach der Einnahme von Segovia durch die Angreifer an der Seite ihres Bruders durch die Stadt zu reiten und Eintracht mit dem »Gegenkönig« zu zeigen, war der Gipfel dieses Verrats.

Er hielt Isabél zugute, dass sie nur ein naives, junges Mädchen war, das offensichtlich überhaupt nicht begriff, was mit ihm geschah. Ja, sie war verblendet, verwirrt, verführt. Das musste es sein!

Sie würde ihren Irrtum schon bald bemerken. Sie würde reumütig zu ihm zurückkehren. Und er würde ihr verzeihen. Und wenn nicht – dann würde er sie mit Gewalt zurückholen. Sie war ein zu wertvolles Faustpfand und außerdem die Verlobte des portugiesischen Königs. Sie würde schon bald wieder seine folgsame Halbschwester sein.

Doch Enrique wartete vergebens auf Isabél. Nur Beatríz wusste, wo sie sich befand. Ihr treuer Diener Ruíz spielte den Boten, wenn er vorgab, etwas für Beatríz auf dem Markt besorgen zu wollen.

Segovia war zwar in die Hände der Parteigänger Alfonsos gefallen, nicht aber der Alcázar. Diese Festung schien uneinnehmbar, und im Augenblick schienen Enriques Gegner kein Interesse daran zu haben, diese Festung zu stürmen. Sie waren schon wieder in interne Streitereien verwickelt. Die Bürger der Stadt gingen ihrer Arbeit nach und sahen zu, möglichst nicht zwischen die Fronten zu geraten.

Unweit von Segovia lag die schon durch die Ausrufung des Gegenkönigs ins Licht des Interesses gerückte Stadt Ávila. Inmitten einer wilden Gegend mit riesigen rundgeschliffenen Granitblöcken, die ein Riese wie Würfel über das Gelände verstreut zu haben schien, hob sich in energischer Geschlossenheit die von dicken Mauern umgürtete Stadt ab. Ein gewaltiges Viereck aus Stein mit achtundachtzig Türmen und neun Toren, das allein schon durch seinen beeindruckenden Anblick jeden Angreifer abschreckte. Der Rio Adaja umfloss das gewaltige Bauwerk wie ein zusätzlicher Schutz.

Unten am Fluss befanden sich die bescheidenen Häuser der Judería, dem Viertel der jüdischen Handwerker und kleinen Händler. Im höher gelegenen Stadtteil nahe der Kathedrale besaß der Adel seine Paläste. Hier befand sich auch der Bischofspalast, den Erzbischof Carillo bewohnte, nachdem er die Stadt von Enrique als Lehen erhalten hatte. Flankiert von Adelspalästen bot der Bischofspalast mit seiner breiten Fassade und den strengen, mit textilartigem Dekor verkleideten Pfeilern einen wehrhaften und abweisenden Anblick. Das mit schmucklosen Quadern eingefasste Portal wurde von einem Wappen gekrönt. Um so angenehmer gestaltete sich der Innenhof des Anwesens, ein begrünter und mit Wasserbecken ausgestatteter Patio. Umschlossen wurde der Hof von einer umlaufenden Galerie, wo sich auch das Arbeitszimmer des Erzbischofs befand.

Carillo trat heraus und lehnte sich auf die reich verzierte Holzbrüstung. Unten im Hof saß Isabél auf einer Bank. Neben ihr plätscherte ein kleiner Brunnen, Zitrusbäume in großen Kübeln verströmten einen betörenden Duft. Sie hielt eine Stickarbeit auf dem Schoß, aber sie arbeitete nicht daran.

Mit leisen Schritten lief Carillo zur Treppe, die hinunter in den Hof führte. Isabél hob den Kopf, als sie ihn gewahrte.

»So in Gedanken, mein Kind?« Er setzte sich in väterlicher Manier neben sie und bewunderte die feine Handarbeit.

Sie ließ ihren Blick durch den Patio schweifen. »Ihr habt es sehr schön hier«, stellte sie fest.

»Nicht wahr!«, rief er stolz. »Man kann wunderbar meditieren oder sich ganz einfach an der Schönheit der Natur erfreuen. Das Wasser erfrischt und kühlt die Luft, und der Duft der Bäume schmeichelt den Sinnen. Ich liebe dieses Anwesen.«

Isabél schwieg. Sie hielt die Hände verschränkt.

»Du hast gebetet?«

»Ich habe für meinen Bruder Alfonso gebetet. Ich glaube, er kann diese Gebete gebrauchen.«

»Ich finde es sehr großherzig von dir. Glaub mir, er ist unsere große Hoffnung für das Wohl Kastiliens.«

»Kastiliens? Die Granden denken doch nur an ihr eigenes Wohl. Alfonso ist erst zwölf Jahre alt«, erwiderte Isabél. »Er hat überhaupt keine Ahnung.«

»Er hat Berater, Freunde ... Eben habe ich die Briefe und Nachrichten studiert, die mich in dieser Woche erreichten. Kastiliens Straßen sind unsicher, marodierende Räuberbanden ziehen durchs Land, überall herrschen Chaos, Unordnung, Anarchie. Und was macht Enrique? Natürlich haben die Granden zu tun, ihr eigenes Land, ihren Besitz zu verteidigen. Wer sollte ihnen denn helfen? Enrique ist nicht der König, der das Land befrieden kann.«

»Glaubt Ihr, dass es Alfonso ist?«

»Die Granden setzen große Hoffnung in ihn. Er hat ihre volle Unterstützung. Zurzeit reitet er durchs Land und schaut nach dem Rechten.«

»Gott allein weiß, ob er diese Bürde tragen kann.«

»Es gibt keinen anderen Weg gegen Enrique.« Er blickte sie mit seinen grauen Augen durchdringend an. »Sorge dich nicht. Hier bist du vor Enrique sicher. Ich höchstpersönlich beschütze dich.«

»Und Alfonso?«

Carillo lachte auf. »Er hat seine Truppen dabei und viele tapfere Ritter. Übrigens ...«, er schmunzelte wissend, »... er befindet sich bereits auf dem Weg nach Ávila. Wenn er kommt, feiern wir ein großes Fest.«

Isabéls Miene erhellte sich. »Ich freue mich ... auf Alfonso.« Sie erhob sich. »Ich möchte gern in die Kathedrale gehen und für seine gesunde Rückkehr beten.«

»Aber natürlich, mein Kind, bete, bete!«

Während Isabél mit dem Blick auf den Gekreuzigten auf den harten Fliesen der Kathedrale zu Ávila für Alfonso betete, verschwand Carillo in einem seiner prunkvoll ausgestatteten Gemächer. Er ließ sich ein üppiges Mahl servieren, doch seine Gedanken kreisten in seinem Kopf herum. Es war nicht die Sorge um Isabéls Wohlergehen, die Erzbischof Carillo Isabél in eine Art Schutzhaft nehmen ließ. Dass sich Isabél so plötzlich und unvorhergesehen auf Alfonsos Seite geschlagen hatte, kam ihm mehr als gelegen. Seit einiger Zeit war er Isabéls Beichtvater. Je länger er ihre Entwicklung beobachtete, um so fester setzte sich ein bestimmter Gedanke in seinem Kopf fest. Wie ein Samenkorn in der Erde keimte dieser Gedanke in ihm, brach aus seiner harten Schale und entwickelte sich zu einem zarten Pflänzchen. Carillo hegte und pflegte dieses Pflänzchen und ließ ihm Zeit zu gedeihen.

Als hätte Pacheco die fein gewürzten Pasteten und die mit Zimt und Koriander bestreuten Kuchen gerochen, schneite er in Carillos Gemach hinein. Der Erzbischof verzog keine Miene, als sein Neffe dem Diener winkte und sich ein Gedeck bringen ließ. Er ließ sich einen kostbaren Glaskelch voll schwerem Wein einschenken, den er in einem Zug leerte.

»Wie geht es unserem kleinen König?«, fragte der Erzbischof kauend, während Pacheco sich die Lippen leckte.

Pacheco grinste und hielt dem Pagen fordernd den leeren Pokal hin. »Er tut, wie ihm geheißen, und fühlt sich sehr erhaben dabei. Und er verteilt Enriques Geld mit vollen Händen. Wir können zufrieden sein.«

»Nein, das können wir nicht«, widersprach Carillo dem verdutzten Marqués. »Er ist ein ebenso schwacher Monarch wie Enrique. Was wir brauchen, ist ein starker König, der uns unsere gesetzlich fundierten Rechte erhält. Wir brauchen einen starken König, der sich auf die Granden des Landes stützen kann und den wir unterstützen.« Mit einer knappen Handbewegung stoppte er den Pagen und deutete zur Tür. Lautlos entfernte sich der Diener.

Verwirrt starrte Pacheco seinen Onkel an. Manchmal konnte er ihm wirklich nicht mehr folgen. »Ja, aber ... aber wir haben ihn doch zum König ausgerufen!«

Carillo nickte bedächtig. »Sicher. Zum damaligen Zeitpunkt war es auch gut so. Wir mussten Enrique etwas entgegensetzen. Leider haben sich die Dinge nicht ganz so wie gewünscht entwickelt. Jetzt, mein Lieber, wäre es besser, es würde diesen König Alfonso nicht geben.«

»Ach! Wollen wir ihn absetzen?«

»Selbstverständlich nicht! Wir würden uns ja selbst Lügen strafen und unserer Sache schaden. Alfonso muss König bleiben, unser ausgerufener König.«

»Ja, aber ...«

»Mein Gott, du bist wirklich schwer von Begriff«, knurrte der Erzbischof. »Was du bei Enrique immer noch nicht geschafft hast, solltest du bei Alfonso schneller zu Wege bringen.« Er schob seinem Neffen den Weinkrug über den Tisch. »Er bekommt auch ein königliches Begräbnis!«

Pacheco grinste, füllte seinen Pokal und trank. »Auf den König!«, rief er.

Carillo antwortete nicht. Pacheco stutzte. »Warum trinkst du nicht mit mir auf den König?«, wollte er wissen.

»Wer weiß, ob es wirklich einen König geben wird«, gab Carillo doppeldeutig zurück.

»Keinen König? Wie soll das gehen?« Pacheco überlegte, fand jedoch keine Antwort auf seine Frage. So leerte er den Pokal wieder in einem Zug. Mit dem Wein war Carillo freizügiger als mit seinen Gedanken.

Es war ein Unglück! Es war eine Katastrophe! Beatríz fühlte sich wie ein Vogel im Käfig, der immer wieder verzweifelt gegen die Gitter flatterte. Der König hatte befohlen, dass sie sich nicht aus dem Alcázar entfernen durfte. Sie war gefangen! Und Isabél wurde von den Königsgegnern in Ávila gefangen gehalten! Zwar gab es einen Briefaustausch mit Isabél, aber nur über Beatríz' treuen Diener Ruíz. Das Schlimmste jedoch war, dass Beatríz ihrer Freundin nicht helfen konnte. Dabei hatte sie es doch bei ihrem Leben geschworen!

Isabél schien jedoch ihre Gefangenschaft nicht so tragisch zu nehmen wie Beatríz. Ja, sie schrieb sogar von einem Fest zur Rückkehr ihres Bruders. Was war bloß in Isabél gefahren, dass sie sich aus heiterem Himmel gegen den König wandte und zu ihrem Bruder Alfonso überwechselte? Dabei hatte sie dessen Proklamierung zum Gegenkönig als furchtbaren Fehler und Rebellion bezeichnet! Und nun rebellierte sie selbst!

Vielleicht war sie von den Königsgegnern gefangen genommen und gegen ihren Willen nach Ávila verschleppt worden? Aber Beatríz hatte mit eigenen Augen gesehen, wie Isabél ihr Pferd gewendet hatte und auf den Feind zugeritten war. Sie hatte Enrique eindeutig verraten! Nun konnte man vom König halten, was man wollte – und Beatríz empfand keine großen Sympathien für Enrique –, aber sie achtete Isabéls Loyalität zu ihm. Er war nach der Erbfolge der rechtmäßige König. Es gab nur eine Erklärung – die Verlobung mit dem portugiesischen König! Sicher wollte Isabél sich so aus dieser geplanten Verbindung herausmanövrieren. Beatríz wusste, dass Isabél unsäglich darunter litt.

Die Tatenlosigkeit, zu der Beatríz verdammt war, brachte sie fast um den Verstand. Sie konnte ihren alten Diener Ruíz auch nicht ständig zwischen den Fronten hin und her schicken, zumal Enrique alles argwöhnisch beäugte, was mit Isabél in Zusammenhang stand. Im Alcázar gab es genug Spitzel, die für den König arbeiteten. Am liebsten wäre Beatríz ihrer Freundin gefolgt, wenn es da nicht einen Mann gegeben hätte, der sie zögern ließ.

Andrés Cabrera war der Statthalter von Segovia. Es war ein ganz besonderer Posten, den Cabrera innehatte. Da sich im Alcázar der Staatsschatz befand, genoss er das besondere Vertrauen des Königs.

Cabrera war ein Converso, von jüdischer Abstammung, aber bereits als Kind getauft und in katholischem Glauben erzogen. So wie ihn gab es viele konvertierte Juden. Seit etwa einhundert Jahren drängten Herrscher und Kirchenfürsten die im Lande lebenden Juden zum Wechsel ihres Glaubens. Den Juden selbst wurden immer härtere Beschränkungen auferlegt. Aus reinem Überlebenswillen ließen sich viele Juden taufen und schworen ihrer alten Religion ab. Diejenigen, die sich nicht zu diesem Schritt entschließen konnten, wurden in eigene abgeschlossene Viertel, die Juderías, abgedrängt.

Nichtsdestotrotz fanden sich unter den Ratgebern der Könige nicht wenige Conversos. Selbst eifernde Kirchenmänner trugen häufig jüdisches Blut in ihren Adern, wie Admiral Enriquez oder Juan Pacheco de Villena. Und der Adel schreckte auch nicht davor zurück, seine klammen Kassen mit jüdischen Anleihen aufzubessern – auch wenn die jüdischen Geldverleiher horrende Zinsen nahmen und damit selbst immer reicher wurden. Sie waren jedenfalls gern bereit, größere Darlehen zu gewähren. Und da die im Dauerstreit sich gegenseitig aufreibenden Adelsfamilien ständig Geld benötigten, waren sie der Juden beste Kunden.

Es war auch nicht abzustreiten, dass es unter den Juden und den Conversos viele kluge Köpfe gab, die an einer der Universitäten studierten und dann hohe Positionen im Staat bekleideten.

Andrés Cabrera war ein ansehnlicher Mann. Ihn hatte es nach Segovia verschlagen, als er Juan Pachecos Intrigen zum Opfer fiel und ihm dieser die Stadt Madrid, die er bisher als königliches Lehen innehatte, entriss. Dass ihm der König dafür den Statthalterposten von Segovia anbot, war nur ein schwacher Trost, auch wenn damit eine große Vertrauensposition verbunden war. Seinen Groll darüber vergaß Cabrera jedoch, als er die unglückliche Beatríz kennen lernte.

Mehr als einmal hatte er sie im Alcázar gesehen und sich erkundigt, wer diese hübsche und so traurige junge Dame sei.

Die Aufmerksamkeit, die der Statthalter der rassigen Beatríz zollte, war für sie eine willkommene Abwechslung und Ablenkung. Seine stattliche Erscheinung, sein stolzes und selbstsicheres Auftreten beeindruckten sie. Er war schon etwas anderes als diese milchgesichtigen jungen Gecken, die ständig um die Hofdamen herumscharwenzelten. Beatríz war kokett genug, Cabrera zu locken und zu stoppen, um ihn wieder zu locken. Beide fanden Gefallen an dem Spiel.

Andrés Cabrera überraschte Beatríz mit kleinen Geschenken, Beatríz dankte es ihm mit Zugänglichkeit, jedes Mal ein kleines bisschen mehr.

»Nun verratet mir doch, holde Dame, warum Ihr stets so traurig seid«, bat Cabrera, als er endlich ein geheimes Treffen mit Beatríz im Garten arrangiert hatte.

»Sollte ich nicht traurig sein, wenn man das Liebste, was man besitzt, in einem finsteren Kerker schmachtend weiß?«

»Oh, Ihr habt einen Liebsten?« Er verzog enttäuscht das Gesicht, doch in seinen Augen funkelte es. Natürlich wusste er Bescheid über Isabél. Der ganze Hof sprach von nichts anderem.

»Eine Liebste, der ich Treue geschworen habe«, erwiderte Beatríz.

»Ihr meint die Infantin, die den König verraten hat«, gab Cabrera zurück.

»Ihr irrt Euch, Don Andrés. Die Infantin ist von reinem Geist und stolzem Wesen. Sie würde nur ihrem gottbefohlenen Gewissen folgen. Doch es gibt Mächte im Reich, die nicht davor zurückschrecken, eine hochwohlgeborene Dame für ihre Intrigen zu missbrauchen.«

»Manchmal kann man damit ganz schön weit kommen.«

»Ihr sagt es, Don Andrés. Doch ich wäre glücklicher, wenn ich wüsste, dass meine Freundin aus den Klauen dieses schrecklichen Bischofs befreit würde.«

»Das glaube ich Euch gern, schöne Beatríz. Ich besitze zwar das volle Vertrauen des Königs, aber auf seine Schwester ist er augenblicklich nicht gut zu sprechen.«

Sie schenkte ihm einen flehenden Blick, der etwas ganz anderes in ihm regte als Hilfsbereitschaft. Und er spürte, dass dieses Flehen gespielt war. Er beherrschte die Regeln bei Hofe perfekt, und Beatríz offenbar auch.

»Außerdem stehe ich loyal auf der Seite des Königs.«

»Und ich loyal auf der Seite Isabéls.«

Er versenkte seinen Blick in ihren. »Ja, was machen wir denn da?«

Beatríz verspürte ein kribbelndes Gefühl in der Magengegend. Was für ein Mann! Stolz wie ein Matador, schön wie ein andalusischer Hengst, einflussreich wie ein hoher Berater und begehrenswert wie ein griechischer Gott.

Ihre Lippen öffneten sich, als wollte sie etwas sagen, aber ihre Stimme versagte. Dafür ging ihr Atem heftig, und am Hals konnte er das schnelle Schlagen ihres Herzens erkennen.

»Dann werde ich dem König eine Versöhnung mit Isabél vorschlagen.«

»Ja«, hauchte sie.

»Und wir beide ... versöhnen uns auch ...«

»Ja ...«

»Liebste Isabél, ich habe mich verliebt! Ich kann es nicht glauben, dass mir so etwas wirklich passiert ist. Du hast recht, es ist wohl das schönste Gefühl, das es gibt. Man fühlt sich wie eine Taube, die sich in die Lüfte erhebt. Andrés hat um meine Hand angehalten und beim König die Erlaubnis beantragt. Ich wünschte, dass du zu meiner Hochzeit kommen könntest. Und so Gott will, wirst du dabei sein.

Beatríz.«

Als sie Ruíz den Brief übergab, war sie überzeugt davon, dass es so kommen würde.

Die Annehmlichkeiten im Palast des Erzbischofs täuschten Isabél nicht darüber hinweg, dass sie sich in einer selbst verschuldeten Isolation befand. Sie hatte die Seiten gewechselt, etwas, das sie Enriques Günstlingen immer wieder vorwarf. Sie verspürte jedoch keinen Zweifel an ihrer Handlungsweise. Ja, sie war überzeugt, dass es richtig war. Enrique hatte Alfonso allein gelassen. Und nun benutzten ihn seine Gegner ganz nach ihrem Willen. Wenn Alfonso erst in Ávila war, würde sie etwas unternehmen. Sie würde Carillo auffordern, dieses unwürdige Spiel zu beenden. Der König in seiner Weitherzigkeit und Harmoniesucht würde ihnen ganz sicher verzeihen, wenn sie demutsvoll zu ihm zurückkehrten.

Nach dem Abendgebet begab sich Isabél zu Bett. Der Erzbischof hatte ihr einen ganzen Flügel seines Palastes zur Verfügung gestellt, und sie hatte mehr Platz, als sie benötigte. Im Inneren waren die Zimmer prächtig ausgestattet mit Malereien an Decken und Wänden, mit Möbeln aus geschnitztem dunklen Holz, Seidentapisserien und Vorhängen. Fast residierte sie wie eine Königin. Es war die Ironie des Schicksals, dass sie genau das hatte vermeiden wollen.

Sie hatte mit dem Erzbischof zu Abend gegessen, und das wahrscheinlich zu üppig. Sie mochte keine Völlerei, aber was Carillo an Speisen auffahren ließ, ließ sogar den Königshof erblassen. Und dabei waren sie doch nur zu zweit. Wie musste das Festmahl aussehen, das er zu Alfonsos Rückkehr geben wollte! Sie gelobte sich, in Zukunft mehr Zurückhaltung zu üben. Wenn nur nicht diese herrlichen kleinen Leckereien gewesen wären, die Carillo von einem maurischen Zuckerbäcker anliefern ließ!

Vorsichtshalber ließ sie sich von der Zofe ein Glas Milch bringen, das die immer wieder aufsteigende Säure in ihrem Hals milderte. Dann schloss die Zofe die Vorhänge ihres Alkovens.

Isabél fiel in einen unruhigen Schlaf mit einem seltsamen Traum. Sie sah sich auf einer grünen Wiese liegen. Es musste in Segovia sein, denn hinter sich bemerkte sie das alte römische Aquädukt. Die Sonne schien warm, und sie fühlte sich müde und schwer. Seufzend ließ sie sich ins Gras sinken und schaute in den Himmel hinauf. Doch der wurde plötzlich dunkel, und unzählige Sterne glitzerten am Firmament. Isabél bewunderte die Pracht. Wie Diamanten auf schwarzem

Samt, fand sie. Die Sterne funkelten und glitzerten, aus einigen schlugen Flammen.

Flammen? Isabél richtete sich auf. Es war nicht der Sternenhimmel, den sie sah, sondern eine weite Ebene tief unter sich. Sie saß auf einem Berg und blickte hinab in diese Ebene, die im Dunkeln lag. Unzählige Feuer loderten darin, so viele wie Sterne am Himmel. Sie vernahm seltsame Laute, klagende Töne, Schreie, Rufe, laute Gebete. Die Stimmen wurden immer lauter, gellten in ihren Ohren, hallten in ihrem Kopf. Gleichzeitig verspürte sie einen ekelhaften Geruch, wie von verbranntem Fleisch. Angewidert wollte sie sich abwenden, doch es ging nicht. Ihre Beine, ihr Körper waren wie gelähmt, unfähig, sich zu bewegen. Nur die Arme gehorchten ihr. Sie presste die Hände auf die Ohren, um die entsetzlichen Schreie nicht mehr zu hören. Sie klangen nun gedämpfter, doch sie verstummten nicht. In ihrer Ohnmacht warf sie sich nach hinten. Sie spürte Gras und harten Boden unter dem Rücken. Dann beugte sich jemand über sie.

»Prinzesschen, geht es Euch nicht gut?« Es war eine unförmige Gestalt mit riesigem Kopf und drei Augen. »Prinzesschen? Geht es Euch nicht gut?« Die Stimme klang hoch wie von einem Kind.

Isabél wollte die unheimliche Gestalt von sich stoßen, doch sie hielt ihre Hände immer noch auf die Ohren gepresst. Sie fürchtete sich vor den Schreien und mochte die Hände nicht wegnehmen. Es wurde heller, und nun konnte sie die Gestalt erkennen. Bulbito! Das dritte Auge auf seiner Stirn war der große Edelstein, der blinkte und blitzte.

»Geh weg!«, keuchte sie. »Geh weg!« Doch Bulbito dachte gar nicht daran. Er beugte sich tiefer zu ihr, und Isabél befürchtete, er wolle sie auffressen. Er öffnete den Mund. Sie sah seine gelben Zähne und roch seinen fauligen Atem. »Geh weg, du Scheusal, geh weg!«

»Ich sehe alles, ich höre alles, und ich weiß, was morgen ist.«

Sie bäumte sich auf, doch unsichtbare Kräfte hielten sie fest. Sie wollte schreien, aber kein Ton kam aus ihrer Kehle, so sehr sie sich auch anstrengte. Die Lunge wollte ihr schier platzen, und sie presste immer noch ihre Hände gegen die Ohren.

»Geht es Euch nicht gut?«

Mit einem Aufschrei fuhr Isabél aus dem Bett hoch. Ihre Zofe, die stets am Fußende ihres Bettes schlief, beugte sich über sie.

»Hoheit, geht es Euch nicht gut? Ihr habt im Schlaf geschrien.«

Isabél griff sich an die Stirn. Kalter Schweiß stand darauf. Verwirrt blickte sie sich um. Sie befand sich in ihrem Gemach, in ihrem Bett. Daneben brannte eine kleine Öllampe, die die Zofe entzündet hatte.

»Es war ein schlechter Traum.« Kraftlos ließ sie die Hände auf die Bettdecke fallen.

»Mein Gott, Ihr seid ja ganz nass geschwitzt. Ich hole gleich Wasser und ein frisches Hemd. Und gewürzten Wein, damit Ihr wieder schlafen könnt.«

Die Zofe warf sich einen bestickten Hausmantel über und ergriff den Wasserkrug.

»Nein, bleib hier!«, rief Isabél.

Die Zofe stockte und blickte sie fragend an. »Fürchtet Ihr Euch, allein zu bleiben?«

Isabél starrte sie an. Die Zofe besaß ein hübsches, schmales Gesicht. Und es war ganz hell.

»Nein, nein, es ist schon gut. Ich habe nur etwas Schreckliches geträumt. Von Bulbito.«

»Bulbito?« Die Zofe lächelte schief. »Von dem kleinen Hofnarren? Aber der ist doch lustig.«

»Ja, er ist lustig. Und nun geh und hole Wasser und ein frisches Hemd. Keinen Wein, sondern eine kühle Limonade.«

Die Zofe eilte hinaus, und Isabél ließ sich wieder in die Kissen fallen. Ihr Herz raste noch, und sie fröstelte. Wie ein unheilvoller Schatten legte sich die Stille über sie. Bulbito war fern, in Segovia. Er war es nicht, der ihr Angst einjagte. Es war die Vorahnung, dass ein Unglück sie ereilen würde.

Alfonsos Tod

Eine Sonne aus purem Gold stand über dem Land und tauchte die steinerne Arche mit der gewaltigen Burg als Krönung in ein unwirkliches Licht. Das fahle Blau des Himmels, das gelbliche Grün der welligen Landschaft, das Ocker der Steine und das blutige Rot der Dachziegel vermischten sich zu einer Komposition wie aus der Hand eines Malers. Ávila lag wie erstarrt unter der lähmenden Hitze des beginnenden Monats Juli.

Die Schneefelder der Sierra de Gredos, die bis in den Frühsommer hinein am Horizont leuchteten, hatten sich in Wasser aufgelöst, das es jedoch nicht vermochte, die karge Hochebene in ein blühendes Paradies zu verwandeln. Dementsprechend herb, stolz und ehrsüchtig waren die Menschen, die hier lebten. Jetzt schien die Stadt fast menschenleer. Nicht einmal die überall streunenden Hunde ließen sich in den Gassen blicken.

Obwohl der Patio des Bischofspalastes einen angenehmen Aufenthalt bot, entschloss sich Isabél, in der Kathedrale zu verweilen, die sich gleich neben Carillos Palast befand. Die wuchtigen Mauern mit den mächtigen Arkadenpfeilern und dem schlichten Kreuzgewölbe boten Isabél Schutz wie eine Höhle. Erst unlängst waren die Bauarbeiten zur Versetzung des Portals beendet worden. Dass der Südturm fehlte, tat der Würde dieser Kathedrale keinen Abbruch. Isabél fühlte die göttliche Nähe und die himmlische Kraft verstärkt durch dieses monumentale Bauwerk.

Die Helle des Tages hatte die Schatten der Nacht aufgelöst und weggeschmolzen wie den Schnee der Sierra de Gredos, und damit auch die Albträume. Der Anblick des gekreuzigten Heilands am Altar flößte ihr Vertrauen ein. Ihr Herz schlug wieder gleichmäßig.

Im Gegensatz zu Beatríz, die ihr immer wieder flehende Nachrichten schickte, nach Segovia zurückzukehren, empfand Isabél ihren Aufenthalt in Ávila bislang nicht als Haft. Natürlich war Segovia schöner, die Wälder angenehmer zum Ausreiten, und sie besaß dort ihre gewohnten Gemächer, die Freundin und ihre Gespielinnen, doch im Augenblick kreisten ihre Gedanken um ganz andere Dinge als ihr Wohlleben.

Sie stand plötzlich inmitten politischer Ereignisse, und sie hatte die erste tiefgreifende Entscheidung ihres Lebens getroffen – gegen den König!

Eigentlich hatte sie sich nicht gegen Enrique, sondern für den kindlichen Alfonso entschieden, dem sie zur Seite stehen musste. Es war einfach ihre Pflicht, und sie hatte keinen Augenblick gezögert, als sie diesen Entschluss fasste. Nicht einen Herzschlag lang hatte sie die Richtigkeit ihrer Entscheidung bezweifelt. Den Bewohnern von Segovia, dem König, Alfonso und auch seinen Parteigängern hatte sie gezeigt, dass sie durchaus in der Lage war zu handeln. Sie war niemandes willfähriges Objekt.

Sie verspürte Stolz, ohne eine Spur von Selbstherrlichkeit. Sie verspürte eine Kraft, die in ihr schlummerte und die sie wecken würde, wenn die Zeit dafür reif war. Vielleicht ließ sie es in diesen Momenten an Demut fehlen. Man konnte nicht gleichzeitig stolz und demütig sein. Aber sie zeigte diesen Stolz nicht nach außen. Sie beherrschte die Kunst der Verstellung mittlerweile meisterhaft.

Im Spiel um Macht, Einfluss und Interessen war es überlebenswichtig, niemals seine wahren Absichten zu zeigen. Trotz ihrer Jugendlichkeit hatte sie bereits genügend Gelegenheiten gehabt, Hinterlist und Falschheit derjenigen kennen zu lernen, die ihr Schicksal in den Händen hielten. Getrieben von Ehrgeiz und Habgier, fehlte es nicht an Versuchen, sie in politische Interessenkämpfe hineinzuziehen.

Isabél schüttelte alle Albträume und Zweifel ab. Gott wollte sie prüfen. Sie würde die Prüfung bestehen.

Durch die geschlossene Kirchentür vernahm sie Fanfarenklänge berittener Herolde. Alfonso kehrte zurück!

Sie erhob und bekreuzigte sich und spürte kaum noch die schmerzenden Knie, als sie dem Ausgang zu eilte.

Die Sonne war versunken und tauchte das Gemälde aus klaren Farben in ein einförmiges Grau. Trutzig hob sich der Bischofspalast gegen den violett verfärbten Abendhimmel ab. Vor dem Portal gab es Tumult und Gedränge. Die Wachen liefen durcheinander, Pferde und Maultiere wurden hin und her gezerrt, einige scheuten. Es sah nicht aus wie der glanzvolle Einzug eines jungen ungekrönten Königs.

Isabél raffte ihre Röcke und rannte so schnell sie konnte über den kleinen Platz vor der Kathedrale. Bischof Carillo kam ihr mit ausgebreiteten Armen entgegen. Sein Gesicht spiegelte Bestürzung und Trauer wider.

»Was ist geschehen?« Ihre Stimme zitterte.

Er fing sie in seinen Armen auf und hielt sie fest, als wolle er sie von irgendetwas fern halten. Behende wand sie sich aus seinem Griff und eilte zu einer Tür, vor der Pacheco stand. Auch er verzog theatralisch das Gesicht.

»Ihr müsst jetzt stark sein, Isabél. Gott hat ihn gnädig zu sich aufgenommen.«

»Wen?« Ihre Frage glich einem Schrei.

»Euer Bruder Alfonso ist tot. Er starb auf dem Weg hierher.«

Isabél erstarrte. »Wie ist das möglich?«, fragte sie mit blutleeren Lippen. Ohne eine Antwort abzuwarten, wollte sie an Pacheco vorbei.

»Ihr dürft ihn nicht sehen«, widersetzte sich Pacheco. »Es war die Pest.«

»Die Pest?« Sie hielt im Schritt inne, doch in ihrer Frage schwang Zweifel.

»In einigen Dörfern ist die Pest ausgebrochen. Wahrscheinlich hat sich unser junger König dort angesteckt.«

Unser junger König . . . Isabél rang nach Luft.

»Ich verstehe deine Trauer«, ließ sich Carillo hinter ihr salbungsvoll vernehmen. »Aber bedenke, jetzt ist eine neue Situation eingetreten. Du bist jetzt die Thronfolgerin. Du musst dich sofort als Königin ausrufen lassen!«

Isabél fuhr herum, und eine tiefe Zornesfalte grub sich über ihrer Nasenwurzel ein. »Für Alfonso ist noch nicht einmal die Totenmesse gelesen. Enrique sitzt legitim auf dem Thron. Einen Teufel werde ich tun!«

Jenseits der Nordmauer von Segovia lag ein Kloster an der Stelle, wo der heilige Dominikus einstmals Zuflucht in einer Felsgrotte gefunden hatte. Es hieß Santa Cruz la Real und galt als die erste Klostergründung des Heiligen.

Hierhin flüchtete sich Isabél vor den Ereignissen, die ihr äußerst zusetzten. Sie beweinte und betrauerte den Tod ihres Bruders. Gleichzeitig wurde ihr mit aller Deutlichkeit klar, dass Alfonso den Machtinteressen rivalisierender Granden geopfert worden war. Willfährig und ahnungslos hatte er sich von ihnen verführen lassen. Ein ungekrönter Kindkönig, dessen Tod ebenso mysteriös wie sinnlos war. War es wirklich die Pest oder ein verdorbenes Fischmahl? Oder gar ein Giftmord, wie hinter vorgehaltener Hand getuschelt wurde?

»Warum?« Es war dieses eine Wort, wofür sich Isabéls Lippen öffneten. Sie erwartete keine Antwort darauf. Der Schock saß zu tief.

»Zweifelst du an Gott?« Es war die Stimme des Priors, die sie zusammenzucken ließ. Hinter ihr, wie aus dem Nichts, war die hohe, schlanke Gestalt des Tomás de Torquemada erschienen.

Der Prior sah es nicht ungern, dass sich Isabél gerade in dieses Kloster zurückzog, um sich ihrer Trauer hinzugeben. Auch er registrierte, dass Isabél durch den Tod ihres Bruders nun in der Thronfolge einen Schritt nach vorn rückte. Der sittenlose, unberechenbare König Enrique war einem glaubensstrengen Mann wie Torquemada ohnehin ein Dorn im Auge und ein Stachel im Fleisch. Der Beichtvater dieser jungen und vollkommen dem Glauben ergebenen Person zu sein, konnte in Zukunft noch so manche Tür öffnen.

»Ich zweifle nicht an Gott«, flüsterte sie. »Ich frage nur, warum Gott das zugelassen hat.«

Der Prior regte sich nicht. »Gott ist dafür nicht verantwortlich, sondern die Menschen.« Seine Stimme hallte, und Isabél fröstelte.

»Dann hätte Gott diese Menschen zurückhalten sollen.«

»Du machst Gott Vorschriften?« Seine Stimme wurde schärfer. »Du kritisierst Gott! Der Schöpfer weiß, was er tut.«

Isabél hob langsam den Kopf. »*Warum* hat er es getan?«

»Diese Frage ist uns Menschen nicht gestattet«, erwiderte er hart. »Gottes Wille ist für uns Menschen nicht erfassbar. Wir müssen ihm vertrauen und folgen. Und uns ihm ergeben.«

»Dabei fühle ich mich aber so schwach«, klagte Isabél.

»Gott hat den Menschen schwach gemacht, damit er im Glauben Kraft und Stärke sucht. Es gäbe nicht so viel Ungemach, wenn alle Menschen tief im rechten Glauben lebten. Sie sind nicht gottgefällig. Aber nur wer Gott gefällt, wird von ihm geliebt.«

Er streckte die Hand aus, die Isabél ergriff und sich erhob. »Gott gefallen, ja, das ist es, was ich möchte.«

Die Schlichtheit im Kloster Santa Cruz gefiel Isabél. Nach dem ausschweifenden, unorthodoxen und verschwenderischen Leben Carillos empfand sie die Strenge und Bescheidenheit als angenehm. Torquemada war ein Mann von eisernen Prinzipien und unnachgiebiger Strenge. Er war Dominikaner aus tiefster Überzeugung und führte nicht nur das Wort des Heiligen Dominikus im Mund, sondern lebte auch danach. Sein asketisches Äußeres verband sich mit einem flammenden Eiferertum. Sein Leben widmete er dem Kampf gegen die Häresie. Mit untrüglichem Gespür fühlte er, dass er in Isabél eine Verbündete finden würde.

»Wer den Glauben lebt und sich von ihm formen lässt, der wird gereinigt und gut.«

Sie hob den Blick zu ihm. Seine kleinen dunklen Augen schienen sie zu durchbohren und in ihr Innerstes zu blicken. Sie fühlte sich nackt vor ihm und durchschaut. Vor ihm konnte sie keine Geheimnisse haben.

»Wie kann ich zu Gott gelangen?« Ihre Stimme klang unsicher und belegt.

»Christus sagt: ›Ich bin der Weg.‹ Durch ihn gelangst du zu Gott.«

Die Nähe dieses Mannes erfüllte sie mit so viel Inbrunst, die sie bislang nur in den Hallen heiliger Kathedralen empfand. Aber gleichsam wurde sie in seiner Nähe willenlos. Von Torquemada ging eine Kraft aus, die sie lähmte. Er strahlte etwas aus, das nicht von dieser Welt schien.

»Ich werde diesen Weg gehen, Hochwürden. Ich will zu Gott gelangen.«

»Wohl denen, deren Weg ohne Tadel ist, die leben nach der Weisung des Herrn«, murmelte er vor sich hin.

Seine hagere Gestalt schlurfte den Gang entlang, in sich gekehrt, als hätte er Isabél bereits vergessen. Sie blieb stehen und schlang die Arme um ihren Körper. Sie fröstelte. Ob sie jemals so rein vor Gott treten konnte? Dieser Mann gab ihr das Gefühl, klein, unbedeutend und unvollkommen zu sein.

Später in ihrer Zelle ließ sie sich Schreibutensilien und Pergamentpapier bringen. Sie brauchte die Ruhe und Abgeschiedenheit, um ihre Entscheidungen klug zu fällen.

Zunächst musste sie die Granden des Landes über Alfonsos Tod unterrichten. In ihrer inzwischen durch viele Kopien geübten Handschrift setzte sie Schriftstück um Schriftstück auf. Der Prior hatte ihr angeboten, ihr seinen Sekretär zur Verfügung zu stellen. Isabél hatte dankend abgelehnt. Es war etwas, das sie höchstpersönlich tun musste.

Alfonsos Tod war für sie ein einschneidendes Ereignis. Sie wollte herausfinden, wer die Männer im Hintergrund waren. Sie musste vorsichtig sein. So vermied sie den Königstitel und unterschrieb mit »Isabél, durch die Gnade Gottes Prinzessin und legitime Erbin der Königreiche Kastilien und León«. Ab sofort trug sie den Titel »Prinzessin von Asturien«.

Carillo hielt es nicht mehr in Ávila. Er eilte so schnell er konnte nach Segovia ins Kloster Santa Cruz. Nur mit Widerwillen ließ der Prior ihn zu Isabél vor. Torquemada mochte Carillo schon wegen seiner schillernden, eines Kirchenmannes unwürdigen Lebensweise und seiner Nähe zum König nicht. Doch er konnte dem Erzbischof den Besuch der Infantin nicht verwehren.

Erregt schneite Carillo in das Besuchszimmer, in dem Isabél ihn erwartete. Entsetzt blickte er sie an. Sie war schon immer ein bisschen eigen in ihrem Kleidungsstil, aber dass sie jetzt im Gewand einer Nonne ...

»Isabél, ich hoffe, es geht Euch gut. Ich sehe mit Bestürzung, dass Ihr Euch so langsam von den Lebenden entfernt.«

Sie lächelte milde. »Es geht mir ausgezeichnet, Exzellenz. Und ich habe hier alles, was ich benötige: den Beistand Gottes, einen Beichtvater ...«

»Torquemada, pah! Hat er Euch empfohlen, Euch wie eine Nonne zu kleiden?«

»Haltet Ihr mich nicht für fähig, meine Kleidung selbst zu bestimmen?« In ihrer Stimme lag ein leiser Spott.

Carillo atmete heftig aus. »Isabél ... Verzeihung ... Hoheit, ich lege Euch nahe, ich bitte Euch dringend, sofort den Titel einer Königin von Kastilien und León anzunehmen. Enrique hat sich der kastilischen Krone unwürdig erwiesen. Seht Ihr nicht selbst, in welcher Unordnung sich das Land befindet? Nur Ihr könnt es befrieden.«

Sie erhob sich von ihrem Stuhl. In ihrer Verärgerung bildete sich wieder über ihrer Nasenwurzel eine steile Falte. Sie wirkte fremd im jugendlichen Gesicht der Infantin.

»Wie könnt Ihr so ein Ansinnen stellen? Habt Ihr nicht schon genug damit angerichtet, den unglücklichen Alfonso für Eure Pläne einzuspannen? Jetzt bleibe ich für Eure Intrigen. Nicht einmal die Heiligkeit eines Klosters hält Euch davon ab, mir dieses Ansinnen anzutragen.«

»Es ist nicht mein Ansinnen, es ist meine Forderung, Eure Pflicht zu tun.«

»Pflicht? Ihr wollt eine offene Rebellion gegen den König? Ich warne Euch, Exzellenz! Wer Wind sät, wird Sturm ernten.«

Der Bestürzung des Erzbischofs über Isabéls Widerrede folgte eine heftige Erregung. Erbittert steigerte er sich in das Wortgefecht mit der Infantin hinein.

»Ihr habt ein Anrecht auf die Krone«, beschwor er sie.

»Mir steht nur der Titel einer Erbprinzessin zu«, gab sie zurück.

»Die Granden stehen hinter Euch. Erinnert Euch daran, dass einer Eurer Vorfahren aus dem Geschlecht der Trastamare sich gegen seinen tyrannischen Bruder durchgesetzt hatte. Damals haben ihm auch die Granden dabei geholfen. Wenn sich ein König als unwürdig erweist, so kann er ersetzt werden.«

»Das war damals eine ganz andere Situation!«

»Aber versteht Ihr denn nicht? Jetzt ist die Gelegenheit, die Krone zu übernehmen. Enrique ist schwach, es kann nur zum Wohle Kastiliens sein.«

Isabél maß die Carillo begleitenden Granden mit einem verächtlichen Blick. »So sehr liegt Euch das Wohl Kastiliens am Herzen? Wohl doch mehr Euer eigenes Wohl. Würde ich Euren Wünschen willfahren, hieße das, dem König zuwiderzuhandeln. Wie könnte ich dann diejenigen tadeln, die sich mir widersetzen? Wer einmal die Seiten gewechselt hat, wird es wieder tun!«

Carillo holte Luft, um ihr etwas zu erwidern, aber sie hob gebieterisch die Hand. »Ich bin davon überzeugt, dass mir das Recht auf die Krone zusteht, Exzellenz, aber ich werde davon keinen Gebrauch machen!«

Sie nickte ihm nur kurz zu, ohne seinen Bischofsring zu küssen, und verließ das Zimmer. Mit vor Zorn gerötetem Kopf stürmte Carillo hinaus.

»So etwas Halsstarriges«, schnaufte er und rang nach Luft. Mit offenem Mund blieb er stehen. Er musste sich eine andere Taktik einfallen lassen.

Es war sein Neffe Pacheco, der wieder einmal die Fronten gewechselt hatte. Zwar hatte er zum Schein nachgegeben, als der Erzbischof Isabél als Thronfolgerin vorschlug, doch als Carillo wutentbrannt aus dem Kloster zurückkehrte und ihm von Isabéls hartnäckiger Weigerung berichtete, frohlockte er innerlich. Auf der Stelle begab er sich zu einem Treffen mit zwei Gesandten des Königs und unterbreitete ihnen seine Forderungen. Als Faustpfand hielt er die Infantin höchstpersönlich in der Hand.

Dermaßen die Schwertspitze auf die Brust gesetzt, gab der völlig niedergeschlagene König nach.

In der Nähe von Ávila lag der kleine Ort Los Toros de Guisando. Es war kein nennenswertes Dorf. Lediglich die vier großen Steinbrocken in der Gestalt von Stieren, die dem Dorf den Namen gaben, stellten ein besonderes Augenmerk in der Landschaft dar.

Es war sechs Wochen nach Alfonsos Tod. Auf diesem neutralen Gebiet standen sich zwei Parteien gegenüber, die man weder als Freund noch als Feind bezeichnen konnte. Enrique war um des Friedens willen zu etlichen Konzessionen bereit. So erzielten die beiden Parteien eine Einigung, die bald als Pakt von Toros de Guisando die weiteren Geschicke Kastiliens bestimmen sollte.

Am 18. September des Jahres 1468 wurde der Wortlaut des Paktes bekannt gegeben. Darin erklärte der König noch einmal und in aller Öffentlichkeit die Enterbung von Juanita la Beltraneja. Stattdessen erkannte er Isabél als Erbin des Throns zur Befriedung des Landes an. Einen Tag später fand das denkwürdige Treffen zwischen Enrique und Isabél statt.

Pacheco de Villena ritt an der Spitze des königlichen Geleits. Mit an Selbstherrlichkeit grenzender Arroganz saß er auf einem prächtig gezäumten Pferd in voller Rüstung, wohl wissend, dass seinen eifrigen Aktivitäten und Vermittlungen zwischen den Parteien dieser Pakt zu verdanken war.

Ihm entgegen kam Erzbischof Carillo zu Fuß, der Isabéls Maultier am Zügel führte. Bewacht von zweihundert Lanzenträgern blickte Isabél ihrem Halbbruder entgegen, den sie seit einem Jahr nicht mehr gesehen hatte. Was war in diesem einen Jahr alles geschehen!

Enriques Augen glänzten feucht, und er blinzelte gegen die Morgensonne.

Ehrerbietig beugte sich Isabél als Zeichen ihrer Unterwerfung über die Hand des Königs, um sie zu küssen. Verlegen wehrte Enrique diese Geste ab. Isabél sollte sich nicht vor ihm demütigen.

Gespannt beobachteten die sie begleitenden Granden auf beiden Seiten die Szene. Isabél forderte von Carillo die gleiche Geste der Unterwerfung. Der Erzbischof indes blies empört die Backen auf und protestierte lautstark.

Enrique sprang vom Pferd und trat zu Isabél. Jetzt schauten sie sich auf gleicher Höhe in die Augen.

»Ich freue mich, dass es dir gut geht«, sagte er mit erstickter Stimme. Er benötigte einen Augenblick, bis er die Fassung wiederfand. »Komm zurück nach Segovia. Somit verhinderst du einen Bürgerkrieg. Die Erbin des Throns von Kastilien soll in einer angemessenen Umgebung leben.«

Isabél senkte lächelnd den Kopf. »Ich folge und unterwerfe mich Euch, mein König. Ich werde tun, was Ihr von mir erwartet und verlangt. Ich füge mich dem Willen Gottes.«

Hochzeitskarussell

Isabéls Rückkehr nach Segovia glich einem neuen Einzug in die Residenz, denn Isabél war nicht dieselbe, als die sie gegangen war. Sie ging als kaum beachtete Halbschwester königlichen Geblüts, als Verräterin am König und in der Überzeugung, ihrem Bruder Alfonso gegen politische Machtinteressen beiseite stehen zu können.

Sie kam als Thronerbin, mit dem König versöhnt und ihm unterworfen, als Heiratskandidatin politisch von höchstem Interesse.

Im Pakt von Toros de Guisando war festgelegt, dass sie nicht ohne die Einwilligung des Königs heiraten durfte. Da die Granden nochmals die bereits versprochene Verbindung mit Portugal bestätigten, stand Isabéls Zukunft fest. Selbst wenn sie eines Tages Königin von Kastilien werden sollte, stand es außer Frage, dass sie nicht allein die Regierungsgewalt ausüben würde. Eine Königin hatte ihrem Gatten zu gehorchen, ihm Thronfolger zu gebären und an seiner Seite zu repräsentieren. Kastilien und Portugal würden auf diesem Wege eine enge Bindung eingehen, menschlich wie politisch.

Noch eine Veränderung gab es bei Hofe: Königin Juana wurde des Landes verwiesen! Auch dazu enthielt das Dokument einen geradezu erstaunlichen Passus. *»Seit einem Jahr entspricht das Verhalten der Königin weder ihrer Person noch ihrem Stand. Sie schädigt damit das Ansehen der kastilischen Krone. Daher beschließen Wir, dass die Königin das Land zu verlassen hat, unter Androhung von Gewalt, sollte sie sich weigern. Gleichzeitig wird der Königin das Recht abgesprochen, ihre Tochter Juana mit sich ins Ausland zu nehmen.«*

All das geschah im Einvernehmen und mit Zustimmung der meisten Granden des Landes, was immer sie sich davon auch erhofften. Die kleine Beltraneja befand sich unter der Obhut der Familie Mendoza. Sie war jetzt sechs Jahre alt und ein weiterer Spielball der Machtinteressen.

Die Nachricht von König Enriques erneutem Pakt mit dem Adel verbreitete sich im ganzen Land und machte auch nicht an den kastilischen Grenzen Halt. Plötzlich rückte die unscheinbare Isabél in den Mittelpunkt des Interesses der europäischen Herrscherhäuser. Sie hatte etwas zu bieten – die kastilische Krone!

Natürlich atmete der portugiesische König Alfonso V. erleichtert auf, als er die Nachricht erhielt, und schickte umgehend eine Gesandtschaft unter der Leitung des Erzbischofs von Lissabon nach Kastilien, um offiziell um Isabéls Hand anzuhalten.

Doch Isabéls neue Stellung in Kastilien weckte auch im Ausland Begehrlichkeiten. Die Anwärter ließen sich auch von der Verlobung mit dem portugiesischen König nicht abschrecken.

Der französische König Louis XI. warb für seinen Bruder Charles de Guyenne. Es war offensichtlich, dass der König auf diesem Weg einen unangenehmen Störenfried von seinem Hof entfernen wollte.

Und selbst aus dem fernen England schickte König Edward IV. ein Heiratsangebot für einen seiner Brüder.

Scheinbar unbeeindruckt von all dem Wirbel um ihre Person folgte Isabél dem Befehl des Königs, sich nach Ocaña zu begeben. Er selbst rüstete zu einer Reise nach Andalusien und wollte Isabél in Sicherheit und unter absoluter Kontrolle wissen. Ocaña war eine wenig erwähnenswerte Stadt mit einer arkadenumsäumten Plaza Mayor und einer gotischen Kirche. Daneben befand sich gleich der Pranger und ein Stück weiter der neu erbaute Herzogspalast.

»Dass du so ruhig bleiben kannst«, wunderte sich Beatríz kopfschüttelnd. »Da bemühen sich die Könige des Abendlandes um dich ...«

Isabél lachte auf. »Lass sie sich doch bemühen. Sie werden es wohl bald wieder aufgeben.«

»Weil du ja dem ›Afrikaner‹ versprochen bist. Hui, man sagt ihm ja nach, dass er sehr fromm und sehr wohlerzogen und gottgefällig und reich ist. Seine Schätze in Afrika sind nicht zu verachten. Er ist zwar fett und alt ...«

»Bitte, Beatríz, verschone mich mit derartigem Geplapper. Kümmere dich lieber um unsere Sachen, dass sie auch ordentlich abgeladen und an Ort und Stelle gebracht werden. Wir wollen doch die Hochzeitsgesandten würdig empfangen.«

Beatríz schluckte. »Ja, aber ...«

»Nichts aber. Wir wissen doch, was sich gehört, oder?«

Beatríz konnte aus Isabéls Gesicht nichts ablesen. Aber wie ein Opferlamm sah sie nicht aus.

Die umtriebige Beatríz, der Isabéls klösterlicher Geschmack noch nie zusagte, hatte allerlei Annehmlichkeiten organisiert: Teppiche, Polster, edle Stoffe, Geschirr, feine Tonkeramik und kostbar geschnitzte Truhen, in denen die Schätze verstaut waren. Und natürlich hatte sie auch Isabéls Garderobe durch mehrere ansehnliche Kleider und Mäntel aufstocken lassen.

Isabél war dies gar nicht so unrecht. Ihr standen einige Verhandlungen bevor, in die sie aus der Position der Stärke gehen wollte. Dazu gehörte auch, die Bittsteller zu beeindrucken.

Was Beatríz nicht wissen konnte und was Isabél auch ihrer besten und einzigen Freundin nicht verriet, war ihr Entschluss, den portugiesischen König abzuweisen. Es war ein heikler Entschluss, denn sowohl König Enrique als auch die Unterzeichner des Paktes von Toros de Guisando favorisierten diese Verbindung. Mit den Mendozas gab es eine starke Sippe unter den Granden, die fest zu den Portugiesen stand und in deren Obhut sich noch immer die enterbte Infantin Juanita befand. Der König selbst hatte sich ausbedungen, über ihr weiteres Schicksal zu entscheiden.

Doch es gab noch einen Menschen in Isabéls Gefolge, bei dem es jetzt ums Ganze ging. Es war Erzbischof Carillo, der wie ein Schatten an der Prinzessin klebte. Er war nicht nur ihr Beichtvater, er war ihr engster Vertrauter und Berater und achtete streng darauf, dass sich niemand dazwischen schob. Isabél ernannte nur zu schnell ihr gewogene Kirchenmänner als ihre Beichtväter. Und wer ihr Beichtvater war, besaß auch Einfluss auf Isabél. Befanden sie sich allein unter vier Augen, sprach Carillo noch mit ihr wie mit einem Kind. Isabél sah es ihm nach, denn er war ja ihr Vertrauter seit Kindertagen.

»Ich nehme an, dir ist bekannt, dass Enrique sich aus dem Vertrag von Toros de Guisando wieder herausmanövrieren will«, sagte er zu Isabél, als er sie am Nachmittag in ihren Gemächern besuchte. »Er hat bereits beim Papst darum ersucht, aus seinen Verpflichtungen entlassen zu werden.«

Isabél blickte überrascht auf. »Sieh da, hat er also seinen Entschluss bereits bereut.«

»Was hast du anderes erwartet? So wankelmütig, wie er ist, kann man nicht einmal seinem gegebenen Wort vertrauen. Wieso willst du dich dann an dein Wort halten?«

Sie warf den Kopf in den Nacken. »Ich werde es dem König nicht gleichtun und mein Wort brechen.«

»Du musst dein Wort nicht brechen, aber du solltest bei der Wahl des zukünftigen Königs von Kastilien sehr weise vorgehen. Ich stehe dir gern mit meinem Rat zur Seite.«

Sie nickte. »Das weiß ich. Und dafür bin ich auch dankbar. Und jetzt entschuldigt mich bitte, Exzellenz. Ich würde mich gern zum stillen Gebet in die Kirche zurückziehen.«

Carillo verabschiedete sich mit einer Verbeugung. Es lief ganz zu seiner Zufriedenheit.

Doch wie sollte Isabél entscheiden, welche Verbindung die richtige war? Keinen der Kandidaten kannte sie persönlich. Es war auch nicht wichtig. Viel wichtiger war die politische Quintessenz. Portugal hatte ansehnliche Besitzungen in Afrika zu bieten, deren Wert noch gar nicht richtig abzuschätzen war. Frankreich hätte vor allem das an Katalonien angrenzende und damit strategisch wichtige Gebiet des Roussillon zu bieten. Und England?

Sie seufzte. Ob Gott ihr ein Zeichen gab?

Isabél empfing den Gesandten des portugiesischen Königs, den Erzbischof von Lissabon samt seinem Gefolge, mit vornehmer Zurückhaltung. Den Vertretern eines so alten und vornehmen Reiches, dessen Arme bis weit nach Afrika reichten, konnte sie nicht einfach eine Abfuhr erteilen. Mit wohlüberlegten Worten legte sie dem Erzbischof dar, dass die verwandtschaftlichen Beziehungen zwischen ihr und dem König doch so eng seien, dass es auf jeden Fall des päpstlichen Dispenses bedürfe. Ihre religiöse Überzeugung ließe eine derartige Verbindung nicht zu, und sie bedaure, dass sie Ihrer Majestät Alfonso V. leider eine Absage erteilen müsse.

Absage war Absage, gleich wie sie erteilt wurde. Der Erzbischof von Lissabon zeigte keine glückliche Miene. Zwar waren Isabéls Argumente nicht von der Hand zu weisen, aber der Heilige Vater in Rom hatte sich mit einem Dispens noch nie kleinlich gezeigt, wenn man seine Bitte mit einer entsprechenden Gabe unterlegte.

Beatríz war begeistert, als sie der Freundin nach dem Empfang Gesellschaft leistete. »Weißt du, du hast dich wie eine Königin verhalten, so hoheitsvoll und voller Würde. Dabei gleichzeitig voll Anmut und Liebreiz.«

»Lass deine Schmeicheleien, das steht dir nicht«, gab Isabél zurück. »Ich habe nur das getan, was in dieser Situation richtig war. Abgesehen von den engen verwandtschaftlichen Beziehungen unserer beiden Dynastien gibt es bei Hofe noch den portugiesenfreundlichen Klüngel um Juanita. Er würde mich nicht aus den Augen lassen und mir die Luft zum Atmen nehmen.«

»Wie wahr«, stimmte Beatríz zu. »Doch für wen wirst du dich entscheiden? Für den Franzosen?« Sie rümpfte die Nase. Der Herzog von Berry war ein cholerischer, missgestalteter Mann von schwächlicher Konstitution und unbequemem Wesen. Man munkelte, dass der König seinen jüngeren Bruder gern auf diese Weise vom französischen Hofe entfernt hätte.

Isabél schüttelte sacht den Kopf. »Das Roussillon würde zum Zankapfel werden. Außerdem wäre das dem aragonesischen König ein Stachel im Fleisch.«

»Ach ja, König Juan hat sich ja auch beworben«, fiel Beatríz ein. »Für seinen Sohn Fernando.« Sie schlug die Hände über dem Kopf zusammen. »Die Granden Aragóns werden sich schön bedanken. Und die meuternden Katalanen sind wahrlich kein schönes Hochzeitsgeschenk für Kastilien. Außerdem würde es wohl nicht gerade das Wohlwollen König Enriques erringen.«

Isabél hob den Kopf. »Warum machst du dir überhaupt Gedanken darüber, wen ich heiraten werde?«

Die Freundin wich ihrem Blick aus. »Wenn du dich für einen Kandidaten entscheidest, dem der König nicht gewogen ist ...«

»Dann?«

Beatríz rang die Hände. »Versteh doch, Isabél, Andrés Cabrera hat um meine Hand angehalten. Er ist der Vertraute des Königs, sein Statthalter ...«

»Ja, und?«

»Wenn du dich gegen den König entscheidest ...«

»Du meinst, dann müsstest du dich gegen mich entscheiden.«

Beatríz rang nach Luft. »Du sagst das so, als wäre es die normalste Sache der Welt. Isabél, du darfst den Aragonier nicht heiraten.«

»Oder du heiratest Cabrera nicht!«

Beatríz' Augen wurden feucht vor Zorn und Schmerz. »Das verlangst du von mir?«

»Ich verlange gar nichts von dir. Das musst du mit dir und deinem Gewissen vereinbaren. Und ich ...«, sie erhob sich, »vereinbare mit Gott, wen ich heirate!«

Was Isabél jedoch nicht bekannt war, war ein geheimes Abkommen zwischen Erzbischof Carillo und dem aragonesischen König Juan II. Alt und fast völlig erblindet, so spann der König immer noch Fäden und mischte sich ständig in die kastilische Politik ein. Carillo hielt beide Hände auf, um Juans Interessen zu unterstützen, und der aragonesische König zeigte sich nicht kleinlich. So war es kein Wunder, dass Carillo und mit ihm Admiral Enriquez mit Nachdruck für eine Verbindung mit Aragón plädierten. Nicht mit dem alten, blinden König, sondern mit seinem jungen, sechszehnjährigen Sohn Fernando. Der alternde König träumte von einem aragonesischen Großreich, das beide Kronen, die von Aragón und die von Kastilien, vereinte.

»Überleg doch mal«, redete Carillo auf Isabél ein. »Wenn du dich gegen Aragón entscheidest, gewinnen die Portugiesen sofort die Oberhand. Und die favorisieren La Beltraneja als Thronfolgerin. Die Kämpfe würden sofort wieder aufflackern, und du wärst daran schuld!«

Isabél starrte ihn an. Das war nicht von der Hand zu weisen.

»Denk an Kastilien! Willst du das Land den Portugiesen an den Hals werfen? Willst du es wieder im Bürgerkrieg versinken lassen?«

»Der König wird seine Einwilligung verweigern«, gab Isabél zu bedenken.

»Pah, der König!«, schnaubte Carillo. »Das Volk will etwas anderes. Quer durch Kastilien, vom niederen Bauern bis zum edlen Granden, zieht sich die Zustimmung für Fernando. Sie befürchten, dass Enrique dich gefangen nehmen wird, um diese Verbindung zu verhindern. Wir dürfen nicht zögern.«

»Es wäre gefährlich, wenn ich mich für Aragón entscheide.« Isabél hielt es nicht mehr auf ihrem Stuhl. Mit festen Schritten durchmaß sie den Raum, in den sie sich mit Carillo zurückgezogen hatte. Jeder wollte ihre Entscheidung beeinflussen, sogar Beatríz! Sie brauchte einen klaren Kopf und musste alle Gründe gegeneinander abwägen.

»Fernando ist mit mir im zweiten Grad verwandt.«

»Das weiß ich«, gab Carillo zurück. »Keine Sache, die sich nicht mit dem Papst regeln ließe. Außerdem ist er jung und hat Saft in den Lenden, nebenbei bemerkt, was sich wohl auf die Erhaltung der Dynastie auswirken wird.« Er grinste, als Isabél errötete. »Auch das muss bedacht werden. Bei Fernando wird sich so ein Drama wie bei Enrique nicht wiederholen. Bei ihm besteht die Sicherheit, dass er fruchtbar ist. Er hat bereits zwei Kinder gezeugt.«

»Meines Wissens ist er erst sechzehn Jahre alt«, staunte Isabél.

»Stimmt! Du hast also einiges von ihm zu erwarten!«

Isabél nahm ihre Wanderung durch das Zimmer wieder auf. »Ich habe in Guisando einen heiligen Eid auf das Kruzifix geschworen. Enrique hat sich in dem Vertrag gegen eine Verbindung mit dem König von Sizilien[4] ausgesprochen.«

»Oh, dafür erteile ich dir Absolution!«, rief Carillo und schlug das Kreuz über Isabéls Kopf.

Sie blieb stehen und überlegte. Wenn sie ehrlich zu sich selbst war, dann wurde ihr klar, dass nur die aragonesischen Fürsprecher ihr eigenes Interesse hatten, Isabéls Ansprüche zu unterstützen. Sollte sich Aragón von ihr zurückziehen, stand Juanita der Weg zur Macht offen. Sie, Isabél, hatte dann in Kastilien nichts mehr zu erwarten.

Auf dem Schachbrett des Verrats und der Komplottspiele sollte sie als Figur eingesetzt werden. Doch was wollte sie selbst? Wie die Flügel eines dreiteiligen Altars öffnete sich plötzlich vor ihren Augen ein Bild, das ihr den Atem raubte. Da lag Kastilien vor ihr, ein großes, mächtiges Königreich. Und sie würde die Königin sein! Irgendwann, wenn Enrique in das Reich des HERRN einging. Niemand konnte ihr dieses Recht streitig machen. Die Zeit arbeitete für sie. Ein Mann an ihrer Seite konnte diese Zukunft jedoch zunichte machen. Ein

---

4 Titel des Prinzen von Aragón; Sizilien war seit 1282 aragonesische Sekundogenitur.

älterer Mann, womöglich ein bereits herrschender König, würde ihr den Machtanspruch sofort streitig machen. Sie wollte mehr entscheiden als nur, welches Gewand oder welchen Schmuck sie tragen sollte. Sie wollte nicht die folgsame Frau des Königs sein, sondern selbst Königin! Sie brauchte einen Bräutigam, dem sie ihre Forderungen diktieren konnte. Und das konnte nur der junge, unerfahrene Prinz Fernando sein!

Jetzt bekam sie plötzlich die Chance, die Zügel selbst in die Hand zu nehmen. Sie musste sich entscheiden. Schnell!

Carillos eindringliche Worte beeindruckten Isabél. Und sie überzeugten sie. Aufrecht stand sie vor ihm und blickte ihm fest in die Augen.

»Ich fühle mich mit meiner Entscheidung Gottes Willen und der Allgemeinheit verpflichtet. Es soll so geschehen. Ich beuge mich dem Wohl Kastiliens.«

Innerlich jubelnd, verlor Carillo keine Zeit. Mit seinen Gefolgsleuten zog er durchs Land und warb um Zustimmung. Er war in der Wahl seiner Mittel nicht kleinlich. Finanziert aus der aragonesischen Schatztruhe, ließ er Bestechungsgelder fließen, stattete prächtige Feste fürs Volk aus und kaufte einen großen Teil der Adligen. Gleichzeitig schmähte er den König und La Beltraneja, sodass es ihm tatsächlich gelang, die öffentliche Meinung für sich zu gewinnen.

Carillo war es auch, der Isabél zwei seiner Getreuen vorschlug, die sie als Gesandte nach Aragón senden sollte, um König Juan ihre Zusage zu überbringen. Derart zeitlich gedrängt, stimmte Isabél auch diesem Vorschlag zu.

Die Entscheidung war gefallen!

Teil 2

Isabél, die Geliebte

1469–1473

Schwerwiegende Entscheidungen

Sie hatte es getan! Sie hatte eine äußerst weitgreifende Entscheidung getroffen! Sie, die Infantin, die zukünftige Königin, hatte den Mann neben sich gewählt, den Mann, der einmal das Geschick Kastiliens mitlenken sollte.

Das Gefühl war unbeschreiblich! Sie konnte und wollte es nicht in Worte fassen. Es war befreiend von der Erdenschwere, es war prickelnd in den Adern, es war ein Triumph des Glücks! Es war ein Rausch!

Isabél lauschte in sich hinein auf dieses neue, unbekannte Gefühl, das sie sowohl beflügelte als auch erschreckte. War es die plötzliche Erkenntnis der Macht, der Macht über sich selbst? Sie war imstande zu entscheiden. Sie war imstande zu handeln. Sie war imstande, etwas zu bewegen. *Panta rhei!* Wo hatte sie das schon einmal gelesen? Alles fließt! Wo sich etwas bewegt, würde sich auch etwas verändern. Es war wie eine Offenbarung. Gott hatte ihr den Weg gezeigt. So sollte es geschehen!

Ihre Füße berührten kaum den Boden, als sie in die Kirche eilte, um vor dem Altar auf die Knie zu sinken. Röte überzog ihre sonst blassen Wangen, ein fast überirdischer Glanz lag in ihren Augen.

»Vater im Himmel, wenn es das ist, was du willst, dann werde ich es tun!«

Wenig später reichte Carillo ihr die Hand und geleitete sie auf die mit bunten Fahnen geschmückte Tribüne, von wo aus Isabél sich dem Volk erklären sollte. Noch nie war sie so schön, noch nie wirkte sie so stolz und königlich. Auch dem letzten Bürger von Ocaña musste nun klar werden, wie die Zukunft Kastiliens aussehen würde, mit der strahlend schönen Königin Isabél auf dem Thron.

»Bürger von Ocaña, Volk von Kastilien, du siehst mich hier stehen, in Freude und Demut. Wir haben beschlossen, den Ehebund mit Aragón einzugehen. Prinz Fernando von Aragón wird der Auserwählte sein. Mit dieser Wahl haben Wir einzig das Wohl des Königreiches Kastilien im Auge. Diese Wahl entspricht sowohl dem Wunsche der Granden als auch dem Willen und der Meinung des Volkes. Vor allem aber findet diese Wahl Gottes Wohlgefallen.«

Das mit Festen und Vergnügungen, Stierkämpfen und Geschenken gekaufte Volk von Ocaña jubelte Isabél zu, und dieser Jubel fiel ihm sichtlich leicht.

Leicht fiel auch Carillo die untertänige Verbeugung vor Isabél. Er war sich nun vollkommen sicher, in der siebzehnjährigen Infantin ein williges Werkzeug für seine ehrgeizigen Pläne gefunden zu haben. Er, Carillo, wollte der erste Mann im Staat sein, die graue Eminenz, die die Geschicke des Königreiches leiten würde. Er konnte ihm unbequeme Kontrahenten ausschalten, er konnte seine eigenen Sympathisanten in wichtige Ämter bringen, und er hatte nun sogar den König von Aragón in der Hand! Isabél ahnte nicht im Geringsten, welche Gefühle den Erzbischof erfassten. Es waren keineswegs patriotische, wie er Isabél hatte wissen lassen. Am Wohl der Krone hing das Wohl der Granden, das befriedigt werden musste. Je mehr der einflussreichen Familien Carillo um sich scharen konnte, umso gefestigter würde seine eigene Position sein. Er brauchte keine Königskrone, um zu regieren. Er brauchte Isabél!

Enrique zog mit seinem Hofstaat durch den Süden seines Reiches. Der kastilische Hof war da, wo er sich gerade befand. Im Augenblick hatte der König ein Zeltlager auf einer andalusischen Hochebene aufschlagen lassen. Es war ein kühler Winter (in Andalusien). Trotzdem floss dem König der Schweiß den Nacken herab. Sein Gesicht glühte wie ein überheizter Eisenofen. Die Nachricht über Isabéls Entscheidung hatte ihn überrumpelt.

»Verrat! Was erlaubt sie sich? Nicht Aragón! Nicht Aragón!« Seine Stimme schnappte über.

Juan Pacheco blieb in sicherer Entfernung stehen.

»Wenn Majestät erlauben ... ich schlage vor, Ocaña einzunehmen, und werde mich an die Spitze der Soldaten ...«

»Nein«, schnaubte Enrique. »Ich brauche die Soldaten hier!«

»Aber Isabél ...«

»Verhaften! Verhaftet Isabél! Ich befehle ...«

»Majestät, bitte erlaubt mir ...«

»Nichts erlaube ich!« Enrique heulte auf. »Wie konnte sie nur! Wie kommt es, dass ... sie plötzlich aufsässig wird? Meine kleine Schwester! Was ist ihr in den Kopf ... gefahren? Verrückt! Ja, das ist es, sie ist verrückt geworden wie ihre Mutter!«

Gonzales de Mendoza trat zu Enrique. Er war einer der einflussreichsten, aber auch besonnenen Berater des Königs. Obwohl er nach wie vor ein Vertreter der portugiesischen Seite und gegen Isabéls Ernennung als Thronfolgerin war, versuchte er, Enrique zu beruhigen.

»Majestät, Ihr müsst jetzt kühlen Kopf bewahren. Isabél hat viele Sympathisanten, auch wenn sie sich über Euren ausdrücklichen Befehl hinweggesetzt hat. Wenn Ihr jetzt eine Strafexpedition gegen Ocaña ausrüstet, dann gibt es wieder Bürgerkrieg.«

Enrique lief wie ein gefangener Tiger in seinem Zelt auf und ab, die Hände auf dem Rücken verschränkt, das Kinn mit dem struppigen Bart vorgestreckt. Seine langen, dünnen Beine vollführten viel zu große Schritte für das kleine Zelt. Außerdem hörte man seine Stimme durch das ganze Lager dröhnen. Wie immer, wenn er erregt war, sprach er abgehackt und setzte Atempausen an ungewöhnlichen Stellen.

»Ich muss doch etwas ... dagegen unternehmen. Ich schicke sofort Reiter los, um die ... Gesandten aufzuhalten. Sie dürfen Zaragoza ... nicht erreichen.«

»Dafür ist es leider zu spät. Sie haben die Grenze schon überschritten.« Mendoza hob bedauernd die Hände.

Enrique fuhr herum und reckte wie ein Geier den Kopf vor. »Aber Prinz Fernando kann ich ... daran hindern, nach Kastilien einzureisen. Die beiden dürfen ... nicht zusammenkommen!«

Pacheco wagte einen Schritt nach vorn. »Majestät, trotzdem würde ich Ocaña dafür strafen, dass es Isabél unterstützt hat. Wo bliebe denn sonst Eure Autorität?«

Bevor Enrique ihm antworten konnte, schob Iñigo de Mendoza Pacheco einfach beiseite. »Majestät, wir ziehen unsere eigenen Truppen an der Grenze zu Aragón zusammen. Dieser Fernando wird kastilisches Gebiet nicht betreten, so wahr wir Mendoza heißen.«

Der König verharrte einen Augenblick, dann legte er seine Hand huldvoll auf Iñigos Schulter. »Das ist ein Wort! Ihr Edlen von Mendoza, Euer König vertraut und dankt Euch. Gott sei mit Euch!«

Erzbischof Carillo ahnte, dass nun Eile geboten war. Enrique würde reagieren, wie auch immer. Isabél war in Gefahr.

»Ihr seid hier in Ocaña nicht sicher«, beschwor er Isabél. »Der König wird Euren Entschluss nicht dulden. Er könnte Euch sogar gefangen setzen.«

»Das wird er nicht wagen«, gab Isabél gefasst zurück. »Außerdem werde ich nicht flüchten. Das ist unwürdig.«

»Wer redet denn von Flucht«, erwiderte Carillo, und seine Stimme wurde weicher. »Ein kleiner Ortswechsel nur, eine Reise zur Mutter ...«

»Nach Madrigal?«

»Nach Madrigal! Ihr müsst doch Eure Mutter von Eurem Entschluss informieren, nicht wahr?«

Isabél betrachtete Carillo aus verengten Augen. Auch wenn es ihr widerstrebte, sie konnte ihn nicht vor den Kopf stoßen. Er war einer der wenigen, der wirklich zu ihr hielt. Und Carillo tat nichts ohne gewichtigen Grund. Enrique war aufgeschreckt, und die Feste und Feierlichkeiten für das Volk waren vorbei. Sie wusste nicht, auf wen sie sich wirklich sonst noch verlassen konnte.

»Ich habe verstanden«, sagte sie schließlich.

»Das kannst du doch nicht machen!« Die Empörung stand Beatríz ins Gesicht geschrieben. Im Gegensatz zu Isabél verbarg sie ihre Emotionen nicht. »Es ist deiner nicht würdig!« Wütend warf sie Isabéls Kleider in eine Truhe. Mehrere Zofen packten gebückt und schweigend Isabéls Sachen. »Du bringst den König gegen dich auf, du brichst den Vertrag, den du mit ihm eingegangen bist und bei dem du auf das Kreuz geschworen hast. Und du entscheidest dich für Aragón, ausgerechnet Aragón. Hast du vergessen, wie machtbesessen König Juan ist? Er träumt von einem kastilisch-aragonesischen Großreich. Du präsentierst es ihm ja auf dem goldenen Teller.«

»Ich denke an Kastilien«, verteidigte sich Isabél. »Du hast nur Angst um deine Hochzeit.«

»Natürlich! Wir sind auf die Gnade des Königs angewiesen. Wenn ich bei dir bleibe, dann falle auch ich beim König in Ungnade, und er verweigert die Zustimmung zu unserer Hochzeit.«

Isabél fuhr herum. »Dann geh doch! Niemand zwingt dich hierzubleiben. Ich will deinem Glück nicht im Weg stehen.«

»Du schickst mich weg?« Beatríz Stimme schwankte zwischen Ungläubigkeit und Empörung. »So wenig hältst du von unserer Freundschaft?« Ein dicker Kloß im Hals bereitete ihr Schwierigkeiten beim Sprechen.

»Ich stelle es dir nur frei zu gehen. Wenn du glaubst, deine Hochzeit sei wichtiger als meine ...«

»Deine Hochzeit halte ich für einen großen Fehler. Du wirfst dich einem machthungrigen Monarchen an den Hals. Du verrätst dein Land, dein Volk, dich selbst. Wer steht denn noch zu dir? Dieser Erzbischof, der sein eigenes Süppchen kocht, und ein paar seiner Parteigänger. Was ist das für ein Leben, ständig auf der Flucht zu sein? Nein, ich will in einem Palast wohnen, mich angemessen kleiden und anerkannt sein. Das hättest du auch können, wenn du dich anders entschieden hättest. Ich begreife immer noch nicht, welcher Teufel dich geritten hat!«

»Wenn du nicht begreifst, warum ich mich so entscheiden musste, dann bist du hier wirklich fehl am Platze. Aber sorge dich nicht, ich komme auch gut allein zurecht. Besser keine Freundin als eine falsche!«

Beatríz schnappte nach Luft. Dann blies sie die Backen auf und prustete empört.

»Fragt sich, wer hier die falsche Schlange ist!«

Sie wirbelte herum und lief aus dem Zimmer. Die Tür flog krachend zu. Eine Stunde später reiste Beatríz nach Segovia ab, um in Andrés Cabreras Armen ihrer Wut und Enttäuschung freien Lauf zu lassen.

Isabél hingegen ritt mit ihrem immer kleiner werdenden Gefolge nach Madrigal, angeblich, um ihrer Mutter einen Besuch abzustatten.

Das rauschhafte Hochgefühl war längst einer bitteren Ernüchterung gewichen. Die Konsequenz ihrer Wahl waren Einsamkeit und Flucht. Viele Getreue hatten sich von ihr abgewandt. Sie selbst war immer noch überzeugt, die richtige Entscheidung getroffen zu haben. Statt Jubel, Begeisterungsstürme und Hofierungen entgegenzunehmen, befand sie sich nun auf der Flucht, vor Enrique, vor seinen Anhängern und vor vielen Granden, die nun doch nicht überzeugt vom Vorteil dieser Verbindung waren.

Am meisten jedoch schmerzte sie Beatríz' Abkehr. Die Freundin, die in allen Lebenslagen, auch in prekären, stets zu Isabél gehalten hatte, ließ sie nun im Stich. Der hässliche Streit hatte Isabél tief in ihrer Seele verletzt. Sie sinnierte über Beatríz' Worte, während sie sich dem schaukelnden Gang ihres Pferdes überließ. Präsentierte sie König Juan Kastilien tatsächlich auf dem goldenen Tablett? Sie schüttelte unbemerkt den Kopf. Beatríz hatte keine Ahnung. Wie sollte sie auch? Der Ehevertrag regelte genau diese Fragen. Eigentlich wäre ihre Rolle die der Frau an Fernandos Seite gewesen. Er wäre der König, der die Geschicke des Großreiches regelte, sie nur die blonde, hübsche und machtlose Frau an seiner Seite. Nicht Isabél! Das war es nicht, was sie wollte. Deswegen gab es diesen Ehevertrag.

Kastilien gehörte ihr, ihr ganz allein. Sie war die rechtmäßige Erbin und Thronfolgerin. Daran änderte auch eine Ehe mit dem aragonesischen Prinzen nichts. Und damit hielt sie die Regierungsgewalt in den Händen. Diese Ehe würde keineswegs Unterordnung oder gar Unterwerfung bedeuten. Mit Zähnen und Klauen würde sie die Regierungsgewalt verteidigen. Dafür gab es mehrere triftige Gründe.

Zum einen entstammte Fernando einer Seitenlinie des Hauses Trastamare, Isabél jedoch dem Hauptzweig. Das Problem war ihre enge Verwandtschaft. Zwar hatte der Erzbischof abgewinkt und behauptet, der päpstliche Dispens sei kein Problem, aber wie es deshalb um ihr Seelenheil aussah, daran mochte sie gar nicht denken.

Aragón besaß noch lange nicht die Bedeutung Kastiliens und spielte auf der Iberischen Halbinsel nicht die Rolle wie zum Beispiel Portugal. Dessen König hatte Isabél abgewiesen, obwohl Portugal ein reiches, mächtiges Land war und Kastilien vielleicht davon hätte profitieren können.

Aragón war bei der kastilischen Bevölkerung nicht beliebt, und der Prinz würde gewiss nicht mit Jubel und offenen Armen empfangen werden. Was sich in Ocaña abgespielt hatte, spiegelte nicht unbedingt die Stimmung im ganzen Land wider. Und wie sich Enrique verhalten würde, war überhaupt nicht abzusehen.

Isabél hatte für diese Verbindung wahrlich große Opfer gebracht. Das größte aber war der Verlust ihrer engsten Freundin.

Es fing an zu regnen, und Isabél hob das Gesicht zum Himmel. Die Regentropfen benetzten ihre Wangen und vermischten sich mit den Tränen.

An der Spitze der Gesandtschaft nach Aragón waren sich Gutierre de Cardenas und Alonso de Palencia durchaus ihrer Wichtigkeit bewusst. Im Gepäck führten sie ein einmaliges Dokument, den Ehevertrag, von dem das Wohl und Wehe eines ganzen Landes abhing. So prachtvoll der Zug ausgestattet war, so täuschte er doch nicht darüber hinweg, dass nicht alles so glänzend war, wie es schien.

Längst standen nicht alle kastilischen Granden dem Hochzeitsvorhaben positiv gegenüber, wie der Erzbischof Isabél Glauben machen wollte. Und im Volk verblassten die Erinnerungen an die Fiestas und Corridas und Bestechungsgelder schnell.

Auch auf der anderen Seite der Grenze herrschte nicht nur Freude über Isabéls Entschluss. Die aragonesischen Granden fürchteten um ihre Privilegien. Außerdem misstrauten sie dem übermächtigen Nachbarn Kastilien und seinem wankelmütigen und unberechenbaren König Enrique, der ebenfalls kein Freund Aragóns war.

Enrique selbst war der Grund, warum sich die Gesandtschaft beeilte. Sollten seine Truppen sie noch vor der Grenze zu Aragón abfangen, würde es ihnen schlecht ergehen. Der saubere Pacheco de Villena hatte sich wieder einmal auf die Königsseite geschlagen und schrie mit wehenden Fahnen nach Rache und Vergeltung für Isabéls Verrat.

Gott war ihnen wohlgesonnen oder Enriques Truppen zu langsam; sie erreichten Zaragoza unbeschadet und wurden von König Juan mit Freuden empfangen. Er war allerdings der Einzige, der sich freute. Die um ihn versammelten Granden verhielten sich eher skeptisch. Alonso de Palencia bemühte all seine Überredungskünste, schwor heilige Eide, ohne mit der Wimper zu zucken – und konnte die aragonesischen Granden tatsächlich überzeugen.

Der alte, fast völlig erblindete König Juan rieb sich insgeheim die Hände. Was er selbst nicht zuwege gebracht hatte, schaffte dieser Kastilier.

Wer sich allerdings zierte, war Prinz Fernando. Alonso de Palencia war sich nicht im Klaren darüber, ob sich der Prinz weigerte, um nicht zu gierig zu erschienen, oder ob er den Granden zugetan war, was wiederum sein Vater nicht bemerken sollte.

Cardenas beugte sich zu Palencia herüber: »Es ist erstaunlich, was dieser Greis für einen hübschen Bengel gezeugt hat. Aber er scheint nicht so ganz nach Vaters Flöte zu tanzen.«

»Vielleicht schämt er sich auch nur«, spottete Palencia. »Ich werde mit ihm ein geheimes Treffen vereinbaren, um mit ihm unter vier Augen zu sprechen.«

Unheimliche Stille herrschte in der Kathedrale von Zaragoza, nur durchbrochen von schlurfenden Schritten. Die wenigen Kerzen vermochten nicht, das Kirchenschiff zu erhellen. Eine dunkle Gestalt in einer Mönchskutte huschte, verfolgt vom eigenen Schatten, hinüber zum Beichtstuhl. Das alte Holz knarrte, als die Gestalt den Beichtstuhl betrat. Einen Augenblick herrschte wieder Ruhe. Von einer Säule des Mittelschiffs löste sich eine zweite Gestalt und huschte lautlos hinüber zum Beichtstuhl.

»Don Alonso, seid Ihr es?«

»Höchstpersönlich, Hoheit. Es war sehr klug von Euch zu kommen.«

»Das wird sich noch herausstellen. Mein Vater befürwortet die Verbindung zu Kastilien. Verzeiht, wenn ich zweifle. Die Edlen von Aragón befürchten nicht zu Unrecht, dass sie Verluste erleiden. Kastilien ist mächtig.«

»Und Ihr werdet diese Macht bald selbst in der Hand halten. Es liegt an Euch, Hoheit, was Ihr daraus macht. Außerdem werdet Ihr früher oder später die Krone Aragóns tragen. Ihr werdet ein großer und großartiger Herrscher sein.«

Palencia kamen die Worte leicht von den Lippen. In der Dunkelheit musste er dem Prinzen nicht einmal in die Augen schauen. Aber selbst das hätte ihm keine Gewissensbisse verursacht. Die Machtgier des alten Königs war der Antrieb eines gewaltigen Räderwerks, an dem so viele kastilische Granden beteiligt waren und dem sich auch der junge Prinz nicht würde entziehen können.

»Wie ist sie denn, die Infantin?«, wollte Fernando wissen.

»Sie ist jung wie Ihr und sehr hübsch. Sie hat goldenes Haar und helle Haut, strahlend blaue Augen wie der Himmel über Kast... äh ... Aragón und einen Liebreiz wie ein Schwan.«

»Das hört sich gut an«, erwiderte Fernando. »Ich hoffe, sie ist auch folgsam, demütig und willig.«

»Aber sicher«, log Palencia. »Und glaubensstark ist sie. Ihr werdet Eure helle Freude an ihr haben.«

»Gut, wir werden den Ehevertrag prüfen. Gute Nacht, Don Alonso.«

Doch am nächsten Tag gab es lange Gesichter, als König Juans Sekretäre die Urkunde verlasen.

»Was ist denn das für ein Vertrag?«, murrte Fernando. »Da stehen nur lauter Forderungen drin und Verpflichtungen Aragóns. Sieht so eine demütige und willige Braut aus?«

Wortreich erklärte Palencia, dass es noch nie eine Frau gegeben habe, die allein regierte, und Prinz Fernando solle solche Worte nicht zu ernst nehmen. Letztlich sei er es, der diesen Vertrag praktisch umsetzen würde.

König Juan hatte schon zu viel in das Unternehmen investiert, um sich zurückziehen zu können. Palencia wusste das nur zu genau. Ein Teil dieser Gelder war ja in seine Taschen geflossen.

König Juans fast erblindete Augen suchten nach Palencia.

»Richtet der Infantin aus, dass wir den Vertrag annehmen. Prinz Fernando wird Isabél zur Frau nehmen.«

»Gott wird Euch für Euren weisen Entschluss belohnen«, erwiderte der Gesandte. »Zum Zeichen Eurer Zustimmung solltet Ihr Isabél das Halsband übersenden und zusätzlich zwanzigtausend Florinen.«

»*Das* Halsband?«, japste der König.

»*Das* Halsband«, bestätigte Palencia, »und zwanzigtausend ...«

»Ja, ja«, winkte der König ab. »Also ... das Halsband haben wir ... beim Pfandleiher versetzt.«

»Herr im Himmel, dann löst es aus! Am Hals einer zukünftigen Königin hat es einen würdigeren Platz als in der Schublade des Pfandleihers!«

»Dann können wir aber keine zwanzigtausend Florinen mehr zahlen. Seid Ihr mit einer Anzahlung von achttausend einverstanden?«

Palencia verbeugte sich. »Ein guter Preis für ein ganzes Königreich.«

Auf der Flucht

Mit dem Regen spülte Isabéls letzte Selbstsicherheit weg. Sie kam sich schrecklich verloren vor. Ihre innere Überzeugung, die richtige Entscheidung getroffen zu haben, schien kaum noch jemand zu unterstützen. In Madrigal fühlte sie sich nicht sicher. Ein kurzes Treffen mit ihrer Mutter verlief äußerst unerquicklich. Die Königswitwe war eine Anhängerin Portugals und überhäufte Isabél mit Vorwürfen. Unentwegt redete sie auf ihre Tochter ein, die Zusage zurückzuziehen und den portugiesischen König Alfonso zu ehelichen. Entnervt brach Isabél den Besuch ab.

Doch auch Erzbischof Carillo fand, dass Isabél in Madrigal nicht sicher war. Seine Spione erfuhren, dass Pacheco de Villena sich auf dem Weg befand, Madrigal anzugreifen. In aller Eile überzeugte Carillo einige seiner Anhänger, seinen Schützling erneut in Sicherheit zu bringen. Er sandte sechshundert Lanzen und den Grafen von Alba.

»Wohin?« Isabél schien nicht überrascht, als der Graf vorstellig wurde und sie zur Abreise drängte.

»Nach Valladolid, Hoheit. Es ist der ausdrückliche Wunsch Erzbischof Carillos.«

Valladolid war insofern eine gute Wahl, als die Stadt unter der Befehlsgewalt von Fadrique Enriquez, dem Admiral Kastiliens, stand. Er war der Großvater mütterlichseits von Prinz Fernando und stand der Verbindung mit Isabél positiv gegenüber.

Wieder einmal musste Isabél packen und ihr Pferd satteln lassen. Ihre Niedergeschlagenheit ließ sie sich nicht anmerken, auch nicht ihre Angst. Noch war kein positives Signal aus Zaragoza gekommen. Sie wusste nicht, ob König Juan II. von Aragón ihren Vertrag akzeptieren würde. Dafür aber schien sich nun der Zorn Enriques zu entladen, wenn er Pacheco de Villena auf den Weg schickte, Madrigal anzugreifen. Sie machte sich nichts vor, sie befand sich auf der Flucht. Ihren anmaßenden Alleinvertretungsanspruch im Ehevertrag strafte sie selbst Lügen. Oh, wie recht hatte Beatríz!

Die Reise war diesmal beschwerlicher. Ein wochenlanger Regen hatte die Wege aufgeweicht, und sie kamen nur langsam voran. Die Pferde und Maultiere ermüdeten schnell. Der Wald umschloss sie dunkel und drohend, und die Kronen der Bäume ließen nur wenig Licht durch. Der Weg wand sich schmal und uneben zwischen den knorrigen Eichen hindurch. Der Tross zog sich in die Länge. Stellenweise war der Weg so schmal, dass keine zwei Pferde nebeneinander laufen konnten und die Wagen beinahe stecken blieben.

Und dann geschah es! Plötzlich sahen sie sich von Räubern umzingelt. Sie kamen wie aus dem Nichts zwischen den Stämmen und aus den Kronen der Bäume hervor. Die Soldaten vor und hinter Isabél hörten wohl das Geschrei, konnten aber nicht eingreifen, weil sie nicht durchkamen. Isabél war überzeugt, dass die Räuber es auf das Gepäck abgesehen hatten. Umso mehr wunderte sie sich, dass es sichtlich Verwirrung gab. Offensichtlich wussten die Wegelagerer nicht so recht, was sie denn eigentlich rauben wollten.

Der Graf, der sich in ihrer Nähe befand, wehrte halbherzig die Angreifer mit seinem Schwert ab. Ihre Hofdamen, die zum Teil auf Maultieren ritten, zum Teil in einem Wagen fuhren, schrien aus Leibeskräften. Einer der Räuber hatte die zierliche Filomena gepackt und über seine Schulter geworfen. Mit den Fäusten trommelte sie auf seinen Rücken.

»Lass mich runter, du Untier! In der Hölle sollst du schmoren! Ich verfluche dich! Der Teufel soll deine schwarze Seele holen!«

Graf Alba sprengte heran und schlug den verdutzten Räuber mit der Breitseite des Schwerts auf den Kopf. Es war kein sehr harter Schlag. »Die doch nicht, du Hohlkopf«, zischte er.

Der Räuber blickte sich suchend um und ließ die zappelnde Hofdame einfach zu Boden fallen.

Isabél konnte gut genug reiten, um ihr aufgeschrecktes Pferd in der Gewalt zu behalten. Es tänzelte und stieg, aber sie hielt sich fest im Sattel. Endlich hatten sich auch die Soldaten herangekämpft. Ein gellender Pfiff ertönte, und wie ein Spuk waren die Räuber verschwunden. Eine Verfolgung erschien aussichtslos.

»Ist Euch etwas geschehen, Hoheit?«, fragte der Offizier der Lanzenreiter besorgt.

»Nein, nein, mir nicht«, erwiderte Isabél. »Kümmert euch um Filomena.«

Ihr Blick kreuzte sich mit dem des Grafen von Alba. Er lächelte schief. »Zum Glück haben sie Euch nicht erkannt, Hoheit.«

Isabél hob verwundert die Augenbrauen. »Ihr meint, der Überfall galt mir?«

»Äh ... ich nehme es doch an.«

»Und ich dachte, er galt unserem umfangreichen Gepäck. Wie können die Räuber wissen, dass ich mich im Tross befinde?«

Im Gegensatz zu ihren herausgeputzten Hofdamen trug Isabél eine unauffällige Reisekleidung und einen braunen Wollumhang mit Kapuze, die ihr helles Haar bedeckte.

»Spitzel gibt es überall«, gab Alba achselzuckend zurück. Er konnte nur schlecht seine Enttäuschung über den Fehlschlag verbergen; so ritt er eilig an die Spitze des Zugs, um dem Kommandeur der Lanzenreiter Order zu erteilen. Nachdenklich blickte Isabél ihm nach. Sie würde ihn im Auge behalten müssen, denn er schien mehr zu wissen, als er verriet.

Zum Glück gab es keine weiteren Zwischenfälle, und der Tross erreichte unbeschadet die Stadt Valladolid. Weniger der Schreck als ein seltsames Misstrauen saß Isabél in den Knochen. Sie wurde das Gefühl nicht los, dass irgendetwas um sie herum geschah, von dem sie keine Ahnung hatte. Zorn stieg in ihr auf. Es störte sie ungemein, wenn sie etwas nicht kontrollieren konnte. Irgendwie war sie nicht zur Dulderin geboren. Diese Unrast, diese Unduldsamkeit und diese Starrsinnigkeit bemerkte nicht nur sie in letzter Zeit. Der Erzbischof, der ihr als Beichtvater einer der am nächsten stehenden Menschen war, bemerkte es ebenso. Aber er hatte zurzeit ganz andere Probleme, als auf Isabéls Gemütsbewegungen zu achten. Zudem bemühte sich

Isabél, so wenig wie möglich davon nach außen zu zeigen. Carillo schob es auf Isabéls Alter. Körperlich hatte sie sich verändert, war fraulicher geworden. Erfahrungsgemäß ging damit auch eine Veränderung des Verhaltens bei Frauen einher.

Carillos Plan stand noch immer auf wackeligen Füßen. Noch waren die Gesandten aus Aragón nicht zurückgekehrt. König Juan war erpicht auf diese Verbindung und hatte sie sich im Vorfeld der Anbahnung einiges kosten lassen. Doch der kastilische Adel zeigte sich beileibe nicht von einer Verbindung zu Aragón angetan, weil er um seine Privilegien fürchtete. Der aragonesische Adel dachte ebenso. Es gab also viel mehr Gegner als Befürworter dieser Hochzeit. Nicht zuletzt Fernando selbst konnte ihm noch einen Strich durch die Rechnung machen.

Immer mehr Getreue sprangen ab oder versuchten, wie der Graf von Alba, ihr eigenes Süppchen zu kochen. Wenn Carillo dem Grafen auch nicht beweisen konnte, diesen Überfall initiiert zu haben, so war er jetzt doch froh, Isabél in der militärischen Sicherheit Valladolids und in der Obhut Viveros zu wissen. Doch der Kreis um Isabél und Carillo wurde immer kleiner.

Im Hause von Juan de Vivero, eines treuen Vasallen Fadrique Enriquez', wurde Isabél herzlich aufgenommen. Schnell vergaß sie die Ereignisse ihrer Reise und bangte und hoffte nun auf eine Nachricht aus Aragón.

Ihre Bewegungsmöglichkeiten waren dennoch stark eingeschränkt und Ausritte in die Umgebung der Stadt nicht ungefährlich. Überhaupt dachte Isabél darüber nach, in welchem Zustand sich das Land befand. Jeder hielt für jegliche Art von Gefälligkeit die Hand auf, und waren es noch so patriotische Taten. Niemand tat etwas aus Überzeugung. Und wo er nichts freiwillig bekam, nahm er es sich mit Gewalt.

Aber was unterschied sie selbst von den restlichen Oppositionellen? Sie war ihrem Halbbruder Enrique in den Rücken gefallen, hatte geschworene Eide gebrochen, gegen Beschlüsse verstoßen und vor allem die Genehmigung zur Hochzeit vom König nicht eingeholt. Sie war eine viel zu strenggläubige Katholikin, als dass sich jetzt nicht ihr Gewissen rührte.

In der Familie Vivero fand sie verständige und liebevolle Gastgeber. Hier war sie nicht die Infantin, sondern Isabél, die Braut, die voller Bangen auf eine Nachricht ihres Bräutigams wartete. Da Isabél in das Familienleben integriert wurde, lenkte es sie ein wenig von ihrer Aufregung ab. Mit der Dame des Hauses stickte sie an einem Gobelin, erging sich im Patio inmitten grüner Pflanzen und sprudelnden Brunnen, schmökerte in der kleinen, aber erlesenen Bibliothek des Hausherrn und besuchte regelmäßig die Kirche, um zu beten und zu beichten.

Das alles konnte sie aber nicht darüber hinwegtäuschen, dass sie ziemlich auf sich allein gestellt war. Vor allem der Bruch mit dem König machte sie unglücklich. Sie würde immer nur auf der Flucht vor ihm sein. Ihr war klar, dass dieser Zustand nicht von Dauer sein konnte. Sie musste den ersten Schritt tun und Enrique um sein Einverständnis zur Hochzeit bitten. Doch dazu würde sie sich mit Erzbischof Carillo beraten müssen.

Auch der Erzbischof dachte in diese Richtung. So sicher, wie er vorgab, fühlte er sich überhaupt nicht. Natürlich würde er Isabél gegenüber davon nichts zeigen. Systematisch blockierte er alle Nachrichten, die Isabél aus dem Lager ihrer Gegner erreichen könnten. Denn die Befürworter Juanitas formierten sich. Es war Eile geboten. Auch Carillo musste warten, bis eine Nachricht aus Aragón kam.

Doch er konnte nicht untätig sein. Isabéls Widerspruchsgeist noch im Hinterkopf, formulierte er den Brief an Enrique selbst. Damit ging er zu Isabél.

»Hoheit, wir müssen versuchen, das Verlöbnis mit Fernando von Aragón zu legalisieren«, begann er, sorgsam seine Worte wählend.

»Ich weiß«, erwiderte Isabél. »Ich werde einen Brief an Enrique schreiben. Natürlich werde ich nicht zu Kreuze kriechen. Enrique muss sich mit meiner Wahl abfinden.«

Aus ihren Worten klang Entschlossenheit. Es war Musik in Carillos Ohren.

»Wenn Hoheit gestatten, ich habe mir erlaubt, bereits diesen Brief zu formulieren.«

Er schob Isabél ein Pergament über den Tisch. Sie las es aufmerksam, dann hob sie den Blick. Für einen Herzschlag erschrak Carillo, doch dann schüttelte er diesen Eindruck ab. In Isabéls Augen stand eine derartige Entschlossenheit, die ihn frösteln ließ.

Der Brief war eine einzige Brüskierung des Königs als Oberhaupt des Hauses Trastamare und würde eine tiefe Kluft zwischen ihn und Isabél reißen. Tiefer, als sie ohnehin schon war. Sie setzte damit dem König die Schwertspitze auf die Brust. Auch wenn der Wortlaut des Briefes Carillos Kopf entsprang, so stimmte sie doch Wort für Wort zu. Sie nahm die Feder und tauchte sie in das kleine, in Edelstein gefasste Tintenfässchen. Mit kindlicher Handschrift unterschrieb sie das Dokument.

Sie hatte die Feder noch nicht aus der Hand gelegt, als es an der Tür klopfte und die Hausherrin eintrat. Ein Diener hätte es wohl nicht gewagt, die Verhandlungen zwischen der Infantin und dem Erzbischof zu stören.

»Hoheit, verzeiht mein ungebührliches Eindringen, aber ich bin sicher, Ihr wollt erfahren, dass die Gesandtschaft aus Zaragoza zurückgekehrt ist.«

»Oh!« Isabél erhob sich und errötete. Dann warf sie Carillo einen Blick zu und drückte ihm den Brief in die Hand. Sie schaute an sich herab. Wie so häufig trug sie schlichte Kleidung.

»Ich werde die Gesandtschaft würdig empfangen«, sagte sie zu Carillo. »Ihr entschuldigt mich, Exzellenz.«

Er blickte ihr nachdenklich hinterher. Den Stolz konnte sich Isabél erlauben. Immerhin hielt der aragonesische Thronfolger um ihre Hand an.

Auch wenn Aragón längst nicht die Bedeutung auf der Iberischen Halbinsel wie Kastilien besaß, so hatte es diese Verbindung trotzdem in sich. Sie würde auf der kastilischen Hochebene viel Staub aufwirbeln. Dass die Mission von Palencia und Cardenas positiv verlaufen würde, daran hatte Carillo nicht gezweifelt. Und doch war er neugierig, wie hoch er Palencias Verhandlungsgeschick einschätzen musste. Während er darauf wartete, bis Isabél die Gesandtschaft empfing, schlenderte er scheinbar gelangweilt zum Quartier im Seitenflügel des Hauses, wo die Gesandtschaft einquartiert wurde. An der Zahl der Aragonier rechnete sich der Erzbischof aus, dass man sich einig geworden war.

Isabél hatte sich in ihre Gemächer zurückgezogen. Die Dienerschaft eilte geschäftig um sie herum. Es war eines der prächtigsten Kleider, das sie ausgewählt hatte. Während sie sich von den Zofen ankleiden und frisieren ließ, gingen ihr unzählige Gedanken durch den Kopf.

Diesmal war es mehr als der obligate Blick in den Spiegel. Isabéls Augen schauten kritisch und nachdenklich. In den letzten Jahren hatte sie sich verändert. Aus dem Kind war eine junge Dame geworden. Nicht besonders hübsch, nicht besonders aufregend. Ihre Taille war nicht so schlank wie die ihrer Freundin Beatríz, sie war kleiner und gedrungener, ihre Stupsnase verriet Eigensinn und Selbstbewusstsein. Und sie war zur Frau gereift. Ihre Hüfte hatte sich gerundet, der Busen hatte sich gefüllt. Sie mochte es nicht, die Brüste durch Schnürung zu betonen. Sie trug ohnehin meist schlichte Kleider, die ihren Körper verbargen. Nur sie selbst wusste, dass ihr Selbstbewusstsein sich nicht auf ihren Körper bezog. Manchmal ängstigten sie die Veränderungen, die sich an ihr vollzogen.

Eine Frau hatte viel mehr zu ertragen als ein Mann. War es nun der Sündenfall Evas oder die körperlich schwächere Konstitution der Frau an sich, Isabél fand, dass gerade deswegen eine Frau sich doppelt anstrengen müsse. Sie wollte kein Mann sein, aber sie war überzeugt, sich mit einem Mann messen zu können. Sie konnte genauso schnell und ausdauernd reiten wie ein Mann. Sie hatte Fechtunterricht genommen und festgestellt, dass sie einen Mann durchaus besiegen konnte. Und eine Frau war sicher nicht dümmer als ein Mann, auch wenn ihr Gehirn kleiner war als das eines Mannes. Das hatte sie zumindest in den gelehrten Schriften gelesen, das sagten die Kirchenväter und überhaupt alle Männer, die sie kannte. Sie würde ihnen allen beweisen, dass sie sich mit ihnen messen konnte – und sie besiegen!

Derart in ihrem Selbstbewusstsein gestärkt, schritt sie hoheitsvoll wie eine Königin in den Raum, wo sie die Gesandtschaft empfangen würde.

Carillo musste neidlos anerkennen, dass Palencia und Cardena ganze Arbeit geleistet hatten. Die Gesandtschaft brachte das Brautgeschenk mit, das berühmte Halsband der verstorbenen aragonesischen Königin Juana Enriquez, der Tochter von Kastiliens Admiral Fadrique Enriquez. Es war ein wunderschönes Geschmeide aus Gold, Rubinen und Perlen und das Kostbarste im Staatsschatz. Die Königin hatte verfügt, dass es einmal bei der Hochzeit ihres Sohnes Fernando an die Braut übergehen sollte. Palencia hatte nicht vergessen, darauf hinzuweisen. Allerdings konnte diese Verfügung nicht verhindern, dass der König es bei einem jüdischen Pfandleiher hinterlegt hatte, um für die Bestechungsgelder flüssig zu sein. Trotz seines bekannten Geizes sah König Juan II. ein, dass sich diese Investition lohnen würde, und er löste das Halsband aus, um es Isabél zu übersenden.

Es war keine große Gesandtschaft, und sie reiste unauffällig, um keinen Verdacht zu erregen. Sie reiste auf Umwegen und mit Verkleidung. So gelangte die kostbare Brautgabe unbeschadet nach Valladolid.

Isabél saß auf ihrem Stuhl und nahm die Huldigungen der Delegation entgegen. Auf einem Samtkissen präsentierte sie ihr das Geschmeide. Sie schien weder von der Schönheit noch vom Wert des Schmuckes beeindruckt. In ihrem Inneren aber spürte sie es wieder, dieses Kribbeln, dieses Prickeln, dieses seltsam schwerelose Gefühl. Oh, es war wunderbar, man konnte sich daran gewöhnen, man konnte es ersehnen, sich wünschen, danach verlangen ...

Es war dieser Rausch der Macht, der sie befiel. Es war nicht die Macht, einem Domestiken zu befehlen oder einer Hofdame. Nein, sie befahl einen Prinzen zu sich, sie diktierte dem aragonesischen

König ihren Willen, und sie widersetzte sich dem eigenen König. Fast stockte ihr der Atem. Was konnte sie noch bewirken?

Fernando hatte ihre Forderungen angenommen, jetzt war Eile geboten, bevor ihre Gegner zuschlugen. Sie tauschte einen kurzen Blick des Einverständnisses mit Erzbischof Carillo, dann hob sie die Hand und erhob sich.

»Ihr edlen Herren, Seine königliche Hoheit Prinz Fernando übersandte mir ein wahrhaft königliches Brautgeschenk. Aber für mich steht das Wohl des Königreichs Kastilien an erster Stelle. Mit einer Verbindung der beiden Kronen Kastiliens und Aragóns werden wir dieses Ziel erreichen. Somit entscheide ich, dieses Geschenk und damit die Brautwerbung anzunehmen.«

Man vernahm allseitiges Aufatmen.

Plötzlich war der Rausch vorbei. Erleichterung, aber auch eine unbestimmte Erschöpfung wie nach einem langen, schnellen Ritt breiteten sich in ihr aus. Ihr war klar, dass diese Verbindung nicht ohne Hilfe der wenigen Getreuen zustande gekommen war. Mit einer bedächtigen Geste öffnete sie die Schatulle mit den Golddukaten des aragonesischen Königs und verteilte sie unter den kastilischen Unterhändlern.

»Edle Herren, mein Dank gilt Euch für Euren treuen und unerschrockenen Einsatz im Sinne unserer Sache. Die Hälfte dieser achttausend Florinen soll Euch meine Anerkennung für Euren Einsatz beweisen.«

Cardenas, Palencia und ihre Begleiter bekamen leuchtende Augen. Natürlich verriet keiner dieser edlen Herren, wie viele Florinen der aragonesische König bereits im Vorfeld verteilt hatte, um bis zu diesem Punkt zu kommen.

Isabél fühlte sich großherzig und gerecht. Sie verspürte eine entspannte Müdigkeit. Doch es gab noch etwas zu tun. Sie winkte ihrem Sekretär. »Setzt sofort einen Brief an Prinz Fernando auf, dass er sich unverzüglich hierher nach Kastilien zu begeben hat!«

König Juan II. von Aragón schüttelte bedenklich den Kopf. »Ich verstehe deine Ungeduld, mein Sohn, aber du kannst nicht mit einem glanzvollen Triumphzug in Kastilien einmarschieren.«

»Ganz recht, Majestät«, beeilte sich Palencia einzuwerfen. »Die Sicherheit Ihrer Hoheit, des Prinzen wäre ... hm ... vielleicht etwas gefährdet.«

Fernando blickte hochmütig auf Palencia herab, während er Isabéls Brief in den Händen hielt. Es war keine freudige Einladung, es war ein Befehl! Sie zitierte ihn zu sich wie einen Offizier der Palastwache.

»Von Ungeduld kann gar keine Rede sein«, murmelte er.

König Juan war zwar fast blind, aber nicht taub.

»Schweig! Der edle Herr Gesandte hat recht. Wir sollten das Schicksal, vor allem aber rebellische Adlige und üble Wegelagerer nicht herausfordern. Ich vertraue auch den Granden nicht, die sich so wohlwollend für eine Verbindung mit Kastilien ausgesprochen haben. Ein Wort ist schneller gebrochen als eine Lanze.«

Die Sorge um seinen einzigen Sohn und Thronerben war nicht unbegründet. Zu viele Gegner der Verbindung zwischen Aragón und Kastilien gab es beidseits der Grenze. Ein gefangener oder gar getöteter Fernando hätte vielen zugesagt.

»Da hilft nur List, Majestät«, ließ sich Palencia wieder vernehmen. »Wir konnten unsere Reise auch nur unbeschadet überstehen, weil wir inkognito reisten.«

»Inkognito!« Der alternde König rieb sich nachdenklich das Kinn. Er war ein schlauer Fuchs und für alle Winkelzüge offen, so sie den erhofften Erfolg versprachen. Er beugte sich zu Palencia vor. »Und was habt Ihr für einen Plan, Don Alonso?«

»Einen ganz raffinierten, Majestät.« Er hoffte, der König würde sich gesondert erkenntlich zeigen ob dieser Genialität. »Wir führen die Feinde in die Irre. Es wird zwei Züge nach Kastilien geben.«

»Zwei, aha!« Der König nickte. »Und weiter?«

Palencia beugte sich nun auch vor und senkte die Stimme zum Flüstern. »Es muss aber streng geheim bleiben.«

»Natürlich! Wir beide sitzen doch im selben Boot.«

»Gut«, nickte Don Alonso. »Ein Zug wird prächtig ausgestattet, so wie er sein sollte, wenn ein Bräutigam zu seiner Braut reitet. Nur wird der Bräutigam sich nicht in diesem Zug befinden. Allerdings weiß das niemand. Denn aller Welt wird verkündet werden, dass Prinz Fernando sich in diesem Zug befindet.«

Der König kicherte und rieb sich die Hände. »Eine falsche Spur, die Ihr auslegt.«

»Jawohl. Dieser Zug wird unter Führung eines Eurer treuen Gefolgsleute ...«

»Meines Kanzlers ...«

»... Eures Kanzlers nach Andalusien reiten, um König Enrique die Aufwartung zu machen und um Isabéls Hand anzuhalten. So wird auch Enrique abgelenkt sein. Während Euer hochedler Prinz Fernando ...«

»Mein Sohn ...«

»... Euer Sohn sich verkleidet und sich ganz unbemerkt mit nur wenigen Gefolgsleuten auf den Weg nach Valladolid begibt.«

»Verkleidet! Als was denn verkleidet?«

»Was weiß ich ... als Wanderprediger oder Bauer ...«

»Bauer?« König Juan krähte wie ein heiserer Gockel. »Ein Prinz als Bauer?«

»Warum nicht?« Fernando grinste. »Wer vermutet denn einen Prinzen, wenn er Maultiere treibt?« Hatte er zunächst unbeteiligt zugehört, empfand er mehr und mehr Freude an Palencias Plan. Es versprach abenteuerlich zu werden, ganz nach dem Geschmack des jugendlichen Prinzen. »Ich finde Euren Plan trefflich, Don Alonso. Aber fällt es nicht auf, wenn eine Hand voll Maultiertreiber aus dem Palast kommt?«

»Auch dafür habe ich eine Lösung parat«, erwiderte Palencia und legte eine bedeutungsschwangere Pause ein, um die Aufmerksamkeit und Spannung zu erhöhen. Sofort beugten sich die Köpfe des Königs und des Prinzen wieder vor.

»Zunächst reitet Ihr, Majestät, gemeinsam mit Prinz Fernando in Richtung Katalonien, um dort einen angeblichen Aufstand niederzuschlagen. Niemand wird Verdacht schöpfen. Seid Ihr weit genug weg von Zaragoza, dann trennen sich Eure Wege. Prinz Fernando wird sich als Bauer …«

»Maultiertreiber …«

»… Maultiertreiber verkleiden und seinen Weg nur mit ein paar zuverlässigen Freunden fortsetzen.«

»Eine zweite falsche Fährte«, bemerkte der König triumphierend.

»Ganz recht, Majestät. Ich hoffe, Ihr wisst meinen Plan zu würdigen, um das Leben und die Zukunft Eures Sohnes und Thronerben zu schützen.«

»Ja, ja, ich werd's Euch nicht vergessen, Don Alonso. So wird es gemacht!«

Fernando neigte den Kopf. »Moment mal, Don Alonso. Ich soll Prinzessin Isabél als Maultiertreiber entgegentreten?«

»Selbstverständlich nicht, Hoheit! Der prächtig ausgestattete Hochzeitszug unter Führung Eures Kanzlers wird natürlich nicht nach Andalusien reisen, sondern auf halbem Weg abbiegen. In Osma werdet Ihr zueinander stoßen und die Verkleidung ablegen. Von dort ist es nur noch ein kleines Stück bis Valladolid, wo Eure Braut Euch erwarten wird.«

Fernando nickte anerkennend und verkniff sich ein erneutes Grinsen. Seite an Seite verließen sie das Kabinett. Als sie sich außer Hörweite des Königs befanden, beugte sich Fernando zu Alonso de Palencia herüber.

»Ich dachte, mein Vater sei ein gerissener Fuchs, aber Ihr, Don Alonso, scheint ihn noch zu übertreffen.«

Es war eine riesige Lüge Palencias, dass dieser Plan von ihm stamme. Doch das bereitete ihm keinerlei Gewissensbisse. Im Gegenteil! Er war sich sicher, sowohl den König wie auch den Prinzen damit derart beeindruckt zu haben, dass sich das Ganze in klingender Münze auszahlen würde.

Derweil liefen die Vorbereitungen zu diesem Abenteuer auf höchster Geheimhaltungsstufe. Der aragonesische König hielt die Zügel innerhalb seiner Palastmauern straff in der Hand. Es wurden nur wenige Leute eingeweiht, und die erledigten ihre Aufgabe bravourös.

Der geistige Urheber des Plans war derweil nicht untätig. Auch Carillo musste falsche Fährten in Kastilien auslegen. Eigentlich hatte er vorgesehen, dass Fernando als Prinz die Grenze zu Kastilien überschreiten sollte. Doch es gab einen wichtigen Hinderungsgrund. Der hieß Mendoza. Die treuen Parteigänger der Beltraneja zogen ihre Streitkräfte zusammen, um Fernando an der Grenze abzufangen. Sie würden die Hochzeit zu verhindern wissen.

Erzbischof Carillo nutzte diese Situation mit kühler Berechnung für sich aus. Natürlich hatte er Palencia genaue Order erteilt, als er ihn mit Isabéls Brief nach Aragón schickte. Wichtig war, dass sich alle Beteiligten genau an die Regeln hielten. Er selbst streute in Kastilien die Nachricht, dass sich der Prinz mit großem Gefolge auf direktem Weg nach Kastilien befand, um seine Braut Isabél in die Arme zu schließen. Zu allem entschlossen, rückten die Mendozas an der Spitze ihrer Streitkräfte zur Grenze vor.

Zur absoluten Untätigkeit verdammt, musste Isabél warten. Sie verbrachte diese Zeit mit Fasten und Beten. Und mit Nachdenken.

Bald würde sich also ihr Leben grundlegend ändern. Sie würde heiraten. Zwar hatte sie die Entscheidung getroffen, wen sie heiraten würde, aber sie hatte sich noch nie Gedanken über die Ehe gemacht. Eine Hochzeit war etwas Endgültiges, so wie der Tod. Mit dem Segen der Kirche wurden zwei Menschen aneinander geschweißt, die nie wieder voneinander loskommen würden, es sei denn, dass der Tod sie scheide. Die Ehen, die sie kannte, waren seltsame Zustände der Willkür, der Lüge, des Betrugs, der Unterdrückung, des Lasters. Selten erfuhr sie von Achtung, Demut, Anstand, Zuneigung oder gar Liebe. Die Ehe ihres Bruders mit Königin Juana glich einem Lotterleben. Sie belogen sich gegenseitig, betrogen sich gegenseitig, und wenn es schon Enrique nicht gelang, seine Männlichkeit mit einem halben Dutzend Bastarden zu beweisen, so tat es Juana.

Ihre eigene Mutter litt unter der klugen Feinsinnigkeit und dem frühen Tod ihres Vaters und bekam ein dunkles Gemüt.

Wie sollte eine Ehe denn sein? Was geschah hinter dem geheimnisvollen Vorhang, den man vor ein Ehepaar spannte?

Natürlich hatte sie durch ihre katholische Erziehung ein Bild vermittelt bekommen, wie Mann und Frau zueinander standen. So war die göttliche Ordnung, an der der Mensch nicht rütteln sollte. Isabél konnte sich jedoch des Eindrucks nicht erwehren, dass der Mensch ganz gewaltig daran rüttelte und die heiligen Sakramente genau ins Gegenteil verkehrte.

Vielleicht war die Ehe der Viveros das, was man darunter verstehen sollte. Die Dame des Hauses war eine auffallend elegante Erscheinung, ohne vordergründig zu wirken. Sie strahlte an der Seite ihres Gatten eine fast unerschütterliche Sicherheit und Anmut aus. Sie war liebenswürdig, treu und fromm und konnte gut zuhören. Sie war eine kluge Frau ohne Allüren und Amouren. Und sie hatte etwas Mütterliches an sich, das Isabél bei allen ihr bekannten Frauen einschließlich ihrer eigenen Mutter vermisste. Sie glich eher einer Amme oder sanften Erzieherin.

Isabél war Zeit ihres Lebens fast ausschließlich von Männern umgeben gewesen, zumindest was die Personen in wichtigen Positionen betraf. Die Politik wurde von Männern betrieben. Frauen waren nur schmückendes Beiwerk. Und – an ihren Hofdamen deutlich zu beobachten – schnatternden Gänsen gleich nur auf ihr eigenes Wohl und Zerstreuung bedacht. Eigentlich hätte sie gern eine Vertrauensperson gehabt, mit der sie sich über verschiedene körperliche Fragen unterhalten hätte. Nun, ihre Hofdamen glänzten mit ausgeschmückten Erzählungen über ihre amourösen Abenteuer, brachten ab und an sogar heimlich ein Kind zur Welt, aber wissend waren sie keineswegs.

Reiten, Fechten, Lesen, Diskutieren war die eine Seite, die Isabél als Frau durchaus vorweisen konnte, ohne unbedingt das Missfallen von Hof, Klerus und den Männern zu erregen.

Sie legte ihre Hand auf ihren Bauch. Es gab eine ganz andere Angst.

Sie hatte einen Gatten erwählt. Bald würde sie heiraten. Und bald würde sie bei ihm liegen. Dieser Augenblick machte ihr Angst. Doch wen sollte sie ins Vertrauen ziehen? Ihre Hofdamen? Ihren Beichtvater? Eine Hebamme? Oder vielleicht Señora Vivero?

Eine unerklärliche Scheu hielt sie davon ab. Wie bisher machte sie es mit sich und Gott aus. Gebete würden ihr über diesen schweren Augenblick hinweghelfen. Und wenn sie ehrlich war: Ein kleines bisschen neugierig war sie auf den aragonesischen Prinzen schon. Aber um nichts in der Welt würde sie ihn das spüren lassen!

Die Maultiertreiber

Du siehst echt aus«, stellte José grinsend fest. »Kein Mensch würde dich jetzt als Prinzen erkennen.« Er umrundete Fernando und betrachtete ihn, als wolle er einen Maulesel kaufen.

Fernando gab ihm einen Stoß. »Glaubst du, du siehst besser aus? Schau, sogar die Maultiere erkennen dich an!« Er hatte die Lacher auf seiner Seite.

»Trotzdem wird man dich erkennen, weil du ein herrschaftliches Auftreten hast.« Der kleine Vigo traf es auf den Punkt.

Fernando lachte. »Dann werde ich ein Diener sein.« Er zeigte auf den älteren Diego. »Von ihm. Er wird unser Anführer sein.«

Alle wandten sich Diego zu. Er war der älteste von ihnen, stand jahrelang als Page bei König Juan in Diensten.

»Oh ja, der Maultierhändler«, stimmte Alvaro zu. Die sieben waren sich einig. Gekleidet in die schlichte Tracht von Händlern, machten sie sich auf den Weg.

König Juan hatte sich zuvor von seinem Sohn verabschiedet. »Du hast eine große politische Aufgabe zu erfüllen. Jetzt bist du bereit dazu. Gott sei mit dir, mein Sohn!« Dann wandte er sich um, bestieg sein Pferd und ritt davon.

Die sieben Freunde waren auf sich selbst gestellt.

Fünf von ihnen befanden sich im Alter Fernandos, waren also gerade mal sechzehn Jahre alt. Nur Diego war bereits Mitte zwanzig. Er spielte ihren Anführer. Und so trieben sie eine kleine Herde von fünfunddreißig Maultieren in Richtung Grenze.

Es war ein weiter Weg, und die Etappen waren vorher abgesprochen. Die sieben sahen es als Abenteuer an und machten sich froh gelaunt auf den Weg. Es war Herbst, Oktober, und die Temperaturen erträglich. Niemand nahm Notiz von ihnen.

Am Abend kehrten sie in einer Herberge ein und baten um ein Nachtlager. Es war eine einfache Herberge, und der Wirt musterte sie nur kurz.

»Gezahlt wird vorab«, brummelte er.

Auch wenn sie einfach gekleidet waren, so führten sie doch eine wohlgefüllte Reisekasse mit sich. Das durften sie sich natürlich nicht anmerken lassen. So klaubte Diego das verlangte Übernachtungsgeld hervor und zählte es dem Wirt hin.

Der sammelte die Münzen ein. »Mein Knecht zeigt euch, wo ihr eure Maultiere hinbringen könnt. Wollt ihr essen?«

»Aber sicher«, erwiderte Diego. »Und wir möchten unsere Kammer sehen.«

Die Tochter des Wirts erschien aus der Küche. »Wenn die Herren mir folgen wollen?« Sie blinkerte kokett mit dem linken Auge, und die Freunde drängelten, um hinter ihr die Stiege hinauf ins Obergeschoss zu steigen.

Diego drehte sich unwillig um. »Fernando, Vigo, Paco, ihr verschwindet in den Stall und versorgt zuerst die Tiere!«

Ohne zu murren verzogen die drei sich in den Stall, während Diego, Alvaro, José und Tristan das Gepäck in die Kammer brachten. Die Kammer war denkbar schlicht. Vier Strohsäcke lagen auf dem Boden, sodass nur einer von ihnen in den Genuss kam, allein auf einem Sack zu schlafen. Zumindest war die Kammer sauber und besaß ein kleines Fenster.

Eine Stunde später saßen sie am Tisch im Schankraum und ließen es sich schmecken. Diego bestand darauf, nur ein einfaches Mahl einzunehmen und auch nur verdünnten Wein zu trinken. »Eine lose Zunge könnte unser Unternehmen gefährden.«

Dafür sparten sie nicht mit losen Sprüchen, als die Wirtstochter ihnen das Essen auftischte. Sie bot aber auch einen zu appetitlichen Anblick.

»Sag, du Schöne, kommst du uns heute Nacht in unserer Kammer besuchen?«, wollte Fernando wissen.

Sie stemmte eine Hand in die wohlgeschwungene Hüfte, während sie mit der anderen zählte: »Eins, zwei, drei, vier ... bei Gott, sieben! Und alles so gesunde, stramme Kerle! Ich glaube, so viele Florinen scheißen eure Maultiere nicht, dass ihr mich damit bezahlen könnt!«

»Und wie viele Florinen ...?«

Diego trat Fernando unterm Tisch gegen das Schienbein, und er verstummte sofort. Der Ältere schenkte der Schönen ein schiefes Lächeln.

»Du hast recht. Als Maultierhändler verdienen wir wohl nicht genug, damit wir alle unser Vergnügen haben können. Und da wir alles teilen, was wir bekommen, so teilen wir auch das, was wir nicht bekommen.«

Sie kicherte, obwohl sie den Sinn der Worte wohl nicht ganz verstanden hatte. »Da habt ihr noch einen Nachtisch, den ich selbst gekocht habe – Feigenkompott. Und dann träumt wenigstens von mir.«

Später lagen sie in der Kammer auf den Strohsäcken und strichen sich über die gefüllten Bäuche.

»Ihr könnt sagen, was ihr wollt, ich bin satt und zufrieden, obwohl ich doch gar nicht der Völlerei gehuldigt habe. Diese einfache Kost ist weitaus bekömmlicher als das, was die Schlossküche so zusammenrührt.«

»Recht hast du«, stimmte Paco dem Prinzen zu. »Wir sollten alle etwas schlichter leben, dann plagt uns nicht immer ein übersäuerter Magen.«

»Aber als Nachtisch hätte ich die Wirtstochter trotzdem noch vernascht«, ließ sich Alvaro in der Dunkelheit vernehmen.

»Du hast doch gehört, wir teilen auch das, was wir nicht haben«, erwiderte Vigo.

Tristan rollte sich zur Seite und stieß gegen José. »Eigentlich hätten wir ja das Geld. Wir brauchten nur zu sagen, es wäre der Erlös für zwei verkaufte Maultiere . . .«

»Schluss damit«, knurrte Diego. »Schlaft jetzt! Wir müssen im Morgengrauen weiterziehen!«

Fernando seufzte und schloss die Augen. »Wie richtige Maultiertreiber«, murmelte er.

Erst am nächsten Morgen spürten sie, wie müde und kaputt sie von der ungewohnten Betätigung waren. Diego schüttelte sie.

»Aufstehen! Wir müssen weiter!«

»Noch ein Stündchen«, murmelte Paco und drehte sich zur anderen Seite.

»Nichts da! Richtige Händler ziehen auch beizeiten weiter. Also auf, ihr Faulpelze!«

»Sklaventreiber«, murrte Alvaro, rappelte sich aber hoch. Auch die anderen erhoben sich und spülten draußen am Brunnen die letzte Müdigkeit fort. Der Wirt servierte ihnen eine Mehlsuppe sowie Brot, Zwiebeln und Schafskäse. Dann packten sie ihre Sachen zusammen, während Fernando, Vigo und Paco die Maultiere aus dem Stall holten. Sie warfen der schönen Wirtstochter noch leidenschaftliche Blicke zu und zogen weiter.

»Ach, was für ein wunderbares freies Leben«, seufzte Fernando und stimmte ein Lied an. Die anderen fielen ein, und sie unterbrachen den Gesang nur, wenn eines der Maultiere seine eigenen Wege gehen wollte. Die Tiere waren ja geduldig, aber zuweilen eigensinnig, was dem Erbe ihrer Eselahnen entstammte.

Trotz allem ließen sie es nicht an Vorsicht und Achtsamkeit fehlen, und jeder andere Reisende oder entgegenkommende Soldaten wurden zunächst misstrauisch gemustert. Doch ihre Verkleidung war so perfekt, dass niemand Verdacht schöpfte oder an ihnen Anstoß nahm. Es waren viele Händler auf den Straßen unterwegs, und zuweilen gerieten sie miteinander in Streit, wenn sich ihre Karren ineinander verhakten. So manche Bauern und Kaufleute waren ebenso stur wie ihre Maultiere.

Am Abend suchten sie sich wieder eine Herberge, versorgten die Tiere, ließen es sich schmecken und legten ihre müden Häupter auf dicke Strohsäcke.

»Wenn das so weitergeht, dann wechsele ich noch meine Berufung«, stellte Tristan fest. »So ein Wanderleben ist doch recht beschaulich gegenüber all den Intrigen und Aufregungen bei Hofe.«

»Würde dir nicht die Jagd fehlen?«, wollte Alvaro wissen. »Also mir wäre dieses Leben auf die Dauer zu eintönig.«

»Wieso? Hier kannst du stramme Wirtstöchter jagen, und sie würden sich sogar freiwillig fangen lassen.«

»Dieser Wirt hier hat aber keine Tochter, nur einen blödsinnigen Sohn. Hast du gesehen, wie er uns angeschaut hat? Als wolle er uns auffressen.«

»Wart's ab! In der nächsten Herberge erwartet uns wieder eine hübsche Dolores oder Anita.«

Doch erst einmal zogen sie über staubige Straßen, durch Dörfer, Wälder, über Hügel und Berge, überquerten einen Fluss und rasteten am Wegrand. Die Herberge, die sie am Abend erreichten, war schäbig und windschief, der Wirt brummig. Er warf einen flüchtigen Blick auf die Maultiere und wies mit dem Kopf hinter das Haus. Es gab keinen Stall, nur einen strohgedeckten Unterstand in einem umzäunten Gatter.

»Und wo können wir schlafen?«, wollte Diego wissen.

»Da!« Er zeigte auf eine fensterlose Kammer. Es gab auch keine Tür. Eigentlich war es nur ein schmutziger Verschlag.

Diego verzog das Gesicht. »Habt Ihr nichts Besseres?«

»Besseres? Für ein paar Maultiertreiber? Wenn es euch nicht passt, dann könnt ihr ja weiterziehen!«

Angesichts der bereits eingebrochenen Dunkelheit winkte Diego resigniert ab. »Aber essen wollen wir wenigstens.«

»Könnt ihr überhaupt zahlen?«

»Selbstverständlich.«

»Dann zahlt im Voraus!«

»Immer dieses Misstrauen.« Diego zählte dem Wirt die Münzen auf den Tisch. Der strich sie brummend ein und verschwand in der Küche.

Der Wirt besaß weder eine hübsche Tochter noch einen talentierten Koch in der Küche. Das Essen schmeckte scheußlich, und der Wein war sauer. Betreten saßen die sieben am Tisch. Es wollte keine rechte Stimmung aufkommen.

»Wir sollten uns schlafen legen«, schlug Diego vor.

Paco rümpfte die Nase. »Was sonst! Saurer Wein, keine Weiber, das ist eine traurige Kaschemme.« Sie krochen in den Verschlag und versuchten zu schlafen. Aber sie fanden keine rechte Ruhe. Ständig ging jemand vorbei, im Haus knarrten die Balken und die Holzstiege, Stimmen wisperten wie Geisterwesen.

Im Morgengrauen erwachten sie, müde und zerschlagen. Fernando erhob sich ächzend.

»Ich gehe die Maultiere säubern«, murmelte er und trat Tristan und Paco ins Hinterteil, damit sie aufstanden.

»He, Wirt, das Frühstück!«, bellte Diego.

»Erst Geld«, grollte der zurück.

»Gierhals!« Diego wühlte in seinem Reisesack. »Zum Teufel, wo ... « Er steckte den Kopf in den Sack, schüttete ihn aus. Der Beutel mit ihrem Reisegeld war verschwunden!

Diego fühlte einen Stich im Bauch. »Das Geld ist weg! Diebe!«

Mit wuchtigen Schritten trat der Wirt heran und packte Diego am Kittel. »Was soll das heißen?«

»Dass uns jemand unser Geld gestohlen hat.«

»Und wer, he? Etwa meine Gäste, he? Oder ich, he? Vielleicht hattet ihr gar kein Geld mehr! Und jetzt beschuldigt ihr mich?« Er schüttelte Diego durch, dann stieß er ihn zur Tür. »Verschwindet, Lumpenpack! Betrüger! Zechpreller! Ich hole die Soldaten!«

Paco hob die Faust, um sich zu wehren. Fernando kam herbeigelaufen.

»Kommt, lasst uns verschwinden«, zischte Diego. »Wenn er wirklich die Soldaten ruft ...«

Tristan und Vigo öffneten das Gatter und ließen die Maultiere heraus. Mit Schimpf und Schande wurden sie davongejagt. So hatte sich Fernando seinen Einzug in Kastilien nicht vorgestellt.

»Unverschämt, dieser Kerl«, wetterte Fernando. »Und ich kann ihn nicht einmal zur Rechenschaft ziehen.«

»Blankziehen müsste man«, ereiferte sich Paco. »Das ist Wegelagerei.«

Tristan kratzte sich unter seiner Filzkappe. »Und was willst du blankziehen? Wir sind unbewaffnet.«

»Ja, leider«, gab Fernando zurück. »Und wie uns geht es wahrscheinlich vielen einfachen Händlern und Reisenden. Mit der Sicherheit seiner Straßen hat es das ach so starke Kastilien offensichtlich nicht so.«

»Höre ich da Kritik aus deinen Worten?« Alvaro als engster Freund des Prinzen durfte solche Fragen stellen.

»Sicher, und das werde ich meiner Braut auch mitteilen. Offensichtlich weiß sie überhaupt nicht, was sich in ihrem Land so ereignet.«

»Woher auch? Ihr Bruder regiert wie ein Bauer. Er ist nicht sehr entschlussfreudig.«

»Wisst ihr, warum weiland der berühmte Kalif Harun al-Rashid gemeinsam mit seinem Wesir und Freund Djafar sich verkleidet unter das Volk in den Straßen von Bagdad und Basra mischte? Er wollte erfahren, was sich da wirklich abspielte und wie die einfachen Leute dachten. Seine Untergebenen im Palast belogen ihn oder sagten nur einen Teil der Wahrheit. Er ließ sich nicht mehr von seinen Ministern und Hofschranzen einlullen, sondern zeigte es ihnen mit harter Hand. Schon deshalb spricht man noch tausend Jahre später von ihm mit Hochachtung und Respekt.«

»Und du meinst, dass wir hier als Maultiertreiber durch Kastilien schleichen, macht uns später in den Chroniken unsterblich?«

»Warum nicht?« Alvaro grinste übers ganze Gesicht.

Vigo schüttelte den Kopf. »Ein bisschen peinlich ist es schon, und ich hoffe, dass es überhaupt niemand erfährt.«

Fernando blieb stehen und wischte sich den Schweiß von der Stirn, Es war Mittagszeit. »Mein Magen brummt wie ein Bär nach dem Winterschlaf. Ich gäbe mein halbes Königreich für eine Schüssel Suppe.«

»Siehst du, damit würdest du unsterblich in die Geschichte eingehen. Prinz Fernando verkauft halb Aragón für eine Schüssel Suppe.« Paco trieb sein müdes Maultier mit Stockschlägen weiter.

»Und wie machen das die armen Leute, wenn sie Hunger haben?«, wollte Vigo wissen.

»Sie betteln«, erwiderte Diego. »Sie betteln um Brot.«

Sie blieben stehen und blickten sich an.

»Ich habe Bettler immer mit Verachtung gestraft, wenn sie auf der Kirchentreppe hockten. Ich wusste nicht, wie weh Hunger tun kann.«

»Also werden wir auch betteln. Im nächsten Dorf bitten wir um Brot und Öl und Wasser. Das wird man uns nicht versagen. Dort können wir auch rasten und die Tiere ausruhen lassen.«

Diegos Vorschlag wurde einstimmig angenommen.

Doch es gab wieder eine böse Überraschung. Die Bauern zeigten sich sehr ablehnend. »Wir haben selbst genug hungrige Mäuler zu stopfen. Schert euch fort!«

An welcher Hütte sie auch klopften, niemand kannte Erbarmen.

»Wir werden schon von unseren Landesherren ausgeplündert, dass uns kaum etwas zum Leben bleibt. Und die vielen Pilger, die ständig hier vorbeikommen ...«

»Mildtätigkeit ist Christenpflicht«, warf Tristan ein. »Im Himmel wird es euch vergolten werden, wenn ihr uns etwas zu essen gebt.«

»Im Himmel?«, höhnte ein Bauer mit sonnenverbranntem Gesicht und schwieligen Händen. »Da brauche ich kein Essen mehr. Hier unten brauch ich's, und meine Familie dazu. Warum fragt ihr nicht da oben nach, ob ihr etwas zu essen bekommt?« Er zeigte mit seinem schmutzigen Zeigefinger zum Himmel.

»Kommt, lasst uns weiterziehen«, drängte Diego. Die Bauern hatten sich drohend zusammengerottet und schwangen Hacken und Dreschflegel. In ihren Gesichtern stand grimmige Entschlossenheit.

Auch die anderen hielten es für klüger zu verschwinden. So trieben sie ihre Maultiere vor sich her und schimpften auf diese geizigen Bauern.

»Ob die wirklich so arm sind?«, fragte Vigo etwas später.

»Na ja, sehr wohlhabend sahen sie nicht aus«, erwiderte Paco. »Aber die Juden jammern ja auch immer, dass sie verhungern müssten, wenn sie nicht so hohe Zinsen nehmen würden.«

Sie lachten, und die gute Laune war wiederhergestellt.

»Schaut mal, was meine trüben Augen eben entdeckt haben! Eine Unterkunft für die Nacht, die uns ganz sicher auch einen gefüllten Magen beschert.«

Alvaro zeigte auf eine Burg, die in einiger Entfernung auf einem Felsen thronte.

»Der Himmel hat uns erhört«, seufzte Vigo erleichtert. Denn allen war klar: kein Geld – keine Herberge – keine Unterkunft für die Nacht – nichts zu essen.

»Also auf, Freunde, das werden wir doch schaffen!« Fernandos Schritt wurde größer, und auch die anderen hatten wieder Zuversicht. Den ganzen Tag ohne etwas zu essen, ein paar Beeren von einem Gestrüpp gepflückt, eine Hand voll Wasser aus einem Bach geschöpft – ihre Kräfte waren beinahe aufgebraucht.

Die Burg sah trutzig und wehrhaft aus, das Burgtor war geschlossen. Lediglich an ihrem Fuß graste eine kleine Schafherde, gehütet von einem vor Schmutz starrenden kleinen Jungen. Diego klopfte an das Burgtor. »Heda, macht auf! Wir suchen für unsere Herde und uns ein Nachtlager!«

Im Turm neben dem Tor öffnete sich ein Fenster, und ein grimmiger Soldat blickte heraus. »Wer macht da so einen Lärm?«

»Wir sind Händler und suchen nach einer Bleibe für die Nacht!«, rief Diego hinauf.

»Händler? Strauchdiebe seid ihr, fahrendes Volk! Schert euch fort, wir lassen niemand ein!« Das Fenster klappte zu.

Diego donnerte mit beiden Fäusten gegen das Tor. »Heda, macht endlich auf! Wir haben Hunger und Durst. Uns wurde unser Reiseproviant gestohlen. Seid barmherzig, und lasst uns ein!«

Das Fenster der Burgwache öffnete sich erneut, und ein Schwall Wasser kam herunter. Es traf den armen Diego mit voller Wucht.

»Und meine Großmutter war die Kaiserin von Konstantinopel!«, brüllte der Soldat. »Verschwindet endlich! Hier gibt es nichts zu betteln. Zigeuner treiben sich überall herum. Deswegen bleibt das Tor geschlossen!« Das Fenster flog wieder zu.

»Unverschämtheit!« Tropfnass trottete Diego zu den in einiger Entfernung mit den Maultieren wartenden Freunden. »Habt ihr das gesehen?«

»Klar doch«, erwiderte Fernando. »Frechheit! Los, wir trommeln alle gegen das Tor, dann werden sie uns schon öffnen.«

»Sollten wir ihnen nicht sagen, wer vor ihrem Tor steht?«, wandte Vigo leise ein.

Alvaro tippte mit dem Zeigefinger an die Stirn. »Dann gefährden wir unser Unternehmen. Wer weiß, wem die Burg gehört.«

»Unsere Verkleidung muss bleiben«, bestätigte auch Fernando. »Aber wir machen Krach. Los, kommt mit!« Er stürmte über die Brücke, die den Burggraben überspannte, und trommelte gegen das Tor. Auch seine Begleiter beteiligten sich an dem Krawall.

»Nun ist aber Schluss!« Die Stimme des Burgwächters ließ Böses ahnen. Gleich darauf hagelte es Steine von der Burgmauer. »Haut endlich ab, Lumpenpack!« Selbst eine brennende Fackel kam geflogen.

Die sieben Freunde hielten es für klüger, sich zurückzuziehen. Hier wurden sie nicht eingelassen, und es dunkelte schon.

»Ist jemand verletzt?«, fragte Diego besorgt.

Aber außer ein paar Schrammen war niemandem etwas Ernsthaftes passiert.

»Und was nun?« Vigos Stimme klang verzagt.

»Wir treiben die Tiere dorthin in die Senke und zünden ein Feuer an. Wir müssen eben im Freien übernachten.«

Es war Anfang Oktober, und die Nächte wurden schon unangenehm kalt. »Und wer hütet das Feuer?«, wollte Tristan wissen.

»Jeder eine Stunde«, bestimmte Diego. »Dann ist die Nacht vorüber.«

Fernando hatte keine Einwände. Auch er war müde, hungrig, enttäuscht und zornig. Während sie sich leidlich ein Nachtlager richteten, murmelte Fernando: »Wer hätte gedacht, dass ich mir einmal nichts sehnlicher als einen Kanten Brot wünschen würde.«

ഇ

Die Nacht war kalt und unbequem. Die Einteilung zur Feuerwache funktionierte nicht. Vigo, der die zweite Wache übernahm, schlief ein und vergaß, Alvaro zu wecken. Und der schlief weiter, ohne Paco zu wecken, und Fernando, José, Tristan und Diego schliefen, bis sie im Morgengrauen vor Kälte zitternd erwachten. Und der Hunger war auch wieder da. Die Laune der sieben sank auf den Nullpunkt. Zum Glück war es nicht mehr sehr weit bis Osma, ihrem ausgemachten Treffpunkt mit der offiziellen Delegation der Aragonier.

»Wir haben es geschafft!«, jubelte Paco und sprang wie ein übermütiges Fohlen in die Luft.

»Mein Gott, wo nimmst du bloß die Kraft her«, ächzte Vigo. »Mir hängt der Magen schon in den Kniekehlen.«

»Da vorn gibt es etwas zu essen«, frohlockte Alvaro. »Und unsere Gesandtschaft wird uns mit offenen Armen empfangen.«

Das kleine Städtchen Burgo de Osma gehörte zu den Sympathisanten Isabéls. Die Stadtoberen waren in den Geheimplan eingeweiht, natürlich unter dem strengsten Siegel der Verschwiegenheit.

»Heda, aufmachen! Sieben junge Männer begehren Einlass!«

Ausgelassen und in Vorfreude auf ein üppiges Mahl und ein paar Krüge Wein klopften sie an das Stadttor. Zwei Soldaten der Stadtwache ließen sich an der kleinen Pforte sehen. Sie betrachteten die sieben in ihrer abgerissenen Kleidung.

»Solches Gesindel wie euch wollen wir hier nicht haben«, raunzten sie.

Fernando trat vor. »Schluss mit der Maskerade! Ich bin Prinz Fernando von Aragón, König von Sizilien. Das ist meine Eskorte.«

Die beiden Soldaten schauten zuerst die sieben Männer, dann sich an und brachen in lautes Lachen aus. Schlagartig wurden sie wieder ernst und zückten ihre Lanzen.

»Wollt ihr uns für dumm verkaufen? Ein König von Sizilien mit sechs abgerissenen Kerlen als Eskorte? Wem wollt ihr das weismachen? Wir sind doch nicht auf den Kopf gefallen!«

»He, halt, hört zu! Die offizielle Delegation aus Aragón mit dem Kanzler an der Spitze müsste bereits eingetroffen sein. Benachrichtigt den Kanzler, und er wird den Irrtum aufklären.«

»Welche Delegation? Welcher Kanzler?« Die Soldaten blickten sich wieder an, dann traten sie entschlossen mit ihren Lanzen vor. »Und nun fort mit euch! Tummelt euch bei euren Eseln, da passt ihr besser hin.«

Auch diesmal blieb den sieben Abenteurern nichts anderes übrig, als sich zurückzuziehen. Fernando zeigte offen seine Verärgerung.

»Dieses Unternehmen ist so geheim, dass niemand mir glaubt, auch wenn ich mein Inkognito lüfte. Was unterscheidet mich eigentlich von einem Maultiertreiber?«

»Nichts«, erwiderte Alvaro lakonisch. »Unsere Verkleidung ist perfekt.«

»Und wir sind offensichtlich zu zeitig angekommen. Die Delegation ist noch nicht da.«

»Uns bleibt nichts anderes übrig, als zu warten«, sagte Diego, der Besonnene.

»Sieht wohl so aus«, gab Fernando resigniert zu.

Als die Delegation nach zwei Stunden endlich in Sichtweite kam, wurden sie von den sieben Abenteurern mit großem Jubel empfangen. Nun öffneten sich auch für sie die Tore der Stadt, deren Bürgermeister sich in großer Zerknirschung zeigte. Immer wieder dienerte er vor Fernando und zeigte seine Betroffenheit und Reue über den unseligen Empfang.

»Ich hoffe, Eure Hoheit werden Osma trotzdem in guter Erinnerung behalten. In meiner Person darf ich für all unsere lieben Bürger sprechen, dass wir voll auf Eurer Seite stehen und die Verbindung zwischen Kastilien und Aragón unterstützen.«

»Schon gut, schon gut«, wehrte Fernando ab. »Euch sei verziehen, wenn Ihr uns ordentlich bewirten lasst. Meine Freunde und ich sind äußerst hungrig. Und Ihr wisst sicher, mit leerem Magen verschlechtert sich die Laune erheblich.«

»Selbstverständlich, Hoheit, Euch und Euren Begleitern wird es an nichts fehlen.« Er eilte davon, um ein Festmahl auftischen zu lassen.

Die Hochzeit zu Valladolid

Doña Francisca? Darf ich Euch stören?«

Viveros Gemahlin blickte von ihrer Handarbeit auf, als Isabél schüchtern eintrat. Sofort legte sie die Stickerei beiseite und erhob sich.

»Aber selbstverständlich, Eure Hoheit.«

»Bitte nennt mich nur Isabél.« Isabéls blaue Augen blickten in die gütigen grauen von Doña Francisca.

»Euch bedrückt etwas, nicht wahr?« Sie trat auf Isabél zu und nahm ihre beiden Hände in die ihren. Sacht führte sie die Infantin zu einem Sessel. »Es ist die bevorstehende Hochzeit, nicht wahr?«

Isabél nickte stumm, während sie sich setzte.

Das Gesicht von Doña Francisca drückte Mütterlichkeit aus, die Isabél als wohltuend empfand. Und irgendwie beruhigend.

»Das ist ganz normal«, erklärte Doña Francisca. »Das geht jedem Mädchen so, das zur Braut wird. Schließlich verändert sich das Leben ganz einschneidend.«

Isabél hob den Kopf. »Einschneidend? Tut es weh? Ich meine … *es?*«

»Ihr meint die fleischliche Vereinigung?« Doña Francisca lächelte milde. »Ihr müsst es nur wollen, dürft Euch nicht dagegen sperren. Es ist etwas sehr Persönliches, Intimes – und sehr Schönes.«

»Etwas Schönes? Ich glaubte, es sei ein notwendiges Übel. Das sagte jedenfalls meine Amme.«

Doña Francisca lachte. »Ach, Ihr meint das Geschwätz der Pastoren. Entweder wissen sie nichts darüber, oder sie schweigen, weil sie wissen, dass es gar nicht so schrecklich ist.« Sie kicherte wie ein junges Mädchen. »Ihr bekommt einen jungen, gesunden Gemahl. Da kann es nur ein Vergnügen werden.«

»Vergnügen?« Isabél riss die Augen auf. »Eine Frau soll dabei kein Vergnügen empfinden.«

»Wer sagt das?«

»Die Männer der Kirche.«

Doña Francisca machte eine wegwerfende Handbewegung. »Wo Theologen reden, da schweigt Gott.«

»Aber es steht in der Bibel.«

»Nein, es steht etwas anderes in der Bibel«, widersprach Doña Francisca. »Es ist gottgefällig. Warum sonst hat Gott es so eingerichtet? Gott der HERR sprach: Es ist nicht gut, dass der Mensch allein sei. Und er sagte auch: Seid fruchtbar und mehret euch.«

Isabéls Wangen hatten sich gerötet, und sie hielt den Blick gesenkt.

»Und es steht im ersten Buch Mose: Dein Verlangen soll nach deinem Manne sein, aber er soll dein Herr sein«, fuhr Doña Francisca fort. »Ihr werdet sehen, es ist ganz einfach.«

»Danke, dass Ihr mir Mut macht, Doña Francisca.« Isabéls Hände lagen noch immer in denen von Viveros Gattin.

»Ihr seid so wunderbar jung, Doña Isabél, genießt diese Zeit. Sie wird nie wiederkommen. Und freut Euch auf Euren Prinzen und König.«

Doña Franciscas mütterliche Worte gaben Isabél ihre Sicherheit wieder. In der Tat freute sie sich auf Prinz Fernando. Sie freute sich auf die Hochzeit und auf die Ehe. Und wenn sie irgendeinen Zweifel verspürte, dann hätte sie ihn nicht gezeigt. Sie selbst hatte sich für diese Verbindung entschieden. Jetzt gab es kein Zurück!

Der Erzbischof hatte seinen Besuch angekündigt. Juan de Vivero empfing ihn mit allen Ehren.

»Wie geht es unserer kleinen Braut?«, fragte Carilllo mit zufriedenem Gesicht.

Der Edelmann hob seine Brauen. »Doña Isabél geht es ausgezeichnet, und sie ist voller freudiger Erwartung. Meine Gattin beruhigt sie immer wieder.«

»Das ist gut. Bitte lasst mich bei der Infantin anmelden. Auch ich möchte sie beruhigen.«

Isabél empfing Carillo mit fragendem Blick.

»Es steht Euch gut, Braut zu sein«, stellte er fest. »Ihr werdet immer schöner, Hoheit.«

»Ihr solltet mir nicht schmeicheln, Exzellenz. Als mein Beichtvater dürft Ihr mir höchstens Absolution erteilen für meine Sünden.«

»Habt Ihr denn welche begangen?«

Sie blickte ihm fest in die Augen. »Ich werde eine Todsünde begehen, wenn ich Fernando heirate.«

»Aber nein! Heiraten ist doch keine Sünde, sondern ganz im Sinne der Heiligen Schrift, wo schon bei Mose steht ...«

»Seid fruchtbar und mehret euch, ich weiß«, unterbrach ihn Isabél. »Ihr wisst genauso gut wie ich, dass Fernando und ich Verwandte zweiten Grades sind. Wir dürfen nicht ohne den Dispens des Papstes heiraten. Und meines Wissens haben wir diesen Dispens nicht.«

»Hoheit, sorgt Euch nicht darum. Das ist meine Aufgabe. Und ich kann Euch versichern, dass alles seine Richtigkeit hat. Wenn Ihr vor den Traualtar tretet, werdet Ihr den päpstlichen Dispens erhalten haben.«

Sie blickte ihn skeptisch an.

Er trat auf sie zu und lächelte geheimnisvoll. »Eigentlich bin ich gekommen, um Euch die freudige Nachricht zu überbringen. Don Fernando befindet sich ganz in der Nähe von Valladolid. Er ist auf dem Weg zu Euch. Noch heute Nacht dürft Ihr Euren Verlobten empfangen.«

»Heute Nacht?«

»Es mag in Euren Ohren abenteuerlich klingen, aber nur durch einen ausgeklügelten Plan, von dem ich in aller Bescheidenheit erwähnen darf, dass er meinem Geist entsprungen ist, konnte Don Fernando zu Euch gelangen. Er wählte eine geschickte Verkleidung, um nicht erkannt zu werden.«

»Eine Verkleidung?«, staunte Isabel. »Als schwarzer Ritter oder türkischer Emir?«

»Nein, als Maultiertreiber.«

Ein ungläubiges Lächeln flog über ihr Gesicht. »Als Maultiertreiber?«

»Ganz recht. Und er spielte diese Rolle offensichtlich so perfekt dass er mit einer Hand voll Freunden unbehelligt bis Osma gelangte, wo er selbstverständlich die Kleidung wechselte. Jetzt befindet er sich in Dueñas. Gemeinsam mit unserem Getreuen Pedro de Acuña wird er heute um Mitternacht hier eintreffen. Ihr solltet ihn würdig empfangen.«

Die Überraschung war gelungen! Der junge aragonesische Prinz ein todesmutiger Abenteurer! Sie musste unwillkürlich lächeln. Der Erzbischof bemerkte es mit Wohlwollen. Die Geschichte hatte Isabél beeindruckt. Sie würde nicht mehr nach dem Dispens fragen.

Diesen vom Papst in Rom zu besorgen hatte sich der aragonesische König Juan II. zur Aufgabe gemacht und schon vor einiger Zeit Gesandte nach Rom geschickt. Über Wochen bemühten sie sich, den Dispens zu erlangen. Doch Papst Paul II. war König Enrique gewogen und wusste, dass dieser gegen eine Verbindung von Kastilien und Aragón war. Und so lehnte er das Ansinnen kategorisch ab. Die Gesandten kehrten unverrichteter Dinge nach Zaragoza zurück.

Von all dem ahnte Isabél nichts. Sie sollte sich freuen, und sie würde sich freuen! Wenn Prinz Fernando bereit war, sich für sie so tief zu erniedrigen, dann musste dieser Einsatz belohnt werden. Sie würde ihn als strahlende Braut empfangen!

Isabél trug ein weißes Kleid. Ihren Hals schmückte das kostbare Rubinhalsband. Ihre Hände zitterten, doch sie hielt sie in den Falten ihres Gewandes versteckt. Gutierre de Cardenas begleitete Isabél auf den Stuhl, der wie ein Thron auf einer kleinen Empore stand. Der Saal war festlich geschmückt, doch nur wenige Menschen waren anwesend, unter ihnen Doña Francisca, die Isabél aufmunternd zulächelte. Jetzt war es also so weit!

Erzbischof Carillo schritt feierlich zur Tür und öffnete sie. Davor stand Prinz Fernando mit seinem Gefolge. Carillo verbeugte sich und schritt dann feierlich an Fernandos Seite zu Isabél. Im Saal herrschte atemlose Stille.

Isabél blickte Fernando entgegen. Kronprinz von Aragón, König von Sizilien, ein hochgewachsener junger Mann im Gewand eines Ritters, dessen jugendliches Gesicht mit dem sinnlichen Mund und der hohen Stirn nicht so recht zu seinem kraftvollen Körperbau passen wollte. Schwarze Augen blickten sie an, als wollten sie ihre Gedanken ergründen. Seine Miene verriet Selbstbeherrschung. Isabél konnte nicht daraus ablesen, was er dachte oder fühlte. Drei Schritte vor Isabél blieb er stehen.

Er sah nicht aus wie ein Kriegsheld, eher wie ein Gelehrter. Erstaunlich, dass er sich so einem Abenteuer wie der Reise in Verkleidung eines Maultiertreibers gestellt hatte. Er war jung, er sah nicht unrecht aus, er schien gesund zu sein. Potent war er auf jeden Fall. Man erzählte von einigen Mätressen und zwei Kindern. Die hohe Stirn wies auf Klugheit hin, die volle Unterlippe auf Sinnlichkeit. Es hätte schlimmer kommen können.

Isabél erhob sich von ihrem Stuhl. Sie war bedeutend kleiner als Fernando. Da der Stuhl auf einem Podest stand, wirkte der Unterschied nicht so groß. Sie schauten sich in die Augen, und in das

Schweigen zwischen ihnen mischte sich Peinlichkeit. Keiner von ihnen sprach ein Wort. Wo sonst Isabél immer einen kühlen Kopf behielt, klaffte diesmal eine gähnende Leere. Nächtelang hatte sie nicht mehr richtig geschlafen, sich immer wieder diesen Augenblick ausgemalt. Aber nun war es ganz anders. Jetzt stand sie da, starrte in seine dunklen Augen, die ihrerseits das helle Blau von Isabéls Augen zu ergründen versuchten. Im Stillen fragte sie sich, was man aus diesem ersten Blick ableiten konnte. Freude, Enttäuschung, Gleichgültigkeit?

Königskinder heirateten stets aus politischem Kalkül. Selten war der männliche Partner jung, ansehnlich und gesund. Und wenn Fernando sich in Isabéls Forderungen des Ehevertrags fügte …

Cardenas, der dem Podest der Infantin am nächsten stand, wartete voller Ungeduld auf eine Reaktion des Paares. Doch sie schauten sich nur in die Augen. In seinen Fingerspitzen zuckte es, in seinem Innern staute sich der Druck. Endlich, endlich waren sie mit ihren monatelangen Anstrengungen um diese Verbindung am Ziel angelangt! Endlich hatte sich der große Plan vollendet! Was für Geld, Kraft und Nerven hatte das alle Beteiligten bislang gekostet! Und die beiden standen da wie Statuen und starrten sich nur an!

Gutierre de Cardenas konnte nicht mehr an sich halten. *»Esse es! Esse es!«*[5], platzte er heraus und hüpfte vor Freude auf und ab.

Schallendes Gelächter der Umstehenden nahm dem Paar die entstandene Peinlichkeit, und beide lachten mit. Die Spannung löste sich mit einem Schlag. Isabél streckte ihre Hände vor, und Fernando ergriff sie.

»Herzlich willkommen in Kastilien!«

---

5 »Das ist er! Das ist er!« – Auf Grund dieses verbürgten Ereignisses erhielt Cardenas später das Privileg, in sein Wappen zwei verschlungene »S« aufzunehmen.

Der lustige Zwischenfall gestattete es allen Beteiligten, zur Tagesordnung überzugehen. Der als »Convención«, bezeichnete Ehevertrag musste durchgesprochen werden. Aber es war mehr als nur eine Übereinkunft. Isabél und Fernando saßen, mit ihren Ratgebern an ihrer Seite, mehrere Stunden an dem langen Tisch, um den Vertrag Punkt für Punkt durchzugehen. Jetzt prägte pure Sachlichkeit die Stimmung.

Fernando war klug genug, sich zu keinen Äußerungen hinreißen zu lassen, obwohl der Vertrag in vielen Punkten recht seltsam klang. Im Ganzen betrachtet, erlegte er Fernando jede Menge Verpflichtungen auf, während er Isabél jede Menge Privilegien zugestand. So musste sich Fernando verpflichten, in Kastilien zu residieren und sich den Gesetzen des Königreichs zu unterwerfen. Er durfte keine Ernennungen vornehmen, weder militärische noch zivile. Auch durfte er kirchliche Schenkungen nur mit Zustimmung seiner Gattin vornehmen. Alle Beschlüsse und Verfügungen würden nur gemeinsam unterzeichnet. Und sie würden den Kampf gegen die Mauren fortsetzen bis zur völligen Befreiung des Landes.

Eigentlich war dieser Vertrag eines stolzen Iberers unwürdig. Nicht einmal ein Bauer würde sich von seiner Frau derart degradieren und unter Druck setzen lassen. Erst recht nicht ein König!

Dass Fernando nicht dagegen aufbegehrte, hatte mehrere Gründe. Diese ganzen Klauseln betrafen nicht die Gegenwart. Isabél war nicht Königin und er nicht König von Kastilien. Noch herrschte Enrique, und nur Gott wusste, wie lange noch. Bis dahin würde sich wohl so manches ändern. Der Auftrag seines Vaters lautete, sich die Krone Kastiliens zu sichern. Das würde sich Fernando nicht verscherzen, indem er jetzt an dem Vertrag herumkritisierte. Er war kein Krämer, kein Kleingeist. Obwohl noch jung an Jahren, hatte er gelernt, diplomatisch vorzugehen. Außerdem wäre es das erste Mal in der Geschichte der Iberischen Halbinsel, dass eine Frau sich erdreistete, sich über einen Mann, *ihren* Mann, zu erheben. Wenn es so weit war, würden sich Isabéls Vorrechte von ganz allein egalisieren.

Hier bin ich offensichtlich auch nur der Maultiertreiber, dachte Fernando. *Was soll's, kommt Zeit, kommt die Gelegenheit, die Zügel in die Hand zu nehmen, wie es sich für einen Mann gehört.*

Fernando war kein Heißsporn, kein Draufgänger, und er konnte warten. Zwar trieb ihn der Ehrgeiz, und Ehrgeiz war es wohl auch, der ihn an die Seite Isabéls trieb. Doch er war auch vorsichtig, forderte das Schicksal nicht heraus; und er konnte sowohl zögern als auch sich beugen, wenn er sich daraus einen Vorteil versprach.

Fernando beobachtete Isabél während der Verhandlungen. Sie wirkte unscheinbar in ihrem Äußeren, obwohl sie prachtvoll gekleidet war. Jedoch stand ihr das weiße Kleid nicht. Es machte ihre blasse Haut noch fahler, das Blond ihrer Haare verlor den strahlenden Glanz. Ihre blauen Augen, die an zwei kostbare Diamanten erinnerten, wirkten jetzt fahl wie der Himmel über Kastilien an einem heißen Sommertag. Jedoch das Rubinhalsband hob sich äußerst wirkungsvoll von ihrem Hals ab und lenkte alle Blicke auf sich.

Sie hat es für mich getan, stellte Fernando fest. *Nicht sich selbst hat sie in den Mittelpunkt gesetzt, sondern meine Brautgabe.* Er unterdrückte schnell das Gefühl der Sympathie für Isabél, das in ihm aufstieg. Sie besaß einen wachen Geist, einen sehr wachen sogar, trotz der vorgerückten Nachtstunde. Sie arbeitete konzentriert, sprach in knappen, treffenden Sätzen, schrieb schnell und flüssig. Ihr ganzes Wesen war zielstrebig, geradlinig, zuweilen ein wenig trotzig und halsstarrig. Auf jeden Fall war sie selbstbewusst, ohne kokett zu sein.

Als Frau war sie eigentlich reizlos, obwohl ihre helle Haut und das blonde Haar, die blauen Augen und ihre kleine, zu leichter Fülle neigende Gestalt gewiss ihren Reiz besaßen. Aber Isabél sollte ja nicht die Gespielin seiner Nächte, sondern die Arbeiterin seiner Tage sein. Gewiss war sie fleißig, strebsam und unbeugsam. Und was die Nächte betraf: Thronerben mit ihr zu zeugen würde ihm gewiss Vergnügen bereiten.

So trennten sie sich im besten Einvernehmen. Zum Abschied lächelte Isabél sogar. Es stand ihr gut.

Fernando kehrte mit seinen Begleitern zurück nach Dueñas, um sich in Gesellschaft von Pedro de Acuña auf die Hochzeit vorzubereiten. Sie hatten keinen konkreten Tag ausgemacht. Das wollte er Isabél überlassen. Doch auch er wusste, dass es eilte.

Kaum hatten sich die Türen hinter Fernando geschlossen, redeten die Ratgeber heftig auf Isabél ein.

»Die Hochzeit muss sofort stattfinden. Gleich morgen. Spätestens übermorgen. Er hat alles akzeptiert. Es gibt keinen Grund, ihn noch länger warten zu lassen.«

Isabél erhob sich. Jetzt zeichnete sich die Müdigkeit dieser Nacht auf ihrem Gesicht ab.

»Meine Herren, selbstverständlich weiß ich, dass Eile angeraten ist. Jedoch werde ich mich nicht drängen lassen, gegen mein Gewissen und gegen mein Seelenheil zu handeln.« Sie wandte sich Carillo zu. »Euer Exzellenz, Ihr wisst, wovon ich spreche. Der Dispens. Erst wenn dieser mir vorliegt, willige ich in die Hochzeit ein.«

Papst Paul II. war alt und kränklich. Und er war taub, auf beiden Ohren, nämlich gegenüber den Gesandten des aragonesischen Königs. Diese drängten den Papst immer wieder, für Fernando und Isabél eine Befreiung des Verbots für Ehen eng verwandter Personen zu erteilen, kurz: den päpstlichen Dispens. Isabél und Fernando waren Verwandte zweiten Grades, und somit war diese Ehe unter Androhung des verlorenen Seelenheils nicht gestattet. Ihr gemeinsamer Vorfahre war König Juan I. von Kastilien. Nur der Heilige Stuhl besaß die Berechtigung, der Ehe ihre Legalität zu erteilen.

Hatte schon bei Enrique IV. das Fehlen dieses Dispenses zu einem Politikum geführt, so wollte Carillo diesen Fehler nicht wiederholen. Vor allem aber wollte er allen Gegnern und Kritikern den Wind aus den Segeln nehmen, die diese Ehe hätten anfechten können. Auch Fernandos Vater, König Juan II. von Aragón, dem ja an der Verbindung mit Kastilien außerordentlich gelegen war, setzte dafür alle Hebel in Bewegung. Doch diesmal konnte der alte Fuchs weder durch Bitten noch durch Bestechung den Papst umstimmen. Paul II. stand auf Enriques

Seite. Und dieser sprach sich gegen diese Verbindung aus. Der Papst blieb eisern. Unverrichteter Dinge kehrten die Gesandten aus Rom zurück nach Zaragoza.

Die negative Nachricht ereilte Carillo just in dem Augenblick, da alles andere zu seiner vollsten Zufriedenheit verlief. Sollte das Ganze an dem fehlenden Dispens des Papstes scheitern?

Carillo wäre nicht der skrupellose und ehrgeizige Politiker und Juan II. von Aragón nicht der gierige und hinterhältige Fuchs gewesen, wenn sie sich für diesen Fall nicht eine Lösung hätten einfallen lassen.

Allein in seinem Gemach, kramte der Erzbischof unter seinen Sachen eine verschlossene Schatulle hervor. In ihr befand sich das Ass, das er nun aus dem Ärmel zog. Er kannte Isabél gut genug. Sie war so fest im Glauben verwurzelt, dass sie niemals etwas tun würde, was ihrem Seelenheil schadete. Sie würde gnadenlos die Hochzeit verweigern, wenn sie nicht vom Heiligen Vater in Rom legalisiert wurde. Und deshalb hatte Carillo auch mit dieser Möglichkeit gerechnet. Andächtig, ja fast feierlich öffnete er die Schatulle. In feines Leinen eingeschlagen lag dort eine Pergamentrolle. Der Erzbischof entnahm sie und trug sie wie eine kostbare Reliquie zu seinem Schreibtisch. Dort entrollte er das Pergament.

Es war eine perfekte Fälschung! Niemand würde es bemerken. Der Erzbischof wollte gar nicht wissen, wie viel König Juan dem talentierten Fälscher dafür gezahlt hatte. Dafür war es einfach perfekt!

In dem Schreiben wurde Prinz Fernando von Aragón zugestanden, eine Verwandte bis zum vierten Grad zu ehelichen. Da der Name der zukünftigen Braut zum Zeitpunkt des Schreibens noch nicht feststand, war er vorsorglich frei gelassen worden. Unterschrieben war die Bulle mit Papst Pius II., dem Vorgänger von Papst Paul II.

Erzbischof Carillo nahm eine frische, sorgfältig angespitzte Feder, tauchte sie in sein goldenes Tintenfass und setzte höchstselbst mit ausdrucksvollen Buchstaben den Namen der Braut ein: Isabél. Fertig war der erforderliche Dispens.

Zufrieden betrachtete Carillo sein Werk. Ja, es war wirklich sein

Werk, diese Ehe zwischen Isabél und Fernando, unter Ausnutzung aller günstigen Umstände. Nun brauchte er Isabél diese Bulle nur noch vor die Nase zu halten, und die letzte Hürde war genommen.

Der Erzbischof bekam auch schon aus dem Grund keine großartigen Gewissensbisse, weil er die Zustände in Rom um den Heiligen Vater gut kannte. Er würde schon noch eines Tages den offiziellen Segen aus Rom bekommen. Der Papst war alt und krank, und wenn Gott barmherzig war, dann nahm er seinen Stellvertreter auf Erden möglichst bald zu sich. Ein neuer Pontifex würde den Stuhl Petri besetzen. Und mit diesem würde sich reden lassen.

ꝏ

Carillos Blick wurde weich wie Wachs, und er setzte sein liebenswürdigstes Lächeln auf. Vor Isabél lag die päpstliche Bulle. Aus ihrem Gesicht war nicht abzulesen, was sie dachte.

»Nun gibt es keinen Grund mehr zu warten«, sagte der Erzbischof. Isabéls Blick ruhte auf dem Dokument. Es war eine seltsame Fügung, eine zu seltsame. Doch was würde passieren, wenn sie das Dokument anzweifelte? Wenn sie es gar ablehnte?

Dann würde Juanita an ihrer Statt auf den kastilischen Thron folgen. Und sie, Isabél? Was würde dann aus ihr werden?

Sie würde mit irgendeinem Mann verheiratet werden und an seiner Seite in der Bedeutungslosigkeit versinken. Aber sie wollte doch etwas bewirken, etwas verändern! *Panta rhei* ... Sie würde es niemals vergessen. Wo etwas fließt, würde sich etwas verändern. Und sie wollte es. Unbedingt!

»Gut!« Sie nickte. Dann hob sie in einer rührend hilflosen Geste die Hände. »Es ist Sitte, dass der Brautvater die Hochzeit ausrichtet. Den habe ich ja nun nicht mehr. Und ich besitze auch kein Geld.«

»Das ist mir natürlich bekannt. Ich habe mich darum gekümmert und bei einigen jüdischen Geldverleihern Anleihen aufgenommen.«

Sie nickte wieder, als wäre sie nicht ganz bei der Sache.

»Wir müssen den Termin der Trauung festlegen. Ich schlage morgen vor.«

Plötzlich kam Leben in Isabél. »Morgen? Unmöglich! Nicht vor dem 19. Oktober.«

»Hoheit, das sind noch drei Tage!«

»Ich kann sehr gut rechnen, Exzellenz.«

»Warum dieses Zaudern?« Er tippte auf die päpstliche Bulle. »Es ist alles geregelt.«

Sie warf den Kopf in den Nacken. »In drei Tagen, Exzellenz. Ich möchte mit Gott Zwiesprache halten.«

»Mit Gott?« Carillos Stimme schraubte sich hoch. »Du forderst Gott heraus! Valladolid wimmelt schon von Enriques Agenten. Wenn er deiner habhaft wird, dann verschwindest du in irgendeinem Kloster oder einem Kerker und wirst bis an dein Lebensende kein Tageslicht mehr sehen. Wie kann man nur so starrsinnig sein!« Er bebte vor Erregung, und sein Gesicht rötete sich vor Zorn.

Unbeeindruckt von seinem cholerischen Ausbruch blickte sie ihn aus ihren hellen Augen an. »Wenn Gott es will, dann gewährt er mir diese drei Tage. Am 19. Oktober, Exzellenz!«

Das Rot in Carillos Gesicht vertiefte sich. Er wirbelte herum und stürmte aus dem Zimmer. Krachend fiel die Tür ins Schloss.

»Verstehe einer diese starrköpfigen Weiber«, schnaubte er wütend. »Doña Francesca, bereitet alles für die Hochzeit am 19. Oktober vor. Hoheit wollen es so!« Dann stürmte er aus Viveros Palast.

Die Bewohner Valladolids nahmen jede Gelegenheit wahr, um zu feiern. Und so säumten sie jubelnd die Straße, die zur Kirche Santa Maria la Mayor führte. Sie schwenkten bunte Bänder und Fahnen und warteten auf das Brautpaar. Das befand sich noch in der Kirche, wo Erzbischof Carillo die Trauung vollzog. Zuvor hatte er mit dem Ausdruck von Triumph im Gesicht die päpstliche Bulle vorgezeigt, die die Ehe zwischen Isabél und Fernando legalisieren sollte. Er verlas auch nochmals den Ehevertrag und wies die Unterschriften Fernandos, Isabéls und eines Notars vor. Und dann erteilte er die heiligen Sakramente der Ehe.

Isabél hatte drei Tage gefastet und gebetet. Ihre Knie schmerzten von den harten Fußbodenfliesen, und sie hatte Gott immer wieder gefragt, ob es der richtige Schritt sei. Schließlich war sie zu der felsenfesten Überzeugung gekommen, dass sie den richtigen Schritt tat.

Die beiden Trauzeugen, Gutierre de Cardenas und Doña Francisca, gratulierten dem Brautpaar zuerst. Isabél wurde aus ihren Gedanken gerissen.

Isabél war eine schöne Braut. Dem Anlass angemessen, hatte sie diesmal nichts dagegen, in ein prachtvolles Kleid gewandet zu werden. Für sie etwas enttäuschend, verlief der Akt der Trauung ziemlich schnell und unspektakulär. Aber was hatte sie auch erwartet? Es war ja nichts weiter als die zukünftige politische Verbindung zweier nicht gerade in Freundschaft zueinander stehenden Königreiche. Enrique war jetzt vierundvierzig Jahre alt und konnte noch viele Jahre auf dem Thron Kastiliens herrschen. Und Juan II. von Aragón? Irgendwann würde Fernando ihm auf den aragonesischen Thron folgen. Doch das betraf Isabél nur mittelbar. Sie wollte nicht Königin von Aragón werden, sondern Königin von Kastilien.

Da Fernando König von Sizilien war, durfte sie sich jetzt Königin von Sizilien nennen. Doch auch Sizilien war nicht das Land ihres Begehrs. Königin von Sizilien ... ihr stockte der Atem. Sie sah plötzlich ein knolliges Gesicht mit fauligen gelben Zähnen und runden schwarzen Augen. Ein Land mit zwei Kronen ... ich sehe ein Land mit zwei Kronen ...

»Was hast du?« Fernando blieb stehen und schaute sie fragend an. »Du siehst aus, als hättest du ein Gespenst gesehen. Bereust du etwa schon, mich geheiratet zu haben?«

Isabél schüttelte schnell den Spuk ab. »Wo denkst du hin, liebster Gemahl! Wenn ich etwas entscheide, dann ist es endgültig!«

Ihr Lächeln strafte ihre resoluten Worte Lügen. Sie passten nicht zu dem kleinen Persönchen mit dem runden Gesicht und dem neckischen Ansatz zum Doppelkinn. Sie würde einmal fett werden, war sich Fernando sicher. Aber sie würde ihm auch eine treue und zuverlässige Ehefrau sein.

Er hielt ihr galant den Arm hin, auf den sie ihre Hand legte. Dann schritten sie zur Kirchentür.

Draußen jubelte ihnen das Volk von Valladolid und Umgebung zu. Aber wahrscheinlich wäre es den Menschen gleichgültig gewesen, aus welchem Anlass sie jubelten, wenn es nur ihren schweren und eintönigen Alltag unterbrach.

Plötzlich fiel alle Anspannung von Isabél ab. Gelöst und lachend winkte sie den jubelnden Menschen zu. Unter Hoch-Rufen bewegte sich der Brautzug wieder zu Viveros Palast, wo die Feier stattfinden würde. Aber auch das Volk sollte für seinen Jubel belohnt werden. Ganz Valladolid feierte auf den Straßen und Gassen mit Gauklern und Musikanten, mit Fässern voll Wein und gebratenen Hammeln.

Etwas vornehmer ging es im Palast zu. Es herrschte eine festliche Stimmung im Saal, auch wenn der Feier der majestätische Prunk fehlte. Für eine königliche Hochzeit waren es sogar sehr wenige Gäste und unbedeutende dazu. Der einzige Grande war Fadrique Enriquez. Zudem war er Fernandos Großvater und zählte somit eigentlich zu dessen Familie. Daneben gehörten die Delegierten und einige Vertreter des niederen Adels zu den Anwesenden.

Das Festmahl war üppig und reichhaltig. Carillo stellte im Stillen fest, dass jedes einzelne seiner eigenen Feste prunkvoller war als diese Hochzeit. Trotzdem war er bester Laune. Mit fortschreitendem Weingenuss stieg auch die Stimmung der Hochzeitsgesellschaft. Carillo und Fadrique Enriquez wetteiferten miteinander, indem sie obszöne Witze erzählten, sodass die Damen bei Tisch nicht wussten, ob sie rot oder blass werden sollten. Aber bei einer Hochzeit gehörte das wohl zu den Gepflogenheiten. Fernando steuerte einige Anekdoten von seiner abenteuerlichen Reise nach Kastilien bei.

Mit zwei edelsteinbesetzten Bechern, die das Ehepaar Vivero Fernando und Isabél zum Hochzeitsgeschenk gemacht hatte, stieß das Brautpaar an.

»Verzeiht, Isabél, aber ich muss immer wieder in Eure blauen Augen schauen. Sie sind wie zwei Sterne am Himmel, wie zwei klare Bergseen, wie zwei Diamanten.« *Und sie können so kalt schauen*, fügte Fernando in Gedanken hinzu. Doch im Augenblick dieser weinseligen Stimmung verscheuchte er den Gedanken gleich wieder.

Gutierre de Cardenas beugte sich mit gläsernem Blick über Fernandos Schulter. »Mäßigt Euch im Weingenuss, Hoheit, damit heute Nacht auch alles klappt. Bis hierher konnten wir Euch helfen, aber nachher seid Ihr auf Euch allein gestellt.« Er kicherte wie ein Mädchen.

Fernando neigte den Kopf. »In dieser Beziehung gebührt der Jugend wohl der Vorteil vor dem Alter. Ich weiß, worauf die ganze Gesellschaft so gierig lauert. Also, mein lieber Cardenas, dann mäßigt Euch ebenfalls beim Weingenuss, damit Ihr das Ereignis morgen früh nicht verschlaft!«

Entgegen ihrer sonstigen Gewohnheit hatte Isabél dem Wein zugesprochen. Vielleicht lag es an der gelösten Stimmung auf dem Fest, vielleicht wollte sie sich eine gewisse Angst und Beklemmung vor der bevorstehenden Hochzeitsnacht selbst nehmen. Zu vorgerückter Stunde begleitete die gesamte Hochzeitsgesellschaft das Paar bis vor die Tür des Schlafgemaches. Hier standen die zwei Zofen Isabéls wie Zerberus persönlich und achteten darauf, dass keiner der Gäste auch nur einen Schritt weiterging. Lediglich Fernando geleitete Isabél in das Brautgemach. Die beiden Zofen standen wartend an der Tür, um Isabél zu entkleiden.

Fernando ließ seinen Blick durch das Zimmer schweifen, ob alles Notwendige an seinem Platz stand. Dann schlug er die Bettdecke zurück.

»Ich weiß nicht, wie es dir geht, aber mich stören Zuschauer bei dieser Angelegenheit.«

Isabéls Wangen, die sich schon durch den Weingenuss und die lockeren Sprüchen gerötet hatten, erglühten plötzlich, und sie senkte den Blick.

»Ich überlasse mich ganz Eurer Führung, mein Gemahl«, flüsterte sie. Tagelang hatte sie überlegt, wie sie sich in dieser unbekannten Situation verhalten sollte, kühl und gelassen, aufgeregt und verschämt? Auf jeden Fall abwartend und passiv.

»Hingebungsvoll«, hatte Doña Francisca ihr geraten. »Gib dich ihm hin, als würdest du in einen Badezuber mit duftendem Lavendelwasser eintauchen.«

Sie wandte sich zur Tür, um die beiden Zofen zu entlassen.

»Hoheit, wir müssen Euch entkleiden«, widersprach eine der beiden.

Fernando schüttelte unwillig den Kopf. »Das kann ich allein. Und es gibt noch genügend Gelegenheiten für Eure Dienste. Aber nicht jetzt!«

Wie erschrockene Mäuschen huschten die beiden hinaus.

»So, jetzt sind wir beide endlich allein«, stellte Fernando fest und entledigte sich seiner prachtvoll bestickten Samtweste. Er bemerkte an Isabéls Hals, wie heftig ihre Schlagader pochte. Insgeheim freute er sich, dass sie offensichtlich doch nicht so ruhig war, wie sie sich den Anschein gab. Auf einem kleinen Tisch standen ein Krug mit Wein und zwei Glaspokale. Fernando schenkte ein und reichte Isabél einen Pokal.

»Wir haben uns noch nicht einmal richtig miteinander unterhalten.«

Isabél schaute überrascht auf. »Unterhalten?«

»Ja, unterhalten. Da sind wir nun getraut, aber wir haben noch keine zwanzig Worte miteinander gewechselt.« Er setzte sich auf die Bettkante und klopfte mit der flachen Hand neben sich. »Setz dich doch her, dann können wir besser plaudern.«

Etwas verunsichert nahm Isabél neben ihm Platz.

»Ach ja, ich habe bereits meine Weste abgelegt. Jetzt musst du auch ein Kleidungsstück ablegen.«

»Wenn es Euch so gefällt ...«

»Nun sei nicht so steif, Liebes. Hier, unter vier Augen, sind wir nur Fernando und Isabél, quasi Adam und Eva.« Er nestelte an der Schnürung ihres Kleides.

»Vielleicht sollten wir besser die Zofen rufen«, schlug sie vor.

Fernando lachte auf. »Damit die da draußen was zu lachen haben? Nein, nein, überlass mir nur das Vergnügen, dich zu entblättern wie eine erblühte Rose.«

Er öffnete ihr Kleid, und sie streifte es über die Schultern ab. Darunter trug sie ein weiteres Kleid aus feinster Baumwolle mit besticktem Saum.

Sie tranken jeder einen Schluck Wein.

»Jetzt bin ich wieder dran.« Fernando öffnete sein Hemd und zog es über den Kopf. Für einen Augenblick senkte Isabél den Blick, doch dann schaute sie ihn an.

»Es ist ja unsere Pflicht«, stellte sie nüchtern fest.

»Für mich ist es ein Vergnügen. Lass uns doch Pflicht und Vergnügen miteinander verbinden.«

Isabél legte ihr Baumwollkleid ab. Darunter trug sie ein seidenes Hemd. Langsam begannen sich Isabéls Körperformen abzuzeichnen. Es war aber nicht ersichtlich, wie viel Hemden sie noch trug.

Er deutete auf seine Kleidung. »Ich vermute, ich bin eher nackt als du, denn ich trage offensichtlich weniger Kleidungsstücke.«

Sie mussten beide lachen. »Ich werde mich nicht ganz nackt ausziehen«, sagte sie.

Fernando war sichtlich irritiert. »Wie bitte?«

»Es mag sich vielleicht für Mätressen schicken, aber nicht für eine Ehefrau. Du wirst dich damit abfinden müssen.«

Fernando erhob sich und öffnete den Gürtel mit der diamantenbesetzten Schnalle. »Ist das dein letztes Wort?«

Sie nickte und zeigte mit dem Finger zur Tür. »Entsprechend der Tradition und in Erfüllung von Gottes Willen muss die Ehe vollzogen werden. *Wie* das geschieht, davon sagt die Bibel nichts.« Sie ließ sich nach hinten in die Kissen sinken.

Fernando beugte sich über sie. »Du hast recht. Wie es geschieht, geht niemanden etwas an. Ich verspreche dir, dass ich dir so wenig wie möglich wehtun werde.«

Die Dämmerung kam durch das Fenster gekrochen und breitete sich wie ein grauer Nebel im Zimmer aus. Alle Gegenstände erhielten ihre Konturen wieder, die die Dunkelheit genommen hatte. Isabéls Augen wanderten zum Baldachin des Bettes, dann entlang der Vorhänge, die sie nicht zugezogen hatten. Langsam wandte sie den Kopf. Neben ihr lag Fernando und schlief fest. Nachdenklich betrachtete sie sein Profil, die jugendlich glatten Wangen, die mit ihrer sanften Röte apart wirkten, die etwas große Nase, die volle Unterlippe. Er hielt den Mund etwas geöffnet und schnarchte leise.

Ein unterschwelliges Brennen zwischen ihren Schenkeln erinnerte sie daran, dass die Hochzeitsnacht hinter ihr lag. Sie fand es nicht so schlimm wie befürchtet, aber auch nicht so erstrebenswert, wie ihr die Hofdamen hatten weismachen wollen. Es war einfach notwendig, um Kinder zu zeugen. Und je mehr Kindern sie das Leben schenkte, umso sicherer würde der Thron Kastiliens sein.

Fernando wurde unruhig, dann öffnete er die Augen. Auch er blickte erst einen Moment irritiert um sich, dann fiel sein Blick auf Isabél, und er lächelte.

»Guten Morgen«, sagte er leise. »Wie geht es dir?«

»Ich fühle mich wohl, mein Gemahl. Ich hoffe, dir geht es ebenfalls gut.«

Er griff nach einem Pokal und leerte ihn in einem Zug. Der Wein schmeckte nicht mehr gut, und Fernando verzog das Gesicht. Isabél wertete das als abschlägige Antwort.

»Ich bedaure, dass ich dir keine bessere Geliebte sein konnte, aber mir fehlt einfach die Erfahrung.«

Er schaute erschrocken, dann lachte er. »Oh, das meinte ich nicht. Du warst wunderbar. Du wirst sehen, es wird dir gefallen.«

»Die Beichtväter sagen, dass eine Frau dabei keine Freude empfinden darf.«

Er machte eine wegwerfende Handbewegung. »Hör doch nicht darauf. Die reden von Dingen, die sie nicht verstehen.«

»Oh, dann kennst du unsere Kardinäle und Bischöfe schlecht. Sie brüsten sich noch mit ihren Betterlebnissen.«

Fernando grinste. »Da unterscheiden sie sich nicht von den Kirchenmännern in Aragón.« Er warf ihr einen seidenen Hausmantel zu. »Zieh dir das über, wenn du dich nicht den Blicken aller so preisgeben willst.«

Erschrocken zog sie ihr Seidenhemd am Hals zusammen. »Ob sie schon vor der Tür stehen?«

»Ich bin felsenfest überzeugt davon. Lassen wir sie nicht länger warten.« Er deckte das Bett auf und zog das Laken heraus. Klein, aber unübersehbar befanden sich mehrere blutige Flecken darauf.

Isabél seufzte. »Ich weiß, dass es sein muss.«

»Ja, es muss sein. Du siehst, welche Probleme es deinem Bruder Enrique beschert hat, dieses Ritual nicht zu vollziehen. Man hält ihn immer noch für impotent.«

Sie nickte nur stumm und wickelte sich schnell in den Hausmantel ein. »Die Zofen sollen hereinkommen.«

Fernando trat an die Tür, deren Flügel bis dahin fest verschlossen geblieben waren, und öffnete sie.

Draußen stand die gesamte Hochzeitsgesellschaft versammelt, von Erzbischof Carillo angefangen bis zu den unwichtigsten Edelleuten. Je mehr Zeugen es gab, umso besser. Triumphierend hielt Fernando das Laken hoch. Der Anblick löste lautstarken Jubel und Beifall aus.

»Hoch leben Isabél und Fernando! Hoch Fernando und Isabél!«

Allen war die Erleichterung anzusehen. Der letzte Schritt war erfolgreich getan!

ꝏ

Es war wohl eines der einschneidenden Ereignisse im Leben einer Frau. Ihr Mann hatte sie anerkannt. Sie war zu seiner Frau geworden, nicht nur in einer feierlichen Zeremonie, sondern körperlich, fleischlich. Isabél dachte nicht lange darüber nach. Der körperliche Schmerz verging recht schnell, auch Dank einer heilenden Salbe, die ihr Doña Francisca bringen ließ. Bereits zwei Nächte später vereinigten sich Isabél und Fernando erneut.

»Nun, Täubchen, du scheinst wohl langsam Gefallen daran zu finden«, scherzte Fernando.

Er hatte befürchtet, dass sich Isabél wesentlich prüder verhalten würde. Aber außer dass sie sich weigerte, sämtliche Kleidungsstücke des Nachts abzulegen, schenkte sie ihm doch behagliche Wonnen. Sie war jung und biegsam und besaß ein Temperament, das tagsüber kaum zu bemerken war. Fernando konnte es nur recht sein. Es würde ein langer und langweiliger Winter in Valladolid werden.

»Weißt du, ich stelle mich einer Herausforderung«, sagte sie, während sie erschöpft nebeneinander lagen.

»Einer Herausforderung?« Fernando lachte leise. »Das ist doch kein Kampf.«

»Es ist für mich die Herausforderung, dir eine gute Ehefrau zu sein. Dazu gehört eben, meine Pflicht im Bett zu erfüllen.«

»Das ist für dich nur eine Erfüllung der Pflicht?« Er klang enttäuscht.

Sie hob den Kopf. »Eine sehr angenehme«, erwiderte sie. »Aber das braucht niemand zu wissen.«

»Auch ich nicht? Ich dachte, du liebst mich.«

»Ich achte dich«, gab sie zurück. »Schließlich bist du mein Ehemann. Wie kann ich dich lieben? Ich kenne dich doch gar nicht.«

Auch Fernando hob nun den Kopf und schaute sie lange an. »Was würdest du sagen, wenn ich dir gestehe, dass ich dich liebe?«

Sie schwieg einen Augenblick. Dann ließ sie sich wieder ins Kissen fallen. »Du irrst dich gewiss. Ich erwarte Respekt und Achtung. Alle anderen Gefühle sind nur hinderlich.«

Fernando stützte seinen Arm auf. »Wirklich? Hatten wir nicht ein Abkommen? Hier, hinter den verschlossenen Türen unseres Schlafgemachs, sind wir nur Fernando und Isabél, nur Adam und Eva. Und auch unsere Gefühle bleiben hinter diesen verschlossenen Türen verborgen. Mag da draußen der Sturm toben, aber hier erwarte ich, dass wir ehrlich zueinander sind.«

Isabél streckte langsam ihre Arme aus und schlang sie um Fernandos Hals.

»Lass mir Zeit. Ich muss mich erst an diese neue Situation gewöhnen.«

»Alle Zeit der Welt«, versprach er ihr. »Wenn du dich auch an das Versprechen hältst.«

Sie hatte dieses Versprechen gebrochen, kaum dass es ausgesprochen war. Sie hatte sich in die neue Situation sofort und problemlos hineingefunden. Schließlich hatte sie sie selbst gewollt und Fernando erwählt. Carillos Rolle hinter den Kulissen bei diesem Spiel erahnte sie nur. Doch sie schob den Gedanken schnell beiseite. Natürlich brauchte sie Getreue, Sympathisanten und Helfer. Aber diese wollte sie beherrschen, und nicht umgekehrt.

Ihre Ehe mit Fernando war eine Stufe auf der Treppe zum Thron von Kastilien. Allerdings eine ziemlich wackelige. Aber lieber würde sie sich die Zunge abbeißen, als dies zuzugeben.

Im diffusen Licht einer winzigen Öllampe betrachtete sie sein Gesicht, das ihr ganz nahe war. Es wirkte sanft und weich, fast ein wenig unschuldig. Seine Lippen zeigten wenig Strenge und Durchsetzungsvermögen, sein Kinn nur geringe Energie. Mit diesem Mann an ihrer Seite würde sie das erreichen, was sie erstrebte. Ja, dafür liebte sie ihn!

Gute Hoffnung

Der Winter hielt das kastilische Hochland fest im Griff. Um die Weihnachtszeit erkrankte Isabél. Schon seit Tagen fühlte sie sich unwohl, hatte keinen Appetit und erbrach sich zuweilen. Die Erinnerung an den Tod ihres Bruders Alfonso beunruhigte sie. Die Gerüchte, dass er nicht an der Pest gestorben, sondern einem Giftanschlag zum Opfer gefallen war, verstummten lange nicht. Und sie erinnerte sich auch an Stimmen, die meinten, dass Enriques angebliche Magenkrankheit nichts anderes sei als Versuche, ihn umzubringen.

Niemand konnte etwas beweisen, aber niemand konnte auch das Gegenteil beweisen. Unliebsame Personen konnte man auf diese Weise leicht aus dem Weg räumen.

Isabél war es nicht entgangen, dass es um sie herum stiller geworden war. Viele Getreue, die ihr noch zur Hochzeit zugejubelt hatten, ließen sich jetzt kaum noch sehen. Von einigen wusste sie, dass sie die versöhnliche Gnade des Königs gesucht und gefunden hatten.

Nicht verstummen wollten auch Gerüchte, dass es bei der päpstlichen Bulle nicht mit rechten Dingen zugegangen sei. Leider besaß sie kein Argument, um diese Gerüchte zu entkräften. Ja, sie war sich mittlerweile sogar sicher, dass es sich um eine raffinierte Fälschung handelte.

In ihrem Herzen kämpfte das drückende Gewissen mit einem unstillbaren Hunger nach Macht. Diese Macht würde sie in die Hände bekommen, wenn sie offiziell Regentin von Kastilien war. Doch im Augenblick schien ihr dieses Ziel unendlich weit entfernt.

Wenn auch Erzbischof Carillo versuchte, sich unbekümmert zu geben und Isabéls Bedenken entkräftete, so konnte es nicht darüber hinwegtäuschen, dass sie sich in Gefahr befand. Zudem fühlte sie sich körperlich furchtbar elend. Tagelang hütete sie das Bett und nahm kaum etwas zu sich. Tiefe, dunkle Ringe lagen unter ihren Augen, und ihre Haut wurde fahl und glanzlos.

Weihnachten jedoch bestand sie darauf, gemeinsam mit Fernando die Mitternachtsmesse zu besuchen. Sie ließ sich von den Zofen ankleiden und frisieren. Ihre notorische Geldknappheit war der Grund, dass sie sich nur wenig Personal leisten konnten. Das Darlehen, das sie in jüdischen Bankhäusern aufgenommen hatten, hatte die Hochzeitsfeier verschlungen. Sie besaß fast nichts mehr, und auch Fernando konnte nicht wesentlich zu einer angemessenen Lebensweise beitragen. Sie mussten beide dankbar sein, dass sie weiter in Viveros Palast wohnen konnten.

Isabél besaß jedoch eine Zähigkeit, die man ihr äußerlich nicht ansah. Sie steigerte ihren Willen manchmal bis zur Starrsinnigkeit, die an Unvernunft grenzte. Als Fernando ihr nahe legte, dass sie doch besser weiter das Bett hüten solle, fuhr sie ihn ungehalten an.

»Es ist die Geburt unseres Heilands, der für uns gelitten hat und gestorben ist. Wie kann ich da ein Unwohlsein vorschützen, um nicht in die Messe zu gehen?«

Fernando sah ein, dass er sie mit Argumenten nicht umstimmen konnte. Er versuchte es auch gar nicht weiter. Gemessenen Schrittes gingen sie Seite an Seite zur Kirche.

Es war eisig kalt in der hohen Halle, und ihr Atem formte sich zu kleinen weißen Wölkchen. Während Isabél der Messe folgte, die Erzbischof Carillo zelebrierte, wanderten ihre Gedanken zurück zu dem Tag der Trauung. Da vorn hatten sie gekniet, als der Bischof den Segen sprach. Ihr schien es, als wäre es schon Jahre her und nicht erst zwei Monate.

Plötzlich erschien ihr diese Hochzeit in einem ganz anderen Licht. Nicht nur der gefälschte Dispens würde ein Stein des Anstoßes sein. Sie hatte sich eindeutig des Verrats am König schuldig gemacht, ihn als Herrn des Hauses Trastamare brüskiert und missachtet. Sie hatte den Vertrag von Toros de Guisando gebrochen und ohne Erlaubnis des Königs geheiratet. Und sie verlangte nach dem Thron Kastiliens. Freiwillig würde Enrique diesen niemals räumen. Und wenn er wirklich einem Giftanschlag zum Opfer fiele, auf wen würde dann zuerst der Verdacht fallen?

Ihr wurde übel, und die ganze Kirche drehte sich um sie. Halt suchend griff sie nach Fernandos Hand. Sie vernahm seine Stimme weit weg, das Kirchenschiff wurde höher und schmaler und drehte sich immer schneller. Dann sank sie in eine wohltuende Ohnmacht.

Als sie die Augen wieder aufschlug, fand sie sich in ihrem Bett wieder. Eine Traube von Menschen umringte sie, darunter Doña Francisca und Erzbischof Carillo. Etwas abseits stand Fernando. Ein ihr unbekannter alter Mann mit langem weißem Haar und einem Lederkoffer in der Hand verabschiedete sich gerade.

»Ich bin hier nun überflüssig«, nuschelte er und huschte hinaus.

»Was ist los?«, fragte Isabél irritiert.

Doña Francisca wedelte mit den Händen und scheuchte alle aus dem Zimmer. Dann nahm sie Isabéls Hand in ihre.

»Es ist gar nichts Schlimmes, Hoheit. Nein, es ist wirklich nichts Schlimmes. Im Gegenteil! Es ist fast wie ein kleines Wunder, und das ausgerechnet zu Weihnachten. Als wenn Gott es am Geburtstag seines Sohnes verkünden würde!«

»Ja, was denn?«

»Hoheit, Ihr seid guter Hoffnung!«

Isabéls Übelkeit verschwand fast so plötzlich, wie sie gekommen war. Gute Hoffnung! Ja, das hätte sie jetzt gut gebrauchen können. Ihre Lage war fast hoffnungslos. Da regte sich Leben unter ihrem Herzen, aber was hatte sie dem Kind zu bieten? Sie bekam Asyl im Haus eines niederen Adligen, sie besaß kaum Geld, um ein einigermaßen standesgemäßes Leben zu führen. Sie musste befürchten, dass Enrique und seine Anhänger die Chance ergriffen, ihrer habhaft zu werden und sie aus dem Weg zu räumen. So wie Isabél den Vertrag von Toros de Guisando gebrochen hatte, konnte auch Enrique ihn brechen und La Beltraneja zur Thronfolgerin erheben. Und wie viele Granden, die ihr die Treue geschworen hatten, schlugen sich wieder auf Enriques Seite? Der Adel war und blieb unzuverlässig.

Sie hob den Kopf, als Fernando eintrat. Er beugte sich über sie und strich sanft mit der Hand über ihren Bauch. Unter dem schweren Samtkleid, das sie trug, zeichnete sich noch keine Veränderung ihrer Körperformen ab. Sie spürte selbst, dass sie sich veränderte. Irgendwie war sie sanfter geworden, weniger starrsinnig und trotzig. Vielleicht lag es an dem werdenden Leben in ihr, vielleicht auch an der Sorge um die Zukunft.

»Geht es dir besser?«, fragte Fernando besorgt. »Du bist immer noch sehr blass.«

»Du musst dich daran gewöhnen, dass du eine Frau mit hellem Haar und weißer Haut geheiratet hast«, erwiderte sie.

Seine Lippen kräuselten sich zu einem Lächeln. »Du weißt genau, was ich meine. Ich sehe, dass du dir Sorgen machst.«

»Diese Sorgen sind berechtigt, nicht wahr?«

»Na ja, der Erzbischof deutete so etwas an. Zumindest herrscht bereits eine gewisse Unruhe in der Stadt. Aber er sagt, er hat die Unruhestifter im Griff.«

Sie zog die Augenbrauen zusammen. »Ich fühle mich wie im Gefängnis.«

»Es ist zu deiner, zu unserer Sicherheit.«

»Sicherheit!« Sie schnaufte widerwillig. »Es gibt keine Sicherheit. Die hat es in diesem Land nie gegeben. Überall herrschen Chaos und Anarchie. Enrique hat es nie in den Griff bekommen. Und ich bin auch eine, die gegen ihn rebelliert.«

»Du musst dir keine Asche aufs Haupt streuen. Denk an unseren Sohn! Wir können immer noch nach Sizilien gehen. Schließlich bin ich der König und du die Königin.«

»Sizilien? Niemals!« Da war er wieder, der alte Trotz, diese Halsstarrigkeit bis zur Unvernunft. »Ich werde nicht davonlaufen wie ein Räuber, der das Tageslicht scheut. Ich habe nichts zu verbergen. Enrique muss nur überzeugt werden, dass nichts Unrechtes durch unsere Heirat geschehen ist. Kastilien hat sich nicht Aragón unterworfen.«

Sie erntete von Fernando einen schrägen Blick.

»Die Löwin schnurrt wie ein kleines Kätzchen? Was hast du vor?«

»Ich will aus diesem Gefängnis ausbrechen. Ich muss versuchen, mich mit Enrique zu arrangieren.«

»Was?« Fernandos Mund blieb offen stehen, und er sah dabei nicht sehr geistreich aus. Doch der Schein trog. »Bist du verrückt geworden? Weißt du, was man mit Verrätern macht? Der König wird nicht zögern, an dir ein Exempel zu statuieren! Und seine Anhänger werden ihm dabei Beifall klatschen. Nimm Vernunft an, Isabél! Es ist gefährlich – lebensgefährlich!«

Sie lächelte sanftmütig.

»Du irrst, mein Lieber. Ich kenne Enrique besser als du. Er ist ein

Mensch, der sich lieber mit einem Feind aussöhnt, als sich an ihm zu rächen. Ich habe erlebt, dass er selbst schwersten Verrat verzeiht, wenn man nur vor ihm die Knie beugt und Reue zeigt.«

Fernando lachte hart auf und lief im Zimmer aufgeregt auf und ab. »Du willst dich vor dem König zu Boden werfen?«

»Wenn es sein muss ...«

Er blieb vor ihr stehen und schüttelte den Kopf.

»Warum steigst du nicht gleich in die Höhle des Löwen? Sei mir nicht böse, Isabél, aber ich halte dich nicht für eine Märtyrerin. Lass uns nach Sizilien gehen und dort die Geburt des Kindes erwarten. Da bist du in meinem Herrschaftsbereich, da kann ich dich beschützen. Ich traue Enrique nicht über den Weg.«

»Sizilien? Ich sagte doch, dass ich nicht nach Sizilien gehe. Außerdem hast du dich im Ehevertrag verpflichtet, in Kastilien zu bleiben. Unsere Aufgabe besteht hier in Kastilien!« Ihre Augen funkelten zornig.

Fernando wich zurück. Er wagte es nicht, Isabél weiter zu reizen.

»Was willst du also tun? Nach Segovia reisen und dich vor ihm in den Staub werfen? Und was soll ich dabei tun? Das Gleiche?«

»Hältst du mich wirklich für so unklug?« Sie hatte sich augenblicklich wieder beruhigt, und der Zorn in ihren Augen war verschwunden. Insgeheim atmete Fernando auf. Diese seltsame Seite an Isabéls Wesen erschreckte ihn.

»Natürlich nicht! Verzeih, wenn ich mich errege, aber ich will dich nur vor einer Torheit schützen.«

»Torheiten sind für Toren da«, gab sie spitz zurück. »Wir müssen das diplomatisch anpacken.«

»Wir?«

»Ja, wir beide. Wir werden Enrique einen Brief schreiben und beide unterzeichnen. Wir werden ihm die Situation darlegen und um sein Verständnis bitten. Wir werden ihm Ergebenheit versichern und Reue zeigen. Er wird uns vergeben.«

Fernando schnappte nach Luft wie ein Fisch auf dem Trockenen. Isabél sah an seinem skeptischen Gesicht, dass er ihr Ansinnen nicht billigte. »Oder weißt du einen anderen Ausweg aus unserer Situation?«, setzte sie nach.

Er schüttelte entmutigt den Kopf. »Nein!«

Einen derartigen Alleingang wagte Isabél nun doch nicht. Sie beriet sich mit dem Erzbischof. Carillo versuchte zunächst, alles zu bagatellisieren.

»Ihr wisst doch, Hoheit, die Stimmung im Volk ist heute so und morgen so.«

»Und wie ist sie heute?«, wollte Fernando wissen. Seine Langmut wurde langsam auf eine harte Probe gestellt. »Wo sind unsere angeblichen Freunde?«

Carillo grinste schief. »Mal da, mal dort ...«

Isabél schlug mit der flachen Hand auf den Tisch. »Seid Ihr nicht auch der Meinung, Exzellenz, dass unsere derzeitige Situation ziemlich aussichtslos scheint? Wer steht denn noch zu uns? Wo können wir uns noch sicher fühlen? Der König wird uns niemals in Ruhe lassen. Und ich bin schuld daran.«

Carillo schwieg und wich Isabéls Blick aus.

»Ich werde einen Brief an Enrique schreiben und ihn von unseren friedlichen und ernsthaften Absichten überzeugen. Mir widerstreben solche Anbiederungsversuche, aber uns bleibt gar keine andere Wahl.« Sie strich sich über ihren sich deutlich rundenden Bauch. »Schließlich tragen wir nicht nur für uns die Verantwortung.«

»Nein, sondern für zwei Kronen«, ergänzte Fernando heftig.

»Zwei Kronen? Ein Land mit zwei Kronen ...« Sie sprach so leise, dass Fernando es kaum vernahm.

»Was sagst du? Du sprichst so leise.«

Isabél zuckte zusammen und hatte sich gleich darauf wieder in der Gewalt. »Und du bist erregt, mein Lieber. Wir werden Enrique einen Brief schreiben, der ihm so ans Gemüt geht, dass er uns verzeihen wird.«

»Und wer überbringt ihn?«

Isabél schaute fragend zum Erzbischof.

»Wem können wir vertrauen?«

»Pedro Vaca«, warf Fernando ein.

»Aber der ist doch ein Aragonier«, gab Isabél zu bedenken.

»Ebendeshalb. Er soll sich dem König zu Füßen werfen.«

Sie griff nach Fernandos Hand. »Es fällt dir schwer, nicht wahr? Mir auch.«

»Lasst das alles meine Sorge sein!«, rief Carillo in die gedrückte Stimmung hinein. »Ich werde den Brief aufsetzen und auch die Delegation mit Vaca an der Spitze ausrüsten. Es wäre doch gelacht, wenn wir den König nicht herum…, äh … ich meine, wenn wir ihn nicht zum Einlenken bewegen könnten.«

Er eilte mit wehendem Mantel hinaus und ließ das junge Paar mit ernsten Gesichtern zurück.

Der Erzbischof legte sich mit aller Kraft ins Zeug. Sein Brief strotzte nur so vor Unterwürfigkeitsfloskeln und rührenden Tönen.

»Wir, die Jungvermählten Fernando von Aragón und Isabél von Kastilien, setzen Euch, Majestät, ergebenst von unserer Vermählung in Kenntnis. Diese geschah in durchaus friedlichen und ernsthaften Absichten. Niemals liegt darin die Absicht, dass sich Kastilien dem Königreich Aragón unterwerfe.

Wir, die Jungvermählten Fernando von Aragón und Isabél von Kastilien, bitten Eure Majestät um die gnädigste Zustimmung zu dieser Vermählung.

Wir, die Jungvermählten Fernando von Aragón und Isabél von Kastilien, erklären uns bereit, Eurer Majestät, dem König von Kastilien, mit kindlicher Liebe, mit Respekt und Gehorsam zu dienen und ihn jeden Tag unseres Lebens wie einen Vater zu ehren.

Zum Beweis unserer Aufrichtigkeit übersenden wir Eurer Majestät die Abschrift des Ehevertrages, woraus ersichtlich ist, dass dem Königreich

Kastilien durch unsere Vermählung weder Schaden noch Nachteil entsteht und eine Herrschaft von Aragón über Kastilien nicht beabsichtigt ist.«

Isabél las den Brief kopfschüttelnd, als Carillo ihn ihr vorlegte, damit sie ihn unterschreibe.

»Ist das nicht ein bisschen zu dick aufgetragen?«

»Keineswegs, Hoheit! Denkt an das weiche Herz des Königs, das gerührt werden muss. Wir müssen alle Möglichkeiten ausschöpfen.«

»Wenn Gott uns nur in seiner unendlichen Gnade seine Unterstützung nicht verwehrt«, seufzte sie und setzte ihre Unterschrift unter das Schreiben. Auch Fernando unterschrieb mit unbewegter Miene. Seine jugendliche Abenteuerlust war schon längst einer frostigen Enttäuschung gewichen. So hatten sich er und der aragonesische König nicht vorgestellt, die kastilische Krone zu erobern.

Dem Aragonier Pedro Vaca oblag die heikle Aufgabe, bei König Enrique für einen Verrat um Milde und Vergebung zu bitten. Auch wenn Isabél diese Demutsgeste widerstrebte, setzte sie doch alle Hoffnungen hinein, ihr Verhältnis zu Enrique zu normalisieren und damit ihre Ehe zu legalisieren. Mit Wünschen und Gebeten schickte sie den Gesandten auf die Reise.

In letzter Zeit verspürte sie immer öfter, dass sie lieber handeln würde, als zu bitten und zu warten. Aber genau Letzteres musste sie tun. Sie betrachtete es als eine Prüfung Gottes. Nach Vacas Abreise zog sie sich zurück, um in Demut Enriques Antwort abzuwarten, wie sie verlauten ließ. Aber eigentlich verdrängte sie den Gedanken daran, wie wohl der König reagieren würde. Sie wandte sich wesentlich näher liegenden Problemen zu.

»Doña Francisca, sagt, habt Ihr es auch so seltsam empfunden, als sich Euer erstes Kind unter Eurem Herzen zu regen begann? Wenn man den angeschwollenen Leib betrachtet, dann möchte man an eine unheilvolle Krankheit denken. Doch dann bewegt sich etwas, und man spürt, es ist Leben.«

Begütigend legte die Ältere ihre Hand auf Isabéls.

»Ihr werdet bald schon spüren, Hoheit, wie stark Euch dieses kleine Leben vereinnahmt. Es schläft nicht so, wie Ihr schlaft, und es bewegt sich nicht so, wie Ihr Euch bewegt. Es hat schon seinen eigenen Willen.« Sie lachte. »Und Ihr werdet es lieben, auch wenn es noch nicht geboren ist.«

»Ja, ich liebe es jetzt schon«, erwiderte Isabél. Und sie meinte es durchaus ernst. Sie liebte dieses unschuldige Wesen, das sie unter dem Herzen trug, auch wenn es ihr zuweilen etwas unheimlich vorkam. Es wuchs und entwickelte sich in ihrem Körper, ohne zu atmen, ohne Licht, ohne Nahrung. Irgendwie nahm es sich von ihrem Körper, was es benötigte. Doch in dem Augenblick, wo es ihren Körper verließ, würde es auch seine Unschuld verlieren. Es würde fordern, um zu leben.

Sie erinnerte sich an die Taufe von Juanita. Damals war sie selbst erst elf Jahre alt gewesen und stolz darauf, die Taufpatin der Infantin sein zu dürfen. Das Kind wurde entkleidet und mit dem ganzen Körper in das Taufbecken getaucht. Sie erinnerte sich, wie klein das Kind war, wie unbeholfen und unvollkommen. Da hatte sie zum ersten Mal in ihrem Leben ein eben erst geborenes Kind richtig gesehen. Sie erinnerte sich sogar noch an das Gefühl, das sie dabei empfand: Es war eine Mischung aus Stolz, Neugier und Schauder.

Und was war aus diesem Kind geworden? Ein Zankapfel und Streitobjekt, um das sich Intrigen und Lügen rankten. Seinetwegen gab es Bürgerkrieg, seinetwegen wurden Menschen getötet, seinetwegen spaltete sich das Königreich in zwei Lager. Und sie, Isabél, stand auf der anderen Seite.

So ein winziges, hilfloses Wesen würde sie bald ebenfalls auf die Welt bringen. Und genauso wie die kleine Juanita würde auch ihr Kind zum Politikum werden, zum Mittelpunkt von Intrigen, Machtkämpfen und vielleicht sogar zum Ziel einer mörderischen Hand. Was für Aussichten!

Währenddessen reiste Pedro Vaca an der Spitze der kleinen Delegation mit den brisanten Schriftstücken im Gepäck an den Hof des kastilischen Königs. Seiner Bitte um Audienz maß Enrique schon die politische Wichtigkeit bei, sodass Vaca zumindest nicht die Demütigung einer längeren Wartezeit ertragen musste.

Mit unbewegter Miene nahm der König den Brief entgegen und hörte sich Vacas wortreiche Erklärungen an.

»Ich lasse Euch meine Antwort zu gegebener Zeit wissen«, sagte er ausweichend, und Vaca war entlassen.

Aber Enriques Gleichmut war nur gespielt. Kaum hatte der Aragonier den Palast verlassen, ließ Enrique den Kronrat zusammenrufen. Pacheco de Villena fehlte, doch das war nicht von Bedeutung.

»Isabél hat verloren«, waren sich die Ratsmitglieder einig. »Ihre Anhänger laufen mehr und mehr auf unsere Seite über. Dieser Ehe wird die Krone nicht zustimmen.«

»König Juan wird es übel nehmen und Kastilien mit Krieg drohen«, gab Enrique zu bedenken.

»Dann werden wir ihm die gebührende Antwort erteilen!«, riefen die Granden. »Wir fürchten uns nicht vor diesem Zwerg.«

Die großspurigen Worte konnten Enrique jedoch nicht überzeugen. Auch wenn er nicht bereit war, Isabél zu verzeihen und ihre Ehe zu akzeptieren, so fürchtete er sich doch davor, diese Entscheidung auszusprechen. Ein Krieg mit Aragón käme ihm zutiefst ungelegen.

Dafür kam ihm Pachecos Abwesenheit umso gelegener.

»Es ist mir unmöglich, in Abwesenheit des Großmeisters von Santiago eine Stellungnahme abzugeben«, wich Enrique aus.

Der Kronrat protestierte, doch Enrique hob abwehrend die Hände.

»Was wollt Ihr? Wir haben Isabéls Anbiederungsversuch nicht angenommen. Das genügt – vorerst.«

»Es ist mir unmöglich, in Abwesenheit des Großmeisters von Santiago eine Stellungnahme abzugeben«, wiederholte Enrique seine Worte gegenüber Pedro Vaca kurze Zeit später. An Enriques zitternder Unterlippe erkannte Vaca dessen Unentschlossenheit. Diese Antwort war eine Ausflucht. Der König konnte nicht entscheiden, wollte nicht entscheiden. Aber selbst diese Antwort war gleichbedeutend mit einem Nein. Enrique war nicht bereit, Isabéls Ehe mit Fernando anzuerkennen.

Unverrichteter Dinge kehrte der Gesandte zurück nach Valladolid. Gott hatte dem jungen Paar seine Unterstützung verwehrt!

Es war gute Miene zum bösen Spiel, die Erzbischof Carillo an den Tag legte. Langsam gingen ihm auch die Möglichkeiten aus, Isabél zu beruhigen. Doch nicht Isabél machte ihm Sorgen, sondern Fernando.

»Ich verstehe dich nicht«, schnaubte der Prinz und warf Isabél einen ungehaltenen Blick zu. »Wie lange sollen wir uns noch an der Nase herumführen lassen? Das scheint offenbar in Kastilien so üblich zu sein. Ich bin der Kronprinz von Aragón und kein beliebiger Maultiertreiber! Ich fühle mich beleidigt und düpiert vom Verhalten des Königs. Ist dieser Mann nicht in der Lage, eine klare Entscheidung zu treffen?«

»Nein, ist er nicht«, erwiderte Isabél. »Wir müssen uns in Geduld fassen.«

Erregt und mit erhobenen Händen, lief Fernando im Zimmer herum.

»Ja, aber begreifst du nicht, dass er mit uns spielt? Aber ich bin nicht sein Spielball! Ich bin Prinz Fernando von Aragón! Das lasse ich nicht mit mir machen!«

Isabéls Augen verfolgten seine hektischen Bewegungen ungerührt. Ja, sogar ein leichtes Lächeln spielte um ihre Lippen.

»Und was willst du tun?«

»Ihm die Faust unter die Nase halten«, fauchte er.

»Hast du Geld dazu?«

»Nein!«

»Ich auch nicht.«

»Dann nehmen wir eben eine Anleihe auf.«

»Noch eine? Schon die von unserer Hochzeit können wir nicht zurückzahlen.«

»Na und? Die Juden haben doch genug Geld. Sie werden es uns geben.«

»Dafür sollten wir es nicht verschwenden. Ich kenne Enrique. Irgendwann wird er einlenken.«

»Irgendwann? Ich will aber nicht warten bis irgendwann! Und ich will mich nicht weiter von diesem *bufón*[6] an der Nase herumführen lassen!«

Erzbischof Carillo musste handeln. Und er wusste einen Handlanger, der den König beeinflussen konnte, ja, der es tun *musste:* sein Neffe Pacheco de Villena! Obwohl Pacheco recht häufig die Seiten gewechselt hatte, hatte er sich bislang als ein willfähriges Subjekt für die Intrigen seines Onkels erwiesen. Das musste er unbedingt ausnutzen.

Ohne Isabél darüber zu informieren, schwang er sich auf sein Pferd und ritt mit einer kleinen, unauffälligen Eskorte zu seinem Neffen. Während der Reise legte er sich die Worte zurecht, mit denen er Pacheco umstimmen wollte.

Dass es nicht ganz reibungslos verlaufen würde, damit hatte Carillo bereits seit Längerem gerechnet. Es hatte ihn ohnehin schon gewundert, dass es keine größeren Probleme gab, als Fernando von Aragón nach Kastilien reiste. Dank dieser köstlichen Verkleidung hatten sie König Enrique an der Nase herumgeführt. Carillo freute sich diebisch darüber, auch wenn die derzeitige Situation weitaus weniger Anlass zur Freude gab. Es lief immer noch planmäßig, auch dass sich bei den Jungvermählten Nachwuchs angekündigt hatte. Carillo war nicht unzufrieden, und die paar kleinen Hürden würde er auch noch aus dem Weg

---

6 Span.: Hanswurst.

räumen. Um so eine Position zu erreichen, die er anstrebte, musste man einen langen Atem und starke Nerven haben. Er besaß beides – und die nötige Portion Skrupellosigkeit dazu.

Er war guter Dinge, als er den kleinen Palazzo erreichte, in dem sein Neffe sich ein geheimes Liebesnest eingerichtet hatte. Nichts wies auf dessen Anwesenheit dort hin. Anders als der Erzbischof prahlte Pacheco nicht mit seinen Amouren, doch er betrieb sie ebenso scham- und gewissenlos wie sein Onkel. Sein hohes kirchliches Amt hielt ihn nicht davon ab, der fleischlichen Lust zu frönen. Und Carillo wäre nicht Carillo, wenn er nicht genau darüber informiert wäre, wo sich seine wichtigen Leute befanden und was sie trieben.

Er sehnte sich nach einem reichlichen Abendmahl nach der Mühsal der Reise. So sandte er einen seiner Begleitoffiziere voraus, um ihn anzumelden.

Es dauerte keine halbe Stunde, als der Offizier zurückkam und sichtlich verärgert schien.

»Exzellenz, ich soll Euch ausrichten, dass der Großmeister nicht anwesend sei.«

»Unsinn! Ich weiß ganz genau, dass mein Neffe da ist. Ich erledige das selbst!« Er gab seinem Pferd die Sporen, und die restliche halbe *legua*[7] legten sie im Galopp zurück. Doch auch Erzbischof Carillo hatte Pech. Er wurde nicht vorgelassen.

»He, Pacheco, was soll das?«, rief er wütend. »Ich weiß, dass du da bist! Mach auf! Ich muss mit dir reden!«

Oben öffnete sich ein kleines Fenster, und der Großmeister steckte seinen Kopf heraus.

»Aber ich will nicht mit dir reden. Du hast dir den Weg umsonst gemacht.«

»Du weißt ja gar nicht, worüber ich mit dir reden will!«

»Selbstverständlich weiß ich das. Das pfeifen die Burschen schon in den Gassen. Dir steht wohl das Wasser bis zum Hals, dir und deinen beiden Zöglingen!«

---

7 Span. Längenmaß; 1 *legua* entspr. ca. 5 km.

»Red keinen Unsinn! Lass mich ein, damit wir in Ruhe darüber reden können.«

»Nein! Du stehst diesmal auf der falschen Seite. Bald stehst du ganz allein da. Du solltest dir überlegen, die Seiten zu wechseln. Es hat keinen Zweck mehr!«

»Juan, mach doch auf! Um unser alten Beziehung willen. Du kannst mich doch nicht einfach vor deinem Tor stehen lassen!«

»Und wie ich das kann! Es klingt wie Musik in meinen Ohren, dich mal betteln zu hören«, höhnte Pacheco. »Mein Gewissen lässt es nicht zu, den König zu verraten. Und Isabél hat den König verraten! Auf Verrat steht der Tod!«

»Dein Gewissen, dass ich nicht lache! Wie oft hast du schon am König Verrat geübt? Dass du noch nicht vor dem himmlischen Richter stehst, hast du nur mir zu verdanken!«

Oben flog das Fenster zu, und dem erzürnten Erzbischof blieb nichts anderes übrig, als unverrichteter Dinge den Rückweg anzutreten.

Isabél würde er nichts von diesem Fiasko erzählen. Ihr gegenüber würde er Optimismus heucheln und behaupten, alles fest im Griff zu haben. So recht glaubte er selbst nicht mehr daran, aber diese Selbsttäuschung half ihm über die Erkenntnis hinweg, dass es zu spät für einen Seitenwechsel war.

Heimatlos

Das Warten auf eine Antwort des Königs war zermürbend. Carillo verschwieg seinen unerquicklichen und ergebnislosen Ausflug zu seinem Neffen. Und Fernando zeigte Nerven. Es war nicht nur die schier ausweglose Situation, sondern Isabél, die ihn aus der Ruhe brachte.

Die ausbleibende Reaktion des Königs veranlasste Isabél zu allerlei Mutmaßungen und Ängsten.

»Der König verwehrt mir meine Rechte. Schließlich bin ich die legitime Infantin«, klagte sie.

In Fernandos Blick lag Mitleid mit seiner jungen Gattin. Es vermittelte den Anschein, dass sie eine Rolle spielen wollte, die ihr nicht zugestanden wurde. Sie war weder besonders hübsch noch besonders klug. Sie war weder besonders auffällig noch interessant. Sie war einfach eine Prinzessin, die als Figur in den politischen Spielen eingesetzt wurde. Das war nichts Besonderes, nichts Außergewöhnliches und nichts Ehrenrühriges. Sie stand an seiner Seite, des zukünftigen Königs von Aragón. Und wenn sie dieses eine Mal Ungehorsam gezeigt und sich ohne die Zustimmung des Königs vermählt hatte, so bekam sie nun die Quittung dafür. Es würde ihr eine Lehre sein, und sie würde in Zukunft Demut walten lassen. Mit dem Kopf durch die Wand zu wollen, brachte nur schmerzhafte Beulen.

Es lag Fernando jedoch fern, Häme zu zeigen. Isabél tat ihm leid, zumal sie auch unter der Schwangerschaft litt. Wahrscheinlich kam sie mit den Veränderungen, die mit ihrem Körper und ihrer Psyche geschahen, nicht gut zurecht. Krampfhaft bemüht, sich keine Schwäche anmerken zu lassen, zeigte sie genau diese, aber auf andere Art und Weise. Er versuchte, sie zu besänftigen.

»Enrique ist der König, und du hast ihn gedemütigt. Er würde wahrlich wenig Stolz zeigen, wenn er sofort auf deine Unterwerfung eingehen würde. Ein Mann kann das vielleicht besser nachvollziehen. Für eine Frau ist es nicht ratsam, Stolz zu zeigen. Man würde sie als hoffärtig und starrsinnig bezeichnen.«

Sie warf den Kopf in den Nacken, und in ihren Augen glitzerte es verdächtig. »Wem muss ich denn gefallen?«

Fernando zog sie in seine Arme.

»Mir zum Beispiel. Du bist meine liebe kleine, tapfere Frau. Ich bin stolz auf dich, dass du dich auch von Widrigkeiten nicht unterkriegen lässt. Und noch etwas. Du wirst die Mutter meines Kindes. Das ist etwas ganz Besonderes.«

»Das ist nichts Besonderes«, widersprach sie. »Jede Bauersfrau kann Kinder bekommen.«

Er lächelte sanft. »Aber nicht meins.« Sacht wischte er mit dem Daumen eine Träne von ihrer Wange. »Du hast doch bislang immer kühle Überlegenheit und Geduld bewiesen. Warum nicht auch jetzt?«

»Weil ich mich vom König ungerecht behandelt fühle. Ja, ich habe den Vertrag von Toros de Guisando gebrochen. Aber ich habe um Vergebung gebeten. Warum tut Enrique es nicht? Jedem seiner Feinde vergibt er, auch wenn ihm seine Ratgeber sagen, dass es unklug ist. Nur mir nicht!« Wieder wurden ihre Augen feucht.

»Also willst du doch mit dem Kopf durch die Wand, mein kleiner Engel. Die Aufregung schadet nur unserem Kind. Pass auf, es wird mit grünem Gesicht geboren, weil dir die Galle überläuft.«

Wider Willen musste Isabél lachen.

»Siehst du«, freute sich Fernando, »so gefällst du mir schon viel besser. Wenn du lachst, dann glänzen deine Augen wie zwei Saphire. Du bist das Wertvollste, was ich besitze.«

»Kein Wunder«, erwiderte sie, und ihre Miene verdüsterte sich wieder, »wir besitzen ja sonst nichts.«

Er drückte sie vorsichtig an sich und hauchte kleine Küsse auf die tränenfeuchten Wangen. Immer wenn Isabél zornig oder trotzig wurde, dann rundeten sich ihre ohnehin vollen Wangen noch mehr. Ihr Ausdruck wurde kindlich, sodass er geneigt war, sie in seine Arme zu ziehen und zu trösten.

Sie war ein seltsames Wesen. Er kannte keine Frau wie sie. Das machte sie einmalig, und ihn überkam Stolz auf Isabél. Es wäre nur nicht klug gewesen, ihr diese Bewunderung zu zeigen. So versuchte er ihr zuweilen aufbrausendes Temperament zu zügeln und ihren Unmut zu beschwichtigen.

»Er wird dir deine Rechte nicht verwehren. Lass ihm Zeit, sein Gesicht zu wahren und seinen Stolz nicht zu verletzen.«

»Enrique besitzt weder Stolz noch ein Gesicht«, murrte sie. »Jedem verzeiht er, nur mir nicht. Es ist Rache, es ist Dummheit, und wie immer zögert er, bis sich die Angelegenheiten von selbst erledigen.«

In die traute Umarmung des Paares platzte Carillo ohne Anmeldung hinein. Zerknirschung stand in seinem Gesicht, und er rang die Hände, als fielen ihm die Worte schwer.

»Hoheiten, ich erhielt beunruhigende Nachrichten aus der Stadt. Dort treiben Enriques Kreaturen ihr Unwesen und verbreiten Unruhe und Aufruhr. Um Eurer Sicherheit willen und der Eures ungeborenen Kindes solltet Ihr die Stadt verlassen.«

»Die Stadt verlassen?« Isabéls Augen weiteten sich. »Ist es wirklich so schlimm?«

Carillos Gesicht legte sich noch tiefer in Falten.

»Ich befürchte, ja.«

ꙮ

Isabél hielt sich bewundernswert gerade und sicher auf ihrem Pferd. Noch hatte sich ihr Körperumfang nicht so vermehrt, dass sie nicht reiten konnte. Sie hatte es rundweg abgelehnt, sich einer Kutsche zu bedienen, auch wenn Carillo es ihr angetragen hatte.

Auch so eine Art von Starrköpfigkeit, dachte Fernando, der an ihrer Seite ritt. Er lächelte ihr aufmunternd zu. Diese fast überstürzte Flucht aus Valladolid bestätigte seine Befürchtungen, dass es weitaus schlimmer um sie beide stand, als der Erzbischof es zugeben wollte. Doch auch Fernando wollte Isabél nicht beunruhigen, und er behielt seine Gedanken für sich.

Die Wege übers Land waren nicht ungefährlich. So reisten sie nur in kleinem Trupp und in schlichter Kleidung, um weder Aufmerksamkeit der Königstreuen noch Begehrlichkeit von Wegelagerern zu wecken.

Mit Grausen erinnerte sich Isabél an den seltsamen Überfall auf ihrem Weg nach Valladolid. Und sie erinnerte sich auch daran, dass sie sich, seit sie sich gegen den König gestellt hatte, nur noch auf der Flucht befand; von Ávila nach Madrigal, von Madrigal nach Valladolid, und nun von Valladolid nach Dueñas. Sie wollte, dass es aufhörte, dass sie zur Ruhe kam, und sie wollte, dass ihr ihre Rechte zugestanden wurden!

Sie presste ihre Lippen aufeinander, um sich ihre Verbitterung nicht anmerken zu lassen. Fernando bemühte sich rührend um sie, und es tat ihr gut zu wissen, dass wenigstens er auf ihrer Seite war. Von wem konnte sie das noch behaupten? Ihre Anhängerschar wurde immer kleiner. Als sie auf der Straße nach Dueñas ritten, grüßten die Reisenden, die ihr entgegenkamen, zwar ehrerbietig, aber niemand erkannte sie – oder wollte sie erkennen. Kein Jubel, keine Hochrufe, keine Freude!

Selbstmitleid war nicht Isabéls Charakterzug. *Dann eben nicht*, dachte sie im Stillen. *Ihr werdet euch noch alle wundern, und ich werde es euch zeigen!*

Ab und zu warf Fernando ihr einen verstohlenen Seitenblick zu. Manchmal wusste er selbst nicht, woran er bei Isabél war. Mitleid wollte sie nicht, an Zuneigung glaubte sie nicht, und Hilfe konnte er ihr nicht anbieten. Wahrscheinlich war es wenig dienlich, sich auf Kastilien zu versteifen. Sein Vater hatte ihn bereits einmal um Hilfe in Katalonien angeschrieben. Dort gab es Aufstände, die der alte und fast erblindete König nicht mehr in den Griff bekam. Am liebsten hätte Fernando sofort zum Schwert gegriffen und wäre seinem Vater zu Hilfe geeilt, doch er wollte erst Isabél in Sicherheit wissen. Außerdem, so hatte er sich im Ehevertrag verpflichtet, benötigte er Isabéls Einverständnis, um nach Katalonien zu gehen. Was für eine verrückte Welt!

Auch wenn Isabél nichts vom König hörte, bedeutete das nicht, dass Enrique in Lethargie verharrte. Im Gegenteil! Eine kleine Botschaft des französischen Königs Louis XI. zeigte ihm endlich den Ausweg aus dieser vertrackten Situation. Isabéls Brief hatte ihn verärgert. Mochte sie betteln und sich unterwerfen wollen, er selbst wollte die Regeln bestimmen. Doch welche? Dass er nichts ohne Pacheco de Villena entscheiden könne, war natürlich eine Ausrede, und dazu keine gute. Er musste seiner aufsässigen Schwester etwas Bedeutendes, Unumstößliches entgegensetzen. Noch wurde Isabél von Carillo geschützt. Die Idee, sie entführen und inhaftieren zu lassen, hatte er wieder fallen lassen. Auch wenn Isabéls Anhängerschar zusammenschmolz wie der Schnee in den Pyrenäen, so konnte ihm dieser Gewaltakt neue Feinde bescheren. Und er hasste Gewalt! Es musste etwas anderes sein, etwas Diplomatisches, Elegantes ...

König Louis knüpfte an alte Fäden wieder an. Hatte er vor einiger Zeit seinen Bruder, den Herzog von Guyenne, als Bräutigam für Isabél vorgesehen, so liebäugelte dieser jetzt mit einer Vermählung mit Juanita la Beltraneja! Wie Schuppen fiel es Enrique von den Augen, dass genau diese Verbindung die Lösung darstellte. Jetzt konnte er Isabél abservieren! Es war ein Wink des Schicksals, den er sich nicht entgehen lassen durfte.

Enrique sandte dem französischen König seine Zustimmung und lud sogleich eine offizielle Delegation ein, um die Einzelheiten der Verbindung festzulegen.

Die Ankunft dieser Delegation unter der Führung des Kardinals von Albí und des Grafen von Boulogne begleitete ein pompöses Fest, das Enrique in Medina del Campo ausrichten ließ. Umgeben von den bedeutendsten Granden Kastiliens empfing Enrique die eindrucksvolle Delegation. Er ließ sich das Fest viel kosten und sparte nicht an Aufwand und Pomp, um es zu einem erstrangigen gesellschaftlichen Ereignis aufzuwerten.

Der Kardinal von Albí bedankte sich mit einer flammenden Rede, in der er dem König huldigte und Isabél und Fernando heftig schmähte. Enrique hatte endlich die Anerkennung seines nördlichen Nachbarn gefunden, nach der er sich immer gesehnt hatte. Eine Verbindung von Kastilien und Frankreich erschien ihm jetzt so verlockend, so vorteilhaft und naheliegend, dass er keinen Augenblick mehr zögerte. Er schlug vor, die Ehe sofort stellvertretend zu schließen!

Der Graf erklärte sich bereit, diese Stellvertreterehe für den Herzog von Guyenne einzugehen.

Die achtjährige Juanita wurde festlich herausgeputzt und vor den

Traualtar geführt. Auf Wunsch des Kardinals von Albí legte Enrique einen feierlichen Schwur ab.

»Hier im Angesicht Gottes und im Beisein all der Edlen Kastiliens und Gesandten Frankreichs schwören Wir, dass Juana Unsere leibliche Tochter ist. Um blutige Auseinandersetzungen zu vermeiden, haben Wir Isabél als Thronfolgerin erklärt. Mit Rebellion und Untreue hat sie schweren Verrat geübt. Von nun an werden Wir Isabél weder als Prinzessin noch als Erbin des kastilischen Thrones anerkennen. Mit ihrem unwürdigen Verhalten hat sie jedes Recht darauf verwirkt. Isabél lebt mit dem Prinzen von Aragón in einem Konkubinat, das kein Christenmensch je als Ehe anerkennen kann. Wir betrachten Juana, Unsere Tochter, als Prinzessin und erstgeborene Erbin dieses Königreichs. Seine Majestät, König Louis XI., verpflichtet sich hiermit, Uns gegen jegliche Macht, die die festgelegte Thronfolge zu ändern trachtet, mit Waffengewalt zu Hilfe zu eilen.»

Die Granden leisteten Prinzessin Juana den Treueid, und der Pakt wurde schriftlich niedergelegt und unterzeichnet.

Enrique sorgte dafür, dass die Kunde von dem glanzvollen Fest in Medina del Campo bis zu Isabél drang.

Für Isabél war es mehr als eine Antwort des Königs, es war ein vernichtendes Urteil über sie!

ꟸ

Isabél war allein! Fernando war ins Feld gezogen, um seinen Vater bei der Niederschlagung von Aufständen in Katalonien zu unterstützen. Sie hatte ihn ziehen lassen müssen. Dabei hätte sie gerade jetzt seine moralische Unterstützung gut gebrauchen können.

Der Schock saß noch tief über Enriques Reaktion. So viel Entschlossenheit hatte sie ihrem Halbbruder nicht zugetraut. Wenn sich Kastilien mit Frankreich verbündete, stand sie, Isabél, tatsächlich mit dem Rücken zur Wand. Aragón war viel zu unbedeutend und zu schwach, um ihr im Kampf um ihre Rechte beizustehen. Doch welche Rechte eigentlich? Sie war wohl die Einzige, die noch lautstark behauptete, einen Rechtsanspruch auf Kastiliens Thron zu haben. Fast alle wichtigen Familien des Landes hatten sich Enrique und Juana zugewandt. Und die würden sie und Fernando über kurz oder lang aus Kastilien vertreiben. Sie hatte dem nichts entgegenzusetzen!

Isabél nutzte Fernandos Abwesenheit, um Enrique einen zweiten Brief zu senden. Noch einmal legte sie ihre Situation dar und forderte das ihr zustehende Recht. Doch ihr Ton war schärfer geworden. Enrique sollte spüren, dass sie sich nicht einschüchtern lassen würde.

Wochen später erhielt sie eine Antwort des Königs. Wenn sie geglaubt hatte, Enrique hätte es sich anders überlegt, so wurde sie nicht nur enttäuscht, sondern schmerzhaft eines Besseren belehrt.

»Ihr, meine liebe Schwester, habt Euch des Vertragsbruches schuldig gemacht.

Ihr, meine liebe Schwester, habt Euch in offener Rebellion gegen die Krone gestellt.

Ihr, meine liebe Schwester, lebt in einem Konkubinat, da nach den Gesetzen eine Ehe ohne päpstlichen Dispens ungültig ist.

Ihr, meine liebe Schwester, müsst aus diesen genannten Gründen die entsprechende Behandlung erfahren.«

Einsam saß sie in ihrem Gemach und kaute an den Fingernägeln. Sie zitterte vor Zorn und Enttäuschung. Diesmal hatte sich Enrique nicht von seiner weichen, einlenkenden, versöhnlichen Seite gezeigt. Hatte sie es zu weit getrieben?

Vor ihr lag ein leeres Pergament. Nein, sie würde nicht zurückstecken. Sie würde sich nicht von Enrique einschüchtern lassen. Und dass Fernando nicht da war, hatte auch sein Gutes: Er konnte sie nicht mit seinen Besänftigungen und Beschwichtigungen daran hindern, um ihre Rechte zu kämpfen.

Sie strich mit einer Hand über ihren gewölbten Leib, mit der anderen griff sie zur Feder. »Also kämpfen wir!«

Sorgsam tauchte sie die frisch angespitzte Feder in das winzige Tintenfässchen und strich sie sorgfältig ab. Der Kiel kratzte über das Pergament.

»Es gibt Rechte, die mir aufgrund meiner Geburt zustehen. Nur diese

fordere ich ein. Und es ist Eure Pflicht als König, entsprechend dieser Gesetze mir meine Rechte zuzugestehen.

Mein Schicksal gleicht dem der Heiligen Susanna. Gleichgültig, was ich tue, es findet keine Zustimmung. Was ich unternehme, wird kritisiert. Schweige ich, so schade ich meiner Sache. Rede ich, so bin ich gezwungen, die Ehre des Königs zu verletzen. Das eine ist so schrecklich wie das andere.

Die von Euch, Majestät, favorisierte Eheschließung zwischen mir und Seiner Majestät, König Alfonso V. von Portugal, würde zu einem Desaster führen. Ich würde doch nur als Rabenmutter von meiner eigenen Brut verhasst sein, weil alle nur auf das Erbe aus sind. Wer kann mir verübeln, auf eine solche Heirat zu verzichten?

Ihr, Majestät, werft mir vor, in einem Konkubinat zu leben, und erklärt, ich würde mich nicht wie eine züchtige Dame verhalten. Euren Worten widerspreche ich, weil ich mich eben meinem Rang entsprechend verhalten habe. Es wäre mein Recht, meinen Ruf und meine Ehre zu verteidigen. Das bedeutet jedoch, dass ich gezwungen wäre, die Ehre Eurer Majestät anzuzweifeln. Ihr seid der ältere von uns beiden. Eine Entwürdigung des Königs würde auch mich treffen. Eine Dame von Rang sollte zu diesem Thema besser schweigen.

Was die von Euer Gnaden erwähnte Angelegenheit meiner Heirat angeblich ohne päpstlichen Dispens angeht, so erübrigt sich darauf eine Antwort; denn Eure Hoheit sind nicht Richter in diesem Fall. Mein Gewissen stützt sich auf die offizielle Bulle des Papstes und die Beglaubigungsschreiben, was jederzeit überprüft werden kann.«

Sie fühlte sich erleichtert, als sie ihren Zorn von der Seele geschrieben sah. Vorsichtig nahm sie das Pergament zur Hand. Vielleicht würde es der König zornig ins Feuer werfen. Das musste sie verhindern! Sie überlegte kurz, dann ließ sie den Sekretär rufen.

Da Fernando und sie fast mittellos waren, besaßen sie nur wenige Zofen und Diener, einige Knechte und eine Hand voll Soldaten zu ihrem Schutz. Auch ein Sekretär war dabei, auf den Fernando verzichtet hatte, als er ins Feld zog. Obwohl Isabél die meiste Korrespondenz selbst erledigte, hatte sie doch für ihn eine Aufgabe.

»Kopiert diesen Brief mindestens zehn Mal. Die Kopien werden wir veröffentlichen, auf dass jeder erfährt, wie Seine Majestät mit mir umgehen. Vor allem aber soll sich das Volk selbst ein Urteil über meine Unschuld bilden. Das Original aber senden wir an Seine Gnaden, auf dass er nach diesen Worten in sich gehen möge.«

Die Festlichkeiten von Medina del Campo klangen in Enrique noch nach, sodass ihn Isabéls scharfer Brief nicht wirklich erzürnte. Es zeigte ihm nur, dass sie mit dem Rücken zur Wand stand und sich wie eine tollwütige Hündin verteidigen musste.

Enrique konnte sich sicher sein, dass der kastilische Adel seiner Tochter Juanita zugeneigt blieb und Isabéls unchristliche Ehe zum Anlass nehmen würde, sie und den ungeliebten Aragonier aus dem Land zu jagen. Auch wenn sich die Granden mittlerweile wieder in gegenseitigen Kämpfen und Kriegen aufrieben, so blieb ihm doch deren Treueschwur auf Juanita und die Verbindung zum französischen Königshaus. Dieses würde Enrique im Bedarfsfall mit Waffen und Soldaten zur Seite stehen. Doch im Augenblick war so ein Einsatz gar nicht notwendig.

Während sich Enrique in Sicherheit wiegte und alsbald eine endgültige Lösung des Falls Isabél erwartete, sonnte sich auch Louis XI. in Wohlgefälligkeit. Kastilien war ein zu begehrter Brocken, den sich der König nicht entgehen lassen wollte. Natürlich hatte er Enriques liebe Not mit seiner aufmüpfigen Schwester ausgenutzt. Umso einfacher war es, Enrique für Louis' Plan zu gewinnen. Die Verheiratung der minderjährigen Juanita war ein geschickter Schachzug, um beide Kronen eng aneinander zu binden. Für Enrique war es eine gefährliche Speerspitze, die er gegen Isabél richten konnte.

Fernando, mittlerweile aus Katalonien zurückgekehrt, stand Isabél bei, so gut es ging. Ihre fortschreitende Schwangerschaft ließ sie unbeweglicher werden. Enriques Schweigen zerrte an ihren Nerven. Fernando fand ihren offenen Brief nicht sehr klug.

»Es heizt den Zorn des Königs weiter an und macht unser Leben noch unerträglicher«, gab er zu bedenken.

Trotzdem versagte er sich sonst jegliche Kritik an Isabél und ihrem Verhalten. Er war sehr liebenswürdig und von unerschöpflicher Geduld. Das kastilische Volk, so es mit ihm in Kontakt kam, liebte ihn. Er konnte dem Eitlen schmeicheln, den Misstrauischen beruhigen, den Zweifler überzeugen und den Nervösen besänftigen. Er konnte auf jeden Menschen eingehen und ihm nach dem Munde reden, so wie der es hören wollte. Vor allem aber schaffte er es, Isabéls impulsives Temperament zu zügeln und sie vor falschen Schritten zu bewahren. Die Innigkeit zwischen Isabél und Fernando vertiefte sich in diesen schwierigen Tagen und Wochen.

So manche Nacht lag sie in seinen Armen, während ihre Augen die Dunkelheit zu durchdringen versuchten, als könnte sie dort die Lösung ihrer Probleme finden.

»Enrique hat die Beltraneja mit dem Bruder des französischen Königs verheiratet«, sagte sie bitter. »Damit will er mich strafen, demütigen, entmündigen. Kastilien und Frankreich heißt jetzt die neue Verbindung.«

»Und nicht Kastilien und Aragón«, erwiderte Fernando und lachte leise.

»Du lachst darüber?«, empörte sich Isabél.

»Allerdings. Ich nehme diese ganze Farce nicht ernst. Juanita ist noch ein Kind und dieser Herzog ein unberechenbarer Verrückter. Der arme Louis hat seine liebe Not mit seinem Bruder, weil er nicht gehorcht. Du siehst, es gibt noch mehr ungehorsame Geschwister in Königshäusern.«

Isabél knuffte ihn in die Seite, was er mit einem glucksenden Lachen quittierte.

»Du verkennst den Ernst unserer Lage«, beklagte sie sich. »Wir können nicht ausschließen, dass die Königstreuen Übergriffe auf uns wagen. Wer hält eigentlich noch zu uns?«

»Der Erzbischof«, erwiderte Fernando.

»Das ist herzlich wenig.« Sie seufzte. »Ich behaupte jetzt nicht,

Angst zu haben. Aber wir tragen Verantwortung für unser ungeborenes Kind.«

Fernando zog Isabél enger zu sich heran.

»Selbstverständlich, das vergesse ich nicht. Ich werde von meinem Vater tausend Soldaten zu unserem Schutz anfordern. Er wird uns diesen Schutz gewähren.«

»*Wir* werden deinen Vater darum bitten.« Sie drehte sich zu ihm und platzierte vorsichtig ihren Bauch zwischen den Kissen. »Wenn es doch nur bald vorbei wäre«, seufzte sie leise.

Ja, dachte Fernando im Stillen. Nicht nur die Schwangerschaft, sondern auch dieses Versteckspiel und die Flucht. Doch er schwieg. Auf keinen Fall wollte er Isabél mit seinen eigenen Ängsten verunsichern. Was sie brauchte, war eine starke Schulter, an die sie sich lehnen konnte. Er wollte dieser Fels in der Brandung für sie sein. Und er fühlte Stolz für seine kleine, tapfere, eigensinnige und doch liebenswerte Frau. Irgendwie musste Gott ein Einsehen haben und ihr Schicksal wenden.

Niemand konnte genau sagen, was in den Herzog von Guyenne gefahren war. Obwohl sein Bruder, König Louis XI. die Ehe mit Juanita arrangiert und de facto hatte schließen lassen, scherte sich der eigenwillige Herzog nicht darum. Sein Herz war für Maria von Burgund, die Tochter Karls des Kühnen, entbrannt. Kastilien interessierte ihn nicht. Mit großem Pomp hielt er um Marias Hand an.

Louis wie auch Enrique reagierten geschockt auf die Eigenwilligkeit des Herzogs. Enrique erinnerte Louis daran, welche Verpflichtungen er mit der Eheschließung seines Bruders eingegangen sei, und Louis erinnerte Charles daran. Doch der Herzog ließ sich davon weder beeindrucken noch von seinen neuerlichen Hochzeitsplänen abbringen.

Noch bevor er Maria von Burgund heiraten konnte, fiel Charles de Guyenne einem Giftanschlag zum Opfer. Auch wenn es auf der Hand lag, wer der Auftraggeber war, beweisen wollte es niemand.

Obwohl Fernando sich der Unterstützung seines Vaters sicher war, blieb diese aus. König Juan schickte keine Krieger, ja, nicht einmal einen Brief.

»Warum lässt er uns im Stich?«

Isabéls Frage blieb unbeantwortet im Raum stehen. Fernandos Gesicht war blass und schmal geworden. Die Erkenntnis, dass sein eigener Vater ihm, seinem angeblichen Liebling, in den Rücken fiel, schmerzte ihn unendlich. Er fühlte sich hilflos und ohnmächtig in seinem Zorn. Zudem musste er die aufgebrachte Isabél beruhigen, die diesen Verrat lautstark anprangerte. Wahrscheinlich wäre sie auch noch aufgeregt im Zimmer hin und her gelaufen, allein ihr Körperumfang, ihre geschwollenen Beine und ihre Rückenschmerzen ließen es nicht mehr zu.

»Jetzt weiß ich, was Gott mit Evas Vertreibung aus dem Paradies bezweckte«, stöhnte sie. »Es ist wirklich eine Strafe, Kinder zu kriegen.«

»Du hast es doch noch gar nicht bekommen«, erwiderte Fernando mit einem schiefen Grinsen.

»Auch das Vorher ist Strafe genug«, schnaufte Isabél. »Wann stellt sich endlich die Hebamme vor? Hast du ihr Geld gegeben?«

»Sicher. Und sie hat versprochen zu kommen. Aber erst, wenn es so weit ist.«

»Und woher weiß ich, wann es so weit ist?«

»Die Hebamme meinte, das würdest du schon merken.«

»Ach, wenn nur Doña Francisca hier wäre.« Isabél seufzte. »Sie war mir so eine mütterliche Freundin.«

»Ich werde sie rufen lassen, damit sie dir beisteht. Und nun sei bitte wieder lieb. Die Aufregung schadet unserem Ungeborenen. Es kommt doch sonst mit einem grünen Gesicht zur Welt.«

Während Isabél sich durch die letzten Wochen ihrer Schwangerschaft quälte und zur Untätigkeit verdammt war, wurde jemand anderes aktiv: Pedro Vaca, der Anführer der aragonesischen Delegation bei Enrique. Ob er erkannt hatte, dass er in der Sache Isabél auf verlorenem Posten stand oder ob tatsächlich König Juan dahintersteckte, wie böse Zungen behaupteten, jedenfalls wurde er bei Pacheco de Villena vorstellig. Mit dem Tod von Charles de Guyenne war die Seite an Juanita wieder frei geworden. Zwar bestand der Pakt von Madrigal der Form halber noch, hatte jedoch seine Bedeutung verloren. Außerdem waren Pakte dazu da, gebrochen zu werden.

Pacheco de Villenas Ohren waren immer offen, wenn es darum ging, sich Vorteile verschaffen zu können. Und wenn ein Aragonier um Audienz bat, dann konnte es sich nur um ein Geschäft handeln. Als Meister der Schaukelpolitik war Pacheco neugierig, was Vaca ihm vorzuschlagen hatte. Er empfing den Aragonier mit einem jovialen Lächeln und bot ihm seinen besten Wein als Willkommenstrunk an. Er musste Vaca beeindrucken, um ihm nicht zu viel Oberwasser zuzugestehen.

»Mein lieber Vaca, Ihr seht mich erfreut, dass Ihr den Weg in meine bescheidene Residenz gefunden habt. Da ich Euch schon bei Hofe als einen umtriebigen und klugen Mann kennen gelernt habe, heiße ich Euch als meinen persönlichen Gast willkommen.«

»Ich fühle mich geehrt.« Vaca blickte sich in Pachecos gar nicht so bescheidener Residenz um. »Und es würde mir wohl gefallen, Euer persönlicher Gast zu sein. Doch mich führt der Auftrag meines Königs zu Euch, um Euch einen Vorschlag zu unterbreiten.«

»Eures Königs, so, so.« Pacheco verzog das Gesicht, als hätte er in eine Zitrone gebissen. »Da bin ich aber wirklich gespannt. Ihr wisst ja, dass die diplomatischen Beziehungen zwischen Kastilien und Frankreich derart verbessert wurden, dass beide Königreiche jetzt eine sehr starke Allianz bilden. Ich kann Seiner Hoheit, König Juan, versichern, dass er nicht um die Sicherheit Aragóns fürchten muss ...«

Pedro Vaca verbeugte sich mit einem unterwürfigen Lächeln, das ebenso vordergründig wie falsch war. »Verzeiht, aber genau um diese

Allianz geht es. Sie ist nicht so mächtig, wie Ihr mir weismachen wollt. Die seltsamen Vorgänge um den Herzog von Guyenne haben meiner Meinung nach diese Beziehungen deutlich abkühlen lassen, was nicht verwunderlich ist. Als Diplomat halte ich an allen Höfen Augen und Ohren offen und habe natürlich bemerkt, was König Enrique drückt. Gebt zu, diesen Pakt mit Frankreich ist Seine Hoheit doch nur eingegangen, um etwas weitaus Unangenehmeres aus der Welt zu schaffen – seine Halbschwester Isabél.«

Pacheco hob die buschigen Augenbrauen. »Ihr seht mich erstaunt, lieber Vaca. Wart Ihr nicht selbst im Auftrag Isabéls zu König Enrique unterwegs, um ihn milde und versöhnlich zu stimmen?«

»Das ist wohl wahr! Als Diplomat stehe ich immer im Dienste meines Herrn, und sein Auftrag war, bezüglich der Ehe zwischen dem aragonesischen Prinzen und der Infantin zu vermitteln. Inzwischen hat es sich aber mein Herr anders überlegt. Und Ihr seid doch ebenso wie der König daran interessiert, unliebsame Gegenspieler loszuwerden.«

Pacheco beugte sich interessiert vor. »Ich höre.«

»In Kürze wird Isabél ein Kind zur Welt bringen. Es wird ein Sohn.«

Überrascht pfiff Pacheco durch die Zähne. »Woher wollt Ihr das wissen?«

»Ich habe die Hebamme bestochen, die Isabél entbinden wird.«

»Aber woher will diese Hebamme das wissen? Meines Wissens erkennt man das Geschlecht erst, wenn das Kind geboren ist.«

»Diese Hebammen haben so ihre Erfahrungen. Jedenfalls hat sie es mir unter Eid versichert.«

»Gut, und weiter?«

»Dieser Sohn muss mit Juanita vermählt werden. Damit werden beide zu Thronfolgern.«

»Und was soll das bringen? Ihr meint ...«

Vaca nickte heftig. »Genau! Isabél und Fernando müssten dann das Land verlassen. So bekommt Ihr unangenehme Störenfriede los, ohne Euch die Finger schmutzig zu machen.«

Der Großmeister lehnte sich zurück und betrachtete Vaca unter gesenkten Augenlidern. »Ich mache mir niemals die Finger schmutzig«, bemerkte er eisig.

»Ich habe das nur im übertragenen Sinn gemeint«, beeilte sich Vaca zu versichern. »Es ist ein Liebesdienst an Euch und der kastilischen Krone, von dem ich hoffe, dass Ihr ihn zu würdigen wisst.« Er rückte wieder näher an den Marqués heran. »Auf Frankreich solltet Ihr Euch nicht zu sehr verlassen, jetzt, wo der Pakt nach dem Tod des Herzogs an Wert verloren hat. Dann verliert auch König Louis das Interesse an Kastilien, und Ihr seid Euren Verbündeten wieder los.«

Pachecos Mundwinkel zogen sich auseinander. »Ihr seid ein kleiner Teufel, Vaca! Ob nun Euer König dahintersteckt oder nicht, dieser Vorschlag ist überlegenswert.«

»Ich hoffe, er ist Euch etwas mehr wert als nur ein paar Überlegungen«, erwiderte Vaca, und seine Augen begannen zu glänzen, als Pacheco aus der Lade seines Tisches eine kleine Schatulle hervorholte.

Hilfe aus Rom

Der alte Diener schloss das kleine bleiverglaste Fenster, durch das der kalte Oktoberwind fegte. Isabél wischte mit einer zornigen Handbewegung ein paar trockene Blätter vom Tisch, die der Wind hereingeweht hatte.

»Das ist infam! Was fällt diesem Vaca ein? Das ist der Beweis, dass dein Vater dahintersteckt! Er lässt uns im Stich und konspiriert sogar mit unseren Gegnern.«

»Nein, das glaube ich nicht«, widersprach Fernando. »So weit würde er nicht gehen. Ich bin sein Liebling!«

»Offensichtlich ist er bereit, seinen Liebling zu opfern. Oder wie siehst du das, wenn er derartige Intrigen spinnt, damit wir Kastilien verlassen müssen?«

Fernando zuckte mit den Schultern. »Ich vermute, es war ein Alleingang von Vaca.«

»So? Vermutest du das? Und warum, bitte, hat uns dein Vater dann nicht mit den angeforderten tausend Soldaten geholfen? Warum hat er sich nicht einmal zu einer Stellungnahme herabgelassen, warum er uns diese Bitte verweigert?« Mit watschelndem Gang schleppte sich Isabél durch das Zimmer. Ihr Gesicht und ihr Hals waren von hektischen roten Flecken übersät.

Fernando hob beschwörend die Hände. »Bitte, Isabél, du sollst dich doch nicht aufregen. Es schadet deiner Gesundheit und unserem Kind.«

»Ich will mich aber aufregen!«, schrie sie. »Ich muss mich darüber aufregen, weil dieser Unmensch mein ungeborenes Kind verschachert!«

»Vielleicht wird es ja kein Junge, dann ist ohnehin alles hinfällig.«

»Und wenn doch? Dann erreichen diese Intriganten, dass unser eigenes Kind uns aus dem Land jagt! Ich bin die Infantin, ich bin die rechtmäßige Thronfolgerin, und ich ...«

Sie stockte mitten im Satz, Mund und Augen weit aufgerissen. Unwillkürlich fasste sie an ihren Bauch.

Fernando starrte sie an. »Was ist? Was hast du?«

Isabél konnte nicht antworten. Sie atmete nicht einmal, sondern ging nur in die Knie.

Fernando eilte zu ihr, um sie zu stützen. »Siehst du, du hast dich zu sehr erregt, und nun hast du Schmerzen.«

Nach einer Zeit, die Fernando unendlich erschien, holte Isabél endlich Luft.

»Schmerzen?«, keuchte sie. »Das war die Hölle!«

»Ich lasse einen Arzt kommen. Bestimmt hast du dir etwas angetan. Du wolltest dich aber auch nicht beruhigen.«

»Das will ich auch nicht. Diesen Vaca werde ich ...« Ihre Stimme steigerte sich zu einem Schrei, und sie sank endgültig in die Knie. Fernando packte sie und schleppte sie zum Bett. Dann lief er hinaus und alarmierte das gesamte Personal. Zunächst liefen alle kopflos durcheinander, bis eine ältere Dienerin das Kommando übernahm. »Lasst die Hebamme holen, und bereitet heißes Wasser zu!« Die anderen Zofen wies sie an, Laken und Tücher zu bringen.

»Hoheit, geht in die Stadt und trinkt in einer Bodega einen Krug Wein, das hilft Euch am besten über die Zeit des Wartens hinweg.«

»Aber ich kann doch nicht ... Isabél braucht mich!«

»Der Einzige, der hier ganz bestimmt nicht gebraucht wird, seid Ihr, Hoheit«, sagte die Dienerin mit Bestimmtheit und drängte Fernando hinaus. Aus Isabéls Zimmer klangen langgezogene Schreie.

»Verdammt noch mal, wo bleibt denn die Hebamme?«

Die Dienerin bekreuzigte sich. »Flucht nicht so gotteslästerlich, Hoheit! Die Hebamme wird schon noch kommen. Bei einer Erstgebärenden dauert es seine Zeit.«

»Erstgebärenden ...«, murmelte Fernando. »Weiberkram! Wie werde ich denn hier eigentlich behandelt?« Dann zog er es doch vor, dem Vorschlag der Dienerin zu folgen.

Währenddessen glaubte Isabél, dass der Schmerz sie zerreißen würde. In regelmäßigen Abständen fuhr ein unsichtbares Messer durch ihren Leib und wollte ihr das Kind entreißen. Eifrig huschten die bediensteten Frauen um ihr Bett herum, ohne ihr in ihrer Pein helfen zu können. Die ältere Dienstmagd wollte Isabéls Kleid ausziehen. Isabél wehrte sich heftig dagegen.

»Aber die Hebamme sieht doch sonst nichts«, versuchte die Magd sie zu überzeugen.

»Was soll sie denn sehen? Das Kleid bleibt an!«

»Es wird verderben, weil es mit Blut besudelt wird.«

»Dann soll es! Ich habe noch mehr Kleider!«

»Hoheit, Ihr seid eigensinnig! Glaubt einer Frau, die schon sieben Kindern das Leben geschenkt hat.«

»Sieben Kinder? Ich will nie wieder ein Kind gebären, niiiiiieee!«

Endlich erschien die Hebamme. »Das sagen sie alle, aber dann geben sie sich doch den Männern hin, und alles beginnt von vorn.« Sie zog resolut die Vorhänge des Bettes zu. »Es dauert ohnehin noch einige Stunden.«

»Einige Stunden?«, japste Isabél. »Es ist jetzt schon kaum noch zu ertragen.«

»Eure Fruchtblase ist noch nicht geplatzt. Der Spaß ist noch nicht einmal richtig losgegangen.«

Isabél zerriss die seidene Bettdecke mit den Zähnen. Sie wollte nicht schreien, sie wollte den Schmerz nicht zugeben. Sie wollte nicht, dass jemand oder etwas anderes Macht über sie hatte als Gott. Wollte Gott, dass sie so schrecklich litt?

Sie versuchte zu beten, wenn die Wehen nachließen. Doch jedes Mal, wenn der Schmerz kam, überflutete er sie wie eine blutrote Welle.

»Ihr müsst Euren Schmerz hinausschreien, Hoheit«, riet die Hebamme. »Dann ertragt Ihr ihn leichter.«

»Ich ertrage ihn auch so«, keuchte sie. »Ich ertrage ihn, ich ertrage ihn ...«

Quälende Stunden vergingen, in denen Doña Francisca erschien, die sich sofort auf die Reise nach Dueñas gemacht hatte, um Isabél beizustehen. Isabél war zutiefst dankbar dafür, wenngleich sie ihre Dankbarkeit nicht ausdrücken konnte. Die Wehen kamen in immer kürzeren Abständen, um gegen Abend nachzulassen.

»Sagte ich es nicht?« Die Hebamme schüttelte den Kopf. »Ich hätte mir noch einen Tag Zeit lassen können.«

»Versucht ein bisschen zu schlafen, Hoheit«, beruhigte Doña Francisca sie und hielt Isabéls Hand. »Eine Geburt kostet vor allem viel Kraft.« Sie tupfte der Prinzessin den kalten Schweiß von der Stirn.

In der Tat war Isabél völlig erschöpft, und sie fiel in einen leichten, unruhigen Schlaf. Als Fernando am Abend ziemlich betrunken aus der Bodega kam, war das Kind noch immer nicht geboren.

Die Hebamme ließ für Isabél einen Tee zubereiten aus Kräutern, die sie in ihrem Beutel trug, und legte sich dann ebenfalls schlafen.

»Weckt mich, wenn die Wehen wieder beginnen«, murmelte sie und verzog sich in eine Gesindekammer.

Im Morgengrauen wurde Isabél von unerträglichen Schmerzen

geweckt. Doña Francisca, die über Nacht auf einem Stuhl neben Isabéls Bett gewacht hatte und eingenickt war, schreckte sofort hoch und weckte das Gesinde. Als Letzte kam die Hebamme. Sie reichte Isabél einen Trunk.

»Die Sonne soll nicht zweimal über einer Gebärenden aufgehen«, sagte sie. »Wir werden die ganze Sache beschleunigen.«

Das Gebräu schmeckte ekelhaft, und Isabél verzog angewidert das Gesicht. Doch kurz danach setzten die Wehen heftiger ein.

»Willst du mich umbringen, du alte Hexe?«, schrie Isabél.

Die Hebamme ließ sich davon nicht beeindrucken, sondern zwang die Infantin aufzustehen und sich auf einen Stuhl zu setzen. Dann schob sie ihr eine Schüssel unter den Rock.

»So geht es leichter«, sagte sie. »Und nun müsst Ihr mitpressen, Hoheit.«

Es war, als würden Isabél alle Eingeweide herausgerissen. Doch der Drang war so stark, dass sie gar nicht anders konnte, als ihm nachzugeben. Sie presste aus Leibeskräften, während sie Doña Franciscas Hände zerkratzte. Der Schweiß lief ihr in Strömen herab, ihr Kleid war völlig durchnässt und zerknittert. Einmal – zweimal – dreimal – viermal ... Dann spürte sie, wie etwas aus ihrem Körper glitt und gleichzeitig eine große Erleichterung eintrat.

»Ja, es ist vollbracht!«, riefen die Umstehenden und brachen in Jubel aus. Isabél hörte etwas Feuchtes klatschen, dann einen dünnen Schrei. Mühsam richtete sie sich auf. Die Hebamme legte ihr ein Bündel mit einem blutigen Etwas in den Arm.

»Hoheit, es ist ein Mädchen!«

Endlich war Isabél bereit, sich waschen, neu kleiden und frisch betten zu lassen. Auch das Kind wurde gebadet und gewickelt. Sie achtete darauf, dass nichts an die vorangegangene Tortur erinnerte, bevor sie Fernando empfing.

Zögernd betrat Fernando das Gemach, staunte jedoch, wie wohl

Isabél bereits wieder aussah. Ein wenig erschöpft vielleicht, aber sie lächelte. Im Arm hielt sie ihr Kind.

»Wir haben diesem meineidigen Vaca und dem Marqués de Villena eins ausgewischt«, stellte sie genüsslich fest. »Es ist ein Mädchen!«

Fernando berührte es eigenartig, dass Isabél in so einem Augenblick an die hohe Politik denken konnte.

»Ein Mädchen«, flüsterte er und betrachtete das winzige Etwas zwischen den weißen Tüchern.

»Es wird Isabél heißen und sofort zur Infantin von Asturien und Aragón erklärt.«

Fernando blickte erstaunt auf. »Du hast es aber eilig«, stellte er fest.

»Die Rechte unseres Kindes müssen gesichert werden.« Isabéls Blick wurde hart. »Sie soll einmal nicht darum kämpfen müssen wie ich.«

Fernando wusste, dass es zwecklos war, gegen den Starrsinn seiner Frau ankämpfen zu wollen. So geschah es nach Isabéls Willen, und zumindest die Bewohner von Dueñas jubelten der kleinen Infantin zu.

Doch Isabél blieb wenig Zeit, sich von der schweren Geburt zu erholen. Erzbischof Carillo drängte das junge Paar, erneut seinen Wohnsitz zu wechseln. Es wurde in Dueñas für sie zu gefährlich. Er bot ihnen seinen eigenen Landsitz in Alcalá de Henares an.

Fernando geriet in Rage. »Wie kann uns dieser Mann nur so herumkommandieren? Er ist uns untertan und nicht wir ihm! Auch wenn er ein Mann der Kirche ist und Respekt verdient, er treibt uns wie Maulesel durchs Land!«

»Es ist nur zu unserer Sicherheit«, legte Isabél einen schwachen Einspruch ein. »Bis jetzt hat er uns immer geholfen. Ohne ihn gäbe es uns vielleicht gar nicht mehr.«

»Ach, red keinen Unsinn! Und ich werde nicht zögern, ihm das auf den Kopf zuzusagen.«

»Das wirst du nicht! Der Erzbischof ist der Einzige, der noch zu uns hält.«

»Begreifst du denn nicht, dass er es nur darauf angelegt hat, mit uns seine Macht ausspielen zu können? Er tut das nicht aus christlicher Nächstenliebe zu uns.«

Isabél schwieg verbissen. Mochte Fernando im Prinzip recht haben, in ihrer fast ausweglosen Situation blieb ihnen gar nichts anderes übrig, als Carillos Hilfsangebot anzunehmen, mochten noch so viele Hintergedanken damit verbunden sein.

Dass der Erzbischof ungebrochen den erklärten Feinden des kastilischen Königs Unterschlupf gewährte, erzürnte Enrique.

»Ein Mann der Kirche«, wetterte der König, »deckt dieses unchristliche Verhältnis, dieses Konkubinat zweier Rebellen und bereitet ihnen das Nest, wo sich diese Abtrünnigen noch ungestört vermehren können. Aber dem werde ich es zeigen! Er soll sich in Rom vor dem Gericht der Kurie verantworten. Ich wette, den nagelt der Papst eigenhändig ans Kreuz!«

Pacheco de Villena, der neben dem König stand, hielt die Luft an. Wenn der König seinen Onkel in Ungnade fallen ließe, dann könnte es auch ihn treffen! Im Augenblick besaß er zwar einen ziemlich sicheren Stand beim König, aber das konnte sich bereits im nächsten Augenblick wieder ändern. Er holte Luft, um Enrique mit genügend Argumenten seinen Plan auszureden, besann sich jedoch gleich wieder. Er musste Enriques Plan verhindern, aber Enrique durfte davon nichts erfahren. Außerdem war es gefährlich, wenn der König zu viel Macht in den Händen hielt. Das konnte für den gesamten kastilischen Adel, und damit auch für ihn, sehr zum Nachteil gereichen.

Während der König seinem Sekretär das Schreiben an den Papst diktierte, ließ Pacheco seine eigenen Verbindungen nach Rom spielen. Obwohl Papst Paul II. Enrique stets seine Unterstützung zuteil werden ließ, schaffte es Pacheco de Villena tatsächlich, dass die Akte Carillo geschlossen wurde.

Aber Pacheco hatte noch mehr vor. Er hielt sich immer ein Hintertürchen offen und versuchte durch allerlei Manipulationen, das Spiel zwischen den Fronten zu seinen Gunsten zu gestalten. Da die Variante des Hochzeitsspiels des Pedro Vaca durch die Geburt eines Mädchens null und nichtig geworden war, stand die zehnjährige Juanita für eine erneute Verheiratung zur Verfügung. Pacheco stieß bei Enrique auf offene Ohren. Die Abfuhr, die ihm der Papst erteilt hatte, indem er Erzbischof Carillo nicht seines Amtes enthob, hatte Enrique gedemütigt. Es schmeichelte seiner gekränkten Seele, als Pacheco ihm vorschlug, doch eine Annäherung an Portugal zu forcieren, indem er Juanita dem portugiesischen König Alfonso V. zur Frau gäbe. Schließlich hätte König Alfonso eine kleine Entschädigung für die geplatzte Hochzeit mit Isabél verdient. Außerdem sei Portugal ja durch seine afrikanischen Kolonien ein nicht zu verachtender Bündnispartner.

Fast übereifrig stimmte Enrique Pachecos Vorschlag zu. Der Großmeister konnte zufrieden sein, ein sehr günstiges Bild beim König hinterlassen zu haben.

Nachdem eine kastilische Delegation bei König Alfonso V. von Portugal vorstellig geworden war, signalisierte dieser Zustimmung. Das Treffen zum Aushandeln der Klauseln des Ehevertrags sollte in Bajadoz stattfinden. Enrique selbst würde die Verhandlungen als Vater und König führen.

Wie schon das Fest in Medina del Campo stattete Enrique auch diesen Zug mit großem Pomp aus. Selbst jeglichem Luxus abhold, wollte er damit jedoch zeigen, welche Bedeutung er dieser Hochzeit beimaß. Und natürlich sollte es seiner verhassten Schwester zu Ohren kommen. Nie und nimmer würde er sich von ihr in die Knie zwingen lassen. Früher oder später würden die Granden, wenn sie endlich aufhören würden, sich ständig selbst zu bekämpfen, sie mit Schimpf und Schande aus dem Land jagen.

Derart gut gelaunt, erreichte der Zug die Stadttore von Bajadoz. Zu Enriques großem Erstaunen waren sie geschlossen.

»He, Ihr Stadtwachen da oben, öffnet sofort das Tor! Hier steht der König und verlangt Einlass.« Empört drehte er sich zu seinem Hauptmann um. »Was geht hier vor sich? Warum ist das Tor geschlossen? Ist etwa die Pest ausgebrochen?«

Der Hauptmann schüttelte den Kopf. »Nicht, dass ich wüsste ...«

»Rebellion?« Enriques rote Barthaare sträubten sich wie bei einem wütenden Kater.

Oben auf der Festungsmauer erschien Graf von Feria, der Gouverneur der Stadt.

»Hoheit, als Gouverneur der Stadt steht es mir zu, Euch das Betreten zu untersagen. Ihr habt mir zu verstehen gegeben, dass ich bei Euch in Ungnade gefallen sei. Es war ungerecht und außerdem ehrverletzend.«

»Feria, was soll das? Es war eine Meinungsverschiedenheit zwischen uns. Vergeben und vergessen!«

»Meinungsverschiedenheit?«, höhnte der Gouverneur. »Ihr wolltet mich sogar verhaften lassen, obwohl Ihr im Unrecht seid, Majestät!«

»So war es doch nicht gemeint. Ich hätte Euch schon wieder laufen lassen, Graf. Schließlich war es nur eine Bagatelle. Nun macht endlich das Tor auf!«

»Das Tor bleibt zu! Hättet Ihr mich verhaften lassen, hättet Ihr ebenfalls vor verschlossenem Tor gestanden. Der Gouverneur von Bajadoz bin immer noch ich!«

»Verdammt, macht auf, Graf! Ich erwarte eine portugiesische Gesandtschaft!«

»Und wenn es der Papst höchstpersönlich ist. Erst wenn Ihr mich rehabilitiert habt, dürft Ihr die Stadt betreten!«

»Ich bin der König! Diese Stadt gehört mir!«, tönte Enrique wütend.

Graf von Feria gab ihm keine Antwort, sondern verschwand. Ratlos und verärgert blieb der Tross des Königs vor dem Tor stehen.

»Gut, wenn er nicht will, gehen wir eben woanders hin. In der Nähe wird es wohl etwas geben, wo wir uns mit den Portugiesen treffen können ...«

Während sie unverrichteter Dinge umkehrten und versuchten,

eine andere geeignete Örtlichkeit für das Treffen zu finden, traf die portugiesische Gesandtschaft ein. Zutiefst verwundert über die chaotischen Zustände, zeigten sie plötzlich deutliche Zurückhaltung. Was war das für ein jämmerlicher König, der sich nicht einmal gegen seine eigenen Untertanen durchsetzen konnte!

Der portugiesische König, brüskiert und gekränkt, brach sofort das Unternehmen ab. Plötzlich schien sich alles gegen Enrique verschworen zu haben.

ꟹ

Isabél saß neben der Wiege und schaukelte ihr Kind sacht in den Schlaf. Die Amme hatte es zuvor gestillt, und es lag satt und rosig in den Kissen. Fernando beugte sich über Isabél und hauchte ihr einen Kuss auf die Wange. Sie sah so still und friedlich aus, rundlich geworden und mit einem Ausdruck von Stolz im Gesicht, den wohl jede Mutter besitzt, die ein wohlgeratenes Kind geboren hat.

Sie blickte auf, und er bemerkte eine seltsame Traurigkeit in ihren Augen.

»Nun trauere doch diesem Bischof nicht nach«, sagte er. »Er hat dich benutzt, um seine eigenen Interessen durchzusetzen. Er wollte aus der zweiten Reihe agieren, mit dir als willfährige Puppe. Isabél, wach endlich auf! Hier in Kastilien scheint wirklich jeder nur an seinem eigenen Vorteil interessiert zu sein. Und man scheut nicht davor zurück, andere Menschen dafür zu benutzen, selbst eine Infantin.«

»Du hast ihn beleidigt. Das hat er trotzdem nicht verdient. Er hat so viel für uns getan.«

»Pah, nur das, was ihm in den Kram passte.« Er beugte sich noch weiter zu ihr herab. »Wusstest du, dass der päpstliche Dispens gefälscht war?«

Sie senkte den Kopf und nickte schwach. »Ich weiß«, flüsterte sie.

»Und?«

»Ich werde einen Brief an den Papst schicken und meine Verfehlung gestehen. Ich hoffe, dass er mir Absolution erteilt.«

Fernando seufzte. »Jedenfalls scheint Carillo der Meinung zu sein, dass wir ihm nichts mehr nützen. Sonst hätte er sich nicht nach Toledo zurückgezogen.«

Isabél schwieg. Es war eine schmerzhafte Lehre. Er war ihr letzter Verbündeter gewesen. Alle hatten sie verlassen, alle, auch Carillo. Ihre Ehe stand unter einem schlechten Stern. Sie wischte verstohlen eine Träne von der Wange. Fernando kniete neben ihr nieder und streichelte ihre Hand. Plötzlich empfand er wieder Mitleid mit ihr. Sie war voller Stärke, Geradlinigkeit und Willenskraft, was er an ihr bewunderte. Aber auch Fernando fühlte sich auf verlorenem Posten. Sein eigener Vater hatte ihm auch die Unterstützung versagt!

Es waren wohl Isabéls Geradlinigkeit und Wahrheitsliebe, die sie veranlassten, einen Brief an den Papst zu richten. Ihr Gewissen ließ ihr keine Ruhe, und all ihre Gebete nützten nichts. Sie fand ihren Seelenfrieden nicht, solange sie ihre Ehe mit Fernando nicht würde legalisieren können.

ℵ

Pietro Barbo, der sich Papst Paul II. nannte, entstammte einer reichen venezianischen Kaufmannsfamilie. Seine Mutter war die Schwester von Papst Eugen IV. Pietro profitierte von dieser Verwandtschaft. Schon bald wurde er Apostolischer Pronotar, Archediakon, Bischof von Cervia, Vicenza, Padua. Aus seinen ergiebigen Pfründen ließ er sich den Palazzo Venezia in Rom erbauen. Des Lateins nicht mächtig und der Bildung eher abgeneigt, sympathisierte er mit dem unkonventionellen und wenig intellektuellen kastilischen König Enrique. Durch Isabéls flehenden Brief ließ er sich nicht erweichen. Er entschied, die Ehe sei illegal.

König Enrique empfand den Entscheid des Pontifex als kleine Genugtuung für die entstandenen Rückschläge und Schlappen. Außerdem kam ihm zu Ohren, dass Erzbischof Carillo und das Prinzenpaar sich zerstritten hätten.

Doch Fortuna war eine launische Göttin. Im Juli des Jahres 1471 verstarb Papst Paul II. Es war ein Jahr der Unsicherheit und Angst für Isabél und Fernando. Doch mit dem Tod des Papstes konnten sie hoffen, dass ein neuer Glücksstern für sie am Himmel aufgehen würde.

Der Wechsel auf dem Stuhl Petri bescherte Isabél und Fernando einen Hoffnungsschimmer. Nach den vorgeschriebenen vierzig Tagen Trauerzeit und einem dreitägigen Konzil wurde überraschend der siebenundfünfzigjährige Francesco della Rovere zum Papst gewählt. Er nannte sich Sixtus IV. Dieser Papst war genau das Gegenteil seines Vorgängers: Aus ärmlichen Verhältnissen stammend, war er bereits zeitig in geistliche Obhut gegeben worden. Er studierte Philosophie und Theologie, erreichte den Doktorgrad, unterrichtete in wichtigen Universitätsstädten wie Bologna, Padua, Perugia und Siena. Geschätzt als hervorragender Prediger, wurde er aufgrund seiner Leistungen zum Generalminister des gesamten Franziskanerordens gewählt. Von Papst Paul II. noch in den Kardinalsrang erhoben und zur Kurie nach Rom gerufen, wurde er nach dessen Tod überraschend zum Papst gewählt. Ein intelligenter, gebildeter Mann, bei dem Isabél hoffte, Verständnis für ihr Problem zu finden.

Der Traum des neuen Papstes war es, einen Kreuzzug aller Fürsten der Christen gegen die muslimische Gefahr auszurüsten. Die Hingabe der abendländischen Christenheit hatte sich deutlich abgeschwächt und war einem verstärkten Nationalgefühl gewichen. Papst Sixtus IV. schickte deshalb seine Legaten an alle europäischen Fürstenhöfe, um für sein idealistisches Ziel zu werben.

Für Spanien hatte er einen spanischen Kardinal bestimmt, der später noch eine verhängnisvolle Rolle im Zentrum der päpstlichen Macht spielen sollte: Rodrigo Borgia. Im Augenblick jedoch hatte er eine Mission zu erfüllen. Als Aragonier aus Valencia war Borgia eigentlich ein Untertan Fernandos. Rodrigo Borgia litt jedoch nicht an Minderwertigkeitskomplexen. So trat er dem Prinzenpaar völlig unbefangen gegenüber.

Das Treffen fand in Alcalá de Henares statt, wo Fernando und Isabél vorübergehend im erzbischöflichen Palast residierten. Das Prinzenpaar zeigte sich von dem päpstlichen Legaten sofort angetan. Rodrigo Borgia war mittleren Alters, dazu ausgesprochen gut aussehend, intelligent und von gewinnendem Wesen. Seine freundliche, kompromissbereite und offene Art traf bei beiden auf Sympathie. Isabél wusste seine vollendeten Manieren zu schätzen.

Mit sicherem Blick erkannte Borgia, wem die Zukunft im Lande gehören müsste – nicht dem missmutigen, unberechenbaren und unkonventionellen König Enrique mit seiner chaotischen Regierungsführung, sondern einem klugen, berechnenden, weitsichtigen und willensstarken Herrscherpaar. Er wusste nicht, ob er es schaffen würde, dem sich derzeit in einer recht unerquicklichen Lage befindlichen jungen Paar den Ölzweig überbringen zu können. Doch ein Blick in Isabéls blaue Augen sagte ihm, dass er mit seinen Gedanken richtig lag. Einen Herzschlag lang überlegte er, wie sich diese etwas unscheinbare Prinzessin in seinen Armen anfühlen würde. Die Geburt ihres Kindes hatte ihr eine sehr weibliche Anmut verliehen. Aber sofort wurde ihm klar, dass ihre Stärken ganz woanders lagen. Eine so junge Frau mit Herrscheranspruch, mit Intellekt und einem fast beängstigenden eisernen Willen sich selbst gegenüber war nicht alltäglich. Doch zu seiner Mission war wesentlich mehr diplomatisches Geschick vonnöten. Die konstruktive Atmosphäre des Treffens verlieh ihm eine optimistische Stimmung.

»Er ist ganz anders, als man sich zwangsläufig einen Kirchenmann vorstellt«, stellte Isabél später fest, als der Legat wieder abgereist war.

»Du hast wohl immer den alten Carillo vor Augen«, erwiderte Fernando scherzend. »Ja, ja, er wacht wie ein eifersüchtiger Vater über dich und will dir seinen Willen aufzwingen. Ich fühle mich von seiner Fürsorge erdrückt. Traut er uns nicht zu, dass wir auf eigenen Beinen stehen können?«

Isabél reagierte immer noch ein wenig verstockt, wenn die Rede auf den Erzbischof kam. Auch wenn Fernando im Prinzip recht hatte, so hatten sie Carillo doch sehr viel zu verdanken, und trotz seines beleidigten Rückzugs nach Toledo war er immer noch einer ihrer wenigen Verbündeten. Isabéls Blick glitt sinnend aus dem Fenster. Vielleicht bekamen sie bald einen neuen Verbündeten. Was hatte Rodrigo Borgia zum Abschied zu ihnen gesagt? »Wir Spanier müssen doch zusammenhalten!« Sie hatte es für einen leicht dahingesagten Scherz gehalten. Wenn sie aber so richtig darüber nachdachte ...

Das nächste Ziel des päpstlichen Legaten war Segovia, wo der Hof des Königs residierte. Borgia waren die Zustände in Kastilien hinlänglich bekannt. Vor allem die ständigen Zwistigkeiten zwischen den mächtigen Familien des Königreichs hinderten eine auch nur ansatzweise Einigkeit, die aber für einen Kreuzzug gegen die Muslime vonnöten war. Ohne Enrique den Respekt zu versagen, wandte sich Borgia direkt an die Granden und besänftigte ihre aufgeregten Gemüter. Mit sicherem Blick erkannte er, welche Granden zum König halbwegs loyal standen und welche wankelmütig genug waren, bei nächster Gelegenheit die Seiten zu wechseln. Sein Augenmerk fiel auf die Mendozas, die bislang fest zu Enrique und Juanita standen. Pedro Gonzales de Mendoza war ein gebildeter und politisch versierter Mann, der im Reich eine durchaus größere Rolle übernehmen könnte.

»Seine Heiligkeit beabsichtigt, eine der herausragenden Persönlichkeiten Kastiliens zum Kardinal zu befördern«, erklärte Borgia den versammelten Granden, die bei seinen Worten leuchtende Augen bekamen. Er hielt sich noch bedeckt, aber er wusste, wen er der Kurie vorschlagen würde.

Borgia ging noch einen Schritt weiter. Für einen Türkenkrieg benötigte der Papst dringend die starke Mittelmeerflotte Aragóns. Die Kluft zwischen Kastilien und Aragón stand einem gemeinsamen Einsatz entgegen. Er musste unbedingt die beiden Länder befrieden.

Ein Besuch in seiner Heimat Aragón stand nun auf dem Programm. Dort musste Borgia sich bittere Klagen über Enrique anhören. Schnell hatte er sich ein Bild über die Zustände gemacht. Auch Fernando hatte ihm einiges dazu vermittelt. So setzte er alles daran, um Kastilien zu einer versöhnlicheren Haltung gegenüber Aragón zu bewegen.

Pedro

Als Pedro die bescheidene Hütte des Schusters Manuel Galindez betrat, musste er den Kopf einziehen, um sich nicht am niedrigen Türstock zu stoßen. Der alte Manuel hockte an seinem Dreifuß und hämmerte ein Stück Leder an eine Sohle. Sein Sohn Luis saß neben ihm und sortierte Lederflicken. Es roch sehr unangenehm nach fauligem Fleisch, weil an den Deckenbalken ungegerbte Häute zum Trocknen aufgespannt hingen.

»Gott zum Gruß, Meister Galindez«, grüßte Pedro.

Der alte Manuel hob den Kopf und grinste mit seinen schwärzlichen Zahnstummeln. »Gott zum Gruß, Pedro. Vielleicht wird es heute doch noch ein guter Tag. Bringst du einen Auftrag mit?«

»Leider nein, Meister Galindez. Ich bin gekommen, um mich zu verabschieden.«

»So?« Der Schuster hämmerte weiter auf seiner Sohle herum. »Wohin willst du denn gehen?«

Luis sprang auf und räumte einen Stapel Lederflicken von einem Stuhl. »So setz dich doch, Pedro, und erzähle. Gehst du für deinen Vater auf Reisen?«

Pedro schüttelte den Kopf, doch ein breites Lächeln lag auf seinem Gesicht. »Es liegt mir nicht, in den Ölhandel einzusteigen. Außerdem laufen die Geschäfte schlecht, weil die Straßen so unsicher sind. Allerorts Überfälle, Räubereien, Banditen. Der Vater klagt sehr und mit ihm die Händler, die sich nur noch unter Geleitschutz auf die Straßen wagen. Das verteuert natürlich die Waren.«

»Das stimmt«, nickte der alte Manuel zustimmend. »Da, dieses Leder taugt überhaupt nichts. Früher kamen noch die feinen Lederwaren aus Granada, aber seit die Mauren immer mehr zurückgedrängt werden, müssen wir uns mit dem derben Rindsleder begnügen. Das feine Ziegenleder aus dem Atlasgebirge wird schon fast mit Gold aufgewogen.«

»Ja, und deshalb muss man etwas dagegen unternehmen«, platzte Pedro heraus.

»Willst du mit Leder handeln?«, fragte Luis erstaunt. Auch er war in den letzten Jahren in die Höhe geschossen, aber dünn und schmächtig geblieben. Insgeheim bewunderte er seinen Freund Pedro, dessen Statur kräftig und muskulös war. Die Mädchen aus der Stadt machten ihm schöne Augen und riefen ihm scherzende Worte nach. Trotz der Klagen von Pedros Vater stand seine Familie deutlich besser da als die des Schusters. Das alles aber tat der Freundschaft der beiden Jungen keinen Abbruch.

Dass Luis ihm damals das Leben gerettet hatte, vergaß Pedro ihm nie. Nur ihre Treffen am Fluss zum Fischen waren seltener geworden. Luis musste seinen alten Vater unterstützen und würde wohl die kleine Werkstatt bald übernehmen. Seine Brüder verkauften die Schuhe auf dem Markt oder schlugen sich mit Gelegenheitsarbeiten durchs Leben.

»Nein, ich bewerbe mich bei der Santa Hermandad. Der König sucht junge Männer, die in die Bruderschaft eintreten. Sie werden an den Waffen ausgebildet und sollen für Ordnung im Land sorgen. Mit den Räuberbanden muss aufgeräumt und die Straßen sicher gemacht werden. Dann könnt Ihr wieder Ziegenleder aus dem Atlasgebirge einkaufen und mein Vater kann mit seinem Öl handeln.«

»Die Santa Hermandad?« Luis spürte Neid aufkommen. »Ich habe davon gehört. Nur habe ich geglaubt, dass da nur Adlige eintreten können. Muss man dafür nicht Waffengeld zahlen?«

»Sicher! Mein Vater ist bereit, dieses Geld zu zahlen.«

Der Neid in Luis verstärkte sich. So reich war also dieser Ölhändler! Warum beklagte er sich dann? Offensichtlich hatten alle in Pedros Familie satt zu essen.

Pedro stellte einen kleinen Krug mit Olivenöl auf den Tisch. »Es ist ein Geschenk vom Vater«, sagte er und erhob sich.

»Tausend Dank! Sag deinem Vater, dass wir uns sehr darüber freuen. Und dir, Pedro, wünschen wir Gottes Segen auf deinem Weg.«

Pedros Augen wanderten zu Luis, der noch bleicher war als sonst.

»Ich ... ich wünsche dir auch Gottes Segen«, flüsterte er mit erstickter Stimme. Er schluckte schwer, und sein spitzer Adamsapfel hüpfte in seinem Hals auf und ab.

»Ich danke euch allen«, erwiderte Pedro und glühte vor Stolz. »Natürlich werde ich euch nicht vergessen. Vor allem dich nicht, mein Freund.« Er ging zu Luis und klopfte ihm auf die Schulter. »Du hast ja nun auch deine Bestimmung gefunden. Jeder von uns geht seinen Weg. Gottes Segen, Luis.«

Luis erhob sich, und in seinen Augen schimmerte es feucht. Die beiden jungen Männer umarmten sich. Beiden war klar, die Kinderzeit war endgültig vorbei.

Eilig verließ Pedro das Haus des Schusters. Er hasste sentimentale Abschiede. Mit großen Schritten lief er den staubigen Weg entlang.

»He, Pedro, wohin so eilig?« Dolores stemmte die Hände in die Hüfte, und ihre schwarzen Augen funkelten abenteuerlustig. Ihre Wangen waren von der Arbeit gerötet, das Haar klebte auf ihrer verschwitzten Stirn.

Pedro blieb stehen. Dolores' Bluse war weit geöffnet und gestattete einen tiefen Blick auf ihre kugelrunden Brüste. Vorbei war die Zeit, als sie einer säugenden Hündin ähnelte. Auch Dolores hatte sich zu einem prallen Gänschen gemausert, das nicht zu verachten war.

Er verzog das Gesicht zu einer traurigen Grimasse. »Ich werde Aranjuez verlassen«, sagte er und stierte in ihren Ausschnitt.

Dolores lachte. »Ach, tatsächlich? Und wo willst du hin?«

»Ich trete der Santa Hermandad bei.« Bei diesen Worten reckte er sich, um noch größer und stattlicher zu erscheinen.

»Der Bruderschaft?« Ihr spöttisches Lachen gellte in seinen Ohren. Ihre weißen Zähne blitzten, und ihre Lippen glänzten feucht und rot wie reife Kirschen. »Du kannst keusch und enthaltsam leben? Du kannst schweigen?«

»Kann ich«, erwiderte er. »Und ich kann kämpfen. Ich sorge dafür, dass die Straßen Kastiliens sicherer werden.«

»So, so. Pedro, der Retter Kastiliens!« Sie drehte kokett ihre Hüfte hin und her. »Dann sind wir schrecklich stolz auf dich. Wenn es stimmt.«

»Was soll nicht stimmen? Mein Vater zahlt das Waffengeld. Und ich werde nach den Regeln des Ordens leben, das werde ich im Gelübde schwören.«

Sie verengte ihre schönen Augen. »Aber noch hast du das Gelübde nicht abgelegt, nicht wahr?«

»N... nein, noch nicht.« Auch sein Blick wurde lauernd. »Willst du nicht ... ich meine ... willst du dich nicht von mir verabschieden?«

»Kommt darauf an ...«, erwiderte sie ausweichend. Sie schlenderte langsam zu einem Gebüsch hinter dem Garten, ohne ihn aus den Augen zu lassen. Pedro folgte ihr im gleichen Tempo.

»Ich ... ich weiß ja nicht, ob du Luis vorziehst ...«

»Luis?« Sie lachte und warf den Kopf in den Nacken. »Diese blasse Bohnenstange?«

»Na, na, er ist schrecklich verliebt in dich.«

»Soll er doch! Ich bin aber nicht verliebt in ihn.«

»Und in wen bist du verliebt?« Er wusste ohnehin, dass ihre Antwort gelogen war, egal wie sie ausfiel. Dolores war dafür bekannt, dass sie allen Männern den Kopf verdrehte und keineswegs prüde war. Böse Zungen behaupteten, dass ihretwegen ein zweiter Beichtstuhl in der Kirche aufgestellt werden musste.

»Vielleicht in dich?« Sie blieb stehen und drehte wieder die Hüfte. Pedro hatte sie eingeholt und griff ungeniert in ihre Bluse. Sie kicherte und schlug die Augen nieder, hielt aber still.

»Dann beweise es mir doch«, forderte er.

Dolores zögerte, doch ihre Miene verriet, dass sie nicht abgeneigt war. Pedro wurde ungeduldig.

»Zier dich nicht! So einen Mann wie mich bekommst du nicht so schnell wieder unter deinen Rock, Süße. Vergiss diesen Luis und nimm mich. Ich habe genug Kraft in den Lenden und bin auch nicht beschnitten wie er.«

Ihre Augen weiteten sich. »Was du nicht sagst! Das musst du aber jetzt beweisen!«

»Nichts leichter als das«, lachte Pedro. Er drückte Dolores ins Gras, ließ den Gürtel neben ihr fallen und warf sich auf sie.

Das Komplott

Beatríz seufzte leise, als sie das Tablett mit den koscheren Speisen hereintrug. Sie stellte es auf den mit einem kostbar gewirkten Tuch bedeckten Tisch. Der alte Mann mit dem langen Rauschebart und den klugen dunklen Augen blickte auf, schwieg jedoch. Erst als sie das Zimmer wieder verlassen hatte, wandte er sich an seinen Gastgeber.

»Sag, Andrés, warum schaut dein Weib so traurig? Bist du ihr kein guter Ehemann?«

Andrés Cabrera lachte auf. »Wie kommst du darauf? Sie ist mir eine ebenso liebende Gattin wie ich ihr ein guter Ehemann bin. Aber es betrübt mich ebenso, sie traurig zu sehen. Dabei ist sie sonst so ein lebenslustiges und temperamentvolles Geschöpf. Als ich sie kennen lernte, da war sie schon so traurig. Ich glaubte, sie mit meiner Zuneigung aufheitern zu können, und für einige Zeit ist es mir auch gelungen.«

»Leidet sie an einer Krankheit des Gemüts? In Toledo gibt es einen berühmten Arzt, den ich empfehlen kann.«

»Wo denkst du hin, Abraham! Beatríz ist nicht krank. Sie leidet nur unter der Trennung von ihrer Freundin Isabél. Drei Jahre ist es nun schon her, dass Beatríz sich von Isabél abgewendet hat, doch sowohl das Gewissen als auch ihre Sehnsucht lassen sie nicht schlafen. Sie hätte sich so gern wieder mit Isabél versöhnt, aber die derzeitige Situation lässt es nicht zu. Der König steht seiner Schwester unversöhnlich gegenüber.«

»Wohl weniger der König selbst als seine Berater, die es ihm immer wieder einflüstern«, entgegnete Abraham und griff nach einem Stück Zickleinfleisch. Er kostete genüsslich und nickte dann zufrieden.

»Bei Gott, wie wohl tut es, endlich wieder einmal nach den Traditionen unserer Väter speisen zu dürfen. Das Reisen über ein christliches Land bringt für unsereins schon gewaltige Probleme mit sich. Aber damit hast du wohl keine Probleme, schließlich bist du konvertiert.«

Cabrera winkte ab, und seine Miene verdüsterte sich.

»Nicht nur das Reisen bringt Probleme«, gab er zurück. »Ob konvertiert oder nicht, es gibt immer wieder Leute, die judenfeindliche Töne anschlagen; und sie machen dabei keinen Unterschied.«

»Du meinst damit den Marqués, nicht wahr?«

Cabrera nickte und senkte den Kopf. »Madrid hat er mir schon genommen, jetzt will er auch mein Amt als Statthalter haben. Er lässt nichts unversucht und schreckt auch nicht davor zurück, mich als Converso zu diffamieren.«

»Schreitet der König nicht dagegen ein?«, wollte Abraham wissen.

Sein Gastgeber winkte müde ab. »Er beteuert immer wieder, dass er weder was gegen Juden noch gegen Conversos hätte. Aber dieser Pacheco hat mehr Macht bei Hofe als der König. Das ist das Schlimme.«

Abraham blickte nachdenklich und zupfte sich am Bart. »Es ist wirklich schlimm, was da derzeit geschieht. Es müssen wieder geordnete Verhältnisse an der Spitze des Reichs herrschen, sonst nimmt es noch ein böses Ende.«

Andrés lachte bitter auf. »Und wie, bitte, soll das geschehen?«

Der alte Jude überlegte. »Der Marqués ist einer derjenigen, der dem König rät, sich keinesfalls wieder mit Isabél zu versöhnen. Manchmal denke ich, der König würde diesen Schritt schon ganz gern tun. Ihm ist nicht an Spannungen gelegen. Aber seine Ratgeber liegen ihm ständig in den Ohren.«

»Wahrscheinlich hat er Angst vor dieser kleinen Prinzessin, wenn sie ihn scharf mit ihren blauen Augen anschaut«, gab Cabrera spöttisch zurück.

Abraham blieb ernst. »Das ist gar nicht so abwegig. Stell dir mal vor, der König versöhnt sich wieder mit Isabél. Pacheco de Villena würde gewaltig an Macht und Einfluss bei Hofe verlieren.«

»Stimmt! Doch Enrique wird sich nicht gegen den Marqués durchsetzen.«

»Da hast du recht«, stimmte Abraham zu. »Wenn jedoch jemand anderes den ersten Schritt geht ...«

»Jemand anderes?« Cabreras Augen weiteten sich. »Du meinst ...«

»Ganz recht. Isabél. Ich glaube nämlich nicht, dass sie in ihrer jetzigen Lage recht glücklich ist.«

»Hm!« Andrés kratzte sich nachdenklich am Kinn. »Und wie sollen wir Isabél dazu bringen ...« Er vollendete den Satz nicht. »Beatríz! Natürlich, die Freundinnen!«

»Beatríz müsste sich zuerst mit Isabél aussöhnen. Ich bin überzeugt, dass dies problemlos gelingen wird, zumal Beatríz wohl an einer Aussöhnung sehr gelegen ist. Dann soll sie Isabél davon überzeugen, sich mit Enrique wieder auszusöhnen.«

»Was allerdings wohl ein bisschen schwerer sein wird«, warf Andrés ein.

»Wir brauchen dazu natürlich weitere Verbündete«, erklärte Abraham. »Mächtige Verbündete, die uns dabei unterstützen.«

»An wen denkst du?«

»An die Mendozas.«

Cabrera ließ vor Schreck und Überraschung sein Messer fallen, das klirrend auf die Platte fiel. »Ausgerechnet die Mendozas? Aber sie sind doch gegen Isabél eingestellt und stehen auf der Seite Juanitas!«

Abraham schüttelte sein greises Haupt. »So stark ist dieser Widerstand gar nicht. Zum einen munkelt man, dass Pedro Gonzales wohl der Favorit für den Kardinalsposten sei. Damit muss er sich auch zur Befriedung des Landes bekennen. Und zweitens sind ihm Pacheco de Villenas Machenschaften schon lange ein Dorn im Auge. Ich glaube, allein seiner Loyalität gegenüber dem König ist es zu verdanken, dass er Villena noch nicht den Kampf angesagt hat.«

»Aber wenn sich die Mendozas auf einen Krieg gegen Villena einlassen, rückt der Kardinalshut wieder in weite Ferne.«

»Du hast mich verstanden, Andrés. Mendoza wird dir seine Unterstützung nicht versagen. Und wir reinigen die Krone von klebrigen Fliegen.«

Cabrera maß Abraham mit einem durchdringenden Blick. »Weißt du, dass das Hochverrat ist? Wenn es schief geht, verlieren wir beide unseren Kopf.«

»Ich weiß«, erwiderte Abraham mit einem weisen Lächeln. »Aber das ist es wert. Bei Gott, das ist es wert!«

Auf der kastilischen Hochebene herrschte Gewalt, die einzige Sprache, die die Granden kannten. Ständig gab es Metzeleien; mal wurde hier ein Dorf überfallen, mal dort eine Stadt ausgeplündert.

Beschwerden am Königshof waren meist sinnlos versuchte König Enrique doch stets zu schlichten und Ruhe und Frieden wiederherzustellen. Die hitzigen Granden jedoch wollten Sieg und Rache. Sie ließen das Schwert sprechen.

Leider besaß Enrique nicht das Gespür für die charakterlichen Unzulänglichkeiten seiner Mitmenschen, um zwischen Freund und Feind zu unterscheiden. Sein beinahe alles verzeihendes Wesen öffnete auch den Missgünstigen, Intriganten und Verrätern Tür und Tor.

Die alteingesessene Familie der Mendozas bildete ein nicht unbeträchtliches Machtpotenzial in der näheren Umgebung des Königs. Ausgestattet mit einflussreichen Posten als Berater sowie mit Lehen und Kirchenpfründen, konnten sie sich ein gutes Leben leisten.

Pedro Gonzales de Mendoza war ein gut aussehender, stattlicher Mann, den der König zum Bischof von Calahorra ernannt hatte. Politisch zwar unerfahren, glänzte Gonzales jedoch mit wachem Geist, hoher Bildung und unerschütterlicher Loyalität. Seinen klugen, stets kritisch blickenden Augen entging nichts, was sich am Hofe tat. Gehasst und gefürchtet von seinen Feinden, wie Carillo und Pacheco de Villena, schien er sich um Anfeindungen und Intrigen gegen ihn nicht zu kümmern. Als Kirchenmann führte er ein sehr weltliches Leben und beherbergte seine Mätressen in seinem ansehnlichen Palast. Ja, er brüstete sich öffentlich mit seiner ausschweifenden Hofhaltung und lobte seine Bettgespielinnen ob ihrer Talente.

Er trauerte der auferlegten Ehelosigkeit nicht nach. Im Gegenteil, er fand es wesentlich bequemer und amüsanter, sich einen Harem zu halten. Die Mätressen waren nämlich nicht erbberechtigt wie eine Ehefrau. Wurden sie zänkisch und unzufrieden, so konnte er sie ohne Probleme wieder loswerden. Den ständigen Vorwürfen anderer Kirchenführer, die ihn wegen seiner fleischlichen Sünden kritisierten, widersprach er damit, dass Gott sich wohl etwas dabei gedacht haben müsse, den Mann mit einem Zeugungsorgan auszustatten. Hätte Gott nämlich wirklich enthaltsame Diener gewollt, hätte er ein drittes, neutrales Geschlecht geschaffen, dem die Sehnsucht nach dem Weib nicht in die Seele gepflanzt worden wäre.

Das täuschte so manchen seiner Gegenspieler darüber hinweg, wie einflussreich und wachsam Mendoza war, wenn es um Enrique ging. Mit Hilfe einiger seiner Familienmitglieder, wie seines Cousins Iñigo, beschützte er den König, ohne dass dieser es wirklich bemerkte. Gonzales hegte den Verdacht, dass die Feinde des Königs nicht einmal vor Mord zurückschreckten.

Sein üppiges Leben täuschte auch darüber hinweg, dass er sich als einer der wenigen Granden ernsthaft Gedanken über den Zustand des Königreiches machte. Nicht nur das eigene Wohl war bedeutend, sondern das Wohl des Landes. Wo sonst konnte der Adel besser leben als in einem befriedeten, wirtschaftlich funktionierenden Land? Die kleinlichen Kriege der Adelssippen wirkten dem entgegen. Doch noch wusste der Bischof nicht, in welche Richtung er seinen Einfluss ausweiten sollte. Er konnte warten und würde dabei seine Feinde fest im Auge behalten. Dem König gegenüber loyal zu sein, konnte erst einmal nicht schaden. Doch er war klug genug zu erkennen, dass Enrique nicht der König war, Kastilien mit fester Hand zu führen und das Land wieder zu seiner einstigen Macht und Stärke zu bringen.

Bereits seit dem Besuch des päpstlichen Legaten Rodrigo Borgia war es in der Adelsfamilie der Mendozas zu einem Gesinnungswandel gekommen. Dies geschah kaum merklich und langsam. Vor allem Pedro Gonzales und die Brüder Iñigo López und Diego Hurtado freundeten sich mit dem Gedanken an, dass sich Isabél und Enrique wieder annäherten. Die eindringlichen Worte Borgias noch im Ohr, eine Befriedung des Landes ginge nur über die Beilegung der Zwistigkeiten zwischen den Adelsfamilien, ließen ihr selbst errichtetes Bollwerk um die erklärte Thronfolgerin Juanita aufweichen. Zumindest hörten sie sich geduldig die streng geheimen Pläne des Statthalters an.

Cabrera trug noch ein unbehagliches Gefühl im Bauch herum, denn wenn die Mendozas ihn auslieferten, war sein Leben keinen verbeulten Maravedí wert.

Wahrscheinlich beschäftigten die Mendozas sich schon eine Weile mit dem Gedanken einer Annäherung an Isabél, denn sie zeigten sich sehr interessiert. Diego Hurtado schlug sogar vor, das Prinzenpaar zu sich nach Guadalajara einzuladen und somit eine Bereitschaft für Verhandlungen zu zeigen.

Nun, Andrés Cabrera konnte damit einen großen Erfolg für sich verbuchen. Er nutzte die Gunst der Stunde, um den Mendozas einen Pakt vorzuschlagen, der sich auch für ihn in klingender Münze auszahlte. Sein Idealismus hielt sich in Grenzen, doch die Mendozas zeigten sich nicht kleinlich. Für seine Rolle in dieser diffizilen Geschichte wurde Andrés Cabrera mit den Ländereien von Moya nahe Segovia belohnt.

Diego Hurtado de Mendoza machte sein Versprechen wahr und lud das Prinzenpaar zu sich nach Guadalajara ein. Isabél und Fernando nahmen die Einladung an.

»Du, es hat wohl gewirkt, dass wir dem päpstlichen Legaten Gonzales de Mendoza als zukünftigen Kardinal empfohlen haben. So unverrückbar scheinen sie nicht mehr hinter Juanita zu stehen.« Fernando konnte sich ein leichtes Grinsen nicht verkneifen.

»Du solltest nicht so spöttisch sein«, rügte Isabél ihn. »Eine Einladung ist ein Akt der Höflichkeit, weiter nichts.«

»Diese Einladung sicher nicht. Vielleicht hat ihn seine Familie vorgeschickt, um Kontakt mit uns aufzunehmen. Niemand macht etwas ohne Absicht.«

»Als der Erzbischof uns im vergangenen Jahr eingeladen hatte, steckte doch auch keine bestimmte Absicht dahinter. Er ist ein alter Mann. Er war jahrelang mein Beichtvater, und er hat sich einfach gefreut, uns wiederzusehen.«

»Ich habe erfahren, dass mein Vater mit Carillo gesprochen hat. Er hat ihm nahe gelegt, die Unstimmigkeiten nicht so schwer zu nehmen.«

»Na ja, was willst du? Es sind doch sehr versöhnliche Worte. Und ich wette, auch die Mendozas setzen auf Versöhnung.« Isabél schien nicht mehr zu erwarten. »Man muss eben Geduld haben.«

Wie ein verwundeter Bär hatte sich Erzbischof Carillo auf sein Landgut nahe Toledo zurückgezogen. Er war zutiefst verletzt und gedemütigt, und es schmerzte ihn ungemein. Als Letzter hatte er zu Isabél und Fernando gestanden und natürlich Dankbarkeit und Gehorsam erwartet. Schließlich war er der geistige Vater der hochfliegenden Pläne, die Isabél auf den kastilischen Thron und ihn an die Hebel der Macht bringen sollten. Er hatte viel riskiert. Zu viel?

Er war nicht begeistert, als sich Besuch ankündigte: Fadrique Enriquez, einer seiner wenigen Verbündeten. Carillo empfing Fadrique missmutig.

»Du bist nicht nur ein alter, griesgrämiger Mann, du benimmst dich auch so«, stellte Enriquez fest und machte es sich auf einer gepolsterten Sitzbank bequem. Ein Page brachte gekühlten Wein.

Carillo grummelte etwas Unverständliches vor sich hin. »Ich mag es eben nicht, wenn andere mein Schicksal bestimmen.«

Fadrique grinste. »Ich weiß, du willst immer nur das Schicksal anderer bestimmen. So wie das der blonden Prinzessin.«

Carillo seufzte theatralisch. »Isabél! Mein Gott, was war sie für ein liebes Kind. Sie war so folgsam. Als ich sie damals an die Hand nahm, war ich sicher, dass sie die Liebe, Folgsame sein würde, die ich einmal auf den Thron führen werde. Sie war ein kleines Mädchen, das mit Spinnen beschäftigt war. Nun sehe ich sie an ihrem eigenen Spinnrad arbeiten.«

»Ja, ja, das Küken ist flügge geworden«, erwiderte der Admiral amüsiert. Beinahe bekam er Mitleid mit dem alten Erzbischof. Doch er kannte Carillo zu genau, um sich von Gefühlen hinreißen zu lassen. Dieser Mann war durch und durch ein Feudalherr, erzkonservativ und unversöhnlich. In seinem Ehrgeiz konnte er äußerst unbarmherzig sein. Dass seine Schützlinge sich einmal über ihn erheben könnten, ohne ihn auskommen und zudem ihn zurückweisen würden, hätte er sich niemals träumen lassen, und das verletzte sein Selbstverständnis zutiefst.

»Juan[8] hat versucht zu schlichten«, fuhr Carillo fort. »Ich solle die Worte der Jugend nicht so in die Waagschale werfen.«

»Ein Vater bittet für seinen Sohn. Schließlich ist Fernando nun der Ehemann von Isabél und möchte auch als solcher auftreten. Der Aragonier besitzt eben eine ordentliche Portion Stolz.«

»Mag sein«, knurrte Carillo. »Aber gehört sich das denn von diesem Grünschnabel? Ein bisschen mehr Dankbarkeit könnte er schon zeigen, dafür, dass ich ihm die kastilische Krone besorgt habe.«

Fadrique hob seine Augenbrauen. »Du verlangst ziemlich viel. Und bislang hat er die Krone noch gar nicht. Die beiden fühlen sich wie Jagdwild und sind ständig auf der Flucht. Ich kann verstehen, dass Fernando ungehalten ist.«

---

8 Gemeint ist der aragonesische König Juan II.

»Sie haben mich im vergangenen Jahr besucht«, fuhr Carillo mit leiser Stimme fort. »Irgendwie war das ganze Treffen peinlich. Wir standen uns gegenüber wie Fremde. Ich mag Isabél, aber sie hat sich verändert.«

»Sie ist eben erwachsen geworden. Vielleicht ist sie es leid, ständig gegen den König zu stehen«, mutmaßte Enriquez. »Sie hat ja davon nur Nachteile.«

»Und ich glaube nicht, dass sie sich mit dem König aussöhnt. Aber auch wenn sie nicht auf der Seite des Königs steht, bedeutet es nicht, dass sie auf unserer Seite ist.«

»Auf wessen Seite denn sonst?«

Carillo legte sein Gesicht in Falten, und es zeigte sowohl Besorgnis als auch Resignation. »Auf ihrer eigenen.«

Wieder einmal wechselten Fernando und Isabél ihren Aufenthaltsort. In dem kleinen Örtchen Aranda erhielten sie Unterschlupf. Fernando war es langsam leid, wie ein verfolgter Verbrecher vor den Spitzeln Enriques zu flüchten. Isabél nahm es mit stoischem Gleichmut. Was blieb ihr auch anderes übrig? Alle Vertrauten hatten sie verlassen, selbst das Verhältnis zu Alfonso Carillo hatte sich deutlich abgekühlt. So angenehm sie beide es empfanden, dass er ihnen in nichts mehr hineinredete, so fehlte er Isabél doch als Stütze und Ratgeber. Sie verkroch sich in ihre Rolle als Mutter.

Es waren die schönsten Stunden, die sie mit ihrem Kind verbrachte. Oftmals, wenn sie die kleine Isabél betrachtete, konnte sie es nicht begreifen, dass es ihr Kind war. Sie hatte es geboren, es war ihr Fleisch und Blut. Wie eine Zuschauerin auf der Tribüne beobachtete sie das Wachsen und Gedeihen der kleinen Prinzessin, erstaunt und gleichzeitig stolz. Das erste Lächeln, das erste Zähnchen, der erste Griff nach ihrem Finger. Dann die ersten Schritte, das erste gebrabbelte Wort. So ein kleiner Mensch war schon ein großes Wunder!

Isabél bestand darauf, dass eine gute Amme und eine ausgesuchte Kinderfrau bezahlt wurden, um sich um die kleine Infantin zu kümmern. Lieber verzichtete sie selbst auf Bequemlichkeit und Luxus. Dem Kind durfte es an nichts fehlen.

Fernando fand Isabéls Fürsorge übertrieben. Obwohl es bereits sein drittes Kind war, das er gezeugt hatte, fand er doch keine rechte Beziehung zu ihm. Es war das erste Kind, das unter seiner Obhut aufwuchs. Männer waren zum Kämpfen da, Frauen zum Kinderkriegen.

»Ich werde dafür sorgen, dass du einmal eine bessere Zukunft hast«, sagte Isabél zu ihrer Tochter, die ihr aus blauen Augen ein strahlendes Lächeln schenkte.

Die Kinderfrau nahm die Kleine an sich und führte sie wieder hinaus. Sinnend blickte Isabél ihnen nach.

»Auch Mutter zu sein ist eine Verpflichtung«, sagte sie zu Fernando. »Ich bin für die sichere Zukunft der Infantin verantwortlich. Dessen werde ich mir immer bewusst sein.«

»Für unsere Familie bist du schon die Königin«, erwiderte Fernando.

Er erhob sich und hauchte ihr einen Kuss auf die rosige Wange. Die innere Stärke seiner Frau erweckte in ihm Bewunderung, ihre moralische Größe langweilte ihn. Aber sie an seiner Seite zu haben, war schon ein Glücksumstand, für den er sie liebte. Dann zog er es doch vor, einer männlichen Betätigung nachzugehen, und rüstete zu einem kleinen Jagdausflug.

»Hoheit, verzeiht, dass ich Euch störe ...« Ein Page verbeugte sich mehrmals und trat seltsam unentschlossen von einem Fuß auf den anderen.

»Ja?« Isabél schreckte aus ihren Gedanken auf.

»Draußen wartet eine Frau, die Euch zu sprechen wünscht.«

»Lass sie eintreten.«

»Das ... das geht nicht«, erwiderte er und wich ihrem Blick aus. »Es ist eine gemeine Bäuerin auf einem Esel.«

»Hast du sie gefragt, was sie will? Will sie etwas verkaufen?«

»Sie will zu Euch, Hoheit. Ich habe ihr gesagt, dass Ihr sie nicht empfangen werdet.«

»Und warum nicht?«

»Hoheit! Es geht um Eure Sicherheit! Ich habe strikte Anweisungen, niemanden vorzulassen, der nicht absolut vertrauenswürdig ist. Und diese Fremde ...«

»Anweisung von wem?«, unterbrach Isabél ihn.

»Von Monsignore Carillo und Seiner Hoheit Prinz F...«

»Monsignore Carillo? Die Anweisungen erteile ich, verstanden?«

Der Page verbeugte sich bis zum Boden. »Jawohl, Hoheit, wenn es Euer Wunsch ist ...«

»Es ist nicht nur mein ausdrücklicher Wunsch, sondern mein Befehl! Für alles, was in meiner Umgebung geschieht, bin auch ich zuständig. Und nun lass diese Bäuerin ein.«

»Hoheit, diese Bäuerin ... sie ist ... sie ist schmutzig.«

»Das haben Bauern meist so an sich«, gab sie ungehalten zurück. »Es ist ihre Arbeit, den Boden zu beackern und Vieh zu hüten. Wir alle haben unseren Vorteil davon.«

Der Page errötete. »Wie Hoheit befehlen ...« Er ging, aber es missfiel ihm.

Isabél erhob sich kopfschüttelnd. »Wenn jeder nur macht, was er denkt, und nicht, was er soll, dann braucht man sich nicht zu wundern, wenn alles drunter und drüber geht.« Sie ging hinaus auf den Hof, wo einsam ein Esel stand, daneben eine hochgewachsene Frau in schlichter, bäuerlicher Kleidung.

»Was habt Ihr für ein Begehr?«, wollte Isabél wissen.

Die Frau stand nur da. *Sie hat keine Körbe mit Früchten oder Gemüse bei sich,* dachte Isabél. Misstrauisch blieb sie stehen. Langsam hob die Bäuerin die Hand und streifte das braune Tuch ab, das sie über dem Kopf trug. Isabél glaubte ihren Augen nicht zu trauen, zwinkerte, schüttelte den Kopf. »Wenn ich es nicht besser wüsste ...«, murmelte sie. »Beatríz?«

Die Frau lächelte. »Erkennst du mich nicht, Isabél? Machen ärmliche Kleider wirklich aus mir einen anderen Menschen?«

»Beatríz! Du bist es tatsächlich?«

Einen langen Augenblick schauten sich die beiden Frauen an, plötzlich lagen sie sich in den Armen. »Du bist es wirklich!«

Isabél störte es nicht, dass Beatríz' Kleidung ärmlich und staubig war.

Beatríz fiel ein Stein vom Herzen, weil Isabél sich sofort versöhnlich zeigte. Sie hielten sich immer noch fest, als sie sich anschauten.

»Was ist geschehen, dass du in dieser bescheidenen Tracht daherkommst?«, wunderte sich Isabél.

»Ich dachte, was bei Prinz Fernando klappt, das funktioniert auch bei mir. Ach, Isabél, es tut mir alles so schrecklich leid, unser Streit, dass ich dich einfach verlassen habe. Wir hatten uns ewige Treue geschworen, und ich bin wortbrüchig geworden. Glaub mir, in diesen drei Jahren habe ich mich nicht glücklich gefühlt.«

Isabéls Blick wurde ganz weich, und in ihren Augen glitzerte es verdächtig feucht. »Ich auch nicht. Ach, Beatríz, es ist inzwischen so viel geschehen. Ich bin eine verheiratete Frau.«

»Ich auch«, erwiderte Beatríz.

Isabél fasste die Freundin an der Hand. »Komm, du musst dich jetzt umkleiden, und dann erzählst du mir alles und ich erzähle dir alles. Ich bin ja so neugierig.«

»Hast du meine Briefe bekommen?«

»Ja, ja, natürlich. Aber erst wollte ich dir nicht antworten und dann konnte ich es nicht. Ich hatte genügend Zeit zum Nachdenken, und mehr als einmal hatte ich mir gewünscht, du wärst da. Sag, bist du wirklich von Segovia aus die ganze Strecke auf dem Esel geritten?«

»Aber ja, was denkst du denn! Kannst du bitte veranlassen, dass man dem armen Tier Wasser und Futter gibt und ein weiches Lager mit Stroh? Glaub mir, es ist gar nicht so einfach, da draußen auf den Straßen als Frau allein. Ich habe mich schrecklich hässlich machen müssen mit Asche im Gesicht und schwarzen Zähnen. Gibt es hier wenigstens einen Zuber mit heißem Wasser? Ich wäre ganz froh, wenn ich das Zeug wieder los wäre. Es kratzt und juckt auf der Haut, und ich fühle mich nicht gerade hübsch ...«

Lachend und schwatzend verschwanden die beiden jungen Frauen im Haus. Es würde wohl ein langer Abend werden.

Fernando staunte nicht schlecht, als er nach der Rückkehr von seinem Jagdausflug Isabél in trauter Zweisamkeit mit ihrer Freundin Beatríz vorfand. Beatríz hatte sich gebadet und umgekleidet, und Isabél bewirtete sie mit dem, was sie im Hause noch vorfand. Sie hatten sich viel zu erzählen.

Beatríz bewunderte die kleine Infantin, und nun lernte sie auch Prinz Fernando kennen. Er beeindruckte Beatríz mit seiner liebenswürdigen Art, und sie fasste sofort zu ihm Vertrauen.

»Natürlich war es mein größter Wunsch, mich wieder mit Isabél zu versöhnen«, sagte sie. »Ich habe auch noch etwas mitgebracht, aber das ist streng geheim.«

Fernando hob die Augenbrauen. »Ein geheimes Geschenk?«

Beatríz schüttelte heftig den Kopf. »Kein Geschenk. Es ist eher eine heikle Angelegenheit. Aber sie muss gelingen, denn wir alle, die daran beteiligt sind, riskieren Kopf und Kragen. Nun, ich habe den Anfang gemacht – und hier bin ich!«

Sie breitete die Arme aus und lachte. Ihre weißen Zähne blitzten in ihrem gebräunten Gesicht. Fernando fand sie sehr apart, von einem herben Charme und ansteckender Fröhlichkeit. Erstaunlich, dass diese beiden so unterschiedlichen jungen Frauen Freundinnen waren.

»Da bin ich aber neugierig«, murmelte er. Für Abenteuer war er immer zu haben.

Beatríz unterbreitete dem Prinzenpaar den Plan, den Andrés und Abraham ausgeheckt und bis in die kleinste Einzelheit durchgeplant hatten.

»Isabél muss sich zuerst mit dem König aussöhnen. Wenn sie den ersten Schritt tut, dann wird er sich nicht dagegen verwehren.« Sie bemerkte Isabéls skeptischen Blick. »Es ist auch nur zum Schein. Dein Herz muss nicht dahinter stehen. Aber es ist unbedingt notwendig. Damit brechen wir Pacheco de Villenas Machtposition. Die Mendozas stehen auch auf unserer Seite. Und da mein Gemahl Statthalter von Segovia ist, wirst du die Stadt auch betreten können. Heimlich, versteht sich, denn für die Bevölkerung bist du immer noch die Verräterin. Sie werden erst umschwenken, wenn der König sich mit dir ausgesöhnt hat.«

»Und wenn es schief geht, dann wird sich Villena bitter rächen«, warf Isabél ein.

»Stimmt! Deswegen darf nichts schief gehen.«

Isabél kaute auf den Fingernägeln, während sie nachdachte, dann schüttelte sie sacht den Kopf. »Das Ganze erscheint mir zu riskant. Eine Versöhnung vorzutäuschen halte ich für unmoralisch.«

»Unmoralisch ist das, was der Marqués veranstaltet. Der König schafft es nicht, sich von dieser Schmeißfliege zu trennen. Es muss endlich wieder Ordnung im Reich herrschen.«

»Ja, das muss es«, pflichtete Isabél bei.

»Außerdem ist Villena der Hauptgrund für den Graben zwischen dir und dem König. Der Marqués hetzt gegen dich, und Enrique hört auf ihn. Bedenke, dass auch die Mendozas auf unserer Seite sind.«

»Das ist wohl ein gewichtiger Grund. Trotzdem …« Sie blickte plötzlich auf und Beatríz fest in die Augen. »Ich werde erst jemanden um Rat fragen.«

Fernando, der die ganze Zeit stumm am Tisch gesessen hatte und dem Gespräch der beiden Frauen kommentarlos gefolgt war, hob nun ebenfalls den Kopf. »Und wen?«

Isabél straffte sich und blickte hoheitsvoll, als würde sie keinerlei Widerspruch dulden. »Erzbischof Carillo!«

Der alte Mann fühlte sich geschmeichelt. Ganz ohne ihn ging es also doch nicht! Sie brauchte seinen Rat und seine Hilfe. Das tat gut zu wissen, und es schmeichelte seiner verwundeten Seele. Langsam erhob sich der Erzbischof und ging im Raum umher. Die Einsamkeit tat ihm nicht gut. Er grübelte zu viel, über sich, über Isabél und Fernando, über den König, seinen verdammten Neffen Juan Pacheco und die gesamte Adelsclique. Ihm waren die Zügel entglitten, die er doch so gern in den Händen gehalten hätte. Aber vielleicht tat sich nun eine neue Chance auf.

Er schüttelte die kleine Messingglocke, und augenblicklich eilte ein Diener herbei, um nach seinem Begehr zu fragen.

»Schick mir meinen Sekretär«, befahl Carillo. »Diese Korrespondenz duldet keinen Aufschub.«

Er setzte sich wieder und überlegte sorgsam seine Worte, die er Isabél mitteilen lassen wollte. Als der Sekretär eintrat, stand sein Entschluss fest. Er würde seinen Schmollwinkel verlassen und sich wieder in das Zentrum der Macht begeben. Gottes Wink sollte man folgen.

Mit Ungeduld und Herzklopfen erwartete Isabél Carillos Antwort. Würde der Erzbischof ihnen immer noch gram sein? Würde er seine Schützlinge endgültig fallen lassen? Sie entrollte das Pergament und überflog die Zeilen. Dann atmete sie auf. Carillos Worte klangen freundlich und versöhnlich. Und er riet ihr auch, auf die Versöhnung mit Enrique einzugehen. Der Erzbischof ahnte nicht, wie wichtig Isabél sein Rat war. Trotz ihrer impulsiven Versöhnung mit Beatríz erschien ihr das vorgeschlagene Unternehmen zu riskant, um ebenfalls spontan darauf einzugehen. Doch nun konnte sie ihre Entscheidung leichteren Herzens fällen.

Beatríz umarmte Isabél vor Freude. »Das ist wunderbar«, jubelte sie. »Glaub mir, viele anständige Kastilier unterstützen uns.«

»Anständige Kastilier!« Isabél musste lachen. »Sagt man nicht, dass ein Mann von Ehre ein Narr sei? Ich kenne nur Kastilier, die die Hand aufhalten für jeden Dienst, den sie der Krone erweisen.«

»Enrique hat sie verwöhnt, weil er allen Geschenke gibt, die sich für ihn entscheiden.«

»Ja, ja, er ist viel zu weich und zu gutmütig. Aber ich muss sicher sein, dass es nicht gegen König und Krone geht. Ich stehe loyal zu Enrique. Er ist der rechtmäßige König.«

»Nein, nein, sei unbesorgt«, beruhigte sie Beatríz. »Ich weiß, du denkst an diese schreckliche Farce mit deinem Bruder Alfonso. Aber diesmal ist es für den König. Er soll nur von unangenehmen Ratgebern befreit werden.«

»Befreit?« Isabél hob die Augenbrauen. »Ich hoffe doch, nicht gewaltsam.«

»Wo denkst du hin! Selbstverständlich auf diplomatischem Weg. Die Hoffnung des ganzen Reichs liegt auf dir.«

»Oh, du übertreibst mal wieder«, wehrte Isabél ab.

»Sei nicht so bescheiden. Du bist nach dem König die wichtigste Person in Kastilien.«

»Liebe Beatríz, ich brauche weder Schmeicheleien noch Anbiederungsversuche. Und du bist auch nicht der Mensch dazu. Also lassen wir das beiseite und sprechen lieber über die Einzelheiten unseres Vorhabens.«

»Einverstanden. Zunächst aber muss ich Andrés und Abraham benachrichtigen.« Sie drehte sich um, als Fernando eintrat. »Ach ja, da wäre noch etwas.«

»Ja?«

»Andrés braucht natürlich auch eine Sicherheit. Schließlich riskiert er seinen Kopf.«

Isabél trat zwei Schritte näher. »Eine Sicherheit? Wir haben nichts, was wir ihm geben könnten. Du weißt, unsere Situation hier ist nicht berauschend. Vor allem haben wir selbst nichts.«

»Doch«, widersprach Beatríz. Ihre Augen irrten unstet zwischen Fernando und Isabél hin und her. »Euer Kind.«

»Nein!« Isabél wurde blass. »Nicht unser Kind!«

Beatríz rang die Hände. »Das musst du verstehen, Isabél. Schließlich ist die ganze Sache so hoch angebunden, dass er sich einfach absichern muss. Es ist ja nur, falls ... also, wenn der Marqués aufbegehrt ...«

»Das wird er mit Sicherheit«, warf Isabél ein.

»Dann haben wir ein Druckmittel. Natürlich wird der kleinen Infantin nichts geschehen.«

»Nein, nein, das lasse ich nicht zu!«, rief Isabél. Sie drehte sich hilfesuchend zu Fernando um. Dieser zuckte mit den Schultern.

»Ich finde, die Sache ist es wert«, meinte er.

»Fernando! Du opferst unser Kind?«

»Von opfern kann keine Rede sein«, widersprach er. »Es ist eine Staatsangelegenheit, die allerhöchster Priorität bedarf. Bist du nicht immer diejenige, die andere davon überzeugen will, alles für das Wohl des Landes zu tun?«

Isabél presste die Lippen zusammen und schwieg. Dann drehte sie sich ruckartig um.

»Fühlst du, dass du es schaffst?«, wollte Fernando wissen.

Sie reckte kämpferisch das Kinn vor. »Warum sollte ich nicht?«

Ja, sie spürte die Kraft in sich, dass sie dieser Aufgabe gewachsen war. Und sie fürchtete sich nicht davor. Sie musste Opfer bringen. Gott würde ihr die Kraft dazu verleihen.

Das Weihnachtsfest anno 1473 nutzte Isabél für besonders inbrünstige Gebete. Sie besuchte gemeinsam mit Fernando die Mitternachtsmesse in Alcalá. Für einige Tage ruhte die quirlige Betriebsamkeit in der festungsartigen Stadt mit den vielen Türmen. In den nicht weniger als zweiundfünfzig Kollegs, in den Klöstern und fünf Hospitälern wurde es still und besinnlich. Die Menschen gedachten Jesu Geburt und gingen in sich.

»Als Mensch wurdest du, Herr Jesu, uns geboren«, murmelte Isabél. »Und ich muss mein Kind, das ich geboren habe, hingeben. Beschütze es und unser Vorhaben bis zum glücklichen Ende.«

ꙮ

Es war ein kalter Morgen am 27. Dezember, als Isabél, in einen dunklen Umhang gehüllt, durch ein kleines Seitentor der Stadtmauer von Segovia schlüpfte. Eine unsichtbare Hand hatte ihr dieses Tor geöffnet, und unsichtbar blieb der Mann, zu dem diese Hand gehörte. Sie war allein, mutterseelenallein. Ein Gefühl der Beklommenheit ergriff sie. Sie kam sich wie eine Verbrecherin vor, die das Licht des Tages scheute. *Das bin ich ja auch*, dachte sie. *Ich habe den König und die Monarchie verraten.*

Niemand würde ihr helfen können, wenn es schief ginge, nicht einmal Fernando. Der hatte es vorgezogen, nach Katalonien zu gehen, um irgendeinen Aufstand niederzuschlagen. Isabél wusste nicht genau, ob Fernando nicht das kleinere Übel gewählt hatte. Jedenfalls überließ er es ihr, den Plan von Cabrera und dem alten Juden auszuführen. Vielleicht war es auch ganz gut so, denn Isabél vertraute am meisten auf sich selbst.

Die Schatten der Nacht ängstigten sie, aber sie biss tapfer die Zähne zusammen. Sie kannte sich in den Straßen und Gassen der Stadt aus, so eilte sie zielsicher zum vereinbarten Haus, von wo aus sie den König benachrichtigen sollte. Sie wurde sich dessen bewusst, dass diese Stadt durchaus zur Falle werden konnte. Wenn Enrique sich nicht auf eine Versöhnung einließ, konnte er sie gefangen nehmen, und niemand würde ihr helfen können. Sie überlegte, ob sie nicht doch lieber zu Cabreras Haus gehen sollte, verwarf den Gedanken sofort wieder. Sie wollte ihn – und damit die Infantin als Geisel in seiner Hand – nicht in Gefahr bringen.

Vor dem vereinbarten Haus, dessen Größe und Gestaltung sie in der Dämmerung nicht erfassen konnte, blieb sie stehen. Sie presste ihre Hände auf ihr schnell schlagendes Herz und atmete tief durch. Dann klopfte sie das vereinbarte Zeichen gegen die Tür.

Teil 3

Isabél, die Kämpferin

1474–1481

Die Versöhnung

Die Schatten der Nacht nahmen Isabél gefangen. Hinter ihr fiel die Tür dumpf zu. Ein Riegel wurde vorgeschoben. Sie blieb stehen und nahm den Geruch abgestandener Luft wahr.

»Hier entlang, Hoheit«, sagte eine leise Stimme und wies sie zur Treppe.

Isabél fühlte sich unbehaglich, doch sie unterdrückte dieses Gefühl. Nur keine Angst zeigen, nur nicht zögern! Entschlossen stieg sie die Treppe hinauf. Oben öffnete sich eine Flügeltür und gab den Blick in einen prächtig ausgestatteten, großen Raum frei. Unzählige Öllämpchen erhellten ihn. Schatten tanzten an der mit kunstvollen Schnitzereien verzierten Decke und den mit Stoff bespannten Wänden. Ein großer Tisch aus dunklem glänzendem Holz bildete den Mittelpunkt des Raumes. Die Stühle waren mit Hirschleder bespannt und die Armlehnen reich geschnitzt. Das Haus musste einem reichen Mann gehören.

Es war niemand zu sehen. Isabél drehte sich um. Ein älterer Mann in einfacher Domestikenkleidung stand an der Tür und verbeugte sich. Er wies mit der Hand zum Tisch.

»Hoheit, ein Becher Wein und eine kleine Mahlzeit zur Stärkung. Ich erwarte Eure Anweisungen.«

»Meine Anweisungen?«

»Ob Ihr den König von Eurer Ankunft unterrichten wollt.«

»Selbstverständlich! Deswegen bin ich hier. Wo befindet sich der König?«

»Auf der Jagd. Ich werde gleich einen Boten schicken, der den König benachrichtigt.«

»Halt!« Isabél hob die Hand. »Ist der Bote vertrauenswürdig?«

»Selbstverständlich! Hoheit, seid unbesorgt, es ist alles vorbereitet. Auch ... auch die Möglichkeit einer Flucht.«

Sie verzog keine Miene, obwohl sie einen leichten Stich in der Magengegend verspürte. Da hatte jemand offenbar an alles gedacht. Wahrscheinlich Cabrera.

»Geht und schickt den Boten.« Dann blieb sie allein zurück. Sie konnte weder essen noch trinken. Nervös lief sie in dem Raum auf und ab. Sie hatte auch keinen Blick für die Schönheit der Ausstattung übrig. Wie ein gehetztes Wild lauschte sie nach ihren Verfolgern. Wer würde kommen? Enrique? Soldaten?

Ihr Misstrauen hatte sich nicht gelegt. Natürlich musste sie anderen vertrauen, in erster Linie Beatríz, deren Mann Andrés Cabrera, den Mendozas. Aber aus Erfahrung wusste sie, dass man nie blind vertrauen durfte. Also hielt sie die Augen offen. Verrat lauert in jeder Dielenritze.

Die Stunden des Wartens wurden Isabél zur Qual. Unzählige Male umrundete sie den Tisch auf ihrer Wanderschaft durch den Raum. Draußen musste es längst Tag geworden sein. Die Fensterläden blieben geschlossen und tauchten den Raum in ein Dämmerlicht. Die meisten Öllämpchen waren bereits erloschen. Das Essen hatte sie nicht angerührt, auch nicht den Wein, sondern nur einen Schluck Wasser getrunken.

Sie saß in der Falle! Wo befand sich denn diese Möglichkeit zur Flucht? Sie konnte sie nicht entdecken! Enrique konnte eiskalt die Gelegenheit nutzen, eine unliebsame Konkurrentin für Juanita zu beseitigen. Vielleicht hatte Cabrera sie sogar in Enriques Auftrag in die Stadt gelockt, um ihrer habhaft zu werden! Schließlich war er einer der engsten Vertrauten des Königs. Und ihm hatte sie ihre Tochter als Pfand überlassen!

Es war ein gewagtes Spiel mit vielen Unbekannten. Dass sie allein war, besaß jedoch den Vorteil, dass sie auch allein entscheiden konnte, von einem Augenblick zum anderen. Sie eilte zur Tür und blickte sich im Treppenhaus um. Dann entdeckte sie eine andere Tür, die zu einem kleineren Nebenraum führte. Auch dieser war leer und offenbar seit längerem nicht benutzt. Sie beschloss, hier zu warten.

Von draußen vernahm sie Lärm, Pferdegetrappel, Stimmen. Jemand kam eilig die Treppe herauf. Es war eine einzelne Person, die in den großen Raum nebenan stürmte. Isabél erkannte Enriques Schritte, weit ausholend mit seinen zu langen Beinen. Vorsichtig verließ sie ihr Versteck und blieb an der Tür des großen Raumes stehen. Enrique fuhr herum und starrte sie an. Sein Bart sträubte sich wie bei einem erschrockenen Kater. Er trug hohe Lederstiefel und von der Jagd verschmutzte Kleidung.

»Isabél!« Seine Stimme versagte, und seine Unterlippe zitterte. Die Rührung übermannte ihn augenblicklich. Er neigte den Kopf und schämte sich seiner Tränen nicht. »Isabél! Ich habe nicht daran geglaubt.«

Sie schlug einen Moment die Augen nieder und schämte sich für ihre Farce. Am besten, sie beichtete bei Gonzales de Mendoza. Der würde sie verstehen.

»Ich ... ich schäme mich«, sagte sie leise und hasste sich plötzlich für diese Verlogenheit. »Ich schäme mich, weil ich meinen eigenen Bruder, den König, verraten habe. Ich tat es in gutem Glauben und in jugendlicher Unbekümmertheit.« Sie stockte. »Ich hatte genügend Zeit, darüber nachzudenken. Ich erinnerte mich, wie ich als kleines Kind auf deinen Knien ritt. Ich erinnerte mich, wie du mich gelehrt hast, mit Pfeil und Bogen auf eine Strohscheibe zu schießen. Ein bisschen warst du mir Ersatz für meinen Vater.«

»Ich erinnere mich auch«, erwiderte Enrique.

»Ich erinnerte mich, wie du mich und Alfonso nach Segovia geholt hast, damit wir das höfische Leben kennen lernen. Ich erinnerte mich, wie du mir eine kleine Kapelle in meinen Gemächern hast einrichten lassen, damit ich mich jederzeit zum Gebet zurückziehen konnte. Du hast mir so viel Gutes getan. Ich glaube, diese Erinnerungen waren ein Fingerzeig Gottes, dich um Verzeihung und Versöhnung zu bitten.«

Enrique nickte. Er konnte nicht antworten, weil ihm die Stimme versagte. Dann breitete er die Arme aus.

»Isabél! Dir sei vergeben und verziehen!«

Isabél hatte wohl daran getan, nichts von ihren wahren Absichten zu erwähnen, und auch nichts von ihren Rechten und Ansprüchen. Enriques berechenbare Großmut und Vertrauensseligkeit ließen den bis ins Detail ausgeklügelten Plan gelingen. Der König glaubte aufrichtig an die Versöhnungsabsicht seiner Schwester und strahlte über sein ganzes rotbärtiges Gesicht.

»Willkommen daheim, liebe Schwester, am Hofe des Königs, wo du hingehörst!« Er zog Isabel gerührt in seine Arme. »Wo befindet sich dein Gefolge? Wo ist dein Pferd?«

Isabél hob ein wenig verlegen die Schultern. »Ich bin ganz allein hier. Auch ohne Pferd.« Sie verschwieg, dass sie es vor der Stadtmauer zurücklassen musste.

Enrique fasste ihre Hand und zog sie aus dem Haus. Draußen warteten seine Jagdgefährten, die nicht wussten, warum der König so plötzlich das fürstliche Vergnügen abgebrochen hatte. Sie staunten nicht schlecht, als der König mit seiner Schwester an der Hand aus der Haustür trat. Ihr verwundertes Gemurmel verstummte sofort, als sie die gut gelaunte Miene des Königs sahen.

Eigenhändig hob Enrique Isabél auf sein Pferd und führte es auf die Straße hinaus. Seine Vertrauten folgten ihm im Geleitzug. Trotz des kalten Wintertages kurz vor der Jahreswende waren die Straßen belebt. Als die Menschen des Königs ansichtig wurden, ging ein Raunen durch die Massen. Eilig liefen die Bürger zusammen, um das ungewöhnliche Schauspiel zu begaffen.

»Ist das nicht... aber seht doch Leute, das ist Isabél!« – »Der König führt sie wie ein Diener am Zügel!« – »Hat sie ihn nicht verraten?« – »Es sieht nicht so aus, als wenn er sie verhaftet hat.« – »Sie ist wieder da! Isabél ist wieder da!« – »Enrique ist viel zu gutmütig. Er sollte sie davonjagen!« – »Verzeihen ist Christenpflicht. Unser König beschämt uns!«

Die vielfältigsten Meinungen wurden geäußert, aber immer stärker erklang der Jubel für Isabél.

»Hoch Isabél, die Prinzessin mit dem großen Herzen!« – »Hoch Enrique und Isabél!« – »Isabél! Isabél! Wir begrüßen Euch!«

»Siehst du, das Volk liebt dich«, grinste Enrique.

Lächelnd winkte Isabél zurück und gewann mit dieser kleinen, aber herzlichen Geste sogleich die Zuneigung der Bevölkerung von Segovia. Die Neuigkeit ging wie ein Lauffeuer durch die Stadt. Vor dem Alcázar, in den Isabél nun im Triumph einzog, hatten sich die meisten Menschen versammelt, um ihr zuzujubeln. Die kurze Zeit genügte Isabél, um die Stadt samt ihren Bürgern gewaltlos zu erobern. Als sie das große Tor zum Alcázar durchritt, fühlte sie in sich Triumph und Genugtuung. Ein diplomatischer Schachzug hatte weitaus mehr erreicht als ein blutiger Krieg. Und er hatte weniger Geld gekostet.

Froh über den positiven Ausgang ihres nicht risikolosen Unternehmens, strahlte auch sie übers ganze Gesicht. Enrique hob sie vom Pferd und deutete auf seine Jagdbegleiter.

»Siehst du, was wir für Wild erlegt haben? Davon werde ich dir zu Ehren ein Bankett ausrichten lassen. Deine Heimkehr muss gefeiert werden!«

»Darf ich mich bis dahin in meine kleine Privatkapelle zurückziehen, um Gott zu danken, welche Gnade er mir zuteil werden ließ?«, fragte sie schüchtern.

»Aber natürlich!«, rief Enrique enthusiastisch. »Sie gehört doch dir!«

Isabél dankte mit einem liebenswürdigen Lächeln. Diesmal eilte sie nicht durch die dunklen Gänge des Alcázar, sondern genoss jeden Schritt. In ihrem Körper kribbelte es. So war es also, Erfolg zu haben! Dieser Rausch, dieses Gefühl der Leichtigkeit! Ihre Füße berührten kaum den harten Steinboden.

Plötzlich bemerkte sie eine kleine dunkle Gestalt vor sich, kaum größer als ein Kind.

»Willkommen, Prinzesschen! Was für ein Tag! Ich frage mich nur, wer hat hier wen unterworfen?«

»Und ich frage mich, warum man dich Giftzwerg nicht schon längst in den Burggraben geworfen hat«, erwiderte sie nach dem ersten Schreck. »Was willst du von mir?«

»Euch warnen, Prinzesschen. Verfangt Euch nicht in den Fallstricken, die Ihr selbst ausgelegt habt!«

ꟹ

In der Küche des Alcázar herrschte Hochbetrieb. Es wurde gebraten, gesotten, gekocht und gebacken. Die Düfte zogen durch die Gänge des Schlosses.

Isabél hätte keinen Bissen heruntergebracht, wenn sie nicht vorher ausgiebig gebeichtet hätte. Sie bat Gonzales de Mendoza in die Kathedrale von Segovia, um ihr die Beichte abzunehmen. Isabél war vorsichtig genug, nicht einmal dem Klerus zu vertrauen. Dieser bestand aus Angehörigen der mächtigsten Adelsfamilien Kastiliens. Da galt auch das Beichtgeheimnis wenig, wenn es um den eigenen persönlichen Vorteil ging. Mit Gonzales de Mendoza wusste sie um einen Vertrauten und Eingeweihten auf der anderen Seite des reich geschnitzten Holzgitters. Isabél musste ihr schwer belastetes Gewissen erleichtern, aber sie tat es ausgiebig und mit Inbrunst und erhielt von Mendoza selbstverständlich die Absolution für Verfehlungen, die sie nur zum Wohle der Krone und Kastiliens begangen hatte.

Enrique, sonst jeder Verschwendung und Prasserei abgetan, ließ alles aufbieten, was Küche und Keller der Residenz hergaben. Er geleitete Isabél, die in ihren Gemächern das schönste Kleid herausgesucht und angelegt hatte, zu ihrem Ehrenplatz. Sie sah strahlend schön aus, und ihr Lächeln übertrug sich auf die meisten Gäste an der Tafel. Die üppigen Köstlichkeiten trugen zur lockeren und freundlichen Stimmung bei.

Es war der beste Wein, der ausgeschenkt wurde, und die Köche hatten Hervorragendes geleistet. Verstohlen presste Enrique seine Hand auf den Magen und verzog das Gesicht. Er würde sich beim Essen zurückhalten müssen. Wieder rebellierte etwas in seinem Inneren. Heimlich schluckte er zwei Kügelchen von der Medizin, die ihm ein jüdischer Arzt zugesteckt hatte und die den quälenden Schmerz vertrieb.

Die Gespräche wurden lockerer, der Wein löste die Zungen.

Wieder und wieder warf der König seiner Schwester musternde Blicke zu.

»Ich stelle fest, die Rosenknospe ist erblüht«, meinte er launig. »Du bist eine wunderschöne Dame geworden.«

Isabél errötete, vor allem, weil die Gäste am Tisch lautstark ihre Zustimmung verkündeten.

»Ich weiß auch, wie das kommt«, fuhr er fort. »Eine Jungfrau ist wie eine geschlossene Rosenknospe. Sie verbirgt ein blumiges Geheimnis in sich. Die Bienen – was die Männer sind – bemühen sich umsonst, surren um sie herum und versuchen vergebens, in sie einzudringen.«

»Züchtige Jungfrauen!«, rief einer und erntete schallendes Gelächter.

»Fast jede Jungfrau wird einmal schwach«, erwiderte der König grinsend.

»Und wenn nicht, dann vertrocknet die Knospe und fällt ab«, warf ein anderer der Gäste ein.

»Ganz recht.« Enrique wandte sich wieder an seine Schwester. »Du bist nicht vertrocknet, sondern hast dich ein wenig den Bienen geöffnet, damit sie sehen, was für Köstlichkeiten sie erwarten.« Er lachte meckernd und zupfte sich am Bart. »Das klingt gut, das klingt wirklich gut! Reicht mir eine Laute, damit ich daraus ein Lied komponieren kann!«

Sofort hörten alle auf zu essen. Ein Page reichte dem König eine Laute. Er stieß seinen Stuhl beiseite, setzte sich auf einen Hocker und begann zu spielen.

»Die Rose an dem Strauche sprießt,
mit vielen grünen Knospen.
Der Saft in ihren Stengeln schießt,
die Bienen wollen kosten.
Mit Dornen wehrt die Rose sich,
dem allzu kecken Schwarm,

doch öffnet eine Knospe sich,
dann fließt der Nektar warm.
Mit duftend roten Blättern lockt
die Rose das Insekt,
es sucht den süßen Nektar, weil
er Bienen so gut schmeckt.
Sie schwirrt in diese Rose rein,
da blüht die Knospe auf,
die Jungfer will erobert sein,
das ist der Welten Lauf.«

Enrique erntete Applaus für seine spontane Komposition und Gelächter.

»Ein bisschen einfältig«, stellte einer der Granden fest. »Wie ein Lied dieser Volkssänger, dieser Cancioneros.«

»Aber lustig«, erwiderte sein Tischnachbar amüsiert. »Schaut nur, wie rot Isabél geworden ist.«

Enrique setzte sich wieder an den Tisch. »Hat dir mein Lied gefallen?«, wollte er wissen.

»Sicher. Es war sehr lustig.«

Der König beugte sich zu ihr herüber. »Und treffend. Seitdem du keine Jungfer mehr bist, bist du viel schöner geworden. Sag, kann man denn diese kühne Biene kennen lernen, deren Stachel du zu spüren bekommen hast?«

Isabel schnappte nach Luft. »Ihr würdet meinem Gemahl die Gnade erweisen und ihn empfangen? Und ihm verzeihen?«

Enrique schlug geschmeichelt die Augen nieder und zupfte wieder an seinem Bart.

»Nun sei nicht so förmlich, Isabél. Wir sind doch hier unter uns. Hier bin ich nicht der König, sondern dein Bruder Enrique. Aber als König würde ich deinen Gatten selbstverständlich empfangen, auch wenn er ein Aragonier ist. Ich möchte doch wissen, wer es geschafft hat, aus der kleinen grünen Knospe eine wunderschöne Rosenblüte zu zaubern.«

Isabéls Augen begannen zu leuchten. »Wirklich? Oh, du machst mich glücklich!«

»Und ich dachte, das bewerkstelligt dein Gatte«, krähte Enrique ausgelassen. »Der König von Kastilien würde gern den König von Sizilien kennen lernen, und der Bruder Enrique seinen Schwager.«

Isabél erhob sich, und sie wirkte plötzlich ganz feierlich. »Dann soll sofort ein Bote nach Katalonien gesandt werden, um Fernando zu rufen.«

Die Nachricht überraschte Fernando, der sich nicht ohne Grund nach Katalonien abgesetzt hatte. Trotz seiner eigenen jugendlichen Abenteuerlust konnte er nur verwundert den Kopf schütteln, wozu Isabél bereit und in der Lage war. Und das auch noch mit Erfolg! Seine Verwunderung schlug in Bewunderung und Begeisterung um. Diese kleine, unscheinbare Frau hatte entweder den Teufel im Leib oder war zu etwas Höherem geboren.

Er betrachtete seine angeborene Vorsicht nicht als Feigheit, und er konnte sich gut genug verstellen, um seine Zurückhaltung in gewissen Angelegenheiten als Besonnenheit erscheinen zu lassen. Und so kam ihm der positive Bescheid aus Segovia gerade recht, seinen »Feldzug« in Katalonien abzubrechen und den Weg an den kastilischen Königshof zu beschreiten, den Isabél ihm geebnet hatte. Ja, er war sogar der Meinung, dass es ihm zukomme, erst jetzt diesen Weg zu gehen, nachdem die gröbsten Steine aus dem Weg geräumt waren. Schließlich hatten die Kastilier ihn mit dem Versprechen zur Heirat gelockt, sich mit der kastilischen Krone zu vereinigen. Was ist eine Krone wert, dessen Träger ihn verfolgt, durchs Land jagt und ihn nicht anerkennt?

Vielleicht war es ein gutes Omen für das gerade angebrochene Jahr, als Fernando am 1. Januar 1474 in Segovia eintraf.

Er hatte viel über den König und seinen Hof gehört, aber niemanden davon kennen gelernt, den alten Erzbischof von Toledo ausgenommen. Jetzt endlich sollte Fernando, Infant von Aragón, Gatte Isabéls, endlich akzeptiert werden! Er hegte keine Sorge, den König und die Granden nicht für sich einnehmen zu können. Trotzdem nahm Andrés Cabrera, in dessen Haus Fernando mit seinem Gefolge abgestiegen war, den Prinzen noch einmal zu einer privaten Unterweisung zu sich.

»Seht es mir nach, Hoheit, dass ich Euch einige gut gemeinte Verhaltensregeln gebe, aber unser König ist schon etwas – wie soll ich sagen – sehr eigen. Ich zweifle nicht, dass es Euch gelingt, ihn ganz für Euch einzunehmen. Man kann aber auch schnell seinen Missmut erregen, und das mit ganz nebensächlichen Kleinigkeiten. Wenn der König zum Beispiel mit seinen Freunden und Musikanten beschäftigt ist, dann muss man ihn in Ruhe lassen und darf nicht versuchen, mit ihm über ernste Probleme sprechen zu wollen. Der König liebt die Musik und die Künste und spielt oft selbst auf der Laute. Diese Augenblicke sind für ihn ganz privat wie ein Gebet. Er schöpft aus der Muse Kraft.«

Fernando nickte stumm wie ein folgsamer Schüler.

»Eine weitere Eigenheit ist seine chronische Magenverstimmung. Dann ist er sehr übellaunig und auch ungerecht. Da kann man ihn mit einem kleinen Mahl aus Frischkäse, Gebäck und Beignets verwöhnen, um ihn in bessere Stimmung zu bringen. Er liebt die Jagd und Gespräche darüber. Und er liebt es, stundenlang allein durch die Gegend zu laufen und über Gott und die Welt nachzudenken. Dabei sollte man ihn möglichst überhaupt nicht stören ...«

Cabrera hatte wirklich an alles gedacht und wollte jede unvorhergesehene Situation ausschließen. Auch dass Fernando bei Enrique ins Fettnäpfchen trat. Zum Glück zeigte sich der Prinz folgsam und gelehrig, und so zog er mit königlicher Würde in den Alcázar ein.

Isabél erwartete Fernando mit spannungsgeladener Freude, Enrique mit fast kindlicher Neugier. Fernando beherzigte Cabreras Ratschläge und wurde von Enrique wohlwollend empfangen.

An der Tafel, zu der der König geladen hatte, drückte Fernando heimlich Isabéls Hand. Er beugte sich fast unmerklich zu ihr herüber.

»Liebling, ich bin stolz auf dich!«

Fast problemlos wurde Fernando bei Hofe akzeptiert. Nicht zuletzt die Mendozas sorgten dafür, dass man dem jungen Prinzenpaar freundlich gegenübertrat. Schnell wurden neue Gemächer für Fernando und Isabél eingerichtet. Ihre alten »jungfräulichen« Räume hielt Isabél nicht für angemessen, um mit Fernando darin zu residieren. Ihr neues Domizil war prachtvoller ausgestattet und entsprach ihrem Rang.

Insgeheim frohlockte Isabél. Als sie am Abend Fernando empfing, spielte ein seltsames Lächeln um ihre Lippen.

»Nun, wie warst du mit dem Empfang zufrieden?«

Fernando gab das Lächeln zurück. »Hast du gezaubert?«

Sie lachte auf. Es klang befreit. »Mitnichten. Ich hole mir Stück für Stück zurück, was mir zusteht.«

»Und Enrique merkt es nicht einmal«, ergänzte Fernando. »Wirklich ein etwas einfältiger Tropf.«

»Er ist mein Bruder«, erwiderte Isabél, wieder ernst geworden. »Und er ist der König. Er ist, wie er ist. Cabreras Plan war wirklich genial. Alles ist bis jetzt eingetreten, wie er es geplant hatte.« Sie ließ sich auf einer gepolsterten Bank nieder und streckte sich wohlig. »Es ist einfach die richtige Diplomatie, genau zu wissen, wie man sich verhalten muss, um zum Ziel zu gelangen. Jedenfalls haben wir Enriques Gegnern den Wind aus den Segeln genommen. Der Marqués von Villena ist jetzt in seinem Einfluss so stark beschnitten, dass hoffentlich Ruhe einkehrt. Auch Cabrera ist zufrieden. Er hat den Hof am Dreikönigstag zu einem Essen eingeladen.«

Fernando stöhnte auf und strich sich über seinen Bauch. »Immer essen. Seit ich in Segovia bin, wird mir das Wams zu eng. Lebt man bei Hofe immer so üppig?«

»Nein, nicht immer. Aber unsere, meine und deine, Ankunft ist es dem König wert. Und Cabrera natürlich auch.«

»Rutsch mal ein Stück!« Fernando setzte sich neben Isabél auf die Sitzbank. Sie trug ein leichtes Wollkleid und einen pelzverbrämten Hausmantel darüber. Ihre Formen zeichneten sich weich und verführerisch unter dem Stoff ab. Fernando seufzte.

»Man müsste meinen, dass du eine Rüstung trägst, so kämpferisch, wie du bist. Was für eine Frau habe ich da geheiratet!«

»Bereust du es?«

Er lachte leise und massierte ihre Füße, die er sich auf seinen Schoß gelegt hatte. »Keinen Augenblick!« Und er meinte es so. Er könnte sich keine bessere Frau wünschen, die ihm den Weg auf Kastiliens Thron so ebnen würde wie Isabél.

ꟹ

Der gelungene Plan war Anlass für Andrés Cabrera, ebenfalls ein Festessen auszurichten, zu dem er den König samt seiner engsten Vertrauten und das Prinzenpaar einlud. Beatríz glühte vor Stolz, hielt sich aber züchtig zurück und überließ ihrem Gatten den Sieg. Sie war froh, ihre alte Freundschaft zu Isabél wieder erneuert zu haben. Isabél würde es Beatríz sicher nicht vergessen, welche Rolle sie dabei gespielt hatte.

Die meisten Gäste an der Festtafel wussten um die versteckten Ränke, vor allem die Mendozas. König Enrique war ahnungslos wie zuvor und sonnte sich in der angeblichen Harmonie. Nur einer beobachtete das Ganze mit tiefstem Misstrauen: Pacheco de Villena. Die plötzliche Harmonie, Isabéls Rückkehr nach Segovia, die Freude über den Aragonier bei Hofe, diese fast familiäre Atmosphäre versetzten ihn in Aufruhr. Irgendetwas geschah, von dem er keine Kenntnis besaß. Wieso versöhnte sich der König mit seiner Schwester, ganz gegen Pachecos eindringlichen Rat? Wieso rückte dieser Cabrera immer mehr ins Zentrum der Macht? Hatten die Mendozas etwa heimlich, still und leise die Seiten gewechselt?

Pachecos Unruhe wuchs. Der König hörte nicht mehr auf ihn!

Pedro Gonzales de Mendoza, der im vorangegangenen Jahr zum Kardinal ernannt worden war, und Andrés Cabrera unterhielten sich laut und fröhlich, und aus ihren Worten war eine deutliche Geistesverwandtschaft herauszuhören. Immer wieder klopfte Enrique Prinz Fernando jovial auf die Schulter.

»Ich freue mich, dass meine Schwester so einen ansehnlichen Mann zum Gatten gewählt hat. Ihr seid ein wunderbares Paar!«

Schmeicheleien wurden ausgetauscht, Trinksprüche und Komplimente. Isabél strahlte wie die Sonne und schien so fröhlich und gelöst wie noch nie. Die beiden Freundinnen Beatríz und Isabél unterhielten sich angeregt und umarmten sich immer wieder. So viel Harmonie bei Hofe konnte nur gefährlich sein!

Pacheco war klug und gerissen genug, nicht sofort zu reagieren und die Situation erst einmal zu beobachten. Sein angeborenes Misstrauen und sein Charakter, der ihn selbst bedenkenlos die Fronten wechseln ließ, hielten ihn fest im Griff. Seit Isabéls Rückkehr wartete er auf eine Gelegenheit, um seinen Einfluss gezielt geltend zu machen. Er schreckte auch nicht vor einer gewissenlosen Destruktion der Krone zurück. Zu seiner Unterstützung holte er sogar seinen Erzfeind Beltrán de la Cueva an den Hof zurück. Er brauchte dessen Unterstützung, um nicht allein als Störenfried dazustehen. Nein, er wollte seinem Unternehmen den Stempel der Königstreue aufdrücken.

»Majestät, es läuft eine Verschwörung gegen Euch«, warnte er den König leise und hinterhältig. Wie eine unheilvolle Krähe hockte er hinter Enriques Schulter und flüsterte ihm ins Ohr. »Sie haben sich alle gegen Euch verschworen: die Mendozas, Cabrera, alle Granden. Sie paktieren mit Aragón, an ihrer Spitze dieser verdammte Prinz. Mit der Maske der Liebenswürdigkeit versuchen sie Euch zu täuschen. Mit der Maske der Unterwerfung verhext Euch Eure Schwester.«

Enrique wehrte ungehalten ab. »Unsinn! Ich glaube an Isabéls Aufrichtigkeit. Schaut sie Euch doch nur an, wie fröhlich und unbeschwert sie ist. Ihr ging es wohl nur darum, sich wieder mit mir zu versöhnen – und mit ihrer Freundin Beatríz. Da Cabrera der Mann von Beatríz ist, ist es doch nicht verwunderlich, dass sie nun auch Freunde geworden sind.«

»Freund«, zischelte der Marqués verächtlich. »Niemand ist Freund des anderen aus freiem Willen. Da steckt etwas dahinter. Und ich prophezeie Euch, Isabél und der Aragonier sammeln Verbündete um sich, um Euch die Krone streitig zu machen.«

»Mir?« Enrique lachte amüsiert auf. »Das geht gar nicht. Ich entdecke nicht das geringste Anzeichen dafür. Außerdem habe ich meine Tochter Juana zur Thronerbin erklärt. Das weiß Isabél, und das weiß auch Fernando. Sie haben es akzeptiert. Ihr vergesst, dass ich mit dem Portugiesenkönig in Verhandlungen wegen Juanas Verlobung stehe. Die Zukunft Kastiliens ist geklärt. Sie steht in einer Verbindung mit Portugal. Lasst Isabél mit ihrem Aragonier glücklich werden. Nein, sie ist es schon«, lachte er. »Ich habe ihre Tochter kennen gelernt. Ein niedlicher Fratz! Sie wird bestimmt noch viele Geschwisterchen bekommen.«

In der Tat wirkten Isabél und Fernando wie ein frisch verliebtes Paar. Sie warfen sich zärtliche Blicke zu, fütterten sich mit Häppchen und tasteten verstohlen unter dem Tisch nach den Händen des anderen.

Der ohnehin harmoniesüchtige Enrique geriet richtig in euphorische Stimmung, als er die beiden beobachtete. Er nahm die kleine Isabél, die nach dem Gelingen des geheimen Planes aus Cabreras »Obhut«, entlassen worden war, auf seine Knie und spielte mit ihr »Reitersmann und Pferd«. Dabei kreischte er mit der Kleinen vor Freude um die Wette.

An Pachecos sauertöpfischer Miene bemerkten alle am Geheimplan Beteiligten, dass es ihnen gelungen war, den unbeliebten und zu machtbesessenen Marqués ins Abseits zu drängen.

Während Andrés und Beatríz für die Köstlichkeiten auf dem Tisch verantwortlich waren, sorgte Enrique für die Unterhaltung. Er hatte Musikanten, Tänzer, Gaukler und den Narren Bulbito mitgebracht, um die ganze Gesellschaft zu unterhalten.

Der schwarze Zwerg blinkerte Isabél zu, was alle erheiterte, außer Isabél selbst. Bulbito kugelte wie ein lebendiger Ball auf dem Boden bis vor Isabéls Füße, sprang auf und verbeugte sich ungelenk.

»Vorsicht«, wisperte er. »Verrat droht!« Dann wuselte er schnell davon. Niemand anderes hatte es bemerkt oder gehört. Verstohlen blickte Isabél sich um, doch sie konnte nichts Verdächtiges entdecken. Auch Pacheco de Villena machte gute Miene zum bösen Spiel.

Natürlich sprühte er nicht gerade vor Freude, wenn er in seiner Macht beschnitten wurde, das war Isabél klar. Sie scherte sich nicht darum. Nach der langen Zeit der Anspannung, der Flucht und des kargen Lebens genoss sie einfach dieses Fest. Sie lachte schließlich sogar über Bulbitos Späße.

Ihren größten Triumph jedoch bemerkte niemand und sollte ihn auch nicht bemerken. Das Gelingen des Plans hatte ihr gezeigt, was sie zu erreichen vermochte, mit Disziplin, mit eisernem Willen und mit Klugheit. Und sie spürte, dass sie noch nicht am Ende dieses Weges war, sondern erst am Anfang. Sie konnte und wollte viel, viel mehr!

In der Nacht nach dem Festessen bei den Cabreras wurde Enrique von heftigen Leibschmerzen geplagt. Diesmal halfen keine Kügelchen aus Mohnsaft und keine lindernden Umschläge. Die Ärzte standen ratlos an Enriques Bett. Jeder der Doktoren stellte eine andere Diagnose.

»Ihr verdammten Quacksalber, so tut doch etwas!«, rief der König in höchster Qual.

Aber den Ärzten blieb nichts weiter übrig, als ihm zur Linderung der Schmerzen eine hohe Dosis Mohnsaft einzuflößen.

Ohne nach einer Audienz zu fragen, schlüpfte Pacheco de Villena in das Zimmer des Königs.

»Das war ein versuchter Mord!«, rief er. »Das war Gift! Die Ärzte haben es mir bestätigt. Werdet Ihr endlich schlau, Hoheit? Diese Cabreras haben versucht, Euch umzubringen! Sie wollen Euch die Krone stehlen, im Auftrage Isabéls und Fernandos!«

»Ach, das ist doch Unsinn«, ächzte der König unter Schmerzen und erbrach sich.

»Und wie erklärt Ihr es Euch dann, dass es Euch ausgerechnet nach dem Essen, das die Cabreras Euch gaben, so schlecht geht?«

»Weil ich zu viel gegessen habe. Ich weiß doch, dass ich mich zurückhalten soll. Aber die Freude ...« Er beugte sich wieder über den Eimer neben seinem Bett. Sein Magen krampfte sich schmerzhaft zusammen; die Übelkeit überwältigte Enrique. »Mir ist zum Sterben zumute«, wimmerte er.

»Dann lasst es nicht dazu kommen«, beschwor Pacheco ihn. »Das ist der Beweis, dass sie Euch nach dem Leben trachten. Diese Tat muss gesühnt werden! Ihr müsst die beiden Verschwörer und Giftmischer hinrichten lassen.«

Enrique klammerte sich am Bettrand fest. Ihm schwanden beinahe die Sinne. Das konnte wirklich nur Gift sein und hatte nichts mit den sonst üblichen Magenbeschwerden, unter denen er zuweilen litt, zu tun. Vielleicht hatte der Marqués doch recht ... Er kam nicht weiter dazu, darüber nachzudenken. Eine erneute Welle der Übelkeit übermannte ihn. Dazu wühlte ein unbeschreiblicher Schmerz in seinen Eingeweiden.

Gift! Gift! Wie in blutroter Schrift stand es vor seinem inneren Auge.

»Da steckt eine ganze Verschwörung dahinter«, geiferte Pacheco weiter, ungerührt von Enriques Qualen. »Dieser Kardinal mit seiner ganzen Sippschaft. Ihr müsst sie davonjagen, Majestät! Ihr müsst sie verbannen! Sie haben die Seiten gewechselt, paktieren mit den Thronräubern.«

Enrique stöhnte auf. In seinen Ohren rauschte das Blut, sein Geist war von Schmerz und Mohnsaft benebelt. Mit den Zähnen zerriss er das Laken seines Bettes. Das Atmen fiel ihm schwer. »O mein Gott, mein Gott«, wimmerte er.

»Das Prinzenpaar müsst Ihr sofort in Ketten legen lassen«, setzte Pacheco seine Hasspredigt fort. »Sie stecken hinter diesem Anschlag. Sie sind der Kopf der Verschwörung. Sie sind gekommen, um Verräter an Ihrer Majestät um sich zu scharen und Euch die Krone zu rauben.«

Enrique hob unter größter Anstrengung den Kopf. »Aber Juana ist doch ...« Er kam nicht weiter, sondern fiel in eine gnädige Ohnmacht.

»Der König ist tot, der König ist tot!«, schrie Pacheco und rannte hinaus.

Draußen standen immer noch die Ärzte und erhitzten sich in heftigen Diskussionen. Sofort liefen sie ins Schlafzimmer des Königs.

»Es ist nur eine Ohnmacht. Die Medizin wirkt, Gott sei dafür gelobt!«

Es grenzte beinahe an ein Wunder, als der König am nächsten Morgen die Augen aufschlug. Der Schmerz hatte nachgelassen, doch er fühlte sich unsagbar elend und schwach.

»Wie geht es Euch, Majestät?« Es war Pacheco, der neben Enriques Bett stand und ihn wie ein Zerberus bewachte.

»Als wäre ein Ochsenkarren über mich hinweggerollt«, erwiderte der König matt.

»Wenn Euch das nicht die Augen öffnet«, gab Pacheco zurück. »Unternehmt endlich etwas gegen dieses Pack. Die Cabreras sind konvertierte Juden. Christenmörder! Es müssen endlich Köpfe rollen!«

Enrique fühlte sich viel zu schwach, um dagegen zu protestieren. Er war auch Pachecos Einflüsterungen nicht gewachsen.

»Ja, ich werde den Kronrat einberufen«, hauchte er. »Ich werde ihn anhören und dann ... und dann ...«

»Und dann?«, bohrte Pacheco weiter.

Doch Enrique war bereits wieder erschöpft eingeschlafen.

Krönung einer Königin

Schweißgebadet fuhr Isabél aus dem Schlaf hoch. Unwillig knurrend drehte Fernando sich um. »Was hast du?«

Isabél fuhr sich über die Stirn. »Schlecht geträumt«, murmelte sie. »Immer wenn ich diesen maurischen Zwerg sehe, beschert er mir Albträume.«

»Du hast gestern zu reichlich gegessen«, beschwichtigte Fernando. »Es war doch ein schönes Fest.«

»Ja, das war es«, murmelte sie. Warum hatte sie dieser Zwerg dann gewarnt? Wovor?

Sie erhob sich und rief nach den Zofen.

»Wohin willst du? Es ist mitten in der Nacht!«

»Es ist die Zeit der Morgenmesse. Ich habe beschlossen, daran teilzunehmen.«

Fernando kannte Isabéls strenge Religiosität und hatte es aufgegeben, sie deshalb zu kritisieren. Er zog sich wieder die Decke über den Kopf.

»Tu, was du nicht lassen kannst.«

Was ihre inbrünstige Frömmigkeit betraf, so sah sie es ohnehin als ihre Privatsache an und ließ sich von Fernandos Sticheleien nicht beeinflussen. Sie brauchte jetzt die Nähe Gottes und vielleicht sogar seine Hilfe. Die Gelöstheit des vergangenen Abends war verflogen.

Zu ihrem Erstaunen befanden sich viele Menschen in der Kirche. Kardinal Mendoza zelebrierte die Messe. Das Purpur stand ihm gut, fand Isabél, und ein kleines Lächeln umspielte ihre Mundwinkel. Auch das hatte sie bewerkstelligt. Wie schön!

»Konntet Ihr auch nicht schlafen, Eminenz?«, fragte Isabél den Kardinal nach der Messe.

Mendoza lächelte. »Wieso? Ich stehe immer so früh auf. Am Morgen ist die Luft klarer, und man hört die Stimmen besser.«

»Die Stimmen?«

»Die Stimmen, die man hören muss, um über alles Bescheid zu wissen.«

»Bescheid worüber?«

»Was im Alcázar so vor sich geht. Dem König geht es sehr schlecht. Die Ärzte sprechen von einer Vergiftung.«

Isabél blickte entsetzt auf. »Was?«

»Deswegen die vielen Menschen zur Frühmesse. Sie alle beten für den König.«

»Gift? Aber das kann nicht sein! Wir haben doch alle davon gegessen und ...«

»Wir beide wissen das. Aber die anderen nicht. Sie glauben den Gerüchten.«

»Wer streut denn Gerüchte?«

»Derjenige, der sich nun übervorteilt sieht. Es war zu erwarten, dass sich der Marqués wehren wird.«

Isabél stockte der Atem. »*Er* hat den König …?«

»Das weiß nur Gott. Aber dieser Mann ist gefährlich und nicht zu unterschätzen.«

»Wie geht es Enrique? Darf ich ihn besuchen?«

»Er hat den Kronrat einberufen. Zum Glück!« Der alte Fuchs grinste. »Ich werde sehen, was ich machen kann.«

Im Laufe des nächsten Tages rappelte sich Enrique wieder auf. Noch sichtlich angeschlagen, empfing er den Kronrat und brachte das Problem vor. Wenn der Marqués jedoch geglaubt hatte, der Kronrat würde sofort seinen Forderungen zustimmen, so sah er sich arg getäuscht. Es folgten endlose heftige Diskussionen, die Fronten verhärteten sich, und es kam zu keiner Einigung. Der König war kaum imstande, den Diskussionen zu folgen. Wiederholt musste er unterbrechen, um sich zu übergeben und Medizin einzunehmen. Allerdings beeindruckte das den Kronrat wenig und beeinflusste ihn auch nicht in seinen Standpunkten. Mehrfach wurde abgestimmt, ohne eindeutiges Ergebnis. Pacheco begriff, dass der Kronrat offensichtlich schon seit einer Weile nicht mehr geschlossen hinter dem König stand. Er tobte und schimpfte und wurde schließlich bis zum Ende der Sitzung des Saales verwiesen.

Der Kardinal nahm den König beiseite. »Majestät, ich bitte zu bedenken, dass eine Verfolgung der angeblichen Verschwörer einen neuen Bürgerkrieg heraufbeschwören würde. Stellt Euch nur vor, wie viel Leid und Tod dieser dem Land bringen wird. Und man wird Euch die Verantwortung dafür geben, weil Ihr den Einflüsterungen eines Mannes glaubtet, der – mit Verlaub – sich nicht gerade durch Zuverlässigkeit und Loyalität auszeichnet. Vielleicht will er nur den Verdacht in eine bestimmte Richtung lenken …«

Enrique überlegte. »Ja, das klingt plausibel. Der Kronrat ist uneins.

Und einen Bürgerkrieg verantworten ... Nein, nein, mir geht es auch schon wieder besser.«

Mendoza atmete insgeheim auf. Die Gefahr war abgewendet, der König besänftigt und Pacheco erst einmal ausgesperrt. Nun, der Kardinal mit seiner mächtigen Familie im Hintergrund besaß genug Einfluss, um auch weiterhin das Schiff in eine andere Richtung zu steuern.

ꙮ

Erst nach Mendozas Worten wurde Isabél so richtig bewusst, dass die Schlacht noch nicht gewonnen war. Pacheco war und blieb gefährlich. Zunächst war der Verdacht von ihnen genommen, den König vergiftet zu haben. Enrique erholte sich allerdings nur äußerst langsam.

In Isabél blieb ein unbehagliches Gefühl zurück. Zudem war sie wieder schwanger. Auch sie litt an Übelkeit und konnte nachfühlen, wie es Enrique ging. Das Hochgefühl der ersten Tage des Jahres war verflogen.

Pacheco de Villena blieb nicht untätig. Er wiegelte die Bevölkerung auf, und er hatte auch ein Ziel seines Hasses: die Conversos und die Juden.

»Heuchler sind sie und Ketzer«, wetterte der Großmeister des Santiago-Ordens. »Schaut euch diesen Cabrera an! Ein Neuchrist! Betet am Sonntag in der Kirche und entzündet am Sabbat den siebenarmigen Leuchter. Nimmt in der Kirche die Hostie zum Abendmahl und isst am Sabbat ungesäuertes Brot! Wer solchermaßen Gott leugnet, scheut auch nicht vor Königsmord zurück. Und er hat Helfer unter den Juden. Die scheuen sich erst recht nicht, Christen zu töten, wie Judas unseren HERRN verraten hat.«

Mit solchen Worten traf Pacheco auf offene Ohren. Seit über einhundert Jahren schwelte eine alte Feindschaft zwischen Katholiken und zum Christentum konvertierten Juden. Es bedurfte nicht viel, um diese Feindschaft anzuheizen, um zu Progromen anzustacheln und zu Verfolgungen aufzurufen. Jeglicher Unzufriedenheit im eigenen Leben konnte damit ein Schuldiger zugewiesen werden, und nicht wenige machten davon Gebrauch, unliebsame Nachbarn, Verwandte oder Geschäftspartner anzuschwärzen. Die Anzeigen bei der Santa Hermandad häuften sich, und die Kerker waren überfüllt mit angeblichen oder wirklichen Häretikern, Ketzern, Juden, Verbrechern und Unschuldigen.

Kardinal Mendoza versuchte vergeblich, die Nachrichten, die aus dem Land in Segovia eintrafen, vor Isabél zu verheimlichen. Er wollte sie nicht unnötig damit belasten, zumal sie unter ihrer erneuten Schwangerschaft litt. Doch er konnte es nicht verhindern. Enrique verhielt sich unentschlossen wie immer, fand Pachecos Verhalten unangemessen, besaß jedoch auch kein Mittel, ihn zu stoppen.

Der prachtvolle, aber kleine Raum, in dem der Kardinal residierte, wenn er sich bei Hofe aufhielt, wurde vor jedem Gespräch abgesucht, ob sich hinter Vorhängen oder Wandverkleidungen irgendwelche Lauscher und Spione versteckt hielten. Zu brisant war das, was der Kardinal zu bereden hatte. Iñigo de Mendoza saß auf einem Hocker und zog seine Stirn in Falten. Er war der Schöngeist der Familie, der Dichter und Denker. Der Kardinal beobachtete seinen Cousin schweigend.

»Der Familienrat hat zugestimmt«, sagte er nach einer geraumen Weile. »Ich weiß, dass es dir nicht gefällt. Aber weißt du eine andere Lösung?«

Iñigo schüttelte stumm den Kopf.

»Wir sehen unsere Zukunft bei Isabél und Fernando. Dafür müssen wir etwas tun. Dafür haben wir schon etwas getan. Und jetzt ...« Er hielt inne. »Du weißt aber auch, was geschieht, wenn ...«

»Ja.« Iñigo blickte auf, und sein Gesichtsausdruck veränderte sich. »Ich bin mir all dessen bewusst. Und du auch. Wir alle.«

Mit festen Schritten verließ er den Raum. Der Kardinal blieb allein und in Gedanken versunken zurück.

Wenige Tage später erreichte die Nachricht den Palast, dass Juan Pacheco, Marqués von Villena, verstorben sei. Niemand konnte sagen, wie und woran der Marqués starb. So blühte das Gerücht, dass es bei seinem Tod nicht mit rechten Dingen zugegangen sein soll.

Das Stadtpalais der Cabreras gestattete einen Ausblick in die Ebene von Segovia und besaß einen wunderschönen Garten. Isabél stand auf dem Balkon und blickte in den letzten Septembertag mit warmem Licht und goldenen Trauben an den Rebstöcken. Es könnte alles so friedlich sein ...

Sie wusste nicht, ob sie froh oder besorgt sein sollte. Pachecos plötzlicher Tod hatte sie nachdenklich gemacht. Ob an den nicht verstummen wollenden Gerüchten etwas dran war, konnte sie nicht beurteilen. Wie auch immer der Marqués starb, sein Tod räumte ihr einen weiteren Stein aus dem Weg.

Mendoza trat schweigend hinter sie und ließ ebenfalls seinen Blick über das Panorama schweifen.

»Eure Eminenz, Ihr seht mich verwirrt und demütig vor Gottes unerforschlichem Wesen. Ich frage mich, was Gott mit mir vorhat.«

»Ihr solltet Euch diese Frage nicht stellen, Hoheit«, erwiderte Mendoza sanft. »Ihr solltet Euch der Aufgabe stellen, die Gott Euch vorgibt. Bei jedem Schritt wird Euch der Weg klarer, den Ihr beschreitet. Ihr seid dazu auserkoren, Großes zu vollbringen. Es steht in Eurer Kraft, es steht in Eurer Macht. Gott beschützt Euch.«

»Ich fühle mich so schuldig«, fuhr Isabél fort. »Wenn einer meiner Gegner stirbt, so denkt doch jeder, ich hätte veranlasst, ihn ins Jenseits zu befördern. Schaut Euch nur an, was da draußen im Land für eine Gewalt tobt. Da kämpfen die großen Familien Kastiliens um das Amt des Großmeisters, das nun wieder frei geworden ist, und sie scheuen nicht davor zurück, das Land zu verheeren, zu morden und zu brandschatzen. Die Truppen treiben ihr Unwesen im Reich, dazu diese Feindschaften zwischen Christen und Conversos.«

»Der König ist unterwegs, um Frieden zu stiften. Er versucht, die kämpfenden Parteien zu besänftigen und das Reich zu befrieden.«

»Enrique ist krank und schwach«, warf Isabél ein.

»Ganz recht. Er ist krank und schwach. Aber er ist der König.«

»Er wird es doch schaffen, nicht wahr?« Sie blickte hoffnungsvoll zu ihm auf.

Der Kardinal nickte. »Wir werden es schaffen, Isabél.« Er schlug das Kreuz über ihrem Kopf. Sie kniete sich nieder und küsste seinen Ring.

Er fasste Isabél sacht am Arm. »Erhebt Euch, Hoheit. Es wird der Tag kommen, wo ich vor Euch knie.«

Sie lachte und schüttelte ihr blondes Haupt. Der Kardinal sah es mit Wohlgefallen.

»Ihr seht heute schon viel erholter aus, Hoheit. Die erneute Kindeshoffnung lässt Euch erstrahlen. Wisst Ihr, warum die Gottesmutter so wunderschön aussieht? Es ist die Mutterschaft, die eine Frau schön macht.«

»Und das sagt ausgerechnet Ihr, Eminenz?«

»Gewiss, ich kenne mich aus. Schließlich habe ich auch schon zwei Frauen zu Müttern gemacht.« Er lachte, als Isabél errötete. »Sorgt Euch nicht, es wird sich alles zum Guten wenden.«

So sah es allerdings nicht aus, denn im Land herrschten Anarchie und Chaos. Die Beschwichtigungsrufe des Königs blieben ungehört, die Granden kämpften um ihren eigenen Vorteil und das Amt des Großmeisters des Santiago-Ordens. Es kam zu Progromen an Juden. Nachbarn schlachteten Nachbarn ab, und Denunzierungen und Verrat waren an der Tagesordnung.

»Auf den Straßen herrscht Bürgerkrieg«, stöhnte Isabél auf. »Wohin soll das noch führen?«

Der Kardinal kratzte sich nachdenklich am Kinn. »Und was glaubt Ihr?«

Sie fuhr herum. »Glauben? Soll der Glaube nicht das Heil bringen?« Sie trat an die Brüstung des Balkons und blickte über die Ebene. »Und da wird überantworten ein Bruder den anderen zum

Tode«, murmelte sie wie zu sich selbst, »und der Vater den Sohn, und die Kinder werden sich empören wider die Eltern und werden ihnen zum Tode helfen. Und ihr werdet gehasst sein von jedermann um meines Namens willen.«

»Markus 13,12«, sagte Mendoza. »Ihr kennt Euch in der Bibel gut aus.«

»Der Glaube ist mein Hirtenstab«, gab Isabél zurück. »Doch welchen Halt haben die da unten?« Sie wies in die Landschaft hinaus.

»Uns, die Kirche, die Krone ...«

»Sie haben ein Recht auf uns, die Kirche, die Krone«, erwiderte sie.

Der Kardinal blickte lächelnd auf sie herab. Oh ja, er, seine ganze Sippe, hatten sich wohl richtig entschieden.

Isabél stockte plötzlich der Atem. Ihr Mund blieb offen stehen, und sie fasste sich an den Leib.

»Was habt Ihr?«, fragte Mendoza besorgt.

»Es ... es tat plötzlich so weh!« Sie rang nach Luft und zwang sich zu einem Lächeln. »Es ist schon wieder gut.« Isabél hielt sich an der Balkonbrüstung fest und wurde blass. »O mein Gott!« Sie trat einen Schritt beiseite. Unter ihren Füßen breitete sich eine Blutlache aus.

Das Kind kam tot zur Welt. Isabél lag erstarrt in Trauer und Entsetzen im Bett. Sie hatte es liegen sehen, das bewegungslose, blutige Etwas. Es sah aus wie ein gehäuteter Hase, so erbärmlich, so seltsam fremd. Sie ekelte sich plötzlich davor. Die Hebamme trug es schnell weg.

Tröstend hielt Beatríz ihre Hand. »Der HERR hat es zu sich genommen«, flüsterte sie. »Es geht ihm gut.«

»Mir geht es nicht gut«, erwiderte Isabél leise. »Der HERR hat mich gestraft.«

»Nein, du darfst Gott nicht zürnen. Es ist eben sein Wille, dass das Würmchen nicht leben sollte. Vielleicht hatte es eine Krankheit oder einen Makel. Vielleicht sendet es dir der HERR als Engel zurück.«

Plötzlich blickte Isabél sie fest an. »Es ist lieb von dir, dass du mich trösten willst, Beatríz. Aber jetzt lass mich allein, ich möchte beten. Und schicke bitte Kardinal Mendoza zu mir.«

»Den Kardinal? Aber … du brauchst doch noch nicht die Letzte Ölung!«

»Gott bewahre! Ich will noch nicht sterben, und ich werde nicht sterben. Ich will mit dem Kardinal sprechen.«

Sprechen? Kopfschüttelnd verließ Beatríz Isabéls Gemach. Etwas seltsam verhielt die Freundin sich schon. Aber nach so einem tragischen Verlust durfte man auch einmal durcheinander sein.

Doch Isabéls Gedanken arbeiteten klar und präzise, während ihr gemarterter Körper der Erholung bedurfte. Gott hatte sie gestraft. Und sie wusste auch, wofür. Sie wollte die Beichte ablegen. Schnell!

Kardinal Mendoza kam sofort.

»Es ist die Strafe, nicht wahr?« Isabél nahm seine Hand als Geste der Verbundenheit.

»Was immer Euer Gewissen bewegt, Isabél, ich erteile Euch Absolution.« Er hätte in diesem Augenblick wohl auch dem Teufel verziehen, wenn er ihm bei seinen Plänen geholfen hätte.

Als Isabél allein war, ließ sie ihren Tränen freien Lauf. Es sollte niemand sehen, es durfte niemand sehen. Diese Tränen waren Tränen der Schwäche. Aber sie spülten auch alle Sentimentalitäten aus ihr heraus. Es war eine seltsame Reinigung.

Irgendwann versiegten die Tränen, und ihre geröteten Augen brannten. Aus einer Wasserschüssel neben dem Bett nahm sie ein kühles Tuch und legte es sich aufs Gesicht. Schmerzhafte Kälte drang bis in ihr Gehirn, aber sie fühlte sich danach wie neugeboren. Sie schlug die Bettdecke beiseite. Zwischen ihren Beinen erstrahlte ein frisches, weißes Laken, jungfräulich und neu.

Sie musste einen Neuanfang wagen. Sie durfte sich nicht von Rückschlägen aufhalten lassen. Und sie durfte sich nicht von Emotionen überwältigen lassen. Emotionen waren gefährlich, vor allem, wenn sie nach außen drangen. Ihr Plan forderte Opfer, von ihr und von den anderen. Sie hatte heute ihres gebracht. Gott hatte es angenommen. Nun sollte Gott sich ihr wieder zuwenden. Hilfreich.

Sie stellte die Füße auf den Boden und tastete nach ihren Pantoffeln. Langsam schlüpfte sie hinein und stellte sich auf. Einen Augenblick wurde ihr schwarz vor Augen, und sie ließ sich wieder auf die Bettkante sinken. Einige Male atmete sie tief durch, dann versuchte sie es erneut. Ihre Knie zitterten, und der Raum um sie herum schwankte. Sie hatte viel Blut verloren. Es erforderte eine ungeheure Willenskraft, sich auf den Beinen zu halten und sich fortzubewegen. Sie setzte einen Fuß vor den anderen, langsam, sorgsam – und es funktionierte! Mit jedem Schritt wurde sie sicherer.

Ich darf mich nicht beirren lassen, sagte sie zu sich. *Ich kann mehr bewirken, als man mir zutraut. Ich traue es mir zu. Ich habe die Kraft!*

Zweimal umrundete sie das Bett, dann rief sie nach ihren Zofen, um sich ankleiden zu lassen.

ꙮ

Als sich das Jahr neigte, kämpfte König Enrique immer noch gegen die ständig aufflackernden Unruheherde im Land. Schon längst nahm man ihn nicht mehr für voll, hörte nicht auf seine Mahnungen, bekämpfte ihn sogar mit Waffengewalt. »Jeder gegen jeden« schien die Devise zu sein. Keiner vertraute dem anderen, keiner achtete den anderen. Jeder war sich selbst der Nächste.

Anfang Dezember hielt sich der König in der Nähe von Madrid auf, als ihn heftige Leibschmerzen aufs Lager warfen. Es war unmöglich, noch weiterzukämpfen. Die Zügel, die er seit Jahren schleifen ließ, entglitten nun endgültig seinen Händen.

Die Ärzte standen wieder einmal ratlos um sein Bett und diskutierten eifrig. Wer handelte, war Kardinal Mendoza. Er eilte sofort nach Bekanntwerden von Enriques Erkrankung nach Madrid, um dem König nahe zu sein. Vor allem aber wollte er aufpassen, dass niemand die Todesnähe des Königs zu seinen Gunsten ausnutzte. So saß er Tag und Nacht an Enriques Bett, spendete ihm Trost, betete mit ihm oder für ihn. Als es mit Enrique zu Ende ging, erteilte er ihm die Letzte Ölung.

Der Kardinal beugte sich über den sterbenden König. Sterbende hatten keinen Anlass zur Lüge.

»Majestät, ist Juana Eure leibliche Tochter?«

Der König bewegte schwach die Lippen. Seine Worte waren kaum zu verstehen. Mendoza war der einzige Zeuge. Enriques wachsbleiches Gesicht regte sich nicht. Er hielt die Augen geschlossen, um sie nie wieder zu öffnen.

In der Nacht zum 12. Dezember 1474 verließ Enrique IV., König von Kastilien, diese Welt.

Seine in letzter Zeit arg zusammengeschmolzene Anhängerschaft suchte nach einem Anhaltspunkt, wie es nach dem Tod des Königs weitergehen sollte.

»Wie waren seine letzten Worte?«, wurde Kardinal Mendoza gefragt.

»Er hat nichts gesagt«, erwiderte der Kardinal. »Auf meine Frage nach der Rechtmäßigkeit von Juana hat er geschwiegen.«

»Das kann nicht sein! War es wirklich so? Und wo befindet sich sein Testament? Wir wissen, dass er seinen letzten Willen schriftlich niedergelegt hat.«

»Und wem hat er es diktiert?«, wollte Mendoza wissen.

»Das wissen wir nicht.«

»Ich weiß es auch nicht.« Für den Kardinal war die Sache klar. Ganz klar.

ஐ

In der Mittagsstunde dieses 12. Dezembers erreichte ein Reiter völlig erschöpft auf einem schweißtriefenden Pferd den Alcázar von Segovia. Es war Ulloa, ein zuverlässiger Kurier von Kardinal Mendoza. Er hatte es fertig gebracht, die unglaubliche Strecke von 16 *leguas* von Madrid nach Segovia in zehn Stunden zurückzulegen. Quer durch die Sierra de Guadarrama gönnte er seinem Pferd und sich nur kurze Ruhepausen. Als sie Segovia erreichten, waren beide am Ende ihrer Kräfte. Die Rolle mit der wichtigen Nachricht brannte wie Feuer in seiner Hand.

Als Isabél die Nachricht vom Tod ihres Bruders erhielt, empfand sie keine Trauer. Dieses Gefühl existierte für sie nicht mehr. Seit der Geburt ihres toten Kindes fühlte sie eine innere Kälte, die sie vor solchen Emotionen schützte. Enrique, der sanfte, kompromissbereite, unentschlossene und letzte männliche Spross des ältesten Zweigs der Trastamare, war tot. Er war ein weiteres gottgewolltes Opfer auf dem Weg ... auf dem Weg wohin?

Wie fast immer in solchen besonderen Situationen war Isabél allein. Fernando befand sich in Katalonien, Carillo, der mit Kardinal Mendoza bis aufs Blut verfeindet war, in Toledo. Kardinal Mendoza kümmerte sich um Enriques Leichnam. Und sie, Isabél?

Diese fast unheimliche Ruhe und Fassung, mit der sie die Todesnachricht entgegennahm, registrierte sie mit wachsendem Erstaunen und wie eine außenstehende Beobachterin. Sie sah sich selbst auf dem Stuhl sitzen, der Bote vor ihr kniend, sie selbst mit kühlem, emotionslosem Gesichtsausdruck. War sie das wirklich?

Plötzlich erschien dort ein ganz anderes Bild, nur kurz, für wenige Augenblicke, aber nicht minder deutlich. Da saß sie, Isabél, in eine prächtige Robe gekleidet, auf dem Thron Kastiliens. Die vor ihr knieten, waren die Granden des Landes, der Klerus, die Stadträte, die Ständevertreter. Es war nur eine kurze, aber deutliche Vision. Wenige Augenblicke später sah sie sich wieder allein im Raum. Der Bote hatte sich zurückgezogen. Sie hielt das Pergament in der Hand. Lange blickte sie auf die unscheinbare Rolle mit dem Siegel Mendozas. Er hatte ihr einige Steine aus dem Weg geräumt. Und jetzt war auch klar, wo dieser Weg hinführte – auf den Thron Kastiliens!

Isabél handelte augenblicklich. Sie ließ die Todesnachricht in Segovia verbreiten und eine Messe vorbereiten, an der sie und die Bürger der Stadt teilnahmen.

Beatríz' betroffene Miene wischte sie mit einer Handbewegung weg. Dafür erteilte sie Andrés Cabrera eine Order, sich für den kommenden Tag bereitzuhalten. Sie konnte und wollte kein schmerzliches Bekenntnis ablegen. Dafür nahm sie die Bürger von Segovia für sich ein, indem sie deren tiefe Frömmigkeit sichtbar teilte. In weißem Gewand, dem Zeichen der königlichen Trauer, schritt sie in die Kathedrale, um der Messe beizuwohnen. Doch ihre Gedanken weilten ganz woanders. Sie hatte eine Vision gehabt, nur kurz, aber sehr klar. Gott hatte ihr ein Zeichen gesandt.

Danach saß sie bis in die tiefen Nachtstunden an ihrem Schreibtisch. Sie schrieb ihr Regierungsprogramm, mit dem sie das Volk, den Adel und den Rest des Landes vor vollendete Tatsachen stellen würde. Die Bedeutung dessen, was da unter ihrer Feder entstand, konnte sie noch nicht erfassen. Aber sie wusste, dass es wichtig und notwendig war, was sie tat. Von draußen hörte sie das Hämmern der Zimmerleute an dem Podium, das sie in Auftrag gegeben hatte. Sie war froh, allein zu sein. Fernando hätte sie nur durch seine ständigen Nörgeleien und Kritiken, Mahnungen und sein zögerliches Verhalten gestört. Sie brauchte jetzt weder Fernando noch sonst jemanden als Beistand. Was zu tun war, konnte sie selbst erledigen.

Am folgenden Tag strömten die Bewohner von Segovia zu dem eilig errichteten Podium. Es war notdürftig mit Stoffbahnen und Flaggen geschmückt worden. Dieser 13. Dezember war kalt und ungemütlich, und doch hatte ihn Isabél zu einem besonderen Tag bestimmt. Keiner der Granden aus den wichtigsten Familien Kastiliens war anwesend, nicht einmal der Klerus.

Unter Fanfarenklängen und Paukenschlägen öffnete sich das Tor des Alcázar. Was sich den Augen der versammelten Bevölkerung bot, glich einem Märchen. Einer Fee gleich ritt Isabél auf einem prächtig gezäumten Schimmel heraus. Die Prinzessin trug wallende Kleider aus weißem Stoff, mit Hermelin verbrämt und über und über mit

Juwelen aus dem Kronschatz geschmückt. Sie funkelte und glitzerte, schwebte und bezauberte. Ihr blondes Haar trug sie offen, und es umwehte sie wie ein goldener Schleier. Sie bewegte sich so grazil und natürlich im Takt ihres Pferdes wie eine überirdische Erscheinung. Vier ebenfalls in Weiß gekleidete Edelleute trugen einen goldenen Baldachin über ihrem Haupt.

Es gab wohl keinen, den sie mit ihrer Schönheit nicht in den Bann schlug. Sie ritt zur Tribüne, glitt aus dem Sattel und schritt majestätisch die Stufen hinauf. Lediglich die Mitglieder des Stadtrates begleiteten Isabél dabei.

Würdevoll wandte sie sich an die Bevölkerung und blickte in neugierige, skeptische, hoffnungsvolle und staunende Gesichter. Sie verspürte eine fast unheimliche Ruhe in ihrem Körper. Sie fühlte sich sicher, unheimlich sicher. Jetzt oder nie! Nur kurz ließ sie den Blick über die versammelte Menge schweifen, dann nickte sie Andrés Cabrera zu. Dieser kniete vor ihr nieder, ein rotes Samtkissen in der Hand. Und auf diesem Kissen lag das Schönste, Wertvollste und Begehrenswerteste, was Kastilien zu bieten hatte – die Krone!

Isabél verinnerlichte den Anblick und genoss den Augenblick, während die Menge den Atem anhielt. Dann ergriff sie das Prachtstück und setzte es sich selbst auf das blonde Haupt.

Nach einem Augenblick der atemlosen Stille brach plötzlich Jubel aus. Kastilien hatte eine neue Königin! Die emotionslose Ruhe in Isabéls Körper wich einem Kribbeln, das sie nur zu gut kannte und das sie liebte! Sie fühlte sich wie eine Feder, so leicht, so siegreich, so berauscht! Und so stolz!

Dann hob sie gebieterisch die Hand. Augenblicklich herrschte Stille. Ihre Stimme hallte klar und deutlich über den Platz.

»Ich, Isabél, stehe vor euch als Königin und Besitzerin Kastiliens. Ich, Isabél, schwöre bei Gott, die Gebote der Kirche zu befolgen. Ich, Isabél, schwöre bei Gott, Freiheiten und Privilegien des Adels nicht anzutasten. Ich, Isabél, schwöre bei Gott, Freiheiten und Privilegien der Städte zu achten. Ich, Isabél, schwöre bei Gott, über das Gemeinwohl des Königreichs zu wachen und Gerechtigkeit für alle walten zu lassen. So unterwerft euch Isabél, Königin von Kastilien, und Fernando, ihrem rechtmäßigen Gemahl.«

Wieder erklangen die Fanfaren. Der Tradition gemäß überreichte nun Andrés Cabrera als Statthalter von Segovia der Königin den Schlüssel zur Stadt. Mit feierlicher Miene nahm sie ihn entgegen. Dann bestieg sie wieder ihren Schimmel und trat den Rückweg zum Alcázar an.

Gutierre de Cardenas, als einziger aus dem Hochadel anwesend, ritt dem Zug voran. Er trug das Schwert Justizias an der Spitze, den Griff hoch erhoben, um nach altem Brauch zu bezeugen, dass diejenige naht, die Kraft ihres königlichen Amtes Schuldige strafen wird. Noch nie wurde vor einer Frau dieses gefürchtete Symbol getragen!

»Hoch Isabél, hoch unsere Königin! Hoch Kastilien!«

Das Volk von Segovia, dem dieses wunderbare Schauspiel geboten worden war, bedankte sich artig mit Jubel. Isabéls Glanz wirkte wie der Stern von Bethlehem, der für sie am Himmel aufging. Wenig später erklang aus dem Kirchenschiff jubelnd und himmelwärts gerichtet das Te Deum. *Habemus reginam!*[9]

Isabél warf einen kritischen Blick in den Spiegel, bevor sie sich auf den reich geschnitzten Thronsessel setzte. Die dreiundzwanzigjährige Frau, die ihr entgegenblickte, wirkte hoheitsvoll und mächtig. Nichts an diesem Anblick wies darauf hin, auf welch wackeligen Füßen die Macht dieser Königin stand. Eben hatte sie geschworen, die Gesetze des Reiches zu befolgen, doch sie hatte sie im gleichen Augenblick aufs schwerste gebrochen. Gemäß alter Tradition mussten die Cortes – die Ständevertretungen –, die Kirchenfürsten und die Granden der Krönung zustimmen. Sie hatte sich darüber hinweggesetzt. Es gab eine legitime Thronerbin, die Isabél schlichtweg ignorierte. Sie umgab nur eine Hand voll Anhänger von kleinem Format, wie

9 Lat.: Wir haben eine Königin!

Gutierre de Cardenas oder Andrés Cabrera. Kardinal Mendoza befand sich weit weg, und im Land hatte noch keiner Ahnung vom Tod des Königs und Isabéls Krönung. Sie musste den Überraschungseffekt nutzen, und zwar gründlich.

Nur einen Moment genoss sie das Kribbeln, während sie auf dem Thron saß. Dann straffte sie ihre Haltung und rief nach den Sekretären, Schreibern und Herolden. Sie diktierte die Botschaften, die im ganzen Land verkündet werden sollten: von der erfolgten Krönung und der Drohung, diejenigen aus ihren Ämtern zu entfernen, die der Königin die Gefolgschaft versagten. Gleichzeitig erging an die Ständeversammlungen der Befehl, Delegierte nach Segovia zu entsenden, um der neuen Königin huldvoll den Eid zu leisten. Nein, sie bat nicht, sie lud nicht ein, sie befahl!

Sie hatte geschworen, die Privilegien des Adels zu achten und zu bewahren, doch im gleichen Augenblick setzte sie mit dieser Aktion alles daran, die Allmacht des Adels zu brechen. Hier half kein Zögern, sonst würde sie vom Thron in den Straßenstaub stürzen, sondern nur der Angriff. Nicht die einfachen Menschen auf dem Lande und in den Städten waren es, die sie in den Griff bekommen musste, sondern die Lehnsherren, in deren Schatten die Bauern und Handwerker, Händler und Bürger standen. Und diese Lehnsherren hatten sich in der Vergangenheit als zutiefst unzuverlässige Gefolgsleute erwiesen. Zudem hatte ihre uneingeschränkte Macht sogar den König paralysiert.

Ohne den Adel allerdings besaß die Königsmacht keine Grundlage, das wusste auch Isabél. Doch in ihrer Situation blieb ihr gar keine andere Wahl. Kühl und mit Bestimmtheit sandte sie ihre Boten aus, um ihren Willen im Reich bekannt zu geben.

Sie hatte sich nicht verrechnet. Der Schock über die Unerhörtheit ihres Vorgehens lähmte den Adel derart, dass es nicht einmal einen Aufschrei der Entrüstung der Anhänger Juanas gab. In den Burgen und Schlössern, den Herrenhäusern und Palästen herrschten lähmendes Entsetzen, Betroffenheit und Ratlosigkeit. Seit Menschengedenken oblag es den Granden und den Cortes, über den Thronanwärter zu diskutieren, ihn zu prüfen und nicht zuletzt ihm gleich zu Beginn ansehnliche Privilegien und Zugeständnisse abzuverlangen. Es wäre abzusehen, dass Isabél dabei durchaus hätte die Unterlegene sein können. So schloss sie diese mögliche Gefahr für sich von vornherein aus.

Erst danach, ganz zuletzt, schrieb sie eine Botschaft an Fernando, um ihn vom Ableben Enriques und ihrer Krönung in Kenntnis zu setzen.

Gekränkte Ehre

Fernando weilte in Zaragoza. Als Isabéls Brief ihn erreichte, wusste er, ohne ihn geöffnet zu haben, was darin stand. Ein Bote Carillos hatte ihn bereits vorher informiert. Auch wenn der Erzbischof scheinbar zurückgezogen in Toledo vor sich hin schmollte, so saß er doch wie eine Spinne im Netz. Nichts, was im Land geschah, entging ihm. In jede Ecke des Landes und darüber hinaus reichten seine Fäden. Auf sein Netz aus Spionen und Kundschafter konnte er sich verlassen.

Fernando fühlte sich verraten und gekränkt. Der Stolz auf seine willensstarke Frau schlug in Verärgerung und Zorn um. Isabél hatte ihn aufs gröblichste hintergangen und in seiner Ehre gekränkt. Sie bezeichnete sich als Königin und Besitzerin Kastiliens, ihn hingegen nur als rechtmäßigen Gemahl. Er war nur der Ehemann, bar jeglicher königlich-kastilischen Würde und Gewalt.

Was war Isabél da in den Kopf gefahren? War sie von Sinnen?

Es war eine ungeheure Anmaßung, die er nicht unwidersprochen hinnehmen würde. Es bedurfte nicht unbedingt Carillos Drängen, der nach wie vor auf der Seite Aragóns stand und Fernando mit dem Titel »König von Kastilien« anredete, um sofort nach Segovia zurückzukehren.

Die ehrliche Trauer um Enrique, für dessen schrullige Eigenheiten Fernando viel Verständnis aufgebracht hatte, wurde überschattet von seinem verletzten Ehrgefühl, sowohl als König als auch als Mann. Keine Ehefrau würde es ungestraft wagen, ihren Mann derart und öffentlich herabzuwürdigen, zu degradieren.

Zunächst jedoch vergewisserte er sich bei einem Juristen, dem ihm ergebenen Alfonso de Cavallería, ob Isabéls Eigenmächtigkeiten überhaupt rechtens seien.

Fernando fühlte sich durch die Antwort des Juristen bestätigt: Isabéls Verhalten widerspreche der Tradition der Königskrönungen in Kastilien. Dass ein Justizschwert vor einer Frau hergetragen wurde, entbehre jeglicher Grundlage.

»Ich beanspruche die Krone Kastiliens!«, tobte Fernando. »Es ist unmöglich, dass eine Frau die Regierungsgewalt ausübt! Außerdem bin ich in der Erblinie der nächste männliche Verwandte der Trastamare. Und schließlich ist es der Mann, der in der Ehe das Sagen hat!«

Wütend schlug Fernando mit der Faust auf den Tisch und bewies damit, dass er wohl niemals die Absicht gehabt hatte, die im Ehevertrag eingegangenen Verpflichtungen zur Zurückhaltung einzuhalten.

Es regnete in Strömen, als Fernando mit seinem Gefolge Zaragoza verließ. Ein böses Vorzeichen für seine Rückkehr. Sein Zorn auf Isabéls Eigenmächtigkeit war zwar nicht verraucht, doch er war vorsichtig genug, nicht ins offene Messer zu laufen. So hielt er sich erst einmal drei Tage in einer kleinen Stadt nahe Segovia auf, um die Lage zu erkunden. Er legte sich selbst den Titel »König von Kastilien« zu, was er als sein Recht betrachtete.

Isabél indessen dachte keinen Augenblick über Fernandos möglichen persönlichen Ressentiments nach, sondern widmete sich dringenderen Aufgaben. Sie brauchte unbedingt Verbündete. Neben Kardinal Mendoza, Admiral Enriquez sowie dem Grafen von Benavente, der ein Auge auf Isabéls Freundin Beatríz geworfen hatte, schlug sich auch der Graf von Alba auf ihre Seite, der einstmals mit Isabél etwas ganz anderes vorgehabt hatte. Doch nun hielt er es für klüger, in ihr Lager zu wechseln, wenn auch nicht ganz uneigennützig. Er verlangte die Verleihung eines Herzogtums. Da sie geschworen hatte, die Privilegien des Adels zu achten, kam sie nicht umhin, einigen Forderungen der Granden nachzugeben. Eine totale Verweigerung hätte sie wohl allein auf weiter Flur stehen lassen.

Besonders seltsam schien das Verhalten von Don Beltrán de la Cueva. Der mit dem Herzogtitel von Albuquerque entschädigte ehemalige Großmeister des Santiago-Ordens schickte an Isabél ein Memorandum. Er versuchte in keiner Weise, die Interessen seiner angeblichen Tochter Juana wahrzunehmen, sondern forderte von »unserer erlauchten Königin« eine lange Liste von Geschenken und Zugeständnissen. Er unterwarf sich ihr erst, als sie ihm diese Zugeständnisse unter Eid machte.

Mehr und mehr Granden suchten und fanden den Weg zu Isabél und versicherten ihr ihre Gefolgschaft.

Fernando betrachtete die Entwicklung mit gemischten Gefühlen. Die Anwendung von Gewalt lehnte er ab. Er setze auf Geduld und seine Rolle als Mann in der Ehe.

»Ich wäre der erste Ehemann, der seine Frau nicht zur Vernunft bringen kann.«

Genau ein Jahr zuvor war er in Segovia eingezogen, damals verstohlen, vorsichtig – und Isabél war schon vor ihm da. Auch diesmal, es war der 2. Januar, zog Fernando wieder in Segovia ein. Doch sein Einzug stand unter ganz anderen Vorzeichen. Isabél war auch schon da – als selbst erklärte Königin! Sein Zorn kochte wieder auf, und es bereitete ihm Mühe, Isabél gefasst entgegenzutreten.

»Du siehst mich verwundert, Isabél«, begann er ohne Umschweife. »Und nicht nur das. Ich halte es deinem ungestümen Temperament zugute, das dich zu Unüberlegtheiten verleitet. Hier bist du entschieden zu weit gegangen. Was soll das, Isabél? Du bist eine Frau.«

»Das weiß ich«, entgegnete sie. »Was hat das mit der Krone zu tun?«

»Du kannst nicht Königin sein.«

»Ach, und warum nicht?«

»Eben weil du eine Frau bist! Es ist ein Unding, dass du das Justitia-

Schwert vor die hertragen lässt. Es ist ein Unding, dass du die königliche Gewalt ausübst. Das steht nur einem Mann zu. Ich bin der König von Kastilien!«

»Bist du nicht! Du bist mein Gemahl. *Ich* bin die Repräsentantin des Reiches. In kastilischen Angelegenheiten hast du nichts zu entscheiden.« Ihre Stimme steigerte sich, und sie geriet in immer heftigere Erregung. Fernando sah es in ihren Augen fanatisch sprühen.

»Du bist nicht du selbst«, erwiderte er entsetzt. »Wie kannst du so mit mir umspringen?«

»Wieso sollte ich nicht, wenn du es nicht akzeptieren willst? Ich bin die Königin!« Sie betonte jedes Wort.

Entschlossen wandte Fernando sich um. »Gut, wenn ich nicht einmal Herr im eigenen Hause sein darf, werde ich auf der Stelle nach Aragón zurückkehren. Ich mache mich doch nur lächerlich!« Er stürmte zur Tür.

»Bleib!« Es klang wie ein Peitschenknall. Fernando stockte mitten im Schritt und drehte sich um. Ihre Blicke kreuzten sich.

Augenblicklich veränderte sich Isabéls Miene. »Lass uns doch noch einmal darüber reden.«

Fernando hob die Augenbrauen. »Ach! Ich wollte reden. Du hast angefangen zu streiten.«

»Nein, du bist mit Vorwürfen hier hereingestürmt!«

»Ist ja auch mein gutes Recht. Da kommt man nach langer Zeit aus dem Kriegszug heim und muss sehen, dass seine Frau über die Stränge schlägt! Welchem Mann würde das gefallen?«

Sie stützte sich mit den Fäusten auf den Tisch und reckte kampflustig den Kopf vor.

»Sag mal, fällt dir nicht noch etwas auf, außer der Krone auf meinem Haupt?«

Fernandos Blick wurde unsicher. »Wieso? Nein, was denn?«

Sie strich sich über den Bauch. »Das hier!«

»Ach ja, du warst guter Hoffnung. Was ist es denn? Wo ist das Kind?«

»Tot!«

Fernando schluckte. »Das ... das tut mir leid. Ich ... ich weiß nicht, was ich sagen soll ...«

»Nichts. Nimm einfach die Tatsachen, wie sie sind.«

Trotzig schüttelte Fernando den Kopf. »Aber nicht das mit der Krone ...«

»Es ist rechtens!«

»Es ist nicht rechtens!«

»Du irrst dich!«

»Banaler kann ein König nicht herabgewürdigt werden«, schnaufte Fernando wütend. »Rechtmäßiger Gemahl! Was ist das eigentlich, he?«

»Der Gatte einer Königin.«

»Es ist gar nichts!«

»In Kastilien schon ...«

»Pah, ich bin König von Sizilien und kein Maultiertreiber! Und als dein rechtmäßiger Gatte bin ich König von Kastilien.«

»Bist du nicht!«

»Bin ich doch!«

»Du bist hier in Kastilien! Da gelten eben andere Gesetze!«

»Dann werde ich wieder nach Aragón gehen. Dort kenne ich wenigstens die Gesetze. Vor allem das Gesetz, dass Weiber keine Königin werden können.«

Isabél schnappte nach Luft. Einen Moment stand sie mit offenem Mund da, ohne etwas zu sagen. Beide funkelten sich mit zornerfüllten Blicken an. Urplötzlich stieß Isabél geräuschvoll die Luft aus.

»Gut«, sagte sie erstaunlich sanft. »Beenden wir den Streit. Überlassen wir es anderen, darüber zu richten, was recht ist und was nicht.«

Auch Fernando benötigte einen Augenblick, dann ging er auf Isabéls sanftere Tonart ein. »Gut, und wer soll das sein?«

Sie überlegte kurz und biss sich auf die Unterlippe. »Ich denke ... Kardinal Mendoza.«

»Ha, der stimmt doch sowieso für dich!«

»Tut er nicht! Er ist ein Kirchenmann!«

»Tut er doch! Und Kirchenmänner sind alle verlogen!«

»Fernando!«

»Dann lass mich auch einen Richter benennen!«

»Bitte!«

»Erzbischof Carillo!«

Sie schnappte wieder nach Luft. »Der ist auch befangen! Er steht auf deiner Seite!«

Fernando grinste. »Klar doch! Gleiches Recht für alle!«

»Außerdem ist er auch ein Kirchenmann!«

»Eben, genauso verlogen wie dein Kardinal!«

»Fernando!«

»Carillo kann den Kardinal nicht leiden!«

»Hoffst du, dass er deshalb für dich stimmt? Mendoza kann Carillo auch nicht leiden!«

»Lassen wir sie einfach Recht sprechen.«

»Gerne!« Sie warf kokett den Kopf in den Nacken, aber ihre Stupsnase verkündete Eigensinn.

Fernando war überzeugt, dass der Kardinal und Carillo als Oppositionelle einen Schiedsspruch für ihn fällen würden. Carillo war ein unbeugsamer Freund Aragóns, auf den sich schon sein Vater verlassen konnte. Und so stimmte er Isabéls Vorschlag zu.

Es dauerte nur wenige Tage, bis das Urteil von beiden Kirchenmännern vorlag. Ein Donnerschlag konnte nicht heftiger sein.

In seltener Übereinstimmung erklärten beide die unbestreitbaren Rechte der Königin für legitim!

Fernando benötigte eine Weile, um das ganze Ausmaß zu begreifen. Er spürte einen unbändigen Zorn in sich aufsteigen. Dann wirbelte er herum.

»Ich gehe!«

Hinter ihm knallte die Tür ins Schloss.

»Fernando! So warte doch!« Isabél riss die Tür auf. »Haltet ihn auf! Haltet ihn doch auf!«

»Weg da!« Ärgerlich stieß Fernando einen Wachmann beiseite. »Ich bin ein Nichts! Ich bin nur der Ehemann von dieser da!«

»Bitte!« Beschwörend hielt Isabél ihn am Ärmel fest. »Benimm dich wenigstens wie ein König!«

Fernando blieb stehen. Eine steile Falte auf der Stirn zeugte noch von seinem Unmut. Aber er zögerte.

»Komm, wir sollten miteinander reden.« Sie zog ihn wieder zurück in ihr Gemach. »Der Ehevertrag bedeutet doch nicht, dass du auf deine Rechte verzichten musst«, fuhr sie in beschwörendem Ton fort. »Du sprichst dich gegen eine Frau auf dem Thron aus. Damit würdest du auch unsere Tochter von der Thronfolge ausschließen.«

Fernando wurde unsicher. »Vielleicht bekommen wir einen Sohn.«

»Vielleicht. Unser letztes Kind kam tot zur Welt. Gott hat es zu sich genommen und nur ER weiß, warum. Isabél aber lebt. Sie ist die Infantin. Willst du das alles aufs Spiel setzen?«

Er senkte den Kopf und sah jetzt wie ein gescholtener Knabe aus.

»Ich fühle mich so entmündigt«, flüsterte er.

»Wenn wir uns weiter streiten, dann reiben sich unsere Feinde die Hände. Wir dürfen ihnen keinen Grund geben, uns damit zu schaden.«

»Und was schlägst du vor? Du hast doch schon einen Plan!«

»Sicher!« Sie lächelte sanft. »Wir schließen ein Abkommen. Darin soll genau geregelt werden, wer von uns beiden für welche Aufgaben im Reich zuständig ist. Der Kardinal und der Erzbischof sollen es gemeinsam ausarbeiten.«

»Und ... und was soll da drin stehen?«

»Wie würde dir gefallen, dich König zu nennen? Du solltest die Außenpolitik übernehmen. Was Katalonien und die süditalienischen Besitzungen angeht, bist du wesentlich kompetenter. Und wir unterschreiben alle Dekrete und Urkunden gemeinsam, du an erster Stelle. Ich werde über die Ernennung der obersten Militärs entscheiden, über die Statthalter und Zivilverwalter, und du ... nein, wir beide entscheiden gemeinsam über Recht und alles, was das Reich im Inneren betrifft, wenn wir beieinander sind.«

»Gemeinsam?«

Sie nickte. »Gemeinsam!«

Fernando überlegte. Es war ein guter Kompromiss. Zumindest würde er ihn aus der Bedeutungslosigkeit des Prinzgemahls herausholen und seiner Gattin immerhin gleichstellen. »Einverstanden!«

Während Erzbischof Carillo und Kardinal Mendoza in aller Eile das Abkommen bis in alle Einzelheiten ausformulierten, zog Fernando die Königin in seine Arme.

»Wir waren so lange getrennt«, murmelte er. »Und statt uns über das Wiedersehen zu freuen, streiten wir uns.«

»Nun brauchen wir uns ja nicht mehr zu streiten«, erwiderte Isabél lächelnd. »Es wird alles geregelt.«

»Und wir können uns angenehmeren Dingen widmen«, ergänzte Fernando.

Willig ließ sich Isabél in seine Arme sinken. Zur Abwechslung war es ganz schön, nicht nur an die Probleme zu denken.

Für einen Augenblick dachte Fernando an das tote Kind, das Isabél geboren hatte, und Mitleid überflutete ihn. Sie hatte es nicht leicht gehabt, während er sich in Katalonien herumschlug. Wer weiß, was geschehen wäre, hätte Isabél nicht so schnell gehandelt. Wahrscheinlich säße jetzt die dreizehnjährige Juana auf dem Thron und neben ihr Alfonso V., der König von Portugal!

»Was habe ich nur für eine Frau?«, murmelte Fernando, während beide in die prall gefüllten Kissen sanken. »So klug, so schön – wenn sie nur nicht so schrecklich eigensinnig wäre!«

Wenn Isabél geglaubt hatte, mit dem Vertrag sowohl Fernando als auch den Adel Kastiliens beruhigt zu haben, so sah sie sich zumindest in einem Punkt bestätigt. Fernando war zufrieden. Nicht aber die Granden im Land. Seit jeher waren sie in zwei Lager gespalten, für und wider den König, den sie von zwei Seiten attackierten, um so viele Privilegien wie möglich herauszuschlagen.

Die Gefahr kam aus einer Richtung, aus der sie Isabél nicht vermutet hatte. Ein Sohn Pacheco de Villenas berief sich auf König Enriques Testament und rief Juana zur Königin aus. Entlang der Grenze zu Portugal schlugen sich die Granden auf die Seite des portugiesischen Königs. Und Carillo, der sich immer noch über die Ernennung von Mendoza zum Kardinal grämte, wollte von Isabél plötzlich nichts mehr wissen. Obwohl sie bereits dreimal ihren Besuch bei ihm zu einem versöhnlichen Gespräch angekündigt hatte, schlug der Erzbischof die dargebotene Hand aus.

Die ganze Situation war paradox. Diejenigen, die sich bislang zu Isabél bekannten, schlugen sich nun auf Juanas Seite, während die bisherigen Juana-Anhänger zu Isabél überwechselten.

Die Nachbarländer Portugal und Aragón beobachteten aufmerksam, was sich in Kastilien tat. Kastilien war trotz seiner inneren Zerrissenheit ein mächtiges Land, mit der höchsten Bevölkerungszahl und vielen Soldaten unter Waffen. Sollten sich tatsächlich, wie in Portugal befürchtet, Kastilien und Aragón vereinen, würde Portugal hoffnungslos unterlegen sein. Diese latente Bedrohung gab den Gegnern Isabéls neue Nahrung. In einer ihrer ersten Amtshandlungen hatte Isabél einige ihrer Gegner deren Ämtern enthoben. Diese schlugen sich nun nach Portugal durch, um bei Alfons V. um Asyl zu bitten. Die Front gegen Isabél verstärkte sich.

Zum Wortführer der Oppositionellen avancierte Erzbischof Carillo. Über Jahre hatte er darauf hingearbeitet, Isabél auf den Thron Kastiliens zu helfen. Es war ihm auch gelungen. Doch Isabél zeigte sich weder dankbar noch fügsam. Am schlimmsten für ihn war jedoch, dass es ihm nicht gelang, und wohl in Zukunft auch nicht gelingen würde, Macht über Isabél auszuüben. In seinem Zorn verlangte er sieben wichtige Ämter, die Isabél ihm übertragen sollte.

Empört lehnte sie diese Unverschämtheit ab.

»Ich habe sie von ihrem Spinnrocken weggeholt, ich bringe sie auch wieder dahin zurück!« Carillos Zorn kannte nun keine Grenzen mehr.

Als in diese heftigen Zwistigkeiten auch noch die Nachricht platzte, dass der portugiesische König Alfons V. sein Verlobungsversprechen mit Juana einlösen und sie ehelichen werde, damit sie Königin von Kastilien würde, kannte der alte Erzbischof kein Halten mehr. Er bekannte sich offen zu Juana, der »erlauchten Königin von Kastilien«. Zudem stellte er König Alfonso fünfhundert Lanzen zur Verfügung.

Als hätten die Städte nur auf dieses Zeichen gewartet, so fielen sie reihenweise von Isabél ab: Burgos, Madrid, Toledo, Sevilla, Alcalá …

In tiefer Besorgnis eilte Beatríz in den Alcázar. Sie fiel vor Isabél auf die Knie und rang verzweifelt die Hände.

»Wie stellst du dir das vor? Andrés weiß nicht mehr, wie er den Kronschatz sichern soll! Wenn die alle gegen Segovia aufmarschieren … Andrés benötigt eine Sicherheit von dir!«

Mit großen Augen blickte Isabél auf Beatríz herab. »Steh auf! Wir sind allein.«

»Eben!« Beatríz erhob sich. »Was ist, wenn sie tatsächlich einen Angriff wagen?«

Isabél dachte mit Grausen an die desolate königliche Armee. Sie hätte einem Angriff nichts entgegenzusetzen.

»Was verlangt der Statthalter?« Isabéls Stimme wurde kühl und distanziert. Sie kannte die Antwort bereits.

Beatríz wich ihrem Blick aus. Um ihre Mundwinkel zuckte es. Sie setzte mehrfach zum Sprechen an, als fiele es ihr schwer. »Das … das Lager der Gegner ist groß … sehr groß …«

»Was verlangt er?«, wiederholte Isabél ihre Frage scharf.

»Euer Kind!«

Die Schlacht von Toro

König Alfonso V. war ein mächtiger König. Nicht nur die afrikanischen Kolonien hatten ihm und seinem Land zu Reichtum verholfen. Ihm galten die Tugenden eines wahren Ritters noch etwas: Mut, Ehrgefühl, Ritterlichkeit, Eroberungswille. Die Kunde seines Ruhmes und seines Reichtums drang weit bis über die portugiesische Grenze hinaus. Seine Eroberungskriege und -siege in Afrika, aber auch sein ehrenvolles Verhalten hatten ihm den Beinamen »der Edelmütige« eingebracht.

Er war nicht mehr jung, aber er fühlte sich noch rüstig genug, sich für eine Sache einzusetzen, die einer gerechten Lösung bedurfte. Das größte Königreich der Iberischen Halbinsel zu erobern, würde die Krönung seines Lebenswerkes sein.

Trotz Warnungen aus dem portugiesischen Adel übersandte der König Anfang des Jahres 1475 an Isabél ein Schreiben, in dem er sie in Kenntnis setzte, dass er die gesetzmäßige Thronerbin von Enrique IV., Infantin Juana, zur Gemahlin nehmen und von da an den Titel »König von Kastilien« tragen werde.

»Militärisch haben wir Portugal nichts entgegenzusetzen«, stellte Fernando fest. Das klang bitter, entsprach aber der Realität.

Isabél wollte es nicht auf einen Krieg ankommen lassen. Sie stand vor einem Trümmerhaufen, der Kastilien hieß. Das Reich stand durch die jahrzehntelange Misswirtschaft des Königs sowie dessen Unvermögen, den Adel im Zaum zu halten, am Rande des Abgrundes. Wollte sie das Land wieder aufbauen und festigen, konnte sie keinen Krieg gebrauchen. Sie hatte im Inneren des Reichs die Mehrzahl der Granden gegen sich, und nun drohte eine Invasion von außen!

»Wir müssen verhandeln!«

Kardinal Mendoza bot sich als Vermittler an, und mehrfach versuchte Isabél, den Erzbischof von Toledo wieder an den Hof zu holen. Vergebens! König Alfonso wollte nicht verhandeln. Im Mai des gleichen Jahres überschritt er an der Spitze eines Heeres von fünftausendsechshundert Reitern und vierzehntausend Mann Fußvolk die Grenze zu Kastilien.

Isabél fühlte sich ohnmächtig. Gleichzeitig sah sie ihre Vision von einem erstarkten, erneuerten Kastilien dahinschwinden. Sie stand vor dem Tisch, auf dem die Karte ausgebreitet lag. Unbehelligt war Juana von dem jungen Pacheco von Madrid zunächst nach Trujilla und dann nach Plasencia gebracht worden. Und König Alfonso befand sich auf direktem Weg dorthin, um Juana zu treffen – und zu ehelichen!

Als Fernando den Raum betrat, verspürte er wieder dieses Ziehen in der Brust. Da stand sie, Isabél, die Kluge, Eigenwillige, die Königin, die niemand ernst nahm. Er hatte wohl Grund, ihr zu grollen, ihr zu zürnen, ihr Temperament zu fürchten. Ihr gewölbter Leib verriet, dass sie wieder ein Kind unter dem Herzen trug. Vielleicht wurde es diesmal der ersehnte Sohn. Ihr Gesicht war ernst und angespannt. Als sie aufblickte, zwang sie sich zu einem kleinen Lächeln. Das Ziehen in Fernandos Brust wurde stärker. Er trat zu Isabél und strich ihr sacht über den Bauch. Es war niemand zugegen, so erlaubte er sich diese kleine Zärtlichkeit. Im Beisein anderer, auch Domestiken, verwahrte sich Isabél dagegen. Jetzt aber schien ihr Fernandos Nähe gut zu tun.

»Alfonso macht tatsächlich Ernst«, sagte sie, und ihre Stimme zitterte ein wenig. »In Plasencia gibt er Feste zu Ehren seiner Hochzeit mit Juana.« Sie schob Fernando einen geöffneten Brief hin.

»Das ist so ein Schreiben, das er an den kastilischen Adel, aber auch an die Kirchenfürsten und die Städte gesandt hat. Er wiegelt alle gegen mich auf, behauptet sogar, ich hätte meinen Halbbruder vergiften lassen.«

Fernando nahm den Brief zur Hand und überflog den Text. Dann warf er das Pergament verächtlich auf den Tisch.

»Das war doch zu erwarten. Er sieht seine Chance, endlich das zu bekommen, was er schon lange begehrt.« Er konnte sich ein Grinsen nicht verkneifen. »Du hast ihn doch abgewiesen. Ich glaube, er fühlt sich in seiner Ehre verletzt.«

»Das hilft uns aber jetzt herzlich wenig weiter«, seufzte sie.

»Doch!« Fernando legte den Arm um sie. »Eben weil er ein Ehrenmann ist, wird er die Ehe mit Juana nicht eher vollziehen, als bis der Papst seinen Dispens dazu erteilt hat. Meines Wissens fehlt er noch. Lass sie feiern, wir werden handeln.«

Isabél blickte auf, und ihre blauen Augen schienen eine Tiefe wie zwei schimmernde Bergseen zu erreichen. Fernando konnte sich an ihren schönen Augen nicht satt sehen, zumal jetzt darin eine große Frage stand. Ehe sie die Lippen öffnen konnte, küsste Fernando sie.

»Ich werde mich augenblicklich um die kastilische Armee kümmern, Soldaten rekrutieren, Waffen anschaffen, die Leute ausbilden. Ich werde an alle diejenigen herantreten, die jetzt noch schwanken. Es muss alles ganz schnell gehen.«

Ihre Augen wurden noch größer. »Das würdest du tun?«

»Das werde ich tun!« In Fernandos Stimme lag Entschlossenheit. »Für Kastilien! Und für dich!« Er küsste sie noch einmal. »Pass gut auf unser Kind auf«, mahnte er, bevor er das Gemach verließ.

Isabél stand unbeweglich und starrte immer noch auf die Tür, durch die Fernando verschwunden war.

Fernando! Eine einzelne Träne stahl sich aus ihrem Auge und rann die Wange herab. Sie hatte mit so viel rückhaltlosem Beistand ihres Gemahls nicht gerechnet. Aber sie fühlte sich gut dabei.

Hastig wischte sie mit dem Handrücken die Träne weg. »Na warte, Alfonso, du hast dich verrechnet!«

Während der portugiesische König wochenlang seine bevorstehende Hochzeit feierte, dem zu ihm übergelaufenen kastilischen Adel Bankette gab und sogar seine Soldaten mit Wein und bestem Essen verwöhnte, wuchs Fernando über sich selbst hinaus. Innerhalb von nur vier Wochen schaffte er es, vierzigtausend Mann zu rekrutieren. Zwar waren diese denkbar schlecht ausgerüstet und ungeübt im Waffengang, aber sie stellten eine beeindruckende Armee dar. Sodann wurden sie im Eilverfahren ausgebildet. Es fehlte den Männern nicht an Mut und Enthusiasmus, zumal auch Isabél nicht die Hände in den Schoß legte. Während Fernando mit bewundernswerter Fertigkeit aus einem ungeordneten Haufen kampfeslustiger Männer eine militärisch ausgerichtete Armee formierte, schwang sich Isabél auf ihr Pferd. Sie zog von Stadt zu Stadt und rief ihre Untertanen mit flammenden Reden zum Widerstand gegen die portugiesische Annexion auf. Sie vertraute nicht auf den Adel, der korrupt genug war, nur seine eigenen Interessen zu verfolgen, sondern auf das Bürgertum und die Bauern, die Handwerker und Händler – auf das einfache Volk. Sie beschwor deren Gemeinsinn, deren Frömmigkeit und Stolz. Sie appellierte an ihr Nationalgefühl, an ihren Volkscharakter und ihre Ehre. Ja, im Volk gab es so etwas. Man musste das Volk nur daran erinnern!

Ihr Mut, ihre mitreißende Leidenschaft, ihre Redegewandtheit und ihr aufreibender persönlicher Einsatz erweckten bei der kastilischen Bevölkerung in Stadt und Land Sympathie und Bewunderung. Isabéls Begeisterung für ein befriedetes, starkes Kastilien sprang wie ein Funke auf die Menschen über, verbreitete sich wie der Brand des sommertrockenen Grases in der Mancha. Isabél kämpfte um jeden einzelnen Kastilier, ihn zu überzeugen, ihn zu ermutigen und ihn für sich zu gewinnen.

Was sie tat, tat sie mit ganzem Einsatz. Unermüdlich zog sie mit einem kleinen Gefolge übers Land. Es war beschwerlich. Ihre fortschreitende Schwangerschaft hinderte sie beim Reiten. Nachts schlief sie in einem Zelt. Sie nahm nur einfache Speisen zu sich, verzichtete auf Wein. Bei den einfachen Menschen gewann sie dadurch an Sympathien, hatte ein offenes Ohr für die Probleme der kleinen Leute und gewann die Herzen für ihre Vision von einer kastilischen Gemeinschaft.

Aber allein die Unterstützung der Bevölkerung reichte nicht aus, um die drohende Kriegsgefahr zu bannen. In Tordesillas rief Isabél ihren Geschichtsschreiber Hernando de Pulgar zu sich. Der Chronist, der sie schon die ganze Zeit begleitete, erschrak, als er ihr erschöpftes Gesicht sah.

»Hoheit, es wird zu viel für Euch. Ihr solltet Euch ein paar Tage Ruhe gönnen.«

Isabél legte sich ächzend auf die harte Liege, die ihr als Schlafstatt diente. »Der Feind gönnt sich auch keine Ruhe, und wir müssen ihm zuvor...« Sie stockte und verzog das Gesicht.

»Hoheit, geht es Euch nicht gut?«

Sie rang nach Luft und winkte dann ab. »Der Brief! Wir müssen eine Antwort auf Juanas Manifest geben. Sie hat sich erdreistet, sich selbst Königin von Kastilien zu nennen, und spricht durch dieses Manifest zu ihren Untertanen. Sie unterstreicht ihre angeblichen vererbten Rechte und zählt alle Verträge auf, die angeblich gebrochen wurden ... haaaah!«

Isabél fasste mit beiden Händen an ihren Bauch. Pulgar sprang auf. »Majestät, habt Ihr Schmerzen?«

»Ja, allerdings.« Sie pustete mehrmals kräftig aus. »Das Reiten ist mir wohl nicht bekommen.« Sie wartete einen Augenblick. »So, wir können weiter.«

»Soll ich nicht einen Arzt ...«

»Unsinn! Kinder zu bekommen ist keine Krankheit. Wo waren wir stehengeblieben? Ach ja, eine Antwort auf Juanas Manifest. Da steckt Carillo dahinter und der junge Pacheco. Also, schreibt, Pulgar, damit auch König Alfonso etwas davon hat.«

Isabél versuchte, eine etwas bequemere Lage einzunehmen, was auf der harten Liege so gut wie unmöglich war, während der Chronist die Feder in die Tusche tauchte.

»Majestät, König Alfonso von Portugal; Euch gelüstet nach Kastilien, dem Land unter der Sonne Iberiens. Doch Ihr greift nach dem Feuer und werdet Eure Finger verbrennen. Die Stimme des Volkes gleicht der Stimme Gottes. Gott zurückzuweisen hieße, die Sonnenstrahlen mit dem Blick unserer Augen zähmen zu wollen. Es scheint wohl sehr fragwürdig, welche Verträge Ihr mit dem Adel Kastiliens eingegangen seid. Damit begebt Ihr Euch in die Hände derer, die sich als sehr unzuverlässig erwiesen haben. Wenn Ihr tatsächlich einen Sieg davontragen werdet, dann müsst Ihr Euch auch den Forderungen derer beugen, die zu Euch über-

gelaufen sind. Das ist wohl nicht die Art des Monarchen, der herrscht und kommandiert.

Krieg bringt Feuer und Zerstörung, Diebstahl und Plünderung, Vergewaltigung und Entweihung mit sich. Der Krieg zwingt Euch, Majestät, Eure Untertanen mit unverdienten Steuern und Abgaben zu knechten, die Euer Gewissen belasten und Eure Autorität im Volk untergraben.«

Isabél bäumte sich auf und verzog das Gesicht. Kalter Schweiß stand auf ihrer Stirn.

»Hoheit, wir sollten für heute Schluss machen.« Im Gesicht des Chronisten stand deutlich seine Besorgnis.

Sie hechelte wie ein Hund, dann legte sich der Schmerz. »Gott hat die Frau damit gestraft, unter Schmerzen zu gebären. Ich ertrage mit Freuden, was Gott mir auferlegt hat.« Ihre Miene wirkte allerdings überhaupt nicht freudig. Sie winkte ungeduldig mit der Hand. Pulgar griff wieder zur Feder.

»Überlegt es Euch wohl«, diktierte Isabél weiter, *»bevor Ihr diesen Krieg beginnt, denn einen Krieg beginnen kann jeder, ihn siegreich beenden, nicht.«*

Ihre letzten Worte gingen in einem heftigen Stöhnen unter. Der Chronist rollte schnell den Brief zusammen und rief nach einem Arzt.

»Der Brief ... schickt einen Boten ...«, ächzte Isabél.

Pulgar verbeugte sich eilig. »Sorgt Euch nicht, ich kümmere mich darum.«

In dieser Nacht gebar Isabél ein totes Kind.

Während Isabél bis zur totalen Erschöpfung um Unterstützung und Zuneigung in der Bevölkerung kämpfte, vertraute Fernando mehr auf sein militärisches Talent. Die Armee, die er innerhalb kürzester Zeit auf die Beine stellte, übertraf zahlenmäßig die Truppen des portugiesischen Königs, aber durch ihre Führungsschwäche war sie nicht besonders zuverlässig. Zwischen den zu Isabél stehenden Granden mit ihren kampferprobten Soldaten und den Kommandeuren der wenig erfahrenen Bürgertruppen kam es immer wieder zu Streitereien und Missgunst.

König Alfonso, dem Spione die Zustände in der kastilischen Armee zutrugen, fühlte sich bereits siegessicher. Außerdem hatte er vorsorglich den französischen König Louis um militärische Hilfe gebeten. Über das Baskenland sollten die französischen Truppen nach Kastilien vordringen und sich mit Alfonsos Armee in Burgos vereinigen. Der Portugiese verschanzte sich in Zamora, um auf die französischen Truppen zu warten.

Doch Fernando durchkreuzte seinen Plan. Er versperrte den Weg nach Burgos. Der »Afrikaner« saß in der Falle. Der Draufgänger zauderte plötzlich, und sein Ehrgeiz schien ihn verlassen zu haben.

In dieser Situation unterbreitete Fernando dem Portugiesen ein Angebot. Statt die Truppen gegeneinander kämpfen zu lassen, sollte die Entscheidung gemäß ritterlicher Tradition herbeigeführt werden – im Zweikampf zwischen den Königen!

Eigentlich war es ein Angebot nach Alfonsos Geschmack, dem Mut, Ehrgeiz und Ritterlichkeit viel galten. Gleichzeitig war ihm jedoch bewusst, dass er, der Greis, gegen den jugendlichen und bärenstarken Fernando wohl kaum eine Chance besaß. So lehnte der portugiesische König ab.

Es war für Fernando ein doppelter Schlag. Aus Tordesillas ereilte ihn die Nachricht, dass Isabél wieder ein totes Kind zur Welt gebracht hatte. Ihm war klar, dass es der Tribut für ihre übermenschlichen Anstrengungen war, die sie für Land und Krone erbracht hatte. Und hier in Zamora stand ein Krieg bevor, dessen Ausgang mehr als ungewiss war.

Isabél konnte und wollte es sich nicht leisten, lange in Trauer und Schock zu verharren. Wie eine Schildkröte panzerte sie sich vor ihren Gefühlen. Nur ein einziges Mal bat sie Gott, ihrem kleinen Engel Flügel zu verleihen und ihn im Himmelreich aufzunehmen. Dann widmete sie ihre Aufmerksamkeit den irdischen Dingen. Sie brach ihre

Reise durchs Land ab und eilte Fernando zu Hilfe, sobald sie wieder ein Pferd besteigen konnte.

Sie kam im rechten Augenblick, als Fernando den portugiesischen König um Unterhandlung bat. Ein kurzer Waffengang nahe der kleinen Ortschaft Toro endete für beide Seiten verlustreich.

König Alfonso kämpfte selbst mit vielen Schwierigkeiten und sah den Sieg in weite Ferne schwinden. So willigte er in die Verhandlungen ein, stellte jedoch Bedingungen. Er forderte Toro, Zamora und die Provinz Galizien für sich.

»Nicht eine Zinne!«, rief Isabél empört.

Was später zu einem ihrer Leitsprüche werden sollte, löste zwar nicht die Situation, rief aber Kardinal Mendoza auf den Plan. Eine Fortsetzung des Krieges und gar ein Sieg waren ohne Geld nicht möglich. Die Staatsschatulle im Alcázar war mächtig zusammengeschmolzen.

Eine der ersten Amtshandlungen Isabéls als selbst ernannte Königin war es gewesen, den Staatsschatz zu inspizieren. Andrés Cabrera war der Hüter dieses Schatzes, aber er war der Krone verpflichtet, über jegliche Geldbewegung strengstens Buch zu führen. Auch durfte nur er selbst auf Anweisung des Monarchen Schätze aus der Kammer entnehmen. Isabél konnte sich davon überzeugen, dass Cabrera vertrauenswürdig war, aber auch, dass die Reserven wie Schnee in der Sonne zusammenschmolzen. Die Ausgaben überwogen bei weitem die Einkünfte. Die meisten Abgaben der Bauern und Städte strichen die adligen Lehnsherren ein. Und was diese an die Krone weitergaben, ließ sich kaum nachvollziehen. Die drohende Kriegsgefahr hatte Isabél keine Zeit gelassen, darüber nachzudenken, wie Abhilfe zu schaffen sei.

Das Bürgerheer bekam keinen Sold mehr, und der Unmut und die Unzufriedenheit der Soldaten wuchsen von Tag zu Tag. Es war eine Frage der Zeit, wann die hungrigen und meuternden Soldaten die Truppe verließen.

Fray Hernando de Talavera, Isabéls derzeitiger Beichtvater, beriet sich mit Kardinal Mendoza, und beide unterbreiteten Isabél und Fernando einen Vorschlag.

»Die Kirche besitzt eine Unmenge an Gold und Silber, zur Ehre Gottes und zum Ruhme der Kirche. Was nützt dieser Schatz jedoch, wenn das Land im Krieg versinkt und Not und Elend herrschen. Gott würde wollen, dass wir dies verhindern.«

Isabél, die noch immer an körperlicher Schwäche litt, wurde beinahe schwindelig bei dem Gedanken. »Ihr wollt ... sakrales Gut für Kriegszwecke verwenden?« Sie hielt sich an der Tischkante fest. »Nein, das kann ich nicht befürworten!« Demonstrativ legte sie ihre goldene Halskette ab und zog einen Ring vom Finger. Dann forderte sie Fernando auf, das Gleiche zu tun. »Wir verpfänden unseren Schmuck. Es wird genügend reiche Juden geben, die uns dafür Geld leihen.«

Es fand sich ein jüdisches Bankhaus, aber das Prinzenpaar besaß zu wenig Schmuck, als dass es wirklich etwas erbracht hätte. Das Geld war schnell aufgebraucht.

Isabél wand sich gequält unter dem Blick des Kardinals. Fray Hernando erteilte ihr im Voraus Absolution. Schließlich stimmte sie zu. Der wertvolle Kirchenschatz wurde eingeschmolzen und damit das königliche Heer finanziert. Dreißig Millionen Maravedí erbrachte dieser barbarische Akt, vor dem sich die beiden Kirchenmänner vom Prinzenpaar versichern ließen, dass es lediglich eine zurückzahlbare Anleihe sei. Das Geld erlaubte dem Prinzenpaar, neue Truppen aufzustellen. Der ersehnte Sieg jedoch blieb aus.

Es war ein Krieg der kleinen Schritte. Der Winter brach herein, als es Fernando gelang, mit Hilfe eines unehelichen Bruders die Stadt Burgos einzunehmen. Isabél ließ es sich nicht nehmen, sechs Tage lang durch einen gewaltigen Schneesturm zu ziehen, um die Stadt persönlich in Besitz zu nehmen. Sie kämpfte mit Verbissenheit und ohne Rücksicht auf sich und ihren Körper.

»Ich diene diesem Land«, sagte sie, als Fernando sie zur Schonung ermahnte. »Sonst wäre ich wohl der Krone nicht würdig.«

Doch auch der portugiesische König bekam unerwartete Hilfe von seinem Sohn João. Nun war sein Heer dem kastilischen zahlenmäßig überlegen und auch die Bewaffnung besser.

Alfonso verschanzte sich in Toro und wartete auf Fernandos Reaktion. Fernando stand vor Toro und wagte nicht anzugreifen. Kardinal Mendoza stand Fernando bei und rüttelte ihn mit einer flammenden Rede aus seiner Paralyse. »Weicht dem Kampf nicht aus, Majestät! Marschiert auf den Portugiesen geradewegs zu! Vertraut auf Gott, der alle Siege in den Händen hält und Euch den Euren schenkt, so Ihr ihn verdient!«

Fernando wusste, dass es nur zwei Möglichkeiten gab: entweder die Waffen zu strecken und über Kastilien die portugiesische Fahne wehen zu lassen – oder anzugreifen.

Es war wohl weniger Gottvertrauen als der Mut der Verzweiflung, der Fernando am 17. März des Jahres 1476 zum Angriff blasen ließ.

Kardinal Mendoza beließ es nicht bei leidenschaftlichen Worten. Mit Harnisch, Helm und Schwert gerüstet, führte er das königlich-bürgerliche Heer an.

Als beide Heere aufeinander stießen, entdeckte der nun gar nicht mehr friedfertige Kardinal auf der Gegenseite seinen Erzfeind Carillo, ebenfalls gerüstet und entschlossen, seinen Rechtsanspruch zu verteidigen.

»Ha! Verräter!«, schrie Mendoza. »Hier ist der Kardinal von Spanien!«

»Und wer seid Ihr? Verräter! Hier ist der Erzbischof von Toledo!«

»Was? Eine portugiesische Schleimschnecke seid Ihr! Ihr übt Verrat an Kastilien!«

»Kastilien? Höre ich da Patriotismus? Ihr habt den König verraten, um Euch einer Betrügerin an den Saum zu heften!«

»Verleumder!«

»Giftmörder!«

»Abtrünniger!«

»Purpurschleimer! Gebt zu, Ihr habt Euch den Kardinalshut erkauft!«

»Neidhammel!«

»Papstbuhler!« Carillo war außer sich vor Zorn. Die beiden Kirchenmänner hatten sich in Kampfeshitze geschrien.

Die Schlacht folgte keiner Regel, sondern glich einem gewaltigen Gemetzel. Während sich die beiden Heere gegenseitig abschlachteten, fochten die beiden Kirchenmänner in Rüstung ihren ganz persönlichen Kampf aus. Verbissen schlugen sie aufeinander ein und legten ihren ganz persönlichen Hass in den Kampf.

Über Stunden wogte die Schlacht unentschieden hin und her. Erst als die Dunkelheit über das Schlachtfeld sank, verebbten die Kämpfe. Sie bedeckte gnädig das Grauen. Zehntausend Mann verloren an diesem Tag ihr Leben im Erbfolgekrieg um die kastilische Krone.

Es gab keine eindeutige Entscheidung. Jede Seite beanspruchte den Sieg für sich. Allerdings machte sich bei König Alfonso das Alter auf eine verhängnisvolle Weise bemerkbar. Plötzlich und unerwartet verließ er das Schlachtfeld, um sich nach Castromina zurückzuziehen. Zum Entsetzen des Stadtkommandanten legte sich der König erschöpft nieder und fiel in einen tiefen Schlaf.

Nicht so Fernando. Sofort sandte er einen Eilkurier zu Isabél, die sich wieder nach Tordesillas begeben hatte. Und Isabél zögerte keinen Augenblick, sondern ließ in der Stadt alle Kirchenglocken läuten. Barfuß, im schlichten Gewand, schritt sie durch die Straßen bis zur Paulskirche, wo sie ein Te Deum anstimmen ließ. Währenddessen jagten Herolde und Kuriere in alle Teile des Landes, um den Sieg des königlichen Heeres über die Portugiesen zu verkünden.

Auch wenn der portugiesische König geschlagen war, so sah er diesen Krieg noch lange nicht beendet. Er wollte ihn nur auf einer anderen Ebene führen, nicht auf dem Schlachtfeld. Er suchte Beistand in Frankreich. Nachdem er seine Braut Juana in die Obhut seiner Familie gegeben hatte, reiste er per Schiff nach Frankreich. Dort wurde er mit überschwänglicher Freundlichkeit empfangen. Gutgläubig vertraute Alfonso V. den großartigen Worten und Versprechungen von König Louis XI., der in Wirklichkeit nicht bereit war, für derartige militärische Desaster wie den verlorenen Erbfolgekrieg einen einzigen Mann zu opfern. Dafür nutzte er die Naivität des inzwischen sanft gewordenen »Löwen von Afrika«, um mit diplomatischen Winkelzügen seine eigenen Interessen zu verfolgen.

Für Alfonsos Vermittlungen in einer Zwistigkeit mit dem Burgunder Karl dem Kühnen, mit dem er nahe verwandt war, versprach Louis, sich in Rom um den Dispens für die Ehe Alfonsos mit Juana einzusetzen.

Alfonso war auch diesmal das Glück nicht hold. Da Karl der Kühne in einer Schlacht fiel, besaß der portugiesische König für Louis keinen Wert mehr. Wiederum mit überschwänglichen Worten komplimentierte ihn Louis wieder nach Portugal.

Zutiefst in seiner ritterlichen Ehre gekränkt und davon überzeugt, durch diplomatische Winkelzüge aufs Kreuz gelegt worden zu sein, beschloss der Monarch, den Rest seines Lebens als Mönch im Heiligen Land zu verbringen. Die Regierungsgewalt beabsichtigte er in die Hände seines Sohnes João zu legen. Es war dieser Sohn, der ihm im Kampf um die Erbfolge in Kastilien zu Hilfe gekommen war.

»Der Mensch ist so schrecklich unzulänglich«, klagte Alfonso. »Die alten ritterlichen Tugenden gelten ihm nicht mehr. Da wird gelogen und intrigiert, betrogen und getäuscht. Ich habe keine ebenbürtigen Gegner mehr. Und keine Freunde.«

João, ein kluger und weitsichtiger Prinz, kannte die Gründe für die Verzweiflung und Enttäuschung seines Vaters. Mit viel Überzeugungskraft versuchte er, seinen Vater von seinem Vorhaben abzubringen. Ein Teil des portugiesischen Adels unterstützte ihn dabei.

»Bedenke, was soll aus Juana werden?«

Diese letzte Frage seines Sohnes bewog Alfonso, sein Vorhaben schweren Herzens aufzugeben. Ja, was sollte aus Juana werden? Er hatte sie geehelicht, formell zunächst. Es war eine rein politische Heirat. Er wollte Kastilien haben!

Kastilien hatte er nicht bekommen, aber Juana war seine Gattin. Sie war immer noch ein Trumpf in seiner Hand gegen Isabél. Und Juana selbst war felsenfest davon überzeugt, dass sie die rechtmäßige Erbin des kastilischen Throns war!

Prinz João erkannte trotz seiner Jugend, dass die verlustreichen und nie zum Erfolg führenden Versuche seines Vaters, Kastilien zu besiegen, endlich unterbunden werden mussten. Natürlich konnte und wollte er sich dem König nicht in offener Opposition entgegenstellen. Alfonso hielt nichts von diplomatischen Winkelzügen. Sah er doch gerade erst durch eine herbe Niederlage seine ritterliche Seele verwundet. Nicht so João. Er suchte nach einer Lösung, die beiden Seiten zugute kam, aber ohne weiteres Blutvergießen.

Für Alfonso wäre es undenkbar gewesen, Kontakt mit der kastilischen Krone aufzunehmen. Doch auch hier dachte Prinz João anders. Über vertrauensvolle Boten nahm er Kontakt mit einer einflussreichen Tante Isabéls auf. Und diese nahm Verbindung zu Kardinal Mendoza auf. Die »Geheimsache Juana« kam ins Rollen!

Innere Reformen

Diesmal vermisste Isabél das berühmte Prickeln. Dabei konnte sie wirklich zufrieden sein. Fernando hatte ihr vorbehaltlos beigestanden, einen wenn auch umstrittenen Sieg erreicht und damit die Erbfolge über Kastiliens Thron ausgefochten. Isabél hatte das Volk für sich und ihre Sache mobilisiert, auch wenn sie einen schweren Tribut zu zahlen hatte. Es war der Blutzoll, den sie Gott zahlen musste. Gott gab und Gott nahm, und Isabél stellte Gottes Fügungen nicht in Frage. Seltsamerweise verspürte sie weder Trauer noch Kummer über den Verlust eines weiteren Kindes. Sie verspürte gar keine Emotionen. Vielleicht, weil es noch viel zu tun gab.

Im Gegensatz zu Fernando. Dieser war der Überzeugung, dass Kastilien mit dem Erfolg im Erbkrieg befriedet sei. Er fühlte sich nach

Katalonien berufen, wo die Gefahr eines französischen Einmarschs bestand.

»Was willst du in Katalonien?«, ereiferte sich Isabél. »Hier gibt es noch zu tun. Es gibt noch genügend Gruppen von Gegnern, die unser Schicksal wenden könnten.«

»Du siehst Gespenster. Dein alter Freund Carillo hat sich vom Portugiesen abgewandt. Da siehst du, dass auch er nun weiß, wer die Macht in der Hand hält.«

»Erstens ist Carillo nicht mein Freund, sondern ein verstockter alter Mann, der sich seines Amtes als Erzbischof keineswegs würdig gezeigt hat. Zweitens haben sich längst nicht alle Granden uns unterworfen, und drittens ...«

Fernandos Gesicht rötete sich vor Zorn. »Drittens habe ich es satt, dass du mir immer vorschreibst, was ich zu tun und zu lassen habe. Du hast dich als Königin erklärt. Reicht das nicht?«

»Nein, es reicht nicht!«, tobte Isabél. »Nur die Tat allein beweist, wer König ist – nicht Worte! Also muss ich handeln.«

»Eben, *du* musst handeln, nicht ich! Mich duldest du doch nur. Ich bin gut, für dich in die Schlacht zu gehen, während du ...«

»Ja?« Ihre Stimme schraubte sich in die Höhe, und in ihren Augen funkelte es vor überschwellender Rage.

»Ach, lass mich doch in Ruhe! Ich gehe auf die Jagd. Da bin ich wenigstens der Sieger im Zweikampf!«

»Dann pass auf, dass dich kein Hirsch auf die Hörner nimmt! Denn dann wärst du ein Verlierer!«

Wütend warf Fernando die Tür zu und ließ seine tobende Gattin allein. Er fühlte sich wieder mal zutiefst in seiner Ehre gekränkt, als König, als Mann und als Krieger. Da hatte er diese schreckliche Schlacht gewonnen, und Isabél war immer noch nicht zufrieden!

Auch Isabél konnte sich nicht schnell beruhigen. Sie wies sogar Besucher ab mit der Begründung, dass sie wütend sei. Dabei wären die Nachrichten, die diese Besucher ihr überbringen wollten, sehr wichtig für sie gewesen. Und sie hätten klarer Gedanken bedurft.

Die Veränderungen an der Spitze der Monarchie hatten das Land in gehörige Unruhe versetzt. Die Unsicherheit, was kommen würde, beunruhigte nicht nur den Klerus, den Adel und das Bürgertum. Jeder versuchte, seinen ganz persönlichen Vorteil auf die Schnelle zu erreichen, bevor sich vielleicht wieder etwas ändern würde.

Eine der unerträglichen Plagen des Reichs waren die zahlreichen Diebesbanden, Räuber und Wegelagerer, die das ganze Land verunsicherten, das Reisen zum Abenteuer werden ließen und einen Handel und Warenaustausch nahezu unmöglich machten.

Die vielen Klagen, die sich Isabél deshalb anhören musste, ließen in ihr einen Entschluss reifen.

»Ich muss etwas unternehmen«, sagte sie zu Kardinal Mendoza, der immer mehr zu einem ihrer engsten Vertrauten geworden war. »Vor Jahren las ich in einem Buch die griechische Sage von Herakles. Er musste zwölf Aufgaben im Auftrag seines Vetters, König Eurysthios, vollbringen, darunter die eigentlich unmögliche Aufgabe, einen Stall mit dreitausend Rindern an einem Tag auszumisten. Wisst Ihr, manchmal vergleiche ich Kastilien mit diesem Augiasstall, der unbedingt ausgemistet werden muss.«

»Ich kenne die Geschichte. Ein Märchen. Ja, dieser Augiasstall – das ist eine fast göttliche Aufgabe«, erwiderte der Kardinal amüsiert.

»Nicht, wenn man sie klug anpackt«, gab Isabél zurück. »Erinnert Euch, wie die Sage weitergeht. Erst glaubte Herakles auch, dass dies für einen Halbgott unmöglich sei. Aber dann überlegte er und öffnete das Fundament des Stalles. Er leitete zwei Flüsse durch den Stall und spülte damit den ganzen Mist heraus.«

Sie lief im Raum auf und ab, wie sie es immer tat, wenn sie angestrengt nachdachte. Die Idee schien sie gepackt zu haben.

»All die Klagen der einfachen Leute zeigen, welche Probleme und Erwartungen sie haben. Sie wenden sich vertrauensvoll an mich und wollen dafür natürlich Hilfe. Ich gewinne die Überzeugung, dass die Stütze der Krone nicht der Adel ist, sondern das einfache Volk. In der Vergangenheit haben sich die Granden als sehr unzuverlässig erwiesen. Im Volk aber ist eine Frömmigkeit und Königstreue vorhanden, die ihresgleichen sucht.«

»Das habt Ihr vollkommen richtig erkannt«, pflichtete Mendoza ihr bei. »Leider hat der Adel Kastiliens der Krone oftmals geschadet. Er hat nur seine Interessen verfolgt, zeigte wenig Loyalität zur Krone. Vor allem hat er den König der Lächerlichkeit preisgegeben und selbst in Luxus geschwelgt. Das einfache Volk aber hat immer zur Krone gestanden.«

»Keiner weiß es besser als Ihr«, seufzte Isabél. »Doch ich kann den Adel nicht übergehen. Schon jetzt zeigen sie mir ihren Unmut, weil sie befürchten, ihre Privilegien zu verlieren. Ihr gehört doch zu ihnen, Eminenz. Wie seht Ihr es?«

Mendoza lächelte weise. »Sicher gehöre ich zu ihnen. Deshalb kennt sie auch kaum einer besser als ich. Ihr solltet auf das Wort des Volkes hören und darauf, was den Bauern, Handwerker, Händler und Bürger bewegt. Sie klagen über Gesetzlosigkeit und Willkür.«

»Verbrecher und Unholde gibt es unter den Bauern und Tagedieben wie unter den Hidalgos[10] und Granden.«

»Im Bösen sind sie wohl alle gleich«, gab der Kardinal launig zurück.

»Alle gleich ...«, murmelte Isabél in Gedanken, dann hob sie den Kopf. »Dieser Gesetzlosigkeit muss ich ein Ende bereiten. Das Gesetz muss für alle gelten, sonst hat es keinen Wert. Vor dem Gesetz müssen alle gleich sein!«

»Das wird Euch das Wohlwollen des Volkes einbringen«, meinte Mendoza. »Mein Cousin Iñigo hat Euch mit der Jungfrau Maria verglichen. So wie die Gottesmutter seid Ihr auf die Welt gekommen, um Heil zu bringen. Ihr dürft im Kampf um die Gerechtigkeit nicht nachlassen. Kümmert Euch nicht um den Widerstand des Adels. Gott wird es Euch lohnen.«

Isabéls Wangen hatten sich gerötet. »Euer Cousin Iñigo sieht das sehr poetisch«, meinte sie etwas verlegen. Doch dann reckte sie wieder kämpferisch das Kinn vor. »Aber er hat recht. Ich darf mich nicht um

---

10 Span.: Edelmann, Junker; hier: kast. Landadel.

Hindernisse und Widerstände kümmern. Ich als Königin kann nur über Gunst oder Ungunst entscheiden, jedoch nicht über Intrigantentum und unberechtigte Gnadenbeweise. Das Recht muss im ganzen Land durchgesetzt werden. Und ich weiß auch schon, wie.«

Seit über zweihundert Jahren bereits existierte die alte Bruderschaft Santa Hermandad als eine Art von Bürgerpolizei. Sie war zum Schutz der Öffentlichkeit gegründet worden. König Enrique hatte sie noch gefördert, aber in den Wirren der letzten Jahrzehnte war sie verkümmert. Isabél beauftragte zwei Rechtsgelehrte, für die Bruderschaft neue Statuten auszuarbeiten.

Ziel war es, die Hermandad zu befähigen, Majestätsverbrechen, aber auch Mord, Räuberei, Diebstahl, Vergewaltigung und Brandschatzung zu verfolgen und zu richten. Einem Bereich der Bruderschaft oblag die Rechtsprechung, einem zweiten die eigentliche Polizei, der dritte Bereich war für die Eintreibung der Steuern zuständig. Über allem herrschte ein Tribunal, das interne Streitfragen behandelte.

Mendoza schlug vor, dass jede Gemeinde, die mehr als einhundert Familien zählte, einen Betrag von achtzehntausend Maravedís zur Finanzierung zu zahlen hatte. Kleinere Gemeinden hatten zwei Alcaldes zu wählen, von denen einer ein Ritter und der andere ein Bürgerlicher sein musste.

Es wurde eine berittene Polizeistaffel von zunächst zweitausend Mann aufgestellt, die unter dem Kommando von Fernandos unehelichem Bruder Alfonso von Aragón stand.

Ein ganz wichtiger Punkt wurde auf Betreiben Isabéls in den Statuten verankert: Adligen blieb das Richteramt der Santa Hermandad verschlossen. Auf diese Weise konnte sie die unkontrollierte Machtausübung des Adels unterbinden.

Kaum war die Santa Hermandad wieder auferstanden, so schlug sie mit Unerbittlichkeit zu. Im Schnellverfahren wurde Recht gesprochen und das Urteil sogleich vollzogen.

Isabél selbst ließ es sich nicht nehmen, die ersten Verfahren zu übernehmen. Die Verbrecher, ja, das gesamte Volk Kastiliens sollten spüren, dass ab sofort der Wind aus einer ganz anderen Richtung wehte.

Die Erschöpfung war Isabél anzusehen. Kastilien war groß, und sie konnte nicht überall persönlich sein. Zudem reiste sie stets nur mit einem kleinen Gefolge, vornehmlich Soldaten, zu ihrem Schutz. Weder die Hofdamen noch irgendwelche Müßiggänger duldete sie in ihrer Nähe. Für Kurzweil, Feste und Zerstreuung war weder Zeit noch Gelegenheit. Fernando befand sich in Aragón und konnte Isabél nicht unterstützen. Doch dieser Unterstützung bedurfte sie auch nicht, und sie wollte sie ebenso wenig. Die Wiedereinführung der Santa Hermandad zeigte Erfolge. Und das war allein ihr Verdienst. Kastilien war ihr Land, ihr Königreich, und sie hatte die Pflicht und Schuldigkeit, dieses Reich in Ordnung zu bringen.

Nur Beatríz zeigte sich nicht sehr glücklich über Isabéls Wandlung.

»Du fällst Todesurteile und schaust ungerührt zu, wie man sie vollstreckt?« Sie schüttelte sich wie ein nasser Hund.

»Ich muss es tun«, erwiderte Isabél emotionslos. »Es ist alles noch viel schlimmer, als ich es mir vorgestellt hatte. Da gibt es Räuberbanden, die den Bauern die erntereifen Felder oder Weinstöcke abbrennen, wenn sie ihnen keine Schutzgelder zahlen. Die reichen Leute erkaufen sich ihr Leben. Und die Armen? Denen wird es genommen. Es ist eine Macht im Reich, die mir Konkurrenz macht und die ich nicht dulde. Wie kann Kastilien stark werden, wenn es durch Würmer ausgehöhlt wird? Wie ein morscher Baum wird das Reich fallen. Ich werde die Schädlinge vernichten.«

»Nun, dann übersieh auch keine Schädlinge«, gab Beatríz pikiert zurück. »Es gibt noch viel mehr Würmer, die Kastilien zerfressen.«

»Keine Bange, Beatríz, ich zertrete sie alle, diese Würmer. Du wirst noch an meine Worte denken.«

Welch hohe Meinung Isabél von ihrer Rolle als Königin Kastiliens auch besaß, manchmal wurde es Beatríz angst und bange. Sie meinte, Isabél ihr ganzes Leben lang zu kennen und damit auch alle Winkel ihrer Seele, aber die einst so stille und zurückhaltende Prinzessin überraschte sie immer wieder. Mit eiserner Hand regierte sie ihr Reich. Mochte sie in vielen Punkten recht haben, es erschütterte Beatríz trotzdem. Isabél war immerhin eine Frau. Sie tat dies alles allein, ohne Fernando, der sich auf irgendwelchen Schlachtfeldern in Aragón oder Sizilien herumtrieb. Wenn er zu ihr heimkam, dann stellte sie ihn stets vor vollendete Tatsachen.

Auch Fernando beobachtete Isabéls Tun mit Missmut. Er fühlte sich einfach von ihr übergangen. Und wenn er nicht die Probleme im eigenen Land gehabt hätte ...

Weder Fernandos noch Beatríz' Kritik hinderte Isabél daran, den einmal eingeschlagenen Weg konsequent weiterzugehen. In einem musste sie der Freundin recht geben: Es waren noch viel mehr Würmer im Leib des Reichs zu zertreten!

Der Adel war aufgeschreckt. Etwas völlig Neues hatte sich ergeben, eine Veränderung von allerhöchster Stelle, von der Krone selbst! Bislang besaß der Adel das Privileg, eigene Streitkräfte zu unterhalten, die er natürlich auch im eigenen Interesse einsetzte. Wenn der König eine Armee benötigte, musste er beim Adel darum bitten. Jetzt stand ihnen plötzlich eine königliche Armee entgegen, die nur der Königin verpflichtet war und auf ihren Befehl hin handelte. Keiner wusste, was der Königin in den Kopf kam. Man hörte, dass Adlige für Vergehen hingerichtet wurden, die bislang noch nicht mal den Anschein von Unrecht besaßen. Was war denn schon das Leben eines Bauern, einer Magd oder eines Maultiertreibers wert? Was, wenn dieses Heer gegen die eigenen Soldaten vorging? Wo blieb dann der angestammte Schutz des Adels vor dem Pöbel? Wie sollten noch Streitigkeiten untereinander ausgefochten werden? Und wie, um alles in der Welt, wollte man die Krone noch um Privilegien erpressen können?

Der Unmut unter den Adligen steigerte sich. Während die einen das Ende der Welt kommen sahen, das ausgerechnet von einer Frau herbeigeführt werden würde, schlossen sich andere zu einer Opposition zusammen, die gegen die Eigenmächtigkeiten der Königin protestieren wollte. An ihrer Spitze stand der Erzbischof von Toledo, Carillo, den die Unruhen aus seinem Schmollwinkel herausgewirbelt hatten. Er protestierte bei Isabél, in seinem eigenen und im Namen vieler Granden.

Isabél verweigerte ihm eine Audienz, sein Protestschreiben warf sie ins Feuer. »Mir ist die Zeit zu schade, mich damit zu befassen«, erklärte sie ihrem Sekretär ungehalten. »Es warten wichtigere Aufgaben auf mich!«

Auch Fernando protestierte, als er zwischen zwei Feldzügen zu Isabél heimkehrte, aber nur kurz.

»Du hast alles allein entschieden«, klagte er. »Hatten wir nicht vereinbart, dass wir alle Dokumente gemeinsam erlassen und unterzeichnen?«

»Aber sicher«, erwiderte Isabél liebenswürdig. »Ich habe es nicht vergessen. Und ich werde mich daran halten. Aber ich kann nicht warten, bis du von einem deiner Feldzüge zurückkehrst, wenn es in Kastilien etwas zu entscheiden gibt.«

»Ich habe den Eindruck, dass du immer dann entscheidest, wenn ich gerade nicht da bin.«

»Es sind viele dringende Angelegenheiten, vor denen ich allein stehe. Es ist schon schwer genug ohne dich, und dann machst du mir auch noch Vorwürfe.« Sie sah jetzt wirklich wie ein gescholtenes Mädchen aus. »Dabei habe ich über allen öffentlichen Gebäuden in den großen Städten einen Spruch zur Ehre unserer Herrschaft anbringen lassen. Du hast ihn bestimmt noch nicht einmal gelesen.«

»Einen Spruch?« Fernando streckte die Waffen. Isabél hatte ihn überrumpelt.

»Tanto monta, monta tanto
Isabél como Fernando«[11]

»Oh! Ist das wahr?« Er eilte auf Isabél zu und zog sie in die Arme. »Ich habe dir unrecht getan, meine Königin! Verzeih mir! Es war

---

11 Span., sinngem.: »Einheit in der Zweisamkeit, Isabél gleich Fernando«.

doch nur, weil ich zu dir eilte, ohne nach rechts und links zu sehen. Meine Sehnsucht nach dir ...« Er versenkte das Gesicht in ihre blonde Haarpracht.

Isabél atmete auf. Durch diesen kleinen diplomatischen Trick hatte sie ihren Gemahl versöhnt. Sein Misstrauen war zerstreut, und er widmete sich angenehmeren Dingen als der Innenpolitik.

Der Hilferuf kam von Beatríz. Isabél befand sich noch in Madrid. Der Bischof von Segovia hatte sich an die Spitze der rebellierenden Bevölkerung gestellt, die wiederum die Absetzung des Schatzverwalters und Statthalters Andrés Cabrera forderte. Cabrera hielt sich im Alcázar verschanzt. Was Isabél jedoch am meisten beunruhigte, war die Tatsache, dass sich ihre Tochter, die Infantin Isabél, noch in Cabreras Obhut befand. Die Königin hatte ihre Tochter dort für sicher gehalten, zumindest sicherer, als sie bei ihren Ritten übers Land mitzunehmen.

Kurz entschlossen brach sie von Madrid auf, um die Lage in Segovia zu klären.

Während sie Stunde für Stunde im Sattel auf dem Pferderücken verbrachte, überlegte Isabél, was sie eigentlich von einem König unterschied. Sie war eine Frau, aber sie vollbrachte die gleichen Leistungen wie ein Mann. Sie ritt wie ein Mann, sie kämpfte wie ein Mann, sie spornte ihre Leute an, sie organisierte die königliche Armee, sie schlug Revolten nieder ... Nein, sie sehnte sich nicht nach einem beschaulichen Leben im Kreise ihrer Hofdamen. Noch nicht! Ihr ganzes Streben galt der Macht der Krone. Es reichte nicht, dass sie sie auf dem Kopf trug, dass sie nominell die Königin Kastiliens war. Sie besaß den unbeugsamen Willen, die Autorität der Krone auch durchzusetzen.

Isabél wurde nur von einer kleinen Eskorte begleitet. Sie hätte in diesem Fall vielleicht sogar auf die Santa Hermandad zurückgreifen sollen. Doch ihre aufrichtige Empörung über den Ungehorsam ausgerechnet der Bewohner ihrer Lieblingsstadt ließ sie gar nicht darüber nachdenken. Den Vorfall würde sie höchstpersönlich klären, und zwar allein!

Eine Armee hätte wohl nicht viel genützt. Die Tore der Stadtmauer waren verschlossen. Vor dem Tor aber hatte sich eine große Menschenmenge versammelt. Ihr Anführer war der Bischof der Stadt.

»Was geht hier vor?«, fragte Isabél ungehalten, als sie mit ihrer kleinen Eskorte vor Segovia eintraf. »Lasst mich in die Stadt ein!«

Doch die aufgebrachten Bürger, allen voran der Bischof, verstellten der Königin den Weg.

»Wir fordern die Absetzung des Statthalters«, wetterten sie. »Wir wollen ihn hier nicht mehr haben. Wir fordern von Euch, Majestät, dass Ihr Cabrera sofort des Amtes enthebt und davonjagt! Er ist ein Converso, dem man nicht vertrauen darf!«

Zornig zog Isabél ihre fein geschwungenen Augenbrauen zusammen. »Wie könnt Ihr es wagen!«, fuhr sie den Bischof an. Dann wandte sie sich um. »Ihr Ritter und Bürger von Segovia! Ich bin die Königin von Kastilien, und die Stadt gehört mir! Ich lasse mir von niemandem Bedingungen stellen, um Segovia zu betreten. Wenn es eine Klage über einen meiner Untertanen gibt, dann bringt sie im Rahmen der Sprechtage vor, und Wir sind geneigt, darüber ein Urteil zu fällen. Und jetzt geht beiseite, damit ich meine Stadt betreten kann!«

Es war gefährlich, denn Isabél mit zwei Hand voll Lanzenreitern war der aufgebrachten Menge hoffnungslos unterlegen. Doch es war wie ein Wunder. Obwohl Isabél bestimmt und autoritär auftrat, schienen sich die Gemüter zu beruhigen. Allein ihre Anwesenheit glättete die Wogen der Empörung und schlug in eine Welle der Sympathie für die kleine, aber energische Person um, die nun die Geschicke eines ganzen Volkes in die Hand nahm. Und jeder, der sie in die Stadt einreiten sah, ahnte, dass sich ein Wandel im Land vollzog, nicht über Nacht, aber langsam und stetig.

Isabél ließ sich nicht erpressen, auch nicht, wenn es um das Amt des Statthalters ging. Sie hatte Cabrera viel zu verdanken und keinen Grund, ihn des Amtes zu entheben. Er tat seine Pflicht. Dass er der

Gatte ihrer besten Freundin war, war dabei nicht ausschlaggebend. Cabrera stand loyal zur Krone und verwaltete die Schatzkammer tadelfrei. Allein seine Konvertierung zum christlichen Glauben war für Isabél kein Grund, ihn zu entlassen. Es gab viele Conversos am Hof, die loyal zur Krone standen. Außerdem befand sich immer noch die kleine Infantin Isabél in Cabreras Händen …

Isabél besuchte die Kathedrale Santa Maria im Kastellbezirk, um der Mutter Gottes zu danken. Die elfenbeinerne Statue der Virgen de la Paz war noch ein Geschenk Enriques an die Bischofskirche. Mit dieser Geste beschwichtigte Isabél den Bischof, der sich sichtbar zerknirscht zeigte.

Später schritt sie mit sichtbarer Genugtuung durch den Königssaal im Alcázar. Früher, als sie hierher an den Hof gekommen war, hatte sie sich vor den vielen geschnitzten Figuren gefürchtet, die Enrique hatte aufstellen lassen. Die seltsam gewölbte Decke, einem umgestürzten Rumpf eines Schiffes nachempfunden, schien sie wie in einer Höhle einzufangen.

Hier fanden Feste statt, hier empfing Enrique Gesandte und Gäste, hier spielte sich das höfische Leben ab, wenn der König in Segovia weilte.

Langsam ging Isabél weiter zum Thronsaal. Ihr Blick glitt hinauf zu der kostbaren achteckigen Kuppel. Sie konnte die Handschrift ihres maurischen Erbauers nicht verhehlen. Auch hier hatte Isabél den Spruch *tanto monta, monta tanto* zwischen den Stuckornamenten anbringen lassen.

Nein, heute empfand sie diese Säle als eine Kathedrale der Macht, ihrer eigenen Macht! Von all den Burgen und Kastellen, auf denen sie auf ihrem Zug durch Kastilien residierte, mochte sie den Alcázar von Segovia am meisten. Diese Burg besaß eine gewisse Heiterkeit, eignete sich für Feste, Bankette, Jagden und Bälle. Und zum Regieren! Hier konnte sie konzentriert arbeiten, fand die rechte Umgebung zum Nachdenken und Entscheiden.

Sie fand sich im Piniensaal wieder. Enrique hatte fast vierhundert Pinienzapfen in die Kassettendecke einbringen lassen, was dem Saal seinen Namen verlieh. Der König liebte Holz, er liebte Kunst, er liebte die Muse. Mit leiser Wehmut erinnerte sich Isabél daran. Er war wohl zu sanft für seine Zeit. Er hatte sich von den Granden, von den Rittern, Bürgern, dem Klerus, von allen seinen Untertanen beeinflussen lassen. Immer zur Versöhnung, zu Kompromissen und zu käuflicher Freundschaft bereit, hatte er das Land in die Katastrophe schlittern lassen.

Aber das Volk schien langsam zu begreifen, dass mit Isabél eine tiefgreifende Veränderung im Lande vor sich ging. Sie lächelte, als sie den Schlafsaal betrat. Ein Page zuckte zusammen und verbeugte sich tief. Er hatte Isabél nicht erwartet.

»Schickt meine Zofen herein«, forderte sie ihn auf. Er verschwand lautlos. Sie blickte sich um. Das große Bett mit dem herrlichen Baldachin stand unberührt. Die Wände des Saales waren mit herrlichen Gobelins bespannt, auch an den Türen erkannte man den maurischen Einfluss.

Sie setzte sich auf die Bettkante und drückte die seidene Überdecke ein. Und da verspürte sie das Kribbeln; zuerst im Bauch, dann in den Armen und Fingerspitzen. Sie seufzte leise auf, während sie die Schuhe abstreifte. Für einen winzigen Augenblick dachte sie an Fernando, mit dem sie irgendwann dieses Bett wieder teilen würde. Doch der Gedanke verflog wie Rauch im Wind. *Tanto monta* … Er war der Vater ihres Kindes. Er kümmerte sich um die unbequemen und unangenehmen Nachbarn Kastiliens. Doch sie benötigte Fernando nicht, um Königin zu sein. Heute hatte sie eine Revolte niedergeschlagen, ohne Armee, ohne Schwert, ohne Blut zu vergießen. Einfach nur mit ihrem Auftreten.

Jetzt wusste sie, was sie von einem König unterschied. Sie besaß die Ausstrahlung und das Wesen einer Frau!

Die dicken Bücher stapelten sich auf Andrés Cabreras Schreibtisch. Isabél blätterte hektisch darin, dann schlug sie den Buchdeckel mit einem Knall zu. Der Schatzmeister, der beinahe in sich gekrochen war, zuckte zusammen. Die Königin blickte auf, und Zorn stand in ihrem Blick.

»Die Staatskasse ist leer«, stellte sie lakonisch fest. »Und warum? Weil Kastilien arm ist?«

»Ich kann nur das Geld verwalten, das bis in den Alcázar kommt«, ließ sich Cabrera vernehmen. Er beobachtete Isabél angespannt. Sie hatte dem Druck der Bevölkerung Segovias nicht nachgegeben. Wer loyal zu ihr stand, den schützte sie. So viel hatte er verstanden.

»Eben darum geht es«, erwiderte Isabél zornig. »Was bis hierher kommt ...« Sie erhob sich und lief ruhelos im Zimmer auf und ab. »Da draußen ...«, sie wies mit ausgestrecktem Arm zum Fenster, »da draußen versickert das Geld wie Regen in ausgedörrter Erde. Alle greifen mit vollen Händen zu, unersättlich, gierig. Fast alle Steuereinkünfte gehen für Privilegien und Pensionen der adligen Herren drauf. Sie sichern sich damit ein sorgloses und luxuriöses Leben, vergeuden Tausende von Maravedís in sinnlosen Kämpfen und Kriegen. Und jeden Handschlag für die Krone lassen sie sich vergolden. Niemand tut etwas aus Überzeugung, aus Liebe zur Krone und zu seinem Land. Nein, diese Herren saugen das Blut aus den braven Bürgern und Bauern und verprassen deren Steuern. Obliegt es nicht mir, der Königin, über die Einkünfte zu bestimmen?«

»Euer Bruder, Gott sei seiner Seele gnädig, hat selbst diese Bezüge verfügt«, warf Cabrera ein.

»Ja, indem er sich von den Granden hat erpressen lassen. Sie haben ihm gedroht, als er eine Finanzreform durchführen wollte. Da sind horrende Beträge vergeudet worden, nur um rebellische Lehnsherren ruhig zu stellen. Und ich darf nicht daran denken, was an unberechtigten Zuwendungen geflossen ist, als man meinen armen Bruder Alfonso zum König ausrief.« Auf ihrem Gesicht bildeten sich hektische rote Flecken. »Der Augiasstall ist noch nicht ausgemistet«, murmelte sie. Dann winkte sie dem Sekretär. »Ich erwarte Seine Eminenz, Kardinal Mendoza, zu einer vertraulichen Unterhandlung!«

Isabél bat nicht, sie beorderte die Personen zu sich. Und keiner, auch nicht der Kardinal, wagte zu widersprechen.

Er fand sich unverzüglich bei Isabél ein. Sie nahm sich nicht die Zeit, das Gefühl auszukosten, dass ihr Wort, ihr Wille Gesetz waren, dem man Folge zu leisten hatte. Sie erwartete es von allen Untertanen, vom einfachen Bauern und Maultierzüchter, vom kleinen Handwerker und Boten, vom Soldaten und Ritter und auch vom Granden und Kirchenfürsten.

Mit Kardinal Mendoza stand Isabél ein versierter Berater zur Seite, der auch die notwendigen finanziellen Kenntnisse besaß. Zudem besaß er eine Eigenschaft, die Isabél besonders schätzte: Er war ebenso zielstrebig und konsequent wie sie selbst, eine ideale Voraussetzung für ihr Vorhaben.

»Mein Vorschlag, Majestät, ist die konsequente Beschneidung der lehnsherrschaftlichen Bevorzugung durch die Krone. Das bedeutet, dass konsequent allen, die Einkommen ohne Berechtigung beziehen, dieses entzogen oder gekürzt wird.«

»Das würde bedeuten ...«

»... dass auch ich auf etwa die Hälfte meiner Einkünfte verzichten werde.« Mendoza lächelte amüsiert über Isabéls überraschtes Gesicht. »Nun, Majestät, ich wäre ein schlechter Ratgeber, wenn ich nicht mit gutem Beispiel vorangehen würde.«

»Das bedeutet also, dass Ihr auch alle kirchlichen Amtsbrüder in diese Reform einbezieht.«

Mendoza lachte. »Die zuallererst. Die verschlucken den größten Teil der Steuergelder.«

»Ihr seht mich entzückt, Eminenz. Wir werden alle privaten Münzämter schließen und beschlagnahmen. Jeder Bezug aus Steuergeldern wird überprüft und, so er ungerechtfertigt ist und keine nachweisbare Dienstleistung an der Krone dahintersteht, gestrichen. Wir werden uns viele Feinde machen.«

Ein verschmitztes Lächeln spielte um die Mundwinkel des Kardinals. »Und wir werden im Volk viele Freunde gewinnen, Majestät.«

Kardinal Mendoza leistete ganze Arbeit. Als seine rechte Hand beorderte er Fray Hernando de Talavera zu sich.

»Majestät, wir benötigen die Ermächtigung der Cortes«, sagte der Kardinal zu Isabél und überreichte ihr die Liste mit den notwendigen Maßnahmen. Auch Talavera hatte seine Aufgabe außerordentlich gut erledigt. Ihm oblag es, alle Bezüge aus den Steuergeldern zu überprüfen. Die Begünstigten waren namentlich aufgeführt und auch, um wie viel diese Bezüge zu kürzen waren. Isabéls Augen wanderten über die endlos scheinende Aufstellung. Sie schüttelte sacht den Kopf. »Das ist unglaublich«, flüsterte sie.

Sie entdeckte ihr allzu bekannte Namen: Admiral Fadrique Enriquez sowie den Herzog von Medina Sidonia, den Herzog von Alba und Don Beltrán de la Cueva. Gewiss hatten viele auch Isabél unterstützt, doch dies war kein Grund für irgendwelche Privilegien.

»Ich, die Königin, weise an, die Ständevertretung in Madrid zusammenzurufen«, sagte sie zu ihrem Sekretär, der eifrig notierte. »Sie wird die Zustimmung gewiss nicht verweigern, zumal hier klare Beweise für ungerechtfertigte Vorteilsnahme auf der Hand liegen. Die Santa Hermandad wird die Durchführung überwachen. Jeder Widerstand gegen die Maßnahmen wird sofort geahndet.«

Mendoza wies auf eine Zeile weit unten auf der Liste. »Dies wäre die Summe, die der Krone damit zugute kommt«, sagte er.

»Dreißig Millionen Maravedí!« Isabél stockte der Atem. »Eine gigantische Summe ...«

»... die der Krone vorenthalten wurde«, ergänzte der Kardinal.

»Ihr sagt es, Eminenz. Ich überlege, Hofämter zu vergeben, um die fähigsten und loyalsten Leute an mich zu binden. Nicht die Bezahlung soll Ansporn für die Inhaber dieser Ämter sein, sondern die Ehre, der Krone zu dienen. Nicht Geld, sondern Können soll die Besetzung bestimmen. Klangvolle Titel kosten kein Geld. Aber sie bringen dem Träger Ruhm und Ansehen, weil sie bezeugen, dass er in der Gunst der Krone steht. So etwas muss man sich erarbeiten!« Sie sprang auf und gestikulierte erregt mit den Händen. »Es muss für jeden eine Ehre sein, der Krone zu dienen. Ich muss niemanden kaufen wie Enrique. Nein, ich will niemanden kaufen!« Sie blieb stehen, ließ plötzlich die Arme sinken und blickte den Kardinal an. »Meine Vision ist ein Königreich Kastilien, das stolz auf seine Krone ist, wo es jedem eine Ehre ist, der Krone zu dienen, und wo das Wohl des Landes an erster Stelle steht.«

Mendoza schwieg, aber er erwiderte fest Isabéls Blick. Er wusste, dass es sinnlos war, sich Isabéls Willen entgegenzustellen. Also musste er ihren Weg mitgehen. Nein, nicht ihr folgen, sondern sie führen, ohne dass sie es bemerkte. Sie benötigte fähige Berater. Sie würde sie bekommen, mit ihm an erster Stelle.

»*Panta rhei*, alles fließt«, fuhr Isabél fort. »Dort, wo sich etwas bewegt, wird sich etwas verändern.«

Wortlos legte der Kardinal Isabél ein weiteres Dokument vor. »Dies hat Fray Hernando ausgearbeitet«, sagte er bescheiden. »Es ist der Entwurf für die weitere Besteuerung der Untertanen.«

»Ich werde mich eingehend damit befassen, Eminenz.«

Der Kardinal zögerte einen Moment. Isabél hob fragend die Augenbrauen. »Ja?«

»Es ist erstaunlich, dass die Granden das alles so hingenommen haben. Hier und da ein verbaler Protest, aber alles in allem keine Rebellion, keine Verweigerung, keine Opposition.«

»Dafür hat der Adel zur Kenntnis genommen, dass er seine uneingeschränkte Macht verloren hat. Sie beugen sich meinem Willen.« Ein Gefühl der Genugtuung breitete sich in Isabél aus. Sie erhob sich von ihrem Schreibtisch und lief auf und ab, wie sie es immer tat, wenn sie erregt war.

»Das zeigt uns, Eminenz, dass wir uns auf dem richtigen Weg befinden. Die Reformen beginnen zu greifen. Das Geld, das uns in die Staatskasse gespült wird, wird für wichtige Aufgaben benötigt.« Sie tippte mit den Fingerspitzen auf den ledergebundenen Deckel von Talaveras Konzept. »Aber wir benötigen noch viel mehr Geld.« Sie ballte plötzlich ihre kleinen Hände zu Fäusten. »Und ich werde kämpfen, um jeden Schritt auf Kastiliens Erde, um jeden Maravedí, so wahr mir Gott helfe!«

»Irre ich mich, oder wächst da neues Leben?« Beatríz tippte auf Isabels Bauch.

Die Königin drehte sich missmutig weg. »Warte, bis es geboren ist. Erst dann wirst du sehen, ob es neues Leben ist.«

Beatríz legte ihren Arm um Isabéls Schulter. Wenn sie beide allein waren, durfte sie sich solche Vertraulichkeiten erlauben. »Jetzt tust du dir selbst aber Unrecht. Dass die beiden Kinder tot geboren wurden, lag in Gottes Hand. Du tust ja gerade so, als hättest du sie umgebracht.«

»Vielleicht?« Isabél fuhr herum und schaute Beatríz provozierend an. »Vielleicht habe ich sie umgebracht? Durch meine Sünden, durch mein Verhalten, durch meine Gedanken ...«

»Ich nehme an, dein Beichtvater hat dir diesen Unsinn ausgeredet. Du hast alles für das Reich und die Krone getan. Sagtest du nicht selbst, dass ein König allein an seinen Taten gemessen wird? Erst recht eine Königin.«

Isabél starrte nachdenklich vor sich hin. »Für die Krone, ja, ja. Natürlich hat mir Talavera Absolution erteilt. Aber warum fühle ich mich dann nicht frei, nicht erleichtert, nicht glücklich? Warum habe ich ständig das Gefühl, dass hinter der nächsten Ecke die Gefahr lauert?«

»Es liegt bestimmt an deiner Schwangerschaft. Es wird nicht mehr lange dauern. Du schläfst schlecht, das Essen schmeckt dir nicht ...«

»Das Essen schmeckt mir zu gut«, widersprach Isabél. »Für das alles zusammen ist zu wenig Platz da drinnen.« Sie strich sich über den Bauch und verspürte eine Bewegung. Dann hob sie den Kopf. »Ich weiß, wie die Gefahr aussieht, die mich, die Krone, Kastilien bedroht.«

»Ach ja?« Beatríz rückte neugierig näher.

»Ja, sie ist blond, blauäugig, nicht gerade hübsch und dreizehn Jahre alt.«

»Sie? Du meinst ...«

»Juana, diese Bastardin.«

Beatríz' Augen weiteten sich. »Juana? Aber wieso? Der ›Afrikaner‹

hat sie geheiratet. Und er hat den Krieg verloren. Was für eine Gefahr sollte von ihr noch ausgehen? Zudem hat sie das Land verlassen, lebt in Portugal.«

Isabél nagte an ihrer Unterlippe. »Ich weiß nicht ... es ist nur so ein Gefühl ...«

Beatríz grinste. »Ist dir überhaupt aufgefallen, dass sie dir ähnlich sieht? Sehr ähnlich sogar! Ich weiß nicht, ob es wirklich stimmt, dass dieser Don Beltrán ...«

»Halt den Mund!«, fuhr Isabél auf. »Ich will nichts mehr davon hören!«

Erschrocken schwieg Beatríz. Aber sie hatte unbeabsichtigt den Finger auf die Wunde gelegt. Isabél wusste nur zu gut, wie recht Beatríz mit ihrer Bemerkung hatte. Juana, ihr Patenkind, wurde Isabél immer ähnlicher. Und das bedeutete unbedingte Verwandtschaft!

All die Anfeindungen, Verdächtigungen und Verleumdungen hatten es nicht vermocht, Juanas Thronansprüche auszuschließen. Juana war und blieb für Isabél gefährlich. Doch nun befand sie sich in Portugal. Solange es Juana gab, war Isabél die Krone nicht sicher.

»Am liebsten wäre mir, wenn diese Bastardin für immer hinter himmelhohen Klostermauern verschwindet«, zischte Isabél. Das ungute Gefühl in ihrem Bauch verstärkte sich. »Lass mich bitte allein«, sagte sie zu Beatríz, die nach einem verwunderten Blick das Gemach verließ. Sie schob es auf Isabéls Schwangerschaft, dass sich die Königin in keiner guten Stimmung befand. Die lebenslustige Beatríz konnte ohnehin nicht lange Trübsal blasen.

Isabél jedoch hatte sich an dem Gedanken festgebissen. Die Gefahr, die von Juana ausging, schien fast allgegenwärtig zu sein. Irgend etwas musste geschehen. Hatte sie nicht schon so viele Menschenleben für das angebliche Wohl der Krone geopfert?

Ihr wurde übel bei dem Gedanken. Sie wollte doch Gott gefallen! Und was tat sie? Sie nahm es zumindest billigend in Kauf, dass ihr die Schwierigkeiten aus dem Weg geräumt wurden, auf welche Weise auch immer.

Isabél erhob sich und lief durch die verwaisten Gänge zum Thronsaal. Es war ungewöhnlich still. Fernando war mit dem größten Teil des Hofstaates im Land unterwegs. Durch vorangegangene Erfahrungen hatte Isabél es vorgezogen, nicht mehr aufs Pferd zu steigen, bis sie entbunden hatte. Fernando bestand ebenfalls darauf. Dass er dadurch seinen eigenen amourösen Abenteuern nachgehen konnte, ahnte Isabél, doch es berührte sie nicht. Solange Fernando seine Pflicht für die Krone tat, würde sie auf keinen Fall die eifersüchtige Ehefrau spielen. Im Augenblick war sie ohnehin froh, allein zu sein. Bei der Lösung des Problems Juana konnte Fernando sowieso nicht helfen.

Langsam trat sie an den Thron heran. Es war ein schönes Möbel, aus wertvollem dunklem Holz geschnitzt und mit purpurfarbenem Samt bezogen. Zärtlich strich sie mit den Fingerspitzen darüber und folgte den kunstvollen ins Holz getriebenen Linien.

»Ein schöner Thron, nicht wahr, Prinzesschen?«

Isabél fuhr herum. »Bulbito! Was machst du hier?«

Der Zwerg grinste. »Ich gehöre zum Hof. Habt Ihr das vergessen?«

»Der Hof ist unterwegs. Warum bist du nicht mitgezogen?«

Bulbito schüttelte seinen großen Kopf. »Der Hof ist da, wo der wahre König ist. Oder die wahre Königin.«

»Also hier.«

Er bleckte seine gelben Zähne. »Das habe ich nicht gesagt!«

Isabél runzelte die Stirn. »Du nimmst dir viel heraus, Zwerg! Fürchtest du nicht um dein Leben?«

»Ich bin nur der Narr, Prinzesschen. Mein Stand erlaubt mir das.«

»Warum nennst du mich Prinzesschen? Du hast mich wie alle mit Majestät anzusprechen.«

»So sicher seid Ihr Euch?« Er grinste. »Wie fühlt sich der Thron an, Prinzesschen? Schaut, da klebt viel Blut dran. Er ist teuer erkauft, dieser Thron.«

»Er ist erkämpft«, erwiderte sie frostig. »Und er ist rechtmäßig besetzt.«

»So viele mussten sterben für diesen Thron: Enrique, Marqués de Villena, sein Sohn Juan, zehntausend Männer ...« Er schlug mehrere Purzelbäume hintereinander.

»Schweig, du Scheusal! Der Tod ist Gottes Wille!«

»Wirklich? Manchmal kann man Gottes Willen auch ein bisschen nachhelfen.«

»Was erlaubst du dir? Verschwinde, oder ich lasse dich in den Kerker werfen.«

»Den Kerker fürchte ich nicht. Dieses ganze Land ist ein Kerker, voller Ratten und fauligem Stroh. Wer wird der Nächste sein, auf dem Berg der Leichen, die diesen Thron stützen? Doña Juanita, die kleine Bastardin? Blaue Augen, blondes Haar und ein süßes Stupsnäschen – sie sieht Euch sehr ähnlich, Prinzesschen. Ob man bemerken wird, wenn sie statt Euer auf dem Thron sitzt? Enrique scheint doch nicht so impotent gewesen zu sein, wie man ihm nachsagt.«

Isabél packte einen Leuchter, der auf einer Kommode stand, und warf ihn nach Bulbito. Der Zwerg wich mit erstaunlicher Behändigkeit dem Geschoss aus. Aus einer Ecke heraus kicherte er. »Erinnerst du dich, Prinzesschen? Ich sehe, was kein Auge sieht; ich höre, was kein Ohr hört ...«

»Dann sag mir doch, was mir die Zukunft bringt.«

Er hob die Arme abwehrend über den Kopf. »Schrecklich, schrecklich! Die vielen Sterne, die vielen Sterne ...«

»Sterne?«

»Tausend Feuer, tausend Feuer ...«

»Du bist ein dummer Schwätzer! Du willst mir nur Angst einjagen!« Kämpferisch reckte sie das Kinn vor. »Ich bin die Königin Kastiliens, ich trage die Krone. Und ich werde das Land in eine glorreiche Zukunft führen.«

»Du hast kein Herz, Prinzesschen, du hast kein Herz. Und erst recht kein Gefühl.«

»Gefühle zu zeigen ist ein Zeichen von Schwäche. Kastilien braucht eine starke Hand.«

»Dann pass auf, Prinzesschen, dass diese Hand nicht Unrecht tut.«

»Ich muss kämpfen! Kastilien ist ein desolates Land.«

»Dann pass auf, Prinzesschen, dass du nicht verlierst!«

»Wer kämpft, kann verlieren. Wer nicht kämpft, hat schon verloren! Und ich kämpfe, so wahr mir Gott helfe!«

»Du brauchst wirklich Gottes Hilfe, Prinzesschen. Es steht schlecht um dich.« Er wich bis zur Tür zurück. »Du wirst einen Sohn bekommen, einen Thronfolger. Aber er wird nicht der Mann sein, der Kastilien das Heil bringt.«

»Ein Sohn? Warte doch!« Doch Bulbito war schon zur Tür hinaus entwischt.

Pedros Tragödie

Der Stolz stand Pedro Manzón ins Gesicht geschrieben. Er ritt ein edles, in Andalusien gezogenes Ross, trug eine prächtige Rüstung und stand unter Waffen. Darauf war er besonders stolz, und es unterstrich seine Wichtigkeit. Seit er in die Santa Hermandad aufgenommen worden war, hatte sich sein Leben grundlegend geändert. Aus der Enge der kleinen Stadt und der Gasse, in der sein Vater seinen Ölhandel betrieb, war er aufgestiegen in die wichtigste und gefürchtete Institution des Reichs. Neben der Inquisition, die für die Ketzer und Häretiker zuständig war, sorgte er, Pedro Manzón, in der Santa Hermandad unter der persönlichen Leitung der Königin Isabél für Recht und Ordnung im Land.

Er hatte aufgehört zu zählen, wie viele Verbrecher er schon dingfest gemacht und zur Verurteilung geführt hatte. Häufig wurden die Verurteilten ohne Umschweife an einen Baum gefesselt und mit Pfeilen durchbohrt, damit ihre Seelen in kürzester Zeit »gerettet« wurden. Da wurden Hände, Arme, Füße und Köpfe abgehackt, das Hab und Gut der Verurteilten wurde eingezogen und der Krone zugesprochen.

Die Santa Hermandad wurde von der Bevölkerung sowohl gefürchtet als auch bewundert und unterstützt. Nach den Jahren des Chaos und der Willkür kehrte allmählich Ruhe in das Land ein. Die Straßen wurden sicherer, die Übergriffe von Banditen auf ehrbare Händler und Reisende seltener.

So ein Gerichtstag geriet stets zu einem kleinen Volksfest, denn für die einfache Bevölkerung bedeutete es sowohl eine willkommene Abwechslung als auch eine Genugtuung, wenn wieder ein Verbrecher verurteilt wurde. Dabei machte es zum ersten Mal keinen Unterschied, ob der Übeltäter adlig und reich war, aus einer angesehenen Familie stammte oder als ein ehrloser Räuber und Herumtreiber lebte. Vor Isabéls Gesetz waren alle gleich!

Darauf war Pedro stolz. Obwohl er die Königin noch nie zu sehen bekommen hatte, verehrte er sie glühend. Er stellte sie sich als engelsgleiche Lichtgestalt vor, die mit dem Schwert der Gerechtigkeit über das Land fegte. Viel wurde über sie erzählt, abends in der Kaserne, in der Pedro stationiert war. Auch hier gab es strenge Regeln, fast wie in einem Kloster, aber zum Glück kein Schweigegelübde. Nach der Andacht saßen die Männer oft noch zusammen, um über den Glauben, die Erlebnisse des Tages oder ihre wichtige Aufgabe zu reden. Oder aber über das Königspaar. Zu ihrem Schutz waren sie ja da und dafür, jegliche Art von Majestätsverbrechen zu verfolgen. Das konnten ein böses Wort, ein Diebstahl am Eigentum der Krone oder aber unterschlagene Steuern sein.

Pedros größter Traum war, Isabél einmal persönlich zu begegnen.

Als er an diesem Nachmittag mit seiner Truppe, die er befehligte, in die Nähe von Aranjuez ritt, ahnte er nicht, wie nahe er diesem Traum war. Seinem Kommandanten lagen eine Menge Anzeigen vor, denen dieser nachgehen musste. So sandte er Pedro Manzón sowie zwei weitere Truppführer in die Gegend, die Pedro nur zu bekannt war. Nicht nur seine außerordentlich gute Ortskenntnis kam ihm zugute, als sie die angezeigten Verbrecher aufspürten. Er hoffte auch, dass ihn Bekannte wiedererkennen würden. Sie sollten ihn selbstverständlich bewundern und beneiden. Noch mehr hoffte er, dass ihn sein Vater so sehen würde. Er sollte stolz auf seinen Sohn sein.

Niemand wagte es, einen gesuchten Verbrecher vor der Santa Hermandad zu verstecken. Innerhalb weniger Tage hatten sie alle auf der Liste aufgeführten Übeltäter ergriffen und zunächst in die örtlichen Verließe eingesperrt. Pedro fehlte die Zeit, sich die Liste genau anzuschauen. Sie hatten sich in drei Trupps aufgeteilt, um keinem der Gesuchten eine Chance zur Flucht zu geben.

»Hast du gehört, dass am nächsten Gerichtstag die Königin selbst Recht sprechen wird?«, fragte ihn Gomez, der Anführer der zweiten Truppe.

»Tatsächlich?« Pedros Herz hüpfte vor Freude. Er würde es miterleben dürfen! »Ich hoffe, mein Vater kann mich dann sehen.«

»Lebt er hier?«, wollte Gomez wissen.

Pedro nickte. »Aranjuez ist meine Geburtsstadt.«

»Dann wird er dich sehen, denn niemand wird sich entgehen lassen, die Königin zu bejubeln.«

»Dann lasst mich die Verbrecher richten«, bat Pedro. »Ich möchte meine Heimatstadt von dem Ungeziefer befreien.«

Gomez lachte. »Ein bisschen viel der Ehre, meinst du nicht auch? Aber ich glaube, der Kommandant hat Verständnis dafür.«

Gomez hatte die Wahrheit gesprochen. Am Tag vor Freitag, dem Gerichtstag, wurde auf dem Marktplatz eine Tribüne zusammengezimmert. Überdacht von einem Baldachin befand sich in der Mitte die Loge für die Königin. Darunter würden die Alcaldes sitzen und zu ihrer Rechten die Rechtsgelehrten zu ihrer Unterstützung. Auf dem Marktplatz jedoch würden die Bestrafungen und Hinrichtungen stattfinden. Ein Richtblock zum Abhacken von Gliedmaßen stand bereit, ebenso ein Galgen zum Aufhängen. Ein riesiger alter Olivenbaum würde wohl diejenigen an sich fesseln lassen müssen, die den Pfeilen zum Opfer fallen würden.

Am nächsten Tag traf die Königin ein. Im ersten Moment war Pedro enttäuscht, als er sie erblickte. Sie war klein, fast kindlich, ihr Gesicht rund und glatt. Fast wollte er vergessen, dass sie bereits fünfundzwanzig Jahre zählte. Sie wirkte etwas abgehetzt, erschöpft vom Ritt. Aranjuez war nur eine von vielen Stationen auf dem Weg durchs Land, um es zu befrieden.

Sie gönnte sich keine Ruhe, lehnte sogar die dargebotenen Erfrischungen ab. In Demut fielen die Menschen auf die Knie, viele warfen sich in den Staub.

Pedro, der neben der Tribüne stand, ließ seine Augen über die Menschen schweifen, die sich zahlreich an der Richtstätte eingefunden hatten. Er hoffte, seinen Vater zu entdecken.

Zunächst ließ sich Isabél die Liste mit den zu verhandelnden Fällen reichen, dann die erste Anklageschrift. Eine gleich lautende Liste besaß Gomez, der für die Zuführung der Angeklagten zuständig war.

Pedro stand bereit, um die Urteile vollstrecken zu lassen oder sogar selbst zu vollstrecken. Er hatte die Königin im Blick, um auf jeden Wink von ihr reagieren zu können.

Isabél stellte eine Sanduhr vor sich auf. Doch zuvor wandte sie sich an die Bevölkerung. »In diesem Reich herrschen verdorbene und abscheuliche Sitten. Jeder lebt nach seinem freien Willen, ohne dass er dafür bestraft wird. Da werden Menschen beraubt, nicht nur auf dem Lande, sondern auch in der Stadt, und nirgendwo können sie in Frieden und gottesfürchtig leben. Die Verbrecher haben die Freiheit zu sündigen und sich wider die Gesetze zu vergehen. Dem werden Wir ein Ende setzen. Wir werden die Straßen von Räuberbanden befreien, die Schlupflöcher in den Burgen von Verbrechern und Gesetzlosen reinigen. Wir werden keine Gnade mit Gesetzesbrechern kennen. Und Wir werden diese Strafen zur Mahnung und Abschreckung öffentlich vollstrecken. Es soll allen eine Lehre und Warnung sein.«

Sie nahm Platz, während atemlose Stille herrschte. Dann nahm Isabél das erste Blatt zur Hand, überflog die Zeilen und ließ den Angeklagten vortreten. Gleichzeitig drehte sie die Sanduhr um. Sichtbar für alle Zuschauer rann der feine Sand in die untere Glashälfte.

Der erste Fall behandelte eine Marktfrau, die ihre Kunden betrogen hatte. Die Frau klagte und barmte, dass sie verwitwet sei und sieben Kinder zu ernähren habe.

Isabél entschied, dass die Frau nicht mit dem Abhacken der Hand gestraft werden könne, da sie sonst nicht mehr ihre Kinder ernähren könne. Dafür werde ihr die Zunge herausgeschnitten, damit sie niemandem mehr einen falschen Preis nennen könne.

Der nächste Fall war ein angesehener Städter, der im Streit seinen Nachbarn erschlagen hatte. Isabél zog sein gesamtes Vermögen ein, teilte es jedoch in zwei Teile.

»Ein Teil steht der Witwe und ihren Kindern zu, denen der Vater und Ernährer genommen wurde«, begründete Isabél ihr Urteil. »Der andere Teil fällt an die Krone. Und da Ihr gegen das fünfte Gebot verstoßen habt, werdet auch Ihr des Todes sterben. Ihr habt Euren Nachbarn erschlagen, so soll auch Euch der Kopf abgeschlagen werden.«

Sie gab Pedro einen Wink. Stolz schritt er zum Richtblock, wo der Verurteilte von einem Priester befragt wurde, während er ihm die Bibel entgegenstreckte. »Bereust du deine Tat?«

»Gnade!«, wimmerte er. »Gnade, Majestät! Ich wollte ihn doch nicht töten!«

»Er hat bereut«, stellte der Priester emotionslos fest und erteilte ihm die Sterbesakramente. Pedro trennte ihm mit einem Schlag den Kopf ab.

Der Aufschrei, der durch die Menschenmassen um den Marktplatz ging, war noch nicht verebbt, als Isabél sich bekreuzigte und dann den nächsten Fall verhandelte. Es war ein adliger Lehnsherr, der zwei Mägde vergewaltigt und einen Knecht erschlagen hatte.

»Mit meinem Gesinde kann ich machen, was ich will«, tönte der Angeklagte und war sich keiner Schuld bewusst.

»Sind die beiden Mägde getauft?«, fragte Isabél einen ihrer Rechtsbeistände.

»Jawohl, Majestät, die Mägde wie auch der Knecht.«

»Wie hoch ist das Vermögen des Verbrechers?«

»Vierzigtausend Maravedí, Majestät.«

»Das gesamte Vermögen wird eingezogen!« Sie wies mit dem Zeigefinger zum Schreiber. »Schreibt auf: Jeweils tausend Maravedí erhalten die geschändeten Mägde, dreitausend Maravedí die Familie des getöteten Knechts. Alles andere geht an die Krone. Der Vergewaltiger wird zum Tod am Galgen verurteilt.«

Die Menschenmenge jubelte und klatschte Beifall, auch, weil der Verurteilte am Galgen einen langsamen Tod sterben würde.

Isabél drehte das Stundenglas um und behandelte den nächsten Fall. Ein reicher Mann hatte Steuern unterschlagen. Er war noch jung, aber recht genusssüchtig.

»Um welche Summe geht es?«, wollte Isabél wissen.

»Zwölftausend Maravedí, Hoheit.«

»Zwölftausend ... Steuern?« Ihre Miene verfinsterte sich. »Und wie hoch ist sein Vermögen?«

»Einhundertzwanzigtausend Maravedí, Majestät.«

»Das gesamte Vermögen wird eingezogen und fällt an die Krone. Einhundertzwanzig ... nein ... sechzig Peitschenhiebe und danach auf die Galeere. Er ist jung und kräftig, da wird er seine Kraft anwenden können.«

Sie drehte wieder das Stundenglas, ohne auf den Protest des Mannes zu achten. Während er auf das Gestell gebunden wurde, um ausgepeitscht zu werden, wurde bereits der nächste Gefangene vorgeführt.

»Noch eine Vergewaltigung. Der Schuster Luis Galindez wird von der Frau Dolores Fuentes der Vergewaltigung angeklagt. Der Angeklagte leugnet hartnäckig.«

Pedro hielt den Atem an. Der schmächtige junge Mann, der gefesselt im Staub des Platzes kniete, ähnelte nur entfernt dem Luis, den er kannte.

Luis hob den Kopf und blickte fast trotzig zu Isabél. »Ich bin unschuldig, ich habe Dolores niemals angefasst!« Seine Stimme war klar und laut.

»So, und wie hast du es sonst gemacht?«, kreischte Dolores' Mutter. Sie zog die sich sträubende Dolores heftig hinter sich her. Mit gesenktem Kopf blieb das deutlich hochschwangere Mädchen stehen, während ihre Mutter weiterzeterte. »Der war es und kein anderer!«

Isabél beugte sich etwas vor. »Und woher wollt Ihr das so genau wissen, Frau? Wart Ihr etwa bei der Schändung Eurer Tochter dabei?«

Die Königin erntete Gelächter, während sich Dolores' Mutter wie ein Wurm wand. »Natürlich nicht, Majestät«, stammelte sie errötend.

»Man sagt, dass Eure Tochter nicht gerade keusch gelebt hat und vielen Männern den Kopf verdrehte.«

»Das ist nur, weil meine Tochter so hübsch ist«, verteidigte sich die Mutter. »Sie ist doch noch ein Kind!«

Isabél betrachtete Dolores mit abschätzendem Blick. Wahrscheinlich war sie sogar die heimliche Stadthure von Aranjuez.

»Könnt Ihr beweisen, Dolores, dass es der Schuster war?«

Dolores nickte, den Blick immer noch zu Boden gerichtet.

»Aha! Und wie?«

Dolores trat von einem schmutzigen Fuß auf den anderen und versuchte, dem schmerzhaften Griff ihrer Mutter zu entgehen. »Weil ... weil ... er beschnitten ist!«

Isabél zuckte kurz zurück, dann warf sie einem der Rechtsbeistände einen auffordernden Blick zu. Der stand auf und ging zu Luis. Mit einer Hand hob er ihm den Kittel hoch und zog an dem Strick, der seine derbe Hose zusammenhielt. Er warf einen Blick darunter, dann wandte er sich zu Isabél um und nickte leicht.

Pedro schwindelte. In Gedanken rechnete er schnell nach, wann er Aranjuez verlassen hatte. Es war mehr als acht Monate her. Und damals hatte er mit Dolores ... Langsam wanderten seine Augen von Dolores zu Luis, der ihn anstarrte. Ja, Luis hatte Pedro sofort erkannt. Gut sah er aus, so wohlgenährt und reich gekleidet. Und er stand gar nicht weit entfernt von der Königin. Ein Wort von ihm könnte sein Leben retten ...

Isabél legte das Pergament zur Seite. »Vermögen?«, fragte sie den Rechtsgelehrten. Dieser schüttelte bedauernd den Kopf.

»Die Vergewaltigung ist erwiesen. Darauf steht Tod am Galgen.«

»Ich bin unschuldig!« Luis' Schrei drang direkt in Pedros Herz. Pedro starrte Dolores an, doch die hielt immer noch den Blick gesenkt.

Luis wurde zum Galgen geführt. Er wehrte sich nicht. Dünn und erbärmlich sah er aus, dieser Luis, der Pedro einmal das Leben gerettet hatte. Damals schon wirkte er so dünn und erbärmlich, und doch …

Pedro holte tief Luft. Dolores war erbärmlich. Sie war eine Hure. Sie hatte es nicht besser verdient. Sein Blick ging zum Galgen. Gomez warf ihm einen fragenden Blick zu, warum er das Urteil nicht vollstrecken wolle. Als sich Pedro nicht rührte, zuckte er mit den Schultern und stieg die Stufen selbst hinauf, um dem Schuster den Strick um den Hals zu legen.

Wie ein Opferlamm ließ es Luis geschehen. Sein Gesicht wirkte fassungslos, als könne er nicht begreifen, was mit ihm geschah. Dann stieß ihm Gomez den Holzklotz unter den Füßen weg.

Luis' Körper schaukelte wie ein trockener Ast, während die Zuschauer in wonnigem Schauder aufschrien. Im gleichen Augenblick riss Pedro dem neben ihm stehenden Soldaten die Lanze aus den Händen und schleuderte sie auf den Verurteilten. Die militärische Ausbildung, die Pedro in der kurzen Zeit erhalten hatte, war wirklich erstklassig. Die Lanze bohrte sich genau in Luis' Herz.

Die Frage der Thronfolge

Der Hof begab sich nach Sevilla. Trotz Isabéls fortgeschrittener Schwangerschaft hatte sie darauf bestanden. Sie gab nicht zu, dass sie der Aufenthalt in Segovia plötzlich ängstigte. Oder war es der unheimliche Bulbito? Sie wollte seiner unheilvollen Nähe entfliehen. Außerdem gab es einige Schnellgerichte durchzuführen. Das war ein guter Vorwand. Isabél ließ ohnehin keine Einwände gelten, wenn sie sich etwas in den Kopf gesetzt hatte.

Sevilla mit seinem lieblichen Flair übte einen recht positiven Einfluss auf Isabéls Gemüt aus. Eingedenk der Warnungen und der beiden vergangenen Totgeburten verlief die Reise gemächlich. Isabél ritt einen kräftigen Wallach, den nichts aus der Ruhe brachte und der sich seiner kostbaren Last offensichtlich bewusst war.

Ihre Hofdamen, an deren Spitze Beatríz stand, zwei Sekretäre, Pagen, Zofen, ein Arzt, eine Hebamme, zwei Köche und ihre Leibeskorte samt zwei Dutzend Lanzenreitern gehörten zu dem Zug, der sich gemächlich und von den Kastiliern bewundert und bejubelt in Richtung Sevilla bewegte.

Isabél verspürte eine innere Unruhe, die sie von Stadt zu Stadt trieb. Am liebsten würde sie an allen Orten des Landes gleichzeitig sein und alle Dinge selbst erledigen. Sie wollte überall durch ihre Präsenz beweisen, dass sie es war, die die Zügel im Land in der Hand hielt. Sie wollte für ihre Untertanen da sein und verlangen, dass auch ihre Untertanen für sie da zu sein hatten. Nur für sie!

In Sevilla stürzte sie sich wie besessen in die Arbeit, notierte sich Gedanken und Entwürfe, schlichtete Streitigkeiten, hielt Gericht, besuchte die Kathedrale. Nur in ihren Gebeten kam sie zum Innehalten, zu einem vergänglichen Moment der Ruhe. Aber auch das war Arbeit. Sie bemühte alle Heiligen, um Gott für ihre Aufgaben gnädig zu stimmen. Sie konnte auch diesen Beistand gebrauchen, denn noch längst hatte sie nicht gewonnen. Sie verschwendete keinen Gedanken daran, dass ihre Macht auf wackeligen Füßen stand, sondern sie kämpfte an vorderster Front dafür, diese Macht immer weiter zu festigen. Und zwischendurch musste sie ihrer Pflicht gerecht werden, die Thronfolge zu sichern und Kinder zu gebären. Lebende Kinder!

Nicht einen Augenblick zweifelte sie daran, dass sie diesen vielen Aufgaben nicht gerecht werden könnte. Sie würde Gottes Unterstützung bekommen und den Beistand aller Heiligen, weil es eine redliche Sache war, für die sie kämpfte, eine gerechte Sache und eine gottgefällige Sache: ein starkes, einiges, befriedetes Kastilien.

Kardinal Mendoza hatte sich angemeldet, und Isabél empfing den Kirchenmann mit einem Ausdruck von Freude. Das Lächeln war in ihrem Gesicht in der letzten Zeit immer seltener geworden. Ihre Augen peilten schon das nächste Ziel an, während sie noch bei ihrer derzeitigen Aufgabe verweilte. Es war, als würde die Zeit nie reichen, um all das zu erledigen, was sie sich vornahm. Und doch schaffte sie es auf eine bewundernswerte und zielstrebige Weise.

Sie verspürte einen seltsamen Rausch dabei, doch sie achtete nicht darauf. Sich nicht von Gefühlen leiten lassen, sondern nur von Sachverstand und Klugheit, hieß ihre Devise. Es gab nur eine Hand voll vertraute, kluge Menschen wie Kardinal Mendoza. Und doch musste sie ein Thema anschneiden, das dem Kardinal nicht schmecken würde.

Ein Page stellte eine silberne Schale mit Obst auf den Tisch. Gedankenversunken griff Isabél einen Granatapfel und drehte ihn versonnen in der Hand.

»Das Obst der paradiesischen Gärten«, sagte sie, und ein kleines Lächeln flog über ihr Gesicht. Dann hob sie den Blick zu Kardinal Mendoza. »Granatäpfel, Feigen, Orangen, Aprikosen. Man meint, im Paradies zu sein, so schmeicheln diese Früchte unserem Gaumen. Und doch ist es eine Hinterlassenschaft der Mauren, der Feinde im Glauben. Sie bauten die schönsten Paläste, sie bauten das köstlichste Obst an, und sie züchteten wohlduftende Rosen. Sie brachten den Safran und den Pfeffer nach Europa – und den Irrglauben. Soll man sie nun loben oder strafen?«

»Der Teufel bedient sich mancherlei Versuchung, um das Böse zu tarnen.«

Sie streckte den Arm aus und reichte Mendoza den Granatapfel. Ohne zu zögern nahm er ihn entgegen.

»Mir scheint, Ihr fürchtet Euch nicht vor dieser Versuchung. Und Ihr scheint sie sogar zu genießen.«

»Warum nicht? Gott hat auch die Freuden geschaffen.«

»Die Ihr ohnehin genießt, Eminenz. Die der süßen Früchte und die des ... Fleisches.«

»Wenn Ihr auf meine fleischlichen Schwächen anspielt, Majestät, so streue ich mir Asche aufs Haupt. Ich gestehe, dass ich einer schönen Frau nicht widerstehen kann und mich an meinen Kindern erfreue. Meine drei Söhne Rodrigo de Vivar, Diego Hurtado und Juan sind mein ganzer Stolz. Ich bin nur ein schwacher Mensch im Dienste des Herrn, und so sündige ich.« Er warf Isabél einen Blick aus seinen dunklen, klugen Augen zu, der keineswegs um Vergebung bat. »Ich beichte, bete und büße, Majestät.« Er schwieg einen Augenblick.

»Ich hinterfrage nicht Gottes Willen, warum er mich zum Sünder werden ließ, aber seit ich die Sünden kenne, weiß ich auch am besten, wie man ihnen begegnen kann.«

»Nun, Eure Söhne sind einmal geboren, und es sind nur drei, auch wenn ich es aus rein moralischer Sicht nicht gutheißen kann. Immerhin steht Ihr dazu und sorgt Euch um diese Söhne. Aber das Volk verachtet Kirchenmänner, die ihnen von der Kanzel herab sittliche Strenge predigen und selbst ohne Gewissensbisse sündigen. Ihr wisst, ich schätze Euch als einen meiner engsten Ratgeber und guten Kenner ebendieser ... Sünden.« Auch sie schwieg einen Moment. Mendozas Miene blieb unbeweglich. »Ihr habt der Staatskasse einen ausgezeichneten Dienst erwiesen, Kardinal. Und doch ...« Sie nahm eine goldgelbe Aprikose und biss herzhaft hinein. Ein Tropfen des süßen Saftes rann über ihr Kinn. Sofort eilte ein Diener hinzu und reichte ihr eine Schale mit Wasser, damit sie sich die Finger säubern konnte.

»Ein Tuch, du Trottel!«, schalt sie ihn. Errötend stellte der Page die Schüssel ab und griff nach einer riesigen Tafeldecke aus Batist. Isabél wischte sich das Kinn mit dem Handrücken ab und strafte den ungeschickten Diener mit Missachtung. Sie hielt dem Kardinal die angebissene Aprikose vors Gesicht.

»Da gab es ehrbare Ritter, die gegen die Mauren gekämpft haben. Diese Ritter haben sich in Orden zusammengeschlossen und gelobt, nach den strengen Regeln des heiligen Benediktus zu leben. Mir scheint, die Versuchung war zu groß für sie, denn inzwischen leben sie sehr dem Diesseits zugewandt. Der Sieg über die Mauren bescherte ihnen einen großen Reichtum, riesige Landgüter und eine unglaubliche Macht. Sie können es wagen, sich gegen die Krone zu stellen und ihre eigene Politik zu betreiben.«

»Ihr wollt gegen die Ritterorden vorgehen?« Mendoza ließ den Granatapfel fallen wie einen heißen Stein.

»Ihr habt es erfasst, Eminenz. Wir werden nicht zulassen, dass sie über das Königreich gebieten, wie es nur Uns zusteht. Die Ritterorden sollen sich auf ihre eigentliche Bestimmung besinnen und vor allem ihre Lebensweise danach ausrichten.« Sie hob abwehrend die Hände, als Mendoza Luft holte, um etwas zu entgegnen. »Ich weiß, ich weiß, von allein werden sie es nicht tun. Und weil Ihr, Kardinal, am besten wisst, wie diese Ordensbrüder sündigen, so beauftrage ich Euch, in den Klöstern und Orden Ordnung zu schaffen. Da es wohl ein wenig seltsam aussehen würde, wenn Ihr als fleischlicher Sünder Tugend predigt, so dachte ich an Euren Großvikar Jimenez de Cisneros, den ich kennen und schätzen lernen durfte. Ich halte ihn für den geeigneten Mann für diese Aufgabe. Um ihm die notwendige Handlungsvollmacht zu erteilen, werde ich ihn mit sofortiger Wirkung in den Staatsrat berufen. Und Ihr, Kardinal, bürgt mir für den Erfolg seiner Mission!«

Die Wehen kamen über Nacht. Sie bohrten sich in einen Traum, der Isabél nur unruhig schlafen ließ. Es waren Stimmen, Schreie, Stöhnen, Ächzen. Wieder und wieder rissen die Wehen sie aus dem Schlaf, dazwischen jedoch fiel sie immer wieder in den gleichen Traum. Sie sah Tote, Verletzte, Gefolterte, Gemarterte, und sie sah sich selbst auf der Tribüne stehen und die Urteile verkünden. Als sie auf ihre Hände blickte, sah sie Blut heruntertropfen. Es war nicht ihr eigenes Blut. Entsetzt streckte sie die Hände von sich, dann kam wieder der Schmerz. Sie sah sich selbst angekettet am Schandpfahl. Ein Henker mit Flammenkapuze schwang die Peitsche und ließ sie immer wieder auf ihren Leib niedersausen. Der Schmerz war unerträglich. Sie schrie und wand sich. Doch sie konnte den Schlägen nicht ausweichen. Die Kapuze des Henkers verrutschte und fiel herab. Sie blickte in das Gesicht von – Enrique!

Das Entsetzen lähmte sie und betäubte auch für einen Augenblick den Schmerz. »Du?«, keuchte sie in Panik. »Was tust du hier?«

»Es ist meine Rache! Du hast mir den Thron gestohlen!«

»Aber ich ...« Sie konnte sich nicht rechtfertigen, denn ein erneuter Schmerz durchzuckte sie. Aber es war nicht Enrique mit seiner

Peitsche. Sie blickte nach unten, wo sich unter ihren Füßen eine große Blutlache ausbreitete. Und dann sah sie einen Körper, einen großen dunklen Kopf. »Mein Kind«, flüsterte sie. »Es muss leben!« Das Wesen zwischen ihren Beinen bewegte sich und wandte ihr den Kopf zu. Sie blickte in das grinsende Gesicht von Bulbito!

»Nein!« Mit einem Aufschrei fuhr sie in die Höhe.

»Bitte beruhigt Euch, Majestät!« Es war die Hebamme, die sich über Isabél beugte. »Eure Vertraute Beatríz de Bobadilla hat mich benachrichtigt.«

Isabél spürte den kalten Schweiß auf ihrer Stirn und auf dem Rücken. »Es war ein Traum, ein dummer Traum.«

»Ihr solltet Euch nicht aufregen, damit es Eurem Kind nicht schadet. Die Zeugen werden bald eintreffen.«

»Die Zeugen?«

»Die Zeugen Eurer Entbindung, Majestät. Habt Ihr vergessen, dass wichtige Zeugen bestätigen müssen, ob Ihr ein ... hm ... legales Kind zur Welt bringt?«

»Ein legales Kind?«, fuhr Isabél auf. »Was ist denn das für ein Unsinn?«

»Es ... es ist schließlich möglich, dass ... also ... dass es wieder eine Totgeburt ist.«

Isabél schrie wieder auf, doch diesmal vor Empörung. »Es wird leben, es wird leben! Ich lasse jeden hinrichten, der behauptet, das Kind sei tot!« Ihre letzten Worte gingen in einem langgezogenen Schrei unter. Noch ehe alle Zeugen anwesend waren, kam das Kind zur Welt. Es war klein, sehr dünn und schwach, aber es lebte.

»Majestät, es ist ein Sohn!«

Die Hebamme glänzte vor Stolz und hielt das blutige Bündel in die Höhe. Isabél warf nur einen kurzen Blick darauf.

»Verständigt den König«, befahl sie, dann sank sie mit einem leisen Zischlaut in die Kissen.

Beatríz zog den Vorhang um das Bett zu. »Ihre Majestät benötigen jetzt dringend Ruhe«, forderte sie die Geburtszeugen zum Gehen auf. Nur zögernd entfernten sie sich. Noch draußen hörte man sie sich aufgeregt unterhalten. Endlich war der ersehnte Thronfolger geboren!

Beatríz tauchte ein Tuch in kaltes Wasser und tupfte damit Isabéls Stirn ab.

»Herrje, warum ist man nach der Geburt nur so schwach«, klagte die Königin. »Ich habe noch so viel zu tun!«

»Um Gottes willen, Isabél, du hast gerade den Thronfolger geboren. In den nächsten sechs Wochen musst du das Bett hüten!«

Beatríz war immer an Isabéls Seite, wenn die Königin ihre Hilfe brauchte. Meist benötigte sie diese nicht, aber allein die Anwesenheit eines vertrauten Menschen schien eine beruhigende Wirkung auf Isabél auszuüben. Manchmal musste Beatríz die Königin auch bremsen, damit sie sich nicht zu viel zumutete. Obwohl Isabél in den letzten Monaten ein strenges Hofprotokoll eingeführt hatte – ausnahmslos jeder hatte sich vor ihr zu verbeugen, die Damen einschließlich ihrer eigenen Tochter hatten einen tiefen Hofknicks zu vollführen –, genoss Beatríz gewisse Freiheiten, allerdings nur, wenn sonst niemand zugegen war.

»Sechs Wochen?«, begehrte Isabél auf. »Kommt überhaupt nicht in Frage! Ich fühle mich schon viel besser.«

»Was hast du vor?«

»Fernando wird bald kommen.«

»Das ist doch ein Grund zur Freude, oder? Er wird seinen Sohn sehen wollen.«

»Und mir wieder in meine Regierungsgeschäfte hineinreden. Ich habe noch einiges zu erledigen, bevor er kommt.«

Beatríz schüttelte den Kopf. Es stand ihr nicht zu, die Königin zu tadeln. So lächelte sie. »Wie soll er denn heißen, der kleine Infant?«

Isabél hob die Schultern. »Ein Sohn«, murmelte sie, während ihr Blick zum Baldachin des Bettes wanderte. »Vielleicht ... ja, das wäre eine Möglichkeit ...«

»Wovon sprichst du?«

»Juana. Ich könnte sie auf eine ganz legale Weise unter meine Kontrolle bringen. Sie heiratet meinen Sohn.«

»Wie bitte?« Beatríz hätte beinahe die Wasserschüssel fallen lassen.

»König Alfonso hat meines Wissens die Ehe mit Juana nie vollzogen. Er muss sie freigeben, und sie heiratet meinen Sohn, wenn dieser sieben Jahre alt ist. Nach nochmals sieben Jahren wäre er dann in der Lage, die Ehe zu vollziehen. Damit wäre Juana legitime Thronfolgerin; allerdings nur über ihren Gatten, meinen Sohn.«

»Du willst deinen Sohn mit dieser Bastardin verheiraten?«

Isabél fuhr aus ihren Kissen hoch. Das Haar stand ihr noch zu Berge, und der Kragen ihres Nachtgewandes aus feinem Batist hatte sich geöffnet. Sie sah aus, als hätte sie gerade eine wüste Rauferei überstanden.

»Du weißt genauso gut wie ich, dass sie Enriques Tochter sein muss! Blond, blauäugig ... Ihre Mutter hat rabenschwarzes Haar und Don Beltrán ebenfalls. Jeder Eselzüchter weiß, dass so ein Kind nicht von solchen Eltern stammen kann. Zumindest nicht von diesem Vater ...«

Beatríz stockte der Atem, und sie lugte hinter dem Bettvorhang hervor, ob sich auch wirklich niemand im Zimmer befand. Wenn Isabél überzeugt war, dass Juana Enriques rechtmäßige Tochter war, dann würde das bedeuten ... Sie wagte nicht weiterzudenken.

»Ich gehe sogar noch einen Schritt weiter«, fuhr Isabél fort, ohne sich um Beatríz' entsetzte Miene zu kümmern. »Der Sohn des portugiesischen Königs, Infant João, heiratet meine Tochter Isabél. So könnte Kastilien Portugal einen Frieden aufzwingen, gegen den Alfonso nichts einwenden kann. Kastilien und Portugal sind doppelt miteinander verheiratet!«

Beatríz schüttelte den Kopf und hob entnervt die Hände.

»Also, Moment, jetzt verstehe ich gar nichts mehr. Infantin Isabél heiratet den portugiesischen Prinzen João, und Juana heiratet ...«

Isabél strahlte übers ganze Gesicht. »Das ist die Lösung! Prinz João hat vor einiger Zeit bei einer meiner Tanten vorgesprochen. Er sucht eine Möglichkeit der friedlichen Beilegung des Konflikts. Kardinal Mendoza hat mir davon berichtet. Prinz João selbst hat vorgeschlagen, meine Tochter zu ehelichen. Durch die Geburt meines Sohnes als legitimen Thronerben gewinnen wir die Möglichkeit, Juanas Ansprüchen entgegenzukommen. Nach meinem Tod würde sie sich Königin von Kastilien nennen dürfen.« In Isabéls Augen funkelte es triumphierend, während Beatríz zurückwich. »Und wenn Juana sich weigert, muss sie endgültig im Kloster verschwinden!«

Beatríz sprang auf. »Das ist verrückt!«, rief sie. »Das ist verrückt!«

Plötzlich hatte Isabél ihre Fassung wiedergefunden. Kühl und überlegt, ja fast verächtlich, blickte sie die aufgebrachte Beatríz an.

»Keineswegs, meine Liebe. Es ist eine unbestreitbare Tradition in Kastilien, dass der Spross aus einer nicht standesgemäßen Verbindung seinen Stand legalisieren kann, indem er sich mit dem rechtmäßigen Thronanwärter verheiratet. Das wäre nicht der erste Fall bei den Trastamare!«

»Damals wurde der Streit um die Krone in einem Zweikampf entschieden«, warf Beatríz ein.

»Ist doch egal«, winkte Isabél ungehalten ab. »Jedenfalls werde ich den Kardinal beauftragen, der portugiesischen Seite ein entsprechendes Vertragsangebot zu unterbreiten.«

»Da kommt man ja vollkommen durcheinander«, murmelte Beatríz. »Ich hole frisches Wasser.«

Sie beeilte sich, von Isabél fortzukommen. Keine Frage, die Geburt musste in ihrem Kopf etwas durcheinander gebracht haben. Der Infant besaß noch nicht einmal einen Namen, aber die Königin wusste bereits, mit wem sie ihn verheiraten würde!

Isabél hatte es sich in ihren Kissen bequem gemacht. Sie fühlte sich, als könne sie jeden Augenblick wie ein Vogel losfliegen. Ein Ausdruck von Entrückung trat in ihren Blick.

»Juan! Don Juan! Ich nenne meinen kleinen Sohn Don Juan!«

»Ein Sohn! Endlich ein Sohn!« Fernando war das Glück anzusehen. In diesem Augenblick liebte er Isabél aufrichtig. Sie, die Königin, hatte ihm einen Sohn geschenkt!

Isabél empfing ihren Gemahl nicht etwa im Wochenbett, sondern am Schreibtisch. Während das ganze Land drei Tage lang mit Spielen und Festen die Geburt des Thronfolgers feierte, arbeitete Isabél.

Fernando hatte es sich abgewöhnt, sich über das Gebaren seiner Gemahlin zu wundern oder gar aufzuregen, aber gewöhnen konnte er sich daran trotzdem nicht. Wie viel Kraft und Energie in dieser kleinen Person steckte! Und wie viel Eigensinn!

»Ich hoffe, dir geht es gut, mein Gemahl«, empfing Isabél ihn mit einem liebenswürdigen Lächeln.

»Es könnte mir nicht besser gehen«, strahlte Fernando. »Wie ich sehe, bist du wohlauf. Und unser Sohn ist es auch.«

»Das ganze Land feiert und jubelt.« Sie senkte den Kopf und starrte scheinbar angestrengt auf die Papiere vor sich auf dem Tisch.

»Du feierst nicht. Ist etwas nicht in Ordnung mit dem Kind?« Seine Augen verengten sich misstrauisch.

»Es ist alles in Ordnung. Du kannst dich selbst davon überzeugen. Dieser Sohn gibt uns die Möglichkeit des Friedensschlusses mit Portugal.«

»Ach, tatsächlich?«

»Mein Gemahl, die auswärtigen Angelegenheiten sind doch eigentlich deine Aufgabe. Muss ich dich darauf hinweisen, dass eine Verbindung zwischen Juanita, der portugiesischen Bastardin, und unserem Sohn zum Frieden führen kann?«

»In der Tat, wenn König Alfonso Juanita freigibt.«

»Das wird er, verlass dich drauf. Sein Sohn ist – heimlich, versteht sich – ebenso auf unserer Seite wie Kardinal Mendoza, den ich mit geheimen Unterhandlungen beauftragt habe.«

»Ich sehe, du warst nicht untätig«, bemerkte Fernando amüsiert. »Aber wie du eben richtig bemerktest, ist die Außenpolitik *meine* Angelegenheit.«

»Was soll ich machen, wenn du nicht da bist? Vergiss nicht, wir machen alles gemeinsam ...«

»*Tanto monta, monta tanto* ... ich weiß!«

»So kannst du dich jetzt um diese Angelegenheit weiter kümmern.

Es ist eine außenpolitische wie auch eine innere Angelegenheit Kastiliens. Wir werden sie gemeinsam verfolgen.«

Fernando, in dem unterschwellig schon wieder eine ärgerliche Eifersucht auf seine umtriebige Gemahlin aufflackerte, schien besänftigt. Er zog Isabél in die Arme.

»Mit jedem Kind wirst du schöner, immer fraulicher, immer blühender.« *Und immer fetter*, setzte er in Gedanken hinzu.

»Und du wirst mit jedem Kampf immer muskulöser, immer stattlicher, immer stärker.« Sie ertastete durch seine Samtjacke hindurch seine Oberarme.

»Das möchte ich meinen. Schließlich sollen alle Feinde Kastiliens vor diesem König . . .«

». . . zittern?«

». . . in Ehrfurcht und Respekt verfallen«, fuhr Fernando fort.

»Das Volk liebt dich«, versicherte ihm Isabél.

Er nickte, als wäre es eine Selbstverständlichkeit.

»Ich habe bereits die Vorbereitungen für die Feierlichkeiten zur Taufe des Infanten Juan befohlen.«

»Juan?«

»Don Juan, mein kleiner Engel.« Für einen winzigen Augenblick trat ein verklärter Ausdruck in Isabéls Augen. Doch gleich darauf hatte sie sich wieder unter Kontrolle. »Er wird auf den Namen Juan getauft, wie dein Vater.«

Fernandos Miene wurde noch versöhnlicher. Als Liebling des aragonesischen Königs konnte er auf diese Weise seine Dankbarkeit zeigen.

»Das finde ich sehr großherzig von dir, liebste Isabél.«

Während er sie wieder in die Arme zog, fiel ihm ein, dass ihr Vater auch Juan hieß.

Die Stadtväter von Sevilla betrachteten es als eine große Ehre, dass der Thronfolger ausgerechnet in ihrer Stadt geboren und getauft wurde. Sie und Abordnungen der Stände überbrachten dem Königspaar Geschenke und die besten Wünsche für das Gedeihen des kleinen Prinzen. Isabél und Fernando nahmen sie huldvoll entgegen.

Und wieder verblüffte die Königin ihren Gemahl. Sie, die sonst eine schlichte Lebensweise und Kleidung bevorzugte, zeigte sich zu diesem Anlass in ihrer prunkvollsten Erscheinung. In einem Kleid aus hellem Brokat und goldenen Borten, mit Edelsteinen und Perlen geschmückt, der Schleier aus feinster Seide, auf dem Haupt die Krone Kastiliens – so blendete sie jeden Besucher mit ihrer Schönheit. Dazu hatten sich ihre Wangen gerötet wie bei einer aufblühenden Rose.

Fernando wollte ihr nicht nachstehen und kleidete sich ebenso prächtig und verschwenderisch. Doch er musste feststellen, dass es noch etwas gab, das Isabél ihm voraus hatte. Sie strahlte etwas aus, das man nicht in Worte fassen konnte. Sie einte das Land von innen, allein durch dieses Strahlen.

Das Königspaar zeigte Einigkeit, saß nebeneinander auf dem Thron, wirkte wie das Heilige Paar an der Krippe des Christkindes zu Bethlehem.

Fernando seufzte leise und beschloss, Isabél weiter wie eine Heilige zu behandeln. Dann würde es auch ihm gut gehen.

Der Hof zog weiter nach Valladolid. Durch Fernandos Anwesenheit vergrößerte sich der Zug ungemein. Seinen Aufenthalt bei Hofe nutzte Fernando, um seiner Lieblingsbeschäftigung, der Jagd, nachzugehen. Mit den königstreuen Granden, die sich darum drängten, dem Königspaar dienen zu dürfen, ritt er sozusagen als Belohnung für ihre treuen Dienste auf die Jagd. Was früher eine Selbstverständlichkeit für die privilegierten Adelshäupter war, gelangte jetzt zu einer Besonderheit und Ehre. Dessen waren sie sich wohl auch bewusst.

Während sich der König dem Vergnügen hingab, erreichten Isabél beunruhigende Nachrichten. Ihre Unrast war bereits wieder geweckt, und sie widmete sich an langen Arbeitstagen den Problemen, die sich auf ihrem Schreibtisch auftürmten. Ihre Sekretäre konnten sie nicht entlasten, sondern mussten auf die Termine achten, die sie vergaben. Audienzen bei Isabél waren begehrt, und viele Antragsteller nahmen lange Wartezeiten in Kauf. Wie bei Isabéls Schnellgerichten wurde die Audienzzeit eng begrenzt. Die Königin legte Wert darauf, so viele Besucher wie möglich zu empfangen und sich ihre Klagen, Fragen, Vorschläge und Bitten anzuhören. Und sie wollte auch alle Probleme möglichst selbst regeln.

Dass das ein Ding der Unmöglichkeit war, wollte sie nicht einsehen. Zwar hatte sie wichtige Missionen an Kardinal Mendoza und seinen klugen Helfer Fray Hernando de Talavera delegiert, aber auch Mendoza konnte nicht überall sein.

Ein Eilbote überbrachte ihr eine Depesche, deren Siegel sie sofort aufbrach. Es musste etwas geschehen sein.

Ausgerechnet Alonso de Cardenas, einer ihrer Getreuen der ersten Stunde in ihrem Kampf um die Krone, war die Ursache eines Eklats. Im Kloster von Uclés hatten sich die Prioren zusammengefunden, um einen neuen Großmeister des Santiago-Ordens zu wählen. Das Amt des Großmeisters war nicht nur begehrt, es verlieh eine Macht, die fast an die Macht des Königs heranreichte. Die Wahl des Großmeisters war eine bedeutende Entscheidung, der sich das Kapitel durchaus bewusst war.

Isabél erinnerte sich mehr als deutlich, dass sie damals, als sie dringend Unterstützung bedurfte, mit der Aussicht auf dieses begehrte Amt gelockt hatte. Dieses Versprechen hatte mehr gewirkt als eine Wagenladung Juwelen, die sie ohnehin nicht besaß. Doch sie hatte dieses Amt wohl einem halben Dutzend Anwärtern versprochen, darunter auch Alonso de Cardenas.

All die Jahre hatte Cardenas auf die Einlösung des Versprechens gewartet. Doch gegen die anderen Bewerber sah er sich wohl nun im Hintertreffen. Voll gerüstet und mit gezogener Waffe stürmte Cardenas das Kloster, wo sich die Prioren versammelt hatten, sprengte die Beratung und verlangte, auf der Stelle als Großmeister eingesetzt zu werden, weil es ihm die Königin zugesagt habe.

Derart unter Druck gesetzt, sahen sich die Prioren außerstande, das Konzil zu Ende zu führen. Stattdessen benachrichtigten sie Isabél über dem ungeheuren Vorfall.

Sie wusste, dass sie das Amt sowohl Cardenas als auch anderen Granden versprochen hatte. Doch an wen sollte es letztlich vergeben werden, ohne dass die Verlierer einen Bürgerkrieg anzettelten?

An niemanden, stand gleich darauf ihr Entschluss fest. An keinen von ihnen, sonst gab es Krieg!

Aber sie konnte auch niemanden damit beauftragen, ihren Entschluss zu übermitteln. Sie überlegte nicht lange, nein, sie überlegte überhaupt nicht. Sie ließ ein schnelles Pferd satteln, eine kleine Eskorte zusammenstellen und brach auf der Stelle nach Uclés auf.

Die himmlischen Mächte schienen sich gegen sie verschworen zu haben, denn auf halbem Weg wurden sie von einem Unwetter überrascht, das die ohnehin desolaten Wege in Morast verwandelte. Mit Verbissenheit und grimmiger Wut kämpfte Isabél gegen Regen, Sturm und Schlamm an, forderte ihre Begleiter bis zur völligen Erschöpfung und gab nicht eher Ruhe, bis sie endlich Uclés erreichten.

Die Prioren, in heftige Diskussionen vertieft, erwarteten eine Nachricht von Isabél, nicht jedoch die Königin selbst.

Ohne Vorankündigung stürmte sie in das schlossähnliche Kloster und mitten in die Diskussion. Sie trug einen dunklen Wetterumhang, der völlig durchnässt war. Ihr Haar hatte sich gelöst, ihr Gesicht war vor Anstrengung gerötet und mit Schlammspritzern übersät. Sie keuchte vor Erschöpfung und machte sich nicht die Mühe, ihre Kleidung zu richten.

Ihr Auftritt allein reichte, um sprachlose Überraschung zu erzeugen. Doch davon ließ sie sich nicht beeindrucken.

»Was geht hier vor?«, rief sie außer Atem. »Wird hier um das höchste Amt im Santiago-Orden gefeilscht wie auf einem Viehmarkt? Wie weit reicht die moralische Verkommenheit der hoch ehrenwerten Ordensleute, dass sie sich dazu hergeben? Ihr übergeht Eure Königin und wollt eine derartige Entscheidung allein fällen?«.

Ihre blauen Augen sprühten vor Zorn, und unwillkürlich wichen die dreizehn versammelten Prioren zurück. So etwas hatten sie noch nie erlebt und hätten es sich in ihren schlimmsten Träumen nicht vorstellen können. Noch nie hatte sich ein Herrscher derart in die Angelegenheiten des Ordens gemischt. Fehlte nur noch, dass die Königin bestimmte, wer der neue Großmeister wurde ...

»Ich berufe mich auf die Zustimmung unseres Heiligen Vaters in Rom und ernenne hiermit Fernando von Aragón, Unseren Gemahl von Königs Gnaden, zum neuen Großmeister.«

Im Kapitelsaal herrschte Totenstille. Niemand wagte der Königin zu widersprechen. Die Prioren starrten sie an, mit Entsetzen und Fassungslosigkeit im Gesicht. Plötzlich gab es eine Bewegung. Es war Alonso de Cardenas, der vor Isabél trat und dann das Knie beugte. In Demut senkte er den Kopf.

»Eure Königliche Hoheit, Majestät, ich unterwerfe mich Eurem Willen. So sei es.«

Langsam, zögernd, nach und nach erhoben sich die Prioren, traten vor Isabél und beugten das Haupt. »So sei es – so sei es.«

Niemand sah, wie Isabél innerlich aufatmete. Eine große Gefahr war gebannt worden. Ihr entschlossenes Auftreten hatte Schlimmeres verhindert. Und doch hatte sie ein Versprechen gebrochen. Es vereinbarte sich nicht mit der Redlichkeit, die sie in all ihrem Handeln anstrebte. Doch im Augenblick waren die Wogen geglättet. Zugleich hatte sie dem allzu mächtigen Orden die wichtigste Entscheidung aus der Hand genommen.

Sie brauchte einen zuverlässigen Mann an der Spitze des Ordens, einen, der der Krone absolut treu ergeben war. Fernando konnte dieses Amt nicht ausfüllen, das war auch Isabél klar. Aber er konnte die Aufgabe an einen geeigneten Mann delegieren. Sie würde Fernando vorschlagen, dass dieser geeignete Vertreter Alonso de Cardenas sei.

»Du hast mich zum Großmeister des Santiago-Ordens ernennen lassen?«, fragte Fernando verblüfft.

»Wir haben Euch dazu ernannt, mein königlicher Gemahl«, erwiderte Isabél hoheitsvoll. »Das Amt gebührt dem Fähigsten des Landes.«

Fernando schwankte wieder im Wechselbad seiner Gefühle. Dass Isabél sich einfach über das Konzil der Priore hinweggesetzt und die Ernennung des Großmeisters vorgenommen hatte, schlug wie ein Blitz aus heiterem Himmel ein und schockte ihn. Isabéls Entschlossenheit war durch nichts zu bremsen. Dass sie so weit gehen würde, hätte er nie für möglich gehalten. Dass sie ihn als Großmeister ernannte, schmeichelte ihm wiederum. Sollte er ihr böse oder dankbar sein, zornig über ihre Anmaßung oder glücklich über dieses großherzige Geschenk?

»Aber die päpstliche Zustimmung ...«

»Holen wir nach. Die Macht muss bei der Krone bleiben.«

»Ja, da stimme ich dir zu. Aber meine Angelegenheiten außerhalb Kastiliens werden mir wenig Zeit lassen, mich um das Amt zu kümmern.«

»Du kannst einen Vertreter benennen, der sich als würdig erweist. Ich denke da an Alonso de Cardenas, ein treuer Diener der Krone ...«

»Ja, an den denke ich auch. Er hat seine Verdienste, die wir ihm wohl bescheinigen müssen.« Er überlegte. »Meinst du, dass drei Millionen Maravedí zu viel sind, die ich von ihm für das Amt verlangen könnte?«

Isabél schüttelte den Kopf. »Der Staatskasse wird es gut tun, und Cardenas wird es dies wert sein.«

So hatten beide praktisch gedacht, Isabél an die Einlösung ihres Versprechens, Fernando an die stets klamme Staatskasse. Und Alonso de Cardenas nahm Fernandos Angebot an.

Fernando befand sich in bester Stimmung. Für einen Aragonier oder Kastilier war es schwer zu akzeptieren, dass eine Frau die Führung übernahm, statt bescheiden hinter ihrem Mann zurückzustehen, sich um Haus und Kinder zu kümmern und die Zeit am Spinnrocken zu verbringen. So ging es wohl den meisten Bewohnern des Landes.

Gleichzeitig tat die Königin viel Gutes. Die Straßen Kastiliens waren von Gesindel befreit. Vor den Augen des Gesetzes waren alle gleich, egal ob Adel, Bürger oder Bauer. Dem vom Volk verhassten Adel waren die Machtbefugnisse stark beschnitten worden. Und auch dem Klerus, der ungeniert seiner weltlichen Lebensweise frönte, hatte sie auf die Finger geklopft. Selbst die Ritterorden besannen sich auf ihre eigentlichen Tugenden. Es gab eine Infantin und einen Thronfolger, die Königin vergab glanzvolle Posten bei Hofe, und alle Welt drängte sich, ihr dienen zu dürfen.

Und Fernando? Er konnte ebenso zufrieden sein. Er tat das, was seine Aufgabe war. Er verteidigte Kastilien nach außen, kümmerte sich um Aragón und Sizilien und teilte mit der Königin das Bett, um weitere Infanten zu zeugen. Zur Abwechslung genoss Isabél Fernandos Nähe. In ihrem Erfolg rückten sie noch enger zusammen.

Auch wenn der portugiesische Prinz João die Kämpfernatur seines Vaters geerbt hatte, so hielt er es dann und wann für klüger, statt zum Schwert zu diplomatischen Winkelzügen zu greifen. König Alfonso hatte keine Ahnung, dass sein Sohn in geheimen Verhandlungen mit Kardinal Mendoza einen Vertrag aushandelte, der fast einem Verrat an der portugiesischen Krone glich.

Nach der Geburt des kastilischen Infanten Don Juan gab es eine Verhandlungsbasis. João konnte dank seiner guten Verbindung zum portugiesischen Adel diesen für seine Pläne gewinnen. Die künftige Verbindung der beiden Königshäuser würde den jahrelang schwelenden Konflikt mit einem Schlag beenden.

Der Vertrag sah vor, dass der kastilische Infant Don Juan im Alter von sieben Jahren formell die Prinzessin zweifelhafter Abstammung, Juana, ehelichen sollte, um dann weitere sieben Jahre später diese Ehe zu vollziehen. Juanas Stand würde legitimiert, und sie durfte sich, nach Isabéls und Fernandos Tod, als Gattin des Thronfolgers Königin von Kastilien nennen. Die Zeit bis zur Hochzeit jedoch sollte sie im Kloster verbringen.

Der Vertrag besaß nur einen kleinen Schönheitsfehler. Weder die dreizehnjährige Juana noch König Alfonso, der sie als seine derzeitige Gattin ja freigeben müsste, wussten davon. Es war der heikelste Augenblick der Mission, denn Juana und König Alfonso mussten diesen Vertrag unterzeichnen.

João übernahm die schwierige Mission, seinen Vater zu überzeugen.

»Niemals!«, donnerte der portugiesische König. »Konflikte werden mit dem Schwert gelöst. Juana ist meine Gattin.«

»Ist sie nicht. Diese Ehe existiert doch nur der Form halber«, erwiderte João. »Gib sie frei. Diese ausgehandelte Verbindung ist politisch wesentlich wichtiger. Außerdem ... außerdem wirst du diese Ehe wohl niemals vollziehen ... können ...«

»Was redest du da, du Grünschnabel! Ich bin ein ganzer Mann und noch bei Kräften, dass ich es allen jungen Hähnen vormache!«

»Mag sein, aber Juana ist zu jung. Sie hat nichts davon, und du hast nichts davon, und das Land erst recht nicht.«

»Nein, nein und nochmals nein!«, wetterte der widerborstige Alfonso.

João seufzte. »Fast der gesamte Adel hat für diesen Vertrag gestimmt. Es gibt für dich keinen vernünftigen Grund, ihn nicht zu unterzeichnen. Das Land ist kriegsmüde. Die letzten beiden Schlappen, die dir König Fernando zugefügt hat, müssten dir doch genügen.«

»Bist du mein Sohn oder nicht? Habe ich dir ritterliche Tugenden beigebracht, oder nicht? Hast du dich auf dem Schlachtfeld bewährt, oder nicht? Du fällst mir in den Rücken!«

»Das tue ich nicht, Vater. Aber gestehe dir nicht die Schwäche ein, nicht der Klügere von uns beiden zu sein.«

Alfonso stockte und kratzte sich an seinem fast kahlen Schädel. »Und die Kastilier meinen es ehrlich?«

»Sie meinen es ehrlich. Der Königin ist außerordentlich an dieser Verbindung gelegen, weil sie Frieden will. Fernando macht, was seine Gemahlin sagt. Und Kardinal Mendoza bürgt für die Einhaltung des Vertrages.«

»Kardinal Mendoza, so, so.« Der König kratzte sich wieder am Kopf und verzog das Gesicht. »Wenn es alle wollen …«

Insgeheim atmete João auf. Die größte Hürde war genommen. Er ahnte nicht, dass der König das kleinere Problem war. Das größere Problem bereitete Juana.

Mit vor Empörung rotem Kopf sprang sie auf.

»Das ist infam!«, schrie sie. »Auf diese Weise soll ich aus dem Weg geräumt werden! Ich bin die rechtmäßige Thronfolgerin Kastiliens, ich, ich, ich! Isabél hat sich die Krone in einem üblen Streich angeeignet. Und alle spielen ihre Intrigen mit. König Alfonso, der mich doch zur Exzellenz erklärt hat, mir die Krone Portugals versprach! Und du, sein Sohn, der sich immer so rechtgläubig und christlich gibt, der will mich hinter Klostermauern verschimmeln lassen!«

Prinz João redete mit Engelszungen auf Juana ein.

»Du wirst Königin von Kastilien, wenn du in den Vertrag einwilligst. Und ich verspreche dir bei meiner königlichen Ehre, dass ich persönlich dafür sorgen werde, dass du nach Ablauf dieser Zeit wieder aus dem Kloster kommst.« Er tippte auf das Pergament.

Juana, schon im Äußeren ihrer Tante und Patentante ähnlich, schien auch deren Temperament zu besitzen. Eine ganze Nacht lang tobte und weinte sie, ließ ihren Zorn am Mobiliar ihres Gemachs aus, und jeder Diener brachte sich vor ihren Ausbrüchen in Sicherheit. Lediglich João wagte sich zu ihr.

»Ich heirate kein Kind, das noch in den Windeln liegt, um Kastiliens Thron zu besteigen. Dieser Thron steht mir auch so zu, ohne diesen Hosenscheißer! Ich bestehe auf meinen legitimen Rechten, die ich durch meinen Vater, König Enrique, geerbt habe. Wenn man nicht dessen Testament gestohlen hätte …«

»Es gibt kein Testament«, versuchte João sie zu beruhigen. »Du kannst es nicht beweisen. So nimm doch wenigstens diese Chance wahr! Wenn du es nicht tust, dann musst du wirklich bis an dein Lebensende im Kloster bleiben.«

Juana hörte einen Moment auf zu toben und überlegte. João sprach die Wahrheit. Sie hatte nichts in der Hand, um ihre Legitimation zu beweisen, mochte sie noch so überzeugt davon sein. Wenn sie den Thron nicht völlig verlieren wollte, so musste sie sich auf diesen Handel einlassen.

Lange blickte sie den Prinzen aus ihren rot geweinten Augen an. In diesem Augenblick wirkte sie sehr apart, und über Joãos Gesicht flog ein warmes Lächeln.

»Und du wirst Isabéls Tochter heiraten?«, fragte sie unvermittelt.

João nickte. »Damit schenken wir Portugal doppelten Frieden.«

Langsam erhob sich Juana und ging zum Tisch, wo der Vertrag lag. »Hol mich da wieder raus«, flüsterte sie. »Versprich es mir! Ich bin nicht zur Nonne bestimmt, sondern zur Königin.« Dann griff sie zur Feder, tauchte sie sorgsam in die Schale mit dem Tintenpulver und setzte ihre Unterschrift unter das Dokument.

Störenfriede

Seit die Mauren im achten Jahrhundert die Iberische Halbinsel erobert hatten, prägten sie das Land mit architektonisch reizvollen Palästen und Moscheen, mit fruchtbaren Feldern und raffinierten Bewässerungssystemen, mit Gold- und Silberminen, mit Handel und Handwerk, mit Bibliotheken, Akademien und Schulen, mit Reichtum und Betriebsamkeit, vor allem aber mit ihrer Religion.

Seit dieser Zeit brandeten Heere spanischer Christen wie Wellen an das felsige Ufer gegen diese Bastionen des Islam. Reconquista[12] nannten sie ihre Mission, deren heiligstes Ziel war, die Ungläubigen von christlichem Boden zu vertreiben.

Lange Zeit blieb das maurische Reich standhaft gegen alle Angriffe unter dem Zeichen des Kreuzes. Doch durch inneren Machtzerfall verlor es mit der Zeit an Territorium. Im fünfzehnten Jahrhundert dehnte es sich im Süden der Iberischen Halbinsel zwischen der Sierra

---

12 Span.: Rückeroberung.

Nevada im Norden und dem Mittelmeer im Süden aus, mit Granada als Hauptstadt und dreizehn weiteren großen Städten, befestigten Dörfern und Marktflecken.

Die Bevölkerung des Königreichs Granada lebte in Wohlstand. Es gab zahlreiche Manufakturen, in denen kostbare und begehrte Waren hergestellt wurden, Universitäten und Schulen mit einem hervorragend organisierten Unterrichtssystem sowie Spitäler mit Ärzten, die führende Kenntnisse in der Medizin besaßen. Mit einem raffinierten System von Bewässerungskanälen verwandelten die Wasserquellen aus der Sierra Nevada die Ebene in fruchtbares Ackerland mit reichen Ernten.

Als Perle des maurischen Reichs jedoch galt die Stadt Granada selbst, eingebettet in das dunkle Grün der Orangenbäume. Eine Mauer aus rosafarbenem Granit mit tausendundeinem Turm und siebenunddreißig Toren umschloss diese Perle wie ein kostbares Diadem und bot ihr Schutz. Gekrönt wurde die Stadt durch die zauberhaften Paläste der Alhambra und des Albaicín. Der blaue Himmel Andalusiens wölbte sich darüber wie eine Kuppel aus Smaragd. In der Abgeschiedenheit und Tradition des alten Kalifats wiegten sich seine Bewohner in einer trügerischen Sicherheit.

Emir Mulay Abul Hasan regierte seit 1466 das maurische Reich. Nicht ganz unangefochten, denn sein eigener Bruder Abu Abdallah El Zagal neidete ihm die Macht. Außerdem gab es Streit im Harem des Emirs. Seine Hauptfrau Aicha hatte ihm einen Sohn namens Abu Abdallah Muhammad, genannt Boabdil, geboren. Aichas Ehrgeiz war es, diesen Sohn als Nachfolger seines Vaters als Emir zu erziehen. Doch da gab es noch eine Favoritin des Emirs, die griechische Sklavin Soraya, die ihm ebenfalls einen Sohn geschenkt hatte. Alle lebten gemeinsam in der Alhambra. Aicha fürchtete um die Thronrechte ihres Sohnes und zettelte eine Rebellion an.

Um den inneren Frieden wiederherzustellen, verstieß der Emir seine Gattin, die mit ihrem Sohn in den Palast von Albaicín flüchtete. Doch Mulay Hasans Rechnung ging nicht auf. Das Reich spaltete sich in Anhänger und Gegner Aichas und Boabdils. Zwei mächtige

Großfamilien des Kalifats nahmen ebenfalls Partei, die Abencerages für Aicha, die Zegris für Soraya.

In seinem Zorn beschloss der Emir, einen seit über zweihundert Jahren bestehenden Vertrag mit Kastilien zu brechen und die Tributzahlungen einzustellen. Der in einem Pakt von 1241 ausgehandelte Tribut bewahrte beide Länder seitdem vor einem offenen Krieg.

Isabél und Fernando waren viel zu beschäftigt, um sich um ihren südlichen Nachbarn zu kümmern. Die Ordnung der Zustände in Kastilien forderte Isabéls gesamte Kraft und Aufmerksamkeit. Bislang hatten sich die Mauren ruhig und unauffällig verhalten. Ihre inneren Streitereien scherten das Königspaar herzlich wenig. Die Tributzahlung war eine willkommene und notwendige, vor allem aber regelmäßige Auffrischung der kastilischen Staatskasse.

Die Nachricht ereilte Isabél wie der Blitz aus heiterem Himmel. Ihr unbeugsamer Wille ließ es nicht zu, dass sich ihr jemand widersetzte.

»Was fällt diesem Muselmanen ein?«, tobte sie. »Ich weiß, dass er die Christen hasst. Will er mich provozieren?«

»Vor allem aber will er uns den Tribut vorenthalten«, stellte Fernando fest, der stets das Wohl der Staatskasse im Auge behielt. »Das dürfen wir nicht zulassen. Ich werde eine Streitmacht gegen Granada führen und ihm eine Lehre erteilen.«

Isabél schüttelte bedauernd den Kopf. »Genau das lässt die Staatskasse nicht zu. Wovon willst du diesen Krieg bezahlen?«

»Wir werden dem Volk neue Steuern auferlegen«, gab Fernando zurück, dessen Augen vor Kampfeslust glänzten. »Das reiche Granada zu erobern, würde Kastilien genügend Geld in die Kasse spülen, nicht nur den entgangenen Tribut.«

»So ein Vorgehen muss gut überlegt und vorbereitet sein«, gab sie zurück. Doch da war ein Samenkorn in ihre Gedanken gelegt, das wohl keimen und aufgehen würde. Sie sprang auf und lief hin und her, während sie überlegte. Granada zurückerobern, die Reconquista zu Ende führen! Das wäre eine heilige Aufgabe, eine gottgefällige, die sie nur zu gern übernehmen würde. Die Ungläubigen aus Spanien vertreiben, hinweg übers Meer in ihre barbarischen Länder, das Land reinigen vom Unglauben und seinen Dienern! Sie sah Fernando an, dass er am liebsten sofort losgestürmt – und in sein Unglück gerannt wäre!

Abrupt blieb sie stehen. So kämpferisch sie sich stets gab, sie hatte in ihrem Leben auch lernen müssen, dass es oft klüger war abzuwarten. Und im Augenblick konnten sie einen Krieg gegen Granada nicht bezahlen.

»Ich schicke einen Abgesandten zu Emir Mulay Hasan. Er wird ihm unmissverständlich klar machen, dass ich diesen Vertragsbruch nicht dulden werde.«

»Isabél, ich ...«

»Nein, Fernando, wir müssen das Problem vorerst auf diplomatischem Weg lösen. Granada ist eine zu harte Nuss für uns, zumindest im Augenblick. Kastilien fordert unsere ganze Kraft.«

Fernando musste sich geschlagen geben, wie immer gegen Isabéls Argumente und Willen.

Don Juan de la Vera, einem Getreuen Isabéls, kam es zu, die wichtige Mission zu übernehmen. Mit großem Gefolge und prachtvoller Aufmachung reiste er nach Granada, um den Emir zu beeindrucken. Der war in Anbetracht der Spaltung seines Reichs, ausgelöst durch unsägliches Weibergezänk, in denkbar schlechtester Laune. Zudem nutzte nun sein Bruder die Schwächung der Position des Emirs aus, um seine eigenen Interessen durchzusetzen. Er, Mulay Hasan, Emir von Granada, würde diesem Gesandten gegenüber Stärke demonstrieren.

»Unsere erlauchte Königin entbietet dir, großer Emir, den Gruß! Gleichzeitig erinnert sie dich daran, den von deinen und ihren Vorfahren unterzeichneten und in den vergangenen Jahren wiederholt erneuerten Vertrag zwischen Kastilien und Granada zu achten und einzuhalten. Du verweigerst meiner erlauchten Königin den Tribut. Ihre Majestät, Königin Isabél, fordert dich auf ...«

»Königin, Königin«, äffte der Emir. »Wie kannst du es wagen, mir, dem Allah den Thron dieses Landes maurischer Vorfahren zugewiesen hat, die Forderungen einer Frau zu überbringen! Die Frau ist ein niederes Wesen in den Augen Allahs und hat sich dem Manne unterzuordnen. Wenn die Christen die göttliche Ordnung missachten und es zulassen, dass ein schwaches Weib einen Thron besteigt und sich benimmt wie ein Mann, dann ist das ihre Sache. Aber vor mein Antlitz zu treten und Forderungen zu stellen, beleidigt meine Ehre.« Er maß de la Vera mit einem verächtlichen Blick. »Richtet Euren Herren aus, dass diejenigen, die den Christen noch Tribut zahlten, gestorben sind. Und dass wir in Granada nur noch Krummsäbel und Lanzen für unsere Feinde herstellen!«

Isabéls Hofdamen gehörten zu denjenigen Untertanen in der unmittelbaren Umgebung der Königin, deren Aufgabe darin bestand, den Glanz Isabéls durch ihre eigene Anwesenheit zu erhöhen. Das war eine schwierige Aufgabe, denn dieser Glanz färbte kaum auf Isabél ab. Die Königin bevorzugte schlichte Kleidung und wenig Schmuck, vergnügliche Stunden im Kreise der Damen waren eher selten. Die Staatsgeschäfte beanspruchten Isabél so sehr, dass die Hofdamen die meiste Zeit sich selbst überlassen blieben. Lediglich zu Festtagen und Feierlichkeiten umgab sich Isabél mit ihrer Engelschar, wie sie sie selbst scherzhaft bezeichnete. Ihre einzig wirkliche Vertraute war Beatríz, die den Hofdamen vorstand. Alles in allem war es ein recht angenehmes Leben, das die Hofdamen führten, mit wenigen Verpflichtungen, aber auf Kosten der Staatskasse. Allerdings wäre es undenkbar gewesen, wäre die stolze Königin nicht von jungen und schönen Hofdamen umgeben. So wie sie Wert auf kluge, kompetente und nützliche Ratgeber legte, so legte sie auch Wert auf ihre Engelschar.

»Du hast meine Schwester Eleonora nicht mehr kennen gelernt, als du damals mit deinem Bruder Alfonso an den Hof gingst«, sagte Beatríz mit leisem Bedauern in der Stimme. »Und auch ich sehe sie leider nur selten. Inzwischen ist sie siebzehn Jahre alt, und ihre Schönheit vertrocknet in Arévalo. Sie schrieb mir einen Brief und fragte in aller Demut und Bescheidenheit an, ob es denn nicht irgendwo ein Plätzchen bei Hofe gäbe, das sie als kleines Juwel am Kleid der Königin ausfüllen könne.«

Isabél lachte auf. »Du meinst ein Plätzchen unter den Hofdamen?«

Zum ersten Mal seit langer Zeit vergnügte sich die Königin wieder mit ihren Hofdamen bei einem lustigen Nachmittag. Das war auch ihrer erneuten Schwangerschaft geschuldet. Ihr Leibarzt hatte ihr dringend geraten, sich zu schonen. Außerdem verlangte es sie nach Abwechslung und Ablenkung. Die vielen Sorgen und Probleme waren in letzter Zeit über sie hereingebrochen. Mit harter Hand und diplomatischem Geschick hatte sie die meisten lösen können, jedoch längst nicht alle. Zudem hielt sich Fernando seit der Geburt seines Sohnes bei Hofe auf, ging gelegentlich zur Jagd und führte ein vorbildliches Leben an Isabéls Seite. Von den amourösen Abenteuern auf seinen Feldzügen, von denen man hinter vorgehaltener Hand sprach, war hier nichts zu bemerken.

Isabél wusste von Fernandos Amouren, auch wenn er darauf achtete, dass die Namen der Geliebten niemals bekannt wurden. Sie nahm es mit stoischer Gleichgültigkeit zur Kenntnis. Männer hatten eben Bedürfnisse, wenn sie wochen- und monatelang unterwegs waren. Kehrte er zu Isabél zurück, so erwies er sich als zärtlich, fürsorglich und liebevoll. Sie hatte keinen Grund zu klagen, zumal sich unter ihrem Herzen wieder neues Leben regte. Sie konnte ihm verzeihen und sehr großmütig sein. Allerdings war sie es gewohnt, ihre Entscheidungen allein zu treffen, und Fernandos Anwesenheit war in dieser Beziehung eher hinderlich.

»Du meinst, den Galanen bei Hofe muss einmal wieder ordentlich der Kopf verdreht werden.« Die Königin nahm eine Figur vom Brett. »Schachmatt, meine liebe Beatríz. Du hast nicht aufgepasst!«

»Ich gebe mich gern geschlagen«, erwiderte Beatríz und blickte auf. »Übrigens, meine Schwester ist sehr hübsch.«

»Dann lass sie herkommen. Ich werde ihr eine Audienz gewähren.«

Nur wenige Tage später traf Eleonora Beatríz de Bobadilla y Ossorio am kastilischen Hof ein. Wie versprochen, durfte sie sich bei Isabél vorstellen. Eigentlich war es üblich, dass alle Hofdamen dabei anwesend waren, doch Isabél schloss sie aus. Nur Beatríz war da. Diesmal wählte sie die offizielle Anrede.

»Eure Majestät! Darf ich Euch meine Schwester Eleonora vorstellen?« Sie knickste tief, und auch Eleonora verharrte in tiefer Verbeugung und wagte nicht aufzusehen.

»Erhebt Euch, Doña Eleonora, und tretet vor, damit ich Euch betrachten kann.«

Eleonora richtete sich auf, und ihr Blick kreuzte sich mit dem der Königin. Isabél stockte der Atem. Sie hatte noch nie so eine schöne junge Dame gesehen. Eine gewisse Ähnlichkeit zu Beatríz war unverkennbar. Beatríz besaß ein längliches Gesicht, etwas grob, auch war sie groß, mit langen Gliedmaßen und herbem Charme. Eleonora jedoch war atemberaubend schön. Etwas kleiner und schlanker als Beatríz, mit edlen Gesichtszügen und anmaßendem Stolz im Blick. Nun, sie würde die edlen Jünglinge am Hofe gehörig in Unruhe versetzen.

Auch wenn es die Schwester ihrer Freundin war, so hielt sich Isabéls Begeisterung in Grenzen. Gewiss, Eleonora war schön. Sie besaß die glühenden schwarzen Augen, wie sie auch Beatríz besaß, aber in diesem Blick lag eine kühle Berechnung, Ehrgeiz und etwas, was Isabél nicht deuten konnte.

So ließ sich die Königin nur zu einer beherrschten Handbewegung herab.

»Die Fürsprache Eurer Schwester ist mir Garant genug, Euch in den Kreis meiner Hofdamen aufzunehmen. In einigen Tagen feiern wir ein Fest, an dem Ihr teilnehmen werdet. Eure Schwester wird Euch in alle Regeln bei Hofe einweisen.«

Ein zufriedenes Lächeln verzog Eleonoras Mundwinkel, und sie versank wieder in einen tiefen Hofknicks.

Wenige Tage später fand das Fest zu Ehren des Heiligen Isidoro statt, mit Stierkämpfen, Ritterturnieren, schönen Damen, Musik und Tanz.

Der ganze Hofstaat fand sich ein, prächtig herausgeputzt und in bester Laune. Das Königspaar trug weiße Kleidung aus edler Spitze und feinsten Stoffen, über und über mit Edelsteinen und Perlen geschmückt. Die Höflinge, Granden, Hofdamen und Gäste jubelten ihnen zu. Zwei edle andalusische Pferde standen für das Königspaar bereit.

Mit Wohlgefallen ließ Fernando seinen Blick über diese Pracht schweifen, während Isabél in den Sattel stieg. Plötzlich stutzte der König.

»Wer ist denn *das?*«

Isabél wandte sich im Sattel um. Für einen Augenblick verschlug es ihr die Sprache. Inmitten der kichernden Hofdamen bewegte sich ein metallenes Etwas wie ein Wesen aus einer anderen Welt. Oder besser gesagt, es ließ sich bewegen. Es war niemand anderes als die neue Hofdame Eleonora Bobadilla!

Während die anderen Hofdamen in bunten und üppigen Kleidern miteinander wetteiferten wie ein Garten voller schönster Blumen, trug Eleonora eine seltsame Rüstung aus blauem Metall. Der Panzer gleißte und funkelte in der Sonne. Ihren Kopf bedeckte ein kunstvoll gearbeiteter Helm aus dem gleichen Material. Eleonora trug das Visier heruntergeklappt und verbarg ihr Gesicht. Dafür wurde der Blick, vor allem der der Männer, auf ihren Unterkörper gelenkt. Sie trug eng anliegende *pantalones*[13] aus schwarzem Samt, so eng, dass sie wie eine zweite Haut anlagen. Der Zwickel wurde mit leuchtend rotem Samt hervorgehoben. Es fiel ihr sichtlich schwer, in diesem Aufzug zu gehen, zumal sie ihre Oberschenkel mit den am burgundischen Hof zur skandalösen Mode avancierten Bronzegewichten straffte und damit ihre wohlgeformten Hinterbacken betonte. Nicht nur die prinzlichen Jünglinge wurden unruhig, weil dieser Aufzug ihre Fantasie anregte. Fernando schluckte schwer.

Eleonora stakste zu einem seltsamen Wägelchen, das statt von Maultieren von zwei blödsinnig grinsenden ungarischen Zwergen in

13 Span.: Hose, hier: eine Art Strumpfhose.

Matrosentracht gezogen wurde. Die anderen Hofdamen nahmen auf mit Bändern und Girlanden geschmückten offenen Wagen Platz oder ritten auf dem Pferd ihres Verehrers, indem sie sich seitlich hinter dem Sattel platzierten.

Isabél schüttelte den Kopf. Diese Hofdame setzte wirklich allem die Krone auf! Am Hof war man es gewöhnt, dass sich sowohl Jünglinge wie auch Hofdamen extravagant und auffällig gebärdeten und der neuesten Mode frönten. Über so manche Exzesse sah Isabél hinweg, solange nur das Hofprotokoll eingehalten wurde. Doch diesmal ging Eleonora zu weit. Es war wohl doch ein Fehler, diese Schwester von Beatríz so ohne weiteres in den Kreis der Hofdamen aufzunehmen.

»Was erlaubt sie sich? Das wird Konsequenzen haben!«, zischte Isabél.

Doch Fernando grinste anzüglich. »Besagt das Hofprotokoll, dass ein derartiger Aufzug nicht gestattet ist?«, wollte er wissen. »Ein Mann darf doch auch seine Schamkapsel betonen.«

»Und durch Ausfütterung auch noch maßlos übertreiben, ja! Aber ein Mann ist ein Mann, und diese Eleonora ist ...«

»... eine Frau. Warum sollte sie es nicht dürfen? Du regierst doch auch als Königin und nicht als Gemahlin des Königs.«

»Wie kannst du es wagen, mich mit dieser Person zu vergleichen?« Isabéls Gesicht verfärbte sich vor Zorn.

»Ich vergleiche dich keineswegs mit dieser Person«, besänftigte Fernando sie. »Sie ist Hofdame, aber du bist Königin. Du regierst das Land, und sie beflügelt die Fantasie der jungen Männer.«

»Offensichtlich nicht nur der *jungen* Männer.« Isabél nahm die Zügel auf. Für sie war das Thema erledigt. Für Fernando keineswegs. In ihm war die Neugier geweckt und die Eroberungslust. Er würde diesen blauen Ritter erobern und die Rüstung knacken wie ein Schneckenhaus. Und dann würde er erkunden, ob das rote Samtdreieck hielt, was es versprach.

Fernando mied das eheliche Lager schon seit längerer Zeit. Sosehr er Isabél als seine Gemahlin liebte und auch gern das Lager mit ihr teilte, so mied er es, sobald sich erwies, dass sie schwanger war. Eine seltsame Scheu hielt ihn davon zurück, sie zu berühren. Predigte nicht auch die Heilige Kirche, dass eine Frau in der Schwangerschaft ebenso unrein sei wie eine menstruierende Frau?

Auch Isabél nahm es mit derartigen Verhaltensregeln sehr genau. Ihr war ohnehin jegliche Art von Körperlichkeit zuwider. Mochte es an ihrer strengen Erziehung im Glauben liegen, dass sie wohl ihre Pflichten als Ehefrau zu erfüllen gedachte, aber alles, was darüber hinausging, ablehnte. Sie hinterfragte nicht, was sich Gott dabei gedacht haben mochte, die Vereinigung von Mann und Frau auf eine derartige Weise stattfinden zu lassen; die Geburt ihrer Kinder entschädigte sie dafür. Vor allem an dem zarten Infanten Don Juan hing sie mit abgöttischer Liebe. Und nun trug sie wieder ein Kind unter dem Herzen. Ihre Untertanen konnten beileibe nicht behaupten, sie würde ihren Pflichten zum Bestand der Monarchie nicht nachkommen.

Fernando dachte darüber weitaus weniger nach. Sobald Isabél ihm den Platz an ihrer Bettseite verwehrte, suchte er sich andere Arme, in die er fallen konnte. Und da gab es genügend, die sich für ihn ausbreiteten. Diesmal jedoch wollte er in ganz bestimmte Arme fallen, ungewöhnliche, umkleidet von einer Rüstung aus blauem Metall. Bislang hatte es Fernando tunlichst vermieden, seine amourösen Abenteuer im Kreise der Hofdamen zu suchen. Er verstand es hervorragend, seine Seitensprünge geheim zu halten und die Königin damit nicht zu kompromittieren. Das war er ihr schuldig. Junge adlige Damen, die einem Abenteuer mit dem König nicht abgeneigt waren, gab es überall.

Diesmal war es jedoch anders. Eleonora de Bobadilla war keines dieser kichernden, verschämt-anzüglichen Gänschen, die ihm über den Rand ihres Spitzenfächers hinweg glühende Blicke zuwarfen. Sie verbarg ihre Leidenschaft hinter der Kühle eines metallischen Panzers. Und doch war sich Fernando sicher, dass es unter diesem

Panzer glühte wie im Schlund der Hölle. Der Gedanke, sich wie eine Motte in dieses alles verzehrende Feuer zu werfen, ließ ihn nicht mehr los und beherrschte schließlich all sein Denken und Fühlen. Allein die Vorstellung, wie er ihr die Rüstung Stück für Stück vom Leibe schälen würde wie die Schale eines Hummers, um darunter das köstliche zarte Fleisch zu vernaschen, trieb ihn fast in den Wahnsinn. Er ließ jegliche Vorsicht beiseite und signalisierte Eleonora seine Bereitschaft.

Wie ein Ritter ging er in diesen Kampf, aus dem er als geschlagener Sieger hervorging. Seine männlichen Kräfte reichten nicht aus, diese Bastion niederzuringen, obwohl er sie nach allen Regeln der Kunst erstürmte. Eleonoras durch keine Geburt verdorbene Figur vernebelte ihm die Sinne, und unter dem roten Samtdreieck ihrer schwarzen *pantalones* fand er tatsächlich den Eingang zur Hölle mit ihrem alles verzehrenden Feuer. In grausamer Härte hielt sie ihn zwischen ihren schlanken, aber kraftvollen Schenkeln gefangen und entließ ihn erst, als ihm Kräfte und Sinne schwanden.

Dermaßen überwältigt und ausgesaugt wie von einer gefährlichen Hydra, kroch das Gift durch seine Adern, das ihn süchtig nach dieser glühenden Leidenschaft machte. Blind wie eine Motte stürzte er sich in das verzehrende Feuer, vergaß jede Sorgfalt und Rücksicht auf Königin und Hofstaat, auf sein eigenes körperliches und geistiges Wohl. Die extravagante Eleonora umgarnte ihn mit kaum zu überbietender Dekadenz und Verdorbenheit. Einer gerüsteten Amazone gleich kämpfte sie im Bett, und Fernando ließ sich auf diesen unglaublichen Kampf ein. Eine gepanzerte Jungfrau zu erobern, war eine Herausforderung, der sich der König mit Vergnügen stellte. Es war sein Ehrgeiz, diesen blauen Panzer allein zu besitzen. Und es war Eleonoras Ehrgeiz, sich allein von Fernando bezwingen zu lassen.

Diese Art der Ausschweifung blieb am Hof nicht geheim, und Isabél erfuhr schneller davon, als es Fernando lieb war. Bislang hatte es Isabél sorgfältig vermieden, auf Fernandos Liebeleien zu reagieren und den König damit zu kompromittieren. Was er irgendwo auf einem Feldzug trieb, interessierte sie nicht. Aber bei Hofe sah das völlig anders aus. Eingedenk der in ihrer Jugend an Enriques Hof erlebten Unmoral kamen ihr wieder Bilder und Geschehnisse in den Sinn, die sie schon längst vergessen glaubte. Sie sah Königin Juana in den Saal stürmen, in dem sich Enrique mit seiner Geliebten vor den Augen des gesamten Hofstaates amüsierte. Jetzt glaubte sie nachzuempfinden, wie sich Juana gefühlt haben musste. Ohnmächtige Wut stieg in ihr auf und erstickte sie beinahe. Eine derartige Schmach würde sie nicht auf sich sitzen lassen. Doch es war unmöglich, den König vor aller Augen zu maßregeln. Das würde ihr niemals in den Sinn kommen, wenngleich sie selbstverständlich Fernando für seine Verfehlungen strafen würde. Sie würde ihm sein verdorbenes Spielzeug entziehen und es so weit wegbringen, dass es für ihn unerreichbar sein würde. Und Eleonora?

Nein, Isabél würde sich nicht erniedrigen und, wie damals Königin Juana, ihr den Fächer ins Gesicht schlagen. Sie befahl den Palastwachen, die Hofdame sofort vorzuführen.

Fernando befand sich in Aragón. Sein Vater, König Juan II., war verstorben. Fernando nahm an den mehrtägigen Trauerfeierlichkeiten teil, um danach den aragonesischen Thron zu besteigen. Isabél verzichtete auf ihre Teilnahme angesichts ihrer fortgeschrittenen Schwangerschaft. Und da sie allein in Kastilien war, fielen ihr manche Handlungen bedeutend leichter.

Eleonora erschien, in einen schwarzen Anzug gekleidet, der sie von Kopf bis Fuß verhüllte, jedoch sich so eng an ihren Körper anschmiegte, dass er ihre Formen eher betonte als verdeckte. Einzig eine weiße gestärkte Halskrause rahmte ihr ebenmäßiges Gesicht, aus dem die schwarzen Augen kalt und herrschsüchtig glühten. Äußerst wirkungsvoll zierten weiße aufgenähte Perlen das ungewöhnliche und extravagante Gewand. Isabél stellte mit stiller Genugtuung fest, dass die Hofdame wieder die eng anliegenden *pantalones* mit den Kupfergewichten entlang der Oberschenkel trug. Darin konnte Eleonora zwar aufrecht gehen, sich aber kaum verbeugen. Mit einer herrischen Geste wies Isabél sie an.

»Habt Ihr die Etikette vergessen, Eleonora de Bobadilla? Vor der Königin habt Ihr in einen tiefen Hofknicks zu fallen.«

Eleonora beugte die Knie und presste die Lippen zusammen.

»Tiefer!« Isabél winkte einem Wachmann, die Hofdame nach unten zu stoßen. So ließ sie sie eine geraume Weile verharren. Die Metallstreben in Eleonoras *pantalones* stachen und schnürten in ihre Oberschenkel und ins Gesäß und verursachten höllische Schmerzen. Isabél beobachtete sie zurückgelehnt auf ihrem Stuhl mit zusammengekniffenen Augen.

»Ich hörte, zwischen Euren Schenkeln erfährt man einen ganz besonderen Schmerz.«

Auf Eleonoras Stirn bildeten sich kleine Schweißperlen, während sie weiter in dieser für sie äußerst unangenehmen Stellung verharren musste.

»Da war zum Beispiel Don Rodrigo Téllez de Girón, der Großmeister von Calatrava«, fuhr Isabél ungerührt fort, »der doch tatsächlich lautstark das Keuschheitsgelübde beklagte, das sein Orden von ihm forderte. Kein Wunder bei ... hm ... diesen Schenkeln. Oder mein verehrter Beichtvater Alfonso Carillo. Oder Gonzalo Fernández de Oviedo. Oder ...«

»Majestät, ich ...«

»Schweigt!« Isabéls Stimme klang wie ein Peitschenhieb, und Eleonora, die versuchte, sich zu erheben, sank sofort wieder in sich zusammen. »Ihr habt mich über Eure Qualitäten in Unkenntnis gelassen. Nun, Ihr ahnt wohl, dass Euch eigentlich der Galgen bestimmt ist. Und Ihr wisst auch, dass ich mich überhaupt nicht von Bittstellern wie Erzbischof Carillo beeinflussen lasse.«

Sie spielte auf ein Gespräch an, das Eleonora und Carillo geführt hatten und das offensichtlich von Spitzeln der Königin belauscht worden war. Darin hatte Eleonora wegen ihrer Liebschaft mit dem König bereits befürchtet, dass sie deshalb wohl gehenkt werden würde. Carillo hatte diese Befürchtungen geteilt, aber der Hoffnung Ausdruck gegeben, dass sie stattdessen einen Gemahl bekommen werde. Er hatte sich also für sie bei der Königin eingesetzt.

»Majestät, ich …«

»Schweigt!« Um Isabéls Lippen zuckte ein schadenfrohes Grinsen, als sie Eleonoras Qual bemerkte. »Ich finde, der Galgen ist für Euch angemessen.«

Sie legte eine wirkungsvolle Pause ein, in der Eleonora endgültig zusammenbrach und auf den Fußboden fiel.

»Allerdings kenne ich einen Mann, der der ideale Gatte für Euch wäre. Er ist ebenso verschlagen, rücksichtslos, blutrünstig und grausam wie Ihr. Ihr werdet Euch in seinen Armen sehr wohl fühlen. Es ist Hernán de Peraza, der Gouverneur von La Gomera, einer hübschen Insel voller steiler Felsen und tiefen Schluchten, voller wilder Ureinwohner und weit, weit weg vom kastilischen Hof.«

Nach einem Wink Isabéls schleiften die Wachen die halb ohnmächtige Hofdame davon.

Isabél erhob sich und trat vor einen Spiegel. Ihr Gesicht war aufgedunsen und fleckig, ihr Leib stark gewölbt, und ihre Füße waren geschwollen. Ihr Rücken schmerzte, und sie fühlte sich hässlich und unattraktiv. Kein Vergleich zu der perfekten Schönheit von Eleonora. Doch im Gegensatz zur Hofdame besaß Isabél die Macht, die Nebenbuhlerin aus dem Weg zu räumen. Wie immer, zögerte Isabél keinen Augenblick damit.

Das Gesicht, das ihr aus dem wertvollen Spiegel entgegenblickte, erinnerte sie noch an eine andere Nebenbuhlerin, eine, die weitaus gefährlicher als ihre Hofdame Eleonora war. Dieses Gesicht ähnelte dem der Königin, und dieses Gesicht beanspruchte ebenfalls den kastilischen Thron.

Isabél presste die Lippen zusammen und griff nach einem schweren Silberleuchter, der auf einer Truhe stand.

»Fahr zur Hölle, Juana«, zischte sie. »Die Königin bin *ich, ich, ich!*« Mit diesen Worten schleuderte sie den Leuchter in den Spiegel, der in tausend Scherben zersprang.

In einem dringenden Schreiben forderte sie Kardinal Mendoza auf, endlich die Bastardin hinter Klostermauern verschwinden zu lassen.

Am 5. November Anno Domini 1479 trat Juana in das Klarissinnenkloster Santa Clara in Coimbra ein. Einen Tag später kam die Königin mit einer Tochter nieder. Sie nannte sie Juana[14].

Gegen Ketzer, Papst und Mauren

Die Unrast hielt Isabél weiter in ihren Fängen. Zum Glück überstand sie die Geburtsfolgen recht schnell. Die anstehenden Probleme trieben sie aus dem Wochenbett. Die inneren Reformen gehörten zum Aufgabenbereich der neuen Verwaltung, die die Cortes in einer großen Versammlung in Toledo festlegten. Schon bald übernahm eine Person dabei die führende Position: Kardinal Mendoza. Isabél ließ es sich nicht nehmen, jeweils freitags die Leitung der öffentlichen Sitzung zu übernehmen und Vorschläge zu unterbreiten, denen der Kardinal dann die endgültige Form gab. Der namhafte Rechtsgelehrte Don Diaz de Montalvo wurde beauftragt, ein Gesetzbuch auszuarbeiten. Zum ersten Mal sollte es schriftlich niedergelegte Gesetze geben, an die sich alle Richter zu halten hatten. Das Recht lag nicht mehr in willkürlichen Händen. Vertrauensposten wurden nicht mehr durch Erbschaft weitergegeben, sondern mussten durch persönlichen Einsatz erarbeitet werden. Die fünf Kommissionen der Cortes bildeten die Pfeiler einer fast absolutistischen Zentralgewalt. Isabél steuerte auf den Gipfel ihrer Macht zu.

Ihr fast ununterbrochener Kampf um diese Macht, um die Umgestaltung der Verwaltung des Landes, um die Reformierung des Königreichs hatte sie kaum zur Besinnung kommen lassen. Jeder fragte sich, woher diese kleine Person die Kraft und Energie dafür nahm.

Isabél selbst fragte sich das nicht. Sie kämpfte einfach. Kraft schöpfte sie aus dem Gebet, aus der Zwiesprache mit Gott, aus dem

14 Die spätere Thronfolgerin Juana la Loca (Johanna die Wahnsinnige).

Glauben. Wenn sie sich in die Halle einer Kathedrale oder in ihre kleine Privatkapelle zurückzog, dann war sie sich sicher, Gott stand ihr bei, Gott beschützte sie. Und sie tat alles, um Gott nicht zu enttäuschen.

Ja, Gott zu gefallen, war ebenso ein alltäglicher Kampf. Das Wohl Kastiliens musste Gott gefallen, und sie tat alles für das Wohl Kastiliens. Gott schaute auf sie hernieder und sah, wie sie um dieses Wohl kämpfte.

Eine eher unbedeutende Nachricht hatte sie aufgeschreckt, und nun stand sie wahrscheinlich vor dem größten Kampf ihres Lebens.

Seit zwei Jahrhunderten hatten es sich die Päpste zur Gewohnheit gemacht, über die Besetzung der Bischofsämter selbst zu entscheiden. Die Geistlichkeit griff nach Gutdünken in die inneren Angelegenheiten des Staates ein. Die Bischöfe waren sich ihrer unumschränkten Macht nur zu bewusst. Trotz der Proteste der Cortes zahlten sie schon längst keine Steuern mehr, beanspruchten aber den zehnten Teil der Ernten für sich. Keiner der bisherigen Herrscher wagte gegen diese Anmaßung des Klerus vorzugehen, zitterten doch alle vor der angedrohten Exkommunizierung.

Bereits im Konkordat von Segovia 1475 wurde festgelegt, dass bei einem frei werdenden Kirchenamt allein die Königin das Recht hatte, den Bewerber auszusuchen, zu nominieren und eine Eingabe beim Papst zu machen.

Die Königin legte Wert darauf, dass der Vorgeschlagene ein abgeschlossenes Universitätsstudium vorwies, dass derjenige ihr Vertrauen besaß und unbedingte Treue zur Krone bekannte. Vor allem lehnte sie ausländische Bewerber ab, weil sie sich deren Loyalität nicht sicher war. Gerade in dieser Frage lag sie in heftiger Meinungsverschiedenheit mit dem Heiligen Stuhl in Rom. Nach kanonischem Recht oblag es dem Papst, einen Bischof in sein Amt einzusetzen. Es lag nahe, dass dabei Verwandte, Bekannte, Freunde und zahlungskräftige Interessenten besondere Berücksichtigung fanden. Keiner der bisherigen Herrscher in Kastilien und Aragón hatte etwas gegen dieses Gebaren unternommen.

Papst Sixtus VI. kannte dieses Konkordat und auch Isabéls Forderungen, über die Besetzung der Bischofsämter selbst zu entscheiden. Er ignorierte es schlichtweg.

Als der Bischofssitz in Cuenca frei wurde, schickte sich Papst Sixtus an, diesen mit seinem Neffen Kardinal San Giorgi zu besetzen. In Isabél regte sich Widerstand.

»Schon wieder ein Italiener«, murrte sie, als sie die Nachricht aus Rom vorgelegt bekam. »Und auch noch einer aus der Papstsippe! Ich will aber Spanier im eigenen Land haben!«

Papst Sixtus war ihr ohnehin ein Dorn im Auge. Als Heiliger Vater lebte er höchst unchristlich. Das empörte einen großen Teil der christlichen Welt und löste sogar in Florenz einen Aufstand aus. Durch ihren Botschafter in Rom erfuhr Isabél aus erster Hand von den Vorgängen um den Heiligen Stuhl. Sixtus kümmerte sich nicht um die Führung der Christenheit durch Barmherzigkeit, Liebe und Gottesfurcht, sondern kannte nur Prunksucht, Habsucht, Ruhmessucht und Sinneslust. Er teilte sein Bett mit unzähligen Knaben, die er für ihre Dienste mit Dukaten, Bistümern und Kardinalshüten belohnte. Ein Kirchenkonzil sollte einberufen werden, um den Papst zur Vernunft zu bringen. Das brachte Isabél auf den Gedanken eines Gegenschlags: eine Versammlung aller christlichen Herrscher Europas, die gemeinsam einen Weg beschließen sollten, der Kirche wieder ihr moralisches Antlitz zurückzugeben. Dem Papst wehte ein eisiger Wind ins Gesicht.

Die Entschlossenheit der kastilischen Königin veranlasste Sixtus zum Einlenken. Zumindest überließ er es ihr, den Bischof von Cuenca zu ernennen. Sie besetzte das Amt mit ihrem ergebenen Hauskaplan Alfonso de Bingo.

Hatte der Papst einmal nachgegeben und Schwäche gezeigt, würde sie nicht einen Schritt zurückweichen. Unnachgiebig und hart bestimmte sie, wer die kirchlichen Aufgaben in ihrem Land wahrnahm.

Diesmal verspürte sie dabei ein gutes Gefühl. Sie war eine überzeugte Katholikin, streng gläubig und der Rechtschaffenheit verschworen. Doch was war inzwischen noch rechtschaffen an dieser Kirche?

»Ich bin Herrscherin von Kastilien und damit allein dem Wohl meines Landes verpflichtet«, sagte sie zu Kardinal Mendoza. »Wir müssen Ordnung schaffen, im Staat und in der Kirche.«

»Ich stehe ganz auf Eurer Seite, Majestät«, erwiderte Mendoza. »Doch der Heilige Vater wird es nicht hinnehmen, dass ihm eine weltliche Fürstin trotzt.«

Isabél warf stolz den Kopf in den Nacken. »Er wird sich in seiner Ehre getroffen fühlen, wenn er seine Sippschaft nicht mit kastilischen Bischofspfründen versorgen kann. Doch das ist mir gleichgültig. Kastilien den Kastiliern!«

»Dann bedenkt, dass durch meine Ernennung als Oberster Kirchenherr von Kastilien die Kardinalsstelle in Sevilla neu zu besetzen ist.«

Isabél nickte nachdenklich, »Das bereitet mir schon eine geraume Weile Sorge, Eminenz. Ich werde das Gefühl nicht los, dass der Heilige Vater einen besonderen Plan hegt.« Ihr Gesicht zeigte Abscheu. »Ich traue ihm alle gemeinen Winkelzüge zu. Bestimmt will er wieder einen seiner Neffen oder Bastarde auf diesen Stuhl setzen.«

»Nein, das wird er nicht!« Fernando kam in das Kabinett gestürmt, in dem sich Isabél mit Mendoza beriet. Fernando schwenkte eine lederne Rolle in der Hand. »Eben kam Botschaft aus Rom. Du ahnst es nicht, wen er uns unterschieben will ...«

Isabél schnappte nach Luft, unterließ es in Anbetracht der Anwesenheit Mendozas jedoch, Fernando in irgendeiner Form zu maßregeln. Dass er die für sie bestimmten Botschaften entgegennahm und auch noch öffnete, verstieß gegen jegliche Abmachung.

»Du wirst es uns bestimmt gleich verraten«, erwiderte sie mit einem gezwungenen Lächeln. »Ich vermute, es ist kein Italiener.«

»Stimmt, meine kleine Taube. Es ist Rodrigo Borgia!«

»Nein!« Isabél sprang auf. »Dieser Papst ist mehr als hinterhältig. Für seine kleinen Hilfeleistungen will Borgia jetzt mit Sevilla belohnt werden.« Sie wechselte einen Blick mit dem Kardinal. Mendoza wusste, dass es keineswegs nur eine kleine Hilfeleistung war, die Borgia damals gegeben hatte. Immerhin hatte Borgia Isabél und Fernando zu ihrer Anerkennung in Rom verholfen und den Mendozas den Weg zur Krone geebnet. Und doch ...

»Ich lasse mich weder erpressen noch hintergehen«, zürnte Isabél. »Er ist schon als Bischof von Cartagena eingesetzt worden, ohne uns zu fragen. Das ist schlichtweg eine Provokation. Fernando, er ist dein Landsmann. Unternimm etwas dagegen!«

Fernando, der Isabéls Kampf gegen den Papst und seine Machenschaften lange skeptisch verfolgte, war mittlerweile von Isabéls Meinung überzeugt.

»Was Sevilla angeht, so kann man in Rom machen, was man will. Doch soll man sich nur nicht in dem Glauben wiegen, diese Stelle könnte ohne unsere Zustimmung besetzt werden. Diese Zustimmung werden wir niemals geben!«

Und damit nicht genug. Fernando wollte nun auch in Aragón aufräumen und Ordnung schaffen. Da Rodrigo Borgia die Ablehnung der kastilischen Könige ignorierte, ließ Fernando alle Güter der Familie um Valencia konfiszieren und Borgias Sohn, der von Sevilla im Namen des Kardinals Besitz ergreifen wollte, kurzerhand verhaften.

Unvermittelt betrat Isabél das Gemach des Infanten Don Juan. Die Kinderfrau, die neben dem Bett wachte, schreckte aus ihrem Halbschlaf auf.

»Majestät!« Sie versank in einen tiefen Hofknicks. Dabei überschlugen sich ihre Gedanken, was die Königin um diese Zeit wohl hier wollte. Nur selten ließ sie sich selbst hier sehen. Jedes ihrer Kinder besaß eine eigene Amme und Kinderfrau. Die kleine Juana bedurfte der besonderen Fürsorge, da sie noch keine Nacht durchschlief. Zwar ließ sich Isabél täglich über den Gesundheitszustand ihrer Kinder berichten, und ab und zu gewährte sie, eingeschoben zwischen Audienzen, Versammlungen und Staatsgeschäften, eine kurze Besuchszeit, um die Kinder zu sehen; um den Infanten Juan kümmerte sie sich jedoch besonders intensiv.

»Es ist alles in Ordnung mit dem kleinen Prinzen, Hoheit«, stammelte die Amme.

»Ich habe dich nicht gefragt«, gab Isabél harsch zurück. Ihr missfiel, wenn ihre Untergebenen sie ohne Aufforderung ansprachen. Die Kinderfrau sank gleich wieder in sich zusammen und starrte schuldbewusst auf den Boden.

Isabél trat an Juans Bett heran und beugte sich darüber. Der Kleine schlummerte friedlich. Seine Haut war blass und durchscheinend, sodass Isabél die zarten blauen Adern darunter sehen konnte. Sein feines blondes Haar stand wie ein Heiligenschein um sein Köpfchen. Zärtlich fuhr sie mit ihren Fingerspitzen darüber.

»Mein Engel«, flüsterte sie und verspürte bei dem Anblick des schlafenden Kindes ein seltsames Ziehen in der Brust. Sie bangte um den Knaben, denn er besaß eine zarte Gesundheit. Wie viele Krankheiten und Gefahren lauerten in seinem kurzen Leben, welches Schicksal wartete auf ihn?

Dieser Knabe war ihre ganze Hoffnung. Er würde ihr Thronfolger sein, er würde ihre Arbeit weiterführen.

»Du musst groß und stark werden, mein Engelchen. Du wirst ein Held, ein Ritter ohne Fehl und Tadel. Du wirst einmal ein schönes, großes, ein goldenes Königreich führen, das ich dir hinterlasse. Schlafe mein Prinzchen, damit ich stolz auf dich sein kann.« Sie zupfte vorsichtig das mit Spitzen verzierte Kissen zurecht. »Ich bin jetzt schon stolz auf dich. Dir ist eine großartige Aufgabe zugedacht. Dafür hat Gott dich mir geschenkt.«

Sie warf noch einen letzten, liebevollen Blick auf den Infanten, dann ermahnte sie die Kinderfrau.

»Ihr wacht mir mit Eurem Leben über das meines Sohnes! Ich würde es nicht ertragen können, wenn meinem kleinen Engel etwas geschieht.«

»Es wird dem kleinen Prinzen nichts geschehen«, flüsterte die Kinderfrau, eine Dame aus vornehmem Adel und mit jeder Faser ihres Körpers der Krone ergeben. »Dafür stehe ich mit meinem Leben.«

»Trotzdem kein guter Tausch, das Leben eines Thronfolgers gegen …«

Sie machte eine wegwerfende Handbewegung. Warum diskutierte sie überhaupt mit dieser Dame? Sie hatte ein Amt wie jeder andere bei Hofe auch, und die Königin erwartete, dass jeder alles Mögliche und auch alles Unmögliche tat, um dieses Amt auszufüllen. Der Krone zu dienen, gleich auf welchem Platz bei Hofe, musste jedem ein Herzensbedürfnis sein. Die Erziehung der Königskinder war eine der wichtigsten Aufgaben, und die damit beauftragten Personen genossen das besondere Vertrauen des Königspaares. Trotzdem führte Isabél ständige Kontrollen durch. Wenn es ihr möglich gewesen wäre, hätte sie ihre Kinder am liebsten selbst erzogen. Doch sie war eine Königin und keine Bauersfrau. Sie musste sich um die Staatsgeschäfte kümmern. In ihren Kreisen ziemte es sich nicht, die Kinder selbst zu stillen und zu wickeln. Doch sie wachte mit Argusaugen darüber, wie sie aufwuchsen.

Als sie an ihren Schreibtisch zurückkehrte, verspürte sie immer noch das feine Ziehen in der Brust. Den kleinen Infanten hatte sie von ihren Kindern besonders ins Herz geschlossen. Bei ihm, nur bei ihm, schmolz die harte Kruste, die sie zuweilen umgab. Das Gefühl, auch hier ganze Arbeit geleistet zu haben, erfüllte sie mit einer tiefen Befriedigung.

ꝏ

Immer wenn der Hofstaat sein Domizil wechselte, besuchte Isabél zunächst die Kathedrale in der Residenzstadt. Mit Segovia verbanden sie die vielfältigsten Erinnerungen, und doch kehrte sie immer wieder gern hierher zurück. Hatte hier nicht alles angefangen? Führte Gott sie nicht auf unsichtbaren Pfaden immer wieder hierher zurück?

Während der Messe, die der Prior des Sankt-Pauls-Klosters abhielt, wanderten ihre Augen zur Kuppel der Kathedrale hinauf. Sie schickte ein stummes Dankgebet hinauf zum HERRN. Was hatte sich in den letzten Jahren alles verändert! Was hatte sie in den letzten Jahren selbst alles bewirkt! Und ER verlieh ihr die Kraft dazu.

Unermüdlich war sie durch das Land gereist, hatte geordnet, gerichtet, geregelt, geändert, gekämpft … Sie fühlte sich immer noch nicht müde, hielt nur kurz inne, um neue Kraft zu schöpfen. Mit jedem Erfolg, den sie errang, schienen sich ihre Kräfte zu verdoppeln. Und dass sie einem Thronfolger das Leben schenkte, empfand sie als ein besonderes Glück.

Sie spürte eine Bewegung neben sich und erwachte aus ihrer tiefen Versunkenheit. Fernando verfolgte die Messe mit unbewegtem Gesicht. Isabél konnte nicht ergründen, wo seine Gedanken weilten. Sie hatte keinen Grund zur Klage über ihren Ehegatten königlichen Geblüts. Sie billigte ihm gleiche Rechte zu, allerdings auf seinem Gebiet, der Außenpolitik, die er auch gern wahrnahm. Sein Hang zur Bedächtigkeit störte sie, und sie duldete es nicht, wenn er sie in ihrem unermüdlichen Kampf für ein gesäubertes Kastilien bremste. Sie gab zu, dass ihr manchmal aufbrausendes Temperament besser durch eine abwägende Diplomatie ersetzt werden sollte, aber allein mit Abwägungen und Zurückhaltung hätte sie diesen Augiasstall nicht ausmisten können.

Unwillkürlich verbreiterten sich ihre Lippen zu einem Lächeln. Dieser Vergleich mit der griechischen Mythologie schien ihr jetzt noch bedeutender. Und was sie tat, tat sie ganz und vollständig und ruhte nicht eher, bis das Werk getan war.

Langsam wanderten ihre Augen wieder zur Kuppel der Kathedrale. Ob Gott es gefallen würde? Ja, sie war sich sicher, dass es Gott gefiel. Sie war eine rechtschaffene Königin, die über ein rechtschaffenes Land gebot, in dem rechtschaffene Menschen lebten und ihre Königin liebten. Sie hatte Recht geschaffen, sie hatte Ordnung geschaffen, und nach König Juans Tod hatte Fernando den aragonesischen Thron übernommen und damit die beiden Kronen vereint.

Zwei Kronen über einem Land? Krampfhaft überlegte Isabél, wo sie das schon einmal gehört hatte. Siedend heiß fiel es ihr ein: Bulbito!

Die Weissagungen des hässlichen Zwerges, ihre Albträume – alles hatte sich bis jetzt erfüllt!

Fernando wandte sich ihr zu. Die Messe war vorüber, sie hatte es gar nicht bemerkt!

»Bist du mit den Gedanken woanders?«, fragte er lächelnd. »Sonst wirfst du mir das immer vor.«

Sie schüttelte sacht den Kopf. Wenn sie sich in einer Kirche befand, dann durchströmte sie stets ein tiefer Frieden. Hier, und nur hier, fühlte sie sich klein und unbedeutend. Hier war sie Isabél, ein kastilisches Mädchen. Hier befand sie sich direkt unter Gottes Auge. Hier durfte sie auch einmal schwach sein, hier übte sie Demut und Bescheidenheit.

»Prior Ojeda bittet um eine Audienz«, ließ sich Fernando wieder vernehmen.

Isabél hob erstaunt eine Augenbraue. »Heute ist Sonntag, da geben wir keine Audienz. Aber das weiß der Prior.«

»Audienz ist vielleicht zu viel gesagt«, schwächte Fernando ab. »Er bittet um eine kleine Unterhaltung.«

»Meinetwegen. Wir könnten ein bisschen über biblische Themen sprechen.« Sie nahm Fernandos dargebotenen Arm an und schritt hoheitsvoll zur Kirche hinaus.

Wenig später wurde der Prior vorstellig. Er hatte das Ornat abgelegt und gegen eine schlichte Mönchskutte eingetauscht. Er wusste, dass Isabél diese klösterliche Schlichtheit liebte und sich selbst oft so kleidete. Allerdings forderte ihre Stellung als Königin oft das Gegenteil. Diesmal aber war er überzeugt, mit dieser Art Zurückhaltung ihr Wohlwollen zu erringen.

»Mein lieber Ojeda, die Messe war wundervoll«, empfing ihn Isabél, nachdem sie sich umgekleidet und in ein kleines, aber prunkvoll ausgestattetes Kabinett zurückgezogen hatte. Fernando saß an ihrer Seite, schien aber wenig Interesse an einer Unterhaltung mit dem Kirchenmann zu haben. Stundenlange Diskussionen über eine Bibelstelle waren ihm zuwider und langweilig. Seine Religiosität hielt sich in Grenzen, und Isabéls tiefe Gläubigkeit und strenge Einhaltung der

Regeln des Kirchenjahres fand er übertrieben. Er konnte sich aber gut genug verstellen, um das Bild des Königspaares nach außen als Einheit wirken zu lassen. Isabél legte darauf Wert, und er selbst wollte keineswegs neben seiner Gattin zurückstehen.

»Ihr erfreut den HERRN mit Eurem Lob«, erwiderte Ojeda betont bescheiden. »Die Messe fand ja zum Lobe des HERRN statt. Und da Euch, Majestät, doch so an Gott gelegen ist, solltet Ihr alles tun, um ihm zu gefallen.«

Wieder hob Isabél eine ihrer sanft geschwungenen Augenbrauen.

»Ich bin überzeugt, alles zu tun, um Gott zu gefallen«, erwiderte sie kühl. »Wer wäre da anderer Meinung?«

Der Prior verbeugte sich. »Majestät, es steht mir weder zu, Euch zu tadeln noch Euch zu widersprechen. Doch ich bin ein Diener Gottes, und das Seelenheil meiner mir anvertrauten Schäfchen liegt mir als Hirte zutiefst am Herzen. Sagtet Ihr nicht selbst, dass man sich in den Klöstern auf die eigentliche Bestimmung zurückbesinnen sollte?«

»Gewiss, und mir ist bekannt, dass in Eurem Kloster ein vorbildliches Leben zur Ehre Gottes stattfindet. Was also beunruhigt Euch?«

»Ich sehe eine große Gefahr für das religiöse Wohl unseres gesamten Königreichs, die von den Marranos[15] ausgeht. Oberflächlich scheinen sie bekehrt, aber sie halten an ihrem alten Glauben fest, üben diese widerwärtigen Rituale aus und verbreiten ungestraft Ketzerei und Frevel.«

»Die Marranos?« Isabéls Rücken versteifte sich.

»Majestät! Ich beschwöre Euch! Ihr, die Euch um das Wohl des Königreiches so sorgt und auch verdient gemacht habt, dürft bei den Ungläubigen nicht stehen bleiben.«

»Die Marranos sind doch Christen, getauft und bekehrt ...«

»Aber nicht im Herzen, Majestät! Sie zeigen sich nach außen hin als Christen, aber hinter verschlossenen Türen werden sie wieder zu

---

15 Arab.: *maran-atha*, gleichbedeutend mit »fluchbeladen«; Juden, die zum Schein zum Christentum übertraten.

Juden. Sie feiern ihre verdammten Feste, sie verhöhnen unsere christliche Religion und schmähen die Kirche. Es muss jeden guten Katholiken bis in die Knochen erschüttern, wenn unter diesem Himmel Ketzern freie Hand gelassen wird.«

Auf Isabéls Stirn bildete sich eine kleine, steile Falte. War das eine Kritik an ihrer Führung? »Und was schlagt Ihr vor?« In ihrer Stimme schwang Verärgerung.

»Die Heilige Inquisition muss mit diesem Frevel Schluss machen. Ihr habt es in der Hand, die Inquisition wieder einzuführen.«

»Sowohl in Kastilien als auch in Aragón ist die Heilige Inquisition längst eingeführt«, erwiderte Isabél. »Das wisst Ihr doch selbst, Ojeda.«

»Selbstverständlich, Majestät! Aber sie ist wirkungslos. Sie muss erneuert werden, um mit aller Härte zuzuschlagen. Ich appelliere an Euer christliches Gewissen, Majestät! Stellt Euch Eurer Verantwortung für die Seelen Eurer Untertanen!«

Für einen Moment starrte Isabél den Prior betroffen an. »Wir werden Euren Vorschlag prüfen, Ojeda. Ihr seid entlassen.«

Der Prior zögerte einen Augenblick, doch dann verbeugte er sich tief und zog sich zurück. Er hatte mit einer sofortigen Entscheidung der Königin gerechnet, doch sie schien anderer Ansicht zu sein.

»Wie kommt er dazu, mir ins Gewissen reden zu wollen?«, grollte Isabél, als Ojeda gegangen war.

»Das haben die Kirchenmänner nun mal so an sich«, erwiderte Fernando schmunzelnd. Er hatte die ganze Zeit schweigend den Dialog zwischen Isabél und dem Prior verfolgt.

»Das gibt ihm aber nicht das Recht, so mit der Königin zu reden! Außerdem finde ich es übertrieben, wovon er spricht. Es ist genügend gegen die Juden unternommen worden. Sie dürfen keine eigene Strafgerichtsbarkeit mehr abhalten, müssen ihr Zeichen als roten Schulterkreis tragen und dürfen diverse Tätigkeiten nicht ausüben. Und die Conversos haben sich auch als echte treue Diener der Krone erwiesen. Denk nur an Andrés Cabrera, unseren Stadtverwalter. Es sind rechtgläubige Christen. Wie viele haben Christinnen geheiratet. Und deine eigene Mutter Joana Enriquez ...«

»Ja, ja, sie entstammt auch einer konvertierten Verbindung. Du musst mich nicht unbedingt daran erinnern.«

»Und gegen die Juden habe ich auch nichts. Sie stehen ebenfalls treu zur Krone. Alle Juden in meinem Reich gehören mir und stehen unter meinem Schutz und Schirm. Und mir steht es zu, sie zu verteidigen und sie zu schützen und ihnen Gerechtigkeit widerfahren zu lassen. Don Abraham Seneor, unser Schatzmeister, oder der Steuereinzieher Isaak Abrabanel sind treue und rechtschaffene Menschen. Wenn uns die jüdischen Bankhäuser nicht mit Krediten geholfen hätten ...«

»Die wir alle zurückzahlen müssen«, gab Fernando spitz zurück. »Diese Juden sind reicher als das Königshaus selbst.«

Sie schenkte ihrem Gatten einen langen Blick. »Was willst du damit sagen?«

»Jedem überführten Verbrecher wird das Vermögen entzogen und der Krone zugeschlagen. Und wenn dieser Verbrecher nun ein Jude oder ein Marrano ist ...«

»Dazu bedarf es eines Beweises. Ich kann nicht behaupten, dass Cabrera ein Verbrecher oder Ketzer wäre, oder der alte Abraham.«

»Beweisen kann es die Inquisition, indem sie eine Untersuchung durchführt.«

»Trotzdem ...« Isabél schüttelte den Kopf. Sie war nicht überzeugt davon, hielt Ojedas Warnung für übertrieben.

»In einem hat der Prior Recht: Du bist nicht nur für das materielle Wohl deiner Untertanen verantwortlich, sondern auch für ihr seelisches.«

Sie senkte den Blick. »Ja, das stimmt, es ist meine vornehmste Aufgabe.«

»Also, dann tu etwas. Du bist doch sonst immer als Erste an der Stelle, wo es brennt.«

»Brennt? Soll ich für jeden Ketzer den Scheiterhaufen höchstpersönlich aufschichten?«

»Warum nicht? Aber du musst dir die Hände nicht schmutzig machen. Fordere vom Papst eine entsprechende Bulle, und die Inquisition kann wieder aufleben.«

»Der Papst wird sich nicht sehr entgegenkommend zeigen, nachdem wir unsere Kardinäle wieder selbst bestimmen.«

»Du hast wie immer die überzeugenderen Argumente.«

»Eben nicht! Ich bin davon überhaupt nicht überzeugt. Ich werde einen geeigneten Mann beauftragen, die ganze Sache zu untersuchen.«

»Das wird überhaupt nichts bringen.« Fernando winkte ab.

»Ich will erst absolut sicher sein, bevor ich Maßnahmen einleite.«

»Und wen beauftragst du mit der Untersuchung? Kardinal Mendoza?«

»Nein, den habe ich bereits mit anderen Aufgaben betraut. Ich dachte an den Bischof von Cádiz.«

Mit energischen Schritten umkreiste Isabél den Tisch, auf dem die Karte der Iberischen Halbinsel ausgebreitet lag. Ihr Blick fixierte dabei einen Punkt im Süden, der zwar winzig klein im Vergleich zur ihn umgebenden Landmasse schien, aber wie ein Stachel im Fleisch des christlichen Abendlandes steckte – Granada!

»Der Emir hat mir eine Kampfansage erteilt«, schnaubte sie. »Weil ich eine Frau bin! Frechheit! Weil er mir den zustehenden Tribut nicht zahlen will! Unverschämtheit! Weil ich eine Christin bin! Gotteslästerung!«

Abrupt blieb sie stehen. Granada, das war die Perle Andalusiens, mit der roten Alhambra, dem schönsten Bauwerk, das die maurischen Eroberer auf der Iberischen Halbinsel hinterlassen hatten. Hinterlassen, jawohl! Denn sie würden nicht mehr lange auf spanischem, auf christlichem Boden geduldet sein! Ihr Reich war ohnehin geschrumpft, ihre Macht zerbröckelte wie Sandstein im Wüstenwind. Reich und kostbar bot sich die rote Stadt wie eine schimmernde Perle auf einer Schale aus Achat dar. Sie, Isabél, brauchte nur noch zuzugreifen. Wenn sie doch nur genügend Geld für einen Feldzug gegen diese rebellischen Ungläubigen hätte!

Noch einmal die Juden anbetteln? Der Klerus machte Stimmung gegen die Juden. Vielleicht würden sie ihr die Unterstützung verweigern. Was sollte sie bloß tun?

Sie musste die Unterstützung des Klerus gewinnen! Das gelang ihr nur, wenn sie einen Kreuzzug gegen die Muselmanen ausrief. Sie ballte die rechte Hand zur Faust und schlug sie in die Handfläche der linken. Eben noch hatte sie Fernando davon abgehalten, Granada erobern zu wollen, nun wälzte sie die gleichen Gedanken. Ging es Fernando um den Reichtum der Perle Andalusiens, ging es Isabél um die Vertreibung des Unglaubens. Doch egal, welche Gründe sie für diesen Kampf ins Feld führte, er kostete Geld, viel Geld, das die Staatskasse nicht hergab.

Der Adel in Granadas benachbarten Provinzen lieferte sich schon seit längerer Zeit kleine Scharmützel mit dem Emirat. Da wurden Dörfer überfallen, die Bewohner als Sklaven entführt. Angriffe lösten Gegenangriffe aus, und das alles ohne direkte Befehle der übergeordneten Kommandeure. Es war keine tiefgreifende Feindschaft auf beiden Seiten. Granada zeigte sich trotzdem offen und tolerant. Christlichen Studenten stand die Universität offen, Familienangehörige durften sich gegenseitig besuchen. Und außerdem konnte man aus den kleinen Grenzgefechten die Bewaffnung des Gegners erfahren.

Den adligen Potentaten war wenig an einem Glaubenskrieg gelegen, sie verbündeten sich je nach Bedarf mit den Ungläubigen, um sich selbst Vorteile zu verschaffen, sei es in Bezug auf ihre Macht oder auf ihren Reichtum oder beides. Der Herzog von Medina Sidonia unterstützte den Emir, damit dieser die Stadt Cádiz einnehmen konnte. Die gehörte dem Marqués von Cádiz, dem aber der Herzog wiederum nicht gewogen war. Doch auch die Emire zögerten nicht, sich ihrer christlichen Nachbarn zu bedienen, wenn es galt, einen unliebsamen Rivalen auszuschalten.

Isabél fand keine geeigneten Verbündeten für einen Feldzug gegen den Islam. Sie befürchtete, dass in diesen Krieg ganz Kastilien hineingezogen würde. Und auch diesmal gewann sie die Überzeugung, dass mehr gewonnen war, wenn man abwartete, bis der geeignete Augenblick gekommen war, um dann blitzschnell zuzustoßen.

Zunächst mussten die beiden verfeindeten Kampfhähne, der Marqués von Cádiz und der Herzog von Medina Sidonia, zur Räson gebracht werden. Isabél nahm die Sache selbst in die Hand. Sie reiste kurzerhand und mit kleinem Gefolge nach Andalusien, um die beiden adligen Potentaten, die schon mit einer Selbständigkeit ihrer Länder geliebäugelt hatten, unter die Botmäßigkeit der Krone zurückzubringen. Sie machte ihnen unmissverständlich klar, dass sie eine Abtrünnigkeit der beiden Gebiete nicht dulden würde.

Die beiden Granden zeigten sich von Isabéls Strenge und Unnachgiebigkeit beeindruckt. Die so stolzen, eitlen, auf sich selbst bedachten spanischen Granden kuschten vor einer kleinen, energischen und willensstarken Frau! Ihr Selbstbestimmungsanspruch brach zusammen wie ein Kartenhaus, und sie schworen der Krone ewige Treue und Gefolgschaft.

Es war ein erster Erfolg Isabéls im Kampf gegen die Ungläubigen, auch wenn noch keine Waffe erhoben wurde.

Auf der Rückreise nach Segovia fühlte sich Isabél müde, aber erleichtert. Nein, eher leicht und von einem Ballast befreit. Irgendwo tief in ihrem Inneren kribbelte es. Nicht sehr, nicht übermächtig, eben gerade noch spürbar. Aber es erfüllte sie mit Befriedigung. Sie besaß die Macht, etwas zu bewirken, etwas zu verändern, etwas zu leisten. Sie besaß die Macht, dass Bauern, Mönche, Handwerker, Bürger, Adlige, Kardinäle, Herzöge, Emire, Könige, Päpste sich ihrem Willen beugten! Dies war wahrlich ein Grund, fliegen zu lernen!

Im Audienzsaal herrschte eine bedrückende Enge. Kirchenvertreter, Höflinge, Minister und Vertraute, aber auch allerlei Schaulustige hatten sich eingefunden, als der Bischof von Cádiz das Ergebnis seiner Untersuchungen vorstellte. Isabél und Fernando saßen auf prunkvollen Stühlen auf einem kleinen, mit grünem Samt überdeckten Podest.

Der Bischof verbeugte sich ehrerbietig, doch dann reckte er sich und blickte dem Königspaar ins Gesicht. In seinen Augen loderte ein fanatisches Feuer.

»Majestäten, Ihr seht mich, einen einfachen Diener Gottes, bestürzt über das, was sich meinen kritischen Augen darbot. Der Judaismus verseucht das ganze Land. Er ist weiter verbreitet, als man gemeinhin annimmt, denn die Ketzer wissen ihren Frevel gut zu verbergen. Wenn nicht bald mit eiserner Hand Ordnung geschaffen wird, dann wird wohl bald das Mosaische Gesetz von den katholischen Kanzeln herab verkündet. Die meisten der Conversos hängen immer noch den alten Riten an. Die wenigen ernsthaft Bekehrten müssen vor ihren ehemaligen Religionsbrüdern geschützt werden. Bruder wird Bruder töten und Väter ihre Söhne.«

Isabéls Gesicht zeigte eine deutliche Blässe, und ihre Finger krallten sich um die kunstvoll geschnitzte Armlehne. Ihre Augen hielt sie starr auf den Bischof gerichtet, die Lippen zu einem dünnen Strich zusammengepresst.

»Die zunehmenden Spannungen zwischen den Katholiken und den verdammten Conversos lassen befürchten, dass es zu blutigen Auseinandersetzungen und Bürgerkriegen kommt. Verschließt Eure Augen nicht davor, Majestäten, dass das Volk eine landesweit einheitliche Religion fordert. Alle Kastilier müssen sich im Schoße der Heiligen Mutter Kirche geborgen fühlen. Wie kann das aber sein, wenn auf kastilischem Boden fremde Religionen wuchern wie Disteln im Kornfeld? Sie müssen mit der Wurzel ausgerissen werden – oder, wie ein Gleichnis in der Heiligen Schrift sagt: Verdorrte Reben müssen vom Weinstock des HERRN entfernt und verbrannt werden!«

Die Königin schluckte schwer und verbarg nur schlecht ihre Erschütterung. Nervös drehte sie an ihrem Ring. Fernando hingegen nickte zustimmend. Der Bischof begriff, dass er den König bereits überzeugt hatte. Doch er wusste auch, dass er Isabél überzeugen musste, um erfolgreich zu sein.

»Majestät, Hoheit«, wandte er sich nun direkt an die Königin. »Mit der Einführung der Inquisition können wir die Häretiker überwachen. Denkt doch an all die verlorenen Seelen! Wir müssen Kastilien von diesen volksfremden Einflüssen befreien. Seit Jahrhunderten haben sich Muslime und Juden auf unserem heiligen Boden ausgebreitet wie Unkraut auf dem Acker Gottes. Das kastilische Volk schreit geradezu danach, in einer einheitlichen Religion vereint zu werden. Es liegt an Euch, dies durchzusetzen.«

»Und Ihr bestimmt, wie es vonstatten gehen wird«, gab Isabél unwillig zurück. Der Gedanke, dass sie sich diesem eifernden Theologen beugen sollte, behagte ihr gar nicht.

»Die Heilige Inquisition bestimmt es, Majestät«, erwiderte der Bischof ungeduldig. »Ich weiß nicht, warum Ihr zögert, Hoheit. Die Lage ist eindeutig. Und es muss sofort etwas geschehen!«

Isabél warf ihm einen durchdringenden Blick zu, dann hob sie die Hand. »Die Audienz ist beendet, Bischof.«

»Aber ...«

Isabél erhob sich, ohne sich um die Einwände des Kirchenmannes zu kümmern. Fernando folgte ihr, während alle Anwesenden in tiefer Verbeugung versanken.

»Ich verstehe dich wirklich nicht, warum du zögerst«, meinte Fernando, als sie allein waren. Er gähnte herzhaft. Solche endlosen Diskussionen ermüdeten ihn. Für ihn war der Fall klar. Hier gab es eine wunderbar einfache Möglichkeit, die Staatskasse aufzubessern. Die Juden besaßen mehr Geld als die Krone.

»Ich lasse mich von einem Pfaffen nicht erpressen«, schnaufte Isabél. »Er drängt mich wie ein störrisches Maultier! Das lasse ich nicht zu! Die Autorität liegt bei der Krone und nicht bei einem übereifrigen Bischof!«

»Du meinst, die Autorität liegt bei dir«, erwiderte Fernando amüsiert.

»Ganz recht!« Isabél war niedlich in ihrem Zorn. Dann rötete sich ihr Gesicht bis an die Haarwurzeln, und ihre Augen funkelten wie Blitze am Gewitterhimmel. Ihre kleinen Hände ballten sich zu Fäusten, und wer sie nicht kannte, hätte an ein trotziges, widerspenstiges Mädchen gedacht. Doch Fernando kannte sie gut; und wenn Isabél so zürnte, war es besser, ihr nicht zu widersprechen. Sie setzte ihren Kopf durch. In ihrem inzwischen etwas mollig gewordenen Körper wohnte ein eiserner Wille.

»Und was gedenkst du zu tun? Die Argumente des Bischofs sind nicht von der Hand zu weisen.«

»Das behaupte ich auch gar nicht. Aber *wie* ich die Organisation der Inquisition aufziehe, ist allein meine Sache.«

»Wie du meinst, meine Hübsche«, gähnte Fernando erneut. »Ich werde auf die Jagd reiten, mir tut Bewegung not. Dir übrigens auch«, setzte er nach einem prüfenden Blick auf ihre Taille nach.

Isabél überhörte es geflissentlich. Sie war mit ihren Gedanken bereits woanders. Sie würde Kardinal Mendoza damit beauftragen, sanftere Methoden auszuarbeiten, um das Judenproblem in den Griff zu bekommen. Dass die verirrten Seelen der Andersgläubigen gerettet werden mussten, sah auch sie ein. Zwar war sie nicht bereit, den Juden Dankbarkeit zu schulden, so wie sie niemandem Dankbarkeit schuldete, der seine Pflicht für die Krone tat, aber es widerstrebte ihr auch, gegen ebendiese Diener mit Feuer und Schwert vorzugehen. Sie würden sich alle taufen lassen, weil sie, Isabél, es so wollte. Sie würden gehorchen, sie würden sich bekehren lassen, sie würden als gute Christen die Einheit des kastilischen Reichs stärken. Und wenn nicht ...

Sie prallte gegen eine dunkle, hohe Gestalt, die plötzlich vor ihr auftauchte. Mit einem kleinen Schrei der Überraschung zuckte sie zurück. Wer wagte es, sich der Königin auf eine derartig provokante Weise entgegenzustellen?

Sie runzelte die Brauen und blickte auf. Wie ein Dolchstoß durchfuhr es sie, und gleichzeitig breitete sich ein heißes Gefühl in ihrem Bauch aus, als wäre eine mit warmem Wasser gefüllte Schweineblase geplatzt. Zwei glühende schwarze Augen durchbohrten sie mit bannendem Blick wie höllische Pfeile. Isabél erstarrte zur Salzsäule. Ihr eiserner Wille war wie weggeblasen. Wie ein Kaninchen vor der

Schlange fühlte sie sich gelähmt und ausgeliefert. Die dunkle Gestalt rührte sich nicht.

Lange starrten sie sich so an. Die Stille in dem engen Gang des Alcázar von Segovia legte sich wie ein schwarzes Tuch um sie. Ganz am Rande ihres Bewusstseins spürte Isabél die Gänsehaut auf ihren Armen, die ihr sowohl ein Wonnegefühl als auch Angst einjagte.

»Ich kann Euch helfen, Majestät!« Seine Stimme klang leise, aber eindringlich. Er hätte es nicht sagen brauchen, Isabél wusste es auch so. Er war nicht der rettende Strohhalm in einer für die Königin schwachen Position. Er war das Banner, das sie vorantragen konnte: Torquemada!

Teil 4

Isabél, die Mutter

1482–1491

Heil durch das Feuer

Wie hatten sich die Zeiten geändert! Das dachten nicht nur die Kastilier, die wie aus einem langen Schlaf wachgerüttelt wurden. Dieses Erwachen geschah zumeist unsanft, denn so manche Veränderung geschah recht radikal. Von lieb gewordenen und mit Selbstverständlichkeit beanspruchten Vorrechten und Gewohnheiten mussten so manche Kastilier Abschied nehmen, zumeist die reichen, einflussreichen Bewohner des Landes. Diese Veränderungen gingen nicht ohne Widerstand vonstatten. Nach Jahrzehnten der Nachlässigkeit und Unentschlossenheit, Misswirtschaft und Korruption, Vetternwirtschaft und Schwäche der Krone wehte plötzlich ein anderer Wind durch Kastilien. Rau, manchmal unbarmherzig, schlug er fast jedem ins Gesicht, und es dauerte eine gewisse Zeit, bis die meisten begriffen, dass dieser Wind das Land säuberte, es erneuerte und damit auch stärkte.

Dies alles bewirkte eine kleine, blonde, noch junge, aber energische Frau, die nicht nur den maskulinen Stolz der Kastilier brüskierte, sondern ihnen auch gleichzeitig bewies, dass eine Frau durchaus in der Lage war, derartige durchgreifende Veränderungen zu bewerkstelligen. Isabél, die Königin, die sich selbst krönte, besaß alle Eigenschaften, die dafür vonnöten waren: Intelligenz, Willensstärke, Selbstbewusstsein, Weitblick, Machthunger und Durchsetzungsvermögen. Ob Freund oder Feind, jeder musste Achtung und Respekt vor dieser kleinen Person mit der hohen Meinung von ihrem Amt und ihrer Aufgabe haben.

Isabél gönnte sich nicht die Zeit, um über ihre vergangenen Leistungen nachzudenken. Sie blickte stetig nach vorn und fixierte den nächsten Berg von Problemen, den sie zu erklimmen wagte. Sie wich keinen Schritt zurück, und wenn, dann nur, um Anlauf zu nehmen.

Nur wenn sie mit ihrem unumstößlichen Willen keinen sofortigen

Erfolg erzielte, setzte sie auf Diplomatie. Und das Leben hatte sie gelehrt, dass sie den geeigneten Augenblick abwarten musste, auch wenn es ihr manchmal schwer fiel.

An ihrer Beziehung zu Fernando hatte sich nichts geändert. Ihre Liebe, das war eine Art von Achtung, von gewisser Toleranz, von Vertrauen. Sie konnte sich darauf verlassen, dass er in ihrem Sinne dachte und handelte; er würde nichts gegen sie, ihre Interessen, ihren Willen und ihre Ziele unternehmen. Manchmal versuchte er sie mit Worten zu beeinflussen, umzustimmen, zu mäßigen, wenn das Temperament mit ihr durchzugehen drohte. Meist nützte es nicht viel.

In den letzten Jahren war Isabél ruhiger geworden. Die Zeit des Kampfes hatte sie viel Kraft gekostet. Fernando staunte selbst, wie zäh Isabél war und wie verbissen sie sich durch die größten Schwierigkeiten kämpfte. Die meisten Angelegenheiten und Probleme regelte sie höchstpersönlich. Allein ihr Auftreten, ihre an Weisheit grenzende Liebenswürdigkeit gepaart mit einem unbeugsamen Willen überzeugte jeden, ob einfachen Bauern, Granden oder Kirchenfürsten, von der Redlichkeit und Geradlinigkeit ihres Handelns. Selbst unpopuläre Entscheidungen erlangten dadurch Akzeptanz. Der Gedanke, dass jeder Kastilier einen Teil dazu beitrug, das Reich zu einen und zu stärken, ließ ein Gefühl von Patriotismus aufkommen – und Liebe zur Königin.

Fernando konnte nicht umhin, stolz auf Isabél zu sein. Er hatte erlebt, in welchem Zustand sich Kastilien befand, als er seinen Fuß auf den Boden dieses Landes gesetzt hatte: groß und mächtig, im Innern aber zerrüttet und in sich zerstritten, anarchisch im Recht und korrupt in der Verwaltung. Isabél hatte im Reich Ordnung geschaffen, und das auf allen Ebenen. Sie scheute nicht davor zurück, sich mit Verbrechern wie mit Kirchenfürsten anzulegen, die Privilegien des Adels zu beschneiden und Schmarotzer aus dem höfischen Umkreis zu entfernen. Dafür konnte jeder kluge, weise, fähige Mann am Königshof eine unglaubliche Karriere machen. Leistung zählte, nicht Abstammung oder Geld.

Dafür liebte Fernando seine königliche Gemahlin, die Königin seines Herzens und Mutter seiner Kinder. Isabél behandelte ihn fair und gleichberechtigt, und ebenso verhielt sich Fernando.

Isabél konnte sich ihm mit Leidenschaft hingeben und sein Blut in Wallung bringen. Trug sie aber ein Kind unter dem Herzen, verschloss sie ihm ihren Körper. Fernando nahm es ihr nicht übel. Er hatte sich an ihr seltsames Gebaren gewöhnt. Drei Kinder hatte sie ihm lebend geschenkt, drei waren tot geboren. Freude und Trauer wechselten sich ab, und beides trug Isabél mit Würde. Sie trug ebenso mit Würde, dass Fernando in dieser Zeit in die Arme irgendwelcher namenlosen Geliebten sank. Solange diese Geliebten namenlos blieben und nicht am Hofe erschienen, schaute die Königin darüber hinweg. Der Skandal um die kapriziöse Hofdame Eleonora, die Isabél gnadenlos auf eine Insel der Kanaren verbannt hatte, obwohl es die Schwester ihrer besten und einzigen Freundin Beatríz war, ließ ihn vorsichtig sein. Er wollte Isabel nicht verletzen und öffentlich demütigen; gleichzeitig fürchtete er ihre eiskalte Reaktion. Auch Fernando lernte gut.

Mit wonnigem Schauder erinnerte er sich an die abartige Eleonora und träumte des Nachts von ihr, ihrem stählernen Panzer und dem willigen Fleisch darunter. Er unterhielt sich auch gern mit Kardinal Mendoza und ließ sich in dessen Palast einladen, um an seinem ausschweifenden und wenig klösterlichen Leben teilzuhaben und seinen Schwärmereien über seine Geliebten und seine aus diesen Verhältnissen hervorgegangenen Kinder zu lauschen. Er bewunderte und beneidete Männer, die so leben konnten. Selbst wenn er es gewollt hätte, für Fernando kam diese öffentliche Schaustellung nicht in Frage.

Isabél hielt es Fernando zugute, dass er derartig Rücksicht auf ihre Stellung nahm. Gott hatte die Männer eben anders geschaffen und ihnen die Freiheit gegeben, ihren männlichen Trieben zu folgen. Fest im katholischen Glauben verwurzelt, war und blieb sie eine Frau, die sich dem Manne unterzuordnen hatte. Nicht in der Politik, nicht in ihrer Stellung als Königin, wohl aber als Ehefrau. Nicht dass sie die eheliche Vereinigung ablehnte. Sie gab zu, sogar zeitweise Freude und Erfüllung dabei zu empfinden. Und sie war eben notwendig, um Kinder zu gebären. Kinder wollte sie unbedingt haben, um die Dynastie zu sichern. Sie tat alles, um aus Kastilien wieder ein starkes, geeintes und blühendes Land zu machen. Sie wollte es ihren Kindern hinterlassen, wie es ihr ganzes Trachten war: *ihr* Kastilien.

Vielleicht wäre Isabél auch eine gute Nonne geworden. Sie zog die klösterliche Schlichtheit dem Prunk und dem Luxus vor. Sie kleidete sich oft einfach und zurückhaltend. Sie hielt die kirchlichen Regeln und Vorschriften streng ein. Sie beichtete und fastete, übte Demut und Bescheidenheit, konnte aber ebenso unnachgiebige Strenge an den Tag legen – und sie liebte ihre Kinder.

Obwohl sie Königin war und jeder, sowohl das Volk als auch der Adel und der Klerus, von ihr erwarteten, dass sie in Glanz und Prunk lebte, so gelang es ihr mühelos, beides zu vereinen. Auf fröhlichen Festen zeigte sie sich in strahlendem Glanz, siegessicher und in prunkvoller Erhabenheit. In schwierigen Zeiten gesellte sie sich zu den Bauern und Soldaten, scheute weder Anstrengung noch Schmutz, weder Widrigkeiten noch Gefahr, um Seite an Seite mit ihnen zu kämpfen. Sie konnte mit Worten und Taten die Menschen aufrütteln und mitreißen. Sie forderte von allen Opfer, auch von sich selbst. Dafür liebte das Volk seine Königin.

Nicht ein einziges Mal in den Jahren, seit sie sich selbst die Krone aufs Haupt gesetzt hatte, fragte sich Isabél, warum sie das alles auf sich nahm. Es gehörte zu ihrem Selbstverständnis, dass Gott sie dafür ausersehen hatte, das zu tun, was sie tat. Sie würde Gottes Willen erfüllen, so gut sie es konnte.

Wenn sie jedoch ihre Kinder betrachtete, so gewann sie mehr und mehr die Überzeugung, dass Gott viel mehr vorhatte, als nur Isabél auf dem kastilischen Thron zu sehen. Wenn sie bis jetzt geglaubt hatte, das alles für sich selbst zu tun, um Gottes Willen zu erfüllen, so rückten ihre Nachkommen immer stärker ins Blickfeld. Sie tat es nicht für sich und die Gegenwart, sie tat es für ihre Kinder und die Zukunft.

Der kleine Raum mit dem Kamin an der Seitenwand lag in der Dämmerung. Das Feuer warf unruhige Schatten an die Wände. Das Knacken des trockenen Holzes durchbrach als einziges Geräusch die Stille. Nach einer geraumen Weile bewegte sich Isabél, die ihre Füße auf einen Hocker in die Nähe des wärmenden Feuers gestellt hatte, und blickte zu Fernando hinüber, der reglos am Fenster stand. Kaum konnte er etwas durch die dicken Bleiglasfenster sehen. Draußen heulte der Wind um die Gemäuer und gab schauerlich klagende Laute von sich. Langsam drehte er sich zu seiner Gemahlin um.

»João hat Braganza hinrichten lassen und den Herzog von Viseu eigenhändig umgebracht.« Seine Stimme klang seltsam gepresst.

João, das war João II., König von Portugal, ebenjener Prinz, der nach dem Tod König Alfonsos V. diesem auf den Thron gefolgt war. Es war jener Prinz João, mit dem Isabél und Fernando über Kardinal Mendoza den Friedensvertrag zwischen Kastilien und Portugal ausgehandelt hatten, dessen Hauptperson Juana la Beltraneja, war. Wie ein drohender Schatten stand Juana, die Königin im Ordensgewand, über ihren Köpfen.

Isabél hielt die Lippen zu einem Strich zusammengepresst. Es war alles gründlich schief gegangen!

König Alfonso V. von Portugal war im August des Jahres 1481 gestorben, und sein Sohn folgte ihm als König João II. auf den Thron. Der junge Monarch, der Juana bei ihrem Eintritt ins Kloster fest versprochen hatte, ihr nach gegebener Zeit wieder die Freiheit zu schenken, erlaubte der Ordensfrau, dass sie sich hin und wieder offen in Lissabon bewegen durfte. Doch statt sich in Keuschheit und Demut völlig den Regeln des Ordens unterzuordnen, trat Juana stets als »Königin von Kastilien« auf. Mit Hartnäckigkeit beharrte sie auf diesem Status und demonstrierte ihn stolz in der Öffentlichkeit.

König João fand an Juanas Auftreten weder etwas Gefährliches noch Anstößiges und ließ sie gewähren. Dabei hatte Isabél extra Fray Hernando als Vertrauten ins Kloster Santa Clara nach Lissabon entsandt, um die Formalitäten beim Ablegen des Gelübdes strengstens zu überwachen. Ein Fehler konnte den ganzen Vorgang ungültig machen.

Erst als Juana der Äbtissin Doña Margarita de Menes auf ihre Frage, ob sie den Eintritt in das Kloster aus freiem Willen gewählt hatte, mit einem »*Si*« antwortete und sich die Pforte des Klosters hinter der ungeliebten und gefährlichen Konkurrentin geschlossen hatte, atmete Isabél auf.

Doch die Ruhe und Sicherheit, in der sie sich wähnte, währte nicht lange. Der neue König ließ ihr Freiheiten, die dem kastilischen Königspaar gefährlich werden konnten. Wie immer, wenn es um Isabéls Patenkind ging, sah die Königin rot. Und so drängte sie den portugiesischen König, la Beltraneja, die Bastardin, als Geisel herauszugeben. König João lehnte diese Forderung rundweg ab.

Was danach geschah, spielte sich in geheimen, dunklen Kanälen ab. Der Herzog von Braganza sollte, angeblich auf geheime Order Isabéls und Fernandos, gemeinsam mit seinem Schwager, dem Herzog von Viseu, den portugiesischen König ermorden. Der König erfuhr von dem Komplott und zögerte nicht lange. Seine ritterliche Ehre gebot ihm, das Problem persönlich zu lösen.

Aber er sprach auch aus, was viele nur zu denken wagten: dass Kastiliens Königspaar hinter diesem geplanten Mordanschlag steckte.

»Lüge!«, zischte Isabél. »Wir werden diese Anschuldigungen selbstverständlich zurückweisen. Was bildet sich dieser João nur ein?«

Fernando schwieg. Stattdessen ging er zu dem riesigen, mit wertvollen Intarsien verzierten Schreibtisch und berührte ein Geheimfach. Dann zog er die Lade heraus. Langsam schritt er zum Kamin.

Isabél verfolgte ihn mit ihren Blicken. »Ich werde den Heiligen Vater in Rom ersuchen, sich um die Angelegenheit zu kümmern. Mit einer päpstlichen Bulle kann er König João zwingen, dass die Beltraneja das Kloster nicht mehr verlassen darf.«

In Isabéls Stimme lag unverhohlener Hass, mit dem sie ihre Angst vor dem Schreckgespenst Juana tarnte.

»Tu das, meine Liebe«, murmelte Fernando und öffnete die kleine Lade. Er entnahm ein zusammengefaltetes Pergament mit dem königlichen Siegel Enriques. Bedächtig, fast feierlich entfaltete er das Dokument. Im Schein des Kaminfeuers überflog er die Zeilen.

Isabél blieb schweigend sitzen. Sie kannte dieses Dokument nur zu genau. Für den Rest der Welt war es verschollen. Kursierende Gerüchte darüber unterdrückte Isabél.

Fernando erkannte Enriques Unterschrift. Er hatte sie im Angesicht des Todes geschrieben. Es war sein Testament.

Fernando und Isabél wechselten einen Blick des gegenseitigen Einverständnisses. Dann warf Fernando das Dokument ins Feuer.

Isabéls Blick ruhte auf der hageren Gestalt, die sich vor ihr verbeugte. Sie mochte asketische Männer mit jener Geistesschärfe, die in der Einsamkeit und Kargheit hinter Klostermauern geformt wurde. Als Jímenez de Cisneros den Kopf hob, blickten sie zwei wache, dunkle Augen an. Seine energischen Züge, das scharf geschnittene Profil und sein intelligenter Blick verrieten der Königin Willensstärke und Strenge. Cisneros trug die Mönchskutte der Franziskaner, deren Orden er angehörte, auch wenn er jetzt Kardinal Mendozas rechte Hand war. Mit Zähigkeit und unnachgiebiger Strenge steuerte er der Verweltlichung des kastilischen Klerus entgegen. Er belebte den franziskanischen Geist neu, erzog die Kirchenmänner zu strenger Disziplin. Unter den nach Luxus, Behaglichkeit und fleischlicher Sünde strebenden Klerikern war Cisneros gefürchtet.

Dass eine ganze gesellschaftliche Schicht vor einem Mönch zitterte, war durchaus keine Selbstverständlichkeit. Der einfache Mann, der aus einer zerrütteten Ehe stammte, in Salamanca aufgewachsen war und in Rom ausgebildet wurde, kam mit einem päpstlichen Empfehlungsschreiben nach Spanien zurück. Die Kurie sah ihn für die Diözese Toledo vor. Doch er verfeindete sich mit Kardinal Carillo, dem Kirchenmann, der lieber zu Schwert und Rüstung griff. Carillo zögerte nicht einen Augenblick und nahm den Mönch gefangen. Sechs lange Jahre darbte Cisneros in Carillos Kerker. Doch der Franziskaner ließ sich nicht brechen. Er nutzte die Zeit zu Studien und zur Meditation.

Wieder frei, betätigte er sich als Gelehrter und erregte Aufmerksamkeit. Mendoza ernannte den klugen Mann zum Domkapitular.

Doch der asketische Mönch wollte Mönch bleiben. Das prunkvolle Leben behagte ihm nicht. Er zog das einfache Leben vor und zog sich in das Kloster San Juan de los Reyes in Toledo zurück. Aber auch das genügte ihm nicht.

»Jesus hat seine Erleuchtung in der Wüste erlangt«, sagte er und zog nach Catanar in eine primitive Hütte. Er wollte Eremit sein und hier die Erleuchtung erlangen. Er lernte Hebräisch und Chaldäisch, suchte eine Verbindung zu Jesus. Das Leben des Gottessohnes faszinierte ihn; er wollte ihm gleich sein, ihm nacheifern. Güte, Strenge, Verzicht, Leiden, Verstehen, Glauben, all das vereinte er in seiner Person.

Isabél fühlte eine Seelenverwandtschaft, seinen starken Willen, seine Unbeugsamkeit und eine gewisse Mystik, die von ihm ausging. Ein verstehendes Lächeln erhellte ihr Gesicht, und sie fühlte die Aura dieses Mannes, dem man seine Außergewöhnlichkeit nicht ansah.

»Ich hörte von Euren Erfolgen, Don Jímenez. Der Ruhm eilt Euch voraus. Es gefällt mir, wie Ihr die Reform des Kirchenwesens vorantreibt.«

Cisneros verbeugte sich wieder, doch dann blickte er der Königin fest in die Augen.

»Ich bin nur ein einfacher Mönch, Hoheit, der für seinen Glauben lebt und stirbt.«

»Oh, ich möchte keinen Märtyrer, Cisneros«, lachte Isabél auf. »Lebend seit Ihr mir lieber und nützlicher. Ich glaube, es liegt noch viel Arbeit vor Euch.«

»Das sehe ich ebenso. Leider erliegen zu viele Kirchenmänner menschlichen Schwächen und treiben ab vom Glauben und den klösterlichen Regeln. Diesen Verfall zu beenden und den Acker für eine neue Saat zu bereiten, ist meine Aufgabe. Frommer Lebenswandel und eine fundierte theologische Bildung sind die Grundlage, ein kirchliches Amt auszuführen.«

Isabéls Lippen verzogen sich wieder zu einem belustigten Lächeln.

»Ihr meint, nur solche Männer dürfte ich in ein kirchliches Amt erheben?«

»Ja, Hoheit, das meine ich.«

Sie hob ein wenig verwundert die Augenbrauen. »Wie kann ein Mönch einer Königin vorschreiben, was sie zu tun hat?«

Er schüttelte sacht den Kopf. »Kein Mönch schreibt Euch das vor, Hoheit, sondern der Glaube. Und dem seid Ihr verbunden.« Er sagte das als Feststellung.

Ein wenig verblüfft schwieg die Königin, dann beugte sie sich vor.

»Ich habe den Eindruck, dass Ihr meine Gedanken erratet.«

»Nicht erraten, Hoheit«, widersprach Cisneros. »Ich weiß es.«

Sie lehnte sich zurück und betrachtete den Mönch eine geraume Weile.

»Wie sollte sich, Eurer Meinung nach, denn eine Königin verhalten?«

»Es steht mir nicht zu, darüber zu urteilen, wie sich eine Königin zu verhalten hat. Aber ich weiß, dass der katholische Glaube und seine strikte Einhaltung die Grundlage des kastilischen Staates sein muss.«

Isabéls Miene wurde nachdenklich. »Grundlage des kastilischen Staates«, murmelte sie. »Also etwas, das allen Kastiliern eigen ist, das das Reich zusammenhält.«

»Das Lebenselixier des Landes, Majestät. Vom einfachsten Bauern bis zum stolzesten Granden. Vor Gott sind alle Menschen im Geiste gleich. Und seine Diener sind die Vorbilder für alle Kastilier, die seelsorgerischen Hirten für alle Schafe der Herde.«

»Dann gibt es tatsächlich noch viel zu tun, Don Jímenez. Hiermit erlangt Ihr meine volle Unterstützung. Und außerdem ...« Sie stockte, und wieder lächelte sie. »Außerdem ernenne ich Euch zu meinem Beichtvater hier in Toledo.«

Es war seltsam: Jímenez de Cisneros' asketische Erscheinung erinnerte Isabél an einen anderen Mann, der für sie zum Symbol der Reinheit des katholischen Glaubens wurde – Tomás de Torquemada. Er war es, der sie mit eindringlichen Worten beschworen hatte, eine Petition an den Papst zu richten, um in Kastilien die Inquisition wieder einzuführen. Das, was einst Papst Innozenz III. als päpstliche Inquisition begründet hatte, war längst wirkungslos geworden und benötigte dringend einer Erneuerung. Vor allem musste diese erneuerte Inquisition mit wesentlich größeren Befugnissen und erbarmungsloser Härte ausgestattet werden.

Verwahrte sich Isabél bei jedem anderen Menschen dagegen, in ihren Entscheidungen beeinflusst und vor allem in ihren Machtbefugnissen bevormundet zu werden, so galt Torquemada als Ausnahme. In einer Mischung aus Anbetung, Verehrung, Bewunderung und Hingabe verlosch in Isabél jeglicher Widerstand. Vor ihm erstarrte sie in Bewegungslosigkeit auch im Geist. Dafür tropften seine eindringlichen Worte wie glühendes Metall in ihr Gehirn und formten sich zu eisernen Überzeugungen. Sträubte sich die Königin sonst, den Theologen eine größere Autorität einzuräumen, die die Macht der Krone beschneiden könnte, so schaffte es Torquemada, Isabél geistig zu beherrschen.

Anders Fernando. Er mochte diese asketischen Fanatiker in ihren dunklen Kutten nicht. Er hasste religiösen Eifer, und er selbst hielt sich nur schwer und unter Isabéls Druck an vorgegebene Rituale und Verhaltensnormen. Ein leichtes, ausschweifendes Leben mit all seinen Annehmlichkeiten lag ihm tausendmal mehr als diese kalte Selbstkasteiung zu Ehren Gottes. Doch viel schneller als Isabél erkannte er die Vorzüge einer neuen Inquisition. Die Überwachung und Bestrafung judaischer Häretiker spülte eine ungeahnte goldene Woge in die Schatztruhen der Krone, denn das Vermögen verurteilter Ketzer fiel ausnahmslos der Krone zu. Juden waren reich, Juden gab es viele, Juden lebten im ganzen Land.

»Warum zögerst du?«, wollte Fernando von Isabél wissen. »Ich finde die Argumente deines ehemaligen Beichtvaters sehr einleuchtend und überzeugend. Die Ziele der Heiligen Inquisition decken sich mit dem, was das Volk will: die Einheit des Reichs im Glauben. Willst du die etwa verhindern?«

Isabél schüttelte den Kopf. »Keineswegs. Mir erscheint sie nur zu hart, so wie sie mir der Prior geschildert hat.«

»Nicht hart, sondern den jetzigen Verhältnissen im Land angepasst. Diese jüdischen und islamischen Läuse sind Ungeziefer am Körper unserer Mutter Kirche und müssen einfach entfernt werden. Sie sind Fremdkörper, volksfremd und störend. Sie lassen den wahren Glauben erkranken und können ihn zerstören.«

»Du musst nicht Torquemadas Argumente wiederholen«, gab Isabél unwirsch zurück. »Ich konnte ihnen durchaus folgen, und sie entsprechen auch meiner Überzeugung. Nur die Umsetzung erscheint mir überzogen.«

»Lass uns ein Schreiben an den Heiligen Stuhl aufsetzen«, schlug Fernando vor. »Der Papst wird sich schon dazu äußern. Wenn wir nichts unternehmen, wird sich die derzeitige Situation nur verschlimmern.«

Isabél gab nach, plante jedoch im Stillen, Kardinal Mendoza mit einer Abschwächung der von Torquemada aufgestellten Forderungen zu beauftragen. Außerdem war ihr Verhältnis zu Rom ohnehin getrübt, sodass sich Papst Sixtus wohl nicht darauf einlassen würde. Um sich nicht den Vorwurf der Untätigkeit in dieser wichtigen Glaubensfrage auszusetzen, setzte sie gemeinsam mit Fernando ein Geheimschreiben an den Papst auf.

Der Heilige Vater ließ sich wirklich viel Zeit. Umso mehr war Isabél überrascht, als ein Bote aus Rom eintraf und ihr wie eine Reliquie die päpstliche Bulle übergab. Papst Sixtus IV. bewilligte die Einführung der Inquisition auf spanischem Boden!

Mit äußerst kritischem Blick betrachtete Isabél die Kinder, die von ihren Kinderfrauen in den Saal geführt wurden. Zum ersten Mal erlebten auch sie den Reichstag in Toledo, obwohl sie davon nichts verstanden. Doch es war äußerst wichtig, dass sie hier auftraten. Die Cortes hatten sich versammelt, um dem Infanten den Treueid zu leisten.

Der Infant Juan zählte mittlerweile zwei Jahre. Prächtig gekleidet wurde er auf einer mit rotem Samt ausgeschlagenen offenen Sänfte hereingetragen. Die Anwesenheit der vielen Menschen schien ihn einzuschüchtern. Allein die Nähe der Kinderfrau beruhigte ihn, sodass er still sitzen blieb und sich folgsam an ihrer Hand festhielt, als sie ihn zu seinem Stuhl führte. Das Königspaar saß daneben und verfolgte die unsicheren Schritte seines Sohnes. Auf Fernandos Gesicht zeigte sich deutlicher Stolz, und er konnte sich ein Lächeln nicht verkneifen, als der Infant endlich auf seinem Stuhl saß und mit ernster Miene die Menschen musterte, die sich in dem Saal versammelt hatten und sich vor ihm verbeugten.

Erst als der kleine Juan Platz genommen hatte, folgte die Erstgeborene, Tochter Isabél, die mittlerweile neun Jahre zählte. Sie verfiel in einen tiefen Knicks vor dem Königspaar und bemühte sich, sich tadellos zu bewegen. Dem kritischen Blick ihrer Mutter entging keine Kleinigkeit, das wusste sie. Erst als die Königin huldvoll nickte, richtete sich Isabél auf und gesellte sich zu dem Königspaar. Sie musste neben dem Thron stehen, einen halben Schritt von ihrem Vater entfernt.

Jeder im Saal bemerkte die große Ähnlichkeit der Infantin mit der Königin, das helle Haar, die blauen Augen und die zierliche Gestalt. Doch der Infantin fehlte dieser Zug der Willensstärke der Königin, stattdessen überflog ein kindlicher Liebreiz das ebenmäßige Gesicht mit den vor Aufregung roten Wangen. Zuletzt wurde die vor einem halben Jahr geborene zweite Tochter Juana hereingetragen. Gesättigt von der Milch der Amme, schlief das Kind.

Isabél fand es wichtig, dass ihre Kinder von Anfang an in das höfische und politische Leben einbezogen wurden. Niemals sollten sie, so wie sie selbst einst, unwissend und unvorbereitet mit ihrem verantwortungsvollen Erbe konfrontiert werden. Der Reichstag war ein willkommener Anlass, den Ständevertretern nicht nur die Einheit des Königspaares, sondern der ganzen Königsfamilie zu demonstrieren.

Die Granden leisteten dem Zweijährigen den Treueeid. In langer Reihe rückten sie langsam vor, um vor Juan das Knie zu beugen und ihm Gehorsam zu geloben. Die lange Zeremonie ermüdete den Infanten, und er gähnte mehrmals herzhaft. Die kleine Juana wurde unruhig und begann zu schreien. Das trübte keineswegs die festliche Atmosphäre.

In Isabél rührte sich ein ganz neues Gefühl. Diesmal war es nicht das Kribbeln der Macht in ihren Adern, sondern ein warmes Gefühl des Stolzes auf ihre prächtigen Kinder. Ihre größte Liebe galt dem Infanten, den sie zärtlich »Engelchen« nannte. So hart und unbeugsam Isabél sonst erschien, wenn es um ihre Kinder ging, beherrschten andere Gefühle ihr Handeln.

Als die Zeremonie endlich vorüber war, durften die Kinder den Saal verlassen. Niemand schien darüber erfreuter zu sein als Juan. Auf seinen kurzen Beinen eilte er seiner Kinderfrau davon, die Sänfte ignorierend, und kreischte vor Vergnügen, als er die Tür erreichte.

»Hast du gesehen, wie geduldig er die Zeremonie über sich ergehen ließ«, raunte Isabél Fernando zu. »Als wenn er sich dem Ernst und der Wichtigkeit der Stunde bewusst ist.«

»Er ist es, meine Liebe, er ist es«, erwiderte Fernando. »Wir können stolz auf unseren Sohn sein.«

ꟸ

Auf dem Reichstag in Toledo wurde eine Verschärfung der Maßnahmen gegen die Juden beschlossen. Schon jetzt lebten die Juden in eigenen Vierteln und Ghettos, mussten zum Zeichen ihrer Religion einen Kreis aus rotem Stoff auf ihrer Gewandschulter tragen. Die strengen Auflagen lähmten das jüdische Leben im ganzen Land, doch sie erregten auch Widerstand.

Wenig später ging eine Flugschrift eines unbekannten Verfassers von Hand zu Hand, die die Beschlüsse der Krone heftig kritisierte.

Das Königspaar hielt sich zu diesem Zeitpunkt in Medina del Campo auf. Isabél befand sich allein in ihrem Kabinett, als Prior Torquemada bei ihr vorstellig wurde. Er bat nicht um Audienz, er stieß einfach den Pagen beiseite und eilte herein.

»Hier könnt Ihr es selbst lesen!«, rief er. »Aufruhr! Angriff gegen die Verfügungen der Krone! Verbrechen gegen die Staatsgewalt! Die Juden sind die Feinde der Krone, sie wollen Euch stürzen!«

Mit Bestürzung nahm Isabél die Schmähschrift entgegen, die zweifellos staatsfeindlichen Inhalts war.

»Wenn Ihr jetzt nicht überzeugt seid, dass diese verirrten Seelen geläutert werden müssen ...«

»Ich *bin* davon überzeugt«, erwiderte Isabél heftig. »Ich lasse keinen Angriff auf die Macht der Krone zu.«

»Es ist nicht nur ein Angriff auf die Krone und Euch selbst, Majestät. Hier wird der wahre Glaube angegriffen und Gott beleidigt. Wollt Ihr diese Ketzerei zulassen?«

»Keineswegs. Wie wollt Ihr diese verirrten Seelen retten? Sie können sich jederzeit taufen lassen.«

»Ha! Wird sich der Teufel freiwillig taufen lassen? Nein, nein, wir tragen die Verantwortung für ihre verirrten Seelen. Trotz der Ungeheuerlichkeit ihres Verbrechens müssen wir ihnen die Möglichkeit zur Rettung ihres Seelenheils geben. Sie müssen durch das Feuer geläutert werden, indem man sie bei lebendigem Leib verbrennt!«

»Dazu muss erst einmal untersucht werden, ob sich der Betreffende der Gottesleugnung schuldig gemacht hat«, entgegnete Isabél.

»Sehr richtig, Hoheit. Und das obliegt dem Tribunal des Heiligen Offiziums. Warum zögert Ihr noch, es endlich einzusetzen?«

Sie starrte in seine Augen, in denen ein fanatisches Feuer loderte. Wie konnte ein Mensch nur so vollkommen für eine heilige Sache kämpfen? Sie wollte auch so sein wie er! Sie waren Menschen gleicher Denkart, im Geiste vereint im Kampf um den wahren Glauben. Wie wunderbar musste es sein, von diesem Feuer der Wahrhaftigkeit erfüllt zu sein! Aber sie wusste auch, dass sie nie so vollkommen sein würde wie er, auch wenn sie danach strebte.

Der Prior trat näher, und Isabél fühlte sich noch kleiner. Gleichzeitig verflüchtigte sich die Schwere in ihrem Körper, und sie schien zu schweben. Es war, als wenn sich Torquemadas Geist mit ihrem vereinigte. Er legte seine Hand auf ihre Schulter und krümmte die Finger. Es schmerzte, doch Isabél empfand diesen Schmerz als Wonne.

»Schwört«, raunte er, und dieses Raunen kroch unter ihre Haut. »Schwört, dass Ihr Euer Leben dem Kampf gegen die Ketzerei weiht. Schwört beim Kreuze Christi, dass Ihr alles tun werdet, um die verirrten Seelen Eurer Untertanen zu retten. Schwört, dass es Euer heiligstes Ziel sein wird, dass in Kastilien nur ein Glauben herrscht – der katholische«

Er streckte ihr das Kreuz hin, das er an einer langen Schnur um seinen Hals trug. Er war ihr so nah, er überflutete sie mit seiner Aura, er beseelte sie mit seinem flammenden Geist ...

Sie ergriff das Kreuz und presste es an ihre Brust.

»Ich schwöre es«, flüsterte sie. »Ich schwöre es!«

Sie sank auf die Knie, und Tränen traten in ihre Augen.

»Mein Leben weihe ich dem Kampf gegen die Ketzerei, gegen Häresie, gegen alles, was den einzig wahren Glauben gefährdet und untergräbt.«

Sie küsste das Kreuz, verspürte die Ausdünstungen seines Körpers, glaubte, die Hitze des Feuers seiner Leidenschaft zu fühlen. Beseelt ließ sie sich gänzlich auf den Boden sinken und erlebte eine religiöse Verzückung ohnegleichen.

Isabél fand es ein löbliches Unterfangen, die Ketzerei bis in den letzten Winkel Kastiliens auszurotten. Dazu waren alle verfügbaren Mittel willkommen und recht. Allerdings war sie fest entschlossen, die Kontrolle darüber in den eigenen Händen zu halten. Einen Einfluss Roms würde sie zu verhindern wissen, schon damit sich der Heilige Stuhl nicht selbst an den von den Verurteilten eingezogenen Vermögen bereicherte. Das stand allein der kastilischen Krone zu. Fernando nahm es dankbar zur Kenntnis.

Mit der öffentlichen Verlesung der päpstlichen Bulle wurde die Inquisition feierlich eingesetzt. Es war das einzige Zugeständnis an den Heiligen Stuhl. Alles andere würde allein in Kastilien entschieden.

Die Königin legte die Vollmacht für die Durchsetzung in die Hände des Mannes, der ihr dafür besonders geeignet schien: Tomás de Torquemada.

Wild entschlossen, endlich ein Fanal zu setzen, stürzte sich Torquemada in seine neue Aufgabe. Nicht nur als gelehrter Theologe und Fanatiker, sondern auch als gerissener Jurist mit ausgeprägtem Organisationstalent knüpfte er ein Netz, das das ganze Land überspannte. Sofort gründete er vier ständige Gerichtshöfe in Segovia, Córdoba, Toledo und Jaén. Deren Mitglieder ernannte er höchstpersönlich. Eine Reihe von Wanderinquisitoren bereiste das ganze Land. Sie besaßen die Befugnis, wo immer es notwendig erschien, Tribunale einzuberufen. Torquemada jedoch behielt sich vor, jede Entscheidung seiner Zustimmung zu unterwerfen. Wer seinen Anordnungen nicht blind folgte, verfiel in Ungnade.

Mit der Akribie des Juristen arbeitete er einen Untersuchungsmodus für Verdächtige aus, beschrieb detailgenau die juristischen Schritte, um einen Delinquenten zu Fall zu bringen, entwarf jede einzelne Klausel, führte alle Verhörmethoden, Folterungen und Repressalien auf, um Geständnisse zu entreißen.

Vor allem die Conversos und Marranos rückten in sein Blickfeld. Im Gegensatz zu den orthodoxen Juden, die ohnehin als Ketzer erkennbar waren, verschleierten die Konvertierten ihre Ketzerei hinter scheinbar christlichem Glauben. Doppelzüngig, von gespaltenem Wesen, waren sie eine große Gefahr für die wahren Christen, die von ihnen verführt werden konnten. Jeder scheinbar gute Christ konnte eine Maske tragen, hinter der sich die Fratze des Ketzers verbarg, der Gott beleidigte und Götzen anbetete.

Unermüdlich, mit fieberhaftem Eifer erarbeitete Torquemada ein Gesetzeswerk, das er *Instruktion zur Ausübung des Heiligen Offiziums* nannte. Er war überzeugt davon, damit endgültig dem wahren Glauben zum Sieg zu verhelfen und jeglichen Abfall vom Glauben auszumerzen.

Das Böse konnte nur ausgerottet werden, wenn man dem Angeklagten nicht die geringste Chance ließ!

Die Unglücklichen von Segovia

Ein lauer Sommerwind wehte über die hügeligen Höhen nahe Segovia. Er trug den Duft der Rosen, die im Garten des Stadtschlosses von Diego de Susan in letzter Blütenpracht standen, hinauf durch das offene Fenster in Marianas Zimmer. Es war nicht nur der helle Mond am nachtschwarzen Himmel, der das hübsche Mädchen nicht schlafen ließ. Oh ja, Mariana war sehr hübsch, und sie hatte in Segovia viele Anbeter. Ihr Herz allerdings wollte sie nur einmal verschenken. Es gehörte Marco, dem ebenso hübschen wie jungen und reichen Spross der einflussreichen und mächtigen Familie Guzman.

Noch waren sie nicht verlobt, die bildschöne Tochter des Conversos Diego de Susan und Marco de Guzman, aber die beiden jungen Leute fühlten, dass sie zueinander gehörten. Marco hatte mit einem Kuss hinter den Rosenhecken im Garten Marianas Herz erobert. Schon bald schenkte ihm Mariana mehr als nur einen verschämten Augenaufschlag und einen gehauchten Kuss. Ihr Zimmer lag zur Gartenseite im ersten Stockwerk des Schlosses, mit einem kleinen Balkon, den ein eisernes Geländer umgrenzte.

Marco hatte ihr ein Seil gegeben, das sie am Geländer des Balkons befestigen sollte. So würde er heimlich des Nachts in ihr Gemach klettern können, ohne dass jemand davon etwas bemerkte.

»Es ist Sünde«, wagte Mariana einen nicht sehr überzeugenden Widerspruch.

»Es ist keine Sünde, weil wir uns lieben und ja auch heiraten werden. Du brauchst dir darüber keine Gedanken zu machen. Gott schützt die Liebenden.«

Und so fand Marco de Guzman den Weg in Marianas Gemach und in ihr Bett. Marianas anfängliche Skrupel schmolzen wie Schnee im Sonnenschein, und sie schenkte ihrem Geliebten mit Hingabe ihr Herz und ihren Körper. Nein, sie empfand es wirklich nicht als Sünde, denn warum sonst hatte Gott ihnen das Gefühl der Liebe geschenkt? Liebe war etwas sehr Schönes, etwas Edles und Reines.

Natürlich konnte Mariana darüber nicht mit ihrem Vater sprechen. Sitte und Anstand und die Vorschriften der Heiligen Kirche geboten es, dass ein Brautpaar erst nach der Hochzeit zueinander finden durfte. Mariana würde ihren Vater nicht verärgern und dem Familienansehen keine Schande bereiten. So blieben die Schäferstündchen geheim und der Strick tagsüber hinter einem Gobelin in ihrem Zimmer verborgen.

Am liebsten hätte Mariana ihren geliebten Marco so schnell als möglich geheiratet, doch Diego de Susan hatte derzeit andere Sorgen. Sofort nach der offiziellen Einführung der Inquisition in Kastilien rollte eine Säuberungswelle durchs Land. Und ausgerechnet in Segovia, dem Klostersitz des ernannten Großinquisitors Tomás de Torquemada, begann die Verfolgung. In dieser Stadt, so meinte der Großinquisitor, habe sich der Judaismus besonders ausgebreitet, teils versteckt, teils offen, und gefährde den Katholizismus in höchstem Maße. Jeder wurde verdächtigt und gegen jeden Verdächtigen ein Ermittlungsverfahren eingeleitet. Die Segovianer wehrten sich dagegen, verwiesen auf die bislang ausgeübte Toleranz gegenüber Conversos und die Verinnerlichung des katholischen Glaubens nach der Konvertierung. Doch alle Beteuerungen halfen nichts. Eine Verhaftungswelle setzte ein, die jeden ereilte, der auch nur den geringsten Verdacht einer judaisierenden Denkweise erregte. Die Bevölkerung wurde zur Denunzierung von Mitbürgern, denen es an Glaubenseifer mangele, aufgerufen. Entsetzt suchten zahlreiche Conversos Unterschlupf bei Verwandten und Freunden, die sich diese gefährliche Gefälligkeit oftmals teuer bezahlen ließen. Denn wer einen flüchtigen Converso deckte oder gar bei sich versteckt hielt, musste mit der ganzen Härte der Inquisition rechnen und verlor selbst sein Seelenheil. Unter der

Androhung der Exkommunikation waren sie gezwungen, die Flüchtlinge auszuliefern. Das St.-Pauls-Kloster wurde zu einem gewaltigen Gefängnis umfunktioniert, wo die Gefangenen einem mehr als ungewissen Schicksal entgegensahen.

Doch es gab auch Widerstand, denn viele Bewohner Segovias waren mit diesen drastischen Maßnahmen nicht einverstanden. Es lähmte ihr Leben, gefährdete ihre Existenz und versetzte die ganze Stadt in Angst und Schrecken. Diego de Susan war einer der reichsten Conversos Segovias, besaß Macht und Einfluss und war ein bekennender und praktizierender Katholik. Allein die Tatsache, dass einer seiner Vorfahren vor Generationen vom Judentum zum Christentum konvertierte, auch weil dies von der Heiligen Kirche so angestrebt worden war, stempelte ihn nun zum Verdächtigen, zum Ketzer und Häretiker, zum Staatsfeind und Ungeziefer ab.

Empört über diese Diffamierung, gleichwohl aber um die Fortführung des öffentlichen Lebens bemüht, scharte er Gleichgesinnte um sich. Darunter waren einflussreiche Edelleute wie Priester, Richter, Ärzte, Kaufleute und sogar der Statthalter höchstpersönlich. Sie alle, die als Conversos treu der Krone dienten, dem Königspaar loyal untergeben waren, sollten nun Verbrecher und Staatsfeinde sein?

Es waren kluge und gebildete Männer, die der neuen Macht, die sich wie ein unheilvolles Krebsgeschwür im Lande breit machte, misstrauisch gegenüberstanden. Sie begriffen, dass die Macht der Inquisition die Macht der Krone unterwandern und schwächen würde. Nicht mehr das Königspaar würde regieren, sondern die tausendarmige Krake des Heiligen Offiziums, deren Gehirn der Großinquisitor Tomás de Torquemada war!

Die Sorge um Kastilien und die Verantwortung für die Krone trieb diese Menschen dazu, sich bei Nacht und Nebel heimlich zu treffen. Bei jedem dieser Treffen befanden sie sich in Todesgefahr, denn wenn bekannt wurde, was sie trieben, konnten sie keine Gnade erwarten.

Diego de Susan war sich dessen sehr wohl bewusst, aber als einer der mächtigsten und reichsten Bewohner Segovias glaubte er, trotz allem sicher zu sein. Er genoss hohes Ansehen bei Hofe und dem

Königspaar, hatte niemals einen Anlass zu Kritik gegeben. Der Judaismus war ihm so fremd wie eine Insel hinter dem Horizont, und sein Gottglaube erfüllte sein Leben wie die Luft zum Atmen.

Natürlich entging ihm nicht, dass Marco de Guzman ein Auge auf seine Tochter Mariana geworfen hatte, und er stand dieser Verbindung durchaus positiv gegenüber. Es war nichts Außergewöhnliches, dass sich Familien von Conversos mit dem Hochadel verbanden. Die allgemeine Unruhe im Land und die ständige Verfolgung von Conversos und Marranos jedoch ließen ihn den Gedanken an eine prachtvolle Hochzeit erst einmal beiseite schieben. Mariana war noch jung, und sie würde noch eine Weile warten können, so lange, bis die rechtschaffenen Bürger Segovias diesem unsäglichen Spuk ein Ende gesetzt und das normale Leben wieder Einzug gehalten hatte. Von den heimlichen Schäferstündchen ahnte Diego de Susan allerdings nichts, denn er war absolut davon überzeugt, dass seine Tochter keusch und wohlbehütet unter seinem Dach bis zum Augenblick warten würde, der ihre Schritte zum Altar führte.

Auch Marco fand nichts dabei, die Tochter aus einer Konvertiten-Familie zu ehelichen, obwohl er einer katholischen Familie entstammte. Die Conversos bekleideten hohe Ämter bei Hofe, genossen hohes Ansehen und waren zudem meist sehr vermögend. Dem Gerede über ihre Gefährlichkeit schenkte er kein Gehör, umgab sich doch das Königspaar vorzugsweise mit gebildeten, fähigen und angesehenen Conversos. Und wenn sie auch noch hübsche Töchter hatten ...

Der Liebesgenuss hatte die beiden schläfrig gemacht. Eng umschlungen gaben sie sich der Süße des Nachgeschmacks ihrer Vereinigung hin. Draußen zog der Mond mit einem milchigen Schimmer seine Bahn am Nachthimmel. Der Duft der wilden Rosen wirkte betörend. Der Schlaf des Paares war nicht tief, und so schreckten beide hoch, als sie draußen Schritte vor der Zimmertür vernahmen.

»Wer kann das sein?«, fragte Marco bestürzt.

»Ich weiß es nicht!« Mariana zitterte vor Angst und der Kälte, die plötzlich durch das Fenster hereinströmte.

Die Schritte näherten sich ihrer Zimmertür.

»Schnell, du musst verschwinden! Wenn wir entdeckt werden, ist es aus mit uns!«

Hastig raffte Marco seine Sachen zusammen und hoffte, dass er nichts dabei verlor. Doch wie sollte er so, wie Gott ihn geschaffen hatte, am Seil nach unten in den Garten klettern? Oder sollte er springen? Es war verdammt hoch, und er würde sich an der Rosenhecke die gesamte Haut vom Leibe reißen.

»Schnell, hier herein!« Mariana schob ihn hinter einen Vorhang, hinter dem sich eine kleine, mit Stofftapete überspannte Tür befand. Sie führte in einen unbenutzten, fensterlosen Verschlag, der nach Schimmel und Moder roch. Keinen Augenblick zu früh, denn gleich darauf öffnete sich die Tür zu Marianas Gemach. Wie ein Gespenst, in ein langes weißes Nachtgewand gehüllt, mit einer voluminösen Schlafhaube auf dem wirren Haar, kam die Amme herein, die nach dem Tod von Marianas Mutter deren Stelle vertrat. Sie hob das Talglicht und leuchtete in den Raum hinein. Erschrocken prallte sie zurück, als sie Mariana nackt im Zimmer stehen sah. Hastig bekreuzigte sie sich.

»Bei allen Heiligen, Kind, was tust du da? Und warum hast du dein Nachtgewand ausgezogen?«

»Ich ... ich hatte schlechte Träume und habe so sehr geschwitzt, dass ... dass das Hemd ganz nass war. Nun suche ich ein neues.«

»Aber doch nicht dort! Deine Truhe steht an der anderen Wand. Du scheinst vollkommen verwirrt zu sein. Das macht der Mond«, stellte sie fest und senkte die Stimme. »Du kannst wohl auch nicht schlafen?«

Mariana schüttelte den Kopf und eilte schnell zur Truhe, in der ihre Wäsche lag. Hastig zerrte sie ein neues Nachtgewand heraus und streifte es sich über.

»Das ist der Mond«, wiederholte die Amme. »Er treibt die Menschen um. Manche schlafwandeln und werden mondsüchtig.« Sie bekreuzigte sich wieder. »Du bist doch nicht etwa mondsüchtig?«

»Bei Gott, nein!« Mariana zwang sich zu einem belustigten Lachen und kroch schnell wieder ins Bett.

»Kein Wunder, wenn du bei offenem Fenster schläfst. Du lässt die bösen Einflüsse des Mondes in dein Zimmer.« Die Amme schlug die Fensterflügel zu und zog die schweren Vorhänge davor. Dann legte sie sich zu Mariana ins Bett.

Marco tastete in dem stockdunklen Verschlag nach seinen Sachen und versuchte, sich anzuziehen. Irgendwelches Gerümpel lag noch herum, und er bemühte sich, keine Geräusche zu verursachen. Aus Marianas Zimmer hörte er die Stimme der Amme. Zu allem Unglück wollte sie den Rest der Nacht wohl bei ihrem Pflegling verbringen. Wie sollte er ungesehen aus dem Haus wieder herauskommen?

Sein amouröses Abenteuer, das dem Jüngling bislang so viel Freude bereitet hatte, wuchs sich zu einem Problem aus. Er wartete eine Weile, bis er glaubte, dass die Amme eingeschlafen sei, dann tastete er sich in der Dunkelheit vorwärts. Vielleicht entdeckte er eine weitere Tür, durch die er verschwinden konnte. Doch er vernahm immer noch Stimmen. Konnte die Amme nicht schlafen? Nein, es waren männliche Stimmen, und sie kamen aus einer anderen Richtung! Vorsichtig tastete Marco sich weiter, bis er die gegenüberliegende Wand erreicht hatte. Auch hier gab es eine dünne Tür zu einem Raum, der sich dahinter befand. Und aus diesem Raum kamen die Stimmen.

Marco konnte deutlich die von Diego de Susan, Marianas Vater, hören, dann die von Juan de Solvero und Manrique Adalquir, beide angesehene Edelleute Segovias, von Carlos de Susan, einem Cousin Diegos, der bei Hofe als Ratgeber arbeitete, Fray Jaime, einem Priester, Francisco de Molina, einem Arzt …

Marco presste das Ohr an die Tür.

»Sie haben wieder etliche Conversos verhaftet«, hörte er Carlos de Susan sagen. »Mittlerweile sind ganze Straßenzüge entvölkert.«

»Und das Kloster quillt vor Gefangenen über«, ergänzte der Priester.

»Wohin soll das bloß noch führen?«, klagte der Arzt.

»Und die Majestäten unternehmen nichts gegen diese Zustände. Torquemada kann schalten und walten, wie es ihm beliebt.«

»Es ist nicht Torquemada allein. Er besitzt unzählige Helfer, die wie eine Heuschreckenplage sind.«

»Es ist tatsächlich eine Plage von biblischem Ausmaß«, bestätigte Diego.

»Wenn nichts dagegen unternommen wird, endet das noch in einer Apokalypse. Das Ende der Welt ist nahe.« Das war die Stimme Manriques.

»Wir werden etwas dagegen unternehmen«, erwiderte Diego de Susan fest. »Wir müssen die Königin bitten, dem Treiben Einhalt zu gebieten.«

»Bitten?«, höhnte Juan de Solvero. »Die Königin betet diesen Irren doch an wie einen Heiligen. Deshalb lässt sie ihn gewähren.«

»Die Inquisition kann doch nicht das ganze Land verhaften.« Manriques Stimme klang gequält. »Wo soll das noch hinführen?«

»Wir können nicht tatenlos zusehen, wie das Land in Angst und Schrecken versinkt. Wenn die Majestäten zuschauen, so müssen wir sie an ihre Verantwortung für ihre Untertanen erinnern.«

Marco verspürte eine Gänsehaut auf seinen Armen. Hier wurde eine Verschwörung angezettelt! Gegen die Krone! Gegen die Kirche! Das war Hochverrat! Das war Gotteslästerung! Das war ... Er wagte nicht weiterzudenken. Allein dass er unfreiwillig Zeuge dieser Verschwörung wurde, rief sein Gewissen auf den Plan. Also waren die Conversos doch Staatsfeinde! Sie wollten die Krone stürzen! Sie wollten gegen die Kirche vorgehen! Sie wollten vielleicht sogar Torquemada ermorden!

Leise wimmernd sank Marco auf die Knie in den Schmutz. Er war ein frommer Mensch, gottesfürchtig und rechtschaffen. Konnte er es mit seinem Gewissen vereinbaren, das Gehörte zu vergessen? Konnte er es überhaupt vergessen? Was sollte er tun?

Mariana! Am liebsten hätte er aufgeschrien. Doch er durfte sich nicht verraten. Um seinetwillen nicht, denn die Verschwörer würden ihm wohl gleich die Kehle durchschneiden. Und um Marianas Willen nicht. Sie wäre für den Rest ihres Lebens gebrandmarkt und dann besser tot, als geschändet zu leben.

Es war wohl eine harte Prüfung Gottes, die ihn auf den Knien in der dunklen Kammer verharren ließ, bis die Stimmen hinter der Wand verstummten. Er betete ununterbrochen und hoffte auf ein Zeichen, das Gott ihm senden würde. Was nur sollte er tun?

ଌ

Dicht an dicht drängten sich die Einwohner Segovias, als sich der Zug langsam durch die Straße zum großen Platz vor der Kathedrale schob. Dieses bislang unbekannte Schauspiel erlebten sie zum ersten Mal, und viele begriffen nicht, was es zu bedeuten hatte. An der Spitze der seltsamen Prozession gingen die Kohlebrenner, denen die Ehre zukam, das Holz für den auf dem Platz aufgeschichteten Scheiterhaufen zu liefern. Trompetenstöße kündigten das grausige Schauspiel an, das jedem Zuschauer eine Gänsehaut über den Rücken jagen würde. Und trotzdem harrten sie sensationslüstern aus. Es war etwas Neues, anders Geartetes, keine einfache Hinrichtung eines Verbrechers, dem die Hand abgehackt, der Kopf abgeschlagen oder der am Galgen aufgehängt wurde. Hier sollten verirrte Seelen dem Paradies zugeführt werden!

Den Kohlebrennern folgten, von Kopf bis Fuß gewappnet, voran das grüne Kreuz der Inquisition, die Hüter des Glaubens. Das Kreuz war zum Zeichen der Lebendigkeit des wahren Glaubens mit frisch getriebenen Zweigen geschmückt. Grün war auch die Farbe des Inquisitionsbanners, auf dem ein gesticktes goldenes Kreuz das Symbol des gnadenreichen Sanctum Officium darstellte und ein nacktes Schwert als Zeichen der unbeugsamen Justiz prangte. Paukenschläge im Rhythmus der Schritte verliehen der Prozession etwas Beängstigendes. Eine zweite Gruppe von Glaubensstreitern begleitete das Heilige Sakrament, das von einem rot-goldenen Baldachin überdeckt wurde.

Ein Raunen ging durch die Zuschauermenge, als die Verurteilten sichtbar wurden. Sie trugen das Sanbenito, das Büßerhemd mit der roten Teufelszunge. Barfuß schwankten sie trotz der Februarkälte über die kalten Pflastersteine. Sie trugen einen Strick um den Hals, der gleichzeitig ihre Handgelenke fesselte. Die Unglücklichen hielten erloschene Kerzen in ihren Händen. Dominikanermönche liefen neben ihnen und forderten sie unter Schreien und Rufen zur öffentlichen Reue auf.

»Das ist ja Diego de Susan!«, riefen die Leute, die am weitesten vorn an der Straße standen. »Und Manrique! Schaut, da ist Juan de Solvero!«

Carlos de Susan, Francisco de Molina, Fray Jaime, keiner war der Inquisition entkommen.

Dahinter ritten die Inquisitoren mit maskenhaften Gesichtern auf schwarz verhängten Maultieren. Allein ihr Anblick jagte Schrecken und Angst ein. Mit lähmendem Entsetzen verfolgten die Zuschauer die schauerliche Prozession, die von schwarzen Rittern abgeschlossen wurde.

In eine Mauernische der Kathedrale drückte sich eine schlanke Gestalt, das Gesicht bis zu den Augen mit einem Tuch verhüllt. Marco de Guzman wollte nicht erkannt werden. In seinem Herzen tobte ein heftiger Schmerz, der ihn fast um den Verstand brachte. Seine brennenden Augen verfolgten den Zug, dann traf sein Blick auf eine schreckensbleiche junge Frau – Mariana! Ihr war ein Platz auf der Ehrentribüne zugewiesen worden, flankiert von zwei Bütteln des Großinquisitors, die darauf achteten, dass sich Mariana nicht entfernte.

Der Inquisitor, der die Untersuchung leitete, verlas die Anklage. Zu Marcos Erstaunen war aber nicht davon die Rede, dass sie die Krone verraten und eine Revolte anzetteln wollten. Er warf ihnen Ketzerei vor und Abtrünnigkeit. Sie wären eine Gefahr für jeden rechtgläubigen Christen und ihre Seelen der Verdammnis preisgegeben. Es wäre eine Christenpflicht, diese verirrten Seelen zu retten und sie über dem Feuer zu läutern. Ihnen wurde das Paradies verheißen, wenn sie ihre Häresie bereuten.

»Wir sind rechtgläubige Christen!«, rief Diego de Susan dem Inquisitor entgegen. »Deshalb sind wir unschuldig. Aber was Ihr betreibt, hat nichts mit Christlichkeit zu tun. Ihr seid Verbrecher! Mörder! Teufel!«

Der Inquisitor nickte, als bestätigte sich sein Urteil, das er über sie gefällt hatte.

»Die Angeklagten zeigen sich ohne Reue, verstockt und uneinsichtig. Wir erklären daher die Angeklagten schuldig der Ketzerei und der Abtrünnigkeit vom wahren Glauben. Sie werden zum Tod auf dem Scheiterhaufen verurteilt, auf dass das Feuer ihre verirrten Seelen direkt ins Paradies trage. Hiermit übergeben wir sie der irdischen Gerichtsbarkeit, auf dass sie das Urteil vollstrecke.«

Mit roher Gewalt trieben die Büttel die Verurteilten, die durch etliche Folter und peinliche Befragungen bereits verletzt und geschwächt waren, auf den gewaltigen Holzstoß. Mit derben Stricken wurden sie an einen Pfahl gebunden, der sich in der Mitte des Holzstoßes befand und an seiner Spitze herausragte.

Mariana senkte den Kopf und murmelte unentwegt Gebete. Ihre Augen waren vom Weinen gerötet und geschwollen. Die Amme stand neben ihr und streichelte immer wieder Marianas Schultern.

Prior Ojeda ließ es sich nicht nehmen, diesen ersten Scheiterhaufen in Segovia mit eigener Hand zu entzünden. Er entriss einem der Soldaten die Fackel und steckte sie zwischen die Holzscheite. Es dauerte eine Weile, bis das Holz Feuer fing und Flammen zwischen den Scheiten emporschlugen. Das Feuer widerspiegelte sich in seinen fanatisch glühenden Augen. »Nieder mit den Ketzern, die Leid und Unheil über die wahre Christenheit bringen!«, rief er.

Ein Dominikaner schwang ein mit Trauerflor umwundenes Kruzifix, während die restlichen Mönche lautstark Psalmen aufsagten. Als die Flammen höher schlugen, erklangen die ersten Schreie der Unglücklichen. Mariana sprang auf und hielt sich die Ohren zu. »Nein! Nein! Nein!«, schrie sie.

Die Verurteilten wurden von den Flammen eingehüllt, die Schreie wurden grausiger und schriller. Marianas Amme fiel in Ohnmacht. Ein Büttel krallte seine Hand in Marianas Haar und zwang sie aufzusehen. »Schau genau hin, du jüdische Hexe, was mit deinesgleichen passiert!«

Stumm vor Entsetzen, schaute die Volksmenge dem grausigen Schauspiel zu, während die Flammen die Seelen der verirrten Schafe zum Ruhme Gottes angeblich ins Paradies trugen.

ꝏ

Die Verbrennung Diego de Susans und seiner Freunde war nur der Beginn grausamer Exzesse. In immer kürzeren Abständen entflammten die Scheiterhaufen in Segovia, wenig später auch in anderen großen Städten des Landes. Zumeist fanden diese Autodafé[16] vor den Stadtmauern statt, bei großen Ereignissen aber auch auf dem Hauptplatz der Stadt vor deren Kathedrale. Die Monarchen ließen es sich nicht nehmen, bei den wichtigsten dieser Ketzerverbrennungen anwesend zu sein.

Isabél betete inbrünstig für die Seelen der Unglücklichen, während deren Schreie ihr Herz nicht rührten. Das Seelenheil war schließlich wichtiger als der Schmerz eines profanen Körpers. Überzeugt von der Richtigkeit dieses Unternehmens zur Wahrung des rechten Glaubens, ließ sie den eifrigen Großinquisitor gewähren. Mit jedem auflodernden Scheiterhaufen mehrten sich die Goldstücke in den Schatztruhen der Krone. Das wiederum ließ Fernandos Augen aufleuchten.

Torquemada gründete neben den vier bereits existierenden Gruppen des Kronrats eine fünfte Gruppe, die sich ausschließlich mit den Fragen der Inquisition befasste. Der Inquisitionsrat bestand aus mehreren Mitgliedern, die unter dem Vorsitz des Großinquisitors tagten und sich dessen absoluter Verfügungsgewalt unterwarfen.

Der Kronrat war eine bemerkenswerte Einrichtung, die bereits im vierzehnten Jahrhundert ins Leben gerufen wurde. Er bestimmte die politischen Richtlinien, die höchste Rechtsprechung und die Verwaltung, die Vergabe von Lehen, die Festsetzung von Pensionen und die militärischen Einrichtungen, sogar den Bau von Festungen

---

16 Port. zu lat.: *actus fidei* – Glaubensakt; hier: Glaubensgericht, Ketzerverbrennung.

und die Einsetzung der Kommandeure. Noch unter Enriques Herrschaft beschlossen die Ratsmitglieder auf Vorschlag des Königs, und der König musste den Entschluss des Rats zur Kenntnis nehmen.

Isabél setzte eine tiefgreifende Reform des Kronrats durch und beschnitt radikal seine Kompetenzen. Zwar bestätigte die Königin die Existenz des Kronrats, aber alle Macht lag nun in ihren Händen. Dem Kronrat oblag nur die Ausführung von Isabéls Willen. Sorgsam und mit Eifer wachte sie darüber, dass ihr dieses Machtmittel nicht aus der Hand genommen wurde. Oppositionelle Mitglieder verloren ihre Honorare oder wurden aus dem Rat entfernt. Nur Isabél genehme Mitglieder wurden auch von ihr selbst ernannt. Es gab keine Diskussionen mehr im Kronrat, sondern alle Vorlagen der Königin wurden mit einhelliger Abstimmung bejaht.

Nur die von Torquemada begründete fünfte Gruppe des Kronrats unterlag nicht Isabéls Macht, und das mit ihrer vollen Billigung. Sie vertraute dem Großinquisitor völlig und blindlings.

Torquemada hatte inzwischen das Kloster in Segovia verlassen und war an den Hof übergesiedelt. Als neuer Beichtvater des Königspaares machte er sich unentbehrlich. Vor allem gewann er dadurch an Einfluss am Hof und bei Isabél und Fernando selbst.

Mittlerweile jagte der Großinquisitor nicht nur Conversos und Marranos, sondern verfolgte ebenso Sodomie, Bigamie, Abtreibung, die Ausübung von Alchimie und Astrologie, Hexerei und Teufelswerk. Die Verfolgungen durch das Heiligie Offizium nahmen erschreckende Ausmaße an, sodass es sogar Kardinal Mendoza unheimlich wurde.

»Majestät, Ihr müsst diesem Wahnsinn Einhalt gebieten«, flehte er Isabél an. »Das alles hat nichts mehr mit ordentlicher Gerichtsbarkeit zu tun. Das Inquisitionsverfahren nimmt von vornherein den Angeklagten als Schuldigen an.«

Isabél wandte den Kopf beiseite. Mendozas Einspruch empfand sie als Kritik an sich selbst.

»Der Großinquisitor ist ein Mann, dem ich mein vollstes Vertrauen entgegenbringe. Er ist gelehrt sowohl in Theologie als auch in Juristik, ein Dominikaner mit profunden Kenntnissen der Religionslehre, sodass er wohl am besten weiß, wie ein Inquisitionsverfahren durchzuführen ist. Ich sehe überhaupt keinen Handlungsgrund. Außerdem sollte es Euch als Kirchenmann doch am Herzen liegen, den Glauben rein und frei von Verfremdung und Ketzerei zu halten.«

»Das alles hat nichts mehr mit dem rechten Glauben zu tun, Majestät. Hier werden die Conversos systematisch verfolgt.«

»Eben, weil sie keine rechten Christen sind, sondern in aller Heimlichkeit ihren widerwärtigen Bräuchen nachgehen.«

»Behauptet Torquemada«, schnaufte der Kardinal. »Danach dürfte ja kein Converso wirklich bekehrt sein.«

Isabél hob die Schultern. »Dafür wurde ja die Inquisition wieder eingeführt, damit zu jedem Verdachtsfall eine Untersuchung durchgeführt wird. Offensichtlich hat Torquemada recht, und unser Land ist tatsächlich von Häresie wie mit Eitergeschwüren durchsetzt.«

Mendoza schluckte schwer. »Ich bitte Euch, Hoheit, gebt den Angeklagten wenigstens vier Wochen Strafaufschub, um ihnen die Möglichkeit zu Geständnis und Reue zu geben. Ihr könnt doch nicht wollen, dass alle Conversos auf dem Scheiterhaufen enden.«

»Wenn sie rechtschaffene Christen sind, dann haben sie nichts zu befürchten«, entgegnete Isabél kühl. »Wer etwas redet wider den Heiligen Geist, dem wird nicht vergeben, weder in dieser noch in jener Welt. Muss ich Euch noch die Bibel erklären, Eminenz?«

Ihre Worte fuhren Mendoza wie Dolche in den Leib. Er zuckte zusammen und versank in einer devoten Verbeugung.

»Verzeiht, Hoheit, aber ich bin Euer Ratgeber und somit verpflichtet, Euch zu warnen, wenn ich Gefahr für Euch, die Krone und das Land sehe. Abtrünnige sollten mit Liebe und Güte zurück in den Schoß der Kirche geführt werden und nicht mit Folter und Feuer.«

»Ich sehe Gefahr von den Ketzern ausgehen. Im Übrigen steht für mich an erster Stelle das Wort Gottes. In der Heiligen Schrift steht geschrieben, dass verdorrte Reben am Weinstock des Herrn entfernt und verbrannt werden müssen. Und nun will ich davon nichts mehr hören. Was ich zu verantworten habe, habe ich vor Gott zu verantworten. Ihr dürft Euch entfernen!«

So schroff war Kardinal Mendoza noch nie von Isabél zurückgewiesen worden. Verstimmt eilte er hinaus. Er hätte mit mindestens zehn anderen Bibelstellen Isabéls Einwand entkräften können, aber sie gab ihm keine Gelegenheit dazu. Verzeihen, vergeben, den Sündern die Möglichkeit für Reue und Buße geben, war das nicht im Sinne des Herrn? Gott hatte den Menschen als Sünder geschaffen, der zeitlebens Buße tun und sich immer wieder aufs Neue bewähren musste. Schuldlose Wesen gab es nicht auf Erden, sondern nur bei den Engeln. Warum schickte die Königin diesen Wahnsinnigen nicht zurück in seine Klosterzelle, sondern ließ es zu, im ganzen Land Angst und Schrecken zu verbreiten?

Doch so uneinsichtig, wie der Kardinal Isabél einschätzte, war sie keineswegs. Mendozas Worte hatten Zweifel in ihr geweckt. Gerecht musste es zugehen, gerecht wollte sie sein. Und es würde nicht gegen die Gerechtigkeit verstoßen, wenn sie seinen Vorschlag aufnahm und den Angeklagten eine Frist zur Reue einräumte. Seufzend erhob sie sich und trat an ihren mit Papieren bedeckten Schreibtisch. Erst wollte sie ihren Sekretär rufen lassen, besann sich jedoch und griff selbst zur Feder. Mit ihrer immer noch kindlich steilen Schrift setzte sie ein Schreiben an den Großinquisitor auf, in dem sie ihn mit sanften, fast bittenden Worten um die Einführung einer Reuefrist ersuchte.

Es klopfte an der Tür, und Beatríz steckte den Kopf herein. Sie knickste tief.

»Majestät, man sagte mir, Ihr seid allein …«

»Tritt ein, Beatríz«, forderte Isabél sie auf, obwohl sie über die Störung nicht sehr erfreut war. In ihrem Bauch grummelte der Ärger über Mendozas Einmischung in die Angelegenheiten des Heiligen Offiziums. Sie schätzte ihn sonst sehr als Ratgeber und Freund, aber diesmal war er zu weit gegangen, sie wegen ihrer Haltung zur Inquisition zu kritisieren. Sie warf noch einen kurzen Blick auf das Pergament auf ihrem Tisch.

»Einen Augenblick, ich muss nur dieses Schreiben fertig stellen.«

Sie versiegelte es und rief nach einem Pagen, der es einem Boten überreichen sollte, während Beatríz an der Tür stehen blieb.

Isabél schaute sie verwundert an. »Was ist mit dir? Du siehst so blass aus. Ist dir nicht wohl?«

Beatríz konnte kaum das Zittern ihres Körpers unterdrücken.

»Majestät, ich ...«

»Wir sind allein, Beatríz. Was ist geschehen?«

Beatríz holte tief Luft. »Was geschehen ist? Tagtäglich brennen die Scheiterhaufen, und die Inquisition jagt die Conversos wie Hasen.«

»Nur die Ketzer unter ihnen«, erwiderte Isabél.

»Hast du vergessen, dass mein Mann auch ein Converso ist? Wir sind unseres Lebens nicht mehr sicher.«

»Bitte, Beatríz, du jetzt nicht auch noch«, stöhnte Isabél auf. »Ich hatte gerade ein sehr unerfreuliches Gespräch mit dem Kardinal. Was erlaubst du dir, dass ich mich vor dir rechtfertigen soll? Torquemada weiß, was er tut. Wenn Cabrera ein wahrer Christ ist und keine Häresie begeht, dann hat er auch als Converso nichts zu befürchten. Im Gegenteil, er wird durch das Heilige Offizium vor den verwirrenden Einflüssen der Abtrünnigen geschützt.«

»Offensichtlich weiß dieser Mann nicht, was er tut!«, rief Beatríz außer sich. »Es geht doch gar nicht um etwaige Ketzer. Da muss der Sohn für die Verfehlungen des Vaters büßen. Der Name des Anklägers wird nicht genannt, sodass Denunzianten Tür und Tor für Falschaussagen geöffnet wird. Auch die Namen der Zeugen werden nicht genannt. Das alles entspricht nicht den Gepflogenheiten und widerspricht der früheren Gerichtsbarkeit.«

»Ganz recht, die Gerichtsbarkeit wurde reformiert. Früher herrschten Willkür und Gesetzlosigkeit auch bei der Rechtsprechung. Erst dadurch konnte es so weit kommen, dass keiner mehr auf der Straße sicher war und jeder Lehnsherr nach Belieben richtete. So konnten sich der Irrglaube, das Judentum und die Ketzerei im Lande verbreiten. Der Großinquisitor hat das Recht in seine Hand genommen, es Klausel für

Klausel nach juristischen Gesichtspunkten ausgearbeitet. Ja, es hat sich etwas verändert in Kastilien – es herrscht Ordnung!«

Beatríz trat näher, und ihre dunklen Augen funkelten zornig.

»Nein, Isabél, du irrst dich. Es herrschten Angst und lähmendes Entsetzen. Nur deswegen ist es im Land so ruhig. Doch diese Ruhe trügt. Die Gepeinigten verfluchen dich!«

»Geh!« Isabéls Stimme wurde schrill. Auch wenn Beatríz ihre beste und wohl einzige Freundin war, jetzt ging sie zu weit. »Geh und sprich nie wieder zu mir davon!«

Die Angst war es auch, die der Inquisition zur Verbündeten wurde. Wenn die Menschen Angst hatten, waren sie viel leichter bereit, zum wahren Glauben zurückzufinden. Sie sogen begierig auf, was die Pfarrer von den Kanzeln verkündeten, und sorgten sich um ihr Seelenheil. Um dieser Angst willen waren sie bereit, jeden anderen an die Inquisition zu liefern, wenn sie nur selbst verschont blieben. Es schien ihnen plausibel, dass der Glaube rein gehalten und die Menschheit von allem Bösen befreit werden müsse. Ein einheitlicher Glaube einte sie auch in ihrem Nationalgefühl. Ein Land, ein Volk, ein Glaube. Das war es doch auch, was die Königin erstrebte!

Die Nächte bescherten der Königin wirre Träume. Sie sah sich selbst am Hang eines Berges stehen und auf eine weite Ebene blicken. Das Bild kam ihr bekannt vor, sie hatte es schon einmal gesehen, schon einmal erlebt. Die Sonne beschien diese Ebene, die voller Menschen war. Was taten diese Menschen da unten? Wie Würmer wanden sich schlangenförmige Prozessionen um aufgeschichtete Holzstapel. Banner wehten, psalmodierende Gesänge drangen zu Isabél herauf. Die Sonne sank hinter den bergigen Horizont und tauchte die Ebene in blutrotes Licht. Dann legte sich Dunkelheit darüber. Da und dort leuchteten helle Punkte auf. Feuer! Die Holzstöße loderten. Die frommen Gesänge der Mönche wurden lauter und versuchten, die Schreie zu übertönen. Isabél faltete die Hände zum Gebet. »Alles zum Wohle Gottes«, murmelte sie. Irgendjemand kicherte in ihrer Nähe. In der Dunkelheit konnte sie niemanden erkennen.

»Wer ist da?«, fragte sie. Nur ein Kichern bekam sie zur Antwort. Plötzlich erfasste sie Angst und schnürte ihr den Brustkorb zu. »Wer ist da?« Sie spürte das Zittern in ihrer Stimme.

». . . bin ich die Stimme von dort, von jenseits des Heute.«

»Bulbito?«

»Ja, ich bin's, Bulbito.« Wieder kicherte er. »Sei gegrüßt, Prinzesschen, Königin mit zwei Kronen.«

»Was willst du, du Wicht?«

»Habe ich dir nicht vorausgesagt, was eingetreten ist? Jetzt vereinst du zwei Kronen auf deinem Haupt, die von Kastilien und die von Aragón.«

»Ja, du hast recht gehabt«, erwiderte sie mit Unbehagen.

»Ich höre flüsternde Stimmen, die Lügen verbreiten.«

»Lügen?«

»Lügner, Denunzianten, Verräter, Feiglinge, Frömmler. Alle haben Angst, Angst um ihr eigenes Leben. Es ist nichts wert, nichts wert . . .«

»Es geht um den wahren Glauben«, verteidigte sich Isabél.

»Welcher ist der wahre Glaube? Derjenige, der mit Schwert und Feuer verbreitet wird?«

»Es gibt nur einen wahren Glauben!«, rief sie heftig.

»Sicher, Prinzesschen. Den da unten auf den Scheiterhaufen. Ich rieche verbranntes Fleisch, das Gott wohl gefallen soll.«

»Wie sollen denn sonst diese armen Seelen dem Heil zugeführt werden?«

»Ich spüre den Stachel des Hasses bis ins Mark. Sie hassen dich, sie verfluchen dich und deine Kreaturen, die in deinem und Gottes Namen handeln.«

Isabél schrie in die Dunkelheit. »Schweig, du Teufel! Niemand verflucht mich! Sie lieben mich! Gott liebt mich!«

Bulbito schien nicht beeindruckt zu sein. »Ich sehe ein großes weites Land, in dem Tausende Feuer brennen wie Sterne am Himmel. Ich höre die Schreie der Gemarterten und Unglücklichen, die ihrer

Habe und ihres Lebens beraubt werden. Ich rieche die Fäulnis aus den Gräbern, die aufsteigt und sich mit dem Geruch des Weihrauchs in den Kirchen mischt.«

Seine Stimme wurde leiser und leiser, als löse sie sich in der Dunkelheit auf.

»Bulbito? Bulbito!« Isabél fuhr aus dem Schlaf hoch. »Hilfe! Hilfe! Helft mir!«

Wachen, Pagen, Zofen stürmten in Isabéls Gemach. Die Königin stöhnte auf und fasste sich an den Leib. »Es tut weh, es tut weh!«

»Holt den Arzt! So beeilt euch doch!« Alle riefen durcheinander.

Der Leibarzt erschien kurze Zeit später und tastete kopfschüttelnd Isabéls Bauch ab.

»Majestät, es tut mir leid. Gott wollte es wohl so . . .«

In dieser Nacht gebar Isabél ein Kind, viel zu früh – und tot.

»Sie verfluchen mich«, wimmerte Isabél. »Es ist ihr Fluch gegen mich!«

»So beruhigt Euch doch, Majestät!« Der Arzt träufelte eine Tinktur in Isabéls Wein. Die Königin schlug ihm den Becher aus der Hand, dann schlug sie sich die Hände vors Gesicht. »Ich habe Angst«, stöhnte sie. »Ich habe Angst!«

Noch jemand hatte Angst, schreckliche Angst. Es war Tomás de Torquemada, der Großinquisitor. Sein zu eisiger Miene erstarrtes Gesicht ließ nicht erkennen, welche Qualen ihn in seinem Inneren peinigten. Auf seinen unermüdlichen Reisen durch Kastilien fürchtete er sich vor Racheakten. Er wusste genau, dass er viele Feinde hatte. Es war die enorme Macht, die er auf seine Person konzentrierte und die für viele andere einflussreiche Leute zur Gefahr wurde. Er war klug genug, dies zu erkennen, aber auch zu feige, ihnen die Stirn zu bieten. Auf Reisen ließ er sich von einer Leibgarde mit fünfzig Berittenen und zweihundert Mann Fußvolk beschützen. Es waren ausgesuchte Leute, die ihm absolut treu ergeben waren. Ob Adlige, Vertreter des Bürgertums oder einfache Leute, sie drängten sich um einen Posten in dieser Garde, war sie doch der beste Schutz vor Verdacht und Verhaftung.

Der Großinquisitor vertraute dieser Schutztruppe trotzdem nur bedingt. Während er auf seinem mit schwarzen Decken verhängten Maultier ritt, tastete er nach dem kleinen Beutel, den er versteckt unter seinem Mönchsgewand trug. Darin befand sich das zu Pulver zerstoßene Horn eines Einhorns, das gegen Gift in seinen Speisen helfen sollte. Jeden anderen hätte Torquemada für diesen Aberglauben auf den Scheiterhaufen gebracht.

Mit unendlicher Sanftheit streichelte Isabél über Don Juans blonde Lockenpracht. »Mein Engel«, flüsterte sie. »Mein Engelchen.«

Der prinzliche Knabe hob den Blick und strahlte Isabél mit seinen blauen Augen an.

»Mir geht es schon viel besser«, beteuerte er und versuchte ein mattes Lächeln.

»Das Fieber ist gesunken, Majestät.« Der Leibarzt packte seine Utensilien in eine feste Ledertasche. »Aber Seine Hoheit bedürfen noch der Ruhe. Er muss noch mindestens drei Tage im Bett bleiben.«

»Drei Tage?«, fragte der Prinz. »Ist das viel?«

Isabél hob drei ausgestreckte Finger in die Höhe.

»So viel ist das. Eigentlich ganz wenig. Ich werde bei dir am Bett sitzen bleiben, und wir erzählen uns Geschichten, ja? Dann vergeht die Zeit gleich viel schneller. Der Doktor hat gesagt, dass du dich noch ausruhen musst.«

Folgsam nickte Juan. Isabél strich ihm die Locken aus der feuchten Stirn. Der Infant besaß eine schwache Gesundheit und war von zarter Konstitution. Immer wieder packte ihn das Fieber, litt er an rätselhaften Krankheiten.

Besonders fürchtete Isabél die Pest, die im ganzen Lande wütete und auch prominente Opfer forderte. Prior Ojeda von Segovia befand sich unter ihnen, und viele der von ihm Verfolgten waren überzeugt, dass dies Gottes gerechte Strafe für seine Grausamkeiten war.

Doch Großinquisitor Torquemada war anderer Ansicht. Er verkündete öffentlich, dass der Himmel seinen Zorn über die herrschende Häresie kundtue. Die Juden trugen an der Pest Schuld, die Juden und die Ketzer. Und die Muslime auch. Gott zürnte allen vom wahren Glauben Abgefallenen, allen Ungläubigen und Gotteslästerern. Das Heilige Offizium würde noch strenger gegen alle Ketzer vorgehen müssen.

Je schlimmer die Pest im Lande wütete, umso schlimmer wütete auch die Inquisition. Zwar konnte Torquemada die Bitte der Königin um eine Reuefrist nicht gänzlich ignorieren, doch nun wurde von den Angeklagten verlangt, zum Zeichen ihrer Reue Christen, Marranos und Conversos aus ihrem Umfeld, denen es an Glaubenseifer mangele, zu denunzieren. Innerhalb weniger Wochen erfuhr die Inquisition die Namen aller Marranos in Burgos, Toledo, Córdoba und anderen Städten. Über achttausend Marranos fanden den Tod auf dem Scheiterhaufen.

Isabél saß am Bett ihres kleinen Prinzen und erzählte ihm Geschichten über Engel mit goldenen Flügeln. Sie kündeten vom himmlischen Paradies.

»Ich möchte auch ein Engel sein«, flüsterte der Infant, bevor ihm die Augen zufielen.

»Das bist du schon, das bist du schon«, erwiderte die Königin. Die Sanftheit in ihrem Gesicht erlosch und wich einem herben Ausdruck um ihre Mundwinkel. Nein, sie durfte nicht schwach werden. Sie tat doch alles nur für ihn, ihren kleinen Engel. Wie unschuldig er dalag, von reinem Blut. Reines Blut? Wo gab es denn in Kastilien noch reines Blut? Alles war durchsetzt mit jüdischem und muslimischem Blut. Da vermischte sich fremdes Blut mit fremdem Gedankengut, mit fremden Sitten und Gebräuchen, mit fremden Religionen. Was nützte die ganze Reinigung im Land, wenn das Blut nicht gereinigt wurde? War dies der Grund, warum es so viel Häresie in Kastilien gab?

Der Papst, den die Conversos in ihrer Not um Hilfe riefen, schwankte zwischen Rüge und Ermutigung für Isabél. Schließlich kam der Kampf gegen den »Götzendienst« auch der Macht der Kirche zugute.

Torquemada ließ sich von der halbherzigen päpstlichen Intervention nicht beeindrucken, und Isabél lehnte kategorisch jegliche Einmischung Roms in Kastiliens innere Angelegenheiten ab.

Um dem Volk das Schauspiel der Ketzerverbrennungen als angenehmen Akt ins Bewusstsein zu bringen, bereitete Torquemada bis ins kleinste Detail ausgearbeitete Vorschriften vor. Die Hinrichtungen wurden zu Volksfesten gestaltet, mit Musik, Schauspiel, Markt, Gauklern, Tänzern sowie prächtig geschmückten Tribünen und Häusern. Heiligenfiguren umgaben den Verbrennungsplatz, zumeist vor den Mauern der Stadt, wo das grausame Spektakel stattfand. Messen wurden abgehalten, und die Prozessionen, um die Verurteilten zur Richtstätte zu bringen, wurden immer prachtvoller und gewaltiger. Außer den Stierkämpfen bildeten diese Hinrichtungen die einzigen Volksbelustigungen, zu denen große Menschenmassen zusammenströmten. Innerhalb kurzer Zeit wurden diese grausamen Vergnügen mit den Sitten und Traditionen des Volkes verschmolzen, sodass die meisten Kastilier den fanatischen Reinheitsgedanken des Blutes kritiklos übernahmen.

Der Kreuzzug

So liebevoll und fürsorglich Isabél sich gegenüber ihren Kindern verhielt, so streifte sie diesen Zug wie einen Mantel ab, wenn sie den Thronsaal betrat. Alle ihre Erfolge basierten auf ihrer unbeugsamen Willensstärke, die sie gegen jegliche Widerstände durchsetzte. Niemand sollte glauben, dass sich ihre Kräfte verringert hätten, auch wenn ihr Kampf schon fast ein Jahrzehnt dauerte. Es gab noch viel zu tun, sie durfte nicht nachlassen und müde werden.

Der Fehdehandschuh, den Mulay Hasan ihr hingeworfen hatte, brannte wie Feuer auf ihrer Haut. Sie durfte seine Weigerung, Tribut zu zahlen, nicht einfach hinnehmen.

Fernando hatte diesen Affront gleich rächen wollen, aber für einen aussichtsreichen Feldzug gegen die Mauren fehlte der Staatskasse bislang das Geld. Das änderte sich, als durch das Einziehen des Vermögens von verurteilten Ketzern ein deutlicher Geldsegen einsetzte.

»Wir wollen das Geld nicht für uns haben«, sagte sie zu Fernando, der ihr stolz die neuesten Abrechnungen präsentierte, die ihm Schatzmeister Luis de Santangel übergeben hatte. »Jetzt können wir endlich den Kreuzzug gegen die Mauren finanzieren.«

»Nichts lieber als das«, erwiderte Fernando. »Du hast schon viel zu lange gezögert.«

»Überlass es bitte mir, den richtigen Zeitpunkt dafür festzulegen. Wir benötigen die Zustimmung und Unterstützung der Granden.«

»Haben wir die nicht? Worauf warten wir?«

Isabél trat an Fernando heran und strich mit der Hand über sein Wams aus feinstem Brokat.

»Auf den richtigen Augenblick, mein Lieber. Du bist schon wieder zu ungeduldig.«

Er nahm Isabél in den Arm. Die letzte Totgeburt hatte auch ihn betroffen gemacht. Sonst bar jeglicher Sentimentalität, liebte er Isabél in diesen schweren Augenblicken besonders, weil er wusste, dass sie dann schwach war. Es waren seltene, kostbare Augenblicke, wo er sie tröstend und beschützend in den Arm nehmen konnte. Sonst ließ sie ihm selten Möglichkeiten zum Beweis seiner Männlichkeit. Es entsprach keineswegs dem Selbstverständnis eines Spaniers, dass ihm seine Frau ebenbürtig und gleichgestellt war. Auch wenn es Fernando in diesem Falle akzeptierte, ja, akzeptieren musste, so empfand er es keinesfalls als selbstverständlich. Er nutzte die Gunst der Stunde.

Während Isabél in Fernandos Armen lag, rüstete sich der adlige und draufgängerische Marqués von Cádiz, Don Rodrigo Ponce de León, zu einem Alleingang. In einem Überraschungsangriff nahm er die Stadt Villaluenga ein, wo sich eine Garnison der Muslime befand.

Es war keine bedeutende Stadt, und es war keine große Garnison, aber es war ein Schlag ins Gesicht des Emirs.

Mulay Hasan konnte und wollte diese Beleidigung nicht auf sich sitzen lassen. Er wählte bewusst einen hohen Feiertag der Christenheit, um zurückzuschlagen. In der Weihnachtsnacht des Jahres 1481 fegte ein heftiger Sturm über die andalusische Hochebene. Die Menschen, die sich zur Messe in den Kirchen zusammengefunden hatten, beteten besonders inbrünstig. Der Himmel schien sich gegen sie verschworen zu haben. Dieser Sturm aber war nichts gegen den Angriff muslimischer Gruppen gegen die Festung Zahara in dieser Nacht. Diese Festung war einer der wichtigsten Verteidigungspunkte von Sevilla. Sie fiel nach nur kurzem Widerstand; die Besatzung wurde getötet und die Bevölkerung versklavt.

Das Königspaar weilte in Medina del Campo, als ihnen die Botschaft vom Fall Zaharas überbracht wurde.

»Was erlaubt sich dieser Wüstling?«, tobte Isabél. »Das ist nicht nur ein Affront gegen die kastilische Krone, das ist ein Affront gegen die ganze Christenheit!«

Doch schnell gewann sie ihre Fassung wieder. Das Unglück von Zahara war eigentlich ein Glücksfall! Genau das war der Augenblick, auf den sie gewartet hatte, und diesmal zögerte sie keinen Augenblick, sondern befahl eine Strafexpedition. Mit glühendem Blick verkündete sie: »Ja, Wir freuen Uns, was gerade geschehen ist, denn damit haben Wir die Möglichkeit, Unser Vorhaben in die Tat umzusetzen, nämlich den Islam zu bekämpfen.«

Der kampfeslüsterne Marqués von Cádiz wartete jedoch Isabéls Befehl gar nicht erst ab, sondern holte sofort zum Gegenschlag aus. Obwohl der Winter im Gebirge Mensch und Tier aufs äußerste zusetzte, brachen zweitausendfünfhundert berittene Männer sowie dreitausend Mann Fußvolk zu einem riskanten Unternehmen auf. Das Ziel war Alhama, eine Stadt und Festung mitten im Emirat Granada, nahe der Hafenstadt Málaga. Der Marqés wollte den Emir an seiner empfindlichsten Stelle treffen.

Die Truppen marschierten nur des Nachts. Die Männer waren von

Strapazen und Entbehrungen gezeichnet, aber die Aussicht auf reiche Beute aus dem Herzen der verhassten Muslime spornte sie immer wieder an.

Die Mauren wiegten sich in Sicherheit, schien es ihnen doch unmöglich, dass die Christen einen Angriff im Winter und bei diesen Witterungsbedingungen wagten. Ungehindert gelangte der Marqués bis vor die Tore der Stadt. Einige Soldaten kletterten die Mauer hinauf, überwältigten die völlig überraschten Wachen und öffneten dann die Tore. Alhama wurde im Handstreich erobert.

Wie zuvor der Emir verfuhr nun der Marqués mit den Bewohnern. Zudem war die reiche Beute eine willkommene Entschädigung für die vorausgegangenen Strapazen.

Die Nachricht von dem gelungenen Handstreich gelangte in Windeseile nach Medina del Campo, wo Isabél in der Kathedrale ein Te Deum anstimmen ließ.

Ihre Lippen bewegten sich mit dem Gesang der Mönche, der klar und rein zur Kuppel des Gotteshauses strebte: *»Te Deum laudamus: Dominum confitemur. Te, aeternum Patrem, omnis terra veneratur.«*

Seit sie von den Dominikanermönchen Diego de Deza, Pascual de Ampudia und Andrés de Miranda in Latein unterrichtet wurde, bekamen diese Worte für sie eine verständliche Bedeutung: »Dich, Gott, loben wir, dich, Herr, preisen wir. Dir, dem ewigen Vater, huldigt das Erdenrund ...«

Gott stand ihnen bei!

Der Bote, der dem Emir die Nachricht vom Fall Alhamas nach Granada überbrachte, verlor sogleich seinen Kopf.

»Unheil über mich, Alhama«, wehklagte Mulay Hasan und streckte die Hände zum Himmel. Allah hatte ihn verlassen!

Nicht nur der Emir, sondern auch die Bewohner Granadas hatten den Glauben an Allah verloren. Eine christliche Garnison inmitten des Reiches von Allahs Gnaden erschien ihnen fast wie ein Todesstoß. Zudem konnte von Alhama aus die Versorgung des Maurenreichs empfindlich gestört, wenn nicht gar gänzlich unterbrochen werden. Im Hafen von Málaga landeten Schiffe mit wichtigen Gütern aus den afrikanischen Maurenreichen. Von der Hafenstadt aus zog sich die Handelsstraße nach Granada wie eine Nabelschnur. Alhama lag auf halbem Wege. Die Lage war fatal.

Mulay Hasan schwor Rache. Er musste die Schande tilgen, die die Christen ihm angetan hatten. Er fühlte sich überlistet, musste sich vor seinen Untertanen rehabilitieren. Innerhalb kürzester Zeit stellte er eine Armee von fünfzigtausend Mann auf und belagerte Alhama. Allerdings fehlten dem Emir die notwendigen Gerätschaften für eine Belagerung. So versprach er sich Erfolg, die Stadt auszuhungern. Zudem ließ er einen kleinen Fluss umleiten, um die Garnison von der Wasserversorgung abzuschneiden.

Die Lebensmittel in Alhama wurden knapp, die Brunnen versiegten. Das Ende der Christen war nah, und der Emir dankte bereits vor seinen Soldaten Allah für seine unendliche Güte, die Feinde zu besiegen. Die Kapitulation der Festung stand kurz bevor.

Diese Nachricht versetzte den kastilischen Hof in Aufruhr. Isabél ballte die Fäuste. Einen Rückschlag bei der Rückeroberung der maurischen Gebiete konnte und wollte sie nicht in Kauf nehmen. Sie überlegte nicht lange, sondern begab sich Hals über Kopf auf die beschwerliche Reise nach Córdoba, um den Belagerten so nahe wie möglich zu sein und von dort ihren Widerstand zu stärken. Sie war hochschwanger; Fernandos Umarmungen waren nicht ohne Folgen geblieben. Obwohl Fernando versuchte, sie daran zu hindern, ließ sie sich, wie stets, nicht davon abbringen. Es ging um ein höheres Ziel, die Rückeroberung Granadas. Der erste Schritt dazu durfte nicht zum Fehlschlag werden. Die übermenschliche Einsatzbereitschaft der Königin machte den Belagerten Mut.

»Nicht eine Zinne!«, wiederholte sie ihren Schwur. »Die Ehre verbietet es Uns, den inbrünstigen Willen des Volkes zu zügeln.«

Die Eingeschlossenen fassten wieder Mut. Isabél schickte Botschaften, dass die Kämpfer von Krone und Volk Kastiliens nicht im

Stich gelassen wurden. Die Königin wuchs über sich hinaus. Zwar war sie keine Feldherrin, beherrschte die Kriegskunst nicht, aber sie wusste, wie wichtig die Moral im Krieg war.

In Granada riefen die Mauren zum Krieg gegen die Ungläubigen. Kastilien und sogar Aragón unterstützten Fernando bei der Aufstellung von Truppen gegen die Mauren.

Obwohl der Herzog von Medina Sidonia der erklärte Erzfeind des Marqués von Cádiz war, eilte er diesem mit selbst ausgerüsteten Truppen zu Hilfe. Das Kreuz über Alhama wurde zum nationalen Ziel, dem sich persönliche Befindlichkeiten unterzuordnen hatten. Während Isabél die Moral der Eingeschlossenen unermüdlich stärkte, rückten die christlichen Truppen immer weiter vor. Sie waren den maurischen Truppen zahlenmäßig weit überlegen. Der Emir musste dieser Übermacht weichen. Alhama bieb endgültig in kastilischer Hand.

Fernando plünderte gründlich den reichsten Flecken Granadas und verwüstete das umliegende fruchtbare Land. Den Mauren musste die Überlegenheit des Christentums und seines Kreuzfahrerheeres demonstriert werden!

Erleichtert und erschöpft kehrte Isabél nach Medina del Campo zurück. Kurz darauf kam sie mit einer Tochter nieder. Das Kind lebte! Isabél fühlte sich unendlich glücklich. Der Gottesmutter zum Dank taufte sie das Kind auf den Namen Maria.

Den geschlagenen Emir Mulay Hasan erwartete kein triumphaler Empfang in Granada. Aber was ihn stattdessen dort erwartete, damit hatte er in seinen schlimmsten Träumen nicht gerechnet. Seine Gattin Aicha hatte seine Abwesenheit zu einem Staatsstreich genutzt und ihren Sohn Boabdil zum neuen Emir ausgerufen. Beide residierten in der Alhambra von Granada. Mulay Hasan musste diesen zweiten Rückschlag verschmerzen, was ihm nur schwer gelang. Wie ein verwundetes Tier verkroch er sich in seiner Residenz in Málaga. Er verfluchte die Frau, die ihm diese Schmach angetan hatte, und damit verfluchte er alle Frauen unter Allahs Sonne.

Mit einem seligen Lächeln hielt Isabél die Infantin Maria im Arm. Der glückliche Ausgang in Alhama und die Geburt ihrer Tochter bewiesen ihr, dass Gott seine schützende Hand über sie hielt. Das kleine Wesen in ihrem Arm begann heftig an ihrem Finger zu saugen. Sie übergab das sorgfältig geschnürte Bündel der Amme.

»Gebt der Infantin den Nektar des Paradieses, damit sie zum Ruhme der kastilischen Krone und zum Wohlgefallen Gottes gedeihe.«

Dass sie selbst stolz auf dieses Kind war, verschwieg sie. Doch die Sanftmut in ihrem Gesicht verriet es. Auch wenn sie Don Juan schon aus dem Grund besonders liebte, weil er ihr einziger Sohn und der Thronfolger war, so waren alle Kinder ihr Fleisch und Blut. Töchter spielten in der Heiratspolitik eine große Rolle, und Isabél würde bei der Auswahl der Verbindungen sehr klug entscheiden.

Die vor dem Saal auf eine Audienz wartende Hofgesellschaft ließ sie zurückweisen. Die lautstarken Hochrufe und Jubelbekundungen wehrte sie fast bescheiden ab.

»Gott war mit uns«, sagte sie schlicht. »Lasst mich in die Kapelle gehen und Gott dafür danken.«

Weniger bescheiden verhielt sich König Fernando. Seine Gattin heimste den ganzen Ruhm um die Befreiung Alhamas ein – und der Marqués von Cádiz. Auch wenn er diesem zu Hilfe geeilt war, so waren die entscheidenden militärischen Erfolge Don Rodrigo Ponce zu verdanken. Es kränkte Fernando in seiner Ehre als Feldherr und Krieger, als Mann und als König. Wenn schon seine Gattin im Licht des Ruhmes erstrahlte, so wollte er es ebenfalls.

Die Stadt Loja lag umgeben von schroffen Bergen und unwegsamen Schluchten wie eine von Dornen umgebene Rose. Uneinnehmbar, doch war sie für Fernando gerade deswegen eine Herausforderung. Er setzte sich in den Kopf, diese Stadt einzunehmen. Doch es bereitete schon unendliche Schwierigkeiten, die Zelte des Feldlagers an den steilen Hängen der Umgebung aufzustellen. Noch ehe die Schlacht wirklich begann, nutzte der maurische Verteidiger der Stadt, Ali Atar, die Konfusion der christlichen Soldaten für einen Gegenangriff. Ehe sie zu den Waffen greifen konnten, überfielen die Mauren Fernandos Streitkräfte. Da schlitterten die halb aufgestellten Zelte samt ihren kläglichen Erbauern die Hänge hinab, da machten sich Fässer und Ballen selbständig, da stoben die Maultiere in Panik auseinander, und niemand der kastilischen Soldaten konnte sie halten. Sie verhedderten sich in Seilen und Zeltbahnen, fanden ihre Waffen nicht und wehrten sich notgedrungen mit Hämmern, Knüppeln und Zeltstangen. Nicht lange, und Fernandos siegessichere Streitmacht wurde in alle Winde versprengt.

Ali Atar, der Schwiegervater des an die Macht geputschten Emirs Boabdil, jagte die Kastilier wie Hasen. Zuletzt wollte er als Krönung und Trophäe König Fernando gefangen nehmen. Beinahe wäre es ihm auch gelungen, hätte der Marqués von Cádiz ihn nicht höchstpersönlich aus dieser ausweglosen Situation herausgeschlagen.

Statt mit Siegeslorbeer umkränzt, kehrte ein geschlagenes Häuflein erschöpfter und demoralisierter Kämpfer nach Córdoba zurück, an ihrer Spitze König Fernando.

Isabél, die den Recken einen triumphalen Empfang bereiten wollte, blickte entsetzt auf den traurigen Rest von Fernandos Streitmacht. Fernando selbst war nicht wiederzuerkennen. Mit leerem Blick starrte er vor sich hin und bedankte sich nicht für die Ehrenbezeigung durch das Volk von Córdoba und seiner Gattin. Ihre Großmütigkeit beschämte ihn noch mehr.

Isabél vermied es tunlichst, nur die leiseste Kritik an diesem abenteuerlichen Unterfangen zu äußern. Zuvor hatte es genug Warnungen von den Ratgebern bei Hofe gegeben, doch Fernando hatte sie alle in den Wind geschlagen. Ruhm und Ehre waren ihm wichtiger als Klugheit und Taktik. Isabél pries die tapferen Kämpfer und ließ einen Gedenkgottesdienst für alle gefallenen Krieger, unter ihnen Don Rodrigo Girón, der Großmeister des Calatrava-Ordens, ausrichten. Erhobenen Hauptes stand sie neben Fernando. Niemand ahnte, welch große Sorge sie erfasst hatte. Ihr war klar, dass die Reconquista des maurisch besetzten Landes nicht im Handstreich zu erreichen war und dass noch viel Blut die andalusische Erde tränken würde.

Isabéls stille Einsicht erreichte jedoch nicht den andalusischen Adel. Dieser suchte nun nach einer Gelegenheit, sich für die Schmach von Loja zu rächen. Als hätten sie nichts aus der Niederlage gelernt, drängten sie den Marqués von Cádiz zu einem erneuten unüberlegten Angriff, diesmal auf das Gebiet von Axarquia.

Die Mauren ließen Ponces Truppen auf das ihm unbekannte und unwegsame Gebiet vorrücken, um sie in einem steilen, engen Tal in eine Falle zu locken. Bei dem schrecklichen Gemetzel entging der Marqués nur knapp dem Tod, drei seiner Brüder und zwei Neffen verloren ihr Leben, wie auch ein Großteil seiner Soldaten.

Das Entsetzen der Königin war groß. »Es war unverantwortlich vom Marqués, so kopflos in eine Schlacht zu ziehen«, zürnte sie. »Wenn auch ihr Ziel eine gerechte und heilige Sache ist, so ist doch das Leben vieler tapferer Ritter und Soldaten in höchst leichtfertiger Weise aufs Spiel gesetzt worden. Die Hinterlist der maurischen Feinde dürfen wir nicht unterschätzen.«

Doch der Pfarrer von Palacios hielt eine ganz andere Erklärung für das Desaster parat, die Isabél zu denken gab.

»Es waren nur wenige Mauren«, stellte er fest, »und wir könnten die Hand der Vorsehung, die mit Recht über das Verhalten der Ritter erzürnt war, nur zu leicht im katastrophalen Ausgang des Treffens erkennen. Tatsächlich hatten die meisten von ihnen vor der Schlacht nicht gebeichtet, wie es frommen Christen geziemt. Damit bewiesen sie, dass sie nicht im Geiste Gottes und zu seinem Ruhme stritten, sondern von Habsucht und Gier nach weltlichen Gütern geleitet waren und deshalb in den Kampf zogen.«

Diese mahnenden Worte nahm Isabél selbst zum Anlass, sich in Zukunft mehr um die seelischen Belange ihrer kämpfenden Untertanen zu kümmern.

Doch nicht Gott, sondern Boabdils Leichtsinn kam den Kastiliern zu Hilfe. Aufgestachelt durch seine machtbesessene und überhebliche Mutter, glaubte der neu ernannte Emir nun seinerseits, einen leichten Sieg über die Christen und damit den Siegeslorbeer zu erringen. Mit Ali Atars Unterstützung griff Boabdil die Stadt Lucerna an. Vielleicht war doch Gottes Hand im Spiel, als sich eine Nebelwand auf die Kämpfenden herniedersenkte und den Kastiliern einen unerwarteten Gegenschlag ermöglichte. Bei dem Überraschungssieg fiel Ali Atar, und Boabdil geriet in kastilische Gefangenschaft.

Boabdils Mutter Aicha bot ein Vermögen zur Auslösung ihres Sohnes. In Fernandos Augen glitzerte bereits das Gold, und er wäre gern auf dieses verlockende Angebot eingegangen, doch er hatte nicht mit Isabéls kluger Weitsicht gerechnet.

»Natürlich werden wir nicht auf dieses Angebot eingehen«, sagte sie entschieden zu ihrem verblüfften Gatten. »So einen Glücksfall verschenkt man nicht für schnödes Gold.«

»Schnödes Gold?«, brauste Fernando auf. »Es ist ein einmaliger Glücksfall, wie viel wir für diesen maurischen Verbrecher herausschlagen können.«

»Du denkst wirklich nicht weiter«, schnaubte nun auch Isabél erbost. »Glaubst du, wir nehmen ihn gleich wieder gefangen, wenn wir ihn für ein paar Golddukaten laufen lassen?«

»Sicher«, erwiderte Fernando trotzig. Die Niederlage steckte ihm noch in den Knochen, und alles in ihm schrie nach Vergeltung, und wenn dieser verfluchte Maure Gold bluten musste.

Isabél war jedoch nicht bereit, sich der Kurzsichtigkeit ihres Gatten zu beugen.

»Wir können wesentlich mehr Geld aus ihm herausschlagen, als Aicha uns anbietet, wenn wir diverse Bedingungen an seine Freilassung knüpfen.«

»Welche Bedingungen denn?«

Großzügig blickte Isabél über Fernandos Naivität und Kurzsichtigkeit hinweg. Sie fand, dass Frauen die wesentlich geschickteren Strategen waren. Doch aus genau diesem Grund würde sie ihm das nicht einfach an den Kopf werfen. Schließlich hatte sie einstmals geschworen, dass der König der Königin gleichgestellt war. Insofern musste sie ihrem begriffsstutzigen Gatten auf die Sprünge helfen.

»Du willst doch den größtmöglichen Gewinn aus dieser Gefangennahme herausschlagen, also darfst du nicht nur einfach das Geld annehmen und Boabdil laufen lassen, sondern musst ihm einen Vertrag anbieten.«

Fernando verschränkte die Arme vor der Brust, und sein Gesicht drückte heftige Ablehnung aus.

»Ich verhandle nicht mit diesem Ungläubigen.«

Isabél schüttelte lächelnd ihr Haupt. »Du sollst nicht mit ihm verhandeln, sondern ihm einen Vertrag diktieren, den er unbedingt eingehen *muss.*«

Fernandos Widerstand ließ sichtbar nach und wich einer interessierten Neugier. »Und wie sollte dieser Vertrag aussehen?«

Isabéls Lächeln verbreiterte sich. Sie hatte wieder einmal gewonnen.

»Dieser Boabdil ist ein Schwächling, verweichlicht durch die angenehme Lebensweise dieser Menschen«, fuhr sie fort. »Er ist leicht zu dirigieren und zu beeinflussen. Das zeigt schon, dass ihn seine Mutter steuert.«

Fernando biss sich auf die Lippen. Wurde er nicht auch von einer Frau gesteuert, *seiner* Frau? Doch er schwieg und ließ Isabél reden.

»Boabdil muss sich der kastilischen Krone unterwerfen, ihr Treue schwören und damit zu unserem Vasall werden. Außerdem muss er seinen Sohn als Geisel ausliefern. Dann hat er sich zur Zahlung von vierzehntausend Dukaten zu verpflichten. Ach ja, und er muss kastilische Gefangene freilassen. Meines Wissens befinden sich etwa siebentausend in seiner Gewalt.«

Fernando starrte Isabell mit offenem Mund an, und er wirkte dabei nicht sehr geistreich. Er musste neidvoll anerkennen, dass Isabél ihren Verstand gebrauchte, und das ausgesprochen trickreich. Und doch konnte sich Fernando mit Isabéls Gedanken nicht so recht anfreunden.

»Er erwartet doch sicher eine Gegenleistung von uns«, wandte er nach einer geraumen Weile ein. »Seine Freilassung?«

»Sicher. Und wir erkennen ihn als legitimen König von Granada an.«

»Ihn als König anerkennen?« Fernando sprang erregt auf. »Ich will ihn bekämpfen und nicht hofieren!«

»Man sieht, du bist ein Krieger und kein Diplomat«, entgegnete Isabél sanft. »Oder wäre dir Mulay Hasan als Emir von Granada lieber?«

»Am liebsten würde ich beide mit meinem Schwert zu ihrem Allah schicken«, knurrte Fernando.

»Dieser Augenblick wird kommen. Davor jedoch ist einfach kluges Abwarten wichtig. Das war noch nicht alles, mein Lieber.« Ihr Lächeln wurde unergründlich, und Fernando kam sich wieder hoffnungslos unterlegen vor. »Alles wirst du in einem Vertrag niederschreiben. Doch die wichtigste Klausel wird dies sein: An jenem Tag, an dem die Kastilier die Stadt Guadix erobern, muss Boabdil Granada kampflos übergeben.«

»Und du bist sicher, er wird darauf eingehen?« Der König schüttelte zweifelnd den Kopf. »Es klingt einfach unglaublich.«

»Schreib, und du wirst selbst sehen ...«

Fernando tat, wie ihm Isabél geheißen, und Boabdil unterzeichnete den Vertrag mit großer Erleichterung, mit dem Leben davongekommen zu sein.

Boabdils Gefangenschaft nutzte der abgesetzte Emir Mulay Hasan, um seine angestammte Macht zurückzuerobern und in die königliche Residenz in der Alhambra einzuziehen. Boabdils Mutter Aicha zettelte einen blutigen Bürgerkrieg an. Die Wesire des Hofes bemühten sich, den kämpfenden Parteien Einhalt zu gebieten.

»Ein Greis, der nicht mehr in der Lage ist, ein Schwert in der Hand zu halten, und ein verweichlichter Jüngling, der von Mannestugenden keine Ahnung hat und sich von einem Weib beherrschen lässt, stürzen ein ganzes Königreich ins Elend«, klagten sie. Sie begriffen, dass die Machtkämpfe zwischen Vater und Sohn in erster Linie ihren kastilischen Feinden zugute kamen.

Zudem erklärte sich auch noch Mulay Hasans Bruder El Zagal zum Emir des Reiches. Alles in allem besaß Granada keinen regierungsfähigen König mehr.

Die Wirren in dem Kalifenreich kamen dem kastilischen Königspaar mehr als gelegen. Trotzdem gab sich Isabél keinen Illusionen hin. Die Rückeroberung Granadas würde nur mit außerordentlichen Anstrengungen zu schaffen sein. Vor allem fehlten die Geldmittel für diesen wahrscheinlich lange währenden Kampf.

Während Fernando sich um die kriegstechnischen Belange kümmerte, oblag Isabél die Organisation des Unterfangens.

Zunächst benötigte sie die Unterstützung des Heiligen Stuhls. Da sie wusste, wie reserviert der Papst ihr gegenüber war, bedrängte sie ihn massiv, die Reconquista als Kreuzzug zu erklären. Auch wenn Sixtus IV. die halsstarrige und eigenwillige Isabél mit Argwohn betrachtete, konnte er sich aus kirchlicher Sicht ihren Forderungen kaum verschließen. Es war nicht nur der Segen des Papstes, den sie bekam, vor allem durfte sie die spanischen Kircheneinnahmen für den Kreuzzug verwenden. Immerhin gelangten so einhunderttausend Dukaten in Fernandos Kriegskasse. Zudem versprach der Papst den Streitern gegen die Anhänger Mohammeds einen weitgehenden Sündenablass. Sie würden diesen wohl gebrauchen können.

Zufrieden über das Entgegenkommen des Papstes, hielt sich Isabél nicht lange damit auf. Auch alle Granden und ihre Vasallen mussten ihren Beitrag zur Rückeroberung der maurischen Gebiete leisten. Sie beauftragte Hernando de Talavera damit, die Gelder dafür einzutreiben. Vor allem aus der Santa Hermandad wurden die Milizen abgezogen, Kreuzfahrer aus den anderen christlichen Reichen Europas angeworben.

Nun befasste sich Isabél mit der neuesten Kriegstechnik. Der Einsatz der Artillerie für die Kriegsführung erschien ihr von besonderer

Bedeutung. Sie ließ die berühmtesten Waffenschmiede nach Kastilien kommen und eine große Anzahl von Kanonen gießen. Immerhin war Granada aufs äußerste befestigt und sehr wehrhaft. Allein eine Belagerung würde wohl nicht zum gewünschten Erfolg führen. Deshalb ließ die Königin anweisen, die fruchtbaren Felder der Vega zu verwüsten und die Ernten zu vernichten. Die Mauren sollten ausgehungert, ihre Moral gebrochen und ein Nachschub verhindert werden. Dieser konnte aber ebenso aus Afrika kommen. So ließ Isabél eine Flotte im Mittelmeer kreuzen, um einen Nachschub über den Seeweg zu verhindern.

Während diese Vorbereitungen mit Stetigkeit von Isabél vorangetrieben wurden, rieben sich die drei Emire im eigenen Machtgeplänkel auf. Dem erleichtert aus der Gefangenschaft freigekommenen Boabdil warfen sie Verrat vor. Der Vertrag, den er mit den kastilischen Königen eingegangen war, machte ihn nun zum kastilischen Vasallen. Da Mulay Hasan die Regierungsgewalt wieder an sich gerissen hatte, musste Boabdil gezwungenermaßen nach Almería flüchten. Von da aus versuchte er immer wieder, seine Machtansprüche geltend zu machen.

Zufrieden stellte Fernando in einem Brief an seine Schwester, die mit dem König von Neapel verheiratet war, fest: »Wir haben Boabdil freigelassen, um Zwietracht in Granada zu säen und dieses Königreich zu zerstören.«

»Schau es dir an, mein Engelchen, schau dir diese Karte an.«

Isabél nahm die Landkarte, die sie auf dem Tisch ausgebreitet hatte, in die Hand und hielt sie so, dass sie der Infant sehen konnte. Ganz sicher wusste der mittlerweile Sechsjährige noch nichts damit anzufangen, doch er blickte mit leuchtenden Augen auf das bunte Gemälde. »Schau, mein Schatz, das alles ist unser geliebtes Reich Kastilien. Und hier unten, da sitzt der böse König der Mauren, den wir besiegen und vertreiben müssen. Verstehst du das?«

Der kleine Prinz nickte ernsthaft und entlockte damit Isabél ein Lächeln. Sie strich ihm zärtlich über seine blonden Locken, wie sie es so gern tat. Isabéls ganze Hoffnung lag auf ihrem bislang einzigen Sohn. Je eher er mit all diesen Dingen vertraut wurde, um so schneller würde er sich in seine zukünftigen Aufgaben hineinfügen. Er war klug und verständig, und sein stilles Wesen fußte auf einer Ernsthaftigkeit, die einmal seinen zukünftigen Aufgaben angemessen sein würde. Sie würde sowohl als Königin wie auch als Mutter alles dafür tun, um Don Juan auf diese Aufgaben vorzubereiten. Sie tat es mit der gleichen Gründlichkeit, wie sie auch alles andere betrieb.

»Und deshalb«, fuhr sie fort, »müssen wir diese Kanonen alle hierher bringen.« Sie fuhr mit dem Finger gewundene Linien über die Karte.

»Bum-bum!« Don Juans Augen glänzten, und er griff zu einem kleinen, aus Holz gefertigtem Modell einer Kanone, die auf dem Tisch stand. Er schob sie über die Karte. An einer Faltkante blieb die kleine Kanone hängen und fiel um. »Bum!« Er lachte. »Jetzt geht es nicht mehr weiter.«

Isabél lachte ebenfalls, doch dann wurde ihr Gesicht ernst, und sie beugte sich über die Karte. Sie kannte die Straßenverhältnisse in Kastilien nur zu gut. Schlamm, Löcher, zu eng, niemals würde sie den Truppentransport mit Kanonen bei dem derzeitigen Straßenzustand durchführen können. Die erste Kanone, die in einem Schlammloch umkippte, würde den gesamten Transport zum Stocken bringen.

»Mein Engel, du hast vollkommen recht. Weißt du, dass du eben etwas ganz Großartiges gesagt hast?«

Sie packte den Infanten und wirbelte ihn lachend im Kreis. Dann besann sie sich jedoch, stellte ihn vorsichtig auf die Füße und räusperte sich.

»Also, mein kleiner Prinz, die Königin von Kastilien dankt Euch und verleiht Euch den Titel *Kluger Prinz von Kastilien.*«

Don Juan errötete vor Freude, und er schenkte Isabél ein kindliches Strahlen. Dann verbeugte er sich artig, wie es ihm die Kinderfrau beigebracht hatte. Der Königin musste man Respekt bezeugen, auch wenn sie die eigene Mutter war.

»Geh, mein Engel«, sagte sie sanft. »Die Königin muss arbeiten, ihr großes Reich regieren.«

Der Infant blieb unschlüssig stehen. »Ich möchte auch ein König sein«, sagte er schließlich.

»Das wirst du, ganz bestimmt wirst du das sein. Damit du ein schönes, geeintes und gefestigtes Reich bekommst, muss ich arbeiten.« Sie strich mit der Hand über den kleinen Flecken Granada. »Ein schönes Königreich ohne diese störenden Fremden ...«

Kaum hatte der Prinz sie verlassen, streifte sie ihre sanfte Stimmung ab und machte einer hektischen Unrast Platz. Es war wie ihre zweite Natur. Sie würde nicht eher ruhen, bis alle Aufgaben erledigt waren. Und doch kam sie sich wie in dem legendären Augiasstall vor. Hatte sie eine Aufgabe gelöst, taten sich drei neue Probleme auf. Während die Truppen zusammengestellt wurden – sie rekrutierten sich aus einem Heer von Kreuzzüglern verschiedenster Nationalitäten – und in den Eisengießereien Tag und Nacht Kanonen gegossen und Munition hergestellt wurde, hatte ihr ausgerechnet ein sechsjähriger Junge das nächste Problem vor Augen geführt. Was nützten ihr Truppen und Kanonen, wenn sie sich nicht bewegen konnten? Die Straßen mussten gebaut werden, nicht nur ausgebessert und geflickt, sondern befestigt, ausgebaut, verbreitert und – um erst keinen Stau aufkommen zu lassen – parallele neue Straßen angelegt werden. So konnte ein Unfall, ein stockender Transport problemlos umgangen werden. Außerdem konnten auf dieser zweiten Straße Fuhrwerke, die die Truppen versorgten, zurückfahren. Es fehlte an tragfähigen Brücken für die schweren Kanonen, und sie brauchte eine Unmenge an Zugtieren dafür.

Es war ein gewaltiges Unterfangen, dem sie gegenüberstand wie einem riesigen Berg, den sie bezwingen wollte. Es flößte ihr keine Angst ein, es wurde zur Herausforderung. Am liebsten wäre sie gleichzeitig auf allen Baustellen anwesend, um sie zu überwachen. Ihr schwellender Leib machte es ihr unmöglich. Sie würde dem König wieder ein Kind gebären. Und dieser König konnte ihr auch nicht beistehen, denn er ließ sich in der modernen Kriegskunst unterweisen. Er fieberte vor Ungeduld, und nur Isabéls kühle Vernunft und ihr Hinweis auf die dringend notwendige Organisation für ein derartig großes Unterfangen hielten ihn zurück. Doch Fernando fühlte, die Zeit war nahe, um den ersten Angriff zu wagen.

Hoch oben auf steilen Felsen lag die Stadt Ronda, ein wichtiges Handelszentrum und die größte Stadt in der Provinz Málaga. Aufgrund ihrer exponierten Lage galt sie als uneinnehmbar.

Isabéls organisatorische Vorbereitungen bis in die kleinste Einzelheit ebneten dem König den Weg, endlich Erfolge zu verbuchen. Selbst an ein Hospital für verwundete und kranke Krieger hatte sie gedacht.

»Jeder Christ, der für uns das Kreuz gegen die Mauren führt, obliegt unserer Verantwortung«, sagte sie bei der Einweihung des *Hospitals der Königin*, in dem sie die fähigsten Ärzte des Landes verpflichtete.

Fernando zog mit seinen Truppen gegen Ronda, um die Stadt zu belagern.

Obwohl die Kriegsvorbereitungen der Kastilier nun deutlich sichtbar wurden, rieben sich die verfeindeten Emire immer noch gegenseitig auf und schenkten der drohenden Kriegsgefahr keine Beachtung.

Ein kleines Flüsschen versorgte die Stadt Ronda mit dem notwendigen Trinkwasser. Fernando wollte die Belagerungszeit deutlich verkürzen, indem er den Bewohnern Rondas die Wasserversorgung abschnitt. Mit vereinten Kräften hoben die Soldaten ein neues Flussbett aus und leiteten das Wasser um. Dann griffen sie die Stadt an. Vier Tage dauerten die heftigen Kämpfe, dann ergab sich die Stadt. Am 22. Mai anno 1485 hielt Fernando einen triumphalen Einzug. Auf der Zitadelle wurden die Kreuzzugsflagge und das Banner von Santiago gehisst, die Moschee der Stadt augenblicklich in eine Kirche umgewandelt. Dem Te Deum wohnten die befreiten christlichen Gefangenen bei.

Die Kunde von Fernandos Erfolg eilte ihm voraus und erreichte Córdoba noch vor den Truppen. Isabél sank ergriffen auf die Knie und dankte Gott für diesen Sieg. Diesmal trug Fernando den Siegeslorbeer auf dem Haupt, als er in die Stadt einritt, wo ihn Isabél, umringt von ihren Kindern und den Gesandten der christlichen Länder, die sich am Kreuzzug gegen die Mauren beteiligten, empfing.

Als Isabél den König im Triumphzug sah, traten Tränen in ihre Augen. Sie, die sonst so Kühle, Gefasste, konnte ihre Gefühle kaum verbergen. Allein für diesen Anblick hatte sich die ganze Mühe gelohnt!

Im Gefolge des Königs befanden sich befreite Christen, die die Mauren als Sklaven gehalten hatten. Sie trugen noch die Ketten ihrer Sklaverei und streckten Isabél die Arme entgegen. Es wollte ihr schier das Herz zerreißen. Impulsiv sprang sie von der eiligst zusammengezimmerten Tribüne herunter und eilte auf den Zug zu. Eigenhändig nahm sie den befreiten Sklaven die Ketten ab.

»Hoch unsere Königin, hoch unser König!«, riefen sie. Ja, Isabél war wie eine Lichtgestalt.

Sie trat vor Fernando und schenkte ihm ihr strahlendstes Lächeln. Dann beugte sie vor ihm die Knie.

»Mein Gemahl, ich heiße Euch als siegreichen Feldherrn willkommen! Die Königin dankt dem König für diesen Sieg.«

Da war es wieder, das Kribbeln, das Gefühl, auf einmal zu schweben. Isabél hatte es beinahe vermisst. Sie hatte kaum Zeit gehabt, diesem Gefühl nachzuspüren, und wenn sie sich recht erinnerte, hatte es sich lange nicht mehr eingestellt. Doch jetzt war es wieder da. Es verriet Isabél, dass sie wieder eine Etappe auf dem Weg geschafft hatte, den Gott ihr vorbestimmte. Im Überschwang schlang sie die Arme um Fernando und küsste ihn auf beide Wangen.

Das Volk von Córdoba brach in einen riesigen Jubel aus. Mit diesem Königspaar würden sie über die Ungläubigen siegen, dessen waren sie sich nun sicher!

Der Ölhändler

Diego Manzón hob gebieterisch die Hand. Mehrere Diener traten ein und servierten erlesene Köstlichkeiten. Doña Marias Hand lag auf der Tischdecke aus feinstem Damast. Prächtiger konnten selbst der König und die Königin nicht speisen. So erschien es jedenfalls der Frau, die niemals aus der Stadt Aranjuez herausgekommen war.

Diego Manzón war durch seinen Ölhandel reich geworden. Er war schon immer begütert gewesen, zumindest, was man in einer Stadt wie Aranjuez als begütert bezeichnen konnte. Doch seit sich die Lage im Land stabilisiert hatte und die Straßen wieder sicher geworden waren, vermehrte sich der Reichtum des Ölhändlers auf wundersame Weise. Das war auch Doña Maria nicht verborgen geblieben. Solange sie mit Raul Barranco verheiratet war, schaute sie stets neidisch auf ihren reichen Nachbarn. Raul war ebenfalls ein Händler. Er verkaufte kleine Metallwaren, Schnallen, Nägel, Werkzeug, Schlösser und Riegel. Eigentlich war er ein Krämer und eine verdammte Krämerseele dazu. Nichts hatte Raul von dem Stolz und Selbstbewusstsein des Ölhändlers, von seiner feinen Art und seinem üppigen Leben. In Rauls Haus ging es wesentlich bescheidener zu.

Dass seine Nachbarn ärmer waren als er, hinderte Diego Manzón jedoch nicht, mit ihnen ein freundschaftliches Verhältnis zu pflegen. Gern spendete er den Barrancos einen Krug Öl, ein Säckchen Mehl und zu den Feiertagen auch mal ein paar Hühner oder einen Ballen Stoff. Gott hatte nun einmal die Welt in Arm und Reich eingeteilt, und Gott hatte es so gewollt, dass Raul Barranco zu den Armen und Diego Manzón zu den Reichen zählte. Zumindest was beide Familien unter reich verstanden.

Der Ölhändler war mächtig stolz darauf, dass sein Sohn Pedro in die Santa Hermandad eingetreten war. Das Waffengeld hatte er dafür gern gezahlt. Als Converso musste man in diesen Zeiten ohnehin die Nähe zur Kirche und der Krone suchen, um nicht selbst in Verdacht zu geraten. Seit Pedro selbst Kommandant geworden war, verschwendete Diego Manzón keinen Gedanken mehr daran. Er liebte die Königin Isabél, die für Ordnung im Reich sorgte, damit er seinem Ölhandel in Ruhe und Frieden nachgehen konnte. Er fand es richtig, dass die Santa Hermandad sowohl gegen Räuber und Verbrecher wie auch gegen Abtrünnige und Ungläubige zu Felde zog.

Seit seine Frau Esther gestorben war, die es nicht lassen konnte, freitags die Wäsche zu wechseln und am Sabbat keinen Finger zu rühren, konnte er nicht mehr in den Verdacht geraten, ketzerische Riten zu befolgen. Er war ein Christ, ein überzeugter Christ, befolgte alle Regeln der katholischen Kirche und hatte es gegen Esthers Willen auch durchgesetzt, dass damals sein Sohn Pedro nicht nach altem jüdischen Brauch beschnitten wurde. Schließlich war Diegos Vater bereits zum Christentum übergetreten. Auch Esthers Vater war konvertiert, aber Esther trauerte dem Leben des alten Volkes nach.

Früher hatte es Diego nichts ausgemacht, und er hatte nur über Esther gespottet, später hätte es verhängnisvoll werden können. Nur Gott konnte wissen, warum er Esther nach der Geburt der kleinen Tochter zu sich gerufen hatte. Und wer weiß, wozu es gut war. Nach Esthers Tod fühlte sich Diego Manzón von alten Schatten befreit. Er betete und beichtete eifrig in der Kirche, stiftete sogar ein kleines Kruzifix für den Altarraum und hatte nichts dagegen, dass seine Tochter Ana einem Kloster beitrat.

»Gott schütze die Königin«, sagte er. »Und mein Sohn schützt die Königin auch.«

Doña Maria, deren Blick sich in den saftigen Braten auf dem großen Tablett versenkt hatte, schreckte auf.

»Was? Wie? Ach ja, Gott schütze den König und die Königin. Amen!« Sie schluckte heftig, weil ihr das Wasser im Munde zusammenlief.

»Nun, greift zu, liebe Nachbarin! Es ist mir ein persönliches Bedürfnis, Euch nach dem Tod Eures lieben Gatten ab und zu eine Freude zu bereiten, und sei es nur durch ein bescheidenes Mahl an meinem Tisch.«

»Bescheidenes Mahl ...« Doña Maria schluckte wieder und bohrte ihr Messer in den Schenkel eines gebratenen Kapauns. »Ihr seid wirklich sehr großherzig, verehrter Don Diego. Ich nehme an, Ihr könnt mir nachfühlen, wie es ist, einen geliebten Menschen zu verlieren. Schließlich seid Ihr auch Witwer.« Sie drückte ein paar unechte Tränen aus den Augenwinkeln und wischte sie sich mit einer theatralischen Geste ab. »Dazu hat er mich mit sieben Kindern und zwei Enkeln allein auf Erden zurückgelassen. Ich suche täglich Trost bei Gott und bete, dass er meine armen Kinder nicht verhungern lässt.«

»Gott wird Euch erhören, gute Frau, und ich habe Euch auch erhört. Die Reste des Mahls lasse ich für Eure Kinder einpacken.«

Doña Maria antwortete nicht. Sie war damit beschäftigt, so viel wie möglich von den Köstlichkeiten in sich hineinzustopfen. Dieser Ölhändler besaß mehr, als er selbst verbrauchen konnte. Allein schon die Ausstattung seines Hauses mit kostbaren Möbeln und Teppichen, silbernem Geschirr und Holzvertäfelungen erschien ihr prachtvoll. Zudem hatte Manzón bereits zwei Anbauten an seinem Haus errichten lassen. Zwei Hand voll Diener und Mägde kümmerten sich um sein Wohl, und sein Öllager war bestens gefüllt. Wie musste es in seiner Geldtruhe aussehen!

Doña Maria mochte es sich nicht vorstellen, sie wäre sonst verrückt geworden. Lange Zeit hatte sie gehofft, dass sich Pedro, der Sohn des Ölhändlers, für ihre älteste Tochter Mariana entscheiden würde. Pedro war ein hübscher Junge, mehr noch aber zählte der Wohlstand seines Vaters, der auch Mariana und schließlich Doña Maria zuteil geworden wäre. Doch Pedro hatte, unterstützt von seinem Vater, ganz andere Ambitionen. Nun zählte er zu den Auserwählten, die zur Santa Hermandad gehörten.

Doña Marias Hoffnungen blühten noch einmal auf, als Raul starb. Da Don Diego ebenfalls Witwer war, wanderten ihre Gedanken und Sehnsüchte in eine ganz bestimmte Richtung. Die Einladung, die der Ölhändler aussprach, gab ihrer Hoffnung große Nahrung.

»Nun greift zu, gute Frau, und lasst es Euch schmecken«, forderte

Diego Manzón Doña Maria auf. Die ließ es sich nicht zweimal sagen.

Sie bedauerte nur, dass ihr Magen nicht die Größe eines Weinfasses besaß, um all die Köstlichkeiten in sich hineinzustopfen.

Dieser Diego Manzón war schon ein gerissener Kerl. Trotz der beiden Anbauten wirkte sein Haus von außen bescheiden. Niemand ahnte, wie luxuriös es innen gestaltet war und wie dieser Ölhändler lebte. Offensichtlich war Don Diego noch reicher, als er zugab.

»Gastfreundschaft ist mir ein Herzensbedürfnis«, meinte er kauend. »Und Mildtätigkeit betrachtet Gott wohlwollend.«

Wenn das eine Mildtätigkeit war, was war dann für den Mann ein richtiges Geschenk? Doña Maria sah sich mit Goldschmuck behängt und in feinste Gewänder gekleidet, von Dienern umsorgt und ein behagliches Leben führend. Wenn, ja wenn dieser Don Diego ihr einen Antrag machen würde!

Sie setzte ihr verführerischstes Lächeln auf und schenkte dem in den letzten Jahren feist gewordenen Ölhändler einen koketten Augenaufschlag.

»Sagt, lieber Don Diego, fühlt Ihr Euch nicht manchmal einsam, wo Eure Kinder nicht mehr im Haus sind und Eure liebe Gattin verschieden ist?«

Diego blickte erstaunt auf, dann schüttelte er den Kopf. »Einsam? Keineswegs! Ich habe alles, was ich brauche, auch Freunde, Geschäftspartner . . .«

»Nun, ich meine, fehlt Euch nicht manchmal eine Frau im Hause, die Euch umsorgt und . . . und Euch die Nächte versüßt?«

Er lachte dröhnend. »Wozu gibt es denn Huren? Da kann ich mir eine aussuchen, nach der mein Sinn steht.«

Doña Maria schnappte nach Luft und senkte schnell den Blick. Sie errötete sogar ein bisschen. »Bei Gott, das ist Sünde!« Hastig bekreuzigte sie sich. »Außerdem ist diese vergängliche Lust nicht zu vergleichen mit der gottgefälligen Sicherheit einer Ehe.«

Don Diego winkte ab. »Ehe? Ständig ein zänkisches, keifendes Weib um sich, einen Zerberus, dem man sich beugen muss? Gott bewahre! Meine Esther war mir ein gutes Weib – Gott hab sie selig –, aber jetzt gefällt mir das Leben so, wie es ist.«

»Und Ihr habt nie wieder daran gedacht, Euch zu verheiraten?«

»Nein. Warum fragt Ihr?«

»Nun ... ich dachte ... ich meinte ... Ihr seid Witwer ... und ich bin Witwe ...«

Diego brach in schallendes Gelächter aus, und sein dicker Bauch wabbelte wie eine Wanne voll Brotteig. »Wie kommt Ihr auf so eine abwegige Idee, gute Frau? Gewiss, ich war Eurem Gatten in Freundschaft verbunden, und ich bin auch gern bereit, Eure Not nach seinem Ableben etwas zu lindern, indem ich Euch ein paar mildtätige Gaben zukommen lasse. Aber heiraten?« Er lachte, bis ihm die Tränen kamen. »Euch?«

Er verschluckte sich und bekam einen heftigen Hustenanfall. Sein Gesicht lief dunkelrot an. In diesem Augenblick wünschte sich Doña Maria, dass er an seiner Überheblichkeit erstickte. Und sie wünschte sich selbst ins nächste Mauseloch.

»Ihr habt mich missverstanden, Don Diego«, erwiderte sie gepresst. »Natürlich meinte ich nicht, dass Ihr mich heiratet oder ich Euch. Ich meinte nur, dass ein Witwer oder eine Witwe natürlich wieder bestrebt sind, sich zu binden. Für eine Witwe ist es doch die Sicherheit der Versorgung ...« Sie brach ab, denn Don Diego war immer noch mit sich beschäftigt und rang nach Luft.

»Ja, ja, da tut Ihr sicher gut daran, Euch wieder nach einem Versorger umzuschauen«, prustete er und wischte sich den Schweiß von der Stirn. »Hier habt Ihr die Reste für Eure Kinder, und lasst Euch in der Küche noch einen Krug Öl geben. Gott sei mit Euch, gute Frau.«

»Gott vergelt's Euch, Don Diego.« Doña Maria beeilte sich, das Haus des Ölhändlers zu verlassen. Sie schämte sich. Daheim jedoch schlug die Scham in Zorn um. »Was erlaubt sich dieser aufgeblasene Fettsack eigentlich? Mich derart zu demütigen! Dabei sehe ich doch noch annehmbar aus. Unsere Familie hat denen immer die Treue gehalten. Mein armer Raul hat mehr als einmal seine Türriegel repariert oder Fässer ausgebessert. Und das ist nun der Dank! Ein paar Reste von seiner Tafel und ein Krug Öl!«

Ihre Kinderschar dachte jedoch anders darüber und machte sich mit großem Appetit über die Mahlzeit her. Es waren genug hungrige Mäuler zu stopfen, zumal ihre älteste Tochter samt ihrer beiden kleinen Kinder auch noch im Hause lebte. Ihr Mann war als Soldat in die Armee des Königs zur Eroberung Granadas zwangsrekrutiert worden.

Zwei Tage später bekam der zweijährige Manuel Fieber, Durchfall und erbrach sich. Ein eilig hinzugezogener Arzt diagnostizierte entweder Ruhr oder eine Vergiftung.

»Vergiftung?« Doña Maria erschrak.

Am nächsten Tag lag der kleine Manuel tot auf seinem Laken.

In die Trauer und Bestürzung mischte sich wieder Zorn. »Das war bestimmt das Öl dieses Halsabschneiders von nebenan! Der will uns alle umbringen, damit er uns nicht mehr zu unterstützen braucht.« Doña Maria hatte den Schuldigen schnell ausgemacht. Zu tief saß der Stachel in ihr, den ihr Nachbar mit seiner brüsken Ablehnung in ihr Fleisch gebohrt hatte.

»Das wird er mir büßen«, schwor sie am Grabe des Kindes.

Als am Abend derbe Fäuste gegen die Tür des Ölhändlers Diego Manzón klopften, ahnte er nicht, dass er dieses Haus nie wieder sehen würde.

Kampf in kleinen Schritten

Rondas Fall war das Signal für die kampflose Kapitulation der anderen Festungen des Gebietes. Deren Bewohner waren beeindruckt von der Entschlossenheit der Christen. Sie erachteten es für besser und verlustärmer, die Waffen sofort zu strecken.

Das kastilische Königspaar und mit ihnen die christlichen Kastilier feierten einen Sieg nach dem anderen. Fernando konnte für sich verbuchen, fast das gesamte westliche Granada erobert zu haben.

Isabél überließ ihm gern den Triumph, den er so bitter benötigte. Dass ihre weitreichende Organisation und die Vorbereitungen erst die Voraussetzung für diesen Triumph geschafft hatten, erkannten wohl viele. Da sie sich jedoch bescheiden im Hintergrund hielt, durfte sich der König als Held fühlen.

Eines wurde jedoch offensichtlich: Der Leitspruch *tanto monta, monta tanto* galt mehr denn je. Isabél und Fernando regierten und agierten gleichberechtigt, ergänzten sich auf wunderbare Weise und bildeten gemeinsam eine starke Königsmacht. Jedem Kastilier wurde nun klar, welch ein Glück es für Kastilien bedeutete, ein Königspaar wie Isabél und Fernando zu besitzen.

Und mehr noch – für die Kastilier gab es eine Lichtgestalt, deren Ausstrahlung eine positive und belebende Wirkung auf das Volk ausübte. Wo Isabél erschien, eroberte sie die Herzen der Menschen. Was sie tat, erntete Bewunderung und Verehrung. Und bei allem war sie Frau. Die Frucht ihrer Zweisamkeit trug sie wieder unter dem Herzen. Isabél war alles in einem – Königin, Kämpferin, Mutter, Frau. Woher sie die Kraft dazu nahm, gab vielen ein Rätsel auf.

Nicht aber Isabél selbst. Sie fand diese Kraft im Glauben, an dem sie unerschütterlich festhielt. Auch wenn sich scheinbar die Schicksalsmächte gegen sie wandten, so ließ Isabél niemals den Mut sinken. Wie sollte sie auch anderen Mut machen, wenn sie selbst verzagte? Sie verschwendete keinen Gedanken daran. Gott war mit ihr, dessen war sie sich absolut sicher. Aber Gott erwartete von ihr, nicht die Hände in den Schoß zu legen. Gottes Ziel war ein im christlichen Glauben und in Sicherheit geeintes Kastilien; der Weg dahin führte nur über einen kräftezehrenden Kampf. Jeder Tag war Herausforderung und Prüfung für Isabél. Gott schaute auf sie. Sie würde ihn nicht enttäuschen.

Der Kampf um Kastilien schweißte Isabél und Fernando enger zusammen. Auch wenn Fernando ebenso König von Aragón war und sich um die dortigen Belange kümmern musste, so blieb er doch in Kastilien. Isabéls Reich war ihm in den Jahren ebenfalls ans Herz gewachsen. Ja, er fand, dass er in Kastilien wesentlich mehr bewirken konnte als in Aragón. Mittlerweile wusste er Isabéls Hilfe und Unterstützung sehr wohl zu schätzen. Mit dieser klugen, umtriebigen und zielstrebigen Frau an seiner Seite konnte er seine eigene Macht im Land festigen. Die Ablehnung, die ihm noch anfangs entgegengebracht wurde, war längst einer ungeteilten Anerkennung und Zustimmung gewichen. Die Kastilier sahen Fernando als einen der ihren an.

Die Angst des aragonesischen Adels vor einer Vereinigung beider Königreiche und dem Verlust ihrer Privilegien konnte Fernando entkräften. Kastilien blieb Kastilien und Aragón blieb Aragón, auch wenn sich beide Kronen vereinigt hatten. Die Veränderungen, die Isabél bewirkte, betrafen nur Kastilien, und sie hütete sich, sich in innere Angelegenheiten von Aragón einzumischen. Das schätzte nicht nur Fernando. Sowohl in Kastilien als auch in Aragón befand man Isabél als ehrlich, geradlinig, rechtschaffen, glaubensstark und prinzipientreu. Dass sie auch ihrem Gatten treu war, verstand sich von selbst. Sie entsprach trotz ihrer umwälzenden politischen Erfolge dem Bild, das die Menschen landläufig von einer Frau hatten. Sie war ihrem Gatten treu ergeben, stand ihm hilfreich zur Seite, in guten wie in schlechten Zeiten, und schenkte ihm viele Kinder.

So war es auch wieder, als sich dieses ereignisreiche Jahr neigte. Das Kind, das Isabél unter dem Herzen trug, machte ihr durch seine Lebendigkeit zu schaffen. Isabél trug es mit Würde und Geduld. Ihre größte Angst war, wieder ein totes Kind zur Welt zu bringen. Diese Art von Schicksalsschlag empfand sie als besonders hart.

»Es wird ein kleiner Ritter«, bemerkte sie belustigt, als sie in den letzten Wochen vor ihrer Niederkunft kaum noch laufen konnte. Es trat und boxte sie, als könne es nicht erwarten, das Licht der Welt zu erblicken und sich den Herausforderungen des Lebens zu stellen.

Das Paar befand sich in Alcalá de Henares, wo es das Weihnachtsfest begehen wollte.

»Nun, unser kleiner Don Juan wird wohl nicht erbaut über diese Konkurrenz sein«, meinte Fernando amüsiert.

»Es wird keine Konkurrenz für unser Engelchen geben.« Ihr Blick war plötzlich nach innen gerichtet, als lausche sie auf eine unhörbare

Stimme aus ihrem Leib. »Don Juan ist und bleibt der Kronprinz. Und die Prinzessinnen ...« Ihr Lächeln erhellte ihr Gesicht wie Sonnenschein. »Sie gleichen mir ...«

»Du wirst sie klug verheiraten, und dann werden in Europa lauter Isabéls herrschen wie in Kastilien.«

»Eine faszinierende Vorstellung.« Die Königin neigte den Kopf. »Warum nicht?«

Fernando griff nach Isabéls Hand und hielt sie fest. »Ich danke Gott, dass du mich zum Gatten erwählt hast.«

»Dafür solltest du lieber mir danken«, erwiderte sie spitzbübisch.

Er beugte sich zu ihr. »Mir konnte kein größeres Glück zuteil werden als du, meine Königin.«

Sie lachte auf und hielt sich im nächsten Augenblick den Leib. Einen Moment kämpfte sie gegen den Schmerz, dann pustete sie die Luft aus.

»Unser Kampf ist noch nicht vorüber. Ich werde nicht eher ruhen, bis die Mauren aus Spanien vertrieben sind. Warte nur, bis ich das Kind zur Welt gebracht habe, dann ...« Sie hielt wieder die Luft an. Kurz danach lächelte sie wieder. »Mein Gemahl, du solltest mich jetzt allein lassen und dafür den Hofstaat und die Hebamme herbeirufen.«

Am 15. Dezember brachte Isabél ihr fünftes Kind zur Welt. Es war ein Mädchen und wurde auf den Namen Catalina getauft.

Die Geburt der Infantin Catalina setzte für Isabél ein Zeichen. Wie ein Stern überstrahlte sie den zähen Kampf gegen die Ungläubigen und verlieh ihm seine Berechtigung. Das Königspaar pilgerte nach Compostela, sobald sich Isabél aus dem Wochenbett erheben konnte. Sie wollten damit auch ein Zeichen setzen, dass dieser Krieg gegen die Mauren tatsächlich ein Kreuzzug war. Allen musste die Bedeutung dieses großartigen Unterfangens bewusst werden.

Das Volk jubelte dem Königspaar zu. Viele verglichen die nach der

Geburt ihrer Tochter vor Glück strahlende Isabél mit der heiligen Jungfrau Maria. Von ihr ging ein ähnliches Strahlen aus, das die Menschen beglückte. In diesen harten Zeiten benötigte das Volk eine Leitfigur, die ihnen zum Vorbild gereichte. Wer hätte dies besser vermocht als die Königin?

Während sich das Königspaar auf Pilgerreise befand, starb Emir Mulay Hasan, völlig erblindet und verbittert, in der Alhambra von Granada. Zeit seines Lebens hatte er die »Perle Andalusiens« verteidigt, streitbar und unnachgiebig. Den christlichen Feinden hatte er sich unerschrocken entgegengestellt. Es war wohl die bittere Ironie des Schicksals, dass ausgerechnet seine eigene Familie dazu beitrug, dass die christlichen Heerscharen beständig weitere Erfolge erringen konnten.

Für Fernando war der Tod des Emirs wie ein Fingerzeig Gottes.

»Ich werde die Schmach von Loja wieder wettmachen«, lautete sein Entschluss.

»Und ich werde dir den Siegeslorbeer überreichen«, erwiderte Isabél.

Auch das Wetter war auf Fernandos Seite. Mit Beginn eines warmen, trockenen und sonnenreichen Frühjahrs, das die Blumen auf den Wiesen in den Hochtälern üppig sprießen ließ, setzten sich seine Truppen in Richtung Loja in Bewegung.

Auch Boabdil träumte von Vergeltung nach der erlittenen Schmach. Jetzt, wo sein Vater Mulay Hasan tot war und ihm nicht mehr gefährlich werden konnte, war er überzeugt, mit den Kastiliern leichtes Spiel zu haben.

Hamet El Zagal, Mulay Hasans Bruder und selbsternannter Muhamad II., war der Festungskommandant von Loja. Boabdil wollte seine Truppen mit denen Zagals vereinen, um die Kastilier in die Flucht zu schlagen. So setzten sich die maurischen Kolonnen in Bewegung. Bald darauf stießen sie mit den Truppen Fernandos zusammen.

Die Schlacht war unerbittlich. Keine Seite war bereit zurückzuweichen. Schwert schlug auf Schwert, Lanzen bohrten sich durch Körper, der Boden färbte sich rot von Blut. Das metallische Krachen der

Schwerter mischte sich mit dem Wiehern der Pferde und den Schreien der Verwundeten. Über allem donnerten die Kanonen gegen die Mauern der Stadt. Mit dem Mut der Verzweiflung warfen sich die Verteidiger der Stadt den Angreifern entgegen. War es die bessere Technik der kastilischen Truppen, war es das Kriegsglück, das eine Seite begünstigte – Loja fiel. Der verwundete Boabdil fiel den Kastiliern in die Hände, während es El Zagal gelang, aus der Stadt zu fliehen.

Fernando konnte triumphieren. Loja in den Händen der Christen und der jämmerliche Emir erneut gefangen! Mit dem König triumphierten die christlichen Bewohner Lojas, die den Sieg als Befreiung empfanden.

Boabdil war wirklich eine jämmerliche Gestalt. Fernando empfand für den Emir nur Verachtung, als dieser vor ihm kniete und um Gnade flehte. Am liebsten hätte er mit ihm kurzen Prozess gemacht und ihm den Kopf abgeschlagen. Doch eine derartig kurzsichtige Handlung hätte Isabéls Zorn erregt. Isabél dachte immer ein Stück weiter und wog ab, was noch aus dieser Situation herauszuschlagen wäre. Außerdem war Boabdil ein König, ein jämmerlicher zwar, dem sein Leben mehr wert war als das Königreich, das er beherrschte, aber dem König von Kastilien im Rang ebenbürtig.

Fernando kostete den Anblick, den Boabdil ihm bot, bis zur Neige aus. Nicht jeden Tag wand sich ein König zu seinen Füßen auf dem Boden und winselte um sein bisschen Leben.

»Was ist dir dein Leben wert, Boabdil?«, fragte Fernando.

»Alles, was du verlangst, großer König von Kastilien.« In Boabdils schwarzen Augen stand tatsächlich Angst.

»Alles?« Fernando lachte höhnisch. »Dann übergib mir Granada!«

Der Emir hob abwehrend die Hände. »Das ist unmöglich, großer König. Ich kann das nicht allein entscheiden, denn ... denn ... «

»Denn du bist der alleinige Herrscher über dein Reich«, ergänzte Fernando sarkastisch. »Aber da gibt es noch eine Frau, die mehr zu sagen hat als der großartige König der Mauren.«

In Boabdils Augen funkelte es vor unterdrücktem Zorn. Fernandos

Mundwinkel verzogen sich spöttisch. »Du hast geschworen, Granada an die Spanier zu übergeben, sobald Guadix fällt.«

Boabdil krümmte sich zusammen. »Guadix ist aber nicht gefallen«, murmelte er. Fernando hatte es trotzdem vernommen.

Er beugte sich nach vorn, um seinen Worten Nachdruck zu verleihen. »Es wird aber fallen«, sagte er ebenso leise wie eindringlich. »Wiederhole deinen Schwur, hier und vor allen Anwesenden, wenn dir dein Leben und deine Freiheit lieb sind.«

Ohne zu zögern wiederholte Boabdil den bereits einmal geleisteten Schwur. Fernando ließ ihn frei.

»Ich frage mich, was in seinem Kopf nur vorgeht«, meinte Fernando kopfschüttelnd. »Verkauft das Kleinod seines maurischen Erbes an den Feind nur für seine Freilassung! Was für ein König!«

Boabdil selbst hinterfragte seine Entscheidung keinen Augenblick, sondern nutzte die wiedergewonnene Freiheit, um sich in der Alhambra von Granada zu verkriechen. Sein Onkel El Zagal hatte sich nach Almería abgesetzt. Die beiden maurischen Fürsten hatten ihre Wohnsitze getauscht, am instabilen Zustand des Königreichs Granada änderte sich jedoch nichts.

Auch Isabél zögerte keinen Augenblick, als ihr ein Eilkurier die Nachricht von Fernandos Sieg überbrachte. Sie brach sofort nach Loja auf, um Fernando zu ehren. Doch diesmal hielt sie nicht viel von Bescheidenheit und Schlichtheit. Sie wollte und musste demonstrieren, wie wichtig dieser Sieg war. Es war nicht einfach ein Sieg einer beliebigen Schlacht, sondern es war ein Sieg im Kreuzzug für das Christentum.

Die Trommeln und Fanfaren begleiteten sie, als sie Einzug in das befreite Loja hielt. Stolz saß sie auf ihrem Pferd, gekleidet in ein prachtvolles Gewand aus schwarzer Seide und Samt, mit goldenen Stickereien, und angetan mit den Insignien der Königsmacht. Das Volk jubelte ihr zu, als hätte sie selbst den Sieg errungen.

Isabél fragte ihren Gemahl nicht, ob er auch dieses berauschende Gefühl erlebte, dieses Kribbeln in den Adern, diese Leichtigkeit des Daseins, dieses Hochgefühl, das Macht und Sieg in ihr auslösten. Der

Boden schwand unter den Füßen, sie fühlte sich befreit von aller Last. Wie im Rausch sah sie die Welt unter sich, und sie kam sich vor wie Gott, der nur einen Fingerzeig benötigte, um etwas auf der Welt zu verändern.

Nein, natürlich durfte sie sich nicht mit Gott vergleichen; das war Anmaßung, das war Blasphemie, das würde ihr niemals in den Sinn kommen! Und doch ... dass ihr gelang, was sie ersann, dass ausgeführt wurde, was sie bestimmte, dass ein Fingerzeig genügte ... Sie wollte dieses Gefühl nicht mehr missen, dieses Bewusstsein ihrer Macht. Es machte süchtig, es verlieh Flügel. Und es trieb sie in die Unrast, nicht eher zu ruhen, bis sie ihr Ziel erreicht hatte. Doch was war eigentlich ihr Ziel? Nach jedem Sieg tat sich ein neues Ziel auf, das sie erreichen wollte – musste.

Obwohl der Kreuzzug gegen die Mauren Isabéls Aufmerksamkeit und Initiative forderte, so vergaß sie nicht ihre Pflichten bei Hofe. Dazu gehörten auch die Audienzen, die sie Bittstellern gewährte. So oft es ihr möglich war und sie nicht gerade selbst im Feld weilte, hielt sie diese Audienzen ab, dort, wo sich der Hof gerade befand. Diesmal war es in Córdoba, wo sie im Alcázar residierten.

Isabél blickte auf die Liste, die ihr der Sekretär reichte, und überflog die Namen der Personen, die um Audienz baten. Der Sekretär tippte mit dem Zeigefinger auf einen Namen.

»Seine Eminenz Kardinal Mendoza verwandte sich für diesen Mann, der ihm von Pater Juan Perez, dem Prior des Klosters La Rábida nahe Palos und Eurem ehemaligen Beichtvater, sowie Pater Antonio de Marchena, der sehr viel von der christlichen Seefahrt versteht ...«

Isabél hob die Hand. »Gut, gut, das soll mir dieser ... wie heißt er doch? ... Don Cristóbal Colón selbst sagen. Außerdem nehme ich doch an, dass der gute Kardinal bei der Audienz selbst anwesend sein wird.«

»Selbstverständlich, Majestät. Er ist bereits auf dem Weg hierher.«

»Dann lasst uns nicht zögern. Unsere Zeit ist knapp bemessen, und die Schlange der Wartenden ist lang.« Sie lächelte über das verdutzte Gesicht des Sekretärs. »Ja, ja, ich weiß, dass manche Bittsteller Monate warten müssen, um eine Audienz gewährt zu bekommen. Aber derzeit stehen wichtigere Dinge an, die uns beschäftigen.« Isabél seufzte laut, doch dann flog wieder dieses Lächeln über ihr Gesicht. »Ein Kreuzzug gegen die Mauren ist doch fürwahr ein gottgefälliges Werk.«

Sie nahm die Liste und eilte in das maurische Zimmer, wo sie die Audienz abhalten wollte. Fernando empfing sie dort mit einer Verbeugung, nahm ihre Hand und geleitete sie zu einem der beiden thronähnlichen Stühle. Mit einer hoheitsvollen Kopfbewegung dankte sie ihm, dann setzte sie sich. Fernando nahm neben ihr Platz. Kardinal Mendoza war bereits anwesend, ebenso der Schatzmeister Luis de Santangel, einige Mitglieder des Kronrates und Beatríz, Isabéls Freundin. Da es eine offizielle Veranstaltung war, hielt sich Beatríz strikt an die strenge Hofetikette, die die Königin schon vor Jahren eingeführt hatte. Sie verharrte in einem tiefen Hofknicks, bis Isabél Platz genommen hatte. Doch dann wies die Königin auf einen Hocker und bedeutete Beatríz, Platz zu nehmen.

»Sag, warum hast du dem Kardinal zugezwinkert? Gibt es ein geheimes Einvernehmen zwischen euch?« Isabél sprach leise und doch vernehmlich für Beatríz wie auch für den Kardinal.

»Keineswegs, Majestät. Nichts, was Gottes Augen missfallen könnte.«

Die Königin klopfte spielerisch mit ihrem Fächer auf Beatríz' Arm. »Also doch eine geheime Verschwörung. Sag, um was geht es?«

»Nicht um was, sondern um wen.« Beatríz kicherte leise. »Ich bitte um Vergebung, Majestät, aber es war ein Freundschaftsdienst für Don Cristóbal.«

»Don Cristóbal?« Isabél blickte auf die Liste. »Don Cristóbal Colón?«

»Ja, Majestät. Ich finde, Ihr solltet ihm Euer Ohr leihen. Er weiß einen interessanten Plan vorzuschlagen.«

»Wie wir die Mauren besiegen können?«

»Nein, wie wir ...« Sie stockte, denn Fernando gab, müde des Wartens, das Zeichen, mit der Audienz zu beginnen.

Der Mann, der den Raum betrat und sich verbeugte, war groß und von kräftiger Statur. Als er sich aufrichtete, bemerkte Isabél zunächst seine Augen. Diese waren hell, blau oder grau, ein bisschen wie das Meer an einem stürmischen Tag. Aber in ihnen loderte ein seltsames Feuer, das Isabél bekannt vorkam.

»Königliche Majestäten«, begann Colón. »Es bedarf keiner großen Worte, um Euch von dem zu überzeugen, was ich Euch demonstrieren möchte. Ihr wisst, um welch kostbares Handelsgut es sich handelt, was aus Indien, Cipangu[17] und dem märchenhaften Cathay[18] auf langen Wegen und in unendlicher Mühsal hierher gelangt. Gewürze, Seide, Gold und Edelsteine sind ebenso begehrt wie teuer, weil die Schiffsreisen so weit und die Gefahren so vielfältig sind. Viele Jahre bin ich selbst zur See gefahren, und ebenso lange Zeit verbrachte ich mit dem Studium von Seekarten und den Werken antiker Autoren wie Plinius, der uns die *Naturgeschichte* überlieferte, oder Aristoteles, der sagte, dass man den Ozean zwischen den Säulen des Herakles und Asien innerhalb weniger Tage überqueren kann. Auch der Gelehrte Pierre d'Ailly nahm diese Ansicht in seinem Werk *Imago Mundi* auf.«

Colón entrollte eine große Weltkarte. »Seht her, Königliche Majestäten! Bereits im Buch Esra steht geschrieben, dass sich die Wasser der Erde auf einem Siebentel der Erdoberfläche sammeln. Und da die Welt bekanntlich die Gestalt einer Kugel aufweist, gibt es einen weitaus kürzeren und einfacheren Weg nach Cipangu, nämlich den des westlichen Seeweges. Die Küste liegt keine zweitausendvierhundert Seemeilen westlich der Kanarischen Inseln entfernt. Das bedeutet, dass die Fahrt nicht länger als zwei bis vier Wochen dauert.« Er holte tief Atem, weil er sich in Leidenschaft geredet hatte. »Königliche Majestäten, bedenkt, welch ungeheuren Vorteil dies für Euer Land

---

17 Japan.
18 China.

aufweist. Die kostbaren Waren können binnen acht Wochen die spanischen Häfen erreichen. Es würde gutes Geld für Euch bringen, denn sämtliche Zwischenhändler, die einen großen Teil des Preises in ihre eigenen Taschen stecken, könnten umgangen werden.«

Colón schien zu hoffen, dass vor allem die Aussicht auf reichen Gewinn die Majestäten überzeugen würde. Er bemerkte das skeptische Gesicht des Königs.

»Die Kugelgestalt der Erde wurde bereits vom berühmten portugiesischen Seefahrer Enrique bestätigt«, fuhr er hastig fort, als befürchtete er einen Einwand des Königs. »Und weil die Portugiesen nicht zögerten, kontrollieren sie nun die afrikanische Westküste mit all ihrem Reichtum.«

In Colóns Gesicht bildeten sich hektische rote Flecken, sein graues Haar, von dem Isabél vermutete, das es einstmals blond war, stand wie eine wirre Wolke um sein Haupt.

»Und warum haben es dann die Portugiesen nicht versucht, auf diesem Weg Cipangu zu erreichen?«, warf Fernando ein.

Der Seefahrer lächelte überlegen. »Weil sie nicht den Mut dazu hatten und vielleicht gar nicht auf diesen Gedanken gekommen sind. Sie beziehen aus ihren afrikanischen Besitzungen genügend Geld, um die türkischen Händler reich zu bezahlen. Es ist ausgerechnet dieser Großtürke, dieser verdammte Muselmane, der in Konstantinopel residiert und die heiligen Stätten in Palästina für sich beansprucht...«

»Muselmanen, ja, die sind das Problem«, ließ sich Isabél nun erstmals vernehmen. »Wir befürchten, verehrter Señor Colón, dass es genau diese Muselmanen sind, die derzeit Unsere Aufmerksamkeit und Unser Geld beanspruchen. Der Kreuzzug gegen die Mauren ist Unsere heilige Pflicht, sodass Wir alle anderen Vorhaben diesem unterordnen müssen.«

Der König erhob sich. »Ganz recht. Und damit wäre Euch, Señor, Unsere Antwort beschieden. Entschuldigt, aber mich langweilt dieses Gespräch, da es nicht mein Interesse findet.« Er wandte sich der Königin zu und streckte die Hand aus.

Isabél lächelte liebenswürdig. »Mein Gemahl, da ich mich mit Freuden dem Studium der antiken Autoren widmete, würde ich gern noch ein bisschen mit Señor Colón darüber plaudern.«

Fernando verbeugte sich vor Isabél. »Dann überlasse ich Euch die Fortführung des Gespräches. Gestattet, dass ich mich entferne, Doña Isabél.«

Isabél neigte den Kopf. Mit einem Auge bemerkte sie die Enttäuschung auf dem Gesicht des Seefahrers. »Nun, Señor Colón, mir scheint, dass Ihr nicht bereit seid, Unsere Ablehnung zu akzeptieren. Mir scheint vielmehr, dass in Euch ein Feuer brennt, das auch ein König nicht löschen kann.«

Amüsiert bemerkte sie, wie der Seefahrer errötete. »Königliche Majestät, Ihr habt einen tiefen Blick in meine Seele geworfen.« Doch dann reckte er sich, und ein Ausdruck von Stolz und Hartnäckigkeit trat in sein Gesicht. »Bedenkt jedoch, dass es noch einen weitaus wichtigeren Grund gäbe, als nur die Aussicht auf Geld und Reichtum.« Er warf dem Kardinal einen kurzen Blick zu. »Die Heiden, die all die fremden Länder bewohnen, müssen bekehrt werden. Mit Euren Schiffen wird der Glaube in die Welt hinausgetragen. Gott wird dieses großartige Vorhaben beschützen, denn es wird sein Wort in die Welt getragen.«

»Ich gebe Euch recht, Señor, Gott hat uns Christen dazu bestimmt, den Heiden das Licht zu bringen. Aber sagt, welche fremden Länder und Inseln liegen denn auf diesem verheißungsvollen Weg dahin?«

Colón fühlte, dass er die richtigen Worte gewählt hatte. Die Königin schien seinem Vorhaben jetzt geneigt zu sein. Ihn packte wieder die Leidenschaft, und er berichtete anhand seiner Weltkarte über die Reise bis Cipangu, über die Passatwinde und nautischen Details, über die benötigten Schiffe und deren notwendige Ausrüstung. Interessiert hörte die Königin zu, stellte ab und zu eine Zwischenfrage und steuerte selbst erstaunliche Kenntnisse vor allem über die griechischen Philosophen bei. Es war ein vergnügliches Gespräch, das den anfangs etwas hölzern wirkenden Mann erregte. Auf seinem Gesicht traten wieder rötliche Flecken hervor, und der Glanz in seinen Augen verstärkte sich.

»Nun, Ihr seht mich ganz in Eurem Bann«, schloss die Königin lachend. »Eine Welt, einig im Glauben, das Leuchten Christi selbst jenseits des Meeres, das ist auch mein Sehnen und eindringlicher Wunsch. Und wenn dabei Unseren Ländern ein Vorteil gereicht zum Wohle der Kronen Kastiliens und Aragóns, so sollten Wir ihn nicht ausschlagen. Allerdings ...« Sie zögerte einen Augenblick, und ihr Gesicht wurde ernst. »Ihr versteht, Señor Colón, dass ich Euer Bittgesuch einer Kommission von Gelehrten übergebe, die Eure Angaben und Berechnungen überprüfen wird. Ich versichere Euch, es sind die bedeutendsten Gelehrten Kastiliens, und mein hochverehrter Pater Hernando de Talavera wird dieser Kommission vorsitzen. Ich danke Euch, Señor Colón, für diese vergnügliche Stunde, die Ihr mir bereitet habt.« Sie nickte ihm huldvoll zu. Cristóbal Colón war entlassen.

»Was haltet Ihr davon, mein lieber Kardinal?«, wandte sich Isabél an Mendoza, als der Seemann den Raum verlassen hatte.

»Wäre ich nicht von seiner Idee überzeugt, hätte ich mich nicht um eine Audienz für ihn bemüht«, erwiderte er. »Heiden bekehren ist gottgefällig, steht geschrieben bei Matthäus im 28. Kapitel.«

»Amen!« Isabél faltete kurz die Hände, bevor sie sich an den Schatzmeister wandte. »Und wie ist Eure Meinung, mein lieber Luis?«

»In Anbetracht der großen Ausgaben, die der Kreuzzug gegen Granada der Staatskasse abfordert, wäre ein Geldsegen nur von Vorteil.«

»Ihr vergesst, dass wir, bevor wir mit einem Geldsegen rechnen können, erst einmal in diese Reise investieren müssen. Es wäre eine weitere Ausgabe.«

Luis de Santangel nickte. »Ja, Hoheit, es wäre eine weitere Ausgabe.«

Isabél seufzte. »Mir schien das Gesicht des Señor Colón am Ende doch eher enttäuscht. Ich befürchte, ihm steht seine Leidenschaft für seinen Plan näher als die Treue zur Krone.«

»Da täuscht Ihr Euch nicht, Hoheit«, bemerkte der Kardinal. »Señor Colón hat vom portugiesischen König João auch bereits eine Absage erhalten. Er soll ihn als Spinner bezeichnet haben.«

Isabél lachte. »Ein vergnüglicher Spinner. Wir sollten ihn bei Laune halten. Luis, nehmt ihn irgendwie in Hofdiensten auf, damit er nicht zum nächsten König überläuft.« Sie erhob sich und winkte mit ihrem Fächer Beatríz zu. »Vielleicht solltest du ihn auch bei Laune halten. Nimm doch einfach bei ihm Unterricht im Kartenzeichnen. Es würde dir bestimmt gefallen.« Sie reckte sich. »Ich werde jetzt das tun, was Gott mir aufgetragen hat – den Kreuzzug gegen Granada weiter vorbereiten. Erst wenn die Fahne Santiagos über der Alhambra weht, können wir uns anderen Aufgaben zuwenden.«

Nach Loja fassten die kastilischen Könige das nächste Ziel ins Auge, das auf dem Weg nach Granada zu bezwingen war: Málaga. Es war das Tor zu Afrika, eine strategisch wichtige Hafenstadt, die Nabelschnur zur Versorgung Granadas.

Málaga wurde von zwei mächtigen Bollwerken flankiert, Alcazaba und Gibralfaro. Sie galten als uneinnehmbar. Allein Alcazaba besaß einhundertzwölf Befestigungstürme.

Fernando, im Siegesrausch, ließ sich davon nicht abschrecken. Doch er stieß auf einen altbekannten Gegner, der die Verteidigung dieser wichtigen Feste Granadas übernommen hatte: El Zagal! Der Bruder Mulay Hasans war kein Schwächling wie Boabdil und kämpfte verbissen. Obwohl Fernando über eine Armee von nunmehr siebzigtausend gut ausgebildeten und bewaffneten Soldaten verfügte, blieben die Erfolge aus. Die kastilischen Truppen belagerten Málaga, doch Málaga widerstand. Eine rätselhafte Krankheit breitete sich unter den kastilischen Truppen aus und raffte einen großen Teil der Soldaten dahin. Ständige Scharmützel ließen die Vorräte an Munition schwinden. Die Situation für die Belagerer wurde immer kritischer – und hoffnungsloser.

Fernando, der im Bewusstsein eines schnellen Sieges gegen Málaga gezogen war, hockte nun, der Verzweiflung nahe, in seinem Zelt. Beichten und Beten halfen nichts, obwohl die ihn umgebenden Geistlichen stets und ständig das Gegenteil behaupteten. Gott schien ihn verlassen zu haben. Und wenn Gott einen verließ, musste man sich selbst helfen! Fernando sah nur noch einen Ausweg – Isabél!

In dieser aussichtslosen Lage erschien ihm die Königin wie ein wundertätiges Symbol, wie die Anrufung einer Heiligen. Ihr unbeugsamer Geist allein konnte ihm und seinen dezimierten Truppen die Kraft wieder zurückbringen und zum Sieg verhelfen.

Und wieder zögerte Isabél nicht einen Augenblick. Diesmal kleidete sie sich in eine glänzende Rüstung, die den mutlosen Belagerern neuen Kampfesmut und vor allem Hoffnung zurückbringen sollte. Wie ein leuchtender Stern erschien sie und wurde frenetisch bejubelt. Ihr blondes Haar wehte im Wind, sie schwenkte die Fahne mit den königlichen Insignien, dem Joch und dem Pfeilbündel. Das Pfeilbündel, umschlungen von einem Seil, symbolisierte die Vereinigung der Kräfte. Dieses Bündel als Ganzes konnte nicht zerbrochen werden.

Isabél verfehlte nicht die beabsichtigte Wirkung. Allein ihr strahlender Anblick, ihr kämpferisches Auftreten und ihr unbeugsamer Wille schenkten den Kämpfern neuen Mut. Das Siegesgefühl kehrte zurück. Fernando schickte ein Stoßgebet zum Himmel und umarmte Isabél. Es war ein Wunder, dass allein der Anblick der Königin so eine Wandlung bewirkte. Der Sieg musste ihnen gehören!

Doch auch die Eingeschlossenen in der belagerten Stadt hofften auf ein Wunder. Krankheit, Erschöpfung und Entbehrungen hatten ihnen zugesetzt. Nahrungsvorräte gingen zu Ende, das Wasser wurde knapp, und die Belagerer schienen nicht einen Schritt zurückzuweichen. Von Tag zu Tag wurde die Hitze stärker. Die Sonne brütete über der Stadt und ihren verzweifelten Verteidigern. Doch ohne Nahrungsmittel und Wasser schwand auch für El Zagal die Aussicht auf einen Sieg. Schließlich lenkte der Emir ein und bot Fernando ehrenvolle Waffenstillstandsverhandlungen an.

Isabél ließ ihre kleine geballte Faust auf den Tisch sausen, der im

Zelt des Königs stand. Schweißtropfen standen auf ihrer Stirn – es war unerträglich heiß. Trotzdem legte sie die stählerne Rüstung nicht ab. Sie wirkte aufgebracht und kämpferisch.

»Was bildet sich dieser Pluderhosenträger eigentlich ein?«, zürnte sie. »Wir werden nicht nachgeben!« Sie wies auf eine eben eingetroffene Depesche, die aufgerollt auf dem Tisch lag. »Der Herzog von Medina Sidonia befindet sich mit sechshundert Lanzen auf dem Weg zu uns, um uns zu unterstützen. Unsere Flotte hat Nachschub für unsere Truppen an der Küste geladen. Wir werden zum entscheidenden Schlag ausholen!«

So erteilte Fernando El Zagal und dessen Ansinnen eine Absage. Er verlangte bedingungslose Kapitulation.

Die Ruhe, die über der Stadt lag, wirkte gespenstisch. Plötzlich erschien eine Gestalt auf der Stadtmauer, eine zweite, dritte ...

»Was haben die vor?«, wunderte sich Fernando und beobachtete misstrauisch das Treiben auf der Mauer.

»Die Soldaten haben gefangene Christen vorgeführt«, stieß Isabél hervor.

Tatsächlich standen maurische Soldaten mit gefangenen Christen auf der Mauer und hielten ihnen ihre Dolche an die Kehle.

»Höre, du König der Kastilier!«, tönte El Zagals Stimme. »Wir werden die christlichen Gefangenen umbringen, einen nach dem anderen, und die Leichen zu euch hinunterwerfen. Die könnt ihr dann mitnehmen, wenn ihr abzieht!«

»Dieser feige Hund!«, schnaubte die Königin. »Aber wir lassen uns nicht erpressen. Niemals!«

»Willst du, dass sie die Christen abschlachten?« Fernando wurde bleich.

»Sie werden gnädigen Eingang zu Gott finden. Und gnade Gott diesem maurischen Hund, dann wird kein Einwohner von Málaga überleben.«

Fernando hob sein Schwert. »Höre, El Zagal! Wenn du dich auch nur an einem Christen vergreifst, wird es die Bevölkerung der Stadt büßen. Nicht ein Malagueño wird mit dem Leben davonkommen!«

In diesem spannungsgeladenen Augenblick traf der Herzog von Medina Sidonia mit seinen Lanzenträgern ein.

El Zagal zog sich von der Mauer zurück. Kurze Zeit später öffneten sich die Stadttore. Málaga ergab sich!

Es war der Rausch des Sieges, der die Eroberer befiel. Sie drangen mit lautem Geschrei in die Stadt ein, bereit zu plündern, zu morden, zu vergewaltigen. Es war das Recht der Sieger und der Lohn für die vorausgegangenen Entbehrungen.

»Das lasse ich nicht zu!«, rief Isabél, als die Truppen außer Kontrolle gerieten. »Es ist unchristlich!«

»Liebste Isabél«, versuchte Fernando sie zu beschwichtigen. »Du hast offensichtlich keine Ahnung vom Krieg. Die Ritter und Soldaten wären dir böse, wenn sie nicht ihren gerechten Lohn bekämen.«

»Gerechter Lohn, ja, aber keine Plünderungen, kein Mord, keine Vergewaltigung!«

Fernando hob verständnislos die Schultern. »Mein Liebes, ich verstehe dich nicht ...«

»Du wirst gleich verstehen.« Mit einer rigorosen Handbewegung schnitt sie dem König das Wort ab. Sie lenkte ihr Pferd die Kirchentreppe hinauf. Wie ein Standbild aus Silber erstrahlte sie und lenkte alle Blicke auf sich. Gebieterisch hob sie wieder die Hand.

»Ihr tapferen Kämpfer im Namen Christi, ihr habt den Sieg über die Ungläubigen errungen. Diesen Sieg wird euch Gott im Paradies vergelten.«

»Wir wollen aber jetzt schon unseren Lohn dafür!«, erscholl es aus der Menge.

»Niemand macht euch euren Lohn streitig. Wir befinden uns auf einem Kreuzzug im Namen Christi. Im Namen Christi wird gekämpft, jawohl! Aber es wird nicht getötet, geplündert, vergewaltigt. Wir werden ein Te Deum anstimmen und wie Christen handeln. Die gesamte muslimische Bevölkerung betrachten Wir als Unsere Gefangenen. Alte wie Junge, Männer wie Frauen sind zu inhaftieren und in Ketten zu legen. Sie werden als Sklaven verkauft und gegen christliche Sklaven aus Nordafrika ausgetauscht.«

Sie überhörte geflissentlich das unterdrückte Murren der Männer, aber keiner wagte, gegen die Königin aufzubegehren. Sie lenkte ihr tänzelndes Pferd wieder die Treppe herab und gesellte sich zu Fernando. Mit einem verschmitzten Lächeln beugte sie sich zu ihm herüber. »Lebend sind mir die Mauren wesentlich lieber, weil nützlicher. Außerdem können wir nun dem Papst ein großzügiges Geschenk machen, und an deine Schwester, und an die Königin von Portugal, und an besonders verdiente Kommandeure des Heeres …«

Fernandos dicke Unterlippe zitterte, und er rang um Worte. »Du … du bist wirklich unbeschreiblich«, murmelte er.

»Weiß ich doch!« Sie warf den Kopf in den Nacken, und ihr blondes Haar wehte wie ein goldenes Siegessymbol in der südlichen Sommersonne.

Zur Krönung der Siegesfeierlichkeiten wurde ein Autodafé veranstaltet, dem das Königspaar beiwohnte. Málaga war von Mauren gesäubert, aber es gab immer noch genügend Juden. Das Inquisitionsgericht gab sich nicht viel Mühe, die Juden zu einer christlichen Zwangstaufe zu bewegen. Die eingezogenen Vermögen waren der Krone wichtiger als ein paar Seelen mehr für die Kirche. Die flammenden Scheiterhaufen illuminierten die Siegesfeierlichkeiten wie ein Feuerwerk. Der Klang der Glocken kündete von der Gottesfürchtigkeit der katholischen Herrscher.

Die Eroberung von Málaga war nur eine, wenn auch wichtige Etappe auf dem Weg nach Granada. Fernando hatte die westlichen Gebiete des Emirats erobert und unter die Gewalt der kastilischen Krone gebracht. Doch das Schwierigste stand ihm noch bevor. Das östliche Gebiet wurde von drei starken Bastionen beherrscht: Almería, Guadix und Baza. Mit Baza glaubte er leichtes Spiel zu haben.

Die Verteidigung der Festung Baza oblag Yahiya an Najjar, einem Schwager El Zagals. Er war ein eingeschworener Gegner Boabdils und rechnete sich Chancen auf einen Einzug in die Alhambra aus. Außerdem war er ein berüchtigter Haudegen und wurde von Freund wie Feind nicht umsonst mit den Beinamen »Streiter des Glaubens« und »Schwert des Islam«, benannt.

Najjar machte es Fernando schwer. Er leistete erbitterten Widerstand. Zudem lag Baza inmitten von dichten Wäldern. Um überhaupt an die Stadt heranzukommen, mussten die Belagerer sich mühsam von Baum zu Baum kämpfen, um diese dann abzuholzen und Palisaden daraus zu bauen.

Allah stellte sich gegen die Christen und sandte ihnen einen frühen Winter. Heftige Regenfälle setzten nicht nur das Kriegslager unter Wasser und ließen es im Morast versinken, sondern schwemmten auch die in harter Arbeit errichteten Palisaden fort. Die Straßen wurden unpassierbar. Der sehnsüchtig erwartete Nachschub blieb aus. Wieder mangelte es an Munition, Lebensmitteln und Sold. Die Moral der Truppen versank ebenso im Schlamm wie das ganze Heerlager.

Fernando hob seine Stiefel vor dem Rinnsal, das quer durch sein Zelt sickerte. Der Marqués von Cádiz hatte sich auf einen Hocker gerettet. »Majestät, ich beschwöre Euch, ruft zum Rückzug. Es hat keinen Sinn mehr, und Ihr verliert Eure Soldaten an Krankheiten, die aus dem Schlamm gekrochen kommen. Niemals werden wir Baza auf diese Weise erobern. Wir müssen das Frühjahr abwarten.«

Fernando sah es eigentlich ebenso. Trübsinnig starrte er auf den immer breiter werdenden Wasserstrom durch sein Zelt. Er stellte seinen Fuß entgegen, doch das Wasser staute sich und überspülte dann seinen Stiefel mit dreckiger Brühe.

»Ihr habt recht, Marqués«, seufzte er. Was er dem Marqués verschwieg, war die Tatsache, dass er die Belagerung nicht ohne Isabéls Einverständnis abbrechen konnte. Er kannte ihren Starrsinn nur zu gut und wollte sich nicht ihren Zorn zuziehen. Allerdings diktierte er dem Sekretär für die Depesche an die Königin die Situation in den schrecklichsten Farben. Dabei musste er nicht einmal übertreiben.

Isabél betrachtete den königlichen Kurier, der ihr die Depesche übergab, mit kritischem Blick. Er hatte sich nur notdürftig gereinigt, trotzdem sah er aus, als hätte er sich mit den Schweinen in der Suhle gewälzt. Es war bekannt, dass die Königin sehr auf Reinlichkeit achtete und dies auch von ihren Untertanen forderte. Es war eine Unverfrorenheit, so vor Ihrer Majestät zu erscheinen. Die Dringlichkeit der Nachricht aber machte es notwendig.

»Sag, wie sieht es auf den Straßen aus«, forderte sie ihn auf.

»Nun, es ist nicht ganz trocken, Majestät ...«

»Ich will die Wahrheit wissen«, fuhr sie ihn an. Die Strenge ihrer Stimme ließ den Kurier zusammenzucken.

»Majestät, es ... es ist eine Katastrophe. Kaum konnte mein Pferd durch den Morast galoppieren, der sich auf den Straßen befindet. Der Regen hat die Hänge ins Rutschen gebracht, teilweise sind die Straßen unpassierbar. Der Morast ist bodenlos, und um Geschütze zu transportieren, bräuchte man alle Maultiere Kastiliens.«

Ein kleines Lächeln flog über Isabéls Gesicht und brachte einen Schein von Jugendlichkeit zurück. »Dann werden Wir alle Maultiere Kastiliens zusammentreiben«, erwiderte sie. »Reinige und stärke dich, bevor ich dich mit der Antwort nach Baza schicke.«

Sie beorderte ihren Sekretär zu sich, um ihm die Antwort auf Fernandos Brief zu diktieren. Gleichzeitig beauftragte sie einige ihrer Gefolgsleute mit ganz konkreten Aufgaben.

»Zieht alle Männer bis zum Alter von siebzig Jahren zum Arbeitsdienst heran«, befahl sie. »Sie sollen die Straßen freischaufeln und mit Steinen verfestigen. Lasst alle verfügbaren Maultiere konfiszieren. Wir benötigen sie zum Transport des Nachschubs. Bei den Bauern stehen sie ohnehin jetzt faul im Stall. Im Himmel wird's den Leuten vergolten. Und lasst alle kampffähigen Männer, die nicht im Straßenbau eingesetzt sind, an den Waffen ausbilden.«

Nachdem sie Fernando eine abschlägige Antwort erteilt hatte, schwang sie sich auf ihr Pferd, um die Arbeiten selbst zu kontrollieren und zu koordinieren. Die Unrast hatte sie wieder erfasst und verlieh ihr neue Kräfte. Auf einem Sieg durfte man sich nicht ausruhen, und ihr hehres Ziel, Spanien von der maurischen Herrschaft zu befreien, war noch nicht erreicht.

Sie trieb höchstpersönlich die Arbeiter auf den Straßenbaustellen an, holte die Maultiere aus den Ställen der Bauern und organisierte die Bereitstellung von Hafer, Gerste und Pulver.

»In solchen Zeiten muss man auch ungewöhnliche Wege gehen«, sagte sie zu ihren Hofdamen, die ihr nach solchen Einsätzen im Bad behilflich waren. Isabél kannte keine Hindernisse, die nicht zu überwinden waren, auch nicht den Schlamm.

Ihr größtes Problem aber war das Geld. Die Reserven in der Staatskasse schwanden zusehends. Der Heilige Krieg verschlang Unsummen. Von den klagenden Bauern, denen sie die Maultiere konfisziert hatte, verlangte sie Solidarität und Opferbereitschaft.

»Ich muss mit gutem Beispiel vorangehen«, sagte sie zu sich selbst, als ihr Schatzmeister Luis de Santangel die Bücher vorlegte. »Wenn ich von anderen Opfer verlange, dann muss ich selbst auch Opfer bringen. Ich besitze wertvolles Geschirr aus Gold und Silber, persönlichen Schmuck ...«

Santangel starrte sie an. »Majestät, Ihr wollt doch nicht etwa ...«

Sie überhörte seinen Einwand. »Übergebt mir die Liste mit meinem persönlichen Eigentum, das verpfändet werden kann.«

»Verpfändet?« Santangel war einer Ohnmacht nahe. »Majestät!«

Widerspruch erregte bei Isabél Zorn, und den ließ sie an dem Schatzmeister aus. »Das war ein Befehl, Luis! Ich hoffe, das ist Euch bewusst. Wir befinden uns auf einem Kreuzzug. Alles dient der heiligen Sache. Da kann man sich nicht an solche weltlichen Dinge wie Schmuck und Geschirr klammern.«

Hektisch wühlte Santangel in den Papieren. »Auch das Rubinhalsband der Juana Enriquez?«

Isabél nickte und reckte das Kinn vor. »Auch das Rubinhalsband!«

»Und ... und die Krone Fernandos II., des Heiligen ...«

»Auch die Krone!«

»Wem wollt Ihr diese Kostbarkeiten denn verpfänden?«

»Es wird doch noch ein paar Juden in Kastilien geben«, gab sie unwillig zurück. »Kümmert Euch darum, dass das ganze Zeug zu Geld gemacht wird. Die tapferen Kreuzritter warten auf ihren Sold!«

Die reichen Juden, die noch von der Inquisition verschont geblieben waren, drängten sich geradezu, dem Königspaar die geforderten Summen vorzustrecken. War es nicht die beste Lebensversicherung, sich der Krone und dem Kreuzzug gewogen zu zeigen? Konnten sie damit nicht die sonst so konsequente katholische Königin milde stimmen?

Isabél dachte über diese Beweggründe nicht nach. Es galt, keine Zeit zu verlieren. Der Nachschub war gesichert, der Sold konnte ausbezahlt werden. Zudem kaufte sie aus Italien die modernste Kanone, die geniale Waffenschmiede ersonnen hatten.

Doch es gab eine neue Forderung der Armee vor Baza. Sie forderten die Anwesenheit der Königin, damit diese ihnen mit ihrer Unerschrockenheit und Entschlusskraft zum Sieg verhalf. Sie beteten keine Heiligen an, sie benötigten keinen Talisman für ihr Schlachtenglück. Alle, vom ritterlichen Heerführer bis zum einfachen Söldner, beteten sie eine ganz reale Frau an – Königin Isabél.

»Es ist meine Aufgabe, den tapferen Männern in ihrem heiligen Kampf beizustehen«, sagte sie zu ihren Hofdamen. »Und ihr, meine Damen, werdet mich begleiten.«

Die Hofdamen starrten sie sprachlos an. Bislang hatte Isabél so etwas noch nie von ihnen gefordert. Gern begleiteten sie ihre Königin zu Festen und Feierlichkeiten, zu Jagden und anderer Kurzweil. Aber zu einem Krieg? Und mitten im Winter?

Beatríz, ihre engste Freundin, erhob sich und blickte in die Runde. »Es wird uns eine Ehre sein, der Königin in die Schlacht zu folgen. Sie beschämt uns mit ihrem Mut und ihrer Unerschrockenheit. Aber sie ist uns ein leuchtendes Vorbild, dem wir nacheifern werden.«

Isabéls Miene wurde plötzlich weich. »Gott hat jedem von uns ein Schicksal auferlegt. Wir müssen lernen, uns zu fügen.«

Die Reise war ein Höllenritt durch Unwetter, eisigen Regen und aufgeweichte Wege. Mit zäher Verbissenheit kämpfte sich die kleine Schar durch das Gebirge nach Süden. Isabél wurde vom Infanten Juan begleitet, der darauf brannte, an seiner ersten richtigen Schlacht teilzunehmen. Dem mittlerweile Elfjährigen war dank Isabéls konsequenter Erziehung bewusst, welche großen Aufgaben ihn erwarteten. Seine Mutter legte ihm kein Königreich zu Füßen, sondern sie erkämpfte es sich *legua* um *legua*.

Als die Königin das Feldlager erreichte, war nichts von der Beschwerlichkeit der Reise zu bemerken. Stolz und frohgemut zeigte sie sich den Truppen, als stünde die Hochzeit ihrer Tochter bevor. Sie hielt eine flammende Rede, die die abgekämpften und erschöpften Männer mit neuer Kraft erfüllte.

Abends, als sie nach einem Bad in heißem Wasser auf einem Feldbett lagerte, war ihr die Erschöpfung plötzlich anzusehen. Fernando setzte sich zu ihr und massierte ihre kleinen Füße, die sie auf seinen Schoß gelegt hatte.

»Weißt du«, flüsterte sie, damit niemand außerhalb des Zeltes etwas von ihren Worten vernahm, »eigentlich wäre mir lieber, wenn dieser verdammte Muselmane einfach seine Waffen strecken würde und wir nicht zu kämpfen brauchten.«

Fernando blickte überrascht auf. »Wie kommst du denn darauf? Er verteidigt Baza wie ein Löwe. Du siehst doch, was sich hier abspielt.«

»Oh ja, ich sehe es«, erwiderte sie. »Die Männer sind müde.«

»Es ist Nachschub da, und die Truppen haben ihren Sold bekommen. Wenn Najjar aufgeben sollte, dann müsste wirklich ein Wunder geschehen.«

ꟸ

Es war genau drei Tage später, als Yahiya an Najjar die Waffen streckte. Doch es war nicht das herbeigesehnte Wunder. Niemand erfuhr von den geheimen Verhandlungen und dem verlockenden

Angebot, das ein geheimnisvoller Bote dem Verteidiger von Baza unterbreitete. Dieses Angebot war so verlockend, dass er auf so eine spektakuläre Art die Waffen streckte, die alle wie ein Blitz aus heiterem Himmel traf. Najjar kapitulierte nicht nur, er vollzog eine radikale Kehrtwendung.

Isabél verzog keine Miene, als sich Najjar mit einem kleinen Gefolge den kastilischen Hoheiten näherte. Er bot allerdings nicht das Bild eines geschlagenen Mannes. Stolz und würdevoll trat er vor das Königspaar. Seine Verbeugung hatte nichts von Unterwerfung an sich. Es wirkte eher, als begrüße er willkommene Gäste.

»Majestäten, ich entbiete Euch den Gruß der Bewohner von Baza und heiße Euch in der Stadt willkommen. Sie ist jetzt die Eure.«

Ein maurischer Edelmann in prachtvoller Kleidung öffnete ein mit weinrotem Samt ausgeschlagenes Kästchen.

»Hiermit übergebe ich Euch die Schlüssel zur Stadt.«

Fernando starrte auf den Schlüssel wie auf einen unverhofften Schatz. Es war wirklich ein Wunder geschehen! Er öffnete den Mund, um etwas zu entgegnen, doch Isabél kam ihm zuvor. Sie neigte huldvoll den Kopf.

Der Emir beugte das Knie. »Ich begebe mich unter Eure Herrschaft, Majestäten. Und ich begebe mich in den Schoß Eurer Kirche. Ich bitte darum, dass ein Priester mich tauft.«

Fernando schnappte nach Luft. Irritiert blickte er Isabél von der Seite an, doch für die Königin schien dieser Entschluss ebenfalls keine Überraschung zu sein. In Fernandos Kopf überstürzten sich die Gedanken, doch er wagte nicht, sie laut zu äußern. Hatten geheime Verhandlungen einen Sinneswandel beim »Schwert des Islam« hervorgerufen? War eine große Summe Gold im Spiel? Isabéls beharrliches Schweigen und ihre glückliche Miene schienen ihm Antwort genug.

Im Gegensatz zu Boabdil schien Najjar keineswegs Angst um sein Leben zu haben. Er wollte katholisch werden!

Nein, Fernando würde nicht nach den Hintergründen fragen. Er wollte sie gar nicht wissen. Vor allem sollten sie nicht seinen Triumph über den militärischen Sieg schmälern. Er hatte gesiegt, Baza war gefallen.

Doch nicht nur Baza fiel. El Zagal verkündete, dass auch er sich mit all seinen untergebenen Festungen ergab.

Anfang Dezember des Jahres 1489 hielten Fernando und Isabél in Baza Einzug. Zwei Wochen später ergab sich Alhama, kurz vor Jahreswechsel kapitulierte Guadix. Die letzte Hürde vor Granada war gefallen. Nun musste Boabdil seinen zweifach geschworenen Eid einlösen und Granada übergeben.

Isabél behandelte Najjar und El Zagal wie Ehrenmänner und bot beiden die Freiheit, hohe Ämter und ein reiches und unbehelligtes Leben in Kastilien an. Yahiya an Najjar schien wohl mit der Weisheit des Orients gesegnet, denn er ging auf das Angebot der Königin ein, die ihn mit höchsten Ämtern betraute. Isabél und Fernando erklärten sich bereit, die Taufpatenschaft für Najjar zu übernehmen.

Najjar konnte zufrieden sein. Mit Weisheit und Einsicht hatte er nicht nur sein eigenes Leben gerettet. Er betrachtete sich nicht als Verlierer, sondern als Gewinner einer neuen Zukunft.

Es wurde ein prachtvolles Fest. Najjar nahm nicht nur den katholischen Glauben an, sondern auch einen höchst spanischen Namen. Von nun an nannte er sich Don Pedro de Granada. Isabél hielt noch ein besonderes Geschenk für den neuen Christen bereit: Don Pedro heiratete Isabéls Hofdame Doña Maria de Mendoza.

Isabél zwinkerte Fernando heimlich zu. »Siehst du, man muss nur aus allem den höchsten Nutzen herausschlagen. So einen fähigen Mann können wir sehr gut in unserem Kronrat gebrauchen. Wäre doch schade, wenn er einer Kanonenkugel zum Opfer gefallen wäre. Außerdem hat die Kirche eine weitere Seele gerettet.«

Fernando schwieg. Es gab keinen Grund, dem zu widersprechen.

Auch El Zagal bot das Königspaar seine Gnade an. Doch im Gegensatz zu Najjar konnte er sich nicht dazu entschließen, den katholischen Glauben anzunehmen. Er bat die Majestäten, nach Marokko ausreisen zu dürfen. Isabél und Fernando gestatteten es ihm großzügig.

Er hätte besser dem Beispiel Najjars folgen sollen. Statt ihn gnädig aufzunehmen, zürnte der Emir von Fez dem seiner Meinung nach Abtrünnigen, ließ ihn gefangen nehmen und blenden. Dem einstmals als Held gefeierten Emir von Granada, El Zagal, blieb nur das bittere Schicksal eines Bettlers.

Die Perle Andalusiens

Wie vielen anderen wichtigen Aufgaben ihres hohen Amtes war Isabél auch einer der Hauptaufgaben einer Königin nachgekommen: Sie hatte zur Sicherung der Dynastie Kinder geboren. Ihr erstes Kind, das nach der Mutter ebenfalls Isabél genannt wurde, war demnach ein so kostbares Unterpfand, dass die Infantin ihre Jugendjahre als Geisel in den Händen Cabreras zubringen musste.

Prinzessinnen waren dazu da, durch Heirat politische Verbindungen einzugehen. Die leidvollen Erfahrungen der Königin in ihrer Jugend hielten sie nicht davon ab, ihre eigenen Kinder für derartige Bündnisse zu benutzen. Infantin Isabél als Älteste ihrer Nachkommen war demnach die begehrte Braut einiger europäischer Fürsten, die sich eine lukrative Verbindung mit Kastilien und mit einem Auge sogar auf Aragón versprachen.

Einer dieser Anwärter war Maximilian von Habsburg. Mit dem Ziel, Herrscher über ein Königreich zu werden, suchte er den Weg über eine Heirat mit einem benachbarten Königshaus. Zunächst verheiratet mit Maria von Burgund, verlor er durch ihren Tod seine flandrischen Besitzungen. Diese erbte sein Sohn Philipp. Sein Versuch, die Herzogin Anna von Bretagne zu ehelichen, schlug fehl. Durch ihre Heirat mit Charles VIII. wurde das begehrte Herzogtum der französischen Krone zugeschlagen. Nun also richtete sich sein Augenmerk auf Spanien. Er hielt um die Hand der Infantin Isabél an. Um die Verbindung zu Spanien noch sicherer zu gestalten, hielt

Maximilian außerdem im Namen seines Sohnes Philipp um die Hand der noch kindlichen Infantin Juana an.

Obwohl die Königin ihre ganze Kraft für die Reconquista einsetzte, behandelte sie das Heiratsangebot mit größter Wichtigkeit. Doch der sprunghafte deutsche Monarch, der nicht den besten Ruf genoss und ständig damit beschäftigt war, sich aus politischen Verstrickungen in Frankreich, den Niederlanden, Burgund und Deutschland zu befreien, erschien Isabél als denkbar ungeeignet. Sie tendierte zu einer Stabilisierung der nachbarschaftlichen Beziehungen. Zwischen Kastilien und Portugal gab es immer wieder dynastische Verbindungen, zuletzt die der Juana von Portugal mit Isabéls Halbbruder Enrique. Und auch Isabél selbst sollte den damals herrschenden Alfonso V. ehelichen. Wenngleich ihr bei diesem Gedanken noch Schauer über den Rücken liefen, so war viel Zeit seitdem vergangen, und inzwischen gab es einen Enkel, der ebenfalls den Namen Alfonso trug und Thronfolger war.

Isabél vergaß auch nicht, dass in einem Kloster bei Lissabon ihre Erzfeindin Juana la Beltraneja wie eine Spinne im Netz lauerte und nicht davon abging, sie sei die eigentliche Thronfolgerin Kastiliens. Nicht auszudenken, wenn sie über den portugiesischen Thron erneut Ansprüche geltend machte!

Wie immer, wenn Isabél ein Ziel fest im Auge hatte, zögerte sie nicht, sondern schritt entschlossen zur Tat. So kam es im November 1490 zur Hochzeit der Infantin Isabél mit dem portugiesischen Thronfolger Alfonso.

Für die Infantin, die streng im Glauben und bewusst ihrer Stellung als Prinzessin erzogen war, gab es keinerlei Vetorecht. Ihr wäre es auch niemals in den Sinn gekommen, den Beschlüssen ihrer Eltern zu widersprechen. Sie hatte gelernt zu gehorchen.

Nur kurz regte sich in der Königin die Melancholie, als sie ihre älteste Tochter verheiratete. So schloss sich also der Kreislauf. Ihr schien es noch gar nicht so lange her, als sie Fernando auf abenteuerliche Weise ehelichte. Doch damals gab es eine andere Situation. Es herrschte ein erbitterter Erbfolgekrieg, und sie hatte sich nicht vorschreiben lassen, welche Ehe sie einzugehen hatte. Sie hatte nach eigenem Kalkül entschieden. Dass Erzbischof Carillo einen nicht unwesentlichen Anteil zu dieser Entscheidung beitrug, wollte sie vergessen. Nur mit Fernando an ihrer Seite konnte sie ihr ehrgeiziges Ziel erreichen. Das Leben hatte gezeigt, dass diese Entscheidung richtig war. Nein, sie war überzeugt, dass genau dies Gottes Wille war. Warum sonst hielt er immer wieder seine schützende Hand über sie und geleitete sie auf diesem Weg?

Sie hatte diese Entscheidung selbst treffen müssen, denn damals versank Kastilien im Chaos, herrschte ein König über das Land, das er nicht beherrschte. Diesmal aber gab es eine ganz neue Situation. Die Staatsmacht hatte sich gefestigt, Kastilien war reformiert worden, Kirche, Staat, die Krone. Kastilien war ein mächtiges, starkes und in Europa anerkanntes und gefürchtetes Königreich geworden. An seiner Spitze stand eine Frau, die sich nicht scheute, unpopuläre Wege zu gehen und sich sogar mit dem Papst in Rom anlegte.

Die Infantin fügte sich in die Entscheidung der Königin. Ihre einzige Sorge galt ihrem Kleid, das sie zur Hochzeitsfeier tragen sollte. Es sollte prachtvoll ausschauen und damit Würde, Stärke und Reichtum Kastiliens demonstrieren.

Der wehmütige Gedankenausflug in Isabéls eigene Vergangenheit währte nur kurz und wich einem erhabenen Stolz. Meine Tochter! Mein eigen Fleisch und Blut! Jetzt war also die Zeit gekommen, sie zum Wohle Kastiliens in die Hände eines benachbarten Königreichs zu geben. Hatte sich die Königin bislang nur mit der Innenpolitik ihres Reiches beschäftigt, so betrieb sie jetzt eine aktive Außenpolitik.

Es war ein prachtvolles Fest, das das Königspaar zu Ehren der Vermählung seiner Tochter mit dem portugiesischen Thronfolger ausrichten ließ. Im kräftezehrenden Krieg gegen die Mauren war es allen eine willkommene Abwechslung. Es gab nicht nur Stierkämpfe,

Volksfeste und Messen in den Kirchen des Landes, sondern auch, wie zur Demonstration ihrer Macht, besonders aufwändig gestaltete Autodafés der Heiligen Inquisition. An einem nahm das Königspaar höchstpersönlich teil. Bekennende Juden, die Christus verleugneten, doppelzüngige Conversos, die ihre Ketzerei hinter der Maske des biederen Christen versteckten, maurische Fremdlinge, die sich nicht taufen lassen wollten, gewöhnliche Verbrecher, alle bekamen ihr Heil durch das Feuer.

Einmal glaubte Isabél einen hässlichen kleinen Wicht vor den lodernden Flammen zu sehen und wie er ihr sein grinsendes Gesicht zuwandte. Aber vielleicht war es auch eine Sinnestäuschung. Auch die Stimme, die sie vernahm, konnte nur eine Sinnestäuschung zwischen den Schreien der Ketzer und Verbrecher sein, die den Flammentod starben.

»Isabél, Prinzesschen, gefällt dir, was deine Augen sehen? Gefällt dir, was deine Ohren hören? Gefällt dir, was deine Nase riecht? Du glaubst, dass Gott seine Hand über dich hält. Aber er tut es nicht. Auf dir lastet ein Fluch, ein böser Fluch. Sie verfluchen dich, die Juden, die du hast vertreiben lassen, die Mauren, die du bekämpfst, die Conversos, die deine treuen Diener waren. Dieser Fluch lastet auf dir und deinen Nachkommen. Die Qual, die du anderen zugefügt hast, wird auf dich zurückfallen. Du bist verflucht, verflucht, verflucht ...«

»Schweig still!« Isabéls Stimme klang laut und schrill.

Fernando, der eben überlegte, ob es vor allem für die Staatskasse von Vorteil sei, die Inquisition auch in Aragón einzusetzen, blickte die Königin befremdet von der Seite an.

»Was hast du? Wen meinst du?«

Isabél bekreuzigte sich hastig. »Es waren ... diese Schreie. Diese Schreie irritieren mich.«

»Es sind die Seelen, die gerettet werden«, erwiderte Fernando achselzuckend. »Dieser Reinigung bedurfte es längst.«

»Ich weiß, ich weiß«, gab sie zurück und faltete die Hände. »Lass mich für ihre Seelen beten.«

Fernando schwieg und wandte sich ab, um einen Becher Wein in

Empfang zu nehmen. Isabél senkte das Haupt und betete. Nicht um die Seelen der Verbrannten, sondern für das Wohl ihrer Kinder.

Lissabon bereitete der kastilischen Infantin einen triumphalen Empfang. Stolz und glücklich winkend ritt die junge Isabél im Festzug. Sie wusste um ihren Rang und ihre Rolle in dieser Staatsaffäre. Und ihr Herz flog ihrem Bräutigam zu. Zwanzig Jahre ihres Lebens hatte sie auf diesen einen Augenblick ihrer Bestimmung gewartet. Jetzt lag ihr das Volk einer ganzen Stadt, ja eines ganzen Reiches zu Füßen.

Hoheitsvoll trat sie Kronprinz Alfonso entgegen, der neben seinem Vater, König João II. von Portugal, wartete. Alle, die dieser Zeremonie beiwohnten, waren sich einig: Die beiden jungen Leute waren ein wundervolles Paar.

Isabél hatte sich bereits wieder dem Belagerungskrieg gegen Granada zugewandt, als sie eine unerwartete Nachricht aus Portugal erhielt.

Kronprinz Alfonso war bei einem Sturz vom Pferd zu Tode gekommen. Die Infantin Isabél war mit einundzwanzig Jahren und ohne Nachkommen Witwe geworden!

Die Nachricht vom Unglück ihrer ältesten Tochter betäubte Isabél. Die düstere Erinnerung an Bulbitos Stimme und den Fluch verdrängte sie ganz schnell wieder. Es war ein Unglück, ein schreckliches Unglück, das leider passieren konnte.

Sie schrieb ihrer Tochter einen langen Brief mit vielen tröstenden Worten und wusste doch, dass sie die stille und sensible Isabél nicht trösten konnte. Ebenso schwer wie das persönliche Schicksal der Infantin wog das politische Aus. Die kurze Ehe war kinderlos geblieben. Eine dynastische Verbindung mit dem portugiesischen Thron hatte sich in Staub aufgelöst.

Es blieb Isabél wenig Zeit, an der Trauer ihrer Tochter teilzunehmen. Sie würde darüber hinwegkommen. Wie ihre Mutter suchte auch die Infantin Trost, Kraft und Schutz im Glauben. Der Rückzug in ein Kloster würde der traurigen Prinzessin bestimmt gut tun. Die kastilische Königin jedoch musste sich um die anstehenden Aufgaben im Lande kümmern.

Der Weg nach Granada war frei! Beinahe zehn Jahre dauerte bereits der Kampf um die Rückeroberung der maurischen Gebiete. Jetzt, wo die Könige kurz vor dem Ziel standen, wollten sie den Augenblick genießen. Und natürlich sollte dieser feierliche Moment ganz Kastilien und der ganzen christlichen Welt vor Augen geführt werden.

Isabél lud Kirchenfürsten, Granden und die Repräsentanten der Stadt Sevilla ein, ihrem triumphalen Einzug in Granada beizuwohnen. Auch ihre Kinder sollten an dem historischen Ereignis teilhaben. Für den Infanten Don Juan würde es ein wichtiger Meilenstein auf seinem Weg zum kastilischen Thron sein, und Isabél orderte für den mittlerweile Dreizehnjährigen eine neue, kunstvoll gearbeitete Rüstung. Die zwölfjährige Juana, die neunjährige Maria und die sechsjährige Catalina traten ebenfalls, in Obhut ihrer Kinderfrauen, Lehrer und Erzieher und einer waffenstarrenden Begleitmannschaft, die Reise nach Granada an. Sie waren es ohnehin gewohnt, häufig auf Reisen zu sein, da der Hof ständig seinen Sitz veränderte. So residierten sie in Segovia, Toledo, Madrid, Sevilla, Medina del Campo, Valladolid, Córdoba, Burgos.

Vor den Toren Granadas hatte Isabél eine Zeltstadt aufbauen und prächtig ausstatten lassen. Von hier aus sollte der Einzug in die Stadt erfolgen. Boabdil brauchte ihnen nur noch die Schlüssel zu überreichen …

»Warum rührt sich dieser Emir nicht?«, murrte Isabél ungeduldig. »Er hat einen Eid geschworen.«

»Er wird den Vertrag einhalten«, versuchte Fernando sie zu beruhigen. Sie belagerten die Stadt bereits seit Monaten, ohne dass sich Boabdil rührte. Einem offenen Kampf wich Fernando aus, er beschränkte sich darauf, mit kleineren Truppenteilen die Umgebung Granadas zu verwüsten und die Stadt von jeglichem Nachschub abzuriegeln. Wieder und wieder blickten sie zu den gelben Mauern, die die Stadt umschlossen.

Hinter diesen Mauern ereigneten sich Tragödien. Der Mangel an Nahrungsmitteln und frischem Wasser trieb die Bevölkerung zur Verzweiflung.

»Allah hat uns verlassen«, klagten die einen und gaben sich in Erwartung des Weltendes allen Ausschweifungen hin, die der Koran verbot.

»Allah straft uns, weil wir ihn nicht fürchten«, mahnten die anderen und lebten asketisch streng nach dem Koran.

Boabdil selbst wurde von seinen Parteigängern und Ministern wie ein Gefangener gehalten. Seine Kommandeure und Soldaten befürchteten, dass der Emir nachgeben und Granada tatsächlich an Kastilien ausliefern könnte. Vor allem Kommandant Musa Ali Gazan verteidigte die letzte Bastion der Mauren wie ein Löwe.

Angesichts dieser Entschlossenheit dachte Boabdil nicht daran, seine eingegangenen Verpflichtungen dem kastilischen Königspaar gegenüber einzuhalten. Der Emir steigerte sich in einen Machtrausch, der seinen Blick für die Realitäten trübte. Um seine angeblich ungebrochene Macht zu beweisen, ließ er dreißig der vornehmsten und einflussreichsten Adligen hinrichten. Doch was für ein klägliches Königreich besaß dieser Emir noch? Von dem einstmals blühenden Granada war nur noch die mit Flüchtlingen und Kriegsinvaliden überfüllte Hauptstadt geblieben.

Die kastilischen Majestäten wollten ein unnötiges Blutvergießen unter den Bewohnern der Stadt vermeiden und forderten Boabdil mehrmals auf, endlich sein Versprechen einzulösen.

In der Zeltstadt der Belagerer herrschte derweil ein reges Treiben. Hier herrschte keine Not. Überall flammten Kochstellen auf, wo die Bewohner der Zeltstadt versorgt wurden. Bewaffnete und Heerscharen von Dienern schafften herbei, was benötigt wurde. Auf Maultieren wurden Waffen transportiert, aber auch Getreide, Obst, Gemüse,

Weinfässer, Teppiche, Wäsche und Musikinstrumente. Musik erklang, ebenso Gesang, Lachen, Fluchen, Gebete und Waffenklirren, wo die Soldaten und Edelleute zur Übung Zweikämpfe veranstalteten. Ab und zu rückte ein Trupp aus, um die Umgebung zu erkunden und zu verwüsten, und wo es nichts mehr zu verwüsten gab, suchten sie sich anderweitig Kurzweil.

Isabél befahl ihre Kinder zu sich in ihr Zelt, um mit ihnen gemeinsam das Abendgebet zu verrichten. Mochte so ein Soldatenlager auch nicht der richtige Ort für Kinder sein, so war sie sich doch sicher, dass die Infantinnen genug in Demut, Gehorsam und Glauben erzogen waren, um auch in dieser Situation Haltung und Würde zu bewahren. Und Don Juan war fast ein Mann, der sich auf den Schlachtfeldern bewähren musste.

Gehorsam traten die Kinder vor die Königin, beugten das Knie und senkten den Blick. Isabél verlangte es so, und die Infantinnen bemühten sich, keine Fehler zu begehen. Nur Don Juan hob kurz die Augen und schenkte der Königin einen strahlenden Blick. Auch wenn ihre Miene es nicht verriet, ihre Kinder waren ihr Schatz und ihr großes Glück. Und es war einer der wenigen kostbaren Augenblicke, da sie alle ihre Kinder um sich versammelt sah, alle, außer der unglücklichen Isabél.

Die Königin presste kurz die Lippen zusammen, dann hatte sie ihre Gefühle wieder unter Kontrolle.

»Gott schaut auf uns herab«, sagte sie. »Er hat uns zum Sieg über die Mauren geführt. Wir wollen ihm danken.«

Die Kinder sanken auf die Knie und hielten die Hände gefaltet. Isabél warf ihnen einen prüfenden Blick zu, ob sie auch wirklich beteten. Sie bemerkte, wie Maria ein Stück von Juana abrückte. Keines der Geschwister mochte Juana.

Die Königin betrachtete das Mädchen mit stiller Sorge. Auch wenn sich Juana still und gehorsam verhielt, nach Isabéls Meinung war Juana zu ruhig. Dann und wann brach es aus ihr heraus, und sie beschimpfte ihre Geschwister, als wären sie nur lästige Insekten.

Sie kniete sich nun ebenfalls hin und schloss die Augen zum Gebet.

Für einen winzigen Augenblick hatte die Königin eine seltsame Vision. Sie sah einen maurischen Emir vor sich. Boabdil? War es die Vision seiner Kapitulation? Sie sah ihn nur undeutlich, aber seinen übergroßen Turban konnte sie deutlich erkennen. Doch dieses Gesicht ... rund und dunkel, und diese ekelhaft gelben Zähne. *»... Du wirst einen Sohn bekommen, einen Thronfolger. Aber er wird nicht der Mann sein, der Kastilien das Heil bringt.«* Die Stimme kannte sie doch ... Bulbito! Sie riss die Augen auf und rang nach Luft. Ein Fluch? Lag ein Fluch auf ihren Kindern? Dieser verdammte Zwerg hatte sie verflucht, sie und ihre Kinder!

Sie bekreuzigte sich hastig und vertiefte sich erneut in ihr Gebet. Gott würde sie beschützen, sie und ihre Kinder! Er hatte etwas vor mit ihr und ihren Kindern. Sie musste Gott vertrauen! Zweifelte sie etwa daran?

Sie hob den Blick. »Morgen werden wir alle fasten, um Gott gnädig zu stimmen«, sagte sie zu den Kindern. Die hoben nur stumm die Augen. Niemals würden sie wagen, der Königin zu widersprechen.

Vor dem Zelt gab es plötzlich Tumult. Verärgert runzelte Isabél die Stirn. Während der Abendandacht wollte sie nicht gestört werden. Einer der Edelleute, noch im Harnisch, stand mit blassem Gesicht da, als sie aus dem Zelt trat. »Majestät ... Hoheit ...«, stammelte er.

»Könnt Ihr nicht ordentlich Meldung erstatten?«, fuhr sie ihn an, doch dann bekam sie einen Schreck. »Ist dem König etwas zugestoßen?«

»N... nein, Hoheit, es ist ... etwas ...« Er reichte Isabél mit zitternder Hand eine Lanze, mit der ein Blatt Pergament aufgespießt worden war. »Sie ... sie steckte neben Eurem Zelt im Boden ...«

Vorsichtig zog sie den Zettel von der Waffe. *»Isabél ist eine Hure!«* Es war eine maurische Lanze.

»Wo sind die Wachen?«, wollte sie wissen. Der Ritter starrte sie stumm an. »Wo sind die Wachen?«, schrie sie.

In diesem Augenblick kehrte der König von seinem Erkundungsritt zurück. »Was geht hier vor sich?« Er sprang vom Pferd. Isabél drückte ihm das Pergament in die Hand. Fernando warf nur einen kurzen Blick darauf. Der Wachhabende würde dafür seinen Kopf verlieren.

Isabél winkte dem Edelmann, der immer noch mit schlotternden Knien und der Lanze in der Hand daneben stand. Sie nahm aus ihrem Zelt ebenfalls einen Bogen Pergament, schrieb »*Ave Maria*« darauf und drückte es dem Ritter in die Hand. »Nagele es mit deinem Dolch an die Moschee der Stadt! Alle sollen meine Antwort lesen!«

Isabél streckte sich auf ihrem mit einer Brokatdecke überdeckten Feldbett aus. Ihr Rücken schmerzte, und in den Füßen kribbelte es. Die feuchtkalte Luft des Abends reizte sie zu husten. Sie hatte gebeichtet, und sie hatte gebetet. Auch in der Einfachheit des Feldlagers achtete sie auf die Einhaltung der kirchlichen Regeln.

Sie hatte eine Kleinigkeit gegessen und ihrem Sekretär einige Briefe diktiert. Vom Morgengrauen an war sie auf den Beinen gewesen, um die Soldaten zu neuen Taten zu ermuntern. Dann hatte sie über wichtigen Papieren gesessen. Nicht eine Minute vernachlässigte sie ihre Pflichten. Nun senkte sich die Nacht über den Besatzungsring um Granada. Unbemerkt konnte keine Maus hindurchschlüpfen. Fernando hatte alle Wachen verstärken lassen.

Die Zofe zog den Vorhang zu, der Isabéls Bett von den Dienstmägden trennte. Hier im Lager rückten auch die Stände enger zusammen. Unter gesenkten Lidern sah Isabél den Schatten der Zofe gegen den Vorhang hin und her huschen. Sie räumte noch auf, leuchtete mit einer flackernden Kerze. Die Müdigkeit nahm Isabél in ihre gnädigen Arme. Von draußen drangen gedämpfte Stimmen und Lachen durch die mit Teppichen behängten Wände des Zeltes – normale Geräusche in einem Feldlager.

Es war der Hustenreiz, der Isabél unsanft aus dem Schlummer riss. Im ganzen Zelt waberte dicker Qualm. Dann sah sie die Flammen. Geschrei, Rufe, jemand schlug gegen die brennenden Teppiche. Wie ein Blitz fuhr Isabél von ihrem Lager hoch, obwohl sie kaum atmen konnte. Sie presste ein Tuch vor den Mund. Zwei Wachen stürzten ins Zelt. »Hoheit, kommt hierher! Kommt heraus!« Sie hakten Isabél unter, um sie aus dem lichterloh brennenden Zelt zu führen.

Ärgerlich schüttelte die Königin die beiden Männer ab. »Lasst mich los! Kümmert euch um die Kinder! Ich kann mir selbst helfen.« Einen kurzen Moment wichen die Männer zurück. Isabél stürzte zu dem Tisch, auf dem die wichtigen Papiere lagen, die sie am Abend noch durchgearbeitet hatte. Brennende Stofffetzen fielen darauf. Mit der bloßen Hand wischte Isabél sie herunter und raffte die Papiere zusammen.

»Majestät, um Gottes willen!« Der Soldat zog Isabél aus dem Zelt. Keinen Augenblick zu spät, denn gleich darauf stürzte das Gestänge zusammen. Erst draußen konnte Isabél das ganze Ausmaß erkennen. Die Zelte standen dicht beieinander, sodass das Feuer sofort übergriff. Menschen und Tiere liefen schreiend durcheinander, halbherzige Löschversuche mit Wasserkübeln blieben ohne Erfolg. Der Wind fachte das Feuer immer wieder an und trieb es über das ganze Zeltlager. Es brannte lichterloh. Den entsetzten Kastiliern blieb nichts anderes übrig, als ohnmächtig zuzuschauen, wie das gesamte Lager ein Raub der Flammen wurde.

Als die Morgendämmerung die Rauchschwaden vertrieb, war das vernichtende Werk des furchtbaren Brandes zu erkennen. Das gesamte Zeltlager war abgebrannt. Nur wenige Zelte hatten so geringen Schaden davongetragen, dass sie weiter verwendet werden konnten. Alles Inventar, Silbergeschirr, Waffen, Kleidung, Nahrungsmittel waren verbrannt. Der Morgenwind wehte die Asche auf. Es roch unangenehm süßlich.

Seite an Seite schritten Fernando und Isabél durch das zerstörte Lager, nachdem sie sich vergewissert hatten, dass ihre Kinder in Sicherheit waren. Es gab viele Tote und Verletzte. Die Toten hatte man notdürftig mit weißen Laken zugedeckt. Isabél sprach den Verletzten Trost und Mut zu. Sie wurden am Rande des zerstörten Lagers versorgt. Dann hielt Kardinal Mendoza die Messe für die Toten ab. Aus einem verkohlten Balken wurde schnell ein Kruzifix genagelt. Nichts konnte die Lage der Kastilier in diesem Augenblick besser beschreiben als dieses verkohlte Holzkreuz.

Doch selbst in dieser Misere sah Isabél eine göttliche Fügung. Nach der Totenmesse begab sie sich inmitten des rauchenden Schutts und sank auf die Knie. Mit erhobenen Händen blickte sie zum Himmel. Sie trug immer noch das leichte Nachtgewand, mit dem sie sich am Abend zuvor zur Ruhe gelegt hatte. Nur eine angesengte Decke, die sie sich um die Schultern gelegt hatte, umhüllte ihren Körper. »Wir danken dir, HERR, dass du uns vor einem Angriff der Mauren verschont hast. Das Feuer war ein Fanal an unsere Gegner, dass uns nichts in unserem unerschütterlichen Siegeswillen aufhalten kann. Wenn auch die Zelte verbrannt sind, so hat uns Gott ein Zeichen gegeben, dass wir an deren Statt eine Stadt aus Stein und Mörtel erbauen werden, die dem Feind unsere Entschlossenheit bekundet. Wir stehen fest im Glauben zu unserem heiligen Ziel. Diese Stadt soll Santa Fé heißen, und wir werden sie an dieser Stelle erbauen!« Sie erhob sich und drehte sich zu den verblüfften Zuschauern um. Dann erschollen Hochrufe.

»Es lebe die Königin! Santa Fé! Santa Fé!«

Der Feldherr Gonzalves von Córdoba trat an Isabél heran.

»Majestät, es wird meiner Gattin eine Ehre sein, Euch mit ihren Kleidern auszuhelfen, bis . . . bis Euch neue Kleider gebracht werden.« Er flüsterte, sodass nur Isabél allein seine Worte verstand. Erst jetzt bemerkte Isabél, wie sie in der Morgenkälte zitterte. Irgendwie stand es einer Königin nicht an, im Nachtgewand herumzulaufen. Ihre gesamte Garderobe war verbrannt.

»Wir danken Eurer Gattin, Don Gonzalves! Gott wird es ihr im Jenseits lohnen.«

Gonzalves geleitete die Königin zu einem abseits gelegenen Quartier, das von der Feuersbrunst verschont geblieben war. Die Gattin des Feldherrn war noch jung und hocherfreut, der Königin einen Dienst erweisen zu dürfen.

»Sucht Euch aus, Majestät, was Euer Herz begehrt. Es steht Euch alles zur Verfügung. Meine Zofen werden Euch beim Ankleiden behilflich sein.«

Die junge Frau besaß eine erlesene Garderobe, und in Aussicht auf einen baldigen Sieg hatte sie jede Menge Festkleidung in ihren Truhen parat.

Isabél wählte nur wenige Kleidungsstücke. Vor allem benötigte sie ein Unterkleid, denn das Nachtgewand musste sie ablegen, wollte sie sich nicht zum Gespött machen. Sie streifte ein schlichtes, aus feinem Baumwollstoff gefertigtes Kleid über, während ihr Blick aus dem geöffneten Fenster des okkupierten Hauses auf die noch immer standhaften Mauern von Granada ging.

»Bei Gott, ich schwöre, dass ich dieses Hemd erst wieder ablegen werde, wenn die Mauern dieser Stadt gefallen sind«, sagte sie mit fester Stimme. Die Zofen hielten inne und starrten sie an. Dann bekreuzigten sie sich und fielen auf die Knie.

Die Königin war für ihre Reinlichkeit bekannt und verlangte selbst an solchen Orten wie dem Feldlager ein Bad. Sie wechselte mehrmals täglich die Kleidung und achtete darauf, stets sauber und ansehnlich in Erscheinung zu treten, gleichwohl, ob sie ein schlichtes Gewand zur Fastenzeit oder ein Festkleid trug.

Dieser Schwur bedeutete etwas, dessen Tragweite ihnen noch gar nicht recht bewusst war. Es war ein der Königin wohl besonders schwer erträgliches Opfer, denn niemand wusste, wie lange es noch dauern würde, bis der Kreuzzug siegreich zu Ende geführt werden konnte.

Isabél wiederholte diesen Schwur vor den Geistlichen und allen Kämpfern, um sie zur Opferbereitschaft zu ermutigen. Sie würde ihrem Gelübde treu bleiben und das Hemd erst ablegen, wenn sie ihren Fuß in die von der maurischen Fremdherrschaft befreite Stadt Granada setzte.

Und sie bauten Santa Fé. Innerhalb von neunzig Tagen entstand zu Füßen Granadas eine ganze Stadt, Stein für Stein errichtet, mit Mörtel zusammengehalten, von geistlichen Gesängen und Gebeten begleitet. Dort, wo vorher nichts war, wuchs eine Stadt, mit Straßen und Plätzen, Kirchen und einer mächtigen Mauer mit zwei Toren. Die Stadt besaß die Form eines Kreuzes, ihr Name wurde gleichzeitig zum Symbol: Santa Fé.

Von den Mauern Granadas betrachteten die Eingeschlossenen fassungslos die rege Betriebsamkeit der Christen. Hatten sie es doch als Allahs Rache angesehen, dass das Feuer ihr Heerlager zerstörte. Doch wie Phoenix aus der Asche erhob sich etwas Neues, Unglaubliches, das ihnen tagtäglich den Willen der Belagerer vor Augen führte: ein gewaltiges Kreuz aus fest gefügtem Stein.

Isabél beschloss, den Bau der Stadt von einer Anhöhe der Sierra Nevada aus zu betrachten. Von diesem Standpunkt aus erschloss sich ihr ein wunderbares Bild von der »Perle Andalusiens«, wie Granada genannt wurde. Diese Perle wollte sie in ihre Krone einfügen. Sie setzte alles daran, um dieses Ziel zu erreichen.

Fernando formierte sein Heer in der Ebene, während die Bauarbeiten unermüdlich weiterbetrieben wurden.

Musa Ali Gazan, der Kommandant von Granada, beargwöhnte die Aktivitäten der Kastilier. Dass sie einfach eine ganze Stadt vor die Tore Granadas bauten, war eine ungeheure Provokation. Dass der König jetzt sein Heer formierte, konnte nur den Großangriff bedeuten.

»Bei Allah, du verdammter Christenkönig, dir werde ich zuvorkommen«, drohte Musa und zog ebenfalls sein Heer zusammen. Der Provokation der Christen musste man eine gehörige Antwort entgegensetzen.

Mit Entsetzen beobachtete Isabél von der Anhöhe aus das Vorrücken des maurischen Heeres. Zwar kannte Fernando ihre Order, jegliche Kampfhandlungen zu vermeiden, aber es war nicht ersichtlich, was die Mauren wirklich vorhatten.

Die beiden Heere standen sich gegenüber, drohend, kampfbereit.

Die Rösser schnaubten ungeduldig, die Schwerter der Kämpfer schlugen warnend gegen die Schilde.

Aus den Reihen der maurischen Kämpfer löste sich plötzlich ein hünenhafter schwarzer Ritter. In seiner dunklen Rüstung, das Visier geschlossen, saß er auf einem rabenschwarzen Pferd. Er wirkte bedrohlich, auffällig. Die Kastilier starrten auf diesen Kämpen, der sich ihnen in seiner ganzen Größe präsentierte. Wollte er allein kämpfen? Er lenkte sein kräftiges Ross seitwärts. Es tänzelte und hob den wehenden Schweif. Und nun sahen es auch die Kastilier: Am Schweif des Pferdes, direkt unter dem prallen Pferdehintern, flatterte ein Tuch, auf dem die Worte »*Ave Maria*« standen.

»Blasphemie!« – »Diese maurischen Hunde!« – »Sie verhöhnen unseren Mariengruß!« – »Auf sie!«

Es gab kein Halten mehr. Die Heere prallten zusammen, Stahl schlug auf Stahl, dass die Funken stoben. Geschrei, Rufe, wiehernde Pferde, Kampfgetümmel. Im Staub konnte man kaum Freund und Feind unterscheiden.

Die Gotteslästerung weckte in den christlichen Kämpfern ungeahnte Kräfte. Musa verlor tausend seiner Leute, die im Staub des Kampfplatzes ihr Leben aushauchten. Es war, als verliehe das Kreuz von Santa Fé den Kastiliern Zauberkräfte. Und wieder donnerten die Kanonenkugeln gegen die Stadtmauern.

Musa musste den sofortigen Rückzug hinter die Stadtmauern von Granada antreten.

Der Emir beobachtete von seinem Palast aus die Niederlage seiner Armee. Schon längst hatte er begriffen, dass er nicht mehr siegen konnte. Seine Feldherren hatten sich selbständig gemacht, hörten nicht mehr auf sein Wort. Mochte es Heldenmut von Musa Ali Gazan sein, doch dieser Heldenmut bedeutete Selbstmord. Wenn es einen Weg gab, mit dem Leben davonzukommen, so sollte man ihn wählen. Die Stadt hatte den Belagerern nichts mehr entgegenzusetzen. Die Nahrungsmittel waren längst ausgegangen, die Stadt mit Flüchtlingen überfüllt. Die Menschen jagten schon Hunde und Katzen, um überhaupt noch etwas zu essen zu haben.

Boabdil beauftragte seinen Wesir mit geheimen Verhandlungen. Er hoffte, nach seiner zweimaligen Gefangenschaft mit den Kastiliern ein günstiges Übereinkommen aushandeln zu können.

Als Unterhändler der Kastilier wurden Hernando de Zafra, der Sekretär Fernandos, und Feldherr Gonzalves de Córdoba gewählt.

In banger Erwartung ließ Boabdil sich die Forderungen und Zugeständnisse der kastilischen Könige vorlesen. Er hatte sich nicht getäuscht. Fernando und Isabél zeigten Größe und Großmut.

Sie forderten die Übergabe der Stadt und die Freilassung aller christlichen Gefangenen. Im Gegenzug erklärten sie sich bereit, diejenigen der Bewohner, die in Granada zu bleiben gedachten, als freie Untertanen zu betrachten, die Moscheen unangetastet zu lassen wie auch den Besitz der Bewohner. Sie dürften nach ihren angestammten Traditionen leben und ihre Religion ausüben.

Denjenigen Bewohnern Granadas, die nach Nordafrika auszuwandern wünschten, würde die spanische Flotte zur Verfügung stehen. Dem Emir selbst boten sie ein kleines Fürstentum im Herzen des Alpujarra-Gebirges an.

Der Emir atmete erleichtert auf. Doch Musa Ali Gazans Miene verfinsterte sich. Enttäuscht und wütend trat er vor den Emir. »Allah ist groß! So steht es geschrieben. Das haben wir gerufen, als wir gegen die Ungläubigen zu Felde zogen. Das haben wir im letzten Augenblick unseres Lebens gebetet, bevor die Fackel des Lebenslichts erlosch. So viele Helden haben ihr Blut gegeben zum Ruhme Allahs und zur Verteidigung unseres Reiches. Und was tut Ihr? Ihr liefert diese Stadt den Ungläubigen aus! Glaubt Ihr denn nur einen Augenblick, dass diese Ungläubigen ihr Wort halten? Sie sprechen wie Nattern mit gespaltener Zunge und versprechen Euch das Paradies. Doch sobald Ihr uns dem Feind ausgeliefert habt, werden sie ihr wahres Gesicht zeigen. Sie werden die Moscheen entweihen und Kirchen daraus machen, wie es in Córdoba und Sevilla geschehen ist. Lag Euch nicht die prachtvolle Moschee Abd ar-Rahmans zu Córdoba am Herzen? Von der Giralda läuten christliche Glocken. Wo der Muezzin vom Minarett die Gläubigen zum Gebet rief, krönen Kreuze die Kuppeln. Wollt Ihr das auch für Granada? Ihr seid ein erbärmlicher Feigling, Abu Abdallah Muhammad! Ihr habt kein Schwert in Eurer Hand geführt, um Granada zu verteidigen. Ihr winselt um Euer Leben. Jeder Tod ist süßer als die Schande eines Sklavendaseins. Seht Ihr nicht, was diese Ungläubigen in ihrem Reich treiben? Riecht Ihr nicht das verbrannte Fleisch von den Scheiterhaufen, wo sie alles Nichtchristliche vernichten? Sollen wir alle da enden, unter dem Jubel dieser christlichen Hunde? Beim Propheten, ich schwöre Euch, dass ich diese Schmach nicht zulassen werde. Der Prophet wird uns erretten, er wird uns zu Hilfe kommen. Wir werden unseren Glauben nicht verraten!«

Der Emir folgte schweigend dem fanatischen Ausbruch des Kommandanten. Speicheltropfen glitzerten in dessen grauem Bart. Musa zitterte am ganzen Leib, so erregte ihn dieser erbärmliche Mann auf dem Thron. Schwächlich, verweichlicht, zeit seines kurzen Lebens mit Gezänk um Macht und Vorteile beschäftigt, am Rockzipfel seiner herrschsüchtigen Mutter zum willenlosen Schwächling mutiert, würde er alle streitbaren Kämpfer Allahs an die Feinde ausliefern.

Der Emir schwieg, und die Minister schwiegen. Sie wählten ein Leben in Schande vor einem ruhmreichen Tod auf dem Schlachtfeld. Offenbar war auch der letzte Tropfen des Blutes ihrer kämpferischen beduinischen Vorfahren in ihren Adern getrocknet.

Musa starrte in ihre Gesichter und wusste, dass er seine letzte Schlacht verloren hatte. Grußlos verließ er den Palast. Vor dem Tor der Alhambra schwang er sich auf sein Pferd und ließ sich von der Wache das Stadttor öffnen. Im vollen Galopp ritt er zum Ufer des Genil, wo es von christlichen Soldaten wimmelte. Als er ihrer angesichtig wurde, zog er sein Schwert. »Allahu akhbar!«, schrie er und stürmte auf die Kastilier zu. Ohne zu zögern griff er sie an, schwang sein Schwert und tötete mehrere Gegner. Doch dann trennte ihm ein Säbelhieb eines Kastiliers einen Unterschenkel ab. Eine Lanze stieß ihn vom Pferd.

»Ergib dich, und wir schenken dir das Leben!«, riefen die Kastilier. Doch Musa packte sein Schwert. Aus dem blutdurchtränktem Staub heraus, auf dem Stumpf seines Beines rutschend, griff er an. Die Kastilier umringten ihn, wollten ihn gefangen nehmen. Mit letzter Kraft stürzte sich der kampferprobte maurische Kommandant in die Fluten des Flusses. Seine eiserne Rüstung zog ihn sofort hinab. Musa Ali Gazan konnte mit Stolz vor Allahs Antlitz treten.

Während sich das Wasser des Genils von Ali Gazars Blut rot färbte, unterzeichnete der Emir den Pakt. Abu Abdallah Muhammad XII., von den Spaniern Boabdil genannt, der Letzte der Nasriden-Herrscher, hatte kapituliert.

Auch wenn die meisten Bewohner Granadas erleichtert über das Ende der Belagerung waren und lieber ein Ende mit Schrecken als ein Schrecken ohne Ende wählten, so befürchtete doch Boabdil, dass es unter den Fanatikern zu einem Aufruhr kommen könnte, dessen erstes Opfer er selbst sein würde. Er musste handeln, ihnen zuvorkommen.

Der Winter hielt die Sierra Nevada fest im Griff. Von den Bergen fiel ein kalter Wind in die Ebene ein. Boabdil warf nur einen kurzen Blick hinaus. Ein Schneegestöber verwischte die Konturen der Stadt. Sein Großwesir hatte den kastilischen Königen signalisiert, dass der Vertrag sofort ausgeführt werden sollte.

Im Morgengrauen des 2. Januar 1492 brach ein beeindruckender Zug aus Santa Fé auf, um den Sieg zu vollenden. Drei Kanonenschüsse kündigten ihn an. An der Spitze des Zuges schritt Kardinal Mendoza hinter den Bannern der Heiligen Jungfrau und des Santiago-Ordens, gefolgt von den Bischöfen, Mönchen und zahlreichen Vertretern des kastilischen und aragonesischen Adels. Der kalte Wind, der ihnen entgegenschlug, trug den Duft des Sieges. Es war nicht nur der Sieg des kastilischen Heeres über die maurische Armee, es war nicht nur der Sieg des kastilischen Königreichs über das Königreich von Granada. Es war der Sieg des Christentums über den Islam.

Dem alternden Kardinal war dieser historische Augenblick wohl bewusst. Er trug eine würdige, fast entrückte Miene zur Schau. Im Stillen dankte er Gott, diesen Augenblick noch erleben zu dürfen. Was für ein Tag!

Er wurde begleitet von Erzbischof Francisco Jiménez de Cisneros von Toledo, einer großen Zahl Dominikanermönche und dem bereits zum Erzbischof von Granada bestellten Don Fernando de Talavera.

Hinter diesen Würdenträgern folgten hoch zu Ross Fernando in einem goldbestickten Wams aus scharlachfarbenem Atlas und einem mit Zobelfell verbrämten Umhang und Isabél in einem wunderschönen Kleid aus Goldlamé, über dem sie einen kurzen roten Mantel und einen weiten Überwurf aus schwarzem Samt trug. Das schlichte Hemd, das sie in all den vergangenen Wochen getragen hatte, hatte sie nun abgelegt. Ihr Schwur hatte sich erfüllt.

Der junge Prinz Juan saß stolz und erhaben in einer glänzenden Rüstung auf seinem Pferd. Er ritt zwischen dem Königspaar und zeigte damit seinen Anspruch auf die Thronfolge auch und gerade in diesem denkwürdigen Moment.

Unmittelbar darauf folgten Don Gonzalves de Córdoba, der kampferprobte Feldherr, der Befehlshaber der Artillerie Don Ramirez und im karmesinroten Ornat Seine Eminenz Kardinal Don Pedro Gonzalez.

Ein unüberschaubares Heer von Lanzenträgern schloss sich ihnen an. Ihre Harnische blinkten und glänzten. Laute Dankesgebete und Gesänge schwebten wie Engelsgeleit über diesem gewaltigen Zug und priesen das Ende der Herrschaft der Heiden auf spanischem Boden.

In Granada öffneten sich die Tore der Alhambra. Emir Abu Abdallah Muhammad XII. ritt an der Spitze eines wesentlich kleineren Zuges, bereit, die Schlüssel der Stadt an die Sieger zu übergeben. Auch er trug ein festliches Gewand aus glänzender Seide und einen gewaltigen Turban, unter dem sein Kopf fast gänzlich verschwand. Ihm folgten etwa einhundert Pferde und Maultiere, die all das trugen, was für ihn von Bedeutung war: Angehörige seiner Familie, seine persönlichen Reichtümer, die Särge seiner Ahnen. Gemessen näherte sich der Zug von Granadas Anhöhe herab. Gemäß Boabdils Willen wurde das Tor, durch das er letztmalig geschritten war, bis in alle Ewigkeit zugemauert.

An einem kleinen islamischen Heiligtum am Ufer des Genils trafen beide Züge aufeinander. Würdevoll und stolz, keinesfalls wie ein Verlierer, zügelte Boabdil sein reich geschmücktes Pferd vor den kastilischen Majestäten. Als der Emir vom Pferd steigen wollte, um ihnen die Hand zu küssen, wehrte Fernando ab.

Es mochte der kalte Wind sein, der Boabdils Augen feucht glänzen ließ. »Allah hat es so beschlossen, es ist nach seinem Willen. So nehmt, o König, diese Schlüssel. Es ist fortan Eure Stadt. Tretet ein, denn es ist Euer Besitz. Macht von Eurem Glück maßvollen Gebrauch.«

Fernando nahm mit feierlicher Miene die Schlüssel entgegen, um sie an Isabél weiterzureichen. Isabéls Hände zitterten unmerklich. Zehn Jahre Kampf, zehn Jahre Krieg, zehn Jahre unermessliche Kraftanstrengungen, um diesen Augenblick zu erleben! Sie schloss die Augen und schickte ein stummes Dankgebet zum Himmel. Nach all der Mühe, all der Entsagung, all den Gefahren war es vollbracht, das Werk zu Ehren Gottes! Noch während sie das Kästchen mit den Schlüsseln in den Händen hielt, fühlte sie das Kribbeln, das Rauschen in ihren Adern. Ein Engel, nein, Gott selbst legte seine Hand auf ihr Haupt. Die Erde unter ihr wurde klein. Es war ein unbeschreibliches Gefühl, das sich ihrer bemächtigte. Ihr Werk, ja, sie selbst war vom Himmel gesegnet!

Als sie die Augen öffnete, fiel ihr Blick auf den Infanten, der sie mit einer Mischung aus Stolz und Bewunderung anschaute. In einer plötzlichen Regung überreichte sie ihm die wertvolle Schatulle. Ergriffen nahm der junge Prinz sie entgegen.

Die Mauren hatten die Herrschaft über Spanien verloren. Das Land kehrte in den Schoß der christlichen Kirche zurück. Das Reich lag in den Händen der Dynastie der Trastamare.

Auch Don Juan hielt einen Augenblick inne, während das Kästchen in seinen Händen lag. Dann reichte er es an den Grafen von Tendilla weiter, der zum Gouverneur der Stadt Granada ernannt worden war. Die Übergabe war vollzogen!

Der Emir verfolgte dies alles mit gefasstem Blick. Dann zog er einen Ring mit einem großen Türkis von seinem Finger. »Alle, die seit der maurischen Eroberung Granadas die Stadt regiert haben, trugen diesen Ring. Tragt Ihr ihn nun. Gott möge Euch mehr Glück schenken als mir.« Mit diesen Worten steckte er den Ring an den Finger des Grafen.

Boabdil wendete sein Pferd und ritt wortlos davon. Irgendwo auf den Höhen der Sierra Nevada wandte er sich noch einmal um, um mit tränenverschleierten Augen einen letzten Blick auf Granada, die Perle Andalusiens zu werfen.

Seine Mutter Aisha trat neben ihn. Sie hatte so verhängnisvoll in sein Schicksal eingegriffen, ohne es zum Besseren wenden zu können. Sie warf einen verächtlichen Blick auf ihren verweichlichten Sohn, der nichts dafür getan hatte, diese Schmach abzuwenden. »Weine nur, mein Sohn, beweine wie ein Weib das Königreich, das du nicht fähig warst, wie ein Mann zu verteidigen.«

An der Wende zum Jahr 1492 fiel Granada, die letzte Bastion der Araber auf spanischem Boden. Nach fast achthundertjähriger Dauer ging die Herrschaft der Mauren auf der Iberischen Halbinsel für immer zu Ende.

Teil 5

Isabél, die Königin

1492–1500

Exodus

Die Herberge in dem kleinen Dorf Astorga im Königreich Aragón war gut besucht. Im Gastraum saßen die Reisenden und ließen sich vom Wirt ein üppiges Mahl auftischen. Stimmengewirr füllte den kleinen Raum. Der Heilige Krieg der katholischen Könige war das alles beherrschende Thema.

»Recht so!«, rief einer und kaute auf seinem Fladenbrot mit Zwiebelfett. »Endlich wird mit den Ungläubigen und Ketzern aufgeräumt. Ich sage euch, diese schrecklichen Unwetter im letzten Winter sind nur den Gotteslästerern zuzuschulden. Gott zürnt, weil viele, die sich Christen nennen, sich in aller Heimlichkeit gotteslästerlichen Riten hingeben.«

»Stimmt!«, pflichtete ein anderer Gast bei. »Meinem Nachbarn hat ein arabischer Händler einen Hammel verkauft. Und denkt euch, in der Nacht fing das Tier an zu glühen, mit roten Augen, und es schlugen ihm Flammen aus dem Maul. Der ganze Stall stank nach Schwefel. Es war der Teufel, den der Ungläubige angeblich im Namen seines Gottes Allah herbeigerufen hatte.«

Die anderen bekreuzigten sich hastig. »Und was hat dein Nachbar getan?«

»Er hat schnell einen Priester gerufen, und der hat den Teufel ausgetrieben. Am nächsten Morgen war mein Nachbar tot!«

»Unglück bringen sie über uns, diese Heiden und falschen Christen. Auch ich weiß von einem Weib, das täglich zur Beichte ging und jedem gottesfürchtig erschien. Nur fiel den Nachbarn auf, dass es am Sabbat so verdächtig still war und am ganzen Haus die Fensterläden geschlossen blieben. Als sie durch die Ritzen schauten, sahen sie das Weib vor einem siebenarmigen Leuchter. Sie hielt ungesäuertes Brot in den Händen und betete den Leuchter an. Wie von Zauberhand fing dieser plötzlich an zu brennen.«

»Da seht ihr es, diese doppelzüngigen Conversos betreiben falsches Spiel und bringen Tod und Elend über die rechten Christen.«

»Deshalb hat unser geliebter König Fernando auch für Aragón die Inquisition eingeführt, um diesem Spuk ein Ende zu setzen. Die Königin war klug genug, dies schon vorher in Kastilien zu tun.«

»Ein Hoch auf Königin Isabél, ein Hoch auf unseren König Fernando!« – »Hoch lebe das katholische Königspaar, das uns von der Höllenbrut der Ketzer befreit!« – »Und von den arabischen Ungläubigen!« – »Und von dem verdammten Judenpack mit seiner Geldgier!« – »Hoch Fernando und Isabél!«

Der Wein, den der Wirt fleißig ausschenkte, heizte die Stimmung an. Nur einer der Reisenden stimmte nicht mit in die Lobeshymnen auf das Königspaar ein. Er lag, den Kopf auf seinem Reisesack, auf der Bank, den Weinkrug noch in der Hand.

»He, du!«, stieß ihn sein Nachbar an. »Warum lobst du nicht mit uns Gott und die katholischen Könige?«

»Ach, lasst mich doch …«, brabbelte er. »Was kümmern mich Gott und die Könige, wenn ich schlafen will?« Er schlürfte den letzten Tropfen aus seinem Krug und kippte auf die andere Seite.

»Du verhöhnst Gott?«

Der Angesprochene erhob sich mit stierem Blick, rülpste laut und schwankte zur Stiege. »Haltet euer Maul, ich will schlafen«, lallte er. »Euer Geschrei ist kein Loblied auf Gott, es ist … hicks … Scheiße!«

Auf allen vieren kroch er die Stiege hinauf und ließ sich schwer auf seinen Strohsack plumpsen.

Die anderen Gäste blickten sich bedeutungsvoll an. »Er verhöhnt Gott«, flüsterte einer.

»Wer ist das überhaupt? Kennt ihn jemand?«

»Er hat sich Benito Garcia genannt und ist angeblich ein Wollweber«, sagte der Wirt. »Zumindest hat er im Voraus bezahlt.«

»Einer, der Geld hat, dann ist's ein Jude.«

»Nein, er trägt ja keinen Judenfleck. Außerdem wäre er dann nicht hier hereingekommen.«

Ein Fuhrmann deutete auf den Sack, den der Trunkene liegen gelassen hatte. »Warum schauen wir nicht nach?«

Alle starrten den Sack an, als befände sich etwas Schreckliches darin, doch keiner rührte sich.

»Los, Wirt, du musst nachschauen. Schließlich kannst du unter deinem Dach keinen beherbergen, der sich so seltsam verhält. Er hat die Könige nicht gepriesen.«

»Und ich wette, er war nicht zur Beichte.«

»Nein, er war den ganzen Abend hier in der Schankstube«, bestätigte der Wirt.

»Na also, worauf wartest du?«

Der Wirt ließ sich erweichen und durchwühlte den Reisesack. Kleidung, ein zweites Paar Schuhe, zwei Ballen Wollstoff, ein Lederetui mit Zollstock, Schere, Nähgarn.

»Was ist denn das?« Er hielt eine angebissene und mit gelblichen Flecken übersäte runde Gebäckscheibe empor.

»Sieht aus wie eine Hostie.«

Im Gastraum wurde es totenstill. »Eine Hostie?«, flüsterte jemand. »Sie ... sie sieht aus wie ... wie ...«

»Geschändet!« Der Fuhrmann bekreuzigte sich. Er sprach aus, was alle anderen dachten. Ihnen stand das blanke Grauen ins Gesicht geschrieben.

»Ahnte ich's doch, mit dem Kerl stimmt was nicht. Der war verdächtig ruhig.«

Der Wirt wurde blass. »Damit will ich nichts zu tun haben. Mein Haus bleibt sauber.«

»Dann musst du es der Heiligen Inquisition melden!«, rief ein anderer.

Der Wirt persönlich unterrichtete den nächsten erreichbaren Verantwortlichen der Inquisition.

Als der Wollweber Benito Garcia aus seinem berauschten Schlaf gerissen wurde, wusste er nicht, wie ihm geschah.

»He, ihr Tölpel, was wollt ihr von mir?«, herrschte er die Soldaten an, die ihn aus dem Gasthaus zerrten.

»Das wirst du gleich erfahren, du räudiger Judenhund. Du hast eine Hostie geschändet!«

ꝏ

Pedro de Villega richtete seinen Adlerblick auf das Pergament, das der Schreiber vor sich liegen hatte, und kontrollierte die Mitschrift des Geständnisses des Angeklagten. Mit unbewegter Miene nahm der Schreiber eine neue Feder und tauchte sie in die Schale mit zerriebenem Tuschepulver. Dann blickte er auf und dem Inquisitor ins Gesicht. Dieser wandte sich um.

In einem hölzernen Gestell hing der Angeklagte Benito Garcia. Ein Mönch kippte ihm einen Eimer Wasser ins Gesicht, um ihn aus der Ohnmacht zu holen.

»Ihr seid verstockt, Garcia.« Villegas Stimme klang schneidend. »Ihr hättet es Euch ersparen können, wenn Ihr gleich gestanden hättet.«

Die zweihundert Stockhiebe hatten den Mann, der bei seiner Verhaftung heftig protestiert und die Soldaten beschimpft hatte, in ein blutiges Fleischbündel verwandelt.

»Ihr seid also ein mosaischer Converso. Uns ist bekannt, dass Conversos nach außen hin bekehrte Christen mimen, heimlich jedoch ihren gotteslästerlichen Riten frönen, Hostien schänden und Gott verhöhnen. Wer sind Eure Mittäter? Mit wem betreibt Ihr Euer schändliches Werk?«

Garcia stammelte etwas Unverständliches. Die Zunge hing aus seinem Hals, und er spuckte Blut.

»Habt Ihr es so mit der Hostie gemacht? Gespuckt auf den Leib Christi? Wer sind Eure Mittäter?«

Der Wollweber verlor wieder das Bewusstsein. Der Inquisitor winkte dem Mönch, einen neuen Eimer Wasser zu holen. »Wenn er Wasser will, soll er Wasser haben«, murmelte Villega. »Unterzieht den Delinquenten der Wassertortur, bis er die Namen seiner Ketzerfreunde bekannt gibt.«

Die Mönche, die die Folter durchführten, banden Garcia vom Gestell und legten den Ohnmächtigen auf einen Tisch, wo sie ihn wieder sorgfältig fesselten. Dann hängten sie einen großen Trichter an einen Eisenbügel, der von der Decke hing. Das untere Ende des Trichters schoben sie in Garcias Mund. Zwei weitere Mönche schleppten mehrere Wassereimer herbei. Auf einen Wink Villegas leerten sie die Eimer in den Trichter.

Der Wollweber bäumte sich auf, als das Wasser in seinen Hals schoss. Er gurgelte und röchelte, wehrte sich verzweifelt mit weit aufgerissenen Augen.

Der Inquisitor hob die Hand, und der Mönch stoppte den Wassernachschub. »Nennt die Namen!«, rief er und beugte sich über Garcia. Dessen Gesicht lief blau an.

»Er ist immer noch verstockt. Steckt den Trichter tiefer in den Hals. Ich will nicht, dass er erstickt.«

Der gescholtene Mönch korrigierte sein Versehen und öffnete Garcias Kiefer, bis er ihn ausrenkte. So konnte er nicht mehr auf den Stutzen beißen. Dann goss er wieder Wasser nach.

Villega setzte sich auf einen Schemel und schaute seelenruhig zu, wie Garcias Körper zuckte und sich wand. Wie eine gefüllte Schweinsblase wölbte sich dessen Bauch auf. Solange er zuckte, lebte er noch. Nach einer Weile erhob sich der Inquisitor und beugte sich wieder über Garcia. »Willst du gestehen?«

Der Gemarterte rollte mit den Augen.

»Er will gestehen«, bemerkte der Mönch. »Er will sein Gewissen erleichtern.«

»Unsinn, diese Conversos haben kein Gewissen, sonst würden sie nicht derartige Ketzereien betreiben«, erwiderte Villega. »Macht weiter!«

Erst als Garcia wieder in Ohnmacht fiel und sich nicht mehr regte, ließen sie von ihm ab. Sie banden ihn los und stießen ihn von der Pritsche. Als er auf den harten Steinboden aufschlug, kam er zu sich. Zwei Mönche zerrten ihn grob hoch.

»Also, wer sind deine Mittäter?«, wollte Villega wissen.

Garcia wälzte die Zunge im Mund. Sein Unterkiefer war immer noch ausgerenkt.

Der Inquisitor zeigte mit seiner Hand auf den Schreiber. »Verachtung«, diktierte er. »Ich verachte den Corpus Christi ...«

Aus Garcias Hals ergoss sich ein gewaltiger Schwall Wasser. »Ich spuckte aus Verachtung für den Corpus Christi vor dem Viatikum aus ...« Der Schreiber notierte eifrig Villegas Worte. »Und ich ... übte die jüdischen ... Riten aus ... bei ...« Villega beugte sich näher an Garcia heran »Bei wem?«

»Chrrraaaa ... kooo«, hauchte Garcia.

»Franco? Richtig?«

Garcias Kopf kippte vornüber. »Franco. Franco heißt der zweite Ketzer. Schluss für heute. Schickt die Soldaten der Santa Hermandad aus, diesen Franco zu suchen. Er muss ein Freund oder Verwandter des Delinquenten sein.«

Es war nicht schwer, Ça Franco aufzuspüren. Er lebte mit seinen beiden Söhnen Moses und Yucé in der Nähe von Segovia. Sie wurden sofort verhaftet und in das Gefängnis von Segovia geworfen. Villega versäumte es nicht, den Großinquisitor Tomás de Torquemada zu unterrichten. Hostienschändung war ein besonders schweres Vergehen, und seine Nase verriet ihm, dass er hier in ein Wespennest gestochen hatte.

Torquemada maß der Angelegenheit eine außerordentlich große Bedeutung bei. Er nahm seinen Wohnsitz in Ávila und ließ sich die Gefangenen vorführen. Yucé war erkrankt und hatte nach einem jüdischen Arzt verlangt. Außerdem sprach er hebräisch, was ihn außerordentlich verdächtig machte.

Torquemada erwartete Geständnisse von den Gefangenen und ordnete eine peinliche Befragung an, was nichts anderes war als ausgeklügelte Folter. Die Geständnisse ließen nicht lange auf sich warten.

Yucé, mit der Bitte, seinen alten Vater zu verschonen, nahm alle Schuld auf sich. Vor einiger Zeit sei er in La Guardia mit dem Converso Alonso Garcia zusammengetroffen, einem Bruder des Wollhändlers Benito Garcia und Converso wie die ganze Familie. Doch Alonso Garcia habe die Reue keine Ruhe gelassen, dass er Verrat an seinem jüdischen Glauben verübt hatte. Um diesen Frevel wieder gutzumachen, habe er anlässlich des Osterfestes an der Kreuzigung eines Christenkindes teilgenommen. Sein Bruder Benito sei zugegen gewesen sowie die Familie Franco, ein Bettler und ein Arzt, der gleichzeitig ein Magier war.

Es sei das Kind eines Fassbinders gewesen, das sie entführten und auf einen Esel banden, um es in eine Höhle zu bringen. Dort sei es im Licht von Kerzen von der Geißelung über das Aufsetzen der Dornenkrone bis zur Kreuzigung allen Leiden unterzogen worden, die von der Passion Christi her bekannt waren. Das Kind habe Tränen vergossen, weil es weniger Schläge erhalten habe als der Heiland. Dann habe man ihm das Herz entnommen und in eine Schachtel zusammen mit einer Hostie gelegt. Diese sollte einem Zauberer übergeben werden. Durch magische Riten würden alle Inquisitoren von der Tollwut befallen werden und eines grausamen Todes sterben. Dies sei die Strafe für die Judenverfolgungen. Um die Wirkung zu vervollkommnen, sollte Benito Garcia die Schachtel mit dem Kinderherz und der Hostie zu einem anderen Zauberer bringen. Dabei sei er in der Schänke entdeckt worden.

Tomás de Torquemada hielt die Prozessakten in seinen zitternden Händen. Es war der Beweis, welche Verbrechen die Conversos begingen. Gotteslästerung, Hostienschändung, Ritualmorde, Brunnenvergiftungen, Hexerei und Herbeizaubern von Pest und Tollwut – eine unglaubliche Reihe von Verbrechen!

Die Verurteilung der Verbrecherclique folgte auf dem Fuße. Sie wurden alle in Ávila öffentlich verbrannt. Doch der Großinquisitor wollte es dabei nicht bewenden lassen. Er musste dem Königspaar, das gerade ausgelassen den Sieg über die Mauren in Granada feierte, endlich die Augen öffnen!

ꝏ

Die Fahne Santiagos wehte über der Alhambra von Granada! Zehn Jahre Kampf waren vorüber. Die letzte maurische Bastion auf der Iberischen Halbinsel war gefallen! Das gesamte Christentum befand sich im Siegestaumel. Die Glocken läuteten in Rom, Paris und London, kündeten vom großen Sieg der Christenheit.

In einer großherzigen Geste hatte das Königspaar versprochen, die muslimische Bevölkerung Granadas zu verschonen und die Stadt nicht zu plündern, wenn sie sich freiwillig ergab.

Es war kein Tropfen Blut geflossen, kein Haus zerstört. Den Mauren wurde freie Religionsausübung zugesichert, ein Leben nach ihren angestammten Traditionen, und auch der Bestand der Moscheen. Wer nach Nordafrika auswandern wollte, dem war dies gestattet.

Kardinal Mendoza betrat als Erster die Alhambra und ließ ein silbernes Kreuz aufrichten. Standarten und Banner wehten und zeugten vom Machtwechsel.

Isabél und Fernando knieten vor dem silbernen Kreuz nieder. Die Granden und geladenen Gäste, die den Triumph des christlichen Kastiliens miterleben sollten, taten es ihnen gleich. Granada war in den Schoß der Heiligen Kirche zurückgekehrt. Die Dynastie der Trastamare, die Isabél als Herrscherin verkörperte, besaß nun das gesamte Kastilien!

Während sie ein Te Deum anstimmten, endete ein zehn Jahre dauernder Heiliger Krieg, der die Staatskassen von Kastilien und Aragón geleert hatte und bei dem sich beide Königreiche hoch verschuldet hatten, in einem triumphalen Sieg. Es war nicht nur ein spanischer Sieg über die Mauren, es war ein Sieg des Christentums, des einzig wahren Glaubens, über die maurischen Heiden. Mochten sie in ihren Moscheen Allah anbeten, mochte ein Lippenbekenntnis sie in scheinbarer Sicherheit wiegen: Das Kreuz erstrahlte in seinem ganzen Glanz und kündete von Gottes Herrlichkeit.

Das Königspaar residierte in der Alhambra und genoss den Sieg in vollen Zügen. Auch ohne Wein spürte Isabél den Rausch. Er hatte von jeder Faser ihres Körpers Besitz ergriffen. Es war wieder dieses Gefühl zu schweben, über allen Dingen zu stehen, von oben herabzuschauen. Es war das Gefühl, alles bewirken, alles lenken und leiten zu können. Es war das Gefühl der Macht, das trunken machte.

Die Zofen ordneten ihr Kleid, das sie zur Feier hatte anfertigen lassen. Es war ein kostbares und prachtvolles Gewand, angemessen dem Anlass, angemessen ihrer Trägerin.

Isabél betrachtete sich im Spiegel. Das tat sie stets, diesen kurzen, prüfenden, kritischen Blick werfen. Sie wollte alles im Griff haben, nichts dem Zufall überlassen, alles kontrollieren.

Die Frau, die ihr aus dem Spiegel entgegenblickte, war noch immer apart, nicht schön, aber ansehnlich. Längst war sie nicht mehr so schlank wie damals, als sie an den Hof ihres Bruders nach Segovia gekommen war. Zehn Geburten, davon nur fünf lebende Kinder, hatten ihre Spuren hinterlassen. Sie neigte zur Fülle, ihre Konturen hatten sich gerundet. Sie verhüllte ihren Körper gern mit wallenden Stoffen, trug Mäntel und Umhänge über ihren Kleidern. Ihr Körper hatte seine Pflicht erfüllt, sie musste ihn nicht zur Schau stellen. Am liebsten hätte sie ihn unter einem Ordensgewand versteckt – wenn sie nicht Königin wäre! Und diese Bestimmung war ihr wichtiger als jegliche persönlichen Wünsche.

Die Königin, die ihr aus dem Spiegel entgegenblickte, wirkte hoheitsvoll und stolz, aber auch unnachgiebig und streng. Der Blick ihrer blauen Augen war distanziert kühl, aber auch kritisch und wach. Nichts entging diesen blauen Augen, und sie schienen ihr Gegenüber zu durchschauen. Es war äußerst schwer, die Königin zu täuschen.

Ihre Wangen waren schlaff geworden in den Jahren, und von den Nasenflügeln zu den Mundwinkeln hatten sich zwei deutliche Falten eingegraben. Sie zogen die Mundwinkel etwas herab, sodass die Miene der Königin etwas herablassend und geringschätzig wirkte.

Sie war einundvierzig Jahre alt, seit achtzehn Jahren an der Macht.

Die Zeit war verflogen wie ein Augenblick, und doch hatte sie in diesen achtzehn Jahren so unglaublich viel erreicht. Das Land hatte sich verändert. Unnachsichtig hatte sie ihre Untertanen zu Treue und Einigkeit geführt. Isabél war überzeugt, dass sie durch ihre Strafgerichte weitaus humaner war als ihr Bruder, der durch seine übertriebene Nachsicht und Wankelmütigkeit Bestechung, Raub und Mord im ganzen Lande Vorschub geleistet hatte.

Kastilien war befriedet, Kastilien war befreit. Kastilien und Aragón waren enger zusammengerückt. Die beiden Königreiche, die zunächst nur durch eine Heirat miteinander verbunden waren, ähnelten sich in ihrem inneren Aufbau. Fernando hatte das Staatssystem übernommen, das Isabél in Kastilien aufgebaut hatte. Auch wenn Isabél nicht über Aragón herrschte, so fand man doch überall im Land ihre Ausstrahlung, ihre Spuren. Kastilien jedoch hatte sie ihre Handschrift aufgedrückt, ihre Fußspuren hinterlassen. Das Land atmete Isabéls Geist. Das Volk liebte, ehrte und fürchtete sie gleichsam. Sie war Symbolfigur und Heilige, sie war sowohl Leitstern am Himmel als auch Schwert in der Hand Gottes. Kastilien und Isabél waren untrennbar verbunden.

Sie fragte nicht danach, ob es besser war, geliebt oder gefürchtet zu werden. Mochte das Volk sie fürchten, ihr war wichtig, dass Gott sie liebte. Er hatte ihr viele Prüfungen auferlegt. Sie hatte nicht gezaudert, sich nicht geschont. Der Weg zum Gipfel war lang und steinig, voller Kämpfe und Blut. Doch jetzt stand sie oben, ganz oben auf dem Olymp, und blickte hinab auf Kastilien. Es lag ihr zu Füßen, ihr Land, ihr Reich. Sie war die unumschränkte Herrscherin!

Isabél nickte ihrem Spiegelbild kurz zu, wie um zu bestätigen, was sie bei ihrem Anblick empfand. Dann schritt sie energisch und hoheitsvoll hinaus auf den Platz vor dem Palast.

Eine riesige Menschenmenge hatte sich versammelt und jubelte dem Herrscherpaar zu. Fernando lächelte und winkte. Er war längst nicht mehr der fremde Aragonier, sondern ein Kastilier. Die christlichen Kastilier wussten, was sie ihm, dem Feldherrn und König, zu verdanken hatten. Fernando wusste sich beliebt zu machen.

Stolz und sich des historischen Augenblicks voll bewusst, stand Prinz Juan neben ihnen. Ein schmerzhaftes Ziehen in Isabéls Brust erinnerte sie daran, dass ihr jahrzehntelanger Kampf kein Selbstzweck war. Sie tat dies alles aus der Verantwortung für ihr Land, aus der Verantwortung für die nachfolgende Generation. Juan würde ihr Werk fortsetzen. Er war ihr Lichtblick in manch dunkler Stunde, ihr Trost in manch verzweifelter Situation und ihr ganzer Stolz im Augenblick des höchsten Triumphes.

Einen kurzen Moment legte sie ihre Hand auf die schmale Schulter des Infanten. »Granada ist ein funkelnder Edelstein in der Krone Kastiliens«, sagte sie zu ihm. »Heute wurde er eingefügt.«

»Und er wird immerdar bleiben«, ergänzte Juan. »Seht, wie das Volk jubelt. Es liebt Euch, Mutter.«

Isabél lachte auf. »Es ist nicht die Aufgabe eines Königs, vom Volk geliebt zu werden. Liebe ist mit Dankbarkeit verbandelt. Es ist ein schwaches Band, das schnell zerreißt, wo Eigennutz im Spiel ist. Merke dir, ein kluger Herrscher wird nicht geliebt und nicht gehasst, sondern vom Volk geachtet und gefürchtet. Geliebt werden musst du von Gott. Nur ER wird dir helfen, ein guter Herrscher zu sein.«

Juan antwortete nicht, aber in seine Augen trat ein Leuchten, das Isabél bekannt vorkam.

Er besitzt die notwendige Leidenschaft und die Überzeugung für seine zukünftige Aufgabe, dachte sie. Kraft und Wissen dafür würde er noch erlangen.

ꕤ

Granada wurde nicht umsonst als Perle Andalusiens bezeichnet. »Glitzernd wie das Blinken der Sterne durch das Grün der Olivenbäume«, beschrieben schon arabische Dichter die Stadt. Zwei Flüsse, der Darro und der verzweigte Genil, schenkten der Region Fruchtbarkeit, bevor sie ihr Wasser in den Guadalquivir ergossen. Rosafarbene Granitmauern gewährten der Stadt Schutz, in der der zehnte Teil der Einwohner des maurischen Königsreichs lebte. Die Gebirgskette der Sierra Nevada mit dem Mulhacén als höchsten Gipfel schirmte die Stadt ab. Auf einem plateauartigen Ausläufer der Sierra thronte Granada, zuerst ein festungsartiges Bollwerk, die Alhambra. Später wurde sie um einen Palast erweitert und reich ausgestattet. Letztlich wuchs die Alhambra zu einer Stadt über der Stadt, Residenz und Festung zugleich. Von außen eher unscheinbar und abweisend, glänzte sie im Inneren durch die Pracht und Schönheit maurischer Architektur und maurischen Kunsthandwerks.

Siebenhundert Jahre residierten hier die maurischen Herrscher, in immer größerer Prachtentfaltung und mit kleiner werdender Macht. Doch der Ring der christlichen Rückeroberer zog sich immer enger um diesen kleinen, aber kostbaren Rest maurischer Hochkultur. Und nun war die Perle Isabél in den Schoß gefallen. Sie konnte es noch gar nicht richtig fassen, und doch war es vollbracht. Ihr Fuß berührte den Boden Granadas.

Nach dem glanzvollen Einzug in die Stadt und dem feierlichen Jubel benötigte sie einen Moment der Besinnung, der Ruhe, um sich das ganze Ausmaß dieses Sieges ins Bewusstsein zu rufen. Mit ihren Hofdamen und einer Hand voll Bewacher schlenderte sie durch die Gassen.

Maurische Kunst und Architektur waren überall präsent. Die Häuser, die Fenstergitter zur Straße mit reichem Schnitzwerk verziert, die Brunnen auf den kleinen Plätzen, wo sich Straßen kreuzten, blaue Kacheln an den Wänden. Die maurischen Einwohner hielten sich versteckt, nicht einmal ein Hund war zu sehen. Und doch spürte Isabél die unsichtbaren Blicke, hinter Schleiern, hinter Gittern, hinter Toren. Von fern waren das Johlen und der Gesang der kastilischen Soldaten zu vernehmen. Wie unsichtbare Pfeile spürte Isabél auch das Misstrauen. Verträge, Zusicherungen, Versprechungen – es war nicht sicher, ob die Christen sich daran halten würden.

Die Königin blickte sich um. Wie entvölkert wirkte die Stadt, und doch gab es hinter jeder Mauer, hinter jedem Tor Leben. Sie war jetzt die Herrscherin über dieses Paradies. Obwohl es Winter war, grünten die Gärten, sogar den Duft von Jasminblüten glaubte Isabél zu erahnen.

Eine ansteigende Gasse, mit flachen Stufen ausgebaut, führte zu einer Moschee. Die Wände rückten nahe zusammen, sodass die Damen und die Wachmannschaft hintereinander gehen mussten. Etwa zehn Wachsoldaten liefen vor den adligen Damen, der Rest beschützte sie von hinten. Doch niemand war zu sehen, alle Tore blieben fest geschlossen.

Ein dunkles Bündel lag vor ihnen an der rechten Mauer, als hätte jemand sein Gepäck in eiliger Hast verloren. Achtlos stiegen die Soldaten darüber hinweg. Isabél raffte ihr Kleid, um sich nicht zu beschmutzen. Im Vorbeigehen warf sie einen flüchtigen Blick auf das Bündel. Ruckartig blieb sie stehen.

»Was ist das? Wache!« Die Soldaten kehrten abrupt um. Isabél wies auf das unförmige Etwas auf dem Pflaster. Es sah aus wie ein Ballen aus Lumpen, Kleidung, Stoff; jedoch ... Ihr Atem stockte, und sie griff sich unwillkürlich an den Hals.

Ein Soldat stieß mit dem Fuß gegen das Bündel. Doch es war zu schwer. So nahm er das stumpfe Ende seiner Lanze, um das Bündel umzudrehen. Isabél erkannte einen überdimensionalen Turban, dessen goldene Borte stellenweise durch den Schmutz schimmerte. Dann erkannte sie das Gesicht darunter – klein, dunkel, verhutzelt.

Sie unterdrückte ihren Schrei, indem sie die Hand auf den Mund presste. »Bulbito!« Hastig bekreuzigte sie sich.

»Majestät, Ihr wisst, wer das ist?«

Isabél nickte. Die Hofdamen, die neugierig näher gekommen waren und sich ebenfalls über das Bündel beugten, wandten sich schaudernd ab. Bulbito war tot, erschlagen. Sein riesiger Turban hatte ihn nicht schützen können. Eingetrocknetes Blut klebte daran. Seine Augen waren offen und blickten gebrochen ins Nirgendwo. Sein Mund schien zu grinsen und sie noch im Tod zu verhöhnen. »Ich sehe, was kein Auge sieht ... ich höre, was keine Ohren hören ... Prinzesschen, du und alle deine Nachkommen seid verflucht ... verflucht ... verflucht ...«

Isabél wich zurück. »Schafft ihn weg«, befahl sie mit heiserer Stimme. Sie fröstelte. Als zwei Soldaten den toten Zwerg wie einen Lumpensack packten, hob sie die Hand.

»Ein Geistlicher soll ihn bestatten, nach christlicher Tradition.«

Irritiert blickten die Soldaten auf den Toten. »Aber er scheint ein Muselmane gewesen zu sein«, wandten sie ein. »Er war bestimmt nicht getauft.«

»Er *ist* getauft«, erwiderte Isabél hart.

Beatríz trat zu Isabél und stützte sie, als sie bemerkte, dass sie taumelte.

»Und ich war sicher, dass es keine Toten bei der Eroberung der Stadt geben würde.«

»Er war doch nur ein Zwerg«, erwiderte Beatríz achselzuckend. »Schade, als Hofnarr hat er uns erheitert. Warum wurde er erschlagen?«

»Vielleicht wusste er nicht, wo er hingehört. Sein Volk hat ihn nicht wieder aufgenommen.« Isabél fröstelte plötzlich. »Lasst uns umkehren, es ist kein guter Ort.«

Die Hofdamen waren dankbar dafür. Auch sie fühlten sich plötzlich unwohl. Isabél eilte allen voran. Niemand konnte ihre Gedanken ahnen. Auch wenn Granada kampflos gefallen war, war sie insgeheim froh, dass es doch einen Toten gab.

ꝏ

Dass ganz Granada einschließlich des Herrscherpaares im Siegestaumel schwelgte, kümmerte Tomás de Torquemada ebenso wenig wie die Tatsache, dass Isabél schon vor Jahren eine strenge höfische Etikette eingeführt hatte. Er bat nicht um Audienz, sondern forderte Gehör.

Obwohl Isabél eine geheime Bewunderung für den Großinquisitor und seine feurige Leidenschaft zur Verteidigung des wahren und reinen Glaubens empfand, so fühlte sie doch ihre Freude über den Sieg über die Mauren verdorben. Vor allem störte er sie brüsk dabei, dieses berauschende Prickeln der Macht auszukosten, das der Triumph in ihr auslöste.

Torquemada kam in den prachtvollen Saal hereingefegt, in dem das Königspaar den Großinquisitor erwartete. Wie ein flammender Racheengel eilte er mit großen Schritten zu den auf einem Podest thronenden Herrschern. Er ließ den geziemten Respekt vor ihnen ebenso vermissen wie eine Verbeugung. Abrupt blieb er stehen und reckte seinen raubvogelähnlichen Kopf vor.

»Schande!«, keuchte er. »Schande über Kastilien! Zehn Jahre lang habt Ihr Geld, Zeit und Kraft vergeudet, um die Mauren aus Kastilien zu vertreiben. Hinter Eurem Rücken geschehen dabei verbrecherische Gotteslästerungen, die ihresgleichen suchen. Die Juden sind es, die den wahren Glauben verseuchen wie die Pest und noch immer unbehelligt unter uns leben und ihrem schändlichen Werk nachgehen. Juden waren es, die die Kreuzigung des Gottessohnes zu verantworten haben und die auch nach vielen Generationen noch die kollektive Strafe für dieses Verbrechen verdienen. Sie verneinen die fundamentalen Lehrsätze des Evangeliums, verweigern die Göttlichkeit Christi anzuerkennen und behaupten, Jesus von Nazareth wäre einer der ihren gewesen.«

»Aber das ist Uns bekannt«, unterbrach ihn Isabél ungehalten. »Deshalb leben die Juden in ihren eigenen Vierteln, tragen das Zeichen und wurden in ihren Rechten drastisch beschränkt.«

»Und was tun sie da?«, heulte Torquemada auf. »Sie schlachten die Kinder der Christen, schänden Hostien und treiben sogar als Bekehrte ihr teuflisches Werk. Die Juden sind's, die ihr Passahfest kurz vor Karfreitag feiern, und wenn die rechtgläubigen Christen fasten, da füllen sie ihre Schüsseln und Töpfe voll Essen. Sie arbeiten am Sonntag, dem Tag des Herrn, wenn jeder Christenmensch die Arbeit ruhen lässt und in der Kirche der Schöpfung des Herrn gedenkt. Sie vergiften Brunnen, um den Christen zu schaden, und alles, was sie berühren, ist unrein. Jüdische Frauen sind Hexen und stehen mit dem Teufel im Bunde, und an der Pest sind auch die Juden schuld. Sie häufen das Geld an und stürzen die Christen in Armut und Elend.«

Isabél zog die Augenbrauen zusammen. Wollte Torquemada ihr eine Lehrstunde über die Juden erteilen? »Dafür versucht ja die Heilige Kirche, ihre Seelen zu retten und sie zur Taufe zu bekehren. Ich verstehe Eure Erregung nicht.«

»Ich soll mich nicht erregen? Sind die Juden noch an ihrer Kleidung zu erkennen, so sind's die Conversos nicht. Hinter der Maske des angeblichen Christenmenschen verbergen sich Teufel, die heimlich die alten Riten pflegen und heucheln. Sie lesen die Bibel auf Hebräisch, halten den Sabbat ab und verweigern den Verzehr von Schweinefleisch. Sie essen ungesäuertes Brot, und sie feiern sogar das Laubhüttenfest. Das alles natürlich heimlich hinter verschlossenen Türen. Gehen sie aus dem Haus, dann schlagen sie das Kreuz, gehen zur Messe und geben sich wie rechte Christen.« Er senkte die Stimme zu einem heiseren Flüstern. »Sie untergraben die christliche Moral wie Würmer im Leib, die das Fleisch zerfressen und dem Verderbnis preisgeben.«

Isabél sprang auf und ballte die Fäuste. »Um zwischen wahren Christen und Heuchlern und Ketzern zu unterscheiden, haben Wir die Heilige Inquisition wieder berufen, deren Großmeister Ihr seid, Torquemada. Es gibt eine rechtliche Grundlage für diese Untersuchungen, und sie werden strikt angewandt. Ihr habt den Auftrag, die Spreu vom Weizen zu trennen.«

»Es reicht nicht, es reicht nicht«, widersprach der Großinquisitor aufgebracht und zerrte ein Bündel Papiere unter seiner schwarzen Kutte hervor, das er dem Herrscherpaar vor die Füße warf. Wohl niemand anderer hätte sich eine derartige Missachtung der Krone erlaubt und wäre dafür unweigerlich ins Verließ geworfen worden.

»Da, da habt Ihr den Beweis!«, rief er, und sein dürrer Körper bebte in heller Empörung. »Diese Conversos haben das Kind eines ehrlichen Fassbinders entführt und allen Leiden Christi unterzogen. Das Herz des Märtyrerkindes trugen sie in einer Schachtel mit einer entweihten, durch Nadelstiche zerstochenen Hostie, um es von einem Zauberer für schändliche Magie gegen alle Inquisitoren zu verwenden. Hier habt Ihr die Protokolle der Vernehmungen. Da steht es geschrieben, Wort für Wort. Da sind die Listen von den seit Jahren getöteten Kindern für ihre grausigen Rituale. Glaubt Ihr wirklich, ich hätte die Augen davor verschlossen? Das Volk begehrt gegen die Juden und diese doppelzüngigen Conversos auf. In Ávila wurde ein Jude von ihnen ermordet, weil das kastilische Volk endlich, endlich frei und einig im Glauben sein will. Das Ungeziefer am Leib der einzigen und wahren Kirche muss endlich beseitigt werden!«

Schockiert starrte Isabél ihn an. Dieser Tomás de Torquemada war einmal ihr Beichtvater gewesen, sie vertraute ihm und hatte ihn nicht umsonst als Großinquisitor einsetzen lassen. Seine fanatische Glaubenstreue rang ihr Respekt und Bewunderung ab. Doch jetzt verspürte sie Entsetzen.

»Es gibt viele königstreue Juden, die Uns beim Kreuzzug gegen die Mauren mit Zuwendungen und Krediten finanziell den Kampf ermöglichten«, wandte sie ein. »Ich gebe Euch recht, dass das Land auch im Glauben geeint sein muss. Deshalb sollten Eure Bemühungen dahingehend verstärkt werden, nichtgetaufte Juden zu bekehren und abtrünnige Conversos auf den rechten Weg zu geleiten.«

»Eure Milde ehrt Euch, Majestät, aber sie ist nicht angebracht. Die Juden werden sich weigern, sich taufen zu lassen. Man muss sie dazu zwingen. Wer sich nicht taufen lässt, wird vertrieben!«

Isabél schnappte nach Luft. Wie konnte Torquemada ihr vorschreiben, wie sie zu entscheiden hatte? Sichtlich erzürnt, hob sie gebieterisch die Hand.

»Wir werden über Euren Vorschlag nachdenken, Fray Tomás. Ihr seid Euch wohl dessen bewusst, dass es das Gesetz nicht zulässt, praktizierenden Juden einen inquisitorischen Prozess zu machen. Sie stehen außerhalb Eures Rechts.«

»Eben! Deshalb müssen Eure Majestäten mit einem Erlass dafür sorgen, dass ihnen die Vertreibung droht, wenn sie sich nicht taufen lassen. Sie sind die Verführer, die die Bekehrten immer wieder der Versuchung aussetzen, in ihre alten Gebräuche zurückzuverfallen. Sie sind die Anstifter zu diesen schrecklichen Ritualmorden an christlichen Kindern. Es liegt allein in Eurer Hand, Eure Majestäten. Bereitet diesem Treiben endlich ein Ende!«

Sichtlich erschöpft von seiner flammenden Rede, schwankte Torquemada wie ein dürrer Baum im Sturm. Er schlug die Hände gegen die Brust und hob sie dann zum Himmel. »Gott ist mein Zeuge, dass sein armseliger Diener nur der göttlichen Gerechtigkeit gefallen will.«

Er raffte sich auf, verließ hoch erhobenen Hauptes und mit festen

Schritten den Saal und ließ das beeindruckte und schockierte Herrscherpaar schweigend zurück.

Torquemadas spektakulärer Auftritt blieb nicht ohne Wirkung, allerdings nicht beim Herrscherpaar, sondern bei den Juden selbst.

»Auch wenn er mir als mein Beichtvater einmal sehr nahe stand«, klagte Isabél, »so hat er doch nicht das Recht, sich derart respektlos zu benehmen.«

»Du kannst ihm allerdings nicht die Wahrheit absprechen, die in seinen Worten liegt«, erwiderte Fernando. »Wenn wir das Land einen wollen, so muss dies auch im Glauben geschehen.«

»Darüber musst du mich nicht belehren«, erwiderte Isabél heftig. »Dessen bin ich mir natürlich bewusst. Aber muss man den Juden gleich mit Ausweisung drohen?«

»Wie willst du sie denn sonst dazu bringen, sich taufen zu lassen?« Fernando lachte amüsiert auf. Manchmal erschien ihm Isabél in ihrer bigotten Frömmigkeit wirklich naiv.

»Mit Überzeugung. Um ihres Seelenheils willen muss man sie davon überzeugen, dass der katholische Glaube der einzig wahre ist.«

Ehe Fernando etwas darauf antworten konnte, wurde eine Abordnung der Juden Granadas gemeldet. Sie wollten eine Petition übergeben.

»Siehst du?«, wandte sich Isabél lächelnd an den König. »Man muss sie nur geschickt zu leiten wissen.«

Es war Isaak Abrabanel, der königliche Steuereinnehmer, der an der Spitze der jüdischen Abordnung stand, um mit dem Herrscherpaar eine gütliche Einigung zu erzielen.

»Ehrwürdige Hoheiten, die Entwicklung der letzten Zeit beunruhigt die Juden Kastiliens außerordentlich«, begann Abrabanel. »Dabei ist Euren Hoheiten sicher bewusst, dass die Juden stets königstreu und der Krone ergeben sind und dem Staat und der Krone in wirtschaftlichen Schwierigkeiten stets hilfreich zur Seite standen. Die angedrohte Verfolgung und Ausweisung unserer Glaubensbrüder aus dem Land, das doch unsere seit Generationen verwurzelte Heimat ist, kommt einer harten Bestrafung für diese Treue gleich. Bedenkt doch, Eure Hoheiten, dass sich die Juden keines Vergehens schuldig gemacht haben. Und wenn neue Gesetze erlassen werden sollten, dann werden sich unsere Glaubensbrüder selbstverständlich verpflichten, diese strengstens einzuhalten, die Juderías und selbst ihre Häuser des Nachts nicht zu verlassen, ihr Zeichen zu tragen und was sonst von ihnen verlangt wird.« Abrabanel streckte flehend die Hände empor. »Majestäten, meine Glaubensbrüder bieten dreißigtausend Dukaten als Zeichen unserer Aufrichtigkeit zu Eurer Bereicherung. Wir begeben uns untertänigst in Eure Hände.«

Isabél und Fernando hatten schweigend zugehört. Dreißigtausend Golddukaten! Das war eine enorme Summe und käme der Staatskasse gerade recht. Der jahrelange Krieg gegen Granada hatte alle Reserven aufgebraucht. Die Krone hatte sich verschuldet, und auch die Kasse Aragóns hatte dafür bluten müssen. Die Zerschlagung des maurischen Königreichs auf spanischem Boden war schließlich das Anliegen aller Christen. Fernando nickte wohlwollend. Mit dieser Einigung konnten beide Seiten leben.

Auch bei Isabél hinterließen Abrabanels Worte einen tiefen Eindruck, wenn auch aus anderen Gründen. Das finanzielle Angebot betrachtete sie als große Aufrichtigkeit der Juden.

»Ich danke Euch, Isaak Abrabanel«, sagte sie mit sichtlicher Rührung in der Stimme. »Seid versichert, dass wir eine Lösung finden werden, die Euch und Euren Glaubensbrüdern zugute kommen wird. Die Treue, die die Juden der Krone halten, haben Wir nicht vergessen. Eure Worte sprechen von Ehrlichkeit und Aufrichtigkeit. Dass Ihr eine derartige Summe anbietet, zeugt von Eurer Gesetzestreue und Untertänigkeit. Wir sind angetan von dem Vertrauen, das die Juden Uns entgegenbringen. Wir werden Euch unseren Entschluss mitteilen lassen.«

Unter tiefen Verbeugungen verließ die Abordnung den Audienzsaal.

»Dreißigtausend Golddukaten sind nicht zu verachten«, stellte Fernando fest, nachdem sich die schweren Flügeltüren hinter den Juden geschlossen hatten. »Das ist es ihnen wohl wert, um nicht der Vertreibung anheim zu fallen.«

»Ja, ich sehe auch, dass es die Juden aufrichtig meinen«, entgegnete Isabél. »Diese Dukaten sind doch nur ein Faustpfand, der Beweis für ihre ...«

Sie kam nicht dazu, den Satz zu beenden. Die Tür wurde mit einem Knall aufgestoßen, und Torquemada stürmte wie von Furien gehetzt in den Audienzsaal.

»Judas Ischariot verriet Christus für dreißig Silberlinge«, wetterte er. »Eure Hoheiten sind dabei, ihn für dreißigtausend Dukaten zu verkaufen!«

In maßlosem Zorn riss er sich sein hölzernes Kruzifix vom Hals und schmetterte es dem Königspaar vor die Füße. Im gleichen Augenblick wirbelte er herum und hastete aus dem Saal hinaus.

Isabél war so erschüttert, dass sie keinen klaren Gedanken fassen konnte. Dann sprang sie auf und eilte in ihre Gemächer. Ihr ganzer Körper zitterte und bebte, und es gelang ihr nicht, sich zu beruhigen. Es war nicht nur Torquemadas ungebührlicher Auftritt, der sie aus der Fassung brachte. Es war die Bedeutung seiner Worte, die sie im Innersten traf. War sie wirklich dabei, Christus zu verraten? Sie, die voll und ganz im katholischen Glauben lebte? Ging es hier überhaupt noch um die Menschen oder um die Prinzipien der Religion?

Das Bild, wie der Großinquisitor ihr mit theatralischer Geste das Kruzifix vor die Füße warf, verfolgte sie. Der ganze Abscheu stand ihm dabei ins Gesicht geschrieben. Was hatte sie getan?

Sie hatte sich vom Geld blenden lassen. Sie hatte den Beteuerungen und Einflüsterungen der Juden geglaubt. Sie wollte deren Seelen retten. Und ihre eigene Seele?

Völlig aufgelöst und zutiefst betroffen, zog sie sich in ihre kleine Privatkapelle zurück, die sie sich auch in der Alhambra sofort hatte einrichten lassen. Sie musste mit Gott ins Reine kommen, sie musste tiefe Buße dafür tun, was sie vorgehabt hatte. Sie musste sich sammeln, um überhaupt wieder einen klaren Gedanken fassen zu können.

So hatte sie Torquemada überhaupt noch nicht erlebt. Er, der unbeugsam im Glauben wie ein Fels stand, verlor die Beherrschung ihretwegen, wegen Isabél, der Königin. Sie wollte doch gottesfürchtig sein, so leben und handeln, wie Gott es bestimmte. Hatte sie etwas falsch verstanden? Hatte sie Gott falsch verstanden?

Als der Morgen des nächsten Tages graute, kniete Isabél noch immer in ihrem Betstuhl.

Auch Fernando hatte Torquemadas empörter Ausbruch schockiert. Mochte er auch aus seinem religiösen Fanatismus heraus begründet sein, so machte es ihn doch sehr nachdenklich. Er rieb sich das glatt rasierte Kinn, während er überlegte. Dreißigtausend Golddukaten waren eine beachtliche Summe, auf die er nicht verzichten wollte und konnte. Aber es war nicht der angebliche Judaslohn, der ihn plötzlich zögern ließ. Wenn es um Geld und Vorteil ging, kannte Fernando keine Skrupel. Da konnte ihn auch dieser spektakuläre Zornesausbruch des Großinquisitors nicht beeindrucken. Während Isabéls Gedanken zwischen dem Seelenheil der Juden und ihrem eigenen hin- und herpendelten, wanderten seine Gedanken in eine ganz andere Richtung. Wenn auch Torquemada überzeugt war, dass die Androhung der Vertreibung viele Juden dazu veranlassen würde, sich taufen zu lassen, so würde doch ein großer Teil von ihnen wohl die Flucht vorziehen. Die meisten Juden waren begütert, und selbstverständlich dürften sie dann ihre Reichtümer nicht auf die Flucht mitnehmen. Ihr Vermögen, ihr Besitz würde der Krone zufallen, und das wäre mehr als der Wert von dreißigtausend Dukaten. Viel mehr!

Mit blassem Gesicht und dunklen Augenringen betrat Isabél am nächsten Morgen das Kabinett. Fernando erwartete sie bereits. Auch er schien nicht geschlafen zu haben. Jedenfalls trug er noch die gleiche

Kleidung wie am Tag zuvor. Doch er schien keineswegs müde. Nur seine Augen hatten sich etwas gerötet. Es mochte von den Öllampen herrühren, die die ganze Nacht gebrannt hatten. Der Raum war angefüllt mit dem Geruch nach verbranntem Öl.

Mit einem Lächeln deutete Fernando auf ein Dokument, das vor ihm auf dem Tisch lag.

»Was ist das?«, wollte Isabél wissen.

»Etwas zum Unterschreiben«, erwiderte er, noch immer lächelnd. Er schob ihr eine frisch angespitzte Feder zu. »Ich habe bereits unterzeichnet. *Tanto monta, monta tanto, Isabél como Fernando.*« Sein Lächeln verbreiterte sich zu einem Grinsen. »Das steht über jedem Kirchenportal in Stein gemeißelt.«

Langsam trat Isabél näher und nahm das Pergament zur Hand. *»Hiermit verfügen Wir, die Unterzeichnenden, folgendes Gesetz: Alle Juden, Männer, Frauen und Kinder, abgesehen von denen, die sich taufen ließen, haben die Königreiche*[19] *zum 1. Juli 1492 zu verlassen. Kehren sie zurück, so erwartet sie das Todesurteil. Christen, die ihnen auf irgendeine Weise Beistand leisten, werden als Ketzer betrachtet und als solche behandelt.*

Den Juden wird das Recht zugestanden, ihren Besitz zu veräußern. Jedoch erhalten sie nicht die Erlaubnis, Geld, Gold, Silber oder sonstige Wertgegenstände mit sich zu nehmen.«

Weiter hieß es zur Begründung: *»Trotz der Einrichtung der Inquisition hat der Schaden angedauert, der Christen durch die andauernde Ausübung der jüdischen Glaubensvorschriften zugefügt wurde. Die Juden haben damit bewiesen, dass sie unerschüttert ihr Zersetzungswerk fortzusetzen gedenken, um die Rechtgläubigen vom Pfad des apostolischen Bekenntnisses fortzulocken, zu verhetzen, zu verderben, ihr Urteil und ihre Glaubensmeinung zu verfälschen, indem sie ihre eigenen Bekenntnisse in die katholischen Feiern einführten, christliche Söhne beschneiden ließen und christlichen Kindern Brot ohne Hefe und koscheres Fleisch zu essen gaben.«*

---

19 Gemeint sind Kastilien/León und Aragón.

Isabél las die Zeilen, ohne sich zu rühren. Dann griff sie zur Feder, rieb sie in der Tuscheschale und setzte mit zitternder Hand ihre Unterschrift darunter: »*Yo, la reina*[20]«

Es war der 1. März 1492.

Unmittelbar nach der Bekanntgabe des Ediktes setzte ein menschliches Drama ungeahnten Ausmaßes ein. Die Taufe und die Übernahme des katholischen Glaubens wären wohl eine Möglichkeit gewesen, diesem Drama zu entgehen, jedoch setzten die wenigsten Juden ihre Hoffnung in diesen Weg. Als Conversos wären sie ebenso der Aufmerksamkeit und Verfolgung der Inquisition ausgesetzt gewesen. Waren es doch gerade die Conversos, denen immer wieder unterstellt wurde, ihren alten Glaubenssätzen treu zu bleiben und damit die christliche Glaubensmoral zu untergraben. Letztlich waren die Verbrecher, die in Segovia den Tod auf dem Scheiterhaufen fanden, ebenfalls Conversos.

Endlose Schlangen verzweifelter und hoffnungsloser Menschen zogen auf den Straßen gen Süden. Sie besaßen nichts mehr als ihr nacktes Leben. Zwar gestand man ihnen zu, ihr Eigentum zu veräußern, doch durften weder Geld noch Wertgegenstände mitgenommen werden. Die Christen hatten es nicht eilig, den Juden ihr Hab und Gut abzukaufen. Die Zeit arbeitete für sie, es würde ihnen ohnehin bald in den Schoß fallen.

Verzweifelt versuchten viele Juden, Häuser, Weinberge, Mobiliar und Landgüter zu verkaufen. Doch sie fanden keine Käufer. Mit dem, was sie auf dem Leib trugen, mussten sie die Reise ins Ungewisse antreten und alles zurücklassen. Sie hinterließen menschenleere Juderías, ihre Häuser angefüllt mit all ihrer Habe. Die Christen bezogen diese Häuser, ohne dafür etwas zu zahlen.

Die Flüchtlingsströme rissen nicht ab. Da die Christen um strenge

---

20 Span.: Ich, die Königin.

Bestrafung fürchteten, wenn sie den Unglücklichen halfen, musste es doch denjenigen, denen Nächstenliebe am Herzen lag, dieses beim Anblick des Elends zerreißen. Hungrig und durstig, krank und schwach schleppten sie sich dahin. Neben der Straße fand man kraftlose Greise, Sterbende, gebärende Mütter, verhungerte Kinder. Von flehenden Bitten und bettelnden Händen wandten sich die Christen ab.

Diejenigen Juden, die mit letzter Kraft das Mittelmeer erreichten, hegten die Hoffnung, das Meer würde sich vor ihnen teilen, wie in der Schrift berichtet, und ihnen den Weg ins gelobte Land weisen. Wenige schafften es, sich kleine Boote oder Fischerkähne zu besorgen, um mit Gottes Hilfe das Meer zu bezwingen. Stattdessen lauerten Piraten den Flüchtlingen auf, in der trügerischen Hoffnung auf Beute. Doch sie wurden enttäuscht, denn die Flüchtlinge besaßen nichts außer dem nackten Leben. So manchen schlitzten die Piraten die Bäuche auf, weil sie meinten, vielleicht hätten sie Geld oder goldenen Schmuck verschluckt.

Die Verzweifelten versuchten, irgendein anderes Land zu erreichen. Vorübergehend nahm Portugal einen Teil der Juden auf. Ein anderer Teil der Flüchtlinge erreichte Neapel. Als fast zur gleichen Zeit dort die Pest ausbrach, gab man den Juden dafür die Schuld und vertrieb sie wieder. Wieder andere wurden durch heftige Stürme zurück an die spanische Küste getrieben, wo sie in ihrer Verzweiflung zum Christentum übertraten. Einige Schiffe erreichten Griechenland, andere schafften es bis Konstantinopel. Beim Anblick der zerlumpten, halb verhungerten und verdursteten Menschen konnte der Sultan von Konstantinopel, der bislang große Bewunderung für König Fernando hegte, sein Entsetzen nicht verhehlen.

Über viele Jahrhunderte hatten die Juden das Leben auf der spanischen Halbinsel geprägt. Ihre Wirtschaft, Wissenschaft und Kultur trugen zur Entwicklung der spanischen Zivilisation bei. Nun blutete das Land aus.

Königin Isabél verschloss ihr Herz vor dieser menschlichen Tragödie. »Es ist ein Opfer«, murmelte sie, als sie im Betstuhl ihrer kleinen Privatkapelle kniete. »Es ist ein gottgefälliges Opfer. Gottes Sohn wurde Opfer der Juden. Wir können doch nicht die ganze Christenheit den Juden opfern …«

Stunden- und tagelang verharrte sie im stummen Gebet vor dem Kruzifix. Doch ihre Gebete galten nicht den Juden, die eine menschliche Tragödie ohne Beispiel erlitten. Sie galten den Christen, die das Herrscherpaar durch die endgültige und unwiderrufliche Vertreibung meinte zu beschützen. Schließlich sahen Isabél und Fernando es als eine ihrer höchsten und vornehmsten Aufgaben, über das Seelenheil ihrer Untertanen zu wachen.

Wenngleich Torquemada gehofft hatte, wesentlich mehr Juden zur Taufe bekehren zu können, so empfand er die Flüchtlingsströme als eine längst überfällige Reinigung des christlichen Abendlandes. Kastilien und Aragón wurden von den Fremdkörpern einer widerchristlichen Religion befreit.

Ein Brief an Pedro

Pedro Gonzales kam nicht einen Augenblick zur Ruhe. Alle nur verfügbaren Mannen der Santa Hermandad waren aufgeboten, um die Vertreibung der Juden zu überwachen. Nicht, dass sie gegen die Juden eingegriffen hätten. Es gab keine rechtliche Handhabe, sie persönlich anzugreifen, es sei denn, ihnen wurden Verbrechen wie Diebstahl, Raub oder Mord zur Last gelegt. Doch die Juden waren mit sich selbst beschäftigt.

Das lautstarke Jammern, Weinen und Wehklagen wurde Pedro zum ständigen Begleiter. Er wappnete sich mit Gleichgültigkeit gegen das Elend auf den Straßen. Was hätte er auch tun sollen? Die flehend ausgestreckten Hände von Müttern mit vor Hunger schreienden Säuglingen auf den Armen übersah er ebenso wie die ausgemergelten Gestalten mit tiefliegenden Augen und hervorstechenden Knochen unter der Haut, die sich von den Toten nur dadurch unterschieden, dass sie sich noch bewegten.

Mit seinen Soldaten kontrollierte Pedro die Häuser der Juden, ob sie schon verlassen waren, und wo sich noch Juden befanden, befragte er sie, wo sie sich taufen lassen wollten. Die meisten Juden waren einfache Leute, Handwerker, Straßenhändler, Geldverleiher. Sie lebten in bescheidenem Glück, in ihrer eigenen, den Christen nicht geheueren Welt. Was waren das für Menschen, die eine kollektive Schuld auf sich geladen hatten vor Jahrhunderten, vor einer Unzahl von Generationen? Pedro fand äußerlich keinen Unterschied zu den Christen. Die Verderbnis musste unsichtbar sein, tief drinnen im Menschen liegen. Und manchmal kam es heraus und brachte Unglück über die anderen. Ja, auch er fand es richtig, dass Kirche und Monarchie etwas dagegen unternahmen.

Die für die Innenpolitik verantwortliche Königin Isabél tat alles dafür, dass Kastilien eine nationale und politische Einheit bildete. Dazu musste das ganze Volk beitragen. Hatte sie nicht die Rechte und Privilegien der Granden beschnitten? Hatte sie nicht die Kirche im Innern reformieren und von Leichtlebigkeit und materieller Prunksucht reinigen lassen? Hatte sie nicht die durch Gesetzlosigkeit und Willkür hervorgerufene Unsicherheit und Räuberei auf den Straßen beseitigt? Und hatte sie nicht zuletzt im heiligen Feldzug gegen die Mauren deren letztes Königreich auf dem Boden Kastiliens zerschlagen? Alles, was Isabél für Kastilien getan hatte, war zu dessen Wohle. Warum also nicht auch die Bekehrung der Juden? Niemand musste flüchten, sondern konnte in den Schoß der Heiligen Kirche aufgenommen werden.

Pedro saß ab und betrat eine Synagoge, deren Tür offen stand. Sie war leer. Auf dem Boden lagen Stofffetzen, Holzstücke, zerbrochenes Glas. Wahrscheinlich hatten die Christen hier schon nach zurückgelassenen Wertgegenständen gesucht, goldenen Leuchtern, Teppichen, Gefäßen.

Er bückte sich und hob ein Stück Pergament auf. Darauf standen hebräische Schriftzeichen. Es musste ein Stück von einer Thorarolle sein. Für einen Augenblick schloss er die Augen und sah ein anderes Bild vor sich. Sein Vater war ein konvertierter Christ und Pedro selbst im katholischen Glauben erzogen worden. Doch als er noch ein kleiner Junge war, hatte er des Nachts, als er bereits im Bett lag und nicht schlafen konnte, beobachtet, wie sein Vater aus einer stets verschlossenen Lade eine seltsame Rolle herausgeholt und sie vor sich auf dem Tisch ausgerollt hatte. Die Zeichen hatten nichts mit der Schrift zu tun, die Pedro kannte. Auch die Worte, die der Vater in einem seltsamen Singsang herbetete, verstand er nicht. Plötzlich fiel es ihm wie Schuppen von den Augen. Es war dieser jüdische Glaube, der in seinem Vater pulsierte wie das Blut. Und wie vom Blut konnte man sich nicht davon befreien.

Entsetzt warf er das Stück Papier weg und verließ mit schnellen Schritten die Synagoge.

»Ach, hier steckt Ihr, Bruder Pedro!« Ein Offizier der Hermandad stoppte sein Maultier und sprang aus dem Sattel. »Da Ihr in den letzten Tagen nicht in die Kaserne zurückgekehrt seid, soll ich Euch dies hier übergeben.« Er reichte Pedro einen Brief.

Verwundert drehte er ihn in der Hand hin und her. »Ein Brief? Von wem soll er sein?«

»Öffnet ihn, dann wisst Ihr es.« Der Offizier blieb stehen, wohl neugierig darauf, wer so eine wichtige Botschaft an Pedro schicken könnte.

Der Brief war nicht versiegelt, aber mit dem Zeichen der Casa Santa in Aranjuez versehen.

»Vielleicht eine Beförderung?«, ulkte der Offizier.

Pedro antwortete nicht, sondern überflog die Zeilen in zittriger Handschrift. Da sein Vater einmal gehofft hatte, Pedro würde den Ölhandel übernehmen, hatte er dem Jungen Lesen, Schreiben und Rechnen beibringen lassen. Jetzt kam es Pedro zugute, dass er lesen konnte.

»Mein geliebter Sohn! In großer Verzweiflung wendet dein alter Vater sich an dich mit der dringlichen Bitte um deine Hilfe. Als Offizier der Santa Hermandad hast du sicher einen großen Einfluss und auch Beziehungen und kannst mich aus meiner misslichen Lage befreien. Es ist gewiss ein großer Irrtum, dass man mich inhaftierte. Die Vorwürfe, ich

hätte ein Christenkind getötet, indem ich ihm vergiftetes Öl gab, sind absurd. Du kannst als mein Sohn ganz sicher meine Unschuld beweisen und für mich sprechen. Die Heilige Inquisition wirft mir vor, heimlich alte Riten der Juden begangen und so Unglück über meine Nachbarn gebracht zu haben. Ich schwöre bei Gott meine Unschuld. Seit vielen Wochen werde ich gefangen gehalten und peinlichen Befragungen unterzogen. Ich gebe zu, ich habe Angst vor dem Schmerz und habe ihnen Dinge gesagt, die gar nicht stimmen. Bitte, bitte hilf mir, mein Sohn! Sie haben mir gestattet, diesen Brief an dich zu richten. Ich hoffe auf dich! Dein verzweifelter Vater.«

Pedro ließ das Blatt sinken. Sein Vater erwartete von ihm, dass er für ihn aussagte. Vor der Heiligen Inquisition! Er sollte beschwören, dass sein Vater nicht den alten jüdischen Riten frönte. Aber er wusste es anders!

Ihm schwindelte, und er musste sich auf eine eingestürzte Steinmauer setzen.

»Was habt Ihr, Bruder Pedro? Schlechte Nachrichten?«

Pedro schaute auf und starrte den Offizier an. Doch er schien ihn gar nicht zu bemerken.

»Mein Vater ...«, murmelte er kaum hörbar, » ... ist tot!« Dann zerriss er den Brief in tausend kleine Stücke.

Der amüsante Spinner

König Fernando war unzufrieden. Von der Vertreibung der Juden hatte er sich eine millionenfache Anreicherung der Staatskasse erhofft. Aber seine Hoffnungen hatten sich nicht erfüllt. Nicht einmal ein Bruchteil von dem, was er errechnet hatte, war hereingekommen. Die meisten der Juden besaßen weniger als erhofft. Die beschlagnahmten Vermögen waren gering. Zunächst hatte er angenommen, dass viele Juden ihr Gold noch heimlich außer Landes geschafft hatten, doch sein Schatzkanzler hatte beteuert, dass im ganzen Land strengste Kontrollen durchgeführt worden waren und keine Maus unbemerkt hätte durchschlüpfen können. Sogar die Brüder der Santa Hermandad hätten dabei große Unterstützung geleistet. So waren die meisten Juden doch nicht so reich, wie die Christen annahmen.

Die Enttäuschung war Fernando anzusehen, als Isabél mit Pater Diego Deza das Kabinett betrat. Der Pater war der Erzieher des Infanten Juan. Isabél schätzte Deza sehr und vertraute ihm zutiefst. Der aus Salamanca stammende Gelehrte nahm sich des Infanten mit großer Sorgfalt an. Prinz Juan liebte und verehrte den Pater mehr als seinen eigenen Vater.

Isabél hingegen war in bester Stimmung. »Hört, mein Gemahl, was Pater Diego von unserem Sohn zu berichten hat. Er preist ihn in lobenden Worten, was seine geistige Tätigkeit, sein Lernverhalten und sein großes Interesse an der Religion und an den Wissenschaften betrifft.«

»Ich hoffe, er wird ein ebenso streitbarer wie unerschrockener Kämpfer«, erwiderte Fernando. »Schließlich muss er als zukünftiger König sein Reich mit dem Schwert in der Hand verteidigen und zu seinem Ruhme fremde Länder erobern.«

Pater Deza war ein bescheidener Mann und lächelte weise, während er sich vor dem König verbeugte. »Die Weisheit kann oftmals besser als ein Schwert dem Ruhme eines Königs dienen.«

»Ihr sprecht wie immer in mystischen Rätseln, Pater«, entgegnete der König. »Kriege zu führen und fremde Länder zu erobern, gehört zum Grundbedürfnis eines jeden Monarchen. Wie sonst sollte er seinen Reichtum mehren?«

Der Pater nickte zustimmend und wechselte einen kurzen Blick mit Isabél. »Da gebe ich Euch natürlich recht, Eure Majestät. In diesem Zusammenhang gestattet mir eine Fürbitte. Don Cristóbal Colón verweist auf ein Versprechen Eurer Majestäten, nach Abschluss der Reconquista sein Vorhaben, den westlichen Seeweg nach Indien zu suchen, noch einmal zu prüfen.«

»Cristóbal Colón?« Isabél schlug die Hände zusammen. »Ist das nicht dieser amüsante Spinner, der die Weltkugel mit dem Schiff umrunden will? Ich erinnere mich ...«

»Es ist dieser Cristóbal Colón, Majestät, und er bittet um eine Audienz.«

»Wenn ich mich recht entsinne, wurde sein Plan bereits von einer Kommission geprüft. Der von uns verehrte Pater Fernando de Talavera selbst hatte diese Kommission aus Gelehrten zusammengestellt. Und wie ich mich noch erinnere, hatte er es sich nicht leicht gemacht und das Anliegen sehr genau geprüft. Doch die Ausführungen dieses Señor Colón sind wissenschaftlich nicht haltbar, deshalb wurde der Antrag abgelehnt.«

»Pater Fernando hat den Entschluss der Gelehrten seiner Kommission mit Bedauern zur Kenntnis genommen«, erwiderte Deza. »Auch ich habe mich mit Colóns Projekt befasst und es unter wissenschaftlichen Gesichtspunkten begutachtet. So wie Bruder Talavera komme auch ich zu dem Schluss, dass das Unternehmen zwar gefährlich, aber nicht aussichtslos ist. Señor Colón geht von einer Entfernung von zweitausendvierhundert Seemeilen zwischen den Kanarischen Inseln und dem indischen Lande aus. Der große italienische Gelehrte Toscanelli jedoch berechnete dreitausend Seemeilen bis an die Küsten Cipangus. Die Strecke ist also durchaus überwindbar.«

»Ptolemäus ging von zehntausend Seemeilen aus«, warf Isabél ein. Sie erntete von Fernando einen erstaunten Blick. »Ich mag die alten Griechen«, lachte sie.

»Man kann den Beweis nur antreten, wenn man die Reise versucht«, stellte der Pater fest.

»Es ist ein großes Wagnis.« Die Königin wiegte den Kopf. »Es gefährdet Menschenleben und kostet Geld.«

»Und wenn es gelingt, bringt es Geld.« Der Pater gab noch nicht auf. »Pater Fernando äußerte sich ähnlich, ebenso Doña Juana de Torres[21], mit der ich über das Projekt diskutierte. Hofschatzmeister Alonso de Quintillana hegt die gleiche Meinung ...«

---

21 Hauslehrerin des Infanten Juan.

»In der Hoffnung, die Staatskasse füllt sich dadurch wieder.« Fernando erhob sich kopfschüttelnd. »Wenn es nur so einfach wäre.«

»Dann hören wir uns noch einmal diesen Señor Colón an«, willigte Isabél ein. »Schließlich haben wir es ihm versprochen.«

Santa Fé, das war Isabéls Stadt. Aus dem Boden gestampft, vor den Toren Granadas gelegen, stand sie für den letzten erfolgreichen Schritt gegen die maurische Fremdherrschaft. Isabél liebte diese Stadt wie ein eigenes Kind. Sie war ihre Schöpfung. Als das Königspaar Señor Colón in den Mauern von Isabéls Stadt empfing, mochte dies auch ein Symbol sein. Santa Fé stand für Glaube, für Sieg.

Cristóbal Colón trug ein schlichtes Gewand aus dunklem Tuch und einen schwarzen Umhang darüber. Mit festen Schritten betrat er den Audienzsaal, der nicht so kostbar wie der in der Alhambra von Granada ausgestattet war, aber dafür hatte er ohnehin keinen Blick übrig. Zielsicher steuerte er auf die Königin zu, zog seinen dunklen Filzhut und schwenkte ihn, während er vor Isabél das Knie beugte. Den König nahm er nur aus den Augenwinkeln wahr. Die das Königspaar flankierenden unzähligen Gelehrten und Theologen ignorierte er.

Einen kurzen Augenblick betrachtete Isabél Colóns entblößtes Haupt mit dem bereits ergrauten Haar, das ihm bis über die Ohren herabreichte.

»Erhebt Euch, Señor Colón. Wir zeigen Uns sehr erfreut, Euch wohlauf zu sehen. Wir sind gewillt, Euch noch einmal anzuhören.«

Cristóbal Colón richtete sich auf und blickte Isabél an. *Er hat bemerkenswert graue Augen,* stellte die Königin belustigt fest.

»Königliche Majestäten, Euch dürfte bekannt sein, dass diese Kommission, der Ihr mein Anliegen vorgelegt habt, dieses abschlägig beschied. Den meisten Gelehrten dürfte jedoch ebenso bekannt sein, dass meine Berechnungen richtig sind. Dass sie trotzdem abgelehnt wurden, zeugt von einer unerträglichen Ignoranz gewisser Leute, denen das eigene Wohl offensichtlich näher liegt als das Wohl Kastiliens.« Kämpferisch reckte er das Kinn vor, während Fernando hüstelte.

»Señor Colón«, donnerte Kardinal Mendoza, der neben der Königin saß und dessen Gesicht zornesrot anlief. »Die Majestäten bedürfen keiner Belehrung über das Wohl Kastiliens! Beschränkt Euch auf das Wesentliche Eures Anliegens.«

Isabél hob beschwichtigend die Hand. »Lieber Kardinal, Señor Colón streitet für eine Sache, von der er zutiefst überzeugt ist. Das dürfte Euch doch nicht fremd sein. Und Wir versichern Euch, Señor Colón, Unser Wohlgefallen über Eure Passion. Bitte, sprecht nun über die Details Eurer geplanten Unternehmungen.« Sie lächelte Colón aufmunternd zu.

»Königliche Majestäten«, begann Colón erneut in holprigem Spanisch. »Ich habe meinen Ausführungen von damals nichts hinzuzufügen.« Er nahm einen Zeigestock zur Hand und stampfte mit den derben Schritten eines Seemanns zur Weltkarte, die an einem Gestell aufgehängt worden war. Mit der Spitze des Stockes klopfte er dagegen. »Jedem Kind leuchtet es ein, wenn es diese Karte betrachtet. Diese Karte stammt nicht von mir, Eure Majestäten, sondern von der berühmten Seefahrerfamilie Pinzón aus Palos. Sie deckt sich mit meinen Kenntnissen und Überzeugungen. Ich sehe mich in meinen Berechnungen bestätigt.« Er klopfte fordernd auf die Karte. »Hier ist die Insel Antilia verzeichnet, über die man nach Cipangu gelangt.« Die Spitze des Zeigestockes fuhr über die Karte und zeichnete den Weg, den er zu segeln gedachte.

Die Gelehrten wurden unruhig und begannen miteinander zu diskutieren. Isabél ließ keinen Blick von Colón, schien fasziniert von seinem selbstsicheren, ja geradezu selbstherrlichen Auftreten, das im Gegensatz zu seiner schlichten Erscheinung stand. Colón hatte erreicht, was er erreichen wollte: die Aufmerksamkeit Isabéls zu erringen.

»Nun, all das habt Ihr Uns bereits erläutert«, stellte Isabél fest. »Es erscheint Uns plausibel.«

Fernando gähnte hinter vorgehaltener Hand. Die Diskussion langweilte ihn. Er hielt dieses Unternehmen für zu abenteuerlich und ungewiss, als dass man dafür Geld investieren sollte, Geld, das sie ohnehin nicht besaßen. Er beugte sich plötzlich vor und fixierte den Seemann wie der Adler die Schlange. Die dicke Goldkette, die der König vor der Brust trug, schaukelte wie ein nasses Tau im Wind. Einen Augenblick schien Colón abgelenkt.

»Gut, es ist Eure Überzeugung, Colón. Mich interessiert mehr, was Ihr für diese Überzeugung fordert. Denn aus diesem Grund seid Ihr doch vorstellig geworden, nicht wahr?«

»Für die Expedition benötige ich drei Schiffe mit Besatzung und jeweils eine komplette Ausrüstung. An finanziellen Mitteln benötige ich zwei Millionen Maravedí.«

Wieder ging ein Raunen durch den Saal. Fernando lächelte ungläubig. »Zwei Millionen Maravedí? Nun, Eure Überzeugung von dem zu erwartenden Ergebnis überzeugt vielleicht auch einige Bankiers, die Euch das Geld vorstrecken.«

Colón ließ sich nicht beirren. Er trat einen weiteren Schritt vor und hob stolz den Kopf. »Außerdem fordere ich den Titel eines Admirals. Für alle Länder, die ich erobere, fordere ich die Ernennung zum Statthalter und Vizekönig. Aus den zukünftigen Handelsgewinnen fordere ich den zehnten Teil. Selbstverständlich sollen alle Titel und Befugnisse erblich sein, um sie an meine Nachkommen weiterzugeben.«

Das Raunen im Saal gedieh zum Tumult. »Unverschämtheit!« – »Frechheit!« – »Jagt ihn vom Hof!« – »Wer ist dieser Mann überhaupt?«

Fernando hatte sich in seinen Thronsessel wieder zurückgelehnt, während Isabél blass geworden war und schwieg.

»Admiral, so, so!« Fernando schien amüsiert und lächelte sogar. »Da wird sich mein Großvater Fadrique Enriquez aber geehrt fühlen, wenn Ihr ihm ebenbürtig werdet.«

Der Spott des Königs berührte Cristóbal Colón keineswegs. »Als Gesandter und Botschafter Kastiliens und unseres heiligen Glaubens muss ich würdig sein, das Wort Gottes und den Glanz der kastilischen Krone in die fremden, heidnischen Länder zu tragen.«

Die Theologen sprangen auf und gestikulierten wild durcheinander.

»Anmaßung!« – »Unverschämtheit!« – »Er hat wohl von Bescheidenheit und Demut nichts gehört?«

Über diese Wende war Isabél verstimmt. Es wäre eine hohe Aufgabe gewesen, Gottes Wort in fremde Welten zu tragen und die vielen heidnischen Seelen zu bekehren. Colóns Worte waren so überzeugend. Doch nun hatte er die Theologen und Gelehrten gegen sich aufgebracht. Auch die Mitglieder des Kronrates, die Isabél diesmal hinzugezogen hatte und die sich während der wissenschaftlichen Erörterungen zurückhaltend verhielten, empörten sich nun über das anmaßende und überhebliche Benehmen dieses Mannes. Selbst seine Befürworter Juan Perez, Diego Deza und Antonio de Marchena senkten die Köpfe.

Isabél erhob sich von ihrem Thronsessel. Augenblicklich wurde es still, und alle Augen richteten sich auf die Königin.

»Dem ist wohl nichts mehr hinzuzufügen. Ihr werdet verstehen, Señor Colón, dass sich ein Expertenrat noch einmal mit Eurem Anliegen beschäftigen wird. Und Wir werden die Angelegenheit noch einmal überdenken. Ihr seid entlassen.«

Schweigend verbeugte sich der Seemann und verließ mit ebenso festen Schritten den Saal, wie er ihn betreten hatte. Den vorwurfsvollen Blick, den Isabél von Colón erntete, konnte sie nicht vergessen.

Der Expertenrat hatte getagt. Der Expertenrat hatte entschieden. Es ging nicht mehr um den Inhalt von Señor Colóns Expedition. Es ging um den Mann selbst. Er war untragbar, er war anmaßend und überheblich, er wollte sich mit gekrönten Häuptern auf eine Stufe stellen! Dass die Königin ihm zwanzigtausend Maravedí zugestanden hatte, änderte nichts an der Tatsache, dass das Auftreten dieses Mannes ein Affront war, dem man begegnen musste. Die Kommission lehnte Colóns Ansinnen rundweg ab.

»Warum schaust du so betrübt?«, wunderte sich Isabél, als sie ihrer Freundin Beatríz begegnete, die gemeinsam mit Luis de Santangel, dem Schatzmeister des Königs, einen Spaziergang durch das frühlingshafte Granada unternahm. Bei Hofe flüsterte man hinter vorgehaltener Hand, dass die beiden zarte Bande knüpften. Isabél kannte die feurige Liebesleidenschaft ihrer Freundin, sah aber großzügig darüber hinweg. Beatríz verhielt sich diskret, und Don Luis diskreditierte seine verheiratete Geliebte nicht in der Öffentlichkeit.

Beatríz war immer noch schön. Kaum ein Mann konnte sich ihrem rassigen Reiz, mit dem sie nicht geizte, entziehen. Sie wandte sich zu Isabél um und lächelte.

»Ich schaue keineswegs betrübt an so einem schönen Tag.« Sie blinzelte Luis verschwörerisch zu. »Wir führten nur eine intensive Diskussion.«

Isabél bedeckte mit ihrem Fächer das Gesicht bis zu den Augen.

»Darf ich erfahren, was der Anlass für diese heftige Diskussion war?« Luis würde doch nicht ungewollt Vater werden! Sie sah sich beinahe bestätigt, als sich Santangels Wangen röteten. »Heraus mit der Sprache, Don Luis!« Sie klappte den Fächer zusammen und schlug ihn auf Santangels Unterarm.

»Hoheit, es ist ... also, Beatríz hat Euch soeben heftig verteidigt, weil ich ... Majestät mögen mir verzeihen ... eine Kritik wagte.«

Isabél zog verwundert die Augenbrauen hoch. »Eine Kritik? An mir?«

Luis de Santangel blickte ein wenig verlegen auf seine Schuhspitzen, doch dann hob er den Kopf. »Nun, Majestät, ich habe Euch für klug und weitsichtig gehalten, deshalb verwundert mich Eure Entscheidung, den Genuesen einfach so ziehen zu lassen.«

»Den Genuesen? Meint Ihr diesen Seemann Colón?«

»Genau den meine ich. Die Ablehnung der Kommission hat doch weniger mit den wissenschaftlichen Ansichten der Herren Gelehrten als vielmehr mit dem etwas unangemessenen Auftreten des Genuesen zu tun. Dabei wäre es ein gutes Geschäft gewesen, zwei Millionen Maravedí gegen die halbe Welt.«

»Bitte?« Isabéls Verblüffung spiegelte sich auf ihrem Gesicht wider, sodass Beatríz lachen musste.

»Hoheit, ich meine den vergleichsweise geringen Einsatz für einen unschätzbaren Gewinn! Gold, Ruhm, neue ertragreiche Handelsplätze und Tausende von Ungläubigen, die dem Schoß der Kirche zugeführt würden. Ich wäre bereit gewesen, mein ganzes Vermögen dafür aufzubringen, damit der Genuese diese Expedition ausrichten kann.«

Isabéls Verblüffung wandelte sich zusehends in Verstehen. Santangel hob in komischer Verzweiflung die Schultern. »Es ist eine verpasste Gelegenheit, die nicht wieder gutzumachen ist.«

Isabél schnappte nach Luft. »Wieso? Können wir nicht ...?«

Santangel schüttelte bedauernd den Kopf. »Der Mann ist vielleicht dickköpfig, aber er hat auch Stolz. Wenn die kastilischen Könige nicht interessiert sind, dann ist es vielleicht der französische König.«

»Mir gefiel sein Stolz, der eines Kastiliers würdig gewesen ist«, mischte sich nun auch Beatríz in das Gespräch ein. »Anne de Beaujeu[22] wird ihn mit offenen Armen empfangen.« Sie wechselte mit Luis einen kurzen Blick des geheimen Einverständnisses. »Tja, nun fällt Frankreich Ruhm und Gold in den Schoß ...« Sie ließ den Rest des Satzes offen.

In wilder Entschlossenheit wirbelte Isabél herum. »Niemals! Nicht den Franzosen! Luis, schickt sofort Boten los, die diesen Seemann zurückholen. Sie sollen sich beeilen, bevor er die Grenze überschreitet!«

Zu diesem Zeitpunkt befand sich Cristóbal Colón eine Tagesreise von Santa Fé entfernt auf dem Weg nach Norden. Grummelnd und zornig hockte er auf seinem Maultier. »Ignoranten«, murmelte er verbittert. »Alles Ignoranten! Der portugiesische König ebenso wie der ara-

---

22 Regentin Frankreichs in Vertretung ihres minderjährigen Bruders, dem späteren Charles VIII.; älteste Tochter Louis XI.

gonesische, die kastilische Königin ebenso wie der englische König.« Er wischte sich seine Nase schniefend am Ärmel seiner Jacke ab. »Da jubeln sie und feiern den Fall von Granada. Zehn Jahre habe ich geduldig ausgeharrt, bis sie diese verdammte Stadt endlich besiegt haben; und nun? Nicht einmal die Aussicht auf unschätzbar reiche Länder weckt sie aus ihrer Kurzsichtigkeit. Blind und taub sind sie, diese Spanier, wollen mich einfach nicht verstehen. Mit einem Almosen speist sie mich ab, diese Königin, anstatt ihren Schmuck zu verpfänden, um Kastiliens Ruhm zu mehren. Mich sehen die nie wieder, nie wieder!« Schließlich gab es noch Frankreich und die mächtige Anne de Beaujeu, die ihn verstehen und unterstützen würde, schon um ihre schlimmste Rivalin Isabél zu demütigen.

Als er hinter sich schnelle Pferdehufe trappeln hörte, zog er sein unwilliges Maultier zur Seite, um den eiligen Reiter vorbeizulassen.

Er blickte erst auf, als das schwitzende Tier neben ihm hielt und ihm weiße Schaumflocken aus dessen Maul auf den Mantel flogen.

»Zum Teufel, was fällt Euch ein?«, knurrte Colón und wischte über seinen Umhang.

»Seid Ihr der Genuese Don Cristóbal Colón?«, fragte der Reiter, der ebenso außer Atem war wie sein Pferd.

»Jawohl, der bin ich höchstpersönlich. Und wer seid Ihr, dass Ihr Euch so ungebührlich benehmt?«

»Antonio de Mendéz, der Bote der Königin. Ich habe Befehl, Euch sofort zurück an den Hof zu bringen. Ihre Majestät wünscht Euch zu sprechen.«

Was sich zuvor über zehn Jahre hingezogen hatte, ging nun im Eiltempo vonstatten. Cristóbal Colón kam kaum zur Besinnung, und er gönnte sich weder Ruhe noch Schlaf. Er hatte noch die näselnde Stimme des Sekretärs der Königlichen Majestäten im Ohr, der ihm den Entschluss der Könige verlas: *»Cristóbal Colón, geboren zu Genua, erhält für sich auf Lebzeiten und für seine Nachfolger sowie seine Erben* *den Rang eines Admirals in jenen Ländern, die er entdecken und erobern wird. Seine Rechte werden die gleichen sein, wie sie der Großadmiral von Kastilien in seinem Bereich besitzt. Cristóbal Colón erhält das Recht, von allen Perlen, Edelsteinen, Gold, Silber, Spezereien sowie allen anderen Kauf- und Handelswaren, die in seinem Bereich gefunden, gebrochen, gehandelt oder gewonnen werden, nach Abzug der Kosten ein Zehntel für sich zu behalten.*

Cristóbal Colón oder sein Stellvertreter wird der einzige Richter in allen Prozessen sein, die aus dem Verkehr zwischen jenen Gegenden und Kastilien erwachsen.

Cristóbal Colón beteiligt sich jetzt und in Zukunft am achten Teil der Kosten für die Ausrüstung der Schiffe zu diesen Entdeckungen und erhält dafür den achten Teil des Gewinns.«

Der hochmütige Blick des Sekretärs traf Colón, der sich wie in einer dicken Nebelwand vorkam und seinen Ohren nicht traute. Juan de Coloma rollte das Pergament zusammen und nahm ein weiteres Dokument zur Hand. Seine Miene drückte deutliche Abneigung aus. Dieser Genuese war in seinen Augen nichts weiter als ein Emporkömmling, ein Aufschneider und Abenteurer, der die Königlichen Majestäten mit seinem fantastischen Geschwätz eingelullt hatte.

»Und hier Eure Legitimation: ›*Wir haben den Edelmann Cristóbal Colón mit drei ausgerüsteten Schiffen nach Indien gesandt, aus gewissen Gründen und für bestimmte Ziele. Das bestätigen Wir hierdurch.*‹« Die Unterschrift Isabéls verschwamm vor Colóns feuchten Augen. *Yo, la reina.*

&

Die Hafenstadt Palos an der Mündung des Rio Tinto in den Atlantik durfte sich rühmen, Karavellen portugiesischer Bauart herstellen zu können. Andererseits hatte sich die Stadt mehrerer Schmuggelvergehen strafbar gemacht. Strafe musste sein. Der kluge Luis de Santangel wusste, wie man das eine mit dem anderen verbinden konnte und unterbreitete dem Königspaar einen entsprechenden Vorschlag.

Im Mai des ereignisreichen Jahres 1492 war es endlich so weit. In der St.-Georgs-Kirche zu Palos wurden alle Bewohner der Stadt zusammengerufen. Ein Notar verlas das königliche Dekret mit dem Befehl, dem Generalkapitän Cristóbal Colón zwei Schiffe zur Verfügung zu stellen. Colón wurde zum Kommandeur einer Flotte von drei Schiffen ernannt, die zu einer Expedition in gewisse Teile des Ozeans aufbrechen sollte. Das dritte Schiff, eine galizische Karacke, die auf den Namen *Santa Maria* umgetauft wurde, mietete Colón vom Eigner Juan de la Cosa, der von dessen Plänen so begeistert war, dass er selbst als Erster Offizier anheuerte. Martin Alonso und Vicente Yañez aus der berühmten Reederfamilie Pinzón wurden zu Kapitänen der beiden anderen Schiffe *Pinta* und *Niña* ernannt. Ein weiterer Bruder der Pinzóns, Francisco Martin, wurde erster Offizier auf der *Pinta*.

Die Stadt Palos steuerte 360 000 Maravedí bei, Cristóbal Colón lieh sich bei einem befreundeten Bankier weitere 500 000 Maravedí. Luis de Santangel beließ es nicht bei seinem Lippenbekenntnis, sondern finanzierte den Restbetrag als Darlehen.

Es fanden sich genügend tapfere Männer, die das Wagnis der riskanten Expedition auf sich nahmen und als Besatzung anheuerten. Mit wenigen Ausnahmen waren sie alle Spanier.

Die portugiesischen Karavellen standen in gutem Ruf. Sie waren extra für die Fahrten entlang der afrikanischen Küsten entwickelt worden und leicht zu manövrieren. Mit Lateinsegeln ausgerüstet, konnten sie dichter am Wind segeln und waren sehr wendig.

Unter den kritischen und ungeduldigen Blicken des Generalkapitäns wurden die letzten Vorbereitungen getroffen.

Noch einmal trafen sich die Männer im Morgengrauen des 3. August in der Kirche St. Georg zu Palos, um der Heiligen Messe beizuwohnen, zu beichten und zu beten. Danach nahmen sie ihre Positionen auf den Schiffen ein. Mit der sinkenden Flut glitten sie langsam flussabwärts, bis an den Sandbänken von Saltes eine leichte Brise die Segel wölbte. Das Segeltuch knatterte, die Holzbalken knarrten, die Kommandos der Offiziere hallten übers Deck. Der

Schiffsjunge drehte jede halbe Stunde die Sanduhr, die die Zeit bis zur Wachablösung einteilte. Der wachhabende Offizier rief die Anweisungen für den Steuermann durch die Luke hinab unter das Deck, wo sich das Stevenruder befand. Der Steuermann an der Ruderpinne, die im Poopdeck endete, konnte weder das Meer noch die Segel sehen.

Die *Santa Maria*, die *Pinta* und die *Niña* nahmen Kurs auf die Kanarischen Inseln, den westlichsten Vorposten Spaniens, wo sie noch einmal Proviant aufnehmen würden. Dann vertraute Cristóbal Colón auf seine Mannschaft, auf die gute Qualität der Schiffe und auf sein eigenes Können. Er warf einen letzten Blick auf das Land.

»Mit Ruhmesflaggen an den Masten und Tonnen von Gold im Laderaum werden wir zurückkehren«, gelobte er feierlich.

Auch wenn niemand einen offenen Widerspruch wagte, so fand Isabéls spontane Entscheidung zugunsten des Genuesen keine ungeteilte Zustimmung. Zu viele Glücksritter, Abenteurer und Gecken tummelten sich bei Hofe in der Hoffnung, die Aufmerksamkeit des Königspaares auf sich zu lenken. Seit Isabél mehr auf Können und Talente als auf Herkunft und Abstammung ihrer Berater und Günstlinge achtete, sahen sich viele Höflinge benachteiligt.

Obwohl Isabéls Beschlüsse von Klugheit und Weitsicht geprägt waren, entschied sie jedoch manchmal aus einem spontanen Gefühl heraus und setzte ihre moralischen Prinzipien als Prämissen. Mochte für sie auch bei Cristóbal Colón der Grund gewesen sein, eine einmalige Chance beim Schopfe zu packen und den Einfluss des katholischen Spaniens in die heidnische Welt hinauszutragen, so fand sie doch bei breiten Schichten der Bevölkerung wenig Verständnis. Der Blick der Kastilier und Aragonier war nach innen gerichtet, auf ihr Land, wo noch immer die groß angelegte Vertreibung der Juden stattfand, die sich nicht zum katholischen Glauben bekehren lassen wollten. Es war viel einfacher und ungefährlicher, aus deren Hinterlassenschaften ein Schnäppchen zu schlagen und sich Häuser, Ländereien und Goldstücke anzueignen. Eine gefahrvolle Reise ins Ungewisse, über einen Ozean, dessen Ausmaße, und in heidnische Länder, deren exotische Bewohner die Vorstellungskraft der einfachen Leute sprengten, erschien den meisten unnütz und verschenktes Geld. Die Kassen waren durch den Krieg gegen die Mauren ohnehin leer, und die Bekehrung der Heiden im eigenen Lande verlief auch nicht nach den Vorstellungen der heiligen katholischen Kirche. Die meisten Juden zogen es vor, Spanien zu verlassen, und den Mauren wurde von den Königen freie Religionsausübung zugesagt.

Auch die Person des zum Generalkapitän erhobenen Seemanns Cristóbal Colón war nicht unumstritten. Bis auf nur wenige Ausnahmen – zu denen seine Gönner im Kloster La Rábida sowie der Schatzmeister des Königs Luis Santangel und Isabéls Freundin Beatríz gehörten – stieß Colóns Auftreten auf Kritik und Ablehnung. Kaum einer kannte die Familie des Genuesen. Seine Vergangenheit hüllte sich in geheimnisvollen Nebel. Zudem war er Italiener und klopfte seit Jahren vergeblich an die Türen verschiedener Königshäuser mit Bitten und Forderungen für seine abenteuerliche Expedition. Dieser Mann hielt sich offensichtlich von Gott ausersehen, das Unmögliche zu wagen. Er besaß ein grenzenloses Vertrauen in sein eigenes Genie und war von maßlosem Stolz besessen. Mochte sein Ziel, die Reichtümer von Indien bis Cipangu sowie die der legendären Königreiche Ophir[23] und Golconda[24] nach Spanien zu bringen, um sie den katholischen Königen zu Füßen zu legen, ihm die Türen zum himmlischen Paradies öffnen, so sorgte er mit großer Intensität und maßlosen Forderungen für seinen persönlichen Vorteil im Diesseits.

Es mochte die Faszination sein, die der mittellose Seemann und Sohn eines Webers mit seinem unerschütterlichen Glauben an die

---

23 Hebr.: Ofir; sagenhaftes Goldland im Alten Testament der Bibel (1. Buch der Könige, 10,11; 1. Buch der Könige, 11,48; 2. Buch der Chronik, 8,18; 2. Buch der Chronik, 9,10).

24 Antike Stadt in Indien, heute Ruinenstadt nahe Hyderabad.

Machbarkeit des Unmöglichen ausstrahlte, die die Königin zu Zugeständnissen veranlasste, die im krassen Widerspruch zu ihrer sonstigen Regierungsauffassung standen. Dieser Emporkömmling maßte sich an, den ganzen Kontinent Asien, auf den er noch niemals seinen Fuß gesetzt hatte und von dem er außer vom Hörensagen keinerlei Kenntnisse besaß, zu kolonisieren und den Kaiser von Cathay zum christlichen Glauben zu bekehren.

War es diese ungewöhnliche Mischung aus Bescheidenheit und Anmaßung, naiver Gläubigkeit und profaner Habgier, Schlichtheit und Kompliziertheit seines Wesens, die gleichzeitig seine Faszination ausmachte? War es nicht schon Mystizismus, dass sich derartige Widersprüche in einem einzigen Menschen vereinten?

Isabél jedenfalls ließ alle Vorsicht und Zurückhaltung außer Acht, wischte die nach jahrelanger Prüfung gefassten Beschlüsse der Gelehrtenkommissionen mit einer Handbewegung vom Tisch, zog nicht einmal juristische Ratgeber hinzu, als sie den Vertrag für das Unternehmen ausarbeitete.

Zwei Millionen Maravedí waren keine große Investition in eine Zukunft, die groß werden würde. Wenn alle den Blick nach unten richteten, Isabél richtete ihn nach vorn.

Die katholischen Könige

Es war seit vielen Jahren der große Traum des Rodrigo Borgia, den Stuhl Petri zu besteigen. Als kluger Taktiker wusste er, dass er Geduld beweisen musste. Papst Sixtus IV. war ein Greis, schwach in Körper und Geist. Gott würde ihn früher oder später zu sich berufen, und dann würde der Weg frei sein, für ihn, Kardinal Rodrigo Borgia. Er würde vieles anders machen als dieser Papst Sixtus, eigentlich Francesco della Rovere. Doch um diesen Papst, der mit den Jahren zu einem hässlichen Greis verkümmert war, klebte wie Patina seine Familie. In Kardinalsämter sowie in weitere geistliche und weltliche

Positionen hatte der Papst diverse Neffen und andere Angehörige seiner Familie eingesetzt.

Schon länger betrieb Neffe Guliano della Rovere die eigentliche päpstliche Politik. Anders als sein Onkel lebte er ohne Laster, Mätressen und Kinder. Klug, eisern, beherrscht und rücksichtslos strebte auch er den Platz auf dem Stuhle Petri an. Bei der nächsten Wahl würde er von vielen Kardinälen, die ebenfalls das ausschweifende Leben ablehnten, viele Stimmen bekommen. Und trotzdem ...

Rodrigo Borgia war nicht der Mann, der schnell aufgab. Als Papst Sixtus im August 1484 das Zeitliche segnete, rechnete Kardinal Borgia fest damit, als nächster Papst gewählt zu werden. Er musste nur sein Augenmerk auf seinen ärgsten Konkurrenten, Guliano della Rovere, richten. Doch es kam ganz anders.

In der Nacht vor der Wahl bestach Giovanni Batista Cibo, seines Zeichens Bischof von Savona und Molfetta und 1473 zum Kardinal ernannt, die anderen Kardinäle, indem er seine Schatztruhen weit öffnete. Damit sicherte er sich die Wahl im Handstreich. Rodrigo Borgia, der immer noch auf Rovere fixiert war, hatte das Nachsehen.

Cibo, der sich nunmehr Innozenz VIII. nannte, war ebenfalls ein schwacher Papst. Das lag nicht nur an seiner angeschlagenen Gesundheit, sondern auch daran, dass Rovere immer noch im Hintergrund agierte und die Politik bestimmte. Innozenz verstrickte sich in einen Krieg mit König Ferrante von Neapel, der ihm den Lehenszins verweigerte. Anhaltende finanzielle Probleme prägten seine Amtszeit ebenso wie fleischliche Ausschweifungen. Sechzehn Kinder wurden ihm zugesprochen, denen er verschwenderisch und schamlos Posten und Ämter verlieh. Hinter vorgehaltener Hand tuschelte der so manches gewöhnte römische Klerus: *»Octo Nocens pueros genuit, totidemque puellas. Hunc merito poterit dicere Roma patrem.«*[25]

Fast schon unheimlich war die Äußerung des charismatischen Bußpredigers Girolamo Savonarola, der die Missstände im Kirchen-

---

25 Lat.: »Acht boshafte Buben geboren, genauso viele Mädchen, so könnte er zu Recht Vater Roms genannt werden.«

staat heftig kritisierte, dass er den genauen Tag des Todes des Papstes vorhersagen könne.

Savonarolas Vorhersage trat ein: Am 25. Juli 1492 verschied Papst Innozenz VIII. in seinem sechzigsten Lebensjahr.

Rodrigo Borgia sah erneut seine Chance gekommen, und diesmal zögerte er nicht, mit den gleichen Waffen zu kämpfen wie seine Vorgänger. Auch er war ein Anhänger des ausschweifenden Lebens und lebte zwanzig Jahre mit seiner Mätresse Vanozza de Cattaneis zusammen. Und auch er hatte Kinder in die Welt gesetzt, mit verschiedenen Frauen, aber Vanozza verehrte er so sehr, dass er ihre Kinder als seine legitimen betrachtete. Wenn jetzt wieder Leute wie Savonarola den Zeigefinger erhoben und die Kardinäle sich beeinflussen ließen, würde er niemals Stellvertreter Gottes auf Erden werden.

Eigentlich lag ihm das ganze Kirchenwesen wenig am Herzen, und er wäre lieber ein großer Feldherr geworden, der die halbe Welt eroberte wie der antike Alexander, den man den Großen nannte. Macht zu besitzen und zu herrschen, das war sein eigentlicher Traum von Kindesbeinen an. Sein Onkel Alfonso Borgia, der als Calixt III. drei Jahre als Papst regierte, ermöglichte ihm den Aufstieg in die kirchliche Hierarchie. Nun, letztlich war es egal, ob er als Feldherr oder Papst auf dem höchsten Thron saß, Hauptsache, er gelangte dahin. Noch einmal würde er sich nicht wieder von einem zahlungskräftigen Italiener beiseite drücken lassen. Doch als Spanier hatte er einen schweren Stand gegen die Kardinäle, die sich überwiegend auf die Seite der Italiener schlugen. Er musste seine Schatullen noch weiter öffnen, um die Gunst der Kardinäle zu erringen. Auch Religion war nur ein Geschäft, und man musste es so betreiben, dass jeder seinen Vorteil davon hatte. Ämter und Titel, Geld und Pfründe waren die begehrten Tauschobjekte für Wahlstimmen.

Dreiundzwanzig Kardinäle zogen ins Konklave ein. Noch immer taxierten sich Rodrigo Borgia und Guliano della Rovere, deren Rivalität nun wieder neu ausgebrochen war. Borgia hatte alle Hebel in Bewegung gesetzt, um zu erfahren, wie viel Rovere den Kardinälen als Bestechung bot. Er musste ihn auf jeden Fall überbieten, durfte aber nicht mehr zahlen, als unbedingt nötig war. Zum Glück lebte er bereits lange genug in Rom, um die Spielregeln und die unsichtbaren Fäden zu kennen, die er für seine Informationen benötigte.

Es war Borgias Nachteil, dass er kein Italiener war. Außer dem altersschwachen Portugiesen Jorge Costa war er der einzige Ausländer, der für eine Papstnachfolge in Frage kam. Aus taktischen Gründen hatte er darauf verzichtet, seinen Freund Kardinal Mendoza um Unterstützung zu bitten. Er wollte es allein schaffen.

Wie nebenbei hatte er einmal in einem Gespräch seine Bedenken geäußert, mit einer Wahl Sforzas oder della Roveres die hinter diesen Männern stehenden mächtigen Familien noch mächtiger werden zu lassen. Was bliebe da für die Familien der anderen Kardinäle noch übrig?

»Das kann mir als Spanier nicht passieren«, hatte er launig hinzugesetzt. »Meine Familie lebt in Aragón. In Italien habe ich überhaupt keinen Einfluss.«

Zwei Abstimmungen vergingen, ohne dass es zu einer Entscheidung kam. Die Stimmen für Guliano della Rovere und Ascanio Sforza hielten sich die Waage.

Vielleicht erinnerten sich die Kardinäle an Borgias damals geäußerte Worte. Vielleicht bekamen sie doch Angst um ihre eigene Stellung in Italien. Und vielleicht wandelten Borgias Reichtümer, von denen er sich freigiebig trennte, um sie in die Taschen der Kardinäle fließen zu lassen, ihre Sinne.

In der Nacht zum 11. August 1492 wurde Rodrigo Borgia einstimmig zum Papst gewählt. Einen einzigen Kardinal hatte Borgia nicht bestechen können, seinen Erzrivalen della Rovere. Dieser gab letztlich aus Vernunftsgründen Borgia seine Stimme. Mit dem neuen Papst konnte er es sich nicht gänzlich verscherzen.

Das Volk von Rom nahm die Wahl mit großem Jubel auf. Ein Nichtitaliener auf der höchsten Stufe der Kirchenhierarchie würde die ewigen Machtkämpfe zwischen den italienischen Großfamilien beenden. Außerdem besaß der gut aussehende, immer freundliche Rodrigo Borgia die Sympathien der Römer.

In ganz Italien läuteten die Kirchenglocken, als die prächtige Prozession durch das festlich geschmückte Rom zog. Die Menschen jubelten ihr begeistert zu. Gemeinsam mit siebenhundert kirchlichen Würdenträgern und bunt gekleideten Lanzenträgern, Bogenschützen und der Palastwache ritten auch Borgias drei anerkannte Söhne Cesare, Juan und Joffré mit. Alles überragend, auf einem goldgezäumten Schimmel thronte Rodrigo Borgia als neuer Papst Alexander VI.

Als Kardinal Mendoza um eine Unterredung bei Isabél bat, wurde ihm diese sofort gestattet. Isabél ließ den Kardinal niemals warten. Er war ihr Berater und Vertrauter, sie achtete und schätzte ihn, wenngleich sie nicht immer seiner Meinung war. Er entsprach nicht ganz ihren strengen Moralvorstellungen, und Mendoza beklagte sich manchmal scherzhaft, dass sie Asketen wie Talavera oder Torquemada seiner Weltlichkeit vorziehe. Isabél nahm es ihm nicht übel. Sie konnte auch großmütig sein.

»Majestät ...« Er verbeugte sich vor ihr.

Isabél erhob sich und reichte ihm die Hand. »Eminenz, Ihr sollt nicht das Knie vor Eurer Königin beugen, sondern nur vor Gott.«

»Ich weiß, ich weiß, so wie der Herr Großinquisitor, der sich anmaßt, nur vor Gott das Haupt beugen zu müssen. Aber wir sind alle Untertanen unserer Königin.«

»Ihr habt die Schmeichelei nicht verlernt, mein lieber Kardinal«, lächelte Isabél. Sie bot ihm einen Platz auf einem gepolsterten Stuhl an. Mendoza fühlte sich plötzlich als alter Mann, und Isabél betrachtete ihn wohl auch als solchen. Er zog einen Brief unter seinem Umhang hervor.

»Ich habe Post aus Rom erhalten.«

Isabéls Lächeln verbreiterte sich. »Ich auch, mein Lieber, ich auch.«

»Und? Was haltet Ihr von einem Spanier auf dem Stuhl Petri?«, wollte Mendoza wissen. »Immerhin hat der König Maßnahmen gegen ihn und seine Familie ergriffen.«

Sie lehnte sich zurück, und ihr Gesicht wurde nachdenklich. »Was haltet Ihr von ihm?«, gab sie die Frage zurück.

»Er entspricht gewiss nicht Euren strengen Vorstellungen von Moral.«

Sie warf ihm einen kurzen Blick zu, der ihm sagte, dass er selbst auch nicht ihren Moralvorstellungen entsprach.

»Wichtiger als dies ist, ob er Spanien nützt.«

»Mittlerweile ist er wohl mehr ein Römer geworden.«

»Aber einer kleinen Zuwendung aus Spanien ist er nicht abgeneigt.« In Isabéls Augen funkelte es spitzbübisch.

Mendoza nickte verstehend. An ihn, seinen Freund, hatte er sich nicht gewandt. Dieser Papst benötigte keine Hilfe aus Spanien. Aber er würde es sich auch nicht mit ihnen verderben. Das spanische Volk war fromm, und der Verkauf der Ablassbriefe füllte auch die päpstlichen Kassen.

»Er bietet den aus Spanien geflohenen Juden Schutz«, fuhr Mendoza etwas leiser fort. »Sie dürfen sich in Rom ansiedeln.«

Isabél hob die Schultern, als berühre sie diese Nachricht nicht besonders, aber an ihren zusammengepressten Lippen bemerkte der Kardinal, dass sie es als Affront betrachtete.

»Wir werden diesem Papst zeigen, was es bedeutet, katholisch zu sein«, erwiderte sie und bedeutete mit einer Handbewegung, dass sie allein zu sein wünschte.

Ihre Gedanken wanderten in eine ganz andere Richtung. Dass sie dem Abenteurer Cristóbal Colón Unterstützung gewährte, entsprang ihrer Überzeugung, damit ein gottgefälliges Werk zu tun, vor allem, was die zu erwartende Bekehrung Tausender von Heiden betraf. Aber gleichzeitig dachte sie auch praktisch; die zu erwartenden Gewinne aus dem Handel mit kostbaren Gewürzen, Hölzern, Seidenstoffen und Goldwaren wollte sie sich nicht entgehen lassen. Auch wenn Cristóbal Colón beim portugiesischen König kein Gehör gefunden hatte, so wusste Isabél doch um die Habgier von João II. Mochten die Portugiesen auch den gefahrvollen Weg über einen mit Meeresungeheuern bevölkerten Ozean scheuen und ihren Reichtum lieber von den Küsten Afrikas gewinnen, so erwartete Isabél spätestens bei der Rückkehr Colóns Schwierigkeiten mit den Portugiesen. Bereits zehn Jahre zuvor hatte sich die portugiesische Krone durch Papst Innozenz VIII. die Herrschaft über die Länder unterhalb des Breitengrades der Kanarischen Inseln autorisieren lassen. Doch Isabél wollte den Triumph für sich verbuchen. Wenn sie ein derartiges Abenteuer schon unterstützte, dann zu ihren Gunsten. Sollte der neue Papst beweisen, wem er geneigt war. Und ein Entgegenkommen für Fernandos Großzügigkeiten der Familie Borgia gegenüber – er hatte ihnen nach anfänglichen Differenzen zahlreiche Ländereien, Güter und Pfründe zukommen lassen – konnte sie schließlich erwarten.

Es war wohl die seltsamste Prozession, die die Bewohner zwischen Sevilla und Barcelona je zu Gesicht bekommen hatten. Schon aus diesem Grund ließ sich wohl keiner die Gelegenheit entgehen. Das Volk bestaunte, was sich seinen Augen bot, und das war sonderbar genug. An der Spitze des Zuges schritt stolz und im Wissen, das Land mit einer frohen Botschaft zu beglücken, Admiral Don Cristóbal Colón. Seine hohe Gestalt schwankte zwischen den ihn umgebenden bärtigen Seemännern mit wettergegerbten Gesichtern. Wie triumphierende Siegesflaggen schwenkten sie seltsame federblättrige Stauden und Aligatorenhäute. Ihnen folgten sechs dunkelhäutige Wilde, die den Neugierigen am Wegesrand einen erschreckenden Anblick boten. Sie waren fast gänzlich nackt, dafür trugen sie einen wippenden bunten Federschmuck und goldene Nasenringe. In den Händen hielten sie Käfige mit riesigen bunten Vögeln, die ein infernalisches Geschrei anstimmten und wild mit den Flügeln schlugen.

Ja, Don Cristóbal Colón fühlte sich fast wie ein Messias. Er war zurückgekehrt, um dem königlichen Paar und ganz Kastilien und Aragón die frohe Botschaft zu übermitteln: Er hatte recht behalten! Er war nach Westen gesegelt und hatte Indien erreicht! Und nun würde er vor das Antlitz Ihrer Majestäten treten.

Am 15. März war er wieder im Hafen von Palos eingelaufen, von den Bewohnern der Stadt mit Staunen, Jubel und Ungläubigkeit empfangen. Jemand, der zweimal das unbekannte Meer bis zum Ende der Welt überquert hatte, musste entweder von Gott besonders geliebt oder mit dem Teufel im Bunde sein. Don Cristóbal wusste, dass keines von beiden zutraf, denn auf der Rückfahrt waren sie in einen schweren Sturm gekommen. Es war sein nautisches Geschick, dass sie überhaupt den Hafen von Palos erreichten. Während des Sturms gelobte er, eine Wallfahrt nach Santa Clara zu unternehmen, wenn er dies heil überstehen würde.

Nach über sieben Monaten setzte er wieder seinen Fuß auf kastilischen Boden. Zunächst löste er sein Gelübde ein und pilgerte nach Santa Clara de Monguér und nach Santa Maria de la Cinta. Danach verbrachte er noch einige Tage im Kloster La Rábida, um den Franziskanermönchen zu danken, die ihn unterstützt hatten. Von da aus reiste er nach Sevilla. Bereits von den Azoren aus hatte er den Königlichen Majestäten einen Brief gesandt mit der Botschaft vom Erfolg der Expedition.

Die Majestäten reagierten sofort. Als Don Cristóbal in Sevilla eintraf, erhielt er die Einladung der Könige. Sie nannten ihn Admiral des Ozeanischen Meeres, Vizekönig und Gouverneur der von ihm entdeckten Indischen Inseln und bestätigten seine Ansprüche und Privilegien. Sie forderten ihn auf, nach Barcelona zu kommen, wo sich das Königspaar zurzeit aufhielt. Und so zog die Prozession mit den Geschenken für die Majestäten von Sevilla nach Barcelona. An jedem Wegkreuz und in jeder Kirche hielten sie, um zu beten und Gott zu danken.

Die Begeisterung der Volksmassen steigerte sich, als der Zug Barcelona erreichte. Im Königspalast trat Don Cristóbal den Majestäten gegenüber, auf gleicher Augenhöhe, denn er war nun Vizekönig. Das Königspaar erhob sich vom Thron, als er den Audienzsaal im Alcázar von Barcelona betrat. Er durfte der Königin die Hand küssen. Als das Te Deum erklang, saß er zur Rechten des Königspaares.

Neider, Zweifler und Kritiker waren verstummt. Stattdessen überschlugen sich die Granden, Höflinge und Prälaten mit Ehrenbezeugungen und Anbiederungsversuchen.

Fünf Wochen dauerten die Feierlichkeiten, fünf Wochen, in denen Colón den Majestäten immer wieder erzählen musste, was er auf dieser Reise erlebt hatte.

Zuweilen standen Isabél die Tränen in den Augen. Sie war im Grunde ihres Herzens ergriffen von dem, was sie hörte. Den Majestäten und dem Land seiner Auftraggeber zu Ehren hatte Colón neu entdeckte Inseln vor Indien Hispaniola, Santa Maria, Fernandina und Isabél genannt.

»Auf Fernandina gibt es breite Lagunen, an deren Rändern und in deren Mitte wundervolle Haine liegen«, schwärmte Colón. »Das Gras ist so grün wie im Monat April in Andalusien und der Vogelsang dem Ohre so wohlklingend, dass man für immer da bleiben möchte. Papageien fliegen da in dichten Schwärmen ...«

»Und diese Heiden laufen wirklich nackt herum?«, unterbrach ihn Fernando.

»So wie Gott sie erschaffen hat«, bestätigte der Admiral.

»Auch die Frauen?«

»Auch die Frauen. Alle, die ich erblickte, waren jung an Jahren, keiner mehr als dreißig Jahre alt. Sie sind alle gut gewachsen, mit breiter Stirn und schwarzem Haar. Sie sind gewiss treue und kluge Diener. Ich machte die Erfahrung, dass sie in Kürze alles wiederholten und verstanden, was ich sagte. Ich bin überzeugt, sie sind leicht zum Christentum zu bekehren.«

Das war Musik in Isabéls Ohren, und sie freute sich schon darauf, die riesige Bevölkerung von Hispaniola bekehren lassen zu können. Sie überschüttete Don Cristóbal mit Zeichen ihres Wohlwollens, erhob ihn in den Adelsstand und dehnte diese Würde auch auf seinen Bruder Bartolomé aus.

Don Cristóbal nahm all die Ehrungen mit großem Selbstverständnis für sich in Anspruch. Von den Gebrüdern Pinzón oder anderen tapferen Männern seiner Mannschaften war nicht die Rede.

Der wesentlich materieller eingestellte Fernando wies die königlichen Finanzbeamten zu einer Bilanz über die Ausbeute an. Und die war mehr als ernüchternd. Das, was Don Cristóbal den Majestäten zu Füßen legte, waren vierzig grüne Papageien, einige Stücke Baumwolltuch, Bambus, Dufthölzer, eine Hand voll goldener Nasenringe und sechs völlig verstörte Wilde.

Ein paar Goldplättchen aus dem Rio del Oro genannten Fluss regten die Hoffnung, dass Colón bei einer weiteren Expedition endlich die erhofften Berge von Gold mitbringen würde.

Für einen Moment blitzte in Isabél der Gedanke auf, dass der Admiral durch den Vertrag nicht nur der mächtigste, sondern auch der reichste Mann der Erde werden könnte, mit höheren Einnahmen ausgestattet als seine Auftraggeber.

»Und Ihr seid überzeugt, dass es in Indien Goldminen gibt?«, wandte sich Isabél an Don Cristóbal.

Colón nickte unbeirrt. »Selbstverständlich, Majestät. Sie existieren. Und wir werden sie finden.«

Die Aufgabe der Majestäten bestand darin, sich diese anzueignen und auszubeuten. Isabél würde wachsam sein, damit der Admiral und Vizekönig sie nicht übervorteilte. Zu diesem Zweck wurde ein Indienrat gegründet, der sich ausschließlich mit der Zollverwaltung der indischen Besitzungen beschäftigte.

Nun waren auch die letzten Zweifler überzeugt. Kastiliens Ruhm und Reichtum lag in Indien. Jüdische Gelder waren der Staatskasse zugeflossen, einer erneuten Expedition stand nichts im Wege. Viele Granden drängten sich geradezu danach, Gelder in Colóns Unternehmung zu stecken. Diesmal war es eine stolze Flotte von siebzehn Karavellen mit fünfhundert Seeleuten an Bord, die von Cádiz aus gen Westen auslief. Unter ihnen befanden sich Pater Antonio de Marchado und weitere zwölf Missionare, die in Isabéls Auftrag unbedingt die Eingeborenen bekehren sollten. Die sechs Indios kehrten getauft als leuchtende Beispiele für das Christentum in ihre Heimat zurück.

Der neue Papst war Spanier, den kastilisch-aragonesischen Majestäten verbunden und zu einem gewissen Dank verpflichtet. Allerdings würde er diesen niemals offen äußern, aber er konnte den Majestäten einen Gefallen tun.

Die weitblickende, vielleicht auch mit den menschlichen Abgründen regierender Fürsten vertraute Isabél hatte den Konflikt erwartet. Und Don Cristóbal Colón, der, bevor er in Palos ankerte, vom Sturm nach Lissabon getragen worden war, wurde vom portugiesischen König João II. mit großem Pomp empfangen. Er, der Colón einst als lästigen Bittsteller davongejagt hatte, breitete nun freudestrahlend die Arme aus. Er beglückwünschte den Entdecker mit einem diabolischen Lächeln.

»Euch gebührt meine ganze Dankbarkeit, Don Cristóbal. Die Früchte Eurer Entdeckung werden Portugal zufallen. Eine päpstliche Bulle bestätigt, dass alle Länder unter dem Breitengrad der Kanarischen Inseln Portugal gehören.«

Im Vertrauen darauf, dass die kastilischen Könige sich ihr Besitztum sichern würden, verließ Colón Portugal und den habgierigen König und schiffte sich nach Palos ein.

Don Cristóbal wurde nicht enttäuscht. Unverzüglich wandten sich Isabél und Fernando an Papst Alexander VI. und beriefen sich auf »ihren« Entdecker. Und auch die Majestäten wurden nicht enttäuscht.

Der Papst erließ die Bulle *Inter Coetera*. Danach teilte er die Welt in zwei Hälften mit einer Linie von Pol zu Pol. Diese Linie verlief westlich der Azoren und der Kapverdischen Inseln. Alle Länder westlich davon gehörten Kastilien, östlich davon Portugal.

In Kastilien nahm man den Schiedsspruch mit Befriedigung auf. Dafür geriet der portugiesische König in Zorn. Er ignorierte die päpstliche Entscheidung, da man ja das ganze Ausmaß von Indien mit all seinen Inseln gar nicht kenne. Und er zog seine Flotte zusammen und erteilte ihr den Auftrag, die Länder, die Colón Portugal gestohlen habe, zu erobern.

Isabél war kein Mensch, der Schwierigkeiten aus dem Weg ging.

Sie besänftigte Fernando, der es am liebsten mit der gesamten portugiesischen Armee aufgenommen hätte.

»Der Kampf um Granada hat viel kastilisches Blut gefordert«, sagte sie leise. »Ich will nicht noch mehr vergießen.«

»Willst du diesen Räuber gewähren lassen?« Auch wenn Fernando über die magere Ausbeute von Colóns Indienreise ziemlich enttäuscht war, so erhoffte er doch zukünftige Erfolge, die sich ganz sicher einstellen würden.

»Natürlich nicht!« Da war wieder diese Entschlossenheit in Isabéls Blick. Er wusste, dass sie sich nicht aufhalten lassen würde, gleichgültig, was sie sich in den Kopf gesetzt hatte. »Der Papst wird uns helfen.«

»Der Papst? Du siehst doch, was sich Juan daraus macht! Nichts!«

Die Königin lächelte weise. »Wenn ich will, dass der Papst macht, was ich will, dann wird es so sein.«

Fernando spürte die Gänsehaut auf seinen Armen. Manchmal wurde ihm Isabél unheimlich.

Isabél sandte eine Delegation nach Rom, die eine Änderung der päpstlichen Bulle erwirkte. Papst Alexander änderte den Wortlaut seiner Entscheidung ab, indem er Kastilien »Länder und Inseln, die es auf Seefahrten oder Reisen nach Westen oder Süden entdeckt, gleichgültig, ob sie sich in den westlichen, südlichen oder östlichen Regionen befinden«, zubilligte.

Der portugiesische König João war in die Schranken gewiesen, und Isabél lächelte zufrieden. Es war eine Kostprobe ihrer Macht, und Fernando wusste nicht, ob er sie dafür bewundern oder fürchten sollte.

»Geben ist seliger denn nehmen«, stellte Papst Alexander fest und rieb sich die Hände. »Das geschieht, wenn man katholischer sein will als der Papst.« Er meinte die Juden und Conversos, die in Strömen aus Spanien flüchteten, um der Verfolgung oder Zwangstaufe zu entgehen.

Rodrigo Borgia war kein Freund der Juden, aber er hatte auch nichts gegen sie. Viele Juden waren hervorragende und fleißige Handwerker, die einer Stadt viele Steuern einbrachten. Wie kurzsichtig, aus engstirnigen religiösen Motiven solche Menschen aus dem Land zu jagen!

Er schaute sein Gegenüber mit wohlwollendem Blick an. Es war Cesare, sein ältester Sohn. Von seinen drei anerkannten Söhnen stand ihm Cesare, oder auf Spanisch César, wie Rodrigo Borgia ihn nannte, am nächsten. Der ein Jahr jüngere Juan, ein stiller und würdevoller junger Mann, hielt sich oft in Spanien auf, und Joffré, der Jüngste, war noch ein Kind. Doch der siebzehnjährige Cesare erfüllte viele seiner Erwartungen. Sein Vater überhäufte ihn mit Ämtern und Würden: Bischof von Pamplona, Erzdiakon von Jativa und Tarragona, Probst von Albar, Rektor von Gandia, Schatzmeister von Cartagena. Und eben erst war er zum Bischof von Valencia geweiht worden.

Cesare warf seinem Vater einen zutiefst unglücklichen Blick zu. »Heiliger Vater, Ihr wisst, dass mir diese kirchlichen Ämter nicht sehr liegen.« Als Bastard des Papstes nahm er ohnehin eine fragwürdige Stellung ein. Manchmal bezeichnete sein Vater ihn als seinen Neffen, so in der offiziellen Bitte an die kastilischen Könige, ihn zum Bischof von Valencia zu ernennen. Aber alle Welt wusste, dass er der Sohn Rodrigo Borgias war.

»Nun ziere dich doch nicht wie eine Jungfrau«, tadelte der Papst nachsichtig. »Ich habe die Absicht, dich zum Kardinal zu ernennen.«

Cesare schnaufte unwillig. »Zu viel der Ehre«, murmelte er. In seinem Spott lag eine seltsame Kälte, und Papst Alexander runzelte die Stirn.

»Als Kardinal kannst du auch Papst werden. Schließlich brauche ich einen würdigen Nachfolger.«

Cesares braune Augen weiteten sich, ansonsten zeigte sein Gesicht keine Regung. Mit seinen glatten Wangen, der geraden Nase und der klugen hohen Stirn war Cesare ein Bild von einem Mann. Die Frauen lagen ihm zu Füßen. Warum war sein Vater nur darauf versessen, dass er eine geistliche Karriere antrat? Sein Bruder Juan hätte sich dafür wesentlich besser geeignet, aber dieser war schon Herzog von Gandia und würde eine weltliche Laufbahn einschlagen.

Mit einer leichten Verbeugung deutete Cesare seinen Gehorsam an. Wie könnte er auch dem Papst widersprechen? Dabei liebte er das weltliche Leben, die Jagd, ausschweifende Feste, Fechten, Reiten, Tanz und Frauen. Er kleidete sich wie ein römischer Edelmann. Aber es war die Macht, die ihm seine Ämter verliehen. Diese Macht war wie schwerer Wein, wie eine Droge, die ihn nicht losließ.

Er konnte seine Regungen sehr gut hinter einem freundlichen Gesicht verbergen. Aber er war sich bewusst, welche Macht er in den Händen hielt. Er war die Verbindung zum Papst. Täglich belagerten Bittsteller seinen Palast, in dem er umsorgt von zahlreichen Bediensteten lebte. Sie überreichten ihm Gesuche, Anträge, Fürbitten, Forderungen. Und alle hofften, über ihn den Papst zu erreichen. Man betrachtete Cesare fast wie einen Heiligen, und behandelte ihn auch so.

Cesare machte aus seiner Abneigung gegen den geistlichen Stand kein Geheimnis, auch seinem Vater gegenüber nicht. Doch in diesem Punkt musste er sich fügen, und er tat es – um der Macht willen.

»Es ist doch unsinnig, das Schaf zu schlachten, bevor man es geschoren hat«, fuhr der Papst wie zu sich selbst fort. In seinem Blick lag etwas Träumerisches.

»Bitte? Ich verstehe nicht ...« Auch Cesare erwachte aus seinen Gedankengängen.

»Die Juden«, erwiderte der Papst. »Ich meine die Juden. Ich lasse sie in Rom ansiedeln. Sie bringen gutes Geld. Der nächste Zustrom kommt schon bald, nachdem auch in Portugal die Frist abgelaufen ist. Ich brauche Geld, Cesare, Geld für einen Krieg gegen diese ganzen korrupten Familien, die mir den Tribut verweigern. Imola, Rimini, Pesano, Farli, überall hocken sie wie die Spinnen im Netz, saugen die Städte aus, ohne daran zu denken, dass es samt und sonders Kirchenlehen sind. Sie lachen mir frech ins Gesicht, speisen mich mit minderwertigen Geschenken ab und sichern ihre Tyrannei durch Intrigen, Mord und Totschlag, selbst in den eigenen Familien.«

»Dann gebt mir eine Armee, Heiliger Vater, und ich werde sie nach meinem Schwert tanzen lassen. Ich fühle mich ohnehin mehr zum Feldherrn geboren als ...«

Papst Alexander hob die Hand, und Cesare verstummte. »Ich kenne dich gut genug, um zu wissen, was du magst und was du nicht magst. Du bist jung, du bist ungestüm. Du musst lernen, Geduld zu haben, auf den richtigen Augenblick zu warten. Für eine Armee fehlt mir das Geld. Die Juden werden es mir bringen.«

»Vielleicht bedauern es die kastilischen Majestäten, wenn sie sehen, dass Ihr die Juden willkommen heißt und sie Euch von Nutzen sind.«

Der Papst lächelte. »Vielleicht missbilligen sie es auch, weil ich nicht so katholisch bin wie sie.« Plötzlich lachte er auf. »Ich werde mich bei ihnen für das goldene Geschenk bedanken.«

»Und womit wollt Ihr sie beglücken, Heiliger Vater?«

»Mit einer Auszeichnung. Sie haben Granada erobert und Kastilien von den ungläubigen Mauren befreit. Sie haben die Juden verjagt und Conversos auf dem Scheiterhaufen verbrannt. Kastilien ist so rein und so katholisch ... Ich verleihe ihnen den Titel *Katholische Könige.*«

Isabéls Augen leuchteten wie zwei funkelnde Sterne am Firmament, als ihr die päpstliche Bulle überreicht wurde. *Reina católica!*[26] Damit gewann Kastilien einen ganz besonderen Platz in Europa. Hier galt nur Gottes Wort. Hier wurde die Religion ernst genommen und streng durchgesetzt. Es war ein Ehrentitel, den sie zum Namen tragen durfte. Fernando war *Katholischer König*, aber er nahm diese Ehrung wesentlich gelassener als Isabél.

»Irgendwie musste er sich doch revanchieren«, stellte er ironisch fest. »Schließlich haben wir seinen Bastard als Bischof von Valencia bestätigt.«

---

26 Span.: katholische Königin.

»Warum nimmst du mir die Freude über diese kostbare Auszeichnung?«, gab sie zurück. »Wir sind das einzige Herrscherpaar der Welt, das sich so nennen darf!«

Sie ließ sich die Freude nicht verderben und schwelgte in den Huldigungen. Alle waren nach Barcelona gekommen, die Granden und Edelleute Spaniens, die hohe Geistlichkeit, Abgesandte aus Klöstern und Stiften, von Städten und Zünften; alle – außer Tomás de Torquemada.

Isabél nahm es schweigend zur Kenntnis. Fernando zuckte nur mit den Schultern. Er kämpfte im Augenblick mit einem ganz anderen Problem. Als König von Aragón war er gleichzeitig König von Sizilien. Obwohl Isabél als Fernandos Gemahlin gleichzeitig Königin von Sizilien war, kümmerte sie sich ausschließlich um die kastilische Innenpolitik. Sizilien überließ sie Fernando. Sein großes Ziel bestand in der Herrschaft über das westliche Mittelmeer – den östlichen Teil musste er zwangsläufig den Türken überlassen.

Der bisherige Frieden um Sizilien wurde jäh gestört, als der französische König Charles VIII., ein Phantast, es sich in den Kopf setzte, das oströmische Imperium erneuern zu wollen und sich schon König von Jerusalem nannte. Dazu benötigte er Neapel als Brückenkopf. So setzte er sich samt seiner umfangreichen Truppen in Bewegung, um Sizilien zu erobern.

Traditionsgemäß bestand eine enge und gute Beziehung zwischen Frankreich und Kastilien, nicht aber zwischen Frankreich und Aragón.

Fernando, der stets im Schatten Isabéls stand, dachte schon lange über die Rolle seines Reiches in der großen Politik nach. Europa war auf Spanien aufmerksam geworden. Hier sah Fernando seine Chance gekommen, in weitaus größeren Dimensionen zu denken und zu handeln. Die geografische Lage brachte es mit sich, dass die Interessen Kastiliens und Aragóns auseinander drifteten.

Wie Schuppen fiel es ihm von den Augen. Fernando erkannte plötzlich die Bedeutung eines einheitlichen Spanien. Doch bislang wurden beide Königreiche noch getrennt verwaltet, und innen- wie außenpolitisch verfolgten sie unterschiedliche Interessen. Isabél sah mit der Rückeroberung Granadas den überwiegenden Teil ihrer Mission erfüllt. Fernando fühlte sich am Anfang einer neuen, anders gearteten Aufgabe.

Dass der französische König plötzlich Anrechte auf Sizilien geltend machte und der seit zwanzig Jahren schwelende Streit über das Rousillon noch nicht beigelegt war, hinderte Fernando an seinen weitreichenden Plänen. König Charles hatte sich seit seiner Kindheit mit dem Kreuzzuggedanken beschäftigt und hielt nun die Zeit für gekommen, seine jugendlichen Schwärmereien von ritterlichen Heldentaten und der Befreiung des Heiligen Grabes in die Tat umzusetzen.

Der unaufhaltsame Vormarsch der Türken wurde der Christenheit zur großen Gefahr. Sie eroberten fast die gesamte Ostküste des Mittelmeeres.

Der Ruhm, den das spanische Königspaar durch die Eroberung Granadas erntete, stachelte den französischen König in seinem Vorhaben an. Um nach Sizilien zu gelangen, musste er zuvor Italien annektieren. Die in sich zerstrittenen Stadtstaaten boten keinen großen Widerstand. Zudem boten ihm zwei berühmte Männer ihre Hilfe an: zum einen Kardinal della Rovere mit dem Hintergedanken, Papst Alexander VI. zu stürzen, und Papst Alexander mit dem Hintergedanken, seinen Erzfeind Kardinal della Rovere auszuschalten.

Als Charles VIII. mit seinem Heer die Alpen überquerte und auf Rom zu marschierte, wurde ihm kein nennenswerter Widerstand entgegengesetzt.

Der Papst kam in Bedrängnis. Er überlegte, ob er zu seinen Verbündeten nach Sizilien flüchten sollte, fürchtete aber um seinen Papststuhl. Kardinal della Rovere wiegelte die römische Bevölkerung gegen Alexander auf. Als das Heer des französischen Königs Rom erreichte, war es für eine Flucht zu spät.

Isabél, die in Frankreich noch immer einen Verbündeten sah, zeigte sich wenig erschüttert über das Vorgehen Charles VIII. Fernando jedoch sah seine hochfliegenden Pläne, das westliche Mittelmeer zu beherrschen und Nordafrika zu erobern, vernichtet. Es nützte auch nichts, dass Fernandos Schwester Juana von Aragón mit dem König von Neapel Ferrante I. verheiratet war.

Unbehelligt erreichte die französische Armee Rom, ohne dass es zu einer einzigen Kampfhandlung kam. Charles VIII. zeigte sich insofern dankbar für diesen leichten Sieg, dass er sowohl Rom als auch den Römern nichts zuleide tat und auch den Papst nicht absetzte. Stattdessen schloss Charles einen komplizierten Vertrag mit vielen Sicherheiten für seine Pläne.

Als Charles VIII. Rom in Richtung Süden verließ, ritt an seiner Seite Cesare Borgia, offiziell als päpstlicher Legat, in Wirklichkeit als Geisel des Königs. Cesare musste sich auf eine längere Abwesenheit von Rom eingerichtet haben, denn ihn begleiteten viele Dienstboten und neunzehn Saumtiere mit umfangreichem Gepäck, darunter Cesares Tafelsilber, auf das er auch auf seiner Reise nicht verzichten wollte. Dass dieser seltsame Zug auch noch überfallen und Cesares Tafelsilber gestohlen wurde, kümmerte den französischen König wenig. Wichtiger erschien Charles die Nachricht, dass der König von Neapel, Ferrante, aus Angst vor den anrückenden französischen Truppen geflohen sei und den Thron seinem unerfahrenen Sohn Ferrantino überlassen hatte.

Erst als die französischen Truppen kurz vor Neapel standen, gelang es Fernando, Kontakt mit Charles aufzunehmen. Er hatte zwei Gesandte nach Sizilien geschickt, die um eine Unterredung mit dem französischen König baten. Sie sollten erreichen, dass Charles seine Ansprüche auf Sizilien auf dem Rechtsweg und nicht durch einen Eroberungskrieg geltend machen solle.

König Charles wies dieses Ansinnen mit Bestimmtheit zurück. Der Pariser Gerichtshof hatte seinen Erbanspruch auf Sizilien bestätigt. Warum sollte er auch freiwillig aufgeben, wo sich ihm das Königreich doch auf dem Präsentierteller darbot. Außerdem brüskierte ihn das lautstarke und respektlose Verhalten der spanischen Gesandten.

Am nächsten Tag waren die beiden spanischen Gesandten, aber auch Cesare Borgia verschwunden! Zornig ließ Charles das Gepäck auf den Rücken von Cesares Saumtieren beschlagnahmen. Wie erstaunt war er jedoch, als sich die vermeintlich wertvollen Reisetruhen als Strohballen entpuppten! Dem König fiel es wie Schuppen von den Augen, dass er mit einem ungeheuerlichen Komplott hereingelegt worden war!

Dieser tollkühne Streich seines Sohnes überrumpelte sogar den Papst. Alexanders Abkommen mit dem französischen König wurde damit null und nichtig. Der Kampf um Neapel wurde unvermeidlich.

Isabél, die sich sonst nicht in Fernandos Außenpolitik einmischte, forderte ihn wiederholt zur Besonnenheit auf. Ein Krieg kostete Geld, viel Geld, und Menschenleben. Beides wollte Isabél vermeiden. Doch nun gab es keinen anderen Weg Zum ersten Mal in den fünfundzwanzig Jahren seiner Ehe mit Isabél setzte Fernando sich über ihren Willen hinweg.

Torquemada kam wie stets unangemeldet und wider jegliches Hofzeremoniell. Allerdings hatte er sich gut vier Wochen Zeit gelassen, in denen sich Isabél und Fernando vom Klerus, den Granden und dem Volk feiern ließen.

Isabél befand sich in ihrer Hauskapelle, als Tomás de Torquemada erschien. Nicht er verbeugte sich vor der Königin, sondern Isabél kniete vor ihm nieder. In seinen Augen war sie nur ein Schaf in der Herde der heiligen katholischen Kirche, zu deren oberstem Richter er berufen war.

»Der Heilige Vater in Rom hat Euch einen Titel verliehen, der nicht nur unpassend, sondern in ganzer Linie anmaßend ist. Wer hat denn Kastilien von den Ketzern und Häretikern befreit? Wer setzt denn die Glaubenskonkregation unserer Heiligen Kirche durch?«

Niemand hätte es wagen dürfen, so mit den Majestäten umzuspringen. Isabél jedoch ließ Torquemadas Ausbruch schweigend und fast demütig über sich ergehen.

»Niemand spricht Euch diesen Verdienst ab, Padre.« Ihre Stimme blieb leise und ehrfürchtig.

»Doch, der Papst«, schnaubte Torquemada. Sein ausgemergeltes Gesicht verzerrte sich voller Hass. »Der gleiche Papst, der Euch diesen Titel gnädig verleiht, heißt all die Ketzer und Jesusmörder in Rom willkommen! Das ist nichts weiter als Blasphemie und verhöhnt nicht nur Euch, sondern die Bemühungen der Heiligen Inquisition zur Reinigung der Kirche.«

»Ich sehe darin keinen Widerspruch«, versuchte Isabél eine schwache Verteidigung. »Seine Heiligkeit ist der Stellvertreter Gottes auf Erden und somit für das geistige Wohl aller Christen zuständig. Aber er ist auch der weltliche Herrscher des Kirchenstaates und Bischof von Rom. Somit steht es ihm frei, Juden in die Stadt aufzunehmen, die um Asyl bitten, um doch noch in den Schoß der Kirche zu finden.«

»Pah, das sind Wunschträume! Wenn es diese Gotteslästerer wirklich gewollt hätten, dann hätten sie Kastilien nicht zu verlassen brauchen. Warum sind sie denn geflüchtet? Weil sie sich nicht taufen lassen wollten! Das ist die Wahrheit, Majestät, vor der Ihr die Augen verschließt.«

Isabél erhob sich. Alle Farbe war aus ihrem Gesicht gewichen.

»Ich bin die Königin von Kastilien und somit meinen kastilischen Untertanen verpflichtet. Ich musste sie ausweisen, wenn sie sich nicht taufen lassen wollten. Nur so konnte Kastilien vom Unglauben befreit werden.«

»Ach, ist das wirklich so?« Aus seiner Stimme klang nun blanker Hohn. »Wie viele Ungläubige tummeln sich denn unter Eurem Schutz noch im Land? Wie viele Muslime beten zu Allah und besuchen freitags die Moscheen? Das habt Ihr ihnen zugesichert. In Aragón sieht es nicht besser aus. Und nun nennt Ihr Euch *Katholische Könige?«*

Seine Augen flackerten fanatisch, und seine dürren Hände zitterten vor Empörung und Erregung.

Isabél schwieg betroffen.

Torquemada schob seinen dürren Kopf mit der Hakennase vor wie ein Geier, der Beute erspäht.

»Ihr lasst es zu, dass der Muezzin vom Minarett die Muslime zum Gebet zu Allah ruft! Ihr lasst es zu, dass Bischof Talavera die Bibel ins Arabische übersetzen lässt! Ihr lasst es zu, dass seine Priester die Predigten auf Arabisch halten! Ihr ernennt diesen Ketzer auch noch zum Erzbischof von Granada! Wann darf die Inquisition endlich diesen gotteslästerlichen Zustand beenden? Wann, Majestät, wann?«

»Wir sind durch Verträge gebunden, Padre. Nur auf diesem Weg konnte Granada ohne Blutvergießen erobert werden. Die Inquisition wird nicht zugelassen.«

»Verträge«, blaffte Torquemada. »Hohle Phrasen! Wie wollt Ihr das verantworten?«

»Padre, Ihr vergesst, dass Wir die Herrscher Kastiliens und Aragóns sind und Uns vor niemandem zu verantworten haben. Es ist einzig und allein Gott, dem Wir Rechenschaft schuldig sind.«

Torquemada schnappte nach Luft, um etwas zu entgegnen, doch Isabél straffte sich. Es kostete sie sichtbar Kraft und Überwindung, sich so gegen den Großinquisitor zu stellen.

»Euer Amt verpflichtet Euch, gegen Ketzer zu ermitteln. Ihr solltet Euch darauf beschränken und die Innenpolitik Uns überlassen.«

Torquemada krümmte seine dürren Finger wie Klauen, und ein Beben ging durch seinen Körper. »Gott beschütze dich, mein Kind«, murmelte er. Isabél sank vor ihm wieder auf die Knie, während Torquemada segnend seine Hand über ihr Haupt hielt.

Veränderungen

Anstatt den Säbel zu schwingen, hielt es Isabél für klüger, Politik durch Heirat zu betreiben. Damit unterschied sie sich nicht von anderen Herrscherhäusern Europas. Ihr erster Versuch, eine engere Verbindung mit Portugal herzustellen, war durch den plötzlichen Tod des portugiesischen Thronfolgers Alfonso fehlgeschlagen. Neben dem politischen Rückschlag war es vor allem eine menschliche Tragödie, die Isabél persönlich bewegte. Ihre älteste Tochter Isabél war zur Witwe geworden. Da sie keine Kinder hatte, blieb ihr auch die Bleibe in Portugal verwehrt. Die Infantin, streng im Glauben erzogen, wäre am liebsten in ein Kloster gegangen, um mit Gott und ihrem Kummer allein zu sein.

Die Königin konnte die Infantin nicht trösten und wollte es auch nicht.

»Mein Kind, es ist uns von Gott aufgetragen, zu dulden und zu gehorchen. Wir müssen seinen Willen achten und erfüllen.«

»Das habe ich doch«, erwiderte die Infantin unter Tränen. »Gott wollte, dass mein Gemahl stirbt.«

Tatsächlich starb durch den Tod des portugiesischen Infanten die männliche Linie von König João II. aus. Die portugiesische Erbfolge ging auf seinen Vetter Manuel über, der nun um die Hand der Infantin Isabél anhielt.

»Gottes Wege erscheinen uns Menschen manchmal verworren und undurchschaubar. Wir sollten sie nicht hinterfragen, sondern sie in Demut annehmen. Nimm Manuels Werben an und werde seine Frau.«

Die Infantin hob ihr tränennasses Gesicht. »Mutter, was verlangt Ihr da von mir? Niemals werde ich mich einem anderen Mann hingeben. Ich habe Alfonso geliebt, mit ganzem Herzen. Wie kann ich Verrat an dieser Liebe üben?«

»Ha, Liebe!« Die Königin schnaufte verächtlich, und ein harter Zug legte sich um ihre Mundwinkel. Die Infantin fürchtete diesen unerbittlichen Ausdruck im Gesicht ihrer Mutter. »Es gibt nur eine wahre Liebe, die Liebe zu Gott. Als kastilische Infantin wurde dir deine Zukunft in die Wiege gelegt, durch Heirat mit einem anderen Königshaus die Verbindung zu knüpfen. Das, nur das allein ist deine Bestimmung!«

Isabéls Stimme klang scharf, und sie ließ sich auch nicht durch die Tränen ihrer Tochter erweichen.

Sie empfand es weder als Grausamkeit noch als Lieblosigkeit ihrer Tochter gegenüber, im Gegenteil. Isabél war ein so wertvolles Geschenk Gottes, dass sie alles dafür tun würde, um sie ihrer Bestimmung zuzuführen. Warum sonst hatte Gott ihr fünf Kinder geschenkt?

Um ihre Worte abzumildern, legte sie besänftigend ihre Hand auf Isabéls Schulter.

»Bitte, lasst mich in ein Kloster gehen«, flehte die junge Isabél. »Ich verspüre noch so viel Liebe in mir, die ich Gott geben will.«

»Es wäre ein schlechter Tausch«, erwiderte die Königin, »die Liebe, die du für einen Toten hegst, an Gott abtreten zu wollen. Bete, beichte und faste, so viel und so lange du willst, mein Kind. Aber du wirst in kein Kloster eintreten, sondern Manuel heiraten!«

Die Infantin, die bis zu diesem Augenblick zu Füßen ihrer Mutter gesessen hatte, sprang auf. »Niemals!« In ihren Augen funkelte etwas, das Isabél nur zu bekannt vorkam. Sie kannte diesen leidenschaftlichen Widerstand, dieses Aufbegehren gegen ein ihr aufgezwungenes Los. Hatte sie nicht selbst damals, vor mehr als fünfundzwanzig Jahren, gegen ihr Schicksal einer dynastischen Verbindung mit Portugal rebelliert?

Isabél blickte nur ungern und mit einem gewissen Unbehagen zurück auf ihre eigene Vergangenheit. Sie hielt den Blick stets nach vorn gerichtet, war fast dreißig Jahre lang in ständiger Unrast durch das Leben gehetzt. Sie hatte den riesigen Berg, der sich vor ihr auftürmte, bestiegen, konsequent und zielgerichtet. Hätte sie nur einmal zurückgeschaut, wäre ihr vielleicht schwindelig geworden. Holte sie jetzt ihre eigene Vergangenheit ein? Wiederholte sich alles im nächsten Leben, in der nächsten Generation? Für einen Augenblick fröstelte sie. Doch dann wischte sie den Einwand ihrer Tochter mit einer Handbewegung weg.

»Keiner entgeht seiner Bestimmung, auch du nicht!«

ᘓ

Charles VIII. war nicht zu stoppen. Das klägliche Verhalten der einflussreichen italienischen Adelsfamilien hatte ihm den Weg nach Neapel frei gemacht. Einem Siegeszug stand nichts entgegen. Es war ein leichter Sieg, denn das französische Heer stieß auf keinen nennenswerten Widerstand. Nachdem auch König Ferrantino vor den Franzosen floh, zog Charles kampflos in Neapel ein.

Die für ihre Leichtlebigkeit und Annehmlichkeit bekannte Stadt erfreute die Eroberer, und sie genossen ihren so leicht errungenen Sieg in vollen Zügen. Es schien, als erlangten die Franzosen in Süditalien ein gefährliches Übergewicht.

Allein hätte es Fernando keinesfalls vermocht, die französische Gefahr von Sizilien abzuwenden. Er benötigte Verbündete. Ein möglicher Kandidat war Maximilian von Habsburg, der ungekrönte deutsche Kaiser. Er hatte, nachdem sein Ehebegehren der kastilischen Infantin Isabél gegenüber gescheitert war, Bianca Maria Sforza geheiratet und verlagerte seinen Einfluss auf Italien. Auch er traute den Aktivitäten des französischen Königs nicht. Eine Allianz mit Aragón erschien ihm von Vorteil.

Fernando hatte zuvor sogar in England vorgesprochen, um den dort herrschenden Monarchen Henry VII. zu einem Bündnis gegen Charles zu gewinnen. Papst Alexander und die italienischen Stadtstaaten schlossen sich dem Bündnis an. Dem französischen König stand nun eine übermächtige Koalition gegenüber, die ihm den Rückweg nach Frankreich abschnitt.

Isabél wollte diese von Fernando initiierte Koalition auf eine ganz andere Weise festigen. Der deutsche Kaiser besaß eine Tochter namens Margarethe und einen Sohn namens Philipp. Für Isabél waren es die geeigneten Ehekandidaten für die Infanten Juan und Juana. Eine Allianz gegen Frankreich schien schon deshalb geboten, da der Feldzug Charles VIII. das italienische Staatensystem zerstörte. Die geplante Doppelhochzeit würde das Habsburger Reich enger an Kastilien binden und Frankreich isolieren.

Isabél entsandte Unterhändler nach Antwerpen, wo Maximilian einen Vorvertrag unterzeichnete, der nicht nur die Ehen zwischen Margarethe, Erzherzogin von Österreich, und dem kastilischen Thronfolger Juan sowie zwischen der kastilischen Infantin Juana und Prinz Philipp, Erzherzog von Österreich und Herzog von Burgund, vorsah, sondern gleichzeitig einen Freundschaftsvertrag darstellte und militärische Hilfen in Italien einschloss. Durch die Unterschrift des Mainzer Erzkanzlers wurde das Heilige Römische Reich in die Heiratspläne einbezogen.

ꝏ

Der Italienkrieg brachte auch eine andere zwingende Notwendigkeit an den Tag: die Reform des kastilischen Heeres. Der humanistische Philosoph Alonso de Palencia hatte eine Abhandlung über die Perfektion des militärischen Sieges geschrieben, die bei den katholischen Königen auf reges Interesse stieß. So erließ Isabél die Anordnung zur Durchführung der Heeresreform.

Zum einen wurde das Volk aufgerüstet, zum anderen eine Miliz eingerichtet. Die Pike wurde als allgemeine Waffe für das Fußvolk eingeführt sowie die Kriegsführung im Landesinneren wie im Ausland reguliert.

Isabél wurde nicht müde, die Einzelheiten mit ihren militärischen Beratern zu diskutieren, während sich die Infanten Juan und Juana auf ihre Hochzeiten vorbereiteten.

Jetzt, wo all die inneren Kämpfe abgeschlossen waren, galt es, das Land auch auf geistigem Gebiet zu erneuern. Bereits 1492 war eine Grammatiksammlung in kastilischer Sprache erschienen. Der Verfasser Antonio Lebrija hatte sein Vorwort an Königin Isabél gerichtet. Isabél als Tochter eines hochgelehrten und feingeistigen Königs, die bereits als Kind die Kostbarkeit der Bibliothek ihres Vaters kennengelernt hatte, erkannte sofort die Bedeutung des Werkes. Zum ersten Mal in der Geschichte überhaupt gab es eine nach humanistischen Prinzipien ausgerichtete Grammatik einer Volkssprache.

»Faszinierend«, murmelte sie, als sie das Werk in den Händen hielt. »Ein Land, eine Religion, eine Sprache ...« Vor ihrem inneren Auge sah sie die Vision eines spanischen Staates, einheitlich in jeder Beziehung. Da gab es für alle geltende Gesetze, da gab es einheitliche Regelungen für die Armee, für die Sprache, für das Wissen.

Isabél rief Dichter und Gelehrte nach Granada. Der kastilische Adel hielt bis dahin die Beschäftigung mit Kunst, Literatur und Philosophie für unnütz und schädlich. Er war überwiegend ungebildet und brutal und kannte nur eine ehrenhafte und lohnende Beschäftigung: das Kriegshandwerk. Jetzt sollte ihm die Welt der Kunst und Kultur nahe gebracht werden.

Es war kein leichtes Unterfangen. Doch Isabéls Ansehen und ihre Vorbildwirkung ebneten ihr auch dabei den Weg. Sie übernahm die Schirmherrschaft über die Universitäten von Toledo, Sevilla, Alcalá und Granada. Hatten die Studenten ihre Tage und vor allem Nächte mit allerlei üblen Vergnügungen verbracht, so setzte plötzlich ein anderer Geist ein. Sie wetteiferten miteinander im Studium der Wissenschaften um menschliche Größe und hohe Tugenden.

Setzte bereits dieser Wandel das Land in Erstaunen, so sorgte Isabél für eine revolutionäre Neuerung. Frauen traten in das öffentliche Geistesleben ein. Sie bildeten einen Kreis gelehrter Frauen. Die Tochter von Antonio Lebrija lehrte später sogar an der Universität von Alcalá Rhetorik.

Die Erfindung des Buchdruckes hielt auch in Spanien Einzug. Diego Mendoza schrieb die Geschichte des Heiligen Krieges, die dank der Buchdruckkunst schnelle Verbreitung fand.

Der Buchdruck gab Isabél, die natürlich das Recht der königlichen Autorität wahrnahm und den Inhalt der gedruckten Werke kontrollierte, die Möglichkeit, auch ihre eigene Meinung zu verbreiten. Die Verfasser erregten sicher das Wohlwollen der Majestäten, wenn sie das Königspaar priesen und ihre Verdienste hervorhoben, während man das Leben des bedauernswerten Bruders der Königin verunglimpfte und die pikante Geschichte der falschen Prinzessin Juanita la Beltraneja verbreitete.

Bartolomé de Torres Naharro entwarf die Grundregeln für die dramatische Kunst in Spanien. Bald schon entwickelte sich eine vielseitige Theaterkultur.

Isabéls größtes Anliegen war jedoch die Festigung des Glaubens. Dazu gehörten Kirchen und Kapellen. Sie unterstützte den Bau zahlreicher Gotteshäuser und verlieh einer architektonischen Richtung mit feingliedriger floraler Ornamentik ihren Namen.

Die unermüdliche Königin ließ kein Gebiet aus, auf dem sie nicht wirksam wurde. Überall im Land waren ihre Spuren zu finden. Dafür verehrte das Volk sie wie eine Heilige.

ཀ

Im Jahre 1493 war Generalkapitän Don Cristóbal Colón mit einer Flotte von siebzehn Schiffen aus dem Hafen von Sevilla ausgelaufen. Diese stolze Flotte bestand aus drei Karacken vom Typ der auf der ersten Expedition gesunkenen *Santa Maria*, zwölf Karavellen mit Rahsegeln und zwei Karavellen mit Lateinsegeln. Insgesamt eintausendzweihundert Seeleute hatten auf den Schiffen angeheuert.

Das Flaggschiff hieß wiederum *Santa Maria.* Es war doppelt so groß wie das erste Schiff dieses Namens. Mit dabei war auch die *Niña,* das einzige Schiff der ersten Expedition, das nun in *Santa Clara* umgetauft worden war.

Die verhältnismäßig kurze Zeit von achtundzwanzig Wochen lag zwischen Colóns Ankunft in Palos und dem erneuten Auslaufen in Sevilla. Der mit der Ausrüstung der Flotte beauftragte Archediakon von Sevilla, Don Juan Rodriguez de Fonseca, hatte ausgezeichnete Arbeit geleistet.

Die Überfahrt verlief dank günstiger Passatwinde rasch und problemlos. Die Flotte nahm einen südlicheren Kurs als bei der ersten Fahrt, weil Colón weitere unbekannte Inseln vermutete.

Sie steuerten die Insel Hispaniola[27] an, auf der einige Besatzungsmitglieder der ersten Überfahrt zurückgeblieben waren, weil sie keinen Platz mehr auf den beiden Schiffen fanden. Sie bekamen den Auftrag, Gold zu suchen und zu deponieren. Doch bei seinem Eintreffen erwartete Colón eine Tragödie. Der Stützpunkt war abgebrannt, die Siedler waren tot, gestorben infolge des ungewohnten Kli-

27 Das heutige Haiti.

mas, ermordet im Kampf um Gold und Indiofrauen oder bei einem Überfall getötet.

Nachdem er die Toten hatte bestatten lassen, setzte Colón erneut Segel und suchte nach Cibao[28], wo er große Goldminen vermutete. Durch ungünstige Winde musste er jedoch an einer anderen Stelle anlegen und gründete das Fort Isabél. Es bestand nur aus winzigen Hütten und einer behelfsmäßigen Kapelle. Am Dreikönigstag wurde in dieser Kapelle, die mit von Königin Isabél gestifteten roten Tüchern geschmückt war, die Heilige Messe gelesen. Danach begab sich der Generalkapitän mit fünfhundert Mann auf den Marsch über die Insel.

Und endlich schien ihnen das Glück hold. Eingeborene tauschten Goldklümpchen gegen kleine Glöckchen. Innerhalb weniger Tage hatten die Eroberer mehr als zehn Kilogramm Gold angehäuft.

Nur den Palast des Kaisers von Cipangu fanden sie nicht. Trotzdem war Cristóbal Colón überzeugt, dass es sich bei Cibao um das legendäre Cipangu handelte.

Er konzentrierte sich nun auf die Suche nach Cathay. Dazu musste er laut seiner Karte durch die Meerenge von Malakka und den Golf von Bengalen segeln, um den indischen Kontinent zu erreichen. In der Küste, die er vor sich sah, glaubte er endlich das indische Land erreicht zu haben. Die vielen Sandbänke und Vorinseln ließen jedoch eine Landung nicht zu. Der mitgereiste Notar Pérez de Luna stellte eine Urkunde aus, die bewies, dass das Schiff das Ufer des asiatischen Kontinents erreicht hatte. Darauf musste die gesamte Mannschaft den Eid schwören. Colón drohte damit, wer später das Gegenteil behaupte, der müsse mit einer Strafe von zehntausend Maravedí und dem Verlust seiner Zunge rechnen.

Während er anschließend fünf Monate auf die Suche nach Cathay ging, ernannte er, der Vizekönig, selbstherrlich seinen Bruder Bartolomé zum Provinzgouverneur von La Isabél.

Während Colóns Abwesenheit kam es zur Katastrophe. Die spani-

---

28 Langgestrecktes Tal im NW von Hispaniola.

schen Kolonisten versagten die Disziplin und plünderten in die eigene Tasche, begingen Grausamkeiten gegenüber den Eingeborenen oder erlagen Krankheiten. Und Cristóbal Colón fand das sagenhafte Cathay nicht.

Der Kapitän griff bei seiner Rückkehr hart durch, bestrafte einige Kolonisten, indem er sie auspeitschen oder aufhängen ließ. Da immer noch kaum Gold vorhanden war, nahm er eintausendfünfhundert Indios gefangen und schickte sie anstelle von Gold als Sklaven nach Spanien. Die verbliebenen Indios sammelten sich zu einem Aufstand gegen die fremden Eroberer. Deren Waffen waren sie jedoch hoffnungslos unterlegen. Ihr mutiger Aufstand erstickte im Blut.

Auch hier griff Cristóbal Colón mit ganzer Strenge durch. Von den besiegten Indios verlangte er alle drei Monate eine bestimmte Menge Gold. Daraufhin flüchteten die Indios in die Berge.

In Spanien wurde Isabél auf die Probleme jenseits des Ozeans aufmerksam und sandte einen Sonderbeauftragten, um gegen den Vizekönig zu ermitteln.

Die Ankunft des Sonderbeauftragten empfand Cristóbal Colón als einen schweren Schlag, zumal viele seiner Leute gegen ihn aussagten. Immer wieder versuchte er, die Ermittlungen zu hintertreiben. Schließlich sah er als einzigen Ausweg, selbst nach Spanien zurückzukehren und den Majestäten persönlich Rechenschaft abzulegen.

Kardinal Mendoza lag im Sterben. Nach den katholischen Majestäten war er der mächtigste Mann im Reich. Hinter vorgehaltener Hand sprach man vom dritten König. Nun wich die Kraft aus seinem alten, von den diesseitigen Genüssen geschwächten Körper. Doch es war nicht Mendozas Körper, sondern dessen Geist, den Isabél vermissen würde.

Vor siebenundsechzig Jahren als vierter Sohn von López de Mendoza, einem der hervorragendsten spanischen Lyriker und zugleich Politiker, geboren, war für ihn der kirchliche Werdegang vorgesehen.

Von seinem Vater hatte er den wachen Geist und ein Gespür für politische Realitäten geerbt. Nach dem Studium an der berühmten Universität von Salamanca begann er eine unvergleichliche Karriere vom einfachen Pfarrer im Städtchen Hita bis zum Kardinal. Doch stand er immer im Schatten von Carillo, dem Erzbischof von Toledo. Weil Carillo ihm den Kardinalshut neidete, schaffte es Mendoza nicht, der erste Mann in der kastilischen Kirchenhierarchie zu werden. Die Rivalität der beiden Männer gipfelte in der kriegerischen Auseinandersetzung in der Schlacht von Toro, als Mendoza den Sympathiewechsel zu Isabél vollzog. Schon frühzeitig hatte er erkannt, dass er an der Seite der zielstrebigen und machtbewussten Isabél die Ordnung im Staate wiederherstellen konnte.

Er setzte die von Isabél gewünschte Entmachtung des Adels durch. Die ihm von Rom verliehene Kardinalswürde und das ihm nach dem Tode Carillos übertragene Erzbistum Toledo beförderten ihn schließlich zum Oberhaupt der kastilischen Kirche.

So hoch sein kirchliches Amt auch war, er zog die weltlichen Genüsse den jenseitigen Ungewissheiten vor. Er verabscheute weder Luxusgüter noch hielt er sich an das Gebot des Zölibats. Von seinen zahlreichen Nachkommen, die ihm ebenso zahlreiche Mätressen schenkten, erkannte er drei Söhne offiziell an.

Isabél sah ihm diese menschliche Schwäche großzügig nach. Seine Verpflichtung und Treue zur Monarchie, sein Bekenntnis zur Neuordnung des Staates unter einer fast absolutistisch herrschenden monarchischen Regierung waren Isabél wesentlich mehr wert. Sie konnte sich auf den gebildeten und mit politischen Qualitäten ausgestatteten Kirchenfürsten als Ratgerber und Mitstreiter voll verlassen.

Bestürzt eilten Isabél und Fernando an Mendozas Totenbett. Don Pedro Gonzalez war nur noch ein Schatten seiner selbst. Zitternd hob er seine ausgemergelte, mit Altersflecken bedeckte Hand. Isabél nahm sie in ihre. Seine Stimme war nur noch ein Flüstern.

»Es ist Zeit, diese Erde zu verlassen und vor meinen Richter zu treten.« Seine Hand schloss sich fester um Isabéls Hand. »ER wird darüber urteilen, wie schwer meine Schuld wiegt.«

»Ihr habt doch keine Schuld auf Euch geladen«, widersprach Isabél. »Und wenn, dann war es im Dienste der heiligen Sache.«

Der Kardinal lachte trocken auf und bekam einen Hustenanfall. Zwei Mönche, die stumm hinter dem Bett standen, eilten zu ihm und richteten seinen Oberkörper auf. Qualvoll rang Mendoza nach Luft, dann hob er die Hand zum Zeichen, dass er wieder liegen wolle.

»Ich habe Schuld auf mich geladen, über die Gott richten wird. Aber bevor ich vor IHN trete, muss ich noch einiges wieder gutmachen. Ihr müsst mir dabei helfen, Hoheit, versprecht es mir.«

Isabél schwieg, beugte nur leicht den Kopf zu ihm, um ihn besser verstehen zu können.

Einen Augenblick sammelte Mendoza Kraft, um weitersprechen zu können.

»Begangenes Unrecht muss wieder gutgemacht werden«, ächzte er. »Schließt endlich Frieden mit Frankreich! Dieser ewige Krieg muss aufhören. Frankreich ist ... ist Euer Nachbar. Zu Nachbarn soll man doch ... gute Beziehungen haben.« Er schloss matt die Augen. Als er sie wieder öffnete, blickten sie außergewöhnlich klar.

»Versprecht mir, dass Ihr das Erzbistum Toledo keinem Vertreter des Adels gebt. Der Adel ... die Granden ... sind grausam und undankbar. Sie ... sie sehen nur ihren eigenen Vorteil. Toledo ... ist zu schön und kostbar ... um von diesen gierigen Insekten ausgesaugt zu werden.« Er atmete schwer, und seine Lippen bewegten sich stumm. »Ich kann nicht sterben, ohne mein Gewissen zu entlasten.«

»Der Priester wird Euch die Beichte abnehmen und Absolution erteilen«, tröstete Isabél.

Mendoza schüttelte schwach den Kopf. »Es ist ... die Infantin Juana. Wir haben ihr Unrecht getan. Es gibt ... diese Abmachung ... die Ihr einhalten müsst. Verheiratet Euren Sohn Juan mit Juanita. Sie ist ... die legitime Thronerbin ...«

Isabél ließ seine Hand los, die kraftlos auf die Bettdecke fiel. Ihr Gesicht versteinerte sich. Der Kardinal konnte es nicht sehen, er hielt seine Augen geschlossen. Dann kniete sie neben dem Sterbebett nieder und betete.

Als sie das Zimmer verließ und sich die Tür hinter ihr schloss, wandelte sich ihre Miene.

»Er hat schon den Verstand verloren«, sagte sie hart zu Fernando. »Er phantasiert und weiß nicht mehr, was er sagt.«

Selbst in seiner Todesstunde war sie nicht bereit, diesem Mann, der ihr nicht nur in den schwersten Stunden ihres Lebens beigestanden und ihr den Thron gesichert hatte, Dankbarkeit zu gewähren. Seine Gewissensbisse über die angewandten Mittel zu Isabéls Thronbesteigung überspielte sie mit politischem Kalkül. Sollte er es vor Gott verantworten. Hier auf Erden würde sie alles dafür tun, damit das Rad der Geschichte nicht wieder zurückgedreht wurde!

ॐ

Zum Verdienst der einflussreichen Mendoza-Familie gehörte es, die in den Familien ihrer Untertanen begabten Sprösslinge zu erkennen und zu fördern. So erging es auch dem aus einer Hidalgo-Familie stammenden Francisco Jimenéz de Cisneros, der auf einem Lehen der Mendozas geboren wurde. Seine Eltern waren Gutspächter und kaum in der Lage, dem Sohn eine angemessene Ausbildung zuteil werden zu lassen. Die Mendozas erkannten die außergewöhnliche Begabung des Jungen und finanzierten ihm ein Studium an der Universität Salamanca. Er belegte die Disziplinen der Rechtswissenschaften und Theologie. In Rom wurde er zum Priester geweiht.

Als Erzdiakon von Ulceda erregte er die Aufmerksamkeit Carillos. Die beiden charakterlich sich ähnelnden Männer gerieten jedoch sehr bald in Streit, und Carillo ließ ihn ins Gefängnis werfen.

Selbst die langjährige Haft beugte den streitbaren und strengen Mönch nicht. Später nahm Pedro Gonzales de Mendoza ihn als Generalvikar in seine Dienste und mit nach Toledo.

Bescheiden in seinen Ansprüchen und mehr zum geistlichen als zum weltlichen Leben hingezogen, zog sich Jimenéz jedoch in das Franziskanerkloster de la Salceda zurück. Mit Fasten und Beten, in strenger Askese und entrückt der Welt wollte er dort sein Leben beschließen.

Doch die Mendozas hatten ihn nicht auf die Universität geschickt, damit er sich in ein Kloster zurückzog. Don Pedro Gonzales bedrängte ihn, das Kloster zu verlassen und an den kastilischen Hof zu kommen. In dem so ereignisreichen Jahr 1492 benötigte Isabél einen Nachfolger für ihren Beichtvater Talavera. Kardinal Mendoza schlug der Königin seinen ehemaligen Großvikar vor. Isabél war von seiner bescheidenen, asketischen Lebensweise, von seiner hohen Intelligenz und seiner völligen Hingabe zum Glauben sehr angetan. So ernannte sie ihn zu ihrem Beichtvater.

Entsprechend Mendozas Wunsch auf dem Sterbebett sollte das Erzbistum Toledo keinem der selbstsüchtigen Adligen zufallen. Isabél sorgte dafür. Francisco Jimenéz hatte keine Ahnung, als er zu Isabél geladen wurde.

Mit einem wissenden Lächeln überreichte sie ihrem neuen Beichtvater eine Pergamentrolle.

»Wir haben Post aus Rom bekommen. Da war auch ein Brief an Euch dabei.«

Mit verwunderter Miene nahm Cisneros den Brief entgegen und blickte auf die Anschrift. »Francisco Jimenéz de Cisneros, designierter Erzbischof von Toledo«, las er.

Er blickte auf, und seine Augen trafen Isabéls erwartungsvollen Blick.

»Verzeihung, Majestät, aber dieser Brief ist nicht für mich.«

Mit diesen Worten gab er der Königin das Pergament zurück, verbeugte sich und verließ den Saal.

Für einen Augenblick war Isabél sprachlos. Die Zeugen dieses unerhörten Vorfalls hielten den Atem an. Eine derartige Brüskierung der Königin konnte nur die Ungnade der Majestäten nach sich ziehen.

Doch plötzlich lachte Isabél auf. »Diese Bescheidenheit gefällt mir. Die meisten anderen hätten lieber den Boden abgeleckt, um dieses Amt zu erhalten.«

Gutierre de Cetina, einer der Berater Fernandos, beugte sich zu Isabél. »Majestät, wollt Ihr das wirklich durchgehen lassen?«

»Fray Francisco Jimenéz ist ein kluger Mann. Er wird darüber nachdenken und zusagen.«

In der Tat hielt Jimenéz mit sich Rat und wog das Für und Wider des Amtes ab. Kirchenfürsten regierten mit Pracht und Autorität fast wie weltliche Fürsten. Dem Mönch, der das Gelübde der Armut abgelegt und absoluten Gehorsam im Sinne der Ordensregel geschworen hatte, war das mit diesem Amt verbundene ausschweifende Leben ein Greuel. Doch gleichzeitig gab ihm dieses Amt die Möglichkeit, gegen ebendieses ausschweifende Leben in der gesamten Kirche Kastiliens vorzugehen.

Nach einer Nacht im Gebet entschied sich der Mönch, das hohe Amt anzunehmen. Bruder Francisco Jimenéz de Cisneros wurde als Nachfolger von Don Pedro Gonzales de Mendoza Erzbischof von Toledo und Primas der kastilischen Kirche.

Sorgen mit den Schwiegerkindern

Kastilien lag Isabél zu Füßen, Europa hofierte die kastilischen Monarchen. Isabél hatte den gewaltigen Berg erklommen, den Gott vor ihr aufgetürmt hatte. Nun stand sie auf dem Gipfel ihrer Macht. Doch auch in diesem für sie so bedeutsamen Augenblick schaute sie nicht ein einziges Mal zurück. Sie wartete auf das altbekannte und mittlerweile zum Selbstverständnis gewordene prickelnde Gefühl. Und es stellte sich ein wie ein Rausch, wie eine Droge, nach der sie süchtig war. Sie würde ihr Leben dafür geben, dieses Gefühl zu verspüren, und sie würde ihr Leben dafür geben, diese Macht zu behalten.

Wer sollte sie ihr auch streitig machen? Die kastilischen Könige genossen in Europa ein ungeheures Ansehen. Kastilien und Aragón, zwei Kronen über einem großen Reich, beherrschten die spanische Halbinsel. Die Eroberung Indiens auf dem westlichen Seeweg erhob Spanien zur Großmacht. Es war eine gewaltige Leistung für einen einzelnen Menschen, eine noch größere Leistung für eine Frau, in einem Land, wo seit jeher der Mann das Sagen hatte.

Vielleicht musste Isabél aus diesem Grund noch mehr Kraft, Willensstärke und Härte aufbringen als ein Mann an ihrer Stelle. Aber sie machte keine Besonderheit daraus, denn im Wesen blieb sie immer noch eine Frau. Ihr größtes Glück waren ihre Kinder. Wenn es um ihre Töchter, besonders aber um ihren einzigen Sohn ging, dann verlor sie ihre bedingungslose Härte. Die strenge und konsequente Erziehung ihrer Kinder diente einzig und allein deren Wohl – der systematischen Vorbereitung auf ihre Aufgabe und der Festigung ihrer Position. Sie sollten nicht wie ihre Mutter – und hier erlaubte sie sich einen einzigen kleinen Rückblick auf ihre Vergangenheit – unvorbereitet mit einer derartig gewaltigen Aufgabe konfrontiert werden. Juan wurde von frühen Kindesbeinen an auf die Thronfolge vorbereitet, aber auch die vier Töchter, so unterschiedlich sie in ihrem Wesen und Charakter auch waren, erfuhren eine umfassende Bildung und Erziehung, die ihrem Stand und ihrer zukünftigen Aufgabe entsprachen.

Den Rückschlag mit ihrer verwitweten ältesten Tochter hatte Isabél bereits überwunden. Die Aussicht auf König Manuels Hand, der heftig um die Infantin warb, versöhnte Isabél mit dem Schicksal. Ihre sich in religiöser Zurückgezogenheit verschanzende Tochter würde ihren Widerstand bald aufgeben, dessen war sie sich sicher.

Zunächst jedoch wollte sie dem Gipfel ihrer Macht noch eine Krone aufsetzen. Eigentlich waren es zwei Kronen, denn die abgeschlossenen Abkommen mit dem deutschen Kaiser und Habsburger Maximilian sahen eine prunkvolle Doppelhochzeit vor. Ganz Kastilien sollte an den Ereignissen teilhaben, und so sparte Isabél nicht mit Farben, dieses prächtige Bild auszumalen.

Im November des Jahres 1496 fanden die Hochzeitsfeierlichkeiten in Valladolid mit königlichem Prunk statt, allerdings ohne die Brautleute selbst. Dafür demonstrierte Isabél vor aller Welt Macht, Reichtum und Glanz der spanischen Königreiche. Eine Flotte von einhundertdreißig Schiffen mit zwanzigtausend Mann Besatzung sollte auf dem Atlantik nordwärts segeln, um die Infantin Juana zu ihrem Gemahl nach Flandern zu bringen.

In den Laderäumen der Schiffe stapelten sich fünfundachtzig Pfund Räucherfleisch, fünfzigtausend Heringe, eintausend Hühner, zehntausend Eier und vierhundert Fässer Wein.

Auch die Zahl des Personals war beeindruckend. Hunderte von Kammerherren und Ehrendamen, Höflingen und Schildknappen, Hofkaplanen und Schatzmeistern, Pagen und Hofmeistern, Mägden, Köchen und Zofen begleiteten die Infantin. Allein der Kommandant des Geschwaders, Federico Enriquez, nannte ein Gefolge von vierhundertfünfzig Personen sein Eigen.

Jeden Einzelnen hatte Isabél persönlich ausgesucht und sich dabei auf den Rat von Vertrauten verlassen. Zuallererst und am wichtigsten war Juanas Beichtvater, der sie nach Flandern begleiten würde. Auch dabei holte sie sich Rat. Don Diego de Villaescusa wurde von Jímenez de Cisneros empfohlen. Das genügte Isabél.

Die umfangreichen Vorbereitungen für die Fahrt dauerten bis in den Sommer des nachfolgenden Jahres. Endlich, am 20. Juli anno 1496 sollten die Schiffe aus dem Hafen von Laredo an der Biskaya auslaufen.

Zu Juanas Kummer wurde sie nur von ihrer Mutter nach Laredo begleitet. Sie hatte gehofft, der König würde es tun. Juana hing mit abgöttischer Liebe an ihrem Vater und betrieb einen fast morbiden Kult um ihn. Einzig von ihm fühlte sich die Prinzessin verstanden. Allerdings verbarg sie ihre Liebe zum König vor der Öffentlichkeit. Die meisten hielten Juana für ein verschlossenes, fast störrisches Kind, das sich mit niemandem, auch nicht mit seinen Geschwistern vertrug.

Isabél mochte ihre Tochter wegen ihres schon als Kind auffallend absonderlichen Wesens nicht besonders. Juana spürte diese innere Ablehnung ihrer Mutter und strafte sie deswegen mit Lieblosigkeit und innerer Auflehnung. Auch ihre Geschwister gingen Juana möglichst aus dem Weg. Sie fürchteten ihre bissigen Bemerkungen und Bösartigkeiten, die unvermittelt und unerwartet aus ihr hervorbrachen.

Hatte sich die Sechzehnjährige mit scheinbar stoischer Gelassenheit in ihr Schicksal gefügt, so schien es ihr jetzt, da sie die Planken des Schiffes betrat, als drohten schwarze Wolken am Horizont. Auch das Wetter verschlechterte sich ein Sturm kam auf und hinderte die Flotte am Auslaufen.

Die Reise nach Laredo hatte Isabél angestrengt. Machte es ihr in früheren Jahren nichts aus, tagelang auf dem Pferderücken zu verbringen, so kostete sie jetzt eine Reise viel Kraft. Ihr Rücken schmerzte, oft litt sie unter Schwindel und Kopfschmerz. Die Reise in einer Sänfte ging viel zu langsam vonstatten, und die unbequemen Wagen auf den holprigen Straßen marterten ihren Körper über die Maßen. Ihre selbst anerzogene Haltung ließ es nicht zu, dass sie sich ihre Schwäche anmerken ließ. Sie blieb zwei Tage an Bord und versuchte, Juana zu trösten, die plötzlich in Tränen ausbrach.

»Ich spüre ein Unglück«, schluchzte die Infantin. »Das Schicksal meint es nicht gut mit mir.«

»Du solltest stolz darauf sein, Kastilien in einem fremden Land repräsentieren zu dürfen. Du musst Größe zeigen und Nachsicht, Entschlossenheit und . . .« Sie stockte, weil Juana gar nicht zuhörte.

Die Infantin rang die Hände. »Ich habe Angst.«

Isabél strich ihr übers Haar. »Unsinn, das redest du dir nur ein«, meinte sie lächelnd. »Es geht jedem jungen Mädchen vor seiner Hochzeit so. Meinst du, ich wäre nicht aufgeregt gewesen, damals, als ich deinen Vater ehelichte? Es ist ein bedeutungsvoller Tag im Leben eines jeden Mädchens. Sie wird zur Frau.«

Juana schien daran keinen Gefallen zu finden und vergoss ganze Sturzfluten von Tränen.

»Du musst dich auch nicht ängstigen deswegen. Die Ehe ist etwas Wunderbares, auch wenn die alten Frauen etwas anderes erzählen. Sie haben nur vergessen, dass es nicht nur eine Erfüllung der Pflicht ist. Du bekommst einen jungen und sehr schönen Mann. Das macht manches leichter. Vertrau Gott, er wird dich leiten, so wie er mich geleitet hat. Und du wirst deinem Mann viele schöne Kinder schenken.«

»Und . . . und wenn er mich gar nicht mag?« Juana hatte bereits das vierte Schnupftuch mit ihren Tränen durchnässt und drückte es ihrer Mutter in die Hand.

»Ich bin überzeugt, er mag dich nicht nur, sondern er liebt dich. Und du wirst ihn auch lieben. Liebe, das ist ein himmlisches Gefühl. Du fühlst dich zu deinem Gatten hingezogen wie der Schmetterling zu einer süß duftenden Blume. Umgekehrt ist es natürlich auch so.«

Mein Gott, was rede ich da?, dachte Isabél im Stillen. Was Liebe ist, das hatte sie nie wirklich erfahren. Selbstverständlich hatte sie Fernando beizeiten durchschaut, dass seine Liebe zu ihr die Liebe zur Sicherheit einer gefestigten Position, die Liebe zur Sicherheit der königlichen Macht, die Liebe zur Sicherheit der Dynastie war. Sie hatte auf Fernandos Liebe keinen Wert gelegt. Sie wollte geachtet und respektiert werden, und das tat er. Er war niemals treu, dafür war er ein Mann. Männer konnten nicht treu sein, da hatte Gott wohl bei ihnen eine besondere Schwäche eingepflanzt. Juana würde das auch noch erfahren. Aber jetzt war es Isabéls Aufgabe, die Infantin zu beruhigen. Und da waren auch Märchen erlaubt.

ꝏ

Juana stand an Deck des Schiffes und blickte mit starren Augen zum Ufer. Die Menschen am Hafen, die ihr zuwinkten, wurden immer kleiner. Dass ihr Vater sie nicht verabschiedet hatte, schmerzte ungemein. Aber vielleicht war es auch besser so, denn ihn am Ufer zurückbleiben zu sehen, hätte sie wohl nicht verkraftet.

Am strengen Königshof hatte sie lernen müssen, sich zu beherrschen. Sie wollte ihrer Mutter nicht den Triumph gönnen, dass sie in Verzweiflung verfiel. Vielleicht hätte diese sogar wieder über sie gespottet.

»Hoheit, Ihr solltet unter Deck gehen. Der Wind ist recht rau.«

Die maurische Zofe legte sorgsam einen Umhang um Juanas Schultern.

Die Infantin rührte sich nicht, starrte immerfort auf das scheinbar im Meer versinkende Ufer. Schweigend zog sich die Zofe zurück. Sie wusste, dass Juana sprunghaft und launig war. Ohnehin konnte niemand ihre Gedanken erahnen.

Juana war die hübscheste der kastilischen Infantinnen. Sie glich auf verblüffende Weise ihrer aragonesischen Großmutter Joana. Mit ihrem schwarzen Haar und den grünen Augen war sie eine Schönheit. Der leichte Silberblick, den sie von ihrem Vater geerbt hatte, tat dieser Schönheit keinen Abbruch.

Isabél nannte Juana manchmal spöttisch »meine kleine Schwiegermutter.« Juana hasste es, denn sie wollte mit niemandem verglichen werden.

Doch Juana war nicht nur schön, sondern auch intelligent. Mit ihrer schnellen Auffassungsgabe lernte sie mehrere Sprachen. Sie spielte mehrere Instrumente und kannte sich in den Wissenschaften, der Kunst, Philosophie und griechischen Literatur aus. Sie wollte ihrem Vater gefallen und erhoffte sich von ihm Lob und Anerkennung. In der Tat war das Königspaar stolz auf Juana und präsentierte die kluge und schöne Tochter gern in der Öffentlichkeit und vor Besuchern. Auch das hasste Juana, wie sie auch äußerst ungern offizielle Anlässe wahrnahm. Sie mochte keine fremden Menschen und fürchtete sich vor ihrer Zukunft in einem fremden Land, mit fremden Menschen, mit fremden Sitten – und vor einem fremden Gatten.

Sie hatte Philipp noch nie gesehen. Während der Seereise versuchte sie sich auszumalen, wie das erste Treffen vonstatten gehen würde. In Kastilien gab es ein Hofprotokoll, ein überaus strenges, das ihr in Fleisch und Blut übergegangen war. Sie hatte es stundenlang einüben müssen, und Isabél achtete bei allen offiziellen Anlässen auf strengste Einhaltung. In Flandern würde es anders sein. Aber wie anders? Juana konnte es sich nicht vorstellen.

Das Wetter verschlechterte sich wieder. Die Wellen türmten sich auf und schaukelten die schwer beladenen Karavellen wie Spielzeug hin und her. Juana, die das Meer nie zuvor kennen gelernt hatte, ängstigte sich fast zu Tode. Zudem wurde fast die gesamte Dienerschaft von der Seekrankheit erfasst. Grün im Gesicht und von schrecklicher Übelkeit übermannt, wünschten sich die meisten zu sterben.

Der Sturm forderte seinen Tribut: Zwei der Schiffe kenterten und sanken. In einem von ihnen befand sich Juanas gesamte Aussteuer!

Auch Juana blieb von der Seekrankheit nicht verschont. Das Schaukeln und Stampfen des Schiffes, die ungewohnte Enge der Kajüte, die Kälte und Nässe griffen ihre Gesundheit an. Zwischen Erbrechen und apathischer Mattigkeit versuchte sie zu beten, ihre Angst zu bekämpfen und auf ein Wunder zu hoffen. Kaum jemand konnte ihr beistehen. Kapitän Enriquez gelang es mit letzter Kraft, den Rest der Flotte im englischen Portland in den sicheren Hafen zu bringen. Dort wurden die Schiffe notdürftig repariert. Erst im September konnten sie die Fahrt fortsetzen.

Nach zwei Monaten erreichten sie endlich Middelburg in Flandern.

Juana hatte sich nicht erholt. Eine Erkältung schwächte sie, sie zitterte vor Kälte, und ihre gesamte Kleidung war feucht geworden.

Mit letzter Kraft und dank der straffen Schnürung ihres Kleides hielt sie sich aufrecht, um würdevoll ihrem zukünftigen Gatten entgegenzutreten.

Als sie an der Hand des Kapitäns den Landungssteg herunterschritt, blickte sie in die staunenden und neugierigen Gesichter von Hafenarbeitern, Seeleuten und Straßenhändlern. Sie liefen zusammen, als die Flotte den Hafen ansteuerte. So viele Schiffe auf einmal hatten sie in ihrem Leben noch nicht zu Gesicht bekommen. Das konnte nur eines bedeuten: Krieg!

Als dann statt einer Horde von Soldaten ein zitterndes, grüngesichtiges Mädchen über den Steg wankte, fand ihr Erstaunen keine Grenzen.

Königin Isabél hatte einen Eilkurier gesandt, der Kaiser Maximilian und seinen Sohn Philipp von der Ankunft der Infantin unterrichten sollte. Doch weder vom Kurier noch von Maximilian oder Philipp war etwas zu sehen.

Irritiert blickte Juana sich um. Kein Empfangskommitee, kein festlich geschmückter Hafen, keine Musik und Freudentänze. Ihr wurde noch unbehaglicher zumute, als ihr ohnehin schon war. Sie begriff nur eines: Philipp war nicht da! Demütigender konnte der Empfang einer Braut und kastilischen Prinzessin nicht sein.

ꟷ

Am liebsten wäre Juana auf der Stelle umgekehrt und zurück nach Kastilien gereist. Aber das war unmöglich! Abgesehen von den schrecklichen Strapazen der Seereise, würde es eine politische Katastrophe, ja sogar einen Krieg zwischen Habsburg und Kastilien auslösen.

Juana war den Tränen nahe, als sie in einem bescheidenen Bürgerhaus in Middelburg Quartier nahm, um sich zu erholen, während die Schiffe entladen wurden.

Mehr als einmal hatte sie sich ihre Ankunft in Flandern und den Empfang durch Philipp ausgemalt. Doch in ihren schlimmsten Albträumen hätte sie nicht erwartet, was hier geschah. Ihre Dienerschaft war damit beschäftigt, ihre Kleidung und Habseligkeiten zu ordnen und zu trocknen. Ihre gesamte Aussteuer lag auf dem Grund des Meeres, und die Menschen hier betrachteten sie und ihr Gefolge wie exotische Tiere aus dem fernen Afrika. Zudem wehte ständig ein rauer, feuchter Wind, der ihr das Atmen zur Qual machte. War sie in Kastilien schon die Außenseiterin ihrer Familie gewesen und von allen gemieden und ungeliebt, so fühlte sie sich in Flandern gänzlich verloren. Die bösen Vorahnungen hatten sie nicht getrogen.

Während sie vor einem Kamin saß und mit heißem Tee ihre Erkältung zu bekämpfen versuchte, wurde ihr die Prinzessin von Burgund gemeldet. Es war Maria Manuel de la Cerda, die mit einem flämischen Adligen verheiratet war und Juana in den ersten Wochen begleiten sollte.

»Doña Juana, es tut mir unendlich leid«, klagte sie und rang die Hände. »Der Kurier, der Eure Ankunft melden sollte, konnte wegen der Unstimmigkeiten zwischen Frankreich und Spanien nicht über Land reiten, sondern musste ein Schiff nehmen und der Flotte folgen.«

Juana, deren Verwirrung über den ausgebliebenen Empfang mittlerweile in Verärgerung und Unwillen umgeschlagen war, richtete sich auf.

»Der Flotte gefolgt?«, fragte sie fassungslos. »Also wusste niemand hier in Flandern von unserer Ankunft?«

Die Prinzessin schüttelte mit einem Ausdruck von Verzweiflung den Kopf.

»Und ... und wo befindet sich der Prinz jetzt?«

»In Tirol«, erwiderte Doña Maria mit belegter Stimme. »Er ... er befindet sich mit seinem Vater ... auf der Jagd.«

Juana ballte die Fäuste und schlug hart auf den Tisch, dass die Teetasse heruntersprang.

»Ich danke für die Aufmerksamkeit, die man Kastilien entgegenbringt!«, rief sie sarkastisch. »Ich hoffe, Ihre Majestäten hatten eine gute Jagd!«

Sie ließ sich wieder in den Lehnstuhl sinken und verschloss ihre Miene.

»Doña Juana, es sind bereits Kuriere unterwegs nach Tirol, um Ihre Majestäten zu unterrichten«, erwiderte Doña Maria. »Es sei Euch versichert, dass sich ganz Flandern auf Eure Ankunft freut.«

»Danke, das habe ich bereits im Hafen erfahren.« Juana blieb unversöhnlich. Immerhin war sie eine kastilische Infantin! Eine derartige Ignoranz empfand sie schlichtweg als demütigend.

Doña Marias zerknirschte Miene konnte sie auch nicht aufheitern.

»Doña Juana, schon morgen geht Eure Reise nach Antwerpen weiter. Ihr werdet sehen, dass Ihr überall herzlich willkommen geheißen werdet.«

Doña Maria hatte nicht übertrieben. Über Nacht hatte sich die Kunde von der Ankunft der königlichen Braut in Windeseile verbreitet. Während Juana erstaunt das seltsam flache Land mit seinem tief verhangenen grauen Himmel, den hellhäutigen Bewohnern und der dunkelbraunen, fruchtbaren Erde betrachtete, jubelten ihr die Menschen begeistert zu. Auch sie staunten über die rassige Schönheit in dem prachtvollen Gewand, bestaunten die vielen Maultiere und braungebrannten Menschen in ihrer Begleitung. In jedem Ort, den sie durchquerten, wurde ein rauschendes Fest gefeiert.

Es musste ein reiches Land sein. Die Menschen wirkten wohlgenährt, sie trugen Kleider aus guten Tuchen, die Kühe auf den grünen Weiden waren fett, und selbst die Hühner sahen kräftiger aus als die kastilischen. Zu Juanas Überraschung trugen alle Leute, auch die einfachen und die Kinder, Schuhwerk aus Leder. In Kastilien war es üblich, barfuß zu gehen, und nur sehr reiche Familien konnten sich Lederschuhe oder Stiefel leisten. Einige Male beschlichen Juana Zweifel, ob Kastilien wirklich so reich und mächtig war, wie es sich selbst darstellte. Natürlich würde sie diese Zweifel niemals äußern. Sie versteckte ihre Verwunderung hinter einer unnahbaren Miene und dankte den vielfältigen Huldigungen nur zuweilen durch ein eisiges Lächeln.

Die Trauung sollte in Lier vollzogen werden, einem Ort zwischen Antwerpen und Mechelen. Juanas Spannung steigerte sich, ohne dass sie es zeigte. Die schreckliche Seereise, die Enttäuschung bei ihrer Ankunft, der seltsame Zug durch das fremde Land, alles verwirrte und beunruhigte sie. Und die Enttäuschung wuchs, als sie Lier erreichten. Philipp war immer noch nicht da!

Diese Tatsache war für Juana so niederschmetternd, dass sie am liebsten im Boden versunken wäre. Zudem war der Zeremonienmeister darauf bedacht, ihr sämtliche burgundischen Hofetiketten vorzutragen, an die sie sich zu halten hätte. Da Philipp zudem Herzog von Burgund war, hielt man das starre und prunkvolle burgundische Hofzeremoniell für den Anlass angemessen.

Noch während der Zeremonienmeister ihr mit monotoner Stimme, übersetzt von Doña Maria, die ellenlange Liste mit den Verhaltensregeln vortrug, vernahm Juana Lärm vor dem Palais. Hufgetrappel, Soldatenschritte, Rufe – Erzherzog Philipp war eingetroffen!

Hinterher hätte Juana nicht sagen können, warum sie jeglicher Etikette zuwider und bar jeder königlichen Haltung ihre Röcke raffte und den Saal hastig verließ. Die Höflinge und Dienerschaft, vor allem aber Doña Maria und der Zeremonienmeister, waren derart überrascht, dass sie überhaupt nicht reagierten.

Mit fliegenden Röcken, wehenden Haaren und flinken Füßen eilte Juana die Treppe hinab, hinaus auf die Straße.

Philipp, erhitzt vom schnellen Ritt, sprang gerade vom Pferd und warf einem Stallburschen die Zügel zu, als Juana aus dem Palast eilte. Er drehte sich um und blieb stehen. Wortlos und fasziniert starrte er die zauberhafte Schönheit an, die im vollen Lauf plötzlich stehen blieb und ihn ebenso anstarrte.

Juanas Herz stockte für einen Augenblick, und sie glaubte, ohnmächtig werden zu müssen. Und doch blieb sie stehen, in Erwartung, dass der Anblick des Prinzen der Gipfel all der Katastrophen der letzten Tage, Wochen und Monate sein würde. Was sie sah, raubte ihr tatsächlich den Atem.

Philipp war schön! Sie hatte noch nie so einen schönen Mann gesehen. Obwohl sein Gesicht schmutzig vom Staub der Straße war, seine Kleidung mit Schlamm bespritzt, sein blondes Haar vom Schweiß verklebt, versetzte sein Anblick Juana in einen Zustand der totalen Verzückung. Sie war nicht imstande, sich zu rühren, sog immer noch seinen Anblick in sich auf. Auch ihre Mutter besaß blondes Haar und blaue Augen, aber bei diesem Mann wirkte es ungleich anziehender, begehrenswerter, überwältigender. Wie betäubt stand sie da, unfähig, ein Wort zu sprechen. Er hätte sie ohnehin nicht verstanden. Philipp sprach kein Wort Spanisch. Und Juana sprach kein Wort Deutsch.

Beide dachten in diesem Augenblick auch gar nicht daran. Philipp konnte sich Juanas Zauber nicht entziehen. Ein Dolchstoß in seinem Herzen konnte nicht heftiger sein als das, was er bei Juanas Anblick empfand. Als wäre ein Blitz vom Himmel gefahren, der beide gleichzeitig traf, so erglühten sie vor einer augenblicklichen Leidenschaft und Anziehung, die nicht einen Pulsschlag lang mehr Aufschub ertrug.

Juana ging einen Schritt auf Philipp zu, Philipp einen Schritt auf Juana, und ihre Hände fanden sich zu einer ersten Vereinigung. Ein Zittern und Beben ging durch ihre Körper, das keinem der Umstehenden verborgen blieb. Wie erstarrt standen die Höflinge und Ehrendamen.

Als Erster gewann der völlig aufgelöste Don Diego Villaescusa die Fassung wieder. »Hoheit, denkt an die Etikette«, flehte er Juana an.

Ohne ihren Blick von Philipps blauen Augen lösen zu können, flüsterte sie: »Padre, traut uns sofort!«

Don Diego schnappte nach Luft. »Was? Hier? Jetzt?«

»Jetzt und hier!« Juana sank auf die Knie und Philipp mit ihr.

Dem Geistlichen wurde es für einen Moment schwarz vor den Augen. Das musste das Ende der Welt sein!

Mechanisch hob er die Hände über die Köpfe der beiden jungen Leute und segnete das Brautpaar. Er hatte kaum die letzten Worte des Segens gesprochen, da sprangen die beiden auf und eilten Hand in Hand in den Palast. Die Tür zu ihrem Gemach fiel schwer ins Schloss und ließ einen schockierten, erstarrten Hofstaat davor zurück.

Während Juana und Philipp ihr Liebesglück genießen durften, musste Margarethe von Österreich, die Braut Don Juans, sich in Geduld üben. Schlechtes Wetter hinderte die Flotte am Auslaufen. Die Spanier saßen notgedrungen in einem Land fest, das ihnen in seiner ganzen Lebensweise fremd war und wo sie sich durch ihre Arroganz und Intoleranz immer unbeliebter machten.

Die Flamen rächten sich auf ihre Weise mit unzähligen kleinen Schikanen an den Spaniern. Das ungewohnte Klima raffte einen Teil der Besatzung dahin. Die Lebensmittel wurden knapp, weil die Einheimischen ihnen nichts verkauften.

Als das Frühjahr anbrach, konnte die Flotte in See stechen, und mit ihr Margarethe. Ihr erging es nicht viel anders als Juana. Zum einen kannte sie ihren zukünftigen Gatten nicht, das Land Kastilien war ihr unbekannt und die Lebensweise dort ohnehin. Dann kämpften die Schiffe mit den Elementen. In der stürmischen Biskaya glaubte Margarethe, ihr Ende sei gekommen. Statt wie geplant in La

Coruña, mussten sie im Hafen von Santander einlaufen, wo sie niemand erwartete.

Die Eheschließung ihres geliebten Sohnes Juan lag Isabél besonders am Herzen. Sie setzte ihre ganze Hoffnung auf diese Verbindung und die Nachkommenschaft, musste Juan doch den Weiterbestand der Dynastie sichern. Die beiden Königreiche Kastilien und Aragón würden dadurch zu einer untrennbaren Einheit verschmelzen und das große Habsburger Reich an sich binden.

Die Feierlichkeiten zur Vermählung fanden in Kastilien bereits einige Monate zuvor statt. Das Volk nahm jede Gelegenheit wahr, wenn es einen Grund zum Feiern gab.

Margarethe war ebenfalls eine Schönheit, wenn auch auf ganz andere Art als Juana. Sie besaß wunderbar blondes Haar wie ein reifes Kornfeld und ausdrucksvolle dunkle Augen. Mit ihren sechzehn Jahren verströmte sie den Liebreiz der Jugend und hinterließ bei den Kastiliern einen unvergesslichen Eindruck.

Als sich Margarethe und Juan zum ersten Mal gegenüberstanden, schien sich die Geschichte zu wiederholen. Es war Liebe auf den ersten Blick! Die heitere Erzherzogin eroberte im ersten Augenblick Juans Herz. Und der hübsche blonde Jüngling mit den blauen Augen und dem gewinnenden Lächeln auf dem weichen Antlitz verzauberte Margarethe.

Die augenscheinliche tiefe Liebe ihres Sohnes nahm auch Isabél sofort für ihre Schwiegertochter ein. Sie überhäufte Margarethe mit Geschenken und schloss sie sofort in ihr Herz.

Allerdings bestand die Königin auf Einhaltung der Etikette. Da Margarethe während der Fastenzeit in Kastilien eintraf, wurde die Trauung verschoben.

»Bitte, verehrte Mutter, lasst uns heiraten«, bettelte Juan. Die Qual der Entsagung war ihm anzusehen. Sosehr Isabél mit ihrem geliebten Sohn litt und ihm sonst kaum einen Wunsch abschlagen konnte, sie blieb hart.

»Mein Engel, es erfüllt mein Herz mit großer Freude, dass du für deine Braut tiefe Liebe empfindest«, sagte sie, und ihre Stimme war so sanft wie ihr Gesichtsausdruck. Sie schien in diesem Augenblick eine völlig andere Person zu sein als die Isabél, die mit aller Strenge und ohne sichtliche Rührung der Verbrennung von Ketzern beiwohnte und eine ganze Völkergruppe aus ihrem Land vertrieben hatte.

»Es ist unsere heilige Pflicht, die Gebote unserer Kirche zu erfüllen, sie zu achten und zu befolgen. Das Heilige Sakrament der Ehe ist ebenso wichtig wie die Einhaltung der Fastenzeit, die uns zur Auferstehung Christi hinführt. Du wirst dich gedulden müssen, ebenso wie deine liebe Braut. Umso erfüllter wird eure Liebe sein. Immerhin ist die Vorfreude die schönste Freude.« Juans flehender Blick zerriss ihr fast das Herz.

»Können … können wir nicht heimlich getraut werden?« Juan konnte seine Ungeduld kaum im Zaum halten.

Isabél schüttelte den Kopf. »Mein Sohn, du sollst einmal dieses Land weiter führen. Für dieses Amt musst du viele Tugenden mitbringen. Wir als deine Eltern, deine Lehrer und Beichtväter geben unser Bestes, um dich darauf vorzubereiten. Dazu gehört jedoch auch, die kirchlichen Vorschriften strikt einzuhalten. Der katholische Glaube ist das Lebenselixier unseres Landes, das auch in deinen Adern fließen muss.«

Juan seufzte ergeben. In Glaubensfragen war Isabél unnachgiebig, das wusste er. Selbst in dieser Situation machte sie keine Ausnahme.

Doch das Brautpaar wurde für die Wartezeit entschädigt. In Burgos fand die prachtvollste und aufwendigste Feierlichkeit statt, die die spanische Halbinsel je erlebt hatte. Die Trauung des Paares wurde in der Kathedrale von Burgos vollzogen. Ganz Kastilien feierte ausgelassen, es gab Bälle, Jagden, Volksfeste, Stierkämpfe und Ritterturniere. Doch an keiner der Festlichkeiten nahm das junge Paar teil. Sofort nach der Trauung verschwand es in seinen Gemächern und ließ sich nicht wieder blicken. Endlich konnten beide den unterdrückten Sehnsüchten und Leidenschaften freien Lauf lassen.

Seit Juana denken konnte, lebte sie in der Überzeugung, dass kein Mensch sie mochte. Auch sie mochte keinen Menschen, wenn man von ihrem Vater, König Fernando, absah, den sie wie eine überirdische Gestalt verehrte. Was aber nun mit ihr geschah, wusste sie nicht zu deuten und wollte es auch nicht deuten. Es war wie eine riesige Welle, die über ihrem Kopf zusammenschlug und sie in einen Strudel aus Leidenschaft, Sinnlichkeit, Begehren und Liebe hineinzog. Was hatte ihre Mutter vor ihrer Abreise von Liebe erzählt? Sie hatte gar nicht zugehört und es nicht in ihr Bewusstsein aufgenommen.

Niemals hatte irgendjemand mit ihr darüber gesprochen, was sich zwischen Mann und Frau tat, wenn sie sich vereinigten. Wahrscheinlich schon deshalb nicht, weil man dafür keine Worte finden konnte.

Philipp war ein gut gewachsener Mann von achtzehn Jahren, schlank und doch muskulös, fröhlich und sinnlich zugleich, leidenschaftlich und leichtlebig. In seinen herrlich blauen Augen glitzerte die Genussfreude, seine Lippen küssten mit der Süße andalusischer Trauben. Alles in Juana war nur auf ihren schönen, blonden, liebeshungrigen Gemahl ausgerichtet.

Fast abwesend ließen sie die Hochzeitsfeierlichkeiten über sich ergehen, teilnahmslos wohnten sie dem gigantischen Bankett bei, bei dem die Geladenen über zwölfhundert Liter Wein tranken. Ihr ganzes Streben zielte darauf hin, sich in ihrem Gemach einzuriegeln und ihrer Leidenschaft freien Lauf zu lassen.

Philipp, der seit seinem vierzehnten Lebensjahr ungezählte Liebschaften hatte, gesichtslose Mätressen, denen es eine Ehre war, sich dem jungen Erzherzog hinzugeben, entdeckte eine völlig neue Leidenschaft in sich. Es war nicht die Leidenschaft für Frauen, sondern die Leidenschaft für *seine* Frau! Wie im Rausch kannten beide keine Grenzen. Die exotische Schönheit von Juana betörte ihn und zog ihn in ihren Bann.

Das Entsetzen und die peinliche Erstarrung des Hofes über das schamlose Verhalten des jungen Paares schlugen alsbald in eine Feindseligkeit gegen Juana um. Juana war so sehr auf Philipp fixiert, dass sie alles andere in ihrem Umfeld aus ihrem Bewusstsein verbannte. Weder begehrte sie auf, dass sie von den Ministern kaum Geld zu ihrer eigenen Verfügung oder gar als fromme Gabe für die Armen erhielt, noch wehrte sie sich, als sie immer mehr von ihrem kastilischen Gefolge isoliert wurde.

»Sie ist verrückt«, munkelte der Hofstaat hinter vorgehaltener Hand. »Und sie macht unseren jungen Herrn ebenso verrückt. Er muss vor dieser Wahnsinnigen beschützt werden, sonst gibt es noch ein schreckliches Ende.«

Juana ahnte von all dem nichts. Als sie ihr erstes Kind zur Welt brachte, eine Tochter, die auf den Namen Eleonore getauft wurde, glaubte sie, damit Philipp noch fester an sich binden zu können. Da es ein Gebot der Heiligen Kirche war, sich während der Schwangerschaft dem Ehemann zu enthalten, suchte sich Philipp anderweitig sein Vergnügen. Leichtlebig und genussfreudig hatte er fortwährend irgendwelche Liebesabenteuer, denen er keine große Bedeutung zumaß, die er aber wie selbstverständlich für sich in Anspruch nahm. In Juana aber entflammte die Eifersucht. Vor den Augen des Hofstaates machte sie ihm skandalöse Szenen. Ständig verdächtigte sie ihn irgendwelcher Liebeleien, ob nun berechtigt oder nicht, tobte und schrie, um sich danach tagelang in ihre Gemächer einzuschließen und mit niemandem zu sprechen.

Philipp erregte und reizte das Verhalten Juanas in höchstem Maße. Sie brüskierte ihn, indem sie zu Festen und Geselligkeiten nicht erschien, ihm öffentlich Szenen machte und sich keine andere Frau in seine Nähe wagen durfte.

Es war nicht leicht, und doch versuchte es Philipp immer wieder, Juana zu versöhnen. Es gelang ihm immer weniger. Juana schien nur versöhnt, wenn Philipp das Bett mit ihr teilte und seine gesamte Aufmerksamkeit ihr widmete. Doch Philipp ertrug es nicht, wenn Juana ihn total vereinnahmte. Sobald sie wieder schwanger war, suchte er Trost und Ruhe in fremden Armen.

Jedes neue Liebesabenteuer ihres Gatten löste in Juana immer schrecklichere Eifersuchtsszenen aus. In jeder Frau, und sei es eine maurische Sklavin, sah sie eine Konkurrentin. Sie ertrug nicht, dass Philipp überhaupt noch eine Frau anschaute, egal ob jung oder alt, flämisch oder kastilisch. Als Juana ihre maurischen Sklavinnen verstümmeln ließ, damit Philipp an ihrem Äußeren keinen Gefallen mehr finden sollte, war man sich am Hof einig: Juana war wahnsinnig!

Kastilien feierte ein halbes Jahr lang. Alle ließen das junge Brautpaar Margarethe und Juan hochleben. Allerdings hatte man es in den letzten Wochen und Monaten nicht mehr zu Gesicht bekommen.

»Majestät, wir befinden uns in großer Sorge um den jungen Infanten«, sprachen die Hofärzte bei der Königin vor. »Mag man ein gewisses Verständnis für die Zweisamkeit der Jungvermählten aufbringen, so erscheint uns aber das Fernbleiben von religiösen Feiern bedenklich. Ihre Hoheiten lassen niemanden zu sich, und wir wissen nicht, wie es dem jungen Prinzen geht.«

Isabél wusste von Gerüchten bei Hofe, die Juan Liebestollheit bescheinigten. Sie war aufs höchste beunruhigt.

»Ich werde selbst mit ihm sprechen«, willigte sie ein. »Wenn ihn jemand zur Vernunft bringen kann, dann ich.«

Sie klopfte gegen die dunkle Zedernholztür zu Juans Gemächern. Noch nie war eine kastilische Königin ausgesperrt worden! Nun stand sie wie eine Hausiererin vor der Tür ihres eigenen Sohnes. Hatte sie ihm nicht ihre ganze Liebe angedeihen lassen? Wenn sie für jemanden Verständnis und Nachsicht aufbrachte, dann nur für Juan! Seit er geboren war, hatte sie ihn mit unendlicher Fürsorge umhegt. Er war schon immer von zarter Gesundheit gewesen, und oftmals hatten ihn schwere Krankheiten befallen. Doch ihre inbrünstigen Gebete und die Liebe hatten ihn stets genesen lassen. Er war doch ihr ganzer Stolz! So intelligent, so musisch begabt, ein ausgezeichneter Reiter und Edelmann, der mit zwölf Jahren den Ritterschlag erhalten hatte. Er erlebte die Eroberung Granadas mit und saß an der Seite des Königspaares, als Don

Cristóbal Colón von seiner erfolgreichen Indienreise zurückkehrte. Sie hatte alles getan, um aus Juan einen würdigen Thronfolger zu machen.

»Juan, mach auf! Ich will mit dir reden. Du musst zu einem gemäßigten Leben zurückfinden!« Ihr Blick fiel auf das Tablett neben der Tür, das ein Diener abgestellt hatte. Juan hatte weder Speise noch Trank angerührt.

Hinter der Tür blieb es still. Mit einer fast hilflos anmutenden Geste drehte die Königin sich um. Die Hofärzte, die respektvoll in einer größeren Entfernung warteten, traten näher. »Majestät, es ist ...«

»Ja, ich sehe es ein«, unterbrach die Königin. »Brecht die Tür auf!«

Für Isabél gestaltete sich diese defensive Situation zu einer Katastrophe. Dass er sich so ungeniert fleischlicher Leidenschaft hingab, bestürzte sie. Bislang verhielt sich Juan eher zurückhaltend und schüchtern Frauen gegenüber. Dass er in heißer Liebe zu Margarethe entflammte, erschien Isabél eher amüsant als bedenklich.

Sie wartete, bis die Palastwache die Tür aufgebrochen hatte und die Ärzte das Gemach betraten.

Es war Isabél unangenehm, diesen intimen Bereich ihres Sohnes zu betreten, aber die erschreckten Ausrufe der Hofärzte ließen Schlimmstes ahnen.

Juan hockte im Bett, nur mit einem zerknitterten langen Hemd bekleidet. Sein blondes Haar stand wirr vom Kopf, die Gesichtshaut war von aschgrauer Farbe, und seine Augen lagen tief in den Höhlen. Dunkle Ringe zeichneten sich darunter ab. Er wirkte wie ein Gespenst.

Margarethe zog erschrocken einen kostbar bestickten Hausmantel über der Brust zusammen und starrte auf die Eindringlinge.

»Mutter, was soll das? Was ist los?« Juan zog verärgert die Augenbrauen zusammen.

»Mein Engel, ich bin in größter Sorge um dich. Das ist nicht normal, wie du dich verhältst.«

Juan sprang auf. »Woher willst du das so genau wissen? Vater und du, ihr habt das doch schon längst vergessen. Jeder von euch geht seine eigenen Wege, und Vater betrügt dich fortlaufend.«

»Juan!« Isabéls Stimme klang schneidend. Dann flüsterte sie: »Nicht vor den Domestiken!« Sie schob die Ärzte mit den Händen vor die Tür und schloss sie. Sichtlich milder gestimmt, wandte sie sich zu Juan um. »Du solltest bedenken, dass du auch öffentliche Aufgaben wahrnehmen musst und dich nicht ewig im Bett herumwälzen kannst.«

Der Prinz ließ sich einfach ins Bett fallen. »Ich bleibe hier, und Margarethe auch.«

Isabél warf ihrer Schwiegertochter einen prüfenden Blick zu. Margarethe senkte verschämt den Blick und errötete. »Wir lieben uns doch so sehr«, flüsterte sie.

»Die Ärzte verlangen mehr Zurückhaltung«, mahnte Isabél an.

»Willst du denn keine Enkel?« Juans Hand tastete nach Margarethe.

Isabél seufzte. Nein, ihrem Engel konnte sie wirklich nichts abschlagen. Nach kurzem Zögern verließ sie das Brautgemach. Draußen warteten die Ärzte.

»Majestät, der Infant muss von seiner Frau getrennt werden«, bedrängten sie die Königin. »Er leidet an einer Auszehrung seines Körpers.«

Mit gütigem Gesicht, aus dem auch ein bisschen Resignation abzulesen war, lächelte Isabél.

»Man kann diese leidenschaftlich Liebenden unmöglich trennen.«

Es gab einen weiteren Anlass für Isabél zur Freude und Erleichterung. Ihre älteste Tochter, Infantin Isabél, hatte sich nach jahrelanger Entsagung entschlossen, dem Werben des portugiesischen Königs Manuel nachzugeben. Seit Jahren hielt Manuel um die Hand seiner in Trauer umfangenen Schwägerin an. Es war nicht nur die politisch vorteilhafte Verbindung zum benachbarten Königreich, die Manuel dazu veranlasste. Er liebte Isabél über alles und ließ in seinen Bewerbungen nicht nach. Endlich ließ sich die Infantin herab und gab dem Werben des Königs nach.

Isabél beauftragte ihren Sohn Juan, seine Schwester an die portugiesische Grenze zu geleiten. Margarethe befand sich in guter Hoffnung, und Juan verließ endlich das eheliche Bett, um sich den Aufgaben der Krone zu widmen.

Die Trennung von Margarethe fiel ihm nicht leicht, und er nahm mit schwerem Herzen Abschied von ihr.

»Es ist ja nur für kurze Zeit«, tröstete Margarethe ihn lachend. »Wenn du zurückkommst, wird unser Kind vielleicht schon geboren sein.«

Juan schwang sich auf sein Pferd, und der prachtvoll ausgestattete Hochzeitszug begab sich auf den Weg zur Grenze.

Der Herbst hatte in Kastilien Einzug gehalten, und ein kalter Wind fegte über das Land. Juan erreichte mit dem Hochzeitszug seiner Schwester Salamanca. Die alte Universitätsstadt empfing sie festlich geschmückt, die Bewohner jubelten den Infanten begeistert zu. Juan nahm die vielen Menschen nur als seltsam verschwommene bunte Masse wahr. Kalter Schweiß stand auf seiner Stirn, Schüttelfrost packte ihn und ließ ihn im Sattel schwanken. Mühsam hielt er sich fest. Mechanisch zwang er sich zu einem Lächeln und winkte den Bürgern der Stadt zu. Als der Zug den Bischofspalast erreichte, wo sie Quartier nehmen sollten, stürzte Juan aus dem Sattel. Seine Leibwache fing ihn auf und brachte ihn eiligst ins Haus.

Noch ehe der Prinz auf das Bett gelegt wurde, war ein Arzt zur Stelle. Juan hatte hohes Fieber. An eine Weiterreise war nicht zu denken. Sofort leiteten die Hofärzte alles Erforderliche ein, um das Fieber zu senken und die seltsame Krankheit zu beherrschen. Doch keines der Mittel und Medikamente schlug an. Es blieb ihnen nichts weiter übrig, als zu beten und zu hoffen und die Majestäten zu benachrichtigen.

Isabél und Fernando befanden sich in Alcántara nahe der portugiesischen Grenze, wo die Verlobungsfeierlichkeiten der Infantin Isabél mit König Manuel angesetzt waren. Sie wollten diesen Festlichkeiten durch ihre Anwesenheit besonderen Glanz verleihen, obwohl es Isabél schwer fiel. Von den vorangegangenen Feierlichkeiten fühlte sie sich erschöpft, die Reise nach Alcántara hatte sie zusätzlich geschwächt. Sie litt immer wieder an Schwindel und Unwohlsein, auch schmerzte ihr Rücken beim Reiten, und sie konnte nicht lange sitzen.

Als sie die Nachricht von Juans schwerwiegender Erkrankung erhielt, fürchtete sie um ihr eigenes Leben. Ihr schwindelte, das Herz raste, und eine eiskalte Hand schnürte ihren Magen zusammen.

»*Mi angel*[29]«, flüsterte sie mit tränenerstickter Stimme. Sie musste sich hinlegen, um nicht zu fallen, und ihre Hände zitterten. Nur mühsam bewahrte sie die Fassung.

»Ich muss zu ihm!«, rief sie verzweifelt. »Er braucht mich. Ich muss ihm helfen!«

Sie rief nach den Zofen, damit sie ihre Sachen für die Reise packten. Aber sie konnte sich nicht einmal von ihrem Lager erheben. Fernando schaute sie besorgt an.

»Du kannst nicht reisen«, stellte er sachlich fest. »Du kannst ihm auch nicht helfen. Ich werde nach Salamanca reiten.«

»Nein, ich muss zu ihm«, widersprach Isabél aufgebracht »Es darf ihm nichts passieren! Er ist doch mein Ein und Alles, meine ganze Liebe, meine ganze Hoffnung!«

Fernando bemerkte die Verzweiflung in Isabéls Blick, aber er sah auch die Schwäche der Königin. Dieses Aufbegehren ging einfach über ihre Kräfte. Er beugte sich zu ihr herab und nahm besänftigend ihre Hände in seine.

»Du kannst dir eine Reise nach Salamanca nicht zumuten. Du musst jetzt stark sein und Königin, nicht nur Mutter. Sicher ist es nicht so schlimm. Die Ärzte übertreiben doch immer.«

---

29 Span.: mein Engel.

Er zwang sich zu einem Lächeln, das seine Unruhe und Angst überspielen sollte. Auch er liebte seinen Sohn über alles. Es durfte ihm nichts passieren!

»Bete«, riet er Isabél. »Die Kraft deiner Gebete wird ihn wieder gesund werden lassen. Gott hat ihn uns gegeben, damit er einmal unsere Nachfolge antritt. Gott wird ihn uns nicht wieder nehmen.«

Isabél nickte nur stumm. Ihre Schultern zuckten vom Schluchzen. In diesem Augenblick war sie nur eine sorgenvolle Mutter.

In aller Eile rief Fernando sein Gefolge zusammen und ließ die Pferde und Maultiere satteln. Das feuchte und kalte Wetter schlug ihnen ins Gesicht. Fernando gestattete kein Zögern und keine Rast. Der Gewaltritt überforderte Mensch und Tier. Als müsse er gegen die widrigen Gewalten der Hölle ankämpfen, beugte Fernando sich dem Sturm entgegen. Er traf gleichzeitig mit Margarethe in Salamanca ein.

Trotz ihrer fortgeschrittenen Schwangerschaft hatte sich auch Margarethe sofort auf den Weg nach Salamanca begeben, als sie von Juans schwerer Erkrankung erfuhr. Außer sich vor Sorge und ohne auf ihre eigene Gesundheit zu achten, eilte sie an Juans Krankenbett. Ausgezehrt, von Fieberkrämpfen geschüttelt, lag der Infant wachsbleich in den Kissen. Mönche standen, unentwegt Gebete murmelnd, um sein Bett. Ein Priester hatte ihm die Letzte Ölung gegeben.

»Mein Geliebter!« Weinend sank sie vor seinem Bett in die Knie. »Mein geliebter Juan!«

Der Prinz benötigte einen Augenblick, um Margarethe zu erkennen. Dann flog ein mattes Lächeln über sein Gesicht. »Es geht zu Ende«, flüsterte er mit kraftloser Stimme. »Gott ruft mich zu sich.«

»Nein, nein, ich brauche dich doch«, schluchzte Margarethe. »Ich liebe dich doch!«

Juan tastete nach Margarethes Hand. Sie beugte sich darüber und küsste seine kalten Finger. Tränen benetzten sie wie Glasperlen.

»Ich liebe dich auch«, hauchte Juan. »Gott bestimmt es so. Ich kann beruhigt diese Erde verlassen, denn meine Seele lebt in dir weiter.«

Zitternd tastete er nach Margarethes Leib und strich ganz sacht darüber.

»Unser Kind ... ich lebe in unserem Kind weiter ...«

Dann schloss er die Augen, seine Hand fiel leblos herab. Entsetzt starrte Margarethe darauf, als könne sie es nicht begreifen. Dann entrang sich ein Schrei der Verzweiflung ihrer Brust. »Neiiiiiiin!«

Schicksalsschläge

Der Himmel zürnte, schickte Regen und Wind über die kastilische Erde, als sich der Trauerzug mit dem Leichnam des jungen Infanten von Salamanca nach Ávila bewegte. Juan hatte in seinem letzten Willen verfügt, im Kloster San Tomás in Ávila bestattet zu werden, in der Nähe seines großen Lehrers und Pflegevaters Dávila.

Mit gesenkten Häuptern schritten die Priester vor der Bahre mit dem Toten. Ihre Gewänder wurden vom Regen durchweicht, der Wind hatte die Flammen der Kerzen gelöscht. Über der Bahre hing ein Tuch mit dem Wappen von Kastilien, Regentropfen sickerten aus dem Stoff und fielen wie Tränen zur Erde. Neben der Bahre schritten Juans einstige Spielgefährten Diego de Deza und Juan Velázquez.

Das Land lag in tiefer Trauer. Der Infant war im Volk beliebt. Totenglocken läuteten, schwarze Wimpel hingen von Türmen, Toren und Palästen. Am Wegrand knieten die Menschen nieder und beteten.

Die Nachricht vom Tod ihres geliebten Sohnes brach Isabél das Herz. Der furchtbare Schicksalsschlag setzte ihrer ohnehin angegriffenen Gesundheit zu. Sie suchte Trost und Halt im Glauben. Doch diesmal schien es ihr nicht zu gelingen. Mit Juans Tod starb nicht nur die Hoffnung auf eine würdige Thronfolge, sondern in Isabél starb die Liebe, die einzige Liebe, die sie im Leben empfunden hatte.

Die Liebe zu Fernando gab es nicht wirklich. Das, was sie vielleicht als Liebe zu ihm bezeichnet hätte, war Achtung, war Toleranz, war

Vernunft, politische Klugheit und dynastisches Denken. Und es war die Gewohnheit der Nähe, die Intimität mit dem Vater ihrer fünf Kinder. Nun waren es nur noch vier.

Liebe zu Gott? Isabél fürchtete Gott, betete zu ihm, wollte von ihm geliebt werden. Doch liebte Gott sie wirklich? Warum nahm er ihr dann das Einzige, was sie selbst liebte?

Wahrscheinlich war es die über Jahrzehnte anerzogene stoische Haltung, die Isabél in diesen schrecklichen Tagen die Fassung bewahren ließ. Sie verdrängte alles, was sie nicht die Haltung bewahren lassen würde: Leid, Schmerz, Zweifel. Sie reiste nach Ávila, wo Fernando sie erwartete. Gemeinsam harrten sie in San Tomás aus, bis der Zug der Dominikanermönche, die die Bahre auf ihren Schultern von der Kathedrale zum Kloster trugen, erschien. Mit wachsbleichem Gesicht starrte sie auf die schwankende Bahre in der irrsinnigen Hoffnung, Juan würde sich wie nach einer schweren Krankheit erheben. Sie hätte ihr Leben für ein Lächeln ihres Sohnes gegeben, für einen einzigen Blick aus seinen blauen Augen, für den Druck seiner Hand in ihrer.

Es war vorbei. Gott hatte ihr einen Sohn gegeben. Nun hatte Gott ihn ihr wieder genommen. Es war auch der Glaube, der sie letztlich diese Tatsache akzeptieren ließ. Anders hätte sie es nicht ertragen können. Und damit blieb sie sich selber treu.

Es wurde eine besonders deutliche Form der Trauer. Das Königspaar verfügte, dass nach der Beisetzung statt der üblichen Trauerkleidung einfaches Sackleinen zu tragen sei. Fernando ließ sich den Bart wild wachsen. Vierzig Tage versank das Land in Stille.

Eine einzige Hoffnung hegte Isabél in dieser schweren Zeit jedoch: das zu erwartende Enkelkind von Margarethe. Sie liebte ihre Schwiegertochter noch immer, trug sie doch ein Stück Leben ihres Sohnes unter dem Herzen. Dieses Enkelkind sollte einmal die Bestimmung antreten, die seinem Vater versagt geblieben war. In ihre Gebete für »ihren Engel«, dessen zarte Seele jetzt im Paradies schwebte, schloss sie auch das Ungeborene ein.

Der Hofstaat versammelte sich der Tradition entsprechend um Margarethes Bett, als sie entband. Der Thronfolger sollte trotz der noch andauernden Hoftrauer würdig empfangen werden. Was Margarethe zur Welt brachte, war ein unförmiges Häufchen Fleisch. Das Wesen, das nur entfernt an ein Kind erinnerte, lebte nur wenige Stunden. Dann folgte es seinem Vater in Gottes Reich.

Zum ersten Mal keimte in Isabél der Verdacht auf, dass der entsetzliche Fluch des Hofnarren Bulbito sie und ihre Familie wirklich verfolgte. Angst kroch wie ein kaltes Gespenst in Isabél herauf. Schwarze Schatten umgaben die königliche Familie, der Tod mit seinen Knochenhänden griff nach ihnen.

Der Schock saß tief, nicht nur in der Königsfamilie. Ihr Stand gebot es aber, sich diesen Schock nicht anmerken zu lassen. Außerdem zeugte es von mangelndem Glauben an das jenseitige Paradies, wenn man das irdische Jammertal verlassen hatte. Vierzig Tage nach Juans Beisetzung in Évila legte König Fernando seine Trauerkleidung ab und schor sich den Bart. Seinen Kummer und Schmerz verschloss er tief im Innern seines Herzens. Dann wandte er sich wieder den weltlichen Dingen des Lebens zu, zu denen auch die Freuden gehörten.

Margarethe kehrte in den Schoß ihrer Familie zurück. Ihre Mission in Kastilien war gescheitert.

Isabél verabschiedete Margarethe tränenreich. Die beiden Frauen, die so unterschiedlich im Wesen und doch so nahe im Herzen waren, umarmten sich. Margarethe durfte alle Geschenke, die sie von Isabél erhalten hatte, behalten.

»Wir beide werden Juan niemals vergessen«, schluchzte Margarethe. »Weil wir ihn beide geliebt haben. Ich habe nicht gewusst, dass Liebe so schmerzhaft sein kann.«

»Er blickt auf uns herab und weiß, dass wir ihm in Liebe verbunden sind, über den Tod hinaus. Gott sei mit dir, mein Kind. Und nur ER weiß, warum ER uns diese furchtbare Prüfung auferlegt hat. Wir werden sie mit Würde tragen. Gott gibt und Gott nimmt.«

Da war sie wieder, diese einschnürende Haltung, fest wie ein Panzer, die die Gefühle begrub. Isabél konnte damit leben, ja sie musste damit leben. Margarethe fiel es deutlich schwerer. Mit einem letzten Blick auf das karge, steinige Land, in dem sie ihre Liebe begraben hatte, kehrte sie nach Flandern zurück.

ꙮ

Aus Flandern erreichten Isabél Nachrichten, die sie zudem zutiefst beunruhigten. Hatte sie lange Zeit nichts von ihrer Tochter Juana gehört außer der Mitteilung, dass ihr eine Tochter geboren war, so versetzten sie nun die Briefe, die Juanas Schatzmeister Martín de Moxica schrieb, in Erschrecken. Juana selbst schrieb keine einzige Zeile. Doch was Isabél berichtet wurde, ließ sie Schlimmes erahnen.

Juanas Gemütszustand wechselte von heftigen Eifersuchtsanfällen und Wutausbrüchen zu wochenlanger Depression. Dann schloss sie sich ein, sprach mit niemandem und verweigerte sogar die Nahrung. Sie nahm ihre höfischen Pflichten nicht wahr, und hinter vorgehaltener Hand sprach man von einer Geisteskrankheit, einem in der Familie vererbten Wahnsinn.

Der Gedanke an ihre Mutter schoss Isabél durch den Kopf, die ähnliche Anzeichen von Juanas Gemütsverfassung aufwies und unter denen Isabél als Kind so sehr gelitten hatte. Für einen Moment bedauerte sie Philipp, der nun Juanas Wahnsinn ertragen musste. Doch wenig später schlug dieses Bedauern in Befremden um, denn Philipp stellte im Namen Juanas plötzlich Ansprüche an die kastilische Thronfolge. Juans Tod und die Nachricht von der Totgeburt hatten in Kaiser Maximilian neue Hoffnungen geschürt. Er stachelte seinen Sohn an, diese Ansprüche den kastilischen Königen gegenüber geltend zu machen.

»Was bilden sich diese Habsburger ein?«, empörte sich Isabél. »Haben sie den Verstand verloren, dass sie sich eine derartige Anmaßung erlauben?«

In Isabél kehrte die alte Kämpfernatur zurück. Sie würde sich von nichts und niemandem die Krone streitig machen lassen, am allerwenigsten von dem habgierigen Kaiser! Eine dynastische Verbindung war angestrebt, aber keine Palastrevolte. Nach Juans tragischem Ableben gab es nur eine Thronfolgerin und Erbin des kastiischen Reiches: Infantin Isabél.

Die Königin war froh, dass Isabél endlich in eine Ehe mit dem Portugiesen Manuel eingewilligt hatte, und sie forcierte nun die Eheschließung. Noch im gleichen Jahr fand die Hochzeit statt.

Es gab durchaus Widerstand unter den Cortes, die sich von einer Thronfolge der Habsburger mehr Vorteile versprachen als von einer Verbindung mit Portugal. Die unerschrockene Isabél setzte sich über diese Widerstände hinweg und setzte die Thronfolge ihrer ältesten Tochter durch. Auch in diesem Fall hielt König Fernando sich an die Abmachung, sich nicht in innerkastilische Angelegenheiten einzumischen, und überließ es seiner Gemahlin, diese heikle und doch so wichtige Angelegenheit zu regeln.

Isabéls Gespür für den richtigen Weg zur Festigung ihrer Macht trog auch diesmal nicht. Schon bald nach der Hochzeit erreichte sie die Nachricht aus Portugal, dass ihre Tochter guter Hoffnung sei.

»Endlich!« Sie schickte ein Stoßgebet zum Himmel, dann überbrachte sie Fernando die gute Nachricht. »Ich werde zur Geburt nach Lissabon reisen«, beschloss sie.

»Du solltest dich schonen, meine Liebe«, entgegnete Fernando. »Die Hofärzte warnen vor zu großer Anstrengung. Diese Reise ist für dich zu anstrengend.«

Trotzig warf Isabél den Kopf zurück, und für einen Augenblick glich sie dem eigensinnigen, willensstarken und unbeugsamen Mädchen, das sie einmal war. Fernando bemerkte es mit leisem Bedauern. Der harte Kampf über zwei Jahrzehnte für ein geeintes Königreich, vor allem aber die Schicksalsschläge des vergangenen Jahres hatten bei Isabél sichtbare Spuren hinterlassen. Zehn Schwangerschaften, davon fünf Totgeburten, hatten den Liebreiz ihres Körpers zerstört. Einige Geburten musste sie unter schwierigsten Bedingungen bewältigen. Oft schon saß sie kurze Zeit später wieder im Sattel. Fernando durchflutete ein warmes Gefühl für seine Gattin, die er immer noch liebte, auch wenn ihr Liebreiz längst verflogen war. Zwei harte Falten zogen sich von den Nasenflügeln zu den Mundwinkeln, in ihre Stirn hatte sich Kummer und Leid eingegraben. Ihre Lippen waren schmaler geworden. Oft hielt Isabél sie zu einem Strich zusammengepresst, ein Ausdruck ihres kräftezehrenden Willens, auch bei schlimmsten Schicksalsschlägen die Fassung zu bewahren.

Diesmal glitzerte es in ihren Augen. Es war das Fünkchen Hoffnung, das Fernando ihr nicht zerstören wollte.

»Ich werde dafür sorgen, dass du bequem reist«, sagte er mit weicher Stimme. »Eine Sänfte soll dich tragen, weich gepolstert und mit dicken Vorhängen gegen Wind und Wetter.«

»Draußen ist es heiß.« Isabél verzog spöttisch den Mund. »Und ich bin noch lange keine Greisin.«

»Nein, das bist du nicht.« In einer Anwandlung von Zärtlichkeit ergriff Fernando Isabéls Hand. Die schrecklichen Geschehnisse des letzten Jahres hatten sie wieder enger aneinander geschweißt. »Du wirst sehen, Isabelita wird uns einen prachtvollen Enkel schenken.«

Die Königin ließ sich nicht davon abbringen, nach Portugal zu reisen, um den Fortbestand der Dynastie mit eigenen Augen zu erleben. War die Infantin auch nicht wie Juan dazu erzogen und ausgebildet, einmal den Thron Kastiliens zu besteigen, so war sie trotz allem die legitime Thronfolgerin und würde sich als solche der Bestimmung fügen. Isabél würde alles in ihrer Macht Stehende tun, um ihre Tochter dabei zu unterstützen. *Solange es meine Gesundheit noch zulässt*, dachte sie, während sie sich auf der strapaziösen Reise nach Lissabon befand.

Es war August und sehr heiß. Der Wind vom Atlantik her schenkte der unter der Sonne brütenden Stadt nur wenig Kühlung. Isabél, kastilische Prinzessin und nunmehr Königin von Portugal, lag in den Wehen. Sie war bereits achtundzwanzig Jahre alt, und es war ihre erste Geburt. Niemand, auch die Hofärzte nicht, wagte laut zu äußern, dass eine späte Erstgebärende mit Komplikationen rechnen müsse. Die Stunden vergingen. Isabél zog sich in die Hauskapelle des Palastes zurück, um für ihre Tochter zu beten. Sie musste aufkommende Zweifel und Ängste niederringen. Das konnte sie nur im inbrünstigen Gebet.

»Hoheit, verzeiht, dass ich störe. Aber Ihre Majestät, die Königin, hat soeben einen Sohn entbunden.«

Isabél wandte sich halb um, als der persönliche Sekretär in der Tür stehen blieb. Sein Gesicht leuchtete vor Freude.

»Danke, Vasco, jetzt leuchtet endlich wieder ein Licht in meinem Herzen.«

Mühsam erhob sie sich. Ihre Knie schmerzten, und sie benötigte einige Schritte, um sich zu fangen. Sie wollte nicht hinkend vor dem ganzen portugiesischen Hofstaat erscheinen.

Als sie an Isabéls Bett trat, erschrak sie. Die Prinzessin wirkte ermattet und bleich. Unter ihren Augen lagen dunkle Ringe.

»Ihre Majestät haben sehr viel Blut verloren«, flüsterte einer der Hofärzte ihr zu. Es beruhigte die Königin keineswegs. Doch als ihr die Hebamme das frisch gewickelte Kind in die Arme legte, beruhigte sich ihr schneller Herzschlag. Ein verschrumpeltes, rotes Etwas reckte ihr winzige Ärmchen entgegen.

»Es ist ein Sohn, Majestät, Euer Enkelsohn.«

»Mein Enkelsohn!« Die Rührung übermannte Isabél. Er war klein und zart, aber er lebte. *Wie lange?,* fragte sich Isabél einen kurzen Augenblick, doch dann lächelte sie. Dieser Enkelsohn würde einmal den kastilischen Thron besteigen. Und sie hielt ihn in ihren Armen. Was für ein bewegender Augenblick!

Isabél hielt ihn auch in den Armen, als er wenige Tage später in der Kathedrale von Lissabon auf den Namen Miguel getauft wurde. Ihre Tochter selbst konnte nicht dabei sein. Sie war immer noch zu schwach und musste das Bett hüten.

Einige Tage darauf bekam die Infantin hohes Fieber. Als Isabél besorgt an ihr Bett eilte, war der Priester schon da.

»O Gott, nein! Nein, mein Gott, nein!«

Sie fühlte nicht die Hand des Priesters auf ihrer Schulter. Sie schlang die Arme um ihre sterbende Tochter.

»Gott, lass es nicht zu, dass sie stirbt«, flehte sie.

Gott erhörte sie nicht. In den Armen ihrer völlig gebrochenen Mutter schloss die Infantin Isabél für immer die Augen.

Der Todesreigen um Isabél hielt die Königin gefangen. Hatte sie über zwanzig Jahre lang mit harter Hand und eisernem Willen regiert und die Geschicke des Landes gesteuert, warfen sie die persönlichen Schicksalsschläge aus der Bahn. Sie schien plötzlich um Jahre gealtert. Der Kummer beugte ihren Rücken, die letzte Kraft schwand aus ihrem Körper. Sie vermied den obligatorischen Blick in den Spiegel. Plötzlich hasste sie ihren Körper, der ihr den Dienst versagte, der schmerzte und sie daran erinnerte, dass das Alter unerbittlich zuschlug. Gott hatte ihr so viel gegeben, nun nahm er ihr alles wieder ab.

Die Bürde war zu schwer, als dass sie sie tragen konnte. Das Schicksal traf sie als Königin, die den Thronfolger verlor, den sie fast zwanzig Jahre auf dieses Amt sorgfältig und zielgerichtet vorbereitet hatte. Es war ein schrecklicher Verlust für Kastilien und die Krone. Aber als Mutter schlug sie das Schicksal grausam. Alle ihre Hoffnungen, all ihre Liebe und Aufopferung waren zunichte gemacht. Ihr blieben tiefe Trauer und ein gebrochenes Herz.

Der Tod der Infantin Isabél war der erneute Schlag, der sie in die Knie zwang. Es wäre für sie der Zeitpunkt gewesen, der Welt zu entsagen und sich in einer Klosterzelle den Prüfungen Gottes zu ergeben. Doch sie war nicht nur Mutter, sie war Königin. Seit Isabél die Krone auf ihrem Haupt trug, fühlte sie sich ihrem Land verpflichtet. Gleich, welche Prüfungen ihr Gott auferlegte, sie durfte ihren Pflichten nicht entfliehen. Gezeichnet von diesen Prüfungen, nahm sie das Zepter wieder in die Hand. Kastilien brauchte sie. Das Volk blickte zu ihr auf. Doch es erwartete auch von ihr, dass sie mit dem gleichen Bewusstsein ihre Pflichten erfüllte, wie sie es von ihrem Volk verlangte.

Sie war immer noch die Königin, und nur ihre Taten bewiesen, dass sie Königin war. Nur die Menschen in Isabéls unmittelbarer Nähe sahen, welche übermenschliche Kraft es der Königin abforderte, wieder zur Tagesordnung zurückzukehren.

ꕥ

Zwei Jahre zuvor, im Juni des Jahres 1496 war der Seefahrer und Vizekönig von Indien, Don Cristóbal Colón, von seiner zweiten Reise zurückgekehrt. Diese Rückkehr war keineswegs so triumphal, wie das Königspaar und das ganze Land es erwartet hatten. Erschreckende Nachrichten drangen über das Meer. Man berichtete von schlechter Behandlung der Einwohner durch die Eroberer, von Raub und Mord, von Willkür und Anarchie. Colón hatte sich zu einem Feldzug gegen die Indios verstiegen, sie versklavt und auf Schiffen nach Spanien geschickt. Isabél hatte Don Cristóbal aufgetragen, die Ureinwohner freundlich und milde zu behandeln und ihnen das Wort Christi zu bringen. Schließlich sah sie in ihnen zukünftige Christen. Auf der Überfahrt starb die Hälfte der versklavten Indios, der Rest befand sich in einem erschreckenden Zustand.

Das Entsetzen der Königin wandelte sich alsbald in Zorn, und sie sandte eine Untersuchungskommission in die Kolonie. Juan Aguado als Sonderbeauftragter des spanischen Hofes sollte die Zustände jenseits des Ozeans aufklären.

Eines wurde sofort ersichtlich: Der große Seefahrer Don Cristóbal Colón war ein miserabler Herrscher! Das besagte auch der Bericht, den Juan Aguado den Majestäten bei seiner Rückkehr vorlegte.

Mit zwei völlig überladenen Karavellen kehrte Don Cristóbal nach Cádiz zurück. Doch weder Gold noch Gewürze, Edelsteine oder andere wertvolle Waren befanden sich an Bord.

Isabél und Fernando empfingen den Seefahrer in Burgos. Erregt und verbittert trat Colón vor das Königspaar. Ihm war bewusst, dass er mit leeren Händen zurückgekehrt war. Seinem Plan, mit Sklavenhandel Geld zu verdienen, standen die Majestäten ablehnend gegenüber. Als Zeichen seiner Demut kleidete sich Cristóbal Colón in eine schlichte Franziskanerkutte.

Am königlichen Hof wimmelte es jetzt von Neidern. Der anmaßende Seefahrer mit seiner unstandesgemäßen Herkunft hatte sich innerhalb kürzester Zeit zum Vizekönig aufgeschwungen und die vorbehaltlose Unterstützung der Könige erhalten. Die Nachrichten, die sich über diesen Vizekönig in Kastilien verbreiteten, führten zu gehöriger Unruhe im Land. Besonders ein Geistlicher aus Katalonien, Bruder Buyl, der Colón auf seiner zweiten Expedition begleitet hatte, erging sich in unglaublichen Greuelgeschichten, die Colóns Kritikern geradezu Öl ins Feuer gossen.

Um den Schmähungen in den Gassen zu entgehen, verkroch sich Colón bei den wenigen Freunden, die ihm verblieben waren. Viele seiner Untergebenen, die ihm zuvor in treuer Ergebenheit zu unbekannten Ufern gefolgt waren, verweigerten ihm nun den Gehorsam. Mehr noch, sie beschimpften ihn als Betrüger, der das Gold Indiens den Majestäten vorenthielt und unterschlug. Außerdem hätte er die Majestäten belogen, denn es gäbe weitaus weniger Gold, als Colón zuvor behauptet hatte. Die Kosten für dessen Ausbeute würden den Wert bei weitem übersteigen.

Es war eine denkbar schlechte Ausgangsposition, in der er sich befand, als ihm die Audienz gewährt wurde. Colón hatte es geahnt: Isabél und Fernando empfingen ihn kühl und distanziert.

»Es wurde Uns berichtet, dass Eure erneute Reise von wenig Erfolg gekrönt ist«, begann Fernando mit sichtlichem Unwillen. »Wir haben großes Vertrauen und auch erhebliche finanzielle Mittel in Eure Expedition gesetzt, Don Cristóbal. Ihr seht Uns enttäuscht und unzufrieden. Was wurde aus Euren Versprechungen, dass siebzehn Karavellen mit Gold in ihren Laderäumen zurückkehren werden, um Glanz und Herrlichkeit Spaniens zu mehren?«

Don Cristóbal trat einen Schritt vor und hob selbstbewusst sein Haupt.

»Ich stehe zu jedem Wort, das ich Euch gab, Majestät. Die Berge Indiens sind durchzogen mit Goldadern, die nur noch des Abbaus bedürfen. Es ist ein riesiges Land, und die Zahl der Eroberer ist vergleichsweise gering. Die Eingeborenen sind Wilde, die zuerst bekehrt werden müssen, um sie in den Dienst der Krone zu stellen. Ihnen fehlt die Einsicht, sie sind verstockt und rebellisch. Wir mussten sie versklaven, um ihnen begreiflich zu machen, dass wir die Eroberer und Herrscher über Indien sind. Zudem wird das ganze Land von einem seltsamen Wald überzogen, der ein Durchkommen außerordentlich schwierig macht. Die Bäume und das Dickicht stehen so dicht, dass man sich den Weg mit dem Schwert freikämpfen muss. Seltsame Pflanzen hängen wie lebende Schlangen vom Geäst und umschlingen jeden, der diesen verzauberten Wald betritt.«

Isabél hob die Hand und unterbrach Colóns Redefluss.

»Wir haben Euren Reisebericht gelesen und fanden ihn sehr bemerkenswert. Wir zeigen auch Verständnis für diese Wunderlichkeiten der indischen Natur. Wofür Wir allerdings kein Verständnis aufbringen, ist die Tatsache, dass die Menschen dort als Sklaven gefangen genommen und nach Spanien verbracht wurden. Wir wollen die eroberten Länder unserem christlichen Mutterland einverleiben. Das bedeutet, das Wort Christi in die Herzen der Menschen zu bringen. Ihr seid Botschafter Christi und kein Sklavenhändler, Don Cristóbal. Es ist unsere vornehmste Aufgabe, der Herde unseres HERRN viele neue Schafe zuzutreiben. Ihr seid der Hirte und nicht der Schlächter dieser Lämmer.«

Colón hielt Isabéls strengem Blick stand.

»Nichts liegt mir näher als Euer Anliegen, das auch meines ist«, erwiderte er. »Und ich versichere Euch bei meinem Leben, dass ich nach nichts anderem trachte, als die Seelen dieser Heiden zu bekehren. Es ist meine Mission, das Christentum über das Meer zu tragen, und es ist meine Mission, Euren Majestäten das Gold Cipangus und Cathays zu Füßen zu legen. Nicht einen Schritt weiche ich von dieser heiligen Aufgabe ab, und weder die Stürme des Meeres noch die Widrigkeiten dieser verteufelten Wälder werden mich davon abhalten. Ich kehre zurück nach Indien, um meine Mission zu erfüllen, so wahr ich Cristóbal Colón heiße.«

Seine aufwühlende Rede, seine kompromisslose Überzeugung berührten Isabél. Sie nickte wohlwollend, obwohl ihr Gesicht ernst blieb. »Wir wissen Eure Passion zu würdigen und sagen Euch Unsere Unterstützung zu. Allerdings sehen Wir wenig Möglichkeit, weitere finanzielle Mittel aufzubieten. Wir werden Euch jedoch Fürsprache leisten.«

Colón verbeugte sich und zog sich zurück. Dankesworte kamen nicht über seine Lippen.

»Vergesst bei der Bekehrung der Heiden nicht, ihr Gold einzufordern. Vor allem aber vergesst nicht, es nach Spanien zu bringen!«, rief Fernando ihm nach.

Während Admiral Colón mit großen Mühen die Mittel für eine dritte Expedition zusammensuchte, um endlich das Christentum jenseits des dunklen Meeres zu verbreiten, gelangte der Glaube innerhalb Kastiliens und Aragóns bald zu besonderer Reinheit. Waren beide Königreiche politisch noch immer mit einem lockeren Band verbunden, so führte die durch die Heilige Inquisition betriebene unbarmherzige Ausmerzung jeglichen Ketzertums zu einer wesentlich festeren Verbindung beider Länder. Der Katholizismus in seiner reinsten Form einte Kastilien und Aragón. Die Menschen besaßen jetzt etwas Gemeinsames, das sie zu einem Volk werden ließ, den reinen Glauben.

Für viele einfache Menschen aus dem Volk bedeutete es eine Sicherheit, eine Festigkeit, die zur Grundlage ihres Daseins wurde. Der religiöse Fanatismus besaß durchaus seine Vorteile. Er verhinderte die Unsicherheit des Fremden, des Andersartigen. Er kämpfte gegen die Hexerei, gegen das Böse in der Welt. Mit jedem Scheiterhaufen, auf dem Häretiker ihre Läuterung erfuhren, wurde die Welt ein bisschen besser.

Dieser felsenfesten Überzeugung war auch der Großinquisitor Tomás de Torquemada. Die ungeteilte Unterstützung der Majestäten erleichterte ihm seine unumschränkte Machtausübung. In seinem blutigen Wahn kannte er keine Grenzen. Der Mord an dem Inquisitor Pedro Arbuez durch eine von Conversos betriebene Verschwörung zeigte ihm, dass er sich auf dem rechten Weg befand. Dass ausgerechnet der Papst versuchte, ihn mit allen Mitteln daran zu hindern, sein Werk zu vollenden, erschütterte und verletzte Torquemada zutiefst. Selbst die Kirche war durchsetzt mit dem Bösen, dem Gotteslästerlichen. Es demütigte den Großinquisitor maßlos, dass ihm der Papst zwei Beiräte zuordnete, um seine Sonderrechte einzuschränken. Zum Glück konnte der Papst ihn nicht seiner Position entheben, was er wohl liebend gern getan hätte.

Derart von Undankbarkeit und Missachtung seines großartigen Wirkens gegenüber brüskiert, verließ Torquemada den Königshof und zog sich in sein Kloster nach Segovia zurück. Doch Dank seiner ausgeklügelten Organisation verbreitete er selbst aus der Mönchszelle noch Angst und Schrecken im Land. Das grüne Banner der Heiligen Inquisition wurde das Symbol, das sich untrennbar mit der asketischen Gestalt des fanatischen Mönchs verband.

Dabei war es nicht Torquemadas Absicht, dass er sich selbst ein Denkmal setzte. Er betrachtete sich selbst nicht als maßgebend, sehr wohl aber seine Überzeugung und sein Wirken. Spanien brannte und reinigte sich selbst. Dass er selbst einer Converso-Familie entstammte, erschütterte ihn in seiner Kompromisslosigkeit keineswegs.

Das Feuer, das in seinem Körper und in seinem Hirn loderte, verzehrte nicht nur ihn, sondern auch das Land. Die Ordnung, die Stabilität, die in Kastilien und Aragón herrschten, basierten auf Angst und Schrecken. Sie waren trügerisch und grausam, sie lähmten Fortschritt und Wirtschaft. Doch weder Torquemada und seine gnadenlose Organisation noch die königlichen Majestäten ließen sich in ihrem Reinheitsfanatismus davon beeindrucken. Die Einheit des Reiches bedeutete Einheit des Glaubens. Diesem großen Ziel musste sich alles andere unterordnen. In Isabéls Bestreben, alles hundertprozentig zu machen, übertrumpfte Spanien in seinem inquisitorischen Eifer alle anderen Länder Europas.

Das Wirken der Inquisition bot den Königen zudem noch mehrere Vorteile. Sie war eine fast unerschöpfliche Einnahmequelle, denn das Vermögen verurteilter Ketzer fiel der Krone zu. Jegliche innere Opposition wurde im Keim erstickt. Im Glauben der alleinseligmachenden Kirche verwirklichte sich die göttlich-menschliche Ordnung. Jeder Mensch trachtete danach, in einer festgefügten Ordnung zu leben. Ketzerverbrennungen wurden zur Selbstverständlichkeit und Ausdruck der festgefügten göttlichen Ordnung auf Erden. Die sie begleitenden Festlichkeiten, Stierkämpfe, Schauspiele und prunkvollen Prozessionen unterhielten das Volk und fanden dessen Zustimmung. Und solange man nicht selbst von der Verfolgung betroffen war, gehörten diese Aktivitäten zur Selbstverständlichkeit und im Denken der Menschen festverwurzelten Vorstellung von Gottes Willen.

In jenem für Isabél und Fernando so schicksalhaften Jahr 1498 erlosch das Feuer in Torquemadas Adern. Die Königin beweinte den Dominikanermönch aufrichtig. Das Feuer hatte Torquemada verzehrt. Die Scheiterhaufen in Spanien aber brannten weiter.

Er war klein und schlecht gewachsen, dieser Charles VIII., König von Frankreich. Er besaß ein ausgenommen hässliches Gesicht mit farblosen Augen, einer zu groß geratenen Hakennase und wulstigen Lippen, die er ständig geöffnet hielt, als bekäme er nicht genügend Luft. Seine Hände bewegte er in unkontrollierten Zuckungen, und er sprach stockend und wenig gewählt. Damit gab der Sohn Louis XI. nicht das Bild eines stolzen Eroberers ab. Doch ausgerechnet diese mitleiderregende Figur besaß großartige Ambitionen. Er wollte Gebiete besetzen, die ihm nicht gehörten, und er wollte Ziele erreichen, die noch niemand erreicht hatte. Er wollte sich mit seinem gottgefälligen Werk den katholischen Königen gleichstellen, ja, sich noch über diese stellen. Er nahm für sich schlichtweg das Recht des Stärkeren in Anspruch.

Doch nun hatte Charles Neapel erreicht und sah sich einer vereinigten Front von Feinden gegenüber, die sich in der Heiligen Liga zusammengeschlossen hatten. Auch dem realitätsfernen Phantasten wurde damit klar, dass er auf verlorenem Posten stand. Er entschloss sich zum Rückzug, der fast einer Flucht glich.

Mit einem Teil seiner Armee zog er nach Norden und überließ es einer Hand voll Soldaten, »sein Königreich Neapel« zu verteidigen. Gegen eine Übermacht des Söldnerheeres der Liga stürzte sich der stark kurzsichtige französische König in den Kampf, offensichtlich bar jeden Blickes für die Gefahr. Als die Truppen der Liga angesichts des greifbar nahen Sieges bereits den französischen Tross plünderten, gelang Charles und dem Rest seiner Soldaten die Flucht, um ihre Haut zu retten. Geschlagen und gedemütigt, weit entfernt von seinen hochfliegenden Zielen, erreichte Charles Lyon.

Fernando hätte es dabei bewenden lassen sollen, doch er wollte mehr. Er wollte Frankreich in die Knie zwingen. Allein hätte er es nicht vermocht. So versuchte er den englischen König zu überzeugen, doch dieser zeigte kein weiteres Interesse an Frankreich. Auch Maximilian hielt nicht viel von Fernandos Plänen, Frankreich in die Zange zu nehmen.

❧

Fernando blickte ungehalten auf, als Isabél in sein Kabinett stürmte. Ihre Stirn hatte sich vor Unmut umwölkt, und ihre Augen funkelten streitlustig.

»Lass die Finger von Frankreich, wenn du nicht ganz Spanien in ein Desaster stürzen willst«, zürnte sie.

Für einen Moment rang Fernando nach Luft. »Du mischst dich in meine Angelegenheiten«, knurrte er. »Außenpolitik ist meine Sache.«

»Nicht wenn sie mein Geld kostet«, gab sie spitz zurück. »Es ist eine fixe Idee von dir, den Fuchs bis in seinen Bau zu verfolgen. Pass auf, dass du darin nicht in die Falle gerätst.«

»Sollte dir entgangen sein, dass dieser Charles in Italien Kirchenrecht und Kirchengut mit Füßen getreten hat?«

»Nein, das ist mir nicht entgangen. Aber es ist nicht allein deine Sache, dieses Unrecht zu rächen. England und auch Habsburg lassen wohlweislich die Finger davon, um sie sich nicht zu verbrennen. Bist du so rachsüchtig und kurzsichtig?«

»Isabél, was soll das? Ich weiß sehr wohl, was ich will. Sizilien ist mein, und ich lasse es nicht zu, dass dieser Krüppel seine Finger danach ausstreckt.«

»Dieser Krüppel, wie du ihn zu bezeichnen trachtest, wurde geschlagen und ist nach Frankreich geflüchtet.«

»Wo er seine Wunden leckt und auf die nächste Gelegenheit wartet, wieder seine seltsamen Kreuzzugspläne aufzunehmen.«

»Die du für dich in Anspruch nehmen willst.«

»Irrtum! Ich will Spaniens Macht ausdehnen. Das ist doch wohl auch in deinem Interesse, oder?«

Sowohl Fernandos als auch Isabéls Stimme schraubten sich in die Höhe, der Streit drohte zu eskalieren.

»Frankreich war stets Kastiliens Freund und Verbündeter!«, rief Isabél aufgebracht.

»Aber nicht Aragóns«, entgegnete Fernando. »Was willst du eigentlich?«

Isabél schwieg unvermittelt und blickte Fernando fest an.

»Frieden«, sagte sie leise und ließ sich auf einen Stuhl sinken. »Ich will endlich Ruhe und Frieden.« Ihr Gesicht war grau geworden, sie wirkte um Jahre gealtert. Ihre Schultern hingen wie unter einer großen Last.

Mein Gott, sie ist alt geworden, dachte Fernando entsetzt. *Alt und kraftlos. Sie weckt ihren kämpferischen Elan nur noch, um mit mir zu streiten.*

Er wandte sich ab, damit Isabél nicht bemerkte, wie es in seinem Gesicht arbeitete. Es war Mitleid, das er für seine Gemahlin empfand. Es waren die persönlichen Schicksalsschläge, die das aus ihr gemacht hatten. Er aber wollte sich nicht vom Schicksal unterkriegen lassen, nicht vom persönlichen und nicht vom politischen. Über zwanzig Jahre hatte er sich Isabél untergeordnet, nur ihre Strategien verfolgt, sich ihren Zielen angepasst. Er wollte endlich seine eigenen Ziele und Vorstellungen verwirklichen.

Jawohl, er war ihr dankbar, dass er mit ihrer Hilfe zu einem vereinten Spanien gelangt war. Doch er wollte nicht auf halbem Weg stehen bleiben. Hier musste seine Dankbarkeit enden.

»Tut mir leid, Isabél, aber Ruhe und Frieden wird es nicht geben. Ich werde Charles vernichten!«

Isabél, die zusammengesunken auf dem Stuhl hockte und ihre Hände gefaltet hielt, richtete sich auf. Ihre Augen brannten fiebrig. »Ist das dein letztes Wort?«, wollte sie wissen.

Fernando fuhr herum und blickte sie herausfordernd und kämpferisch an. »Mein letztes!«

Wortlos erhob sich die Königin und verließ den Raum. Sie schien nur noch ein Schatten ihrer selbst.

ꝏ

Fernando setze seine Drohung sofort in die Tat um. An der Grenze zu Frankreich kam es zu gegenseitigen Provokationen und Übergriffen. Fernando schürte die Überfälle, ohne dass sie allerdings viel bewirken konnten. Gleichzeitig schickte er Truppen nach Neapel. Die dort verbliebenen Reste der französischen Armee befanden sich in einer aussichtslosen Lage. Von der neapolitanischen Krankheit[30] dezimiert, versetzte ihnen die spanische Streitmacht unter Gonzalves de Córdoba den entscheidenden Schlag.

Während dieser Kampf tobte, verstarb der auf den Thron Neapels zurückgekehrte Ferrantino, und Fernando streckte begehrlich die Hand nach der Krone aus. Doch diesmal hatte er den süditalienischen Landadel gegen sich. Dieser wandte sich gegen den aragonesischen König als obersten Herrn und setzte einen Verwandten des Verstorbenen auf den Thron. Papst Alexander als oberster Lehnsherr Neapels hätte sehr wohl die Möglichkeit eines Eingreifens besessen, doch er zögerte.

---

30 Damalige Bezeichnung für Syphilis.

Fernando ahnte nicht, was sich hinter seinem Rücken ereignete. Isabél ließ es nicht auf sich sitzen, dass ihr Gatte sich ihrem Willen widersetzte. Weder aus Prinzip noch in diesem speziellen Fall. Ihre Beziehungen zu Frankreich waren ihr zu wertvoll, als dass sie sie sich von Fernando zerstören ließe. Um ihren Willen durchzusetzen, wählte Isabél einen ungewöhnlichen Weg. Sie suchte sich eine Verbündete, eine Frau. Es war Anne von Frankreich, die Herzogin von Bourbon.

Es bedurfte vieler geheimer Verhandlungen hinter Fernandos Rücken, bis es zum Waffenstillstand kam. In Alcalá de Henares wurde ein Vertrag aufgesetzt, der einen immerwährenden Waffenstillstand zwischen Frankreich und Spanien beinhaltete.

Fernando fiel aus allen Wolken, als er von den Aktivitäten der Königin erfuhr.

»Wie konntest du mich so hintergehen?«, tobte er.

Über Isabéls Antlitz flog ein bitteres Lächeln. »Ich habe dich nicht hintergangen, ich habe das getan, was vernünftig ist.«

»Vernunft, Vernunft! Es ist ein Komplott gegen Aragón!«

Isabél schob spöttisch die Unterlippe vor. »In dem Vertrag steht nichts von den italienischen Angelegenheiten, es ist ein Waffenstillstand, nicht mehr und nicht weniger. Es ist zwingend notwendig, die Allianz zwischen unseren Ländern wiederzubeleben. Du wahrst also dein Gesicht. Außerdem ...«, sie legte eine bedeutungsvolle Pause ein, während ihre Mundwinkel zuckten, »... soweit mir bekannt ist, befinden sich in der aragonesischen Staatskasse höchstens zwanzigtausend Dukaten an Steuereinnahmen. Nicht gerade viel, um einen Krieg zu führen.«

Fernando öffnete den Mund, um etwas zu entgegnen, aber es hatte ihm die Sprache verschlagen.

Isabél erhob sich und raffte ihre Röcke, als sie den Raum verließ. In der Tür drehte sie sich noch einmal um. »*Der Punkt geht an mich*, mein Lieber«, sagte sie leise.

Kurze Zeit später starb der französische König Charles VIII. plötzlich und unerwartet. Er habe sich im Schloss von Amboise den Kopf an einer Tür gestoßen, lautete die offizielle Todesnachricht. Es blieben viele Zweifel. Fernando beschloss im Stillen, diese Tür vergolden zu lassen, sobald sich seine Kasse wieder gefüllt hatte.

Mit der Berufung des Franziskanermönchs Jimenéz de Cisneros zum Primas der kastilischen Kirche und damit zum Nachfolger Kardinal Mendozas bekam Isabél einen Mann an ihre Seite, der innerhalb kürzester Zeit eine gewaltige Machtfülle gewann. Als Beichtvater der Königin gewann er Einblick in ihre intimste Denkweise, als Kirchenmann wurde sein Wort bindend.

Die Hingabe und Strenge, die er in seinem Orden praktizierte, wandte er nun auf sein neues Amt an. Was er tat, tat er ganz. Genau in dieser Handlungsweise fühlte sich Isabél mit dem asketischen Mönch besonders verbunden. Seine Zielstrebigkeit imponierte ihr.

Zunächst schritt er gegen die weltliche Lebensweise vieler Bischöfe ein und verwies die Geistlichen auf ihre religiöse Aufgabe. Unter Androhung strenger Strafen setzte er die Kirchenreform durch. Vom einfachen Ortsgeistlichen bis zum Bischof hatten sich alle Geistlichen daran zu halten. Er selbst lebte Askese, Bescheidenheit und die Abkehr von weltlichem Laster vor. Doch es häuften sich die Klagen innerhalb des Klerus über den allzu strengen Oberhirten. Isabél konnte nicht umhin, ihn zu einer Unterredung vorzuladen.

Es war ihr mehr als unangenehm, ausgerechnet Cisneros, dem sie viel Sympathie entgegenbrachte, zur Rede zu stellen. Nervös lief sie in dem kleinen Raum auf und ab, der sich hinter dem Thronsaal befand. Hier bereitete sie sich auf die Empfänge vor, hier war sie allein und ungestört. Hier konnte sie auch ihre Nervosität zeigen, die sie plötzlich befiel. Warum nur konnte sich Cisneros nicht etwas mäßigen, zumal er bereits vom Papst dazu aufgefordert worden war? Sie selbst hatte für ihn Verständnis, aber sie konnte die massiven Klagen der von Cisneros radikal zurechtgewiesenen Geistlichen nicht ignorieren.

Isabél atmete tief durch und stieß die Luft aus. »Bringen wir es hinter uns«, seufzte sie. Sie warf den Kopf in den Nacken und betrat hoheitsvoll den Saal. Die Anwesenden verbeugten sich tief vor der Königin. Unwillig wehrte sie die helfende Hand des Hofmarschalls ab, der ihr beim Hinsetzen behilflich sein wollte. Es war keine Audienz im eigentlichen Sinne, und aus gutem Grund waren nur wenige Ratgeber anwesend.

Der Franziskanermönch trat vor sie und verbeugte sich nur leicht. Er trug seine braune Kutte mit einem groben Strick um den Leib. Selbst zu dem Empfang vor der Königin war er nicht gewillt, eine angemessene Kleidung anzulegen. Isabél nahm es stillschweigend zur Kenntnis.

»Ich hörte, dass es mit dem Aufbau der Universität in Alcalá vorangeht«, begann Isabél mit einem unverfänglichen Thema und um sich Mut zu machen. »Euer Anteil daran ist beachtlich und lobenswert.« Sie schluckte, und ihre Finger krampften sich um die reich geschnitzten Armlehnen ihres Thrones. »Ich hörte allerdings auch, dass es vermehrt zu Klagen ob Eures allzu strengen Durchgreifens in der Sache der Kirchenreform kam.«

Cisneros zuckte mit keiner Miene.

»Ich gebe zu, bei all Euren Verdiensten und der Ernsthaftigkeit Eures Vorgehens, dass diese Maßnahmen tatsächlich überzogen sind. Ihr solltet Euch mäßigen, Eminenz.«

Innerhalb eines Augenblicks schlug Cisneros' Stimmung um. Sein Gesicht lief rot an, und seine Augen funkelten zornig.

»Ich mich mäßigen, Hoheit? Es gibt wohl kaum einen Diener Gottes, der sich mehr mäßigt als ich. Und es ist meine hochheilige Aufgabe, die gesamte Geistlichkeit von den weltlichen Umtrieben zu reinigen. Es kann kein reiner Glauben existieren, wenn die Diener der Kirche nicht selbst rein sind. Rein meine ich, gereinigt vom weltlichen Schmutz. Sünde und Verführung lauern überall, und auch die Diener Gottes sind davor nicht gefeit. Es ist meine Aufgabe, sie auf den rechten Weg zu bringen, und daran hindert mich weder die Königin noch der Heilige Vater!«

Isabél schnappte nach Luft. Sie bewunderte Cisneros' Geradlinigkeit und Aufrichtigkeit, Unterwürfigkeit gehörte offensichtlich nicht zu seinen Stärken.

»Hochwürden, wisst Ihr überhaupt, mit wem Ihr redet?«, schnaubte sie, empört über diese Respektlosigkeit.

»Allerdings«, gab Cisneros ebenso erregt zurück, »mit Königin Isabél von Kastilien, die ebenso wie ich aus Asche und Staub besteht.«

Einen Augenblick herrschte atemlose Stille im Saal. Alle Augen hefteten sich auf die Königin, deren Fingerknöchel weiß hervortraten, so heftig krallte sie sich an die Armlehnen.

»Ihr seid kühn«, gab sie erstaunlich ruhig zurück. »Befürchtet Ihr nicht, dass Ihr für diese Respektlosigkeit mit dem Strick Eures Gewandes an dem nächsten Baum aufgehängt werdet?«

»Ich kann Euch nicht daran hindern, es zu tun, Majestät. Es ändert aber nichts an der Wahrheit. Es sollte mich nicht verwundern, dass Ihr der Reformierung der Kirche durch eine kompromisslose Reinigung ebenso halbherzig gegenübersteht wie der Reinigung Kastiliens von den Ungläubigen.«

»Wie bitte?« Isabél beugte sich vor, und ihre Augen fixierten den unverschämten Mönch. »Ihr wagt, mich zu kritisieren?«

»Wie sonst wäre zu erklären, dass es im Lande immer noch von Ungläubigen wimmelt?«

»Die Juden sind ausgewiesen, und meines Wissens wurden all jene Ungetauften verfolgt, die nicht bis zum angegebenen Tag das Land verlassen haben.«

»Ich meine nicht die Juden, Majestät, ich meine die Mauren.«

Langsam lehnte sich die Königin zurück und betrachtete Cisneros unter halb gesenkten Lidern hervor. »Es sind Verträge, die Uns dazu verpflichten. Es gibt keinen Grund, dass Wir die Verträge brechen, solange die Mauren sie nicht brechen.«

»Dann haltet Euch doch an die Verträge, Majestät«, höhnte Cisneros. »Ihr werdet sehen, was Ihr davon habt!« Mit einem angedeuteten Kopfnicken und schnellen Schritten verließ er den Saal.

Isabél starrte ihm nach. Das alles hatte sie schon einmal erlebt, das alles kam ihr so bekannt vor. Torquemada! Sie griff sich an die Stirn.

War sie wirklich so blind geworden, dass sie den Unrat vor der eigenen Tür nicht sah?

Granada geriet in Unruhe, und schuld daran war Jimenéz de Cisneros. Nach der Unterredung bei Königin Isabél war Cisneros endgültig der Überzeugung, dass die Majestäten nicht konsequent genug gegen die Ungläubigen vorgingen. Die Zwangsbekehrungen und Ausweisungen der Juden waren nur der halbe Weg zur Säuberung Spaniens von dem verderblichen Einfluss der Ungläubigen. Das große Problem blieben seiner Meinung nach die Moslems. Ihnen hatten die Majestäten Bleiberecht, Ausübung ihrer gotteslästerlichen Religion sowie alle Freiheiten, die auch einem Christenmenschen zustanden, zugesichert. Sie beriefen sich auf Verträge, aber diese Verträge richteten sich gegen den wahren Glauben und die Christenheit. Wenn die Könige nichts unternahmen, würde Cisneros etwas unternehmen.

Zunächst ahnte niemand etwas, als einige moslemische Kinder verschwanden. Man verdächtigte Räuber, Hochwasser, wilde Tiere. Doch immer mehr Kinder verschwanden plötzlich und spurlos, sodass nicht nur bei den besorgten Eltern, sondern allgemein in der Stadt Unruhe und Unsicherheit ausbrachen. Niemand konnte sich erklären, was mit den Kindern geschehen war.

Doch dann gab es Zeugen, die gesehen hatten, wie Kinder in den Gassen von finsteren Gestalten gepackt und in Säcke gesteckt wurden. Das Schreien der Unglücklichen rief Bauern, Händler und Soldaten herbei, die mit Knüppeln auf die finsteren Entführer einschlugen.

»Was habt ihr mit den Kindern vor? In wessen Namen tut ihr das?«, schrien sie empört. Ein besonders kräftiger Schlag auf den Kopf ließ wohl einen der Entführer zur Besinnung kommen.

»Er will es, der Bischof«, stammelte er.

»Welcher Bischof?«

»Cisneros. Er gab den Auftrag.«

»Der soll uns kennen lernen!«

Die empörten Bürger stürmten zu Cisneros' Palast, in dem sich der Bischof verschanzt hielt.

»Gib unsere Kinder heraus, du erbärmlicher Hund!« Sie schlugen gegen Tür und Fensterläden und hätten wohl das Haus gestürmt, wären die königlichen Wachen nicht eingeschritten.

»Komm heraus, du Feigling, damit wir dich richten können!« Der Volkszorn kochte und machte sich lautstark Luft.

Natürlich wurden die Majestäten von dem unerhörten Ereignis informiert. Vor allem Fernando empörte sich über Cisneros' eigenmächtige Aktionen. Ihm war die Institution der Heiligen Inquisition zum unentbehrlichen Hilfsmittel geworden, um seine Idee von einer großen, über die jetzigen Reichsgrenzen hinaus reichenden Politik zu verwirklichen. Zu einer Großmacht gehörte auch eine einheitliche Religion. Schritt für Schritt näherte er sich diesem Ziel. Die von Cisneros verursachten Unruhen passten überhaupt nicht in seinen Plan und erzürnten ihn.

»Da hast du deinen übereifrigen Mönch«, wetterte er und warf Isabél böse Blicke zu. »Du betest ihn ja an wie einen Heiligen. Blödsinn verzapft er, Unruhe provoziert er und wiegelt die Mauren gegen uns auf. Sein Glaubenseifer ist schlichtweg schädlich und durchkreuzt meine Pläne.«

»Deine Pläne?« Isabél hob die Augenbrauen. »Von welchen Plänen sprichst du? Liegt es denn nicht in unserem Interesse, endlich das Christentum als Staatsreligion durchzusetzen? Cisneros hat recht, die Mauren untergraben dies.«

»Dein Glaubenseifer in allen Ehren, meine liebe Isabél, aber doch nicht mit solchen Mitteln! Ich lasse mir von diesem Kuttenträger nicht auf der Nase herumtanzen. Ich hoffe nur, unser guter Talavera kann die aufgebrachten Massen besänftigen. Ihm vertrauen die Muselmanen. Und Cisneros soll sich für sein Verhalten rechtfertigen. Wer regiert hier eigentlich im Lande?«

Isabél schwieg betroffen. In Glaubensfragen hatte sie immer ihren kirchlichen Ratgebern vertraut und ihnen freie Hand gelassen. Dass

Cisneros so über das Ziel hinausschoss ... Fernando hatte recht, sie konnte es nicht akzeptieren, dass Cisneros im Alleingang irgendwelche Maßnahmen durchsetzte. Wenn, dann mussten sie von der Königsmacht ausgehen. War Cisneros schon zu mächtig geworden?

Wieder musste der Bischof vor den Majestäten erscheinen, und er tat dies in altbekannter Manier. Als ein Meister der Dialektik und Überredungskunst dachte er nicht im Traum daran, sich zu verteidigen. Er griff an.

»Seht Ihr nun, Hoheiten, dass die Muslime die Verträge brechen? Sie lehnen sich gegen die Krone auf, sie haben den Pakt von sich aus gebrochen. Sie sind wie die Juden Gegner des Staatsgedankens. Ich verlange die Konvertierung der Moslems.«

»Ihr verlangt?«, fragte Isabél gedehnt. Auch wenn sie glaubte, sich in ihrer königlichen Würde gegen sein anmaßendes Auftreten verteidigen zu müssen, spürte sie doch, dass sie verloren hatte. Sie konnte seine Argumente nicht entkräften. Und vielleicht wollte sie es auch nicht. Es gab ihr die Möglichkeit, endgültig reinen Tisch zu machen und die Ungläubigkeit in Spanien auszumerzen. Für Kastilien galt dies ohnehin, und Fernando würde sich dem für Aragón nicht verschließen.

»Eure Forderung muss ich ablehnen, Eminenz«, erwiderte sie kühl. Auch von Cisneros ließ sie sich ihre königliche Autorität nicht untergraben. »Aber einem geistlichen Rat stehe ich stets aufgeschlossen gegenüber.«

Cisneros hatte erreicht, was er erreichen wollte. Die Königin verfügte die Bekehrung der Mauren zum Christentum. Wer sich dem widersetzte, dem drohte die Todesstrafe.

Und wieder setzte ein Zug von jämmerlichen Gestalten ein, vertrieben von dem unerbittlichen Primas der katholischen Kirche Spaniens. Diejenigen Moslems, die sich nicht bekehren ließen, mussten der Todesstrafe entfliehen und suchten ihr Heil in der Flucht nach

Nordafrika. Die bekehrten Moriscos jedoch wurden vom Heiligen Offizium in Córdoba überwacht, und es scheute keine Anstrengung, Häretiker und Abtrünnige unter ihnen ausfindig zu machen und der gerechten Strafe Gottes zuzuführen.

An der Schwelle des neuen Jahrhunderts waren die spanischen Königreiche zu einem Block des Glaubens verschmolzen und von Ketzertum und innerer Zersetzung gereinigt.

Der Palast von Gent erstrahlte in festlicher Beleuchtung. Dicht drängten sich die Gäste des Balles, den der Erzherzog ausrichten ließ. Es war ein bedeutendes Ereignis, und so sparten weder Edelleute noch geladene Bürger mit prächtiger Kleidung und erlesenem Schmuck. Im großen Kamin prasselte ein Feuer und vertrieb die Februarkälte aus dem Saal. Musikanten unterhielten die Gäste bis zum Eintreffen des Erzherzogs. Diener eilten geschäftig hin und her, die Damen beäugten sich abschätzend und taxierten den Wert des Schmuckes der anderen.

Dann klopfte der Oberhofmeister mit dem Stock auf den Boden. »Seine Hoheit, der Erzherzog Philipp von Habsburg und seine Gemahlin Juana von Kastilien!«

Ein Raunen ging durch die Menge. »Dass die sich auch mal wieder zeigt ...« – »Sie mochte wohl den schönen Philipp nicht allein tanzen lassen ...« – »Sie soll nur aufpassen, dass ihr nicht eine Mätresse den Herzog vor der Nase wegschnappt ...« – »Sie soll wieder in guter Hoffnung sein. Ein Wunder, dass sie sich so auf einen Ball begibt ...«

Juana verstand das Flüstern und Wispern zum Glück nicht, denn wenn sie es verstanden hätte, hätte es ihr wohl einen Stich versetzt. Sie hatte am flämischen Hof nichts zu lachen. Jeder schien ihr ablehnend oder gar feindlich gegenüberzustehen.

Ihr huldvolles Lächeln täuschte darüber hinweg, dass es kurz vor dem Ball einen heftigen Streit gegeben hatte.

»Nie willst du mich auf einen Ball oder ein Fest begleiten«, ereiferte sich Philipp. »Warum ausgerechnet heute?«

Juana reckte kämpferisch das Kinn vor. »Warum nicht? Du beklagst dich immer, dass ich keine öffentlichen Verpflichtungen wahrnehme. Nun beklagst du dich, wenn ich es tue. Ich kann machen, was ich will, es ist immer falsch, und ich mache es dir nie recht.«

»Das bildest du dir nur ein. Das Problem ist, dass es dir von einem Augenblick auf den anderen in den Sinn kommt, entweder zu gehen oder nicht zu gehen.«

»Gib zu, du bist doch froh, wenn ich nicht mitkomme, weil du dich dann ungeniert mit diesen losen Weibsbildern amüsieren kannst.« Ihr kastilischer Akzent verlieh ihrem mühsam erlernten Deutsch einen harten Klang.

»Wenn ich mich amüsieren will, dann tue ich es auch in deinem Beisein«, gab Philipp trotzig zurück.

Juana rang nach Luft und fasste sich an ihren hochschwangeren Leib. »Gib zu, du empfindest Widerwillen für mich.«

»Oh nein, meine Schöne, sonst würdest du jetzt kein Kind unter dem Herzen tragen. Ich finde es nur nicht gut, wenn du in deinem Zustand auf einen Ball gehst. Es wird zu anstrengend für dich und könnte dem Kind schaden.«

»Ach, jetzt denkst du auf einmal an das Kind. Es ist doch nur eine Ausrede, und das Kind ist dir ebenso egal wie ich.«

»Keineswegs. Und ich hoffe, dass es diesmal ein Sohn wird.« Philipp beruhigte sich, und seine Stimme wurde weicher.

Auch Juanas eifersüchtiger Zorn schien verraucht, und sie blickte sanft und mit einem fragenden Augenaufschlag.

»Warum darf ich dich dann nicht auf den Ball begleiten? Du kannst aller Welt zeigen, wie stolz du auf deinen Sohn bist.«

Philipp seufzte. Juanas Launen störten ihn. Er hatte allerdings nicht vor, sich die Freude auf den Ball von ihr verderben zu lassen.

»In Gottes Namen, dann lass dich ankleiden.« *Vielleicht gibt es kein Kleid, in das sie noch hineinpasst*, setzte er in Gedanken hinzu.

Doch das gab es, und wenig später führte Philipp seine immer noch schöne Gattin, die ein schwarzes, mit Goldfäden und Edelsteinen besticktes Samtgewand und einen seidenen Umhang darüber trug, durch den Festsaal zu einem reich geschnitzten Sessel auf einem Podest.

Juana und Philipp waren ein schönes Paar, das konnte jeder im Saal sehen, und viele Damen neideten Juana diesen Mann. Sichtlich stolz präsentierte Philipp seine hochschwangere Gattin und bemühte sich fürsorglich um sie. Er schien keinen Blick für die anderen Damen zu haben, begrüßte alle Gäste gleichermaßen freundlich und hoheitsvoll. Schon bereute Juana ihre vorwurfsvollen Worte. Vielleicht hatte sie Philipp Unrecht getan. Er war tatsächlich stolz auf seine schöne Gattin und das Kind, das sie unter dem Herzen trug.

Der Zeremonienmeister schlug wieder mit dem Stock auf, und die Musikanten begannen zu spielen. Augenblicklich wurde Juana klar, dass sie in ihrem Zustand nicht tanzen konnte. Dafür konnte sie von ihrem erhöhten Sitzplatz aus den Ballsaal und die sich amüsierenden Gäste gut überblicken. Und Philipp?

Mit den ersten Klängen der Flöten und Mandolinen erhob er sich und eilte zu einer der schönen, lebenslustigen und bemerkenswert schlanken Damen, um sie zum Tanz aufzufordern. Juana presste die Lippen zu einem dünnen Strich zusammen und kämpfte gegen die Tränen. Wie hatte sie nur einen Augenblick glauben können, Philipp hätte nur Augen für sie? Ihr Brustkorb schnürte sich zusammen, und ein heftiger Schmerz fuhr durch ihren Leib. Selbst vor all den Gästen musste er sie demütigen!

Die Demütigung schmerzte sie. Sie schmerzte sie so sehr ... Juana hielt den Atem an und wartete, bis der heftige Schmerz vorbeiging. Nein, nicht jetzt! Nicht ausgerechnet jetzt!

Ihre Augen suchten Philipp. Sie wollte ihm mitteilen, dass sein Sohn unbedingt auf die Welt kommen wollte. Er sollte stolz auf sie sein, er sollte ihr zulächeln. Philipp lächelte, doch das Lächeln galt seiner Tanzpartnerin. Für Juana hatte er keinen Blick übrig.

Eine neue Wehe durchflutete Juana. Sie verhielt den Atem, bis ihre Lippen blau wurden. Sie befand sich mitten in einem Ballsaal! Da konnte sie doch unmöglich ein Kind gebären!

Philipp flüsterte seiner Tanzpartnerin etwas ins Ohr. Seine Wange war ganz nah an ihrer, dann lachten beide. Sie wirkten so vertraut, so innig. Juana ballte die Fäuste zusammen. Am liebsten würde sie aufspringen und diesem Weibsbild mit den Fingernägeln das Gesicht zerkratzen. Doch wieder überwältigte sie der Schmerz. Etwas Feuchtes rann an ihren Beinen herab. Sie breitete den Rock des Kleides darüber. Von einigen umstehenden Hofdamen und Höflingen erntete sie befremdliche Blicke. Offensichtlich erwarteten alle einen öffentlichen Eifersuchtsausbruch von ihr.

Juana schloss die Augen, ihre Hände zitterten. »O mein Gott, mein Gott!« Niemand wandte sich an sie, niemand schien in Sorge um sie. Wie auch, wenn die Verwaltung ihres Hofstaates, ja sogar die Aufsicht über ihr Gesinde in den Händen der Flamen lagen? Sie war entmündigt, isoliert, ein Fremdkörper am flämischen Hof mit den lockeren Sitten und Bräuchen, die Juana nicht akzeptieren konnte.

Mühsam stemmte sie sich aus dem Sessel empor. Ihre Beine wollten ihr den Dienst versagen. »Ich ... ich möchte mich zurückziehen«, flüsterte sie. Zwei Hofdamen traten zu ihr und stützten sie. Ihre Mienen drückten aus, was Philipp ihr vorher schon an den Kopf geworfen hatte: Sie mutete sich zu viel zu.

Mit watschelnden Schritten, auf die beiden Hofdamen gestützt, schleppte sie sich den Gang entlang, um ihre Gemächer zu erreichen. Eine erneute Wehe ließ sie sich zusammenkrümmen.

»Was ist mit Euch, Hoheit?«, wollte die eine Hofdame wissen. Die andere blickte zurück und bemerkte eine feuchte Spur hinter Juana.

»Sie hat unter sich gemacht«, flüsterte sie. »Da ist der Abtritt.«

Beide hoben Juana an, um sie in das kleine Kabinett mit dem Abtritt für die Gäste zu hieven.

Juana schrie auf und krümmte sich erneut. »Das Kind kommt, das Kind kommt!«

»Was?« Die Hofdamen ließen sie fast gleichzeitig los, und Juana stürzte auf den Boden. Panisch schauten sie sich um. »Ihr müsst in Eure Gemächer, Hoheit!«

Doch es war zu spät. Juana hangelte sich auf einen Holzstuhl, der in der Ecke stand.

»Schnell, hol eine Hebamme und heißes Wasser.«

»Eine Hebamme? Wo soll ich jetzt eine Hebamme finden?«

Juanas Schrei brachte die Hofdamen zur Besinnung und beide liefen los, um Hilfe und Wasser zu holen.

Es gab ein heilloses Durcheinander. Mägde, Hofdamen, zwei Ärzte und eine füllige Frau, die immer wieder abgedrängt wurde, obwohl sie behauptete, die Hebamme zu sein, liefen durcheinander. Als sie allesamt in das winzige Kabinett des Abtritts drängten, war das Kind schon geboren. Es war ein Sohn!

ဆ

Den Winter des Jahres 1500 verbrachte Königin Isabél in Granada. In der milden Luft Andalusiens hoffte sie, ihre angeschlagene Gesundheit wiederherzustellen. Ihre Freundin Beatríz befand sich auch diesmal an ihrer Seite, spendete ihr Trost, Beistand und Aufmunterung.

Ein dunkler Spitzenschleier bedeckte Isabéls Haupt. Er vermittelte ihr das Gefühl, sich hinter den Gittern einer Klosterzelle zu verstecken. Ihr war bewusst, dass sie sich niemals in ein Kloster würde flüchten können. Sie war die Königin, die an der Spitze des Staates stand und sich vor nichts fürchten durfte, vor keinem äußeren Feind und vor keiner inneren Katastrophe. Welche Herausforderungen hatten sich ihr schon in den Weg gestellt, und sie hatte sie alle angenommen!

Sie würde sie auch jetzt annehmen, doch sie spürte deutlich, wie ihre Kraft versiegte. Sie hasste ihren Körper, der nicht mehr straff und geschmeidig, kraftvoll und widerstandsfähig war. Sie hasste es, wenn sie ihre eigene Schwäche spüren musste. Sie hasste es, immer wieder kämpfen zu müssen. Es waren keine Kriege auf dem Schlachtfeld, das Schlachtfeld befand sich in ihrer Seele. Nach außen zeigte sie nach wie vor hoheitsvolle Stärke und Unerschütterlichkeit. Niemand sollte wissen, wie es in ihrem Inneren aussah.

Juans Tod hatte ihr das Herz gebrochen. Es war eine ganz persönliche Tragödie für sie als Mutter, ihren einzigen und über alles geliebten Sohn zu verlieren. Es war aber auch eine Tragödie für Kastilien und den Königsthron, denn sie und Fernando hatten alle Kraft und Fürsorge in Juan als Thronfolger gelegt. Nach dem Tod der Infantin Isabél lagen nun alle Hoffnungen der Königin auf ihrem Enkelsohn Miguel. Am liebsten hätte sie ihn in ihre eigene Obhut genommen.

Bislang hatten sich alle Dinge, die sie selbst in die Hand nahm, zum Besten gewendet. Dass sie nun in Kastilien weilte, während Miguel sich in Lissabon am portugiesischen Königshof befand, brachte sie um den Schlaf. In der Dunkelheit der Nacht grübelte sie stundenlang darüber nach, wie sie den kleinen Infanten an die schweren Aufgaben der Thronfolge heranführen konnte. Er war gerade zwei Jahre alt, von zarter Gesundheit und so fern von ihrem Einfluss. Nicht, dass sie König Manuel von Portugal misstraute. Er ließ es gewiss nicht an Sorgfalt bei der Erziehung des Prinzen fehlen. Die Granden Portugals hatten dem kleinen Prinzen den Treueid geleistet. Doch Isabél besaß stets ihre eigenen Vorstellungen, hochgesteckt und anspruchsvoll, was die Königswürde betraf. Vor allem aber fürchtete sie eine schlechte moralische Beeinflussung. Leichtlebigkeit, Unkeuschheit und Prunksucht gab es an jedem Königshof. Der kleine Miguel sollte nicht dadurch verdorben werden.

Während sich Isabéls Gedanken und Sorgen um Miguel drehten, erreichte sie die Nachricht von der Geburt eines anderen Enkelsohns aus Gent. Juana hatte ihm, offenbar unter obskuren Bedingungen, das Leben geschenkt. Isabél nahm es zur Kenntnis, richtete eine bescheidene Jubelfeier aus und ließ das Ereignis in allen Kirchen Kastiliens verkünden. Damit ließ sie es bewenden.

In Flandern dagegen wurden verschwenderische Feste gefeiert. Das Feuerwerk, das vom Kirchturm von Sankt Nikolaus abgeschossen wurde, war in einem Umkreis von sechs Meilen zu sehen. Zehntausend Fackeln wurden auf dem Zug zur Johanniskirche mitgeführt, wo die Taufe stattfinden sollte.

Margarethe, inzwischen wieder nach Flandern zurückgekehrt,

wurde die Taufpatin von Juanas Sohn. Er erhielt den Namen seines Urgroßvaters, des letzten Herzogs von Burgund: Karl[31].

Die Nachrichten, die Isabél aus Flandern erhielt, trugen nicht dazu bei, ihre Sorgenfalten zu glätten. Ein spanischer Gesandter, der ein Auge auf Juana werfen sollte, schrieb an seine Königin: *»Was für ein Volk schlechter Christen und gottloser Prasser! Ihnen liegen die Freuden der Tafel und alles, was damit zusammenhängt, wesentlich näher als die Sorge um ihr Land. In ihren bunten Wämsern hocken sie schmatzend mit fettigen Fingern am liebsten an übervoll gedeckten Tafeln und saufen Unmengen von Bier. Sie sind von drallem und derbem Wesen, leichtlebig und verantwortungslos.«*

Juana war nicht Isabéls Lieblingstochter. Von ihrem verschlossenen Charakter fühlte sich die Königin abgestoßen und seltsam gelähmt. Sie fand keinen Zugang zu Juanas Seele und konnte mit ihren gelegentlichen Temperamentsausbrüchen nicht umgehen. Es erinnerte sie vielmehr an die tragische Geisteskrankheit ihrer eigenen Mutter, die zeitweise in tiefe Depression, dann wieder in übereifrige Aktivitäten verfiel. Sollte sich diese verhängnisvolle Krankheit bei Juana wiederholen?

Sie schob den Gedanken daran weit von sich. Es war wichtiger, dass sie sich um Miguel kümmerte. Sie würde ihn nach Andalusien holen. König Manuel musste sich damit einverstanden zeigen. Isabél war hartnäckig genug, um ihren Willen durchzusetzen.

Auch aus dem fernen Indien drangen beunruhigende Nachrichten nach Kastilien. Von einer Revolte gegen die Familie Colón war die Rede, die Beschwerden heimkehrender Spanier gegen den Genuesen waren massiv. Als Tyrann wurde Cristóbal Colón bezeichnet, der vorschnell zu grausamen Strafmaßnahmen wie Folter, Enthaupten und Erhängen greife. Krankheiten grassierten unter den Eroberern und

31 Der spätere Karl V.

forderten zahlreiche Opfer. Und die Unzufriedenheit unter ihnen wuchs immer mehr.

Isabél warf Fernando einen kurzen Blick zu, während er sich über die Karte auf dem Tisch beugte.

»Wir müssen etwas unternehmen. Was die heimkehrenden Seefahrer berichten, zeugt von unerhörten Vorgängen.«

»Hm.« Fernando kratzte sich nachdenklich das glatt rasierte Kinn. »Wenn es stimmt.«

Isabél horchte auf. »Du glaubst, diese Männer lügen?«

»Nein, das glaube ich nicht. Nur scheinen mir ihre Schilderungen ... nun, sagen wir ... sehr einseitig.«

»Dann werden wir den Wahrheitsgehalt der Anschuldigungen überprüfen. Wir senden einen vertrauenswürdigen Edelmann nach Indien, der die Vorfälle untersuchen wird.«

»Und wie ich dich kenne, weißt du auch schon, wen du damit beauftragen wirst.« Fernando konnte sich ein belustigtes Grinsen nicht verkneifen.

Isabél ging nicht auf seinen scherzhaften Ton ein. »Selbstverständlich. Er muss ehrlich und streng religiös sein. Diese Insel Hispaniola scheint ein Hort der Sünde und Anarchie zu sein. Der Ehrenmann muss selbständig entscheiden können.«

»Schon gut. Wer ist es?«

»Francisco de Bobadilla.«

Fernando nickte nur. Francisco war ein Verwandter von Isabéls Freundin Beatríz und diente seit vielen Jahren treu der Krone. Er galt als ein verlässlicher Mann, klug und umsichtig. »Er soll nicht vergessen, endlich das Gold mitzubringen, das dieser Colón uns versprochen hat.«

Die Königin erwiderte nichts. Ihr Sinn stand ihr im Augenblick nicht nach Gold oder anderen Reichtümern. Es gab etwas, das nicht mit Gold oder Gewürzen zu erkaufen war: Miguels Gesundheit. Und die war mehr als schwach.

Seit kurzer Zeit lebte der Thronfolger nun am kastilischen Hof. Isabél hatte darauf bestanden. Sie eilte an das Bett des Kindes und beugte sich über den fiebernden kleinen Körper. Ein anderes Bild erschien vor ihrem geistigen Auge: wie sie sich über Juans Bett beugte, als er noch klein war. Auch seine Gesundheit war so zart und anfällig. Wie oft hatte sie die Nächte an seinem Bett verbracht, ihm lindernde Umschläge verabreicht und das Haar aus seiner verschwitzten Stirn gestrichen. Isabél verspürte ein schmerzhaftes Ziehen in der Brust. Nach Juan war nun Miguel ihre große Hoffnung. Sie kniete neben seinem Bettchen nieder und betete.

Vielleicht war nicht nur die Kraft aus ihrem Körper, sondern auch aus ihren Gebeten gewichen. Gott gefiel es, Isabéls Bitten und Flehen nicht zu erhören. Am 20. Juli starb der kleine Miguel.

Wenige Wochen später kehrte Francisco de Bobadilla von der Insel Hispaniola zurück. In seiner Begleitung befand sich Don Cristóbal Colón, der Vizekönig Indiens und aller von ihm entdeckten Inseln und Ländereien – in Ketten.

Teil 6

Isabél, die Frau
1500–1504

Die neue Erbin

Die Kälte kroch aus den Mauern des Schlosses wie eine unsichtbare Krake und umschlang Isabél mit tausend Armen. Die Königin zog ihren pelzverbrämten Umhang enger um ihre Schultern. Die Winterkälte war gleichbedeutend mit der Kälte des Schicksals, das sie heimsuchte. Bulbitos Fluch, war er nicht gleichbedeutend einem Fluch der vielen tausend, von Torquemada durch das Feuer ihrem Seelenheil zugeführten Verurteilten? Fanden ihre Seelen keine Ruhe im Paradies, und übten sie noch immer auf Erden ihre unheilvolle Wirkung aus?

Auch wenn ihr Beichtvater ihr zu verstehen gab, dass es keinen Grund gebe, an der Richtigkeit und Unfehlbarkeit der Heiligen Inquisition und ihrer Rechtssprechung zu zweifeln, so fragte sich Isabél, was diese Anhäufung von Schicksalsschlägen verursacht hatte. War es tatsächlich Gottes Wille, der ihr all das nahm, wofür sie gelebt und gekämpft hatte?

Das Kläffen der beiden kleinen Hunde, die Beatríz zu Isabéls Aufheiterung mitgebracht hatte, unterbrach Isabéls düstere Gedanken. Vielleicht lag es wirklich nur an der etwas schwermütigen kastilischen Mentalität, dass Isabél sich derartigen Tagträumen hingab. Sie griff nach einem der Tiere und hob es zu sich auf den Schoß. Beatríz gab sich viel Mühe, ihre Freundin Isabél aufzuheitern, und Isabél tat es leid, dass diese gut gemeinte Absicht häufig misslang.

Sorgsam streichelte sie über das seidenweiche Fell des Hundes. Juan hatte auch solch feines Haar besessen. Unwillkürlich schossen Tränen in Isabéls Augen. Peinlich berührt, senkte sie den Kopf. Es ziemte sich nicht, so unbändig zu trauern. Es war Gottes Wille, dass Juan gestorben war, und Gottes Willen durfte man nicht betrauern. Es bedeutete Zweifel an Gottes Willen, und jeglicher Zweifel lag Isabél fern. Doch sie war nicht nur eine tiefgläubige Katholikin, sie war nicht nur Königin, sondern sie war auch Frau und Mutter. Und als Mutter zerriss es ihr immer noch das Herz.

Ja, Isabél dachte ans Sterben. Ihr Körper zeigte so viele Alterserscheinungen, dass sie manchmal wünschte, aus diesem Körper entfliehen zu können. Vor allem aber sehnte sie sich nach Ruhe und Frieden. Jahrzehnte des Kampfes hatten ihre Spuren hinterlassen. Sie war des Kämpfens müde.

»Ich gewinne den Eindruck, Philipp hält uns hin«, ließ sich Isabél unvermittelt vernehmen. »Dabei wäre es für Juana das Beste, wenn sie zurück nach Kastilien käme.«

Beatríz hob kurz den Kopf, während sie die kleinen Stoffbälle warf, denen die Hunde mit freudigem Gekläff nachjagten. »Wahrscheinlich meint der Erzherzog, dass es für ihn weniger genehm wäre. In Flandern soll es recht zügellos zugehen.«

»Ebendeshalb. Juana befindet sich dort in keiner guten Gesellschaft. Ihre Schwermütigkeit gibt mir zu denken. Das soll angeblich die Ehe der beiden zerrüttet haben. Ich würde mir liebend gern selbst ein Bild davon machen.«

»Ist Juana nicht wieder guter Hoffnung? Dann kann es doch nicht so schlimm um die Ehe stehen«, erwiderte Beatríz.

Isabél zuckte mit den Schultern. Es wirkte hilflos und resigniert. Was war nur aus der kämpferischen, geradlinigen und unerschütterlichen Isabél geworden?

Beatríz war wohl die einzige enge Vertraute, vor der die Königin ihr wahres Gesicht zeigte. Sie hätte es vor ihr wohl auch gar nicht verbergen können, dazu kannte Beatríz sie zu gut. Vor jedem anderen gab sich die Königin hoheitsvoll, unnachgiebig, streng. Selbst Fernando gegenüber. Sie war ihm nichts mehr schuldig.

Er hegte ohnehin andere Interessen. Neapel stand immer noch zur Debatte. Frankreichs neuer König Louis XII., Maximilian und selbst der englische König versuchten, Philipp für ihre Interessen zu gewinnen.

»Ich werde nicht dulden, dass man so mit mir umspringt!« Isabél erhob sich und vertrieb einen der Hunde von ihrem Schoß. »Auf

Juana wartet der Treueeid der Granden. Durch Miguels Tod ist sie die Erbin der Krone. Es gibt keinen einzigen Grund, sich ihren Pflichten hier zu entziehen.«

»Du vergisst, dass Juana nicht für eine derartige Befähigung erzogen wurde. Erbin von Kastilien und Aragón, von Sizilien und den indischen Besitzungen, das ist eine gewaltige Aufgabe. Bist du dir sicher, dass sie dem überhaupt gewachsen ist?«

»Natürlich ist sie das nicht!« Isabél fuhr ärgerlich herum. »Sie sollte auch niemals die Thronerbin werden. Gott hat es so gefallen, und nur ER selbst weiß, warum. Jetzt muss sie sich in ihr Schicksal fügen. Solange ich lebe, werde ich meine Kraft darauf verwenden, sie darauf vorzubereiten. Mich hat eine Schwangerschaft auch nicht am Regieren gehindert.«

»Du bist anders als Juana«, gab Beatríz zu bedenken. »Juana ist ihrem Gatten sklavisch ergeben.«

»Ebendeshalb muss auch Philipp nach Kastilien kommen. Ich befürchte, dass ihn seine englischen und französischen Nachbarn für ihre Belange einspannen. Das werde ich zu verhindern wissen.«

Beatríz lächelte zufrieden. So ganz war der Kampfgeist in Isabél wohl doch nicht erloschen.

ꟿ

Der kastilische Hof erwartete Besuch aus Flandern. Aber es traf nicht der Besuch ein, den Isabél und Fernando erwarteten. Statt ihrer Tochter Juana und Schwiegersohn Philipp machten der Erzbischof von Besançon und der Edle von Veyre ihre Aufwartung. Sie waren bekanntermaßen eingeschworene Parteigänger des französischen Königs Louis XII. Das kastilische Herrscherpaar fühlte sich brüskiert. Entsprechend frostig war die Atmosphäre.

Vollmundig und überschwänglich berichteten die beiden Adligen vom Hof in Flandern, wie sehr es Erzherzog Philipp bedaure, dass er die Reise nach Kastilien nicht antreten könne und dass belastende Angelegenheiten von größter Wichtigkeit ihn davon abhielten.

Steif und distanziert saß das Königspaar auf dem Thron. Aus ihren Mienen war abzulesen, dass sie diese Ausflüchte nicht akzeptierten. Ja, Isabél war wütend! Wie konnte sich der Erzherzog nur der in aller Eindringlichkeit vorgetragenen Aufforderung der katholischen Könige widersetzen? Stattdessen schickte er diese zwei unbedeutenden Gesandten und log mit der Dreistigkeit einer doppelzüngigen Natter.

»Wenn der Erzherzog derart unabkömmlich ist, so sollte wenigstens die kastilische Infantin hier erscheinen, wenn ihr an der Thronfolge etwas gelegen ist«, zischte die Königin eisig.

Der Erzbischof verbeugte sich mit einem devoten Lächeln.

»Majestät, Euch als Frau und Mutter sollte es doch bekannt sein, wie abträglich eine derartige gefahrvolle Reise für eine Frau ist, die ein Kind unter dem Herzen trägt. Nicht irgendein Kind, sondern den Erben des Habsburger Throns.«

Isabél senkte den Blick, um damit nicht den flandrischen Gesandten zu töten.

»Wir wollen natürlich den Habsburger Thron nicht um seinen legitimen Erben bringen«, erwiderte sie kühl. »Zum Glück geht jede Schwangerschaft nach neun Monaten zu Ende. Wir werden Uns also in Geduld üben, bis der Thronfolger geboren ist. Dann erwarten wir den Erzherzog samt seiner Gemahlin hier am kastilischen Hof. Wir wünschen Euch eine gute Heimreise, werte Herren!« Mit einem Nicken der Majestäten waren die flandrischen Gesandten entlassen.

Trotz ihrer jahrzehntelang eingeübten Beherrschung zitterte Isabél vor Empörung. Fernando war ihr einziger Zeuge.

»Philipp ist gerissen. Er befürchtet, dass wir auf ihn Einfluss nehmen.«

»Das befürchtet er zu recht, aber es wird ihm nichts nützen. Oder willst du ihm die europäische Politik überlassen?«

Fernando grinste verschlagen. »Kennst du mich so schlecht? Vor allem die Entscheidung um Neapel überlasse ich niemandem. Am wenigsten diesem flandrischen Biersack.«

»Mir macht Juana Sorge. Nicht einmal der zeremonielle Treueeid der Granden hält sie davon ab, wie Zerberus auf ihren gottlosen Gatten aufzupassen.«

»Wundert dich das? Niemand hat sie darauf vorbereitet. Ihr fehlt einfach die Größe, dieses Amt auszufüllen.«

Isabél pflichtete ihm im Stillen bei. Um Kastiliens Thron schien es in Zukunft schlecht bestellt.

Sie wurde in ihren Gedanken unterbrochen, als ein Lakai einen Boten aus Portugal meldete, der dem Königspaar eine versiegelte Pergamentrolle überreichte. Es war das Siegel von König Manuel. Auch ohne dass Isabél den Brief öffnete, wusste sie um dessen Inhalt.

»Manuel bittet um Marias Hand«, meinte sie zu Fernando gewandt.

Der König nickte gleichmütig. »Warum nicht? Wie sonst sollen wir die Beziehungen zu Portugal wieder festigen?«

Isabél seufzte, dann schlug sie sich die Rolle in die Handfläche.

»So soll es sein. Ich werde mich um die Hochzeitsvorbereitung kümmern.«

Für die Vorbereitung von Marias Hochzeit mobilisierte Isabél noch einmal alle Kräfte. Sie wusste Maria bei König Manuel in guten Händen. Isabél brauchte diese Gewissheit, um einigermaßen Ruhe zu finden. Endlich konnte die gewünschte Verbindung mit Portugal gefestigt werden.

König Manuel war glücklich. Nicht nur, dass die dynastischen Beziehungen zwischen den Königsfamilien beider Länder wiederhergestellt wurden, sondern er liebte die anmutige Maria von ganzem Herzen.

Mit einer liebevollen Geste neigte sich Isabél zu Catalina, ihrer jüngsten Tochter. Mit ihren vierzehn Jahren besaß sie einen Charme, der zwischen unbekümmerter Kindlichkeit und erwachsenem Ernst lag. Isabél fühlte sich von Catalinas Ausstrahlung angezogen. Ein wenig erinnerte sie sie an Juan, an seine Sanftheit, sein engelsgleiches Wesen.

Der Gedanke, Catalina, ihre letzte Tochter, zu verheiraten und damit sich von ihr trennen zu müssen, schmerzte Isabél. Doch sie würde es nicht verhindern können. Seit einiger Zeit warb der englische König Henry VII. im Namen des Prince of Wales Arthur um Catalinas Hand.

Während Isabél eine politische Bindung zu England als sinnvoll betrachtete, um weder Louis XII. noch Maximilian zu mächtig werden zu lassen, hegte Fernando Bedenken.

»Henry will doch nur der Dynastie der Tudors neuen Glanz verleihen, und zwar nicht mit einer politischen Beziehung zu Spanien, sondern mit Catalinas Mitgift. Er ist ein Knauserer und Halsabschneider.«

Damit hatte er nicht ganz Unrecht, aber Isabél wollte diesen Argumenten nicht folgen. Materielle Gründe waren für sie stets zweitrangig. Sie hielt die politische Weitsicht für wesentlich wichtiger. Trotzdem kamen ihr Fernandos Bedenken nicht ganz ungelegen. Es fiel ihr schwer, sich von ihrer Jüngsten zu trennen. Das hätte sie natürlich niemals geäußert, lenkte aber einstweilen stillschweigend ein.

Catalina besaß nicht die edle Schönheit ihrer Schwester Juana. Ihre Stirn war zu hoch, und ihre Augen quollen aus den Höhlen hervor, sodass es stets wirkte, als starre sie ihr Gegenüber an. Zudem sprang ihr Kinn hervor und verlieh ihrem Gesicht etwas Herbes. Das alles machte sie jedoch wieder wett mit einer großen Würde und Erhabenheit in dem Bewusstsein einer göttlichen Sendung. Sie war Prinzessin von Kastilien und somit eine der wichtigsten Persönlichkeiten aller europäischen Königshäuser.

Catalina blickte ihre Mutter erstaunt an. Es war ohnehin äußerst selten, dass die Königin ihre Kinder aufsuchte. In der Regel mussten ihre Kinder vor ihr erscheinen, wenn sie ihnen etwas zu sagen hatte. Catalina saß im Kreise ihrer Hofdamen in einem hübsch ausgestatteten Kabinett. Alle hielten eine Handarbeit auf ihrem Schoß, aber sie lachten und schnatterten und hatten offensichtlich viel Spaß miteinander. Als die Königin in Begleitung von Beatríz unvermittelt eintrat, sprangen die Hofdamen auf, die Stickereien fielen zu Boden, und sie versanken in einen tiefen Hofknicks. Die Etikette bei Hofe war streng, und niemand durfte dagegen verstoßen. Nicht einmal Catalina. Auch sie verbeugte sich tief.

»Oh, meine Damen, so bleibt doch sitzen«, winkte die Königin ab.

Sie erntete erstaunte und ungläubige Blicke. Keiner wagte, sich zu setzen. Isabél zog sich einen Stuhl heran und stellte ihn in den Kreis. Erst als sie Platz nahm, setzten sich auch die Hofdamen wieder.

Isabél begutachtete die Stickereien aus feinem Stoff und glänzenden Garnen. »Wie hübsch«, stellte sie fest. Die Mädchen senkten errötend die Köpfe und unterdrückten ein Kichern. Nur Catalina blieb ernst. So formlos und intim kannte sie ihre Mutter nicht. Das hatte etwas zu bedeuten.

Isabél spielte gedankenversunken mit einer Garnrolle.

»Ich hoffe, du bist nicht zu aufgeregt, weil du bald den Hof verlassen wirst«, begann sie beiläufig. »Es soll dir am englischen Hof an nichts fehlen. Ich habe persönlich die Liste mit deiner Aussteuer zusammengestellt. Außerdem werden dich viele deiner Hofdamen begleiten, Dienstboten, Sekretäre und natürlich dein Beichtvater. Als Anstandsdame gebe ich dir Doña Elvira Manuel mit. In ihr findest du immer eine Vertraute.«

»Aber Mutter!« Catalina starrte sie aus ihren hervorquellenden Augen an. »Ich weiß, was ich meiner Geburt schuldig bin. Ihr seid mir Vorbild und Leitstern. Als Prinzessin ist es meine von Standes auferlegte Pflicht, das Geschlecht der Trastamare würdig zu vertreten.«

Isabél lächelte milde. »Leitstern sollte dir Gott sein. ER wird dich beschützen, auch wenn du weit weg bist von Kastilien.« Ihr versagte plötzlich die Stimme.

Es entstand eine verlegene Stille. Beatríz rettete die Situation. »Hier ist mein Abschiedsgeschenk für Euch, Prinzessin«, sagte sie und setzte Catalina die beiden kleinen Hunde auf den Schoß. »Sie sollen Euch mit ihrer Fröhlichkeit an Kastilien erinnern. Und wenn das Heimweh zu schlimm sein sollte, dann kann man sie auch mal ans Herz drücken.«

»Oh, wie niedlich!« Die Hofdamen umringten Catalina und herzten die Hunde, die aufgeregt kläfften.

»Ich danke Euch, Gräfin. Aber Ihr braucht Euch nicht zu sorgen. Ich bin als Spanierin geboren. Ich werde immer Spanierin bleiben, auch in England.«

In einem plötzlichen Gefühlsausbruch zog Isabél ihre Tochter an sich und umarmte sie. Dann wandte sie sich wortlos um und verließ das Kabinett.

Isabél konnte den Abschied von ihrer jüngsten Tochter nicht weiter hinausschieben. Sie musste ihr letztes Kind hergeben. Infolge der Hoftrauer der letzten Jahre fiel die Flotte, die die kastilischen Könige nach England sandten, etwas bescheidener aus. Allerdings fehlte es nicht an einer eindrucksvollen Ausstattung mit allem, was Catalina benötigen würde. Bischof Fonseca und Beichtvater Geraldino begleiteten die zukünftige Prinzessin von Wales ebenso wie mehrere Schatzmeister, Sekretäre, Zeremonienmeister, Haushofmeister, Köche, Mundschenke, Zofen, Lakaien, dazu zahlreiche Hofdamen, Geistliche und Leibärzte. Fernando hatte aus gutem Grund darauf bestanden, vorläufig nur die Hälfte der ausgemachten Mitgift zu übergeben.

Sechs Schiffe begleiteten die Prinzessin in das ihr unbekannte Land. Es war ein tränenreicher und schmerzvoller Abschied. Sowohl Isabél als auch Catalina versuchten es mit Fassung zu tragen. Der Prinzessin gelang es besser als Isabél. Die Königin fühlte, dass ein weiterer Faden zerriss. Sie würde Catalina wahrscheinlich nie wiedersehen. Auch wenn sie wusste, dass Töchter dafür geboren waren, dynastische Beziehungen herzustellen oder zu vertiefen, so berührte es Isabél diesmal besonders. Waren es die tragischen Geschehnisse, die ihr zwei ihrer Kinder genommen hatten, war es das nahende Lebensende, das sie sensibler werden ließ?

Kaum befanden sich die Schiffe in der Bucht von Biskaya, wurden sie von einem Sturm ergriffen. Als zürnte Gott, so ließ er die Wellen gegen die Schiffswand schlagen. Obwohl sich die Passagiere unter Deck verkrochen, wurden sie von Nässe und Krankheit nicht verschont.

Der englische König Henry VII. wurde bereits unruhig, als die Flotte mit der Braut für den Prinzen auf sich warten ließ. Im Juli war sie in Spanien ausgelaufen. Er schickte ebenfalls eine Flotte los, um die Prinzessin zu suchen. Endlich, Anfang Oktober, erreichten die Spanier die englischen Gestade. In Plymouth gingen sie vor Anker.

Catalina fiel auf die Knie, als sie englischen Boden betrat, und dankte Gott für die glückliche Landung. Mit ihr zelebrierte ihr gesamter Hofstaat einen Dankgottesdienst.

Die vielen Menschen, die neugierig am Hafen zusammengelaufen waren, bestaunten die Prinzessin mit ihrem Gefolge, die so gar nicht den englischen Damen glichen.

Der spanischen Sitte folgend hätten sich die Brautleute vor dem Hochzeitstag gar nicht zu Gesicht bekommen dürfen. Der englische König dachte jedoch anders darüber. Auf einer peinlich genau vorbereiteten Veranstaltung wurden die kastilische Prinzessin und der Prince of Wales einander zugeführt.

Es war kalt in den Räumen des Schlosses, und an Kerzen war auch gespart worden. Da aber viele Menschen den Saal füllten, fiel es nicht weiter ins Gewicht. Die Einrichtung konnte man getrost als spartanisch bezeichnen; sie enttäuschte Catalina, die wesentlich mehr Prunk gewöhnt war. Der König selbst trug die vergleichsweise schlichte Kleidung eines Edelmannes, und auch die Prinzen und Prinzessinnen hoben sich nicht gerade durch kostbare Gewänder hervor. Sie alle erwarteten mit gespannten Mienen die exotische Infantin aus Spanien.

Arthur Tudor, mit fünfzehn Jahren der älteste Sohn des Königs, stand neben seinem Vater. Er konnte seine Unruhe nur schwer unterdrücken.

Catalina bestach durch ihr Äußeres, vor allem durch ihre kostbare Garderobe, die sich von der der englischen Königsfamilie abhob. Nachdem sie sich vor dem Königspaar verbeugt hatte, heftete sich ihr Blick auf Arthur. Das würde also ihr zukünftiger Gemahl sein!

Verlegen standen sie sich gegenüber und wussten beide nicht so recht, wie sie sich verhalten sollten. Catalina spürte, wie ihre Handflächen feucht wurden. Prinz Arthur wirkte blass und schüchtern. Im Gegensatz zu seinem Vater besaß er einen zarten Körperbau, war nur mittelgroß. Auch er wusste nicht, wohin mit seinen Händen, und wischte sie nervös an seinem schlichten Samtwams ab. Mit steifen Schritten ging er auf Catalina zu und tauschte mit ihr einen flüchtigen Kuss auf die Wange aus. Der König strahlte übers ganze Gesicht und munterte seinen Sohn mit den Augen zu weiteren Aktivitäten auf.

»Ja, also ... äh ... gibt es denn ... in Eurem Land, aus dem Ihr kommt ... äh ... auch Vögel?«

Catalina, des Englischen nicht mächtig, starrte ihn an. Es sah aus, als würden ihre Augäpfel jeden Augenblick aus den Höhlen fallen. Die Situation wurde immer peinlicher. Ein Bischof trat vor und übersetzte Arthurs Frage ins Lateinische. Doch Catalina beherrschte auch kein Latein. Ein Kanzleiangestellter übersetzte das Latein ins Kastilische. Ein Lächeln glitt über Catalinas Gesicht.

»Oh ja«, antwortete sie. »Es gibt dort weiße Vögel.« Ihre Antwort wurde auf demselben Weg übersetzt.

Catalina breitete die Arme aus und tanzte wie ein Reiher zur Balzzeit. Alle lachten und klatschten in die Hände. Das Eis war gebrochen und die Zeremonie beendet.

Im Juni hatte Juana eine Tochter entbunden, die auf den Namen Isabél getauft wurde. Juana erholte sich erstaunlich schnell und konnte schon bald das Wochenbett verlassen. Die Freudennachricht drang auch nach Kastilien. Statt eines Glückwunsches wiederholte die Königin ihre Aufforderung an Juana, sofort nach Kastilien zu kommen. Es gab keine Ausflüchte mehr. Damit sich Philipp nicht wieder herausreden konnte, sandten Fernando und Isabél eine Flotte, die den Erzherzog und Juana nach Kastilien bringen sollte.

Philipp hasste nichts so sehr, als sich dem Willen der katholischen Könige beugen zu müssen.

»Wir ziehen es vor, über Land zu reisen«, entschied Philipp und schickte die Flotte zurück nach Kastilien.

Das Königspaar ahnte Ungemach. Isabél war erbost über diesen erneuten Affront, doch Fernandos Sorge ging in eine ganz andere Richtung.

»Wenn er über Land reist, dann muss er Frankreich durchqueren. Ich befürchte, er heckt etwas mit Louis aus.«

Seine Ahnung trog ihn nicht. Louis XII. war Lehnsherr über die flandrischen Provinzen. Philipp beanspruchte sie für sich und wollte dem französischen König den Lehenseid leisten. Doch seine Bemühungen um eine engere Bindung Habsburgs an Frankreich gingen bedeutend weiter. Im Vorjahr hatte Philipp, als Louis in Italien kämpfte, mit dessen Gattin Anne, der Herzogin der Bretagne, über eine Verlobung mit deren Tochter Claude und Philipps Sohn Karl verhandelt.

Herzogin Anne war von dieser Verbindung sehr angetan. Sie selbst hatte vergeblich gehofft, die Gattin von Philipps Vater Maximilian von Habsburg zu werden. Leider hatte auch keiner ihrer Söhne das Wiegenalter überlebt. Doch jetzt gab es eine Möglichkeit der begehrten Verbindung mit Habsburg. Selbst wenn sie noch einen Sohn gebären würde, Claude würde Erbin des unabhängigen Herzogtums der Bretagne werden.

Ein gewaltiger Zug von sechshundert Pferden und Wagen, beladen mit Kisten voller Teppichen und Silbergeschirr, Gewändern und Möbeln verließ Brüssel und walzte im Schneckentempo durch Nordfrankreich. Überall liefen die Menschen zusammen, um sich dieses Schauspiel nicht entgehen zu lassen.

Juana hatte auf diesem Treck genügend Zeit, über Philipps Alleingang nachzudenken. Bislang hatte sie sich überhaupt nicht um Politik gekümmert. Ihr einziges Trachten galt Philipp selbst, um ihn an sich zu binden.

Seit sie mit Philipp verheiratet war, steigerte sie sich in Hysterie hinein. Ständig pendelte sie zwischen Tobsuchtsanfällen, Ohnmachten und Wahnvorstellungen. Dass der flandrische Hof sie isolierte und wie eine unzurechnungsfähige Kranke behandelte, trug das Übrige dazu bei. Je näher sie Paris kamen, umso mehr erwachte in Juana ihr kastilischer Stolz. Verlangte Philipp tatsächlich, dass sie, eine Trastamare, sich dem französischen König beugte?

In Paris drängten sich die Menschen derart, dass einige zu Tode gequetscht wurden. Jeder wollte das Erzherzogspaar sehen. Über Juana kursierten die wildesten Gerüchte. Vor allem ihre exotische Schönheit wurde gerühmt. Es dunkelte bereits, als der Zug das Schloss zu Blois erreichte. Unzählige Fackeln erhellten den Hof.

Der König bereitete dem Erzherzogspaar einen glanzvollen Empfang. Allerdings – zunächst nur Philipp. Juana musste warten. Louis geruhte sie erst eine halbe Stunde nach Philipp zu empfangen. Juana empfand diese Hofetikette als beleidigend. Lautstark machte sie ihrem Unmut Luft. Sie beschimpfte den König und den Hof, sogar die Königin ließ sie nicht aus. Mit peinlicher Genauigkeit verglich sie die Ehrenbezeugungen Anne und ihr gegenüber und verstieg sich zu heftigen Vorwürfen, weil sie sich benachteiligt fühlte. Sie beschwerte sich über die üppigen Mahlzeiten, die sie krank machen würden, weigerte sich, auf den vom König veranstalteten Jagden mitzureiten, und protestierte energisch, als man sie aufforderte, der kleinen Claude, die sie vom ersten Augenblick an nicht ausstehen konnte, eine mit Diamanten besetzte Krone auf das lockige Haupt zu setzen.

Edelleute, Höflinge und Bedienstete fühlten sich gleichermaßen brüskiert von Juanas Benehmen. Seltsamerweise ließ Philipp das völlig kalt. Je mehr Juana tobte, umso vergnügter zeigte sich der Erzherzog. Er scherzte mit König Louis über die Allüren der Frauen und genoss im gleichen Atemzug alle ihm bei Hofe gebotenen Annehmlichkeiten und Zerstreuungen.

Louis imponierte Philipps Überlegenheit, und er nannte ihn einen prächtigen Fürsten. Als ihm der König auch noch einen Platz im Parlament einräumte, steigerte sich Juanas Wut ins Maßlose. Sie beschimpfte Philipp in aller Öffentlichkeit wie ein Marktweib.

Das alles konnte jedoch nicht verhindern, dass der Ehevertrag zwischen Karl und Claude unterzeichnet wurde. Mehr noch, es wurde ein weiterer Vertrag über eine zukünftige Ehe mit dem noch zu erwartenden Dauphin und einer von Karls Schwestern geschlossen.

Ohnmächtig vor Zorn darüber, erschien Juana beim Abschiedsbankett in einer spanischen Tracht. Den ganzen Abend sprach sie kein Wort und rührte keine Speise an. Sie würde diesen Franzosen beweisen, wie stur die Kastilier sein konnten!

Philipp war kein Kind von Traurigkeit, und auch Juana beruhigte sich schnell wieder, als sie Paris verlassen hatten. Auf der Weiterreise hatten beide genug Zeit und Möglichkeiten, sich wieder zu versöhnen. Ohnehin war es erstaunlich, dass Philipp nach Juanas Ausbrüchen und Exzessen doch immer wieder zu ihr fand. Mittlerweile drei Kinder waren ein untrügliches Zeugnis dafür, und es sah so aus, dass noch weitere Kinder folgen würden.

Kaum aber hatte der Zug die Pyrenäen überquert, änderte sich Philipps Stimmung. Verglichen mit Flandern wirkte Spanien kahl und öde. Die Bauern liefen in schmutzigen Lumpen umher, und selbst viele Edelleute gingen barfuß. Die Kühe waren mager, und die Schafe trugen nur einen dünnen Pelz. Er vermisste grüne Wiesen, rauschende Bäche und üppige Wälder. Die geduckten Hütten der Landbewohner wirkten ärmlich, in den Dörfern, die sie durchquerten, stank es bestialisch, und vor Schmutz und Fäkalien waren die Wege kaum passierbar. Das sollte das reiche und mächtige Spanien sein?

Noch immer herrschte strengste Hoftrauer wegen des Todes des Prinzen Miguel. Wo immer sie auftauchten, wurden sie von der Bevölkerung und den Geistlichen mit ernster Würde und steifer Reserviertheit begrüßt. In jedem Ort fanden endlose Messen statt, die bereits um sechs Uhr morgens begannen. Mit Entsetzen beobachtete Philipp Gruppen von Flagellanten, die durch die Straßen zogen und sich unter monotonen Gebeten blutig geißelten. Er hoffte, sobald wie möglich Toledo zu erreichen, wo das Königspaar sie erwartete.

In Oledo nahmen sie zum letzten Mal Quartier. Philipp fühlte sich schwach und unwohl. Die ewigen Huldigungen und das steife Zeremoniell ermüdeten ihn. Juana bemerkte erschrocken, wie blass Philipp aussah. Auf seinen Wangen zeigten sich rote Flecken.

»Verhängt die Fenster und löscht die Kerzen«, befahl er. »Ich mag dieses Kastilien nicht mehr sehen!«

Er wollte auch Juana nicht sehen. Irritiert lief sie hinaus. Auf dem Hof kam ihr ein Trupp Reiter entgegen. Ihr stockte der Atem, als sie den Anführer vom Pferd steigen sah. »Vater!«

Alle Etikette vergessend, lief sie auf ihn zu und fiel ihm um den Hals. »Vater! Geliebter Vater«, schluchzte sie überwältigt.

Erschüttert über diesen unstandesgemäßen Gefühlsausbruch, hielt Fernando seine Tochter in den Armen. Er wusste, dass Juana mit abgöttischer Liebe an ihm hing. Etwas verlegen schob er sie von sich. »Ich freue mich, dich wohlauf zu sehen, mein Kind.«

Über Juanas verweintes Antlitz huschte ein Lächeln. »Ja, ja, es geht mir gut. Ich habe mich so darauf gefreut, ganz Kastilien meinem wundervollen Gemahl zu zeigen. Und jetzt ... jetzt ...« Sie brach wieder in Tränen aus.

»Was ist geschehen?«, fragte Fernando besorgt.

»Philipp ist krank. Er liegt im Bett. Ich darf nicht einmal die Vorhänge öffnen lassen ...«

»So schlimm? Nun, ich werde ihn willkommen heißen, wie es sich für einen so hohen Gast gebührt, auch wenn er bedauerlicherweise krank ist.«

Beide betraten das abgedunkelte Gemach des Erzherzogs, der sich die Decke bis zum Kinn gezogen hatte. Juana fiel vor seinem Bett auf die Knie und schluchzte wieder herzzerreißend. »Mein geliebter Gemahl, Philipp ...«

Sie bemerkte nicht den lauernden Blick ihres Vaters, der den daniederliegenden Philipp betrachtete. So konnte ihm dieser hinterhältige Intrigant, Franzosenfreund und machthungrige Erzherzog nicht gefährlich werden. Philipp hatte die Masern!

Von den Gedankengängen ihres Vaters ahnte Juana nichts. Fast krankhaft bemüht, Philipp alle Fürsorge und Pflege angedeihen zu lassen, übertrieb sie es in jeder Beziehung. Es mochte wohl eher Philipps kräftige Natur gewesen sein, die ihn schon bald genesen ließ. Kaum dass er sich wieder aufs Pferd schwingen konnte, setzten sie die Reise nach Toledo fort.

Je näher sie ihrem Ziel kamen, umso unruhiger wurde Juana. Hatte sie die Begegnung mit ihrem Vater zu einem herzlichen Gefühlsausbruch überwältigt, fürchtete sie die Begegnung mit ihrer Mutter. Noch nie hatte sie eine herzliche Beziehung zu ihr gehabt, wie auch nicht zu ihren Geschwistern. Juans und Isabéls Tod berührte sie nicht sonderlich. Dass sie dadurch zur Thronerbin Kastiliens wurde, war in höchstem Grad ärgerlich. Sie empfand keinerlei Ambitionen, diese verantwortungsvolle Aufgabe zu übernehmen. Noch weniger mochte sie sich wieder in den Einflussbereich ihrer dominanten Mutter begeben.

Toledo empfing den wieder genesenen Erzherzog und die Infantin Juana mit verhaltenem Jubel. Noch immer herrschte angeordnete Hoftrauer.

Die Königin empfing ihre Tochter und ihren Schwiegersohn wie fremde Bittsteller. Unnahbar saß sie auf dem Thron. Ohne eine Regung im Gesicht, steif wie eine Statue, blickten ihre Augen kalt auf die ungeliebte Tochter. Juana war immer noch sehr schön. Angesichts ihrer Mutter wurde sie nervös und reizbar.

Philipp spürte die menschliche Kälte unmittelbar. Er wusste nicht, ob er Juana hassen oder bemitleiden sollte. Sie war in diesen Verhältnissen aufgewachsen. War es ein Wunder, dass sie verrückt geworden war?

Am Abend gab das Königspaar ein Bankett. Juana führte stolz ihren Gemahl vor. Philipp trug ein goldbesticktes Wams mit einem violetten Umhang. Inmitten der dunkel und trist gekleideten Kastilier sah er aus wie ein Paradiesvogel. Philipps Aufmachung stieß auf Ablehnung und Kritik. Juana war verärgert und ließ es jeden in ihrer Umgebung spüren.

Isabéls kritischen Blicken entging nicht, dass Juanas Verhalten absonderlich war. Ja, es war noch schlimmer, als sie befürchtet hatte. Und die Ehe zwischen Juana und Philipp war so turbulent, dass es bald jede Dienstmagd im Schloss bemerkte. Philipp schien nur Zerstreuung und Frohsinn im Kopf zu haben. Das also sollten die Erben des kastilischen Throns sein? Isabéls Beherrschung ließ es nicht zu, dass man ihr den Schock ansah. Doch er saß tief, und sie zweifelte immer mehr daran, Kastiliens Schicksal in Juanas Hände zu legen.

Das Königspaar ließ es sich trotzdem nicht nehmen, den hohen Gästen typisch kastilische Höhepunkte zu bieten. Da waren die Stierkämpfe, Ritterturniere und kirchlichen Prozessionen. Sogar mehrere Autodafés wurden abgehalten, an denen das Erzherzogspaar teilnahm.

Philipp verspürte nur einen heftigen Widerwillen gegen alles, was kastilisch war. Die Stierkämpfe betrachtete er als unzivilisierte Schlächterei, die Ritterturniere als farblos und die Prozessionen mit mumifizierten Körperteilen irgendwelcher Heiliger als makaber und düster. Die feierliche Verbrennung von Ketzern ekelte ihn. Selbst die schönen Spanierinnen zeigten sich weitaus weniger zugänglich als die blonden Mädchen in Flandern.

Juana war wieder schwanger. Wahrscheinlich hatte die Versöhnung auf dem Weg von Paris nach Toledo ihre Frucht getragen. Sie wurde noch launischer und unberechenbarer.

Fernando verärgerte Philipp, indem er ihm Ratschläge erteilte, wie er einmal Kastilien zu regieren habe. Philipp war von sich und seiner Intelligenz überzeugt, sodass es seiner Meinung nach keiner Ratschläge des älteren Königs bedurfte. Dies machte er Fernando unmissverständlich klar. Das Verhältnis zwischen Fernando und Philipp wurde immer gespannter.

Im Mai fand endlich die Zeremonie statt, während der die Cortes von Kastilien der Thronerbin den Treueeid leisteten. Juana war die Hauptperson, ihre Reichsinsignien hatten stets den Vorrang vor Philipps. Das kratzte an der Ehre des Erzherzogs und beleidigte ihn. Am liebsten hätte er Kastilien auf der Stelle verlassen.

Für Isabél stand nur eines auf der Tagesordnung: all die vorgeschriebenen Zeremonien für die Thronfolge durchzuführen. Juana gehörte von nun an nach Kastilien und Philipp ebenso. Was beide sich wünschten, tat nichts zur Sache. Über allem stand das Wohl der Krone.

Das sagte sich Isabél auch immer wieder, weil es ihr zunehmend schwerer fiel, alle Verpflichtungen, die das Zeremoniell und die Hofetikette an sie stellten, wahrzunehmen. Doch so hart, wie sie Disziplin von allen anderen forderte, stellte sie diese Anforderungen auch an sich selbst. Zeitweise plagten sie heftige Kopfschmerzen, oft schwindelte ihr, dass es ihr fast unmöglich war, die Haltung zu bewahren. Es wäre für sie das Furchtbarste, vor aller Welt Schwäche zu zeigen. Gerade, als es ihr am schwersten fiel, die Auswirkungen von Krankheit und Alter zu verbergen, erreichte sie aus England eine schreckliche Nachricht.

Die Hochzeit zwischen Catalina und Prinz Arthur fand in der Kathedrale von St. Paul statt. Es waren prächtig ausgestattete Festlichkeiten, die man dem geizigen König gar nicht zugetraut hatte. Der Pomp täuschte darüber hinweg, dass auch Arthur nur den Willen seines Vaters erfüllte und mit Catalina verheiratet wurde. Weder hatte er Ambitionen auf eine Ehe, noch wusste er mit der sechzehnjährigen, ihm körperlich und offensichtlich auch geistig überlegenen kastilischen Prinzessin etwas anzufangen. Doch niemand fragte den Prinzen, und so trafen sich beide vor dem Altar, wo sie getraut wurden.

Doña Elvira, Catalinas Anstandsdame, wich auch nach der Trauung nicht von der Seite der Infantin. Sie musste genau beobachten, wie die Hochzeitsnacht verlief. Prinz Arthur wirkte noch sehr kindlich, und seine zarte Gesundheit ließ daran zweifeln, ob er überhaupt dazu imstande war, die Ehe zu vollziehen. Ihre Ermahnungen, notfalls keusch zu bleiben, erwiderte Catalina mit Schweigen. Sie hatte keine Ahnung, was sie in dieser Nacht erwarten würde, aber sie würde tun, was die Pflicht von ihr verlangte.

Auch der König fieberte der Hochzeitsnacht entgegen. Gleich am nächsten Tag würde er die andere Hälfte der Mitgift von König Fernando einfordern.

Doña Elvira reservierte für sich einen Stuhl genau vor der Tür des Hochzeitsgemachs und wachte darüber, wann das Brautpaar wieder erscheinen würde. Ihre Geduld wurde auf eine harte Probe gestellt.

Angesichts der Tragödie um den spanischen Thronfolger Juan verlangte Doña Elvira von König Henry, das Brautpaar zu trennen.

»Die zarte Gesundheit des Prinzen könnte durch ungezügelten Liebesgenuss Schaden erleiden«, mahnte sie eindringlich. »Das liegt auch ganz im Interesse des spanischen Königspaares.«

»Das kann ich nicht übers Herz bringen«, erwiderte König Henry. »Liebende soll man nicht trennen.«

Doña Elvira konnte das nicht akzeptieren und drohte mit diplomatischen Konsequenzen. Henry, der die zweite Hälfte der Mitgift Catalinas in Gefahr sah, musste die Wogen glätten.

»Obwohl sich viele gegen die Entscheidung aussprachen, konnten Wir es nicht zulassen, den Prinzen und die Prinzessin voneinander zu trennen. Es liegt Uns am Herzen, Euch dies mitzuteilen, damit Ihr von der großen Liebe überzeugt seid, die Uns mit Eurer hoheitlichen Tochter Catalina verbindet und der Wir sogar die Gesundheit Unseres Sohnes Arthur unterordnen«, lautete es in einem Brief des englischen Königs an das kastilische Königspaar.

Das junge Paar siedelte kurze Zeit später nach Ludlow Castle an der walisischen Grenze um. Die alte normannische Burg war wenig anheimelnd. Auch hier konnte man der Sparsamkeit des Königs in jeder Ecke begegnen. Selbst für seinen ältesten Sohn und Thronerben machte er da keine Ausnahme.

Catalina hatte in kürzester Zeit die englische Sprache erlernt, um sich mit Arthur unterhalten zu können. Jedoch fanden sich zwischen den beiden Königskindern wenig Gemeinsamkeiten. Trotzdem bemühte sich Catalina um ein gutes Verhältnis zu Arthur.

Der Winter fegte mit Kälte und viel Regen über das Land. Arthurs Husten verstärkte sich. Die Arzneien, die ihm seine Ärzte verabreichten, schlugen nicht an. Immer wieder spuckte er Blut. Catalina befand sich in höchster Sorge um ihren Gemahl. Niemand ließ sie mehr zu ihm, als er auf dem Krankenlager lag. Ihre Sorge wurde zur traurigen Gewissheit, als Arthur im März starb.

Der Sitte entsprechend hätte Catalina, da sie keinen Erben unter dem Herzen trug, nach Kastilien zurückkehren müssen. Dies hätte aber auch bedeutet, dass König Henry die bereits einbehaltene Mitgift Catalinas an Fernando zurückzahlen müsste. Das wollte Henry allerdings auf jeden Fall verhindern. Er plante Catalinas Verheiratung mit Arthurs jüngerem Bruder, der ebenfalls Henry[32] hieß.

Prinz Henry war allerdings erst neun Jahre alt. Der Knabe hatte sich auf den ersten Blick in die spanische Catalina verliebt, wie man in diesem Alter sich eben verlieben konnte. Und er hatte bedauert, dass sein Bruder Arthur das große Glück hatte, Catalina zu ehelichen. Nun hatte sich das Schicksal gewendet, und Prinz Henry wusste nicht, wie er mit dem großen Glück umgehen sollte. Catalina würde seine Frau werden!

Es stand außer Frage, dass diese Ehe im Moment nicht vollziehbar war. Doch das hinderte den König keineswegs an seinen Bestrebungen. Der Einspruch kam aus ganz anderer Richtung. Es war die Kirche, die diese Verbindung untersagte.

»Im dritten Buch Mose steht: Wenn ein Mann die Frau seines Bruders nimmt, ist das unrein; denn es enthüllt die Blöße seines Bruders. Ihre Verbindung soll unfruchtbar sein«, rezitierte der Bischof von Canterbury.

Gleicher Meinung war auch Catalinas Beichtvater Pater Geral-

32 Der spätere Henry VIII.

dino. Nicht so König Henry. »Es muss eine Möglichkeit geben, dass die beiden heiraten. Dann lasse ich eben das dritte Buch Mose ändern!«

Pater Geraldino schüttelte bekümmert den Kopf. »Ihr versündigt Euch, Majestät. Es ist nun mal ein kirchliches Dogma, das auch Ihr akzeptieren müsst. Catalina war mit Arthur verheiratet, das ist ebenfalls eine unumstößliche Tatsache.«

König Henry strich sich gedankenversunken über den Bart. »Ich habe das ja auch nicht ernsthaft gemeint«, entschuldigte er sich für das Sakrileg. Doch wie kam er sonst an die zweite Hälfte von Catalinas Mitgift heran?

»Und ... und wenn die Ehe nun gar nicht vollzogen worden ist?«, platzte er plötzlich heraus.

Pater Geraldino starrte ihn entgeistert an. »Wie bitte?«

»Arthur war kränklich und schwach. Es ist unmöglich, dass er ... also, Ihr wisst schon, Pater ... Er *konnte* gar nicht die Ehe vollziehen!«

»Das könnte nur Arthur selbst bezeugen. Doch er ist tot.«

»Aber Catalina lebt. Pater, Ihr seid ihr Beichtvater. Euch wird sie die Wahrheit sagen.«

»Mag sein«, wich Geraldino aus. »Aber es gibt auch ein Beichtgeheimnis ...«

»Nicht wenn es um staatstragende Ereignisse geht.« König Henry wischte den Einwand mit einer Handbewegung weg.

»Also gut, ich werde die Prinzessin befragen«, lenkte der Pater ein.

Catalina war bestürzt darüber, dass sie auf dem Weg war, sich einer Todsünde auszusetzen. Andererseits wusste sie, dass ihre Eltern sie nach England verheiratet hatten, um die Allianz mit England zu festigen. Wenn sie jetzt nach Kastilien zurückkehrte ...

Isabél hatte ihr seit frühester Kindheit mit auf den Weg gegeben: »Wenn du im Zweifel bist, wie du entscheiden sollst, dann versenke dich ins Gebet und befrage Gott.«

Catalina war folgsam und verbrachte eine ganze Nacht auf Knien vor dem Antlitz des Heilands, sorgsam bewacht von Doña Elvira. Am

Morgen erhob sich die Prinzessin mit geröteten Augen und schmerzenden Knien. »Kommt, Doña Elvira, ich bin bereit!«

»Prinzessin Catalina ist unberührt wie am Tage ihrer Geburt«, verkündete Doña Elvira triumphierend. Und König Henry war zufrieden.

Allerdings ließ die versprochene zweite Hälfte der Mitgift aus Spanien auf sich warten. König Henry verbannte Catalina vom Hof und hielt sie von den Blicken ihres kindlichen Bräutigams fern.

Für Catalina brach eine bittere Zeit an. Von allen Vertrauten getrennt, nicht einmal mit dem Nötigsten versorgt, was einer Prinzessin ihres Ranges zustand, musste sie sich von König Henry harsche Vorhaltungen anhören. »Wir ernähren Euch aus reiner Gutherzigkeit. Euer Vater hat es bislang nicht für nötig gehalten, die zweite Hälfte der Uns zustehenden Mitgift auszuzahlen. Wenn Eurem Vater die Verbindungen zu England so wenig wert sind, dann sehen Wir Uns gezwungen, ihn etwas deutlicher an seine Pflichten zu erinnern.«

Statt einer strahlenden Braut war Catalina nun eine Gefangene und Geisel!

»Nein, nein, und nochmals nein!« Philipps Faust krachte auf den Tisch, dass die silbernen Schalen klirrend in die Luft sprangen.

»Es sind meine ureigensten Angelegenheiten in Flandern. Der Herzog von Geldern hat flandrische Dörfer verwüstet. Ich muss mich um meine Untertanen kümmern.«

»Ihr seid jetzt ein kastilischer Prinz. Was ist dieses kleine Flandern schon gegen das starke und mächtige Kastilien?«

Isabéls Stimme klang schneidend. Die beiden Falten um ihre Mundwinkel vertieften sich, und ihre Augen blitzten zornig. »Ihr habt Juana in Zaragoza zurückgelassen, um Uns von dieser Ungeheuerlichkeit zu informieren?«

»Es ist eine Ungeheuerlichkeit, was sich dieser Herzog erlaubt.«

»Nein, es ist eine Ungeheuerlichkeit, was *Ihr* Euch erlaubt, Erzherzog Philipp! Ihr seid nach Kastilien gekommen, um hier gemeinsam mit Eurer Gattin die Thronfolge anzutreten.«

»Thronfolge?« Philipp heulte auf. »In Kastilien werde ich behandelt wie der Hund von Juana, muss warten, bis man ihr die Ehre bezeugt hat. Und in Aragón wollen mich die Cortes nur zum Prinzgemahl degradieren. Was bin ich denn hier? Ein Niemand!« Er wischte sich den Schweiß von der Stirn. Der Sommer war außergewöhnlich heiß, und viele seiner Männer, die das Klima Spaniens nicht gewöhnt waren, waren bereits der Hitze erlegen.

»Der Kampf um Neapel fordert nun einmal Fernandos ganze Aufmerksamkeit. Ihr seid hier gefordert. Kastilien ist jetzt Euer Land.«

»Eben wie Euer Gemahl die Kämpfe wieder anfacht, werde ich jetzt dringend in Flandern gebraucht.«

»Louis hat angefangen«, schnaubte Isabél.

»Nein, Fernando. Und Louis glaubt nun, ich wäre ein Parteigänger Aragóns.«

»Seid Ihr deshalb aus Aragón abgereist? Feigling!« Isabél legte ihre ganze Verachtung für diesen verweichlichten Lebemann in ihre Worte. »So viel Achtung bringt Ihr Eurer Gemahlin entgegen.«

»Unsinn! Sie braucht mich nicht. Ich bin nur ihr Anhängsel. Und das Kind bringt sie auch ohne mich zur Welt. Nochmals, Majestät, ich sehe mich Flandern verbunden und werde dort meinen Untertanen zur Seite stehen.«

»Und ich sage, Euer Platz ist von nun an in Kastilien. Ich werde dafür sorgen, dass aus Euch ein kastilischer Prinz wird.«

»Mit Stierkämpfen und Flagellantenumzügen? Danke, Majestät, aber darauf kann ich gut und gerne verzichten.«

»Ist das Euer letztes Wort?«

»Mein allerletztes!« Er deutete eine knappe Verbeugung an und verließ die Königin.

Isabél bebte am ganzen Körper. Bislang hatte sie noch jeden Widerstand gebrochen. Hier biss sie sich die Zähne aus. Fahrig strich sie sich über die Stirn. Ließ ihre Kraft derart nach, dass sie nicht einmal den eigenen Schwiegersohn in den Griff bekam? Ein Affront, eine Ungeheuerlichkeit, die Missachtung ihrer königlichen Gewalt!

Zum ersten Mal kam Isabél der schreckliche Gedanke, dass ihre Macht, die sie in Jahrzehnten mit unerbittlicher Konsequenz aufgebaut hatte, am Schwinden war!

Wie einfach war es doch gewesen, als ihre Kinder noch klein und unter ihrer Kontrolle waren. Nun befanden sie sich in fremden Händen, und diese Hände meinten es gar nicht gut mit ihnen. Die angestrebten Allianzen durch die Heiraten entpuppten sich plötzlich als böse Fallen. Der eine wollte unbedingt nur die Mitgift und hielt Catalina wie eine Gefangene, der andere interessierte sich überhaupt nicht für die Krone, die er einmal auf seinem Haupte tragen würde, und ließ seine dem Wahnsinn verfallende Frau im Stich. Was sollte nur aus Kastilien werden?

Isabél rang die Hände. Alles hatte sich gegen sie verschworen. Selbst Fernando führte lieber um Neapel Krieg, als im eigenen Land die Zügel fester in die Hand zu nehmen. Noch immer wurden Kastilien und Aragón von zwei getrennten Staatsräten bestimmt, noch immer gab es zwei Kronen. Auch wenn sie sich durch ihre Heirat vereint hatten, so lebten beide Reiche nebeneinander her. Die Cortes von Aragón achteten fast eifersüchtig darauf, sich von dem größeren Nachbarn nicht um ihre Eigenständigkeit und damit ihre Privilegien bringen zu lassen.

Isabél legte die Hände in den Schoß. Sie war müde. Ihre Gelenke schmerzten, und immer wieder suchte sie der Schwindel heim. Die Hitze des Sommers setzte ihr zu, und selbst die kühlenden Limonaden und Umschläge halfen nicht viel. Ihre Leibärzte bemühten sich mit Übereifer und palaverten ständig lateinische Krankheitsbezeichnungen. Aber helfen konnten sie ihr nicht. Im Winter tat ihr Wärme gut und im Sommer Kühle. Doch sie hatte ein großes Reich zu regieren, das nicht danach fragte, ob sie etwas schmerzte. Vor allem konnte sie nicht zulassen, dass ihr die Macht aus den Händen glitt.

Juana la Loca

Als Philipp Kastilien verließ, ließ er Juana in einer beängstigenden Depression zurück. Doch auch Isabél fühlte sich hilflos. Sie hatte alles versucht, Philipp zurückzuhalten. Selbst ihre Tochter hatte sie beschworen, ihren Gatten zu beeinflussen. Juana nahm die beschwerliche Reise nach Alcalá de Henares auf sich und warf sich vor Philipp auf die Knie. Sie vergaß ihren kastilischen Stolz, weinte, bettelte und schrie. Es nützte nichts. Philipp blieb bei seinem Entschluss.

Weder Philipp noch Isabél und erst recht nicht Juana begriffen, welch niederträchtige Intrige Fernando einfädelte. Immer noch lüstern auf Neapel, schmiedete er einen heimtückischen Plan, bei dem Philipp eine bedeutende Rolle spielen sollte. Auf seiner Rückreise nach Flandern sollte Philipp mit dem französischen König einen Waffenstillstand in Süditalien aushandeln. Da Philipp und Louis sehr vertraut miteinander waren, hoffte Fernando, dass Louis auf Philipps Angebot eingehen würde. Doch nicht der Frieden in Süditalien lag Fernando am Herzen, sondern ein Waffenstillstand bot ihm die Möglichkeit, eigene frische Streitkräfte nach Neapel zu bringen und dort den Franzosen in den Rücken zu fallen. Dabei kümmerte ihn weder, dass er seinen ahnungslosen Schwiegersohn als Mittel zum Zweck benutzte, noch dass seine Tochter Juana über die Abreise ihres Gatten kurz vor der Geburt ihres nächsten Kindes sichtbar aus der Fassung geriet.

Nachdem Juana begriffen hatte, dass Schreien, Toben, Wimmern und Betteln nichts bewirkten, verfiel sie in das krasse Gegenteil. Wie ein Gespenst wandelte sie durch die Gänge und Flure des Palastes, aß und schlief nicht mehr und blieb stumm.

Immer wieder redete Isabél sich ein, dass Juanas Verhalten dem Zustand einer werdenden Mutter zuzuschreiben war. Doch ganz in ihrem Innern wusste sie es anders. Als Kind hatte sie selbst erlebt, wie sich ihre eigene Mutter aufführte. Auch damals sprach man von einer Geisteskrankheit, wenn auch hinter vorgehaltener Hand. Sie erinnerte sich genau an das Wispern und Tuscheln bei Hofe und die mitleidig-abschätzenden Blicke für sie selbst. Wahrscheinlich suchte man bei ihr auch nach Anzeichen einer Geisteskrankheit. Doch nicht bei Isabél, sondern bei Juana fand sich dieser Zustand wieder, und dazu in einer verstärkten Form.

Isabél ängstigte und entsetzte Juanas Verhalten. Sie klammerte sich noch an die winzige Hoffnung, dass es nur vorübergehend war und sich nach Juanas Niederkunft alles bessern würde.

Am 10. März anno 1503 kam Juana mit einem Sohn nieder. Die Freude über den Enkelsohn überwog die Sorge um Juana. Der Infant wurde auf den Namen des Großvaters Fernando getauft, und König Fernando war darüber so erfreut, dass die immer noch herrschende Hoftrauer ausgesetzt und ein prachtvolles Fest gefeiert wurde.

Juana indes nahm an keiner Feierlichkeit teil. Sie überließ sich ihrer rasenden Eifersucht, weil sie glaubte, Philipp habe sie nur verlassen, um sie zu betrügen. Keiner in ihrer Umgebung blieb von ihren furchtbaren Ausbrüchen verschont, und die Diener, Pagen und Zofen weigerten sich, nur in Juanas Nähe zu kommen. Juana scheute nicht davor zurück, gegen Dienstpersonal, Ärzte und sogar Minister tätlich zu werden. Die Beschwerden bei Isabél häuften sich. Die Königin beschloss, Juana zu sich nach Segovia zu holen, um sie besser unter Kontrolle zu haben.

Die Nähe ihrer ungeliebten Mutter steigerte Juanas Aggressivität.

»Du hältst mich wie deine Gefangene«, fauchte Juana, als Isabél ihre Tochter in ihren Gemächern besuchte. »Ständig sind irgendwelche Wachen um mich herum. Und wo sind meine Sklaven? Habe ich kein Anrecht auf eine angemessene Bedienung?«

Isabél versuchte es mit gütigem Zureden. »Niemand hält dich gefangen. Doch deine Sklaven hast du misshandelt. So etwas dulde ich nicht, und es ist auch nicht christlich. Als Christen haben wir die Pflicht, über unsere Untergebenen zu wachen und für ihr Wohlergehen zu sorgen. Auch wenn sie uns dienen, haben wir nicht das Recht, sie ungebührlich zu strafen.«

»Ich strafe meine Sklaven, wie ich will!«, schrie Juana. »Ihr habt mir überhaupt keine Vorschriften zu machen. Ich bin eine tiefgläubige Christin und muss mich von Euch nicht belehren lassen wie ein unmündiges Kind. Als Erzherzogin kann ich mit meinen Untergebenen machen, was ich will. Sie alle wollen nur meinen Gatten verführen. Sie lauern darauf und lachen mich hinter meinem Rücken aus!«

»Das redest du dir nur ein«, versuchte Isabél sie zu beschwichtigen. »Du vergisst, dass du die Thronfolgerin Kastiliens bist. Du hast dich damit der Staatsräson unterzuordnen. Das ganze Reich schaut zu dir auf. Du musst für das Volk der strahlende Stern sein, Vorbild und Ansporn zugleich. Du bist die Krone dieses Landes, der Leitstern am Firmament. Wie kannst du das sein, wenn du dich einer rasenden Leidenschaft hingibst?«

»Leidenschaft ist doch ein Wort, das Ihr gar nicht kennt! So beherrscht, so kalt, dafür habe ich Euch schon als kleines Kind gehasst! Was interessiert mich Kastilien? Was interessiert mich die Krone? Ich will sie nicht, und ich will kein Leitstern sein. Ich will zu Philipp! Ich gehöre zu ihm, und er gehört zu mir! Alles andere zählt nicht! Und wenn Ihr mich daran hindern wollt, so werde ich mir den Weg freikämpfen!«

Sie griff zu einer Schere, die neben den Handarbeiten lag. Mit erhobener Hand stürzte sie auf Isabél zu, die sich nur durch Flucht aus dem Raum in Sicherheit bringen konnte.

Draußen presste Isabél die Hände auf ihr wild schlagendes Herz und kämpfte gegen Übelkeit und Schwindel an. Ihre eigene Tochter ging auf sie mit einer Waffe los! Nein, das war wirklich nicht mehr normal! Am ganzen Körper zitternd und bebend, schleppte sich die Königin zu ihren Gemächern und rief nach ihrem Leibarzt. Hinter ihm kam Beatríz hereingestürmt.

Die Königin wurde von der Erregung überwältigt. Ihr Herz raste, und ihr Gesicht war puterrot angelaufen. Der Arzt tastete nach ihrem Puls. »Majestät müssen sich sofort zu Bett begeben«, japste er und packte seine Utensilien für einen Aderlass aus. Eine derartig hochgradige Erregung konnte zum Schlag führen!

Während der Arzt nun seinem blutigen Handwerk nachging, saß

Beatríz an der anderen Seite des Bettes und streichelte beruhigend Isabéls Arm.

Noch immer bebte die Königin am ganzen Körper. Unvermittelt brach sie in Tränen aus.

»Sie hat mich so würdelos behandelt wie irgendeine Bauersfrau«, schluchzte Isabél. »Es ist einfach unerträglich, wie respektlos sie sich verhält.«

Beatríz konnte nichts darauf antworten. Der ganze Hof sprach über nichts anderes mehr. Es war offensichtlich, Juana war wahnsinnig!

Fernandos Plan ging auf. Nachdem Philipp mit König Louis einen Waffenstillstand ausgehandelt hatte und dieser auch eingetreten war, setzte Fernando zum entscheidenden Schlag an. Mit Gonzalves de Córdoba besaß er einen ausgezeichneten und gewieften Feldherrn, der die völlig überrumpelten französischen Truppen unter General Nemours siegreich schlug. Im Handstreich eroberte er Neapel und gliederte es dem Königreich Sizilien an.

Der entsetzte König Louis glaubte sich von Philipp getäuscht und nahm ihn kurzerhand gefangen. Jetzt endlich gingen auch Philipp die Augen auf, und er begriff, dass er von Fernando nur benutzt worden war. Erschüttert fiel er vor Louis auf die Knie.

»Majestät, Ihr seht mich als unwissentliches Instrument eines gemeinen Verrats. König Fernando hat ein falsches Spiel gespielt. Wir wurden beide getäuscht und betrogen. Ich fühle mich zutiefst in meiner Ehre gekränkt. Unsere teure Freundschaft wurde durch Fernandos Verrat besudelt. Gott sei mein Zeuge, dass ich guten Glaubens handelte. Ich werfe mich in Demut zu Euren Füßen. Nehmt mich als Geisel, damit ich mich von der Schuld reinwaschen kann.«

Hin und her gerissen zwischen Zorn, Rührung und Betroffenheit blickte Louis XII. auf Philipp herab. Auch er selbst fühlte sich in seiner Ehre gekränkt. Sie waren beide auf den intriganten, schlangengleichen König Fernando hereingefallen! Louis fuhr sich über die Stirn und schnaufte.

»Erhebt Euch, Prinz Philipp. Ich nehme Euer Angebot an. Wir haben jetzt den gleichen Feind.« *Und Ihr seid mit Juana als Gattin doppelt gestraft,* setzte er in Gedanken hinzu.

Kurz darauf erkrankte Philipp schwer. Die Ärzte waren ratlos. Am französischen Hof munkelte man von einer Vergiftung. Fernandos langer Arm reichte offensichtlich bis nach Paris.

Während Philipp dem Tod näher stand als dem Leben, kämpfte Isabél mehr denn je mit ihrer angeschlagenen Gesundheit. Juanas offensichtliche Geisteskrankheit belastete sie so ungemein, dass sie kaum noch in der Lage war, den Staatsgeschäften nachzugehen. Fernando betrieb seine eigene Politik in Süditalien und brach durch seinen Verrat mit Frankreich. Für Isabél, die traditionsgemäß zu Frankreich ein gutes Verhältnis pflegte, bedeutete dies eine weitere Niederlage.

Die Ärzte hatten ihr strenge Bettruhe verordnet, die sie hin und wieder unterbrach, um sich unter Schmerzen und mit einem ständigen Druck im Kopf zu Besprechungen und Verhandlungen zu schleppen oder die wichtigsten Papiere zu bearbeiten.

Da war immer noch Cristóbal Colón, der in Ungnade gefallen war. Langsam begriff Isabél, wie sich ein König fühlen musste, dem die Herrschaft entglitt. So etwas hatte sich in Indien zugetragen, während sich der kühne Seefahrer auf der Suche nach Gold befand. In Isabél wuchs das Verständnis für den von seinen Zielen und Ideen besessenen Mann. Sie hegte ohnehin Sympathien für ihn. Vielleicht eignete er sich nicht als Vizekönig. War er deshalb ein schlechter Seefahrer?

Isabél unterschrieb Colóns Rehabilitation und erteilte ihm zudem die Erlaubnis für eine vierte Expedition.

Und noch eine schwerwiegende Entscheidung traf Isabél. Die ständigen Auseinandersetzungen mit Juana zehrten derart an ihren Kräften, dass sie diesem Zustand ein Ende setzen musste. Sie ließ Juana in die Festung La Mota bringen. Hier, hinter dicken, mit vielen Türmen gespickten Mauern, war Juana mit sich und ihren quälenden Ausbrüchen allein.

Juana war jedoch nicht so verwirrt, um nicht zu begreifen, dass sie von der eigenen Familie als Gefangene gehalten wurde. Jeglicher Freiheit beraubt, pendelte sie zwischen schaurigen Zornesausbrüchen und tiefster Niedergeschlagenheit.

Selbst Bischof Fonseca, Admiral Enriquez und ihr Beichtvater mussten sich vor Juanas Tobsuchtsanfällen in Sicherheit bringen, als sie die Infantin besuchen wollten.

»Ich will zu Philipp!«, schrie sie in ohnmächtigem Zorn. Doch die Wachen hatten strengste Anweisungen, Juana nicht aus der Festung zu lassen.

Philipp, der vom Volk mit dem Zusatz »der Schöne«, bedacht wurde, erholte sich nur sehr langsam. Von seiner Schönheit war nicht viel geblieben. Ausgezehrt, bleich und schwach, bot er einen erschreckenden Anblick. Es war ein Wunder, dass er überhaupt wieder genaß. König Louis sah ein, dass Philipp kein Täter, sondern ein bedauernswertes Opfer war. Edelmütig schloss er den Erzherzog in die Arme.

»Ihr seid mein Freund, und ich bin der Eure«, sagte er. »Kehrt zurück nach Flandern. Ihr seid frei!«

Als Philipp halbwegs wieder zu Kräften gekommen war, reiste er weiter zu seiner Schwester Margarethe, um sich bei ihr von der vorausgegangenen Krankheit zu erholen. Mehr noch benötigte er Margarethes Lebensfrohsinn, um sich von dem Schock des Verrats durch Fernando zu erholen. Die lebenslustige Margarethe schaffte es, Philipp aufzuheitern, was er ihr zutiefst dankte.

»Reise zu Vater«, schlug Margarethe vor. »Er befindet sich in Innsbruck. Ich glaube, er freut sich, dich wiederzusehen. Derzeit drücken ihn auch schwere Sorgen.«

Philipp befolgte Margarethes Rat. In Innsbruck erwartete ihn Kaiser Maximilian in einer schier ausweglosen Situation. Seine Finanzen hatten sich zu einem unentwirrbaren Problemknäuel zusammengeballt. Eine Lösung war nicht in Sicht.

Vater und Sohn klagten sich gegenseitig ihr Leid. »Lass uns auf die Gamsjagd gehen«, schlug Maximilian vor. »Vielleicht kommen wir da auf andere Gedanken.«

Während die beiden Männer Tirols Bergwelt durchstreiften, verzehrte sich Juana hinter den dicken Festungsmauern von La Mota nach ihrem Gemahl.

Es war bereits November, als Philipp nach Brüssel zurückkehrte. Viel Zeit war vergangen, Zeit, die manche Wunde heilte und manches in einem anderen Licht erscheinen ließ. Die Wunde, die Fernando ihm geschlagen hatte, war nur schlecht verheilt. Die Narbe schmerzte noch. Doch er hatte endgültig mit ihm gebrochen. In Zukunft würden sie getrennte Wege gehen. Habsburg würde mit Spanien nichts mehr gemein haben.

Aber es gab doch eine Gemeinsamkeit, und das war Juana. Auch wenn Philipp sich durch Juanas Eifersuchtsanfälle gereizt fühlte, jetzt, wo sie ihm so fern war, sehnte er sich nach ihr. Sie musste schon längst entbunden haben. Jetzt würde sie wieder reisen können.

Er schrieb seiner Gemahlin einen zärtlichen Brief und bat sie, nach Brüssel zu kommen. Er sehne sich nach ihr, und er liebe sie. Was auch geschehen war, nichts sollte sich ihnen in den Weg stellen.

Obwohl Isabél Juanas Korrespondenz streng überwachen ließ, schaffte es Philipps Bote, den Brief in die Festung La Mota zu schmuggeln.

Philipps Zeilen lösten in Juana einen hysterischen Anfall aus. Sie überrumpelte die Wachen und versuchte, aus der Festung zu flüchten. Wie ein Affe klammerte sie sich an die Ketten der Zugbrücke, als die Wachen versuchten, sie zurückzuzerren. In seiner Not rief der Prior Erzbischof Cisneros zu Hilfe, um die Prinzessin zur Einsicht zu bringen.

Doch auch Cisneros gegenüber ließ es Juana an Respekt und Anstand fehlen.

»Ihr haltet mich nicht auf!«, schrie sie ihn an. »Ihr seid doch nur der willfährige Lakai meiner Mutter, der mich hier wieder gefangen nehmen will. Aber auch wenn Ihr mir Schiffe oder Pferde vorenthaltet, Ihr werdet mich nicht aufhalten!« Sie wollte an Cisneros vorbeistürmen, doch er hielt die Tobende an den Handgelenken fest. »Seid vernünftig, Hoheit! Ihr gehört nach Kastilien und nicht nach Flandern. Gott hat Euch ausersehen, Eure Pflicht hier zu tun.«

»Gott? Ich will nicht die kastilische Krone, ich gehöre zu Philipp. Aber das versteht Ihr alter Pfaffe nicht, der Ihr in Keuschheit und Zölibat vertrocknet seid. Laßt mich los!« Sie trat und spuckte nach dem Erzbischof, der ebenfalls völlig außer sich geriet. Die Wachen überwältigten Juana, während Cisneros sein Ornat richtete.

»Das verzeihe ich dieser Wahnsinnigen nie«, zischte er zornig.

Noch ganz unter dem Eindruck dieses ungeheuerlichen Vorfalls, erstattete er der Königin Bericht. Isabél war verzweifelt. Wenn sie nicht ans Bett gefesselt wäre, würde sie noch einmal versuchen, Juana zur Vernunft zu bringen. Philipp hatte das Unheil mit seinem Brief nur noch vergrößert.

»Glaub mir, Beatríz, ich habe es nicht gern getan«, gestand Isabél ihrer Freundin, die viel Zeit am Bett der Königin verbrachte. »Alle behaupten, ich sei eine Rabenmutter, die ihre verrückte Tochter lebendig begraben hat.«

»Du musst dich nicht rechtfertigen, Isabél«, erwiderte Beatríz sanft. »Du hast immer getan, was die Pflicht von dir verlangte. Gott wird beurteilen, ob es recht war.«

»Ja, Gott«, seufzte Isabél. »Manchmal glaube ich, er straft mich durch meine Kinder. Isabél und Juan gestorben, Juana dem Wahnsinn verfallen. Die arme Catalina wird in diesem schrecklichen kalten England auf unwürdige Weise gefangen gehalten. Wozu habe ich all diesen Kindern das Leben geschenkt?«

Beatríz senkte den Blick. Es war offensichtlich, dass die Infanten von einem unheilvollen Fluch verfolgt wurden. Selbst Maria konnte man nicht als Glückskind bezeichnen. Sie musste den Weg fortsetzen, den ihre unglückliche Schwester Isabél nicht mehr gehen konnte. Letztlich war sie nur ein politisch notwendig gewordener Ersatz.

Es lag Beatríz jedoch fern, ihrer Freundin aus Kindertagen jetzt noch mehr Kummer zu bereiten. Isabél war ohnehin schon gesundheitlich schwer angeschlagen. Die Tragödien ihrer Kinder hatten ihr Kraft und Lebensmut geraubt. Sie blickte in das müde, von Falten und roten Flecken gezeichnete Gesicht Isabéls. Was war sie einstmals für eine schöne Frau! Noch immer konnte man diese Schönheit ahnen, wenn auch silberne Fäden das Blond ihres Haares verwuschen, der Glanz ihrer blauen Augen matt geworden war.

»Niemals habe ich es als Last empfunden, eine Frau zu sein«, flüsterte Isabél, als hätte sie Beatríz' Gedankengänge erraten. »Was ist aus mir geworden? Krank, schwach, ein Berg fahlen Fleisches, das schmerzt und mir nicht mehr gehorchen will. Ich verstecke diesen Leib unter weiten Kleidern und Umhängen, habe alle Spiegel aus meinen Gemächern verbannt. Mein Stern sinkt. Nein, er ist am Verlöschen.«

Beatríz nahm Isabéls Hand in ihre. »Was du für dieses Land geleistet hast, haben vor dir keine zehn Monarchen zusammen getan. Dein Stern wird immer über Kastilien leuchten.«

Isabél lächelte gequält. »Es ist lieb von dir, dass du mich tröstest.«

»Es ist kein Trost, es ist die Wahrheit. Gott hat dir eine riesengroße Aufgabe gestellt, und du hast sie bewältigt. Schau an, was du aus diesem trockenen Stück Erde mit seinen stolzen, bodenständigen Menschen geschaffen hast. Kastilien, das bist du.«

»Und was kommt nach mir? Eine vor Eifersucht wahnsinnige Königin Juana, der die Leidenschaft für ihren flatterhaften Gemahl näher liegt als das Wohl ihres Reiches.«

»Sieh es der Infantin nach. Sie ist auf diese Aufgabe nicht vorbereitet. Sie wird mit der Zeit zu der hohen Auffassung für ihr Amt gelangen.«

Isabél packte Beatríz' Hände und schaute sie eindringlich an. »Diese Zeit hat sie nicht mehr, weil meine Zeit zu Ende geht.«

»Die Krankheit hat dich geschwächt. Wir Kastilier neigen wohl etwas zur Schwermut. Gott liebt dich, deshalb ...«

»... deshalb wird er mich bald zu sich rufen. Aber ich bin noch nicht fertig mit meinen Aufgaben. Ich habe auf Erden noch etwas zu erledigen.« Sie richtete sich ächzend auf.

Beatríz versuchte erschrocken, sie daran zu hindern. »Um Gottes willen, Isabél, du musst dich schonen.«

Die Königin lachte trocken auf. »Mich schonen? Wofür? Ich habe mich in meinem Leben niemals geschont, wenn es galt, für ein wichtiges Ziel zu kämpfen. Ich muss zu Juana, ich muss ihr ins Gewissen reden. Sie muss zur Vernunft kommen und sich endlich der Staatsräson unterordnen. Ich lege Kastilien in ihre Hände.«

Isabéls Eigensinn war ungebrochen. Und so schleppte sie sich, entgegen aller Mahnungen ihrer Leibärzte, Ratgeber und Vertrauten, nach La Mota.

Es kostete Isabél eine fast übermenschliche Kraft. Ihre Schwäche zeigte sich gravierender, als sie es sich eingestehen wollte. Allein der eherne Gedanke an Kastiliens Zukunft ließ sie die Anstrengungen überstehen.

Vor der Festung ereilte sie eine erneute Niederlage. Juana weigerte sich vehement, die Königin ins Schloss zu lassen. Sie weigerte sich, ihre Mutter zu empfangen, geschweige denn, mit ihr zu sprechen.

Wie eine Bettlerin klopfte Isabél ans Tor, flehte Juana an, ihr zuzuhören, mit ihr zu sprechen. Und wie eine Tyrannin ließ Juana die Königin vor dem Tor stehen.

Die Königin ließ sich demütigen, in der irrigen Hoffnung, Juana bekehren zu können. Schließlich ließ sich die Infantin herab und empfing die Königin in einem Wächterhäuschen der Festung!

Wenn Isabél geglaubt hatte, dass sie ihre Tochter umstimmen könnte, so musste sie sich eines Besseren belehren lassen. Juana tobte und schrie, beschimpfte die Königin respektlos und verhielt sich so würdelos, dass Isabél vor der Schande die Hände vors Gesicht schlug. Die Thronerbin und zukünftige regierende Fürstin der Königreiche Kastilien und Aragón war verrückt! Niemals durfte sie das Schicksal der Königreiche dieser Wahnsinnigen in die Hände legen!

Am Boden zerstört, kehrte sie Juana den Rücken – und gestattete ihr die Ausreise nach Brüssel.

Für Isabél brach die Welt endgültig zusammen. Zum ersten Mal in ihrem rast- und ruhelosen Leben ergriff sie eine lähmende Lethargie. Die über viele Jahre sorgsam aufgebaute Weiterführung der Monarchie war zusammengestürzt. Es gab keinen Kontakt mehr nach Flandern. Isabél hegte auch keinerlei Interesse daran. Philipp hatte sich seit dem Kampf um Neapel mit Fernando zerstritten. Die Allianz zwischen Frankreich und Habsburg wurde noch enger, was Fernando mit sichtlichem Unbehagen quittierte. Isabéls Enkel Karl blieb mit Claude von Frankreich verlobt. Alles, was nördlich der Pyrenäen lag, schien sich gegen Spanien verschworen zu haben.

Mochte diese düstere Situation in Isabéls Gemüt sich auch auf ihre Krankheit niederschlagen, nach der letzten heftigen Auseinandersetzung mit Juana fühlte sie ihre Kräfte zusehends schwinden. Auch Beatríz' wohlmeinender Trost änderte daran nichts. Isabél war realistisch genug zu erkennen, dass ihr Lebenslicht flackerte.

»Ich bin müde«, sagte sie zu Beatríz. »Lebensmüde.«

Beatríz erschrak. »Es kann nicht Gottes Wille sein, wo du doch ein Segen für dieses Land bist.«

»Lass es gut sein, Beatríz.« Isabél bemühte sich um ein mattes Lächeln. Ihr Blick wanderte zu dem mit Bleiglas geschmückten schmalen Fenster. Oktoberstürme fegten übers Land. Es war kalt. Die kleinen eisernen Kohlebecken konnten den Raum nicht erwärmen. Die Königin zog die Decke fester um ihre Schultern. Das große, aus dunklem Holz gefertigte und mit zahlreichen Schnitzereien verzierte Bett knarrte, als sie sich bewegte.

»Mir scheint, da knarren meine alten Knochen«, versuchte Isabél zu scherzen. Dann fasste sie plötzlich Beatríz' Hand. »Ich bitte dich inständig, nach meinem Ableben darauf zu achten, dass mein letzter Wille erfüllt wird.«

Beatríz' Augen weiteten sich. »D... dein letzter... Wille?«

Isabél nickte scheinbar gleichmütig, und ihr Blick wanderte wieder zum Fenster. Sie schaute in eine imaginäre Ferne, und plötzlich überflog ein Leuchten ihr Gesicht.

»Ich will in Granada begraben sein. Granada, das ist die Stadt, die meine Seele erhellt. Ich habe sie für Kastilien erobert, für die Christenheit. Granada ist meine Liebe, für Granada hätte ich mein Leben gegeben. Nun soll Granada meinen Leib bekommen.«

Sie lauschte dem Klang ihrer Stimme nach. Plötzlich fuhr sie auf. »Achte darauf, dass sie meinen Leichnam nicht einbalsamieren.«

»Ja, aber warum denn nicht? Es ist so Sitte.«

Isabél ließ sich langsam wieder in die Kissen sinken.

»Der Gedanke, dass jemand meinen nackten Körper ... also, diesen verbrauchten, elenden kranken Leib betrachtet, berührt ...« Sie schluckte, dann trat ein Funken von Stolz in ihre Augen, und sie reckte den Kopf. »Schließlich bin ich die Königin!«

»Ja, das bist du.« In Beatríz' Augen glitzerte es verdächtig, und sie wandte verschämt das Gesicht ab.

»Fernando ... wenn er gestorben ist, soll er auch in Granada begraben werden.« Sie sprach wie zu sich selbst. »Die Gemeinschaft, die uns hier verband, wird auch unter der Erde weiterbestehen.«

Sie lächelte tatsächlich, während sie in eine nur für sie sichtbare Zukunft blickte. »So es Gottes Wille ist, werden sich unsere Seelen im Himmel wiederfinden.«

Beatríz wischte sich verstohlen eine Träne aus dem Augenwinkel.

Dann winkte Isabél kraftlos mit der Hand. »Es wird Zeit. Ich will mein Testament diktieren.«

Beatríz erhob sich und wollte Isabéls Schlafgemach verlassen.

»Bitte bleib«, forderte Isabél sie auf. »Du sollst alles wissen.«

Mehrere Rechtsgelehrte und Schreiber sowie Isabéls Sekretäre betraten den Raum. Sie verharrten in tiefer Verbeugung. Die Königin betrachtete sie mit abwesendem Gesicht.

»Meine Untertanen«, murmelte sie. »Meine Untertanen sollen Juana als ihre Königin, die Herrin beider Königreiche und der Länder jenseits des Meeres anerkennen und dem Erzherzog Philipp denselben Gehorsam zollen.«

»Ja, aber ...« Beatríz wollte sich erheben, doch Isabél hob gebieterisch die Hand. Plötzlich war sie wieder Königin, hoheitsvoll, bestimmend.

»Juana ist die Thronerbin«, sagte sie mit erstaunlich fester Stimme. »Und der Erzherzog ist ihr Gatte. Sie werden gemeinsam regieren, wie Fernando und Isabél.« Sie schloss für einen Moment die Augen und atmete tief durch, um Kraft zu schöpfen. »*Tanto monta, monta tanto*«, murmelte sie. Dann öffnete sie plötzlich wieder die Augen. Ihr Blick war klar und fest. »Bis zum Eintreffen des Herrscherpaares soll die Regentschaft in den Händen meines Gatten liegen.« Sie hielt kurz inne, und ihr Blick suchte Beatríz. »Und wenn die Infantin regierungsunfähig sein sollte ...«, ihr Atem ging schneller, »... soll Fernando die Regierungsgewalt ausüben, bis Erzherzog Karl volljährig ist.«

Beatríz sog scharf die Luft durch die Nase, dann nickte sie fast unmerklich. Isabél richtete ihren Blick wieder in eine unbestimmte Ferne.

»Gibraltar darf unter keinen Umständen aufgegeben werden. Es ist die Speerspitze Spaniens gegen den Islam. Gibraltar muss den Christen gehören ...« Es kostete sie sichtbar Kraft. In der Stille vernahm man nur das eifrige Kratzen der Federn auf Pergament. »Das Christentum«, fuhr sie leiser fort, »das Christentum muss über das Meer getragen werden. Die Bekehrung der Indios zum christlichen Glauben muss fortgesetzt werden. Sie sind unsere Untertanen. Deshalb muss ihnen eine menschliche Behandlung zuteil werden.«

Die Königin schwieg und schloss die Augen. Die Zeit verging, ohne dass sie sich rührte. Beunruhigt hob Beatríz, die mit gesenktem Kopf und gefalteten Händen auf ihrem Stuhl hockte, den Blick. Auch die Schreiber hielten inne. Die Königin atmete ruhig und flach, ihr Gesicht war blass und maskenhaft.

»Mein Schmuck«, murmelte sie, »geht an meinen Gatten Fernando über. Er soll eine königliche Rente erhalten.« Wieder schwieg sie.

»Ihr solltet Euch ausruhen, Majestät«, wandte der Leibarzt ein. Isabél schien ihn nicht zu hören.

»Ich wünsche ein Begräbnis von äußerster Einfachheit. Ein einfacher Holzsarg soll meinen Leichnam aufnehmen. Nicht einbalsamiert ...« Sie hob plötzlich den Kopf. »Habt Ihr verstanden? Mein Leichnam soll nicht einbalsamiert werden!« Kraftlos fiel ihr Kopf wieder ins Kissen. »Mit der eingesparten Summe für das Begräbnis soll die Mitgift für mittellose junge Mädchen beglichen und gefangene Christen freigekauft werden.«

Isabéls Augen blieben geschlossen. Sie atmete langsam und ruhig, als wäre sie eingeschlafen. Unentschlossen standen die Rechtsgelehrten und Schreiber um das Bett. Plötzlich hob Isabél die Hand.

»Die Feder«, forderte sie. Sie setzte sich mit Unterstützung des Leibarztes auf und unterschrieb ihr Testament: *Yo, la reina.*

Pedros Richter

Das Tor des wundervollen Anwesens öffnete sich, und ein prächtig gezäumter Schimmel galoppierte heraus. Der Mann im Sattel war nicht mehr jung, doch er ritt geschmeidig und hoheitsvoll. Sein weißes Haar reichte ihm bis auf die Schulter, und strenge Falten durchfurchten sein Gesicht. Seine Kleidung war die eines Edelmannes, und man hätte glauben können, einen Granden vor sich zu haben. Doch Pedro Manzón war kein Grande Kastiliens, nicht einmal ein Hidalgo. Er war ein Bruder der Santa Hermandad. Allerdings ein sehr verdienstvoller. Königin Isabél persönlich hatte ihm das Gut in der Nähe von Aranjuez zum Geschenk gemacht. Zu dem großen Herrenhaus gehörte noch Land, dessen Erträge Pedro gut ernährten. Pedro konnte also sehr zufrieden sein. Noch gehörte er der Santa Hermandad an, deshalb konnte er leider nur zeitweise das angenehme Leben auf dem Gut genießen. Doch sein Abschied stand bevor, und er freute sich auf das ruhige Leben.

Sein Leben selbst war keineswegs ruhig gewesen. Erfüllt vom Wunsch, seinem Land zu dienen und dabei selbst gehörige Verdienste zu erlangen, hatte er sich bereits in seiner Jugend in den Dienst der heiligen Sache gestellt. Nein, nicht als Geistlicher und Seelsorger, sondern als Kämpfer gegen das Bandenunwesen auf den Straßen und als Ketzerjäger. Pedro war schrecklich stolz darauf, dass er einen nicht unwesentlichen Anteil daran hatte, Kastilien von räuberischem Unrat gereinigt zu haben. Unter der grünen Fahne[33] wurde die Hermandad zum Inbegriff der inneren Sicherheit des Reichs. Direkt der Königin unterstellt, konnte sie sich auf diese reformierte Form der Bürgerwehr verlassen.

Auch wenn Pedro nichtadliger Abstammung war, so konnte er auf eine außergewöhnliche Karriere zurückblicken. Als Kommandeur einer großen Einheit war er ein angesehener und gefürchteter Mann. Sein Befehl galt, sein Erscheinen flößte Angst und Ehrfurcht ein.

Pedro wusste nicht mehr, wie viele Glieder er gefassten Verbrechern abgeschlagen, wie viele Banditen er eigenhändig hingerichtet hatte. Zeitweise drängte er darauf, die Urteile eigenhändig zu vollstrecken. Bei den meisten gefassten Banditen gab es gar keine Urteile. Sie wurden sofort gerichtet.

Es war eine unerhörte Neuerung, sowohl in Spanien wie in ganz Europa, dass eine Königin, eine Frau die Oberbefehlshaberin einer Armee, ihrer eigenen Armee war. Doch Pedro war schrecklich stolz darauf und verehrte Isabél wie eine Heilige. Für ihn war sie die Kriegsgöttin mit dem Schwert in der Hand, die im Reich für Recht und Ordnung sorgte.

Dass die Santa Hermandad genauso viel Angst und Schrecken verbreitete, lag auch daran, dass man ihren Mitgliedern unerbittliche Strenge und zu Exzessen neigende Gewalt nachsagte. Da wurde nicht nur gestraft und gerichtet, da wurde auch gefoltert und, gestützt auf ihre von oberster Stelle zugestandene Machtfülle, so manche menschliche Aggressivität und Perversität ausgelebt.

---

33 Die Fahne der Santa Hermandad war grün.

Pedro plagte deshalb kein schlechtes Gewissen. Im Gegenteil! Er hielt Härte für eine Tugend, mit der er sich gern schmückte. Er liebte es, von den Menschen gefürchtet zu werden. Das befriedigte ihn, das gab ihm ein Gefühl der Unantastbarkeit. Er wähnte sich in einem Zustand der Allmacht. Für ihn gab es nur noch zwei Wesen über sich – Gott und die Königin.

Die Straße vollführte einen weiten Bogen. Bis zu seiner Einheit war es weit. Ein leichter Nieselregen hatte eingesetzt. Pedro zog die Schultern hoch. Es gab eine Abkürzung, einen schmalen Weg durch die Schlucht. Er endete am Fluss, und wenn er ihm folgte, konnte er wenige *leguas* weiter die Brücke nutzen. Er würde mindestens eine Stunde einsparen.

Kurz entschlossen dirigierte er sein Pferd zur Seite. Er verließ die Straße und ritt über den schmalen, steinigen Pfad hinunter zum Fluss. Die Felsen zu beiden Seiten rückten näher. Zwei Reiter hätten nicht aneinander vorbeigepasst.

Pedros Pferd scheute plötzlich und setzte sich beinahe auf die Hinterhand. Sein Reiter hatte Mühe, sich im Sattel zu halten. Unvermittelt war vor ihnen ein Mann aufgetaucht. Pedro Manzón schüttelte den Kopf und wischte sich die Regentropfen aus dem Gesicht. Im nächsten Augenblick ging sein Griff zu seinem Schwert. Waren immer noch nicht alle Wegelagerer und Räuber der Gerechtigkeit zugeführt?

Pedro hatte keine Angst. Er hatte eine ausgezeichnete Ausbildung an den Waffen genossen. Er würde es mit drei, vier, fünf Banditen gleichzeitig aufnehmen.

Der Mann, der vor ihm stand und wie aus dem Nichts gekommen zu sein schien, war nicht mehr sehr jung. Pedro schätzte ihn auf etwa dreißig Jahre. Er war nicht sehr groß, mit dunklen Augen und olivfarbenem Teint. Pedro erwartete seine Kumpane, doch seltsamerweise erschien niemand weiter.

»Pedro Manzón?«

Der Fremde versperrte Pedro den Weg. Pedro konnte nicht an ihm vorbeireiten, so schmal war der Weg. Er hätte nicht einmal sein Pferd wenden können, um zu flüchten, aber das hatte er auch nicht im

Sinn. Nach dem ersten Augenblick der Verblüffung runzelte er die Stirn.

»Wer bist du? Was willst du?«

Der Fremde fixierte Pedro mit seinen dunklen Augen. Sein Blick wirkte unfreundlich, gleichzeitig schien er unsicher zu sein. Nervös wischte er seine Handflächen an seinem schlichten Kittel ab. »Könnt Ihr Euch das nicht denken?«

Pedros Verärgerung steigerte sich. »Ihr seid unverschämt! Macht den Weg frei, oder ich lasse Euch an den nächsten Baum knüpfen!«

»So, wie Ihr meinen Vater umgebracht habt?«

»Wenn er ein Verbrecher war, dann hat er es verdient. Das Gesetz gilt für alle. Und nun gebt den Weg frei.«

»Er war kein Verbrecher. Er war vollkommen unschuldig. Ankläger redeten falsches Zeugnis.« Er wischte sich mit einer heftigen Bewegung die Nase. »Außerdem war er gar nicht mein Vater.«

»Wollt Ihr mich verhöhnen?« Pedros Zornesfalte auf der Stirn vertiefte sich. »Oder Ihr seid irre. Dann wäre es auch für Euch von Vorteil zu verschwinden, ehe ich es mir anders überlege und Euch festsetzen lasse.«

Der Mann wich jedoch keinen Schritt zur Seite. »Mein Name ist Luis Pedro Fuentes.«

»Na und?« Pedro schüttelte verständnislos den Kopf.

»Meine Mutter hieß Dolores Fuentes.«

»Kerl, ich verstehe immer noch nicht, was Ihr von mir wollt.«

»Nun, dann muss ich deutlicher werden. Mein Vater, das seid Ihr, Pedro Manzón, Sohn des Ölhändlers Diego Manzón.«

»Ihr müsst wahnsinnig sein, Kerl! Ich habe keinen Sohn. Ich habe überhaupt keine Kinder!«

Darauf hatte Pedro strengstens geachtet. Obwohl viele Mätressen seine Nächte geteilt hatten, so war er doch darauf bedacht gewesen, keine Kinder in die Welt zu setzen. Schließlich hatte er der Bruderschaft Keuschheit und seinen totalen Einsatz für die gerechte Sache der Königin gelobt.

»Auf dem Totenbett hat mir meine Mutter eine sehr seltsame

Geschichte erzählt«, fuhr der Mann ungerührt fort. »Mein Vater wurde hingerichtet, weil er meine Mutter vergewaltigt haben soll. Zeit meines Lebens habe ich mich dafür geschämt, der Sohn eines Vergewaltigers zu sein. Erst als der Tod am Bett meiner Mutter stand, hat sie mir die Wahrheit gestanden. Wisst Ihr, Todgeweihte haben keinen Grund zu lügen. Sie schauen Gott ins Angesicht. Das macht ihren Geist frei.« Er holte tief Luft. »Damals, vor fast dreißig Jahren, als Ihr Euch von Eurem Freund Luis, dem Sohn des Schusters verabschiedet habt, da habt Ihr meiner Mutter ein besonderes Abschiedsgeschenk hinterlassen. Mich! Meine Mutter war Dolores, die Nachbarin von Schuster Galindez.«

Ein heftiger Schreck der Erkenntnis durchfuhr Pedro. Die Zeit, als er der Sohn des Ölhändlers war und mit solchen Leuten wie der Schusterfamilie Galindez befreundet, hatte er aus seinem Gedächtnis getilgt. Die Bilder der Gerichtsverhandlung erschienen plötzlich wieder vor seinen Augen, als er die Königin zum ersten Mal sah und Luis Galindez, der ihm einmal das Leben rettete, verurteilt wurde. Luis war unschuldig, das wusste Pedro nur zu genau. Aber er hatte es aus seinem Leben verdrängt, Luis' Tod, das Kind, das Dolores unter dem Herzen trug, ja selbst seine eigene Herkunft. Schon der Verdacht, ein Converso zu sein, hätte seine Karriere in der Santa Hermandad abrupt beendet. Jetzt holte ihn seine Vergangenheit ein!

Für einen Moment dachte er an sein schönes Gut, auf dem er seinen Lebensabend verbringen wollte, in Ruhe, in Wohlstand, in Ehre. Das alles wäre mit einem Schlag zerstört.

»Was willst du von mir?«, fragte er barsch und packte die Zügel seines Pferdes fester.

»Genugtuung. Ich weiß jetzt, wer mein Vater ist: ein angesehener, reicher Mann. Es ist nur recht und billig, dass Ihr nun für Euren Sohn sorgt, Pedro Manzón, dass Ihr ihn anerkennt und ihn an Eurem Wohlleben teilhaben lasst.«

Die Unverfrorenheit des Mannes reizte Pedro. Mitnichten war er bereit, nur einen Bruchteil seines Lebens aufzugeben. Er würde sich auch nicht von einem angeblichen Sohn erpressen lassen.

»Was geht mich Eure Familiengeschichte an? Geht aus dem Weg! Ich will mit Euch nichts zu tun haben.«

Er gab seinem Pferd die Sporen und ritt auf den Mann zu. Dieser wich nicht eine Handbreit, sondern blickte ihn nur an. Diesen Blick voller Ungläubigkeit, Entsetzen und Unverständnis kannte Pedro. Genauso hatte Luis geblickt, als er zum Galgen geführt wurde. Der Blick eines Unschuldigen, der zum Tode verurteilt worden war.

»Habt Ihr denn gar kein Gewissen, Pedro Manzón?«, rief Luis. »Wie viel Schuld wollt Ihr noch auf Euch laden?«

Pedro fühlte sich in die Enge getrieben. Das lag nicht nur an den steilen Felswänden zu beiden Seiten des Pfades. Seine Hand umschloss den Griff seines Schwertes fester. Er war allein mit diesem Mann. Niemand konnte bezeugen, dass er ...

Mit einem Ruck zog Pedro das Schwert aus der Scheide. »Aus dem Weg!«, brüllte er und schlug nach Luis. Gleichzeitig trieb er sein Pferd vorwärts. Luis wich immer noch nicht zur Seite, hob jedoch abwehrend die Hände.

Pedros Pferd scheute und stieg. Pedro war nicht in der Lage, sich am Sattelknauf festzuhalten. Schwer wie ein Sack fiel er auf den steinigen Boden. Sein Samthut flog davon, und er schlug mit dem Hinterkopf auf einen Stein. Ein gurgelnder Laut drang aus seiner Kehle, und sein erstaunter Blick richtete sich zum wolkenverhangenen Himmel. Unter seinem Hinterkopf bildete sich eine rote Lache.

»Vater?« Zögernd trat Luis näher und beugte sich über die Gestalt am Boden. Doch Pedro Manzón konnte ihn nicht mehr hören. Sein Blick war noch immer zum Himmel gerichtet. Die rote Lache unter seinem Kopf versickerte langsam zwischen den Steinen.

Eine unvergleichliche Frau

Die Königin war tot! Wie ein Lauffeuer verbreitete sich die Nachricht durch die Königreiche. Auch wenn ihre fortschreitende

Erkrankung sichtbar war und man mit ihrem Ableben rechnen musste, lähmte doch diese Nachricht das Land.

Die letzten Wochen ihres Lebens hatte Isabél in Buße und Gebet verbracht. Ihre königlichen Roben tauschte sie gegen ein schlichtes Franziskanerinnengewand. Sie ähnelte mehr einer Nonne als der Königin. Niemand bekam sie mehr zu Gesicht, sie nahm keine öffentlichen Verpflichtungen mehr wahr. Sie wollte vor Gott treten, wie er sie wohl am liebsten sah, schlicht und arm, demütig und gelassen. Nur wenige Kerzen erhellten ihre Kammer. Durch die undichten Fenster der Casa Real von Medina del Campo drang der kalte Novemberwind wie die Vorahnung des Todes. Immer wieder ließ sie nach ihren Beichtvätern rufen, die sich im Nachbargemach bereithielten.

Innerlich verspürte Isabél eine große Ruhe. Sie hatte sich von der Welt verabschiedet, sich mit ihr ausgesöhnt. Sie hatte getan, was in ihren Kräften stand, auch wenn es oft über ihre Kräfte hinausgegangen war. Kastilien, das war Inhalt und Ziel ihres Lebens. Nun hatte sich ihr Leben vollendet. Mehr wollte ihr Gott nicht zugestehen.

Wieder und wieder zogen Bilder vor Isabéls innerem Auge vorbei, von Kämpfen und Entscheidungen, von schönen und schrecklichen Ereignissen. Engelsgleich erschien ihr das Gesicht von Juan.

»Mi angel«, flüsterte sie, und ein Lächeln entkrampfte ihr Antlitz. »Bald werden wir wieder vereint sein.«

Der Regen peitschte gegen das Fenster, und für einen Augenblick hob sie den Kopf, um zu lauschen. »Meine Kinder«, murmelte sie. »Meine toten und meine lebenden Kinder.« Die Erinnerungen wurden unklarer, wirrer. Halt suchend taumelte Isabél zum Bett.

Jemand hatte den Raum betreten, leise, um sie nicht zu stören. Doch Isabél spürte es. »Beatríz?«

»Ja, ich bin es«, erwiderte Beatríz mit tränenerstickter Stimme. Bis zum letzten Atemzug würde sie der Königin beistehen, auch wenn es ihr das Herz zerriss.

Isabél atmete mühsam. Beatríz half ihr, sich ins Bett zu legen. »Ist der Priester schon da?«, wollte die Königin wissen.

»Er wartet draußen.«

»Ich ... ich erwarte ihn ...« Sie fasste plötzlich nach der Hand ihrer Freundin. »Nein, warte!«

Beatríz beugte sich zu Isabél herab. »Ich bin hier. Ich verlasse dich nicht.«

»Es ist ... es sind ... meine Füße. Bedecke meine Füße.« Das Sprechen fiel ihr sichtlich schwer.

Beatríz' Blick fiel auf Isabéls Füße. Wie eine Nonne trug auch sie keine Strümpfe und Schuhe. Zwei helle Flecken Haut, die unter dem Gewand hervorschauten. »Bedecke ... meine ... Füße. Sie ... sollen nicht ... den Blicken anderer ... ausgesetzt sein.«

Beatríz nahm ein Tuch und legte es über Isabéls Füße. Kaum wahrnehmbar nickte Isabél. »Jetzt ... kann der Priester kommen.«

Während der Priester die Gebete zur Letzten Ölung sprach, befanden sich nur wenige Menschen im Raum. Fernando, der sich nicht seiner Tränen schämte, Beatríz, die die Königin ihr ganzes Leben lang begleitet hatte, Erzbischof Cisneros, ihr geistlicher Beistand und engster Vertrauter, ihr Beichtvater.

Im ganzen Land beteten die Menschen und baten um einen leichten Heimgang ihrer geliebten Königin. Doch so mancher, der ihre unerbittliche Strenge zu spüren bekommen hatte, fühlte vielleicht so etwas wie Genugtuung. Vor Gott waren alle Menschen gleich, Bettler wie Könige. Gott würde darüber richten, wie sie ihre Aufgabe auf Erden erfüllt hatte.

Noch einmal öffnete Isabél die Augen. Ihr Blick richtete sich in eine unbestimmte Ferne, als würde sie bereits das Himmelreich sehen. Vor den Mauern des Palastes tobten die Elemente. Zürnte der Himmel oder weinte er? Eine kleine große Frau verließ die Welt. Was würde nach ihr kommen?

Fernando hielt den Kopf gesenkt, die Hände zum Gebet gefaltet. Er wusste, wenn Isabél starb, dann starb auch er als König. Juana würde Königin werden. Dies ersparte ihm einen schmachvollen Kampf gegen die Granden.

Fünfunddreißig Jahre hatte er mit und neben dieser Frau gelebt, gekämpft, regiert. Noch nie gab es so eine Königin in Kastilien, und wahrscheinlich würde es nie wieder so eine Königin geben. Was für eine unvergleichliche Frau …

Der Tod kam im Schlaf und nahm Isabéls Seele mit sich. In ganz Kastilien und Aragón läuteten die Totenglocken. Der Himmel öffnete seine Schleusen. Die Menschen glaubten, der Weltuntergang sei nahe.

Isabél hatte ihr Leben der Krone geweiht. Jeder Atemzug, jeder Herzschlag war erfüllt von den Pflichten Gott und ihrem Land gegenüber. Nun hatte dieses Herz aufgehört zu schlagen. Ein rastloses, ruheloses, bedingungsloses Leben hatte sich erfüllt. Königin Isabél war in Frieden gegangen.

Der Regen peitschte durch die Lüfte und riss die letzten Blätter von den Bäumen. Ein heftiger Wind trieb die unheilvoll tief hängenden dunklen Wolkenberge vor sich her. Ein langer Zug von Menschen, die mit gesenkten Häuptern den Unbilden des Wetters zu trotzen versuchten, schleppte sich auf der Straße von Medina del Campo gen Granada hin. Ihre zerzauste, aufgeweichte Kleidung trog darüber hinweg, dass es die geistlichen und weltlichen Größen des Landes Kastilien waren, die ranghöchsten Offiziere und Mitglieder des Hofstaates, die diesen beschwerlichen Weg auf sich genommen hatten. In ihrer Mitte führten sie den Sarg mit dem Leichnam der verstorbenen Königin Isabél. Hin und wieder fuhr ein gleißender Blitz aus dem Dunkelgrau des Himmels und zerriss mit lautem Donner das Heulen des Windes. Dann zuckten die Menschen zusammen, der Zug kam ins Stocken. Die begleitenden Soldaten und Landsknechte versuchten, die verängstigten Pferde und Maultiere zu beruhigen. Eine Königin wurde zu Grabe getragen.

Auf ihrem letzten Weg voller Wassermassen und Schlamm rangen die Elemente von Himmel und Hölle um die Seele der Toten.

Seit dem Tag ihres Todes, dem 26. November 1504, rasten die Herbststürme bei Tag und Nacht übers Land. Drei Wochen benötigte der Zug, bis er Granada erreichte.

Vor der Kathedrale zu Granada nahm ein Mann seinen regendurchtränkten Hut ab und blickte dem Sarg nach, der jetzt in die Königliche Kapelle hineingetragen wurde. Er war einer der Chronisten des Hofes, Petrus Martyr. Einen großen Teil seines Lebens hatte er die Königin begleitet. Seine Lippen bewegten sich wie im Gebet. Kaum hörbar flüsterte er seine Worte. »Ich kenne keinen ihres Geschlechts, weder in vergangenen Zeiten noch heute, der im gleichen Atemzug mit dieser unvergleichlichen Frau genannt werden könnte.«

Epilog

Es war unzweifelhaft Isabéls Verdienst, dass aus dem von Unruhen, Revolten und Uneinigkeit gezeichneten Land, das sie von ihrem Halbbruder Enrique IV. übernommen hatte, ein befriedetes, stabiles, geeintes und in vielen Bereichen reformiertes Kastilien geworden war.

Wie kein anderer Herrscher zuvor prägte sie die staatliche Ordnung, die wirtschaftliche Entwicklung und den nationalen Stil im künstlerischen Schaffen. Nicht die Übernahme der italienischen Renaissance, sondern die Prägung eines kastilischen Stils in Architektur, Malerei, Dichtung und Sprache gehören zu Isabéls Erbe.

Fernando wusste, was er mit Isabél verloren hatte: die starke Frau an seiner Seite, die Leitfigur für ein ganzes Land, aber auch den Königsthron. Ohne Isabél war Fernando kein König von Kastilien mehr.

Unmittelbar nach Bekanntwerden von Isabéls Ableben rief sich der Habsburger Prinz Philipp, der Schöne, zum König von Kastilien und León aus. Fernando, der zugunsten seiner Tochter Juana auf den kastilischen Thron verzichtet hatte, mahnte Philipp an, Isabéls letzten Willen zu respektieren und Juana die Königswürde zuzugestehen. Bis zum Eintreffen der Thronfolgerin wollte Fernando als Gouverneur die Regierungsgeschäfte weiterführen. Philipp lehnte dieses Ansinnen ab – der Streit um das Erbe Kastiliens begann.

War die staatliche Ordnung Kastiliens zu Isabéls Lebzeiten von ihrer Persönlichkeit und dem unbedingten Respekt vor der Krone getragen, so hinterließ ihr Tod nun ein Vakuum. Sofort bildeten sich wieder zwei Lager in Kastilien; zum einen die Parteigänger Fernandos, zum anderen Sympathisanten von Philipp, zumeist von Isabél entmachtete Granden, ehemalige Anhänger der Beltraneja sowie Kaufleute, die sich neue Handelsverbindungen mit Flandern versprachen.

Um seine Machtansprüche zu festigen, suchte Fernando nach einer legalen Möglichkeit, einen neuen Thronfolger zu zeugen. Sogar die sich nach wie vor als Königin von Kastilien betrachtende Juana la Beltraneja, zog er als neue Gemahlin in Erwägung. Allerdings lehnte die noch immer in einem Kloster lebende Juana das Ansinnen empört ab. So heiratete Fernando ein Jahr nach Isabéls Tod die Nichte des französischen Königs, Germaine de Foix.

Im April 1506 trafen Philipp der Schöne, und Juana in La Coruña ein und wurden von ihren Sympathisanten jubelnd begrüßt. Fernando blieb nichts anderes übrig, als seinen Schwiegersohn als Regenten Kastiliens anzuerkennen, und zog es vor, mit seiner jungen Gattin nach Neapel auszuweichen.

Die neuen flandrischen Herrscher plünderten Kastilien respektlos und habgierig aus. Nun begriffen auch Philipps Parteigänger, dass ihre Rechnung nicht aufging. Lokale Revolten brachen aus, in Aragón ging die Inquisition gegen freidenkende Gelehrte, Akademiker und Beamte vor, denen die schützende Hand des Königs entzogen war.

Im September des Jahres 1506 starb Philipp auf ungeklärte Weise. Gerüchte von einem Giftmord kursierten. Auch der Schuldige stand schnell fest, denn nur einem nutzte Philipps Tod: Fernando!

Juana verlor über den Tod ihres in eifersüchtiger Liebe verbundenen Gemahls vollends die Kontrolle über sich. Sie befand Burgos als Grabstätte für Philipp nicht angemessen. In einem makabren Zug überführte sie den Sarg mit Philipps sterblichen Überresten über Wochen nach Granada. Ihre groteske Trauer gipfelte darin, dass sie immer wieder den Sarg öffnen ließ, wobei keine andere Frau sich dem Leichnam nähern durfte. Auf diesem Trauerzug brachte Juana eine Tochter zur Welt.

Da Juana zwar Königin war, sich jedoch außerstande sah, die

Regierungsgewalt zu übernehmen, setzte Fernando den Isabél ergebenen Kardinal Cisneros ein, der die Regierungsgeschäfte übernahm. Die zutiefst unglückliche und angeblich dem Wahnsinn verfallene Juana wurde von Fernando in Tordesillas gefangen gesetzt.

In Kastilien herrschte nun eine absonderliche Situation. Juana war trotz allem die rechtmäßige Königin, und alle Gesetze wurden in ihrem Namen erlassen. Sie unterzeichnete auch alle vorgelegten Gesetzesvorlagen und Urkunden.

Die mit dem reichen Erbe Kastiliens versehene Witwe Juana weckte Heiratsgelüste bei dem greisen englischen König Henry VII. Allein Juana wies das Ansinnen ab. Sie wusch und kämmte sich nicht mehr, wechselte ihre Kleidung nicht, aß und schlief auf dem Boden, scheute das Licht und verhüllte ihr Gesicht mit einem schwarzen Schleier. Vor allem aber besuchte sie keine Messen mehr. Sie warte auf den Tag, an dem ihr geliebter Philipp wieder erwache...

Fernando überließ das Tagesgeschäft Kardinal Cisneros und widmete sich der großen Politik. Er verfolgte seine Pläne im Mittelmeer und rüstete mehrere Kriegsexpeditionen gegen die Mauren Nordafrikas aus. Außerdem annektierte er das Königreich Navarra und fügte es seinem Herrschaftsgebiet von Kastilien, León und Aragón ein.

Da Fernando auch mit seiner neuen Gemahlin keinen Thronfolger hatte, fiel die Nachfolge der Regentschaft auf Fernandos Enkel Karl, der in Flandern unter dem Einfluss seines Vormunds Wilhelm de Chiévres lebte. Als Fernando 1516 starb, legte sich die Last eines gewaltigen Erbes auf die Schultern des gerade sechzehnjährigen Karl.

Nach dem Tod ihres in morbider Liebe verehrten Vaters verweigerte Juana nun jegliche Mitwirkung an Regierungsgeschäften, auch alle Unterschriften. Kardinal Cisneros versuchte mit Konsequenz, aufkommende Unruhen in Spanien zu unterdrücken. Erst als Cisneros starb, willigte Juana ein, ihren Sohn Karl als Thronfolger anzuerkennen. Karl I. regierte nun über die vereinigten Königreiche Kastilien, León, Aragón und Navarra.

Als 1519 auch Erzherzog Maximilian starb, bewarb sich Karl um das Erbe seines Großvaters gegen die Mitbewerber Henry VIII. von England und Franz I. von Frankreich und ging daraus als Sieger hervor. Als Kaiser Karl V. kehrte er nach Spanien zurück. Zusammen mit den überseeischen spanischen Kolonien herrschte er über ein riesiges Gebiet. Ohne sich dessen bewusst zu sein, führte er den christlichen Einheitsgedanken seiner berühmten Großmutter Isabél fort. Man sagt, dass in seinem Reich nie die Sonne unterging …

Über Juanas traurigem Schicksal traten die Schicksale von Isabéls beiden anderen Töchtern beinahe in den Hintergrund.

Catalina, die junge Witwe, ehelichte den jungen Prinzen Henry nach dessen Thronbesteigung im Jahre 1509. Sowohl als Prinzessin von Wales wie auch als Königin war sie beim Volk sehr beliebt. Sie war ihren englischen Untertanen sehr verbunden und führte mit König Henry VIII. achtzehn Jahre lang eine glückliche Ehe. Allerdings war auch ihren Nachkommen kein Glück beschert. Ihr erstes Kind 1510 war eine Totgeburt. Der 1511 geborene Prinz Henry lebte nur zweiundfünfzig Tage. Danach hatte Catalina eine Fehlgeburt, gefolgt von einem weiteren früh verstorbenen Sohn. Im Februar 1516 gebar sie Tochter Mary, die spätere Königin Mary I. von England. Eine weitere Fehlgeburt folgte.

König Henry VIII. glaubte, dass seine Ehe verflucht sei, weil sich kein Thronfolger einstellen wollte, und damit an eine Bestätigung des Buches Leviticus, nach dem die Ehe eines Mannes mit der Frau seines Bruders kinderlos bliebe, und bezichtigte Catalina der Lüge, als sie den Nichtvollzug der Ehe mit Prinz Arthur beschwor.

Henry ließ seine Ehe mit Catalina vom Parlament annullieren und heiratete Anne Boleyn, eine Zofe Catalinas. Die Kirche jedoch betrachtete diese Scheidung als ungültig, was in England letztlich zum Bruch mit der römisch-katholischen Kirche führte.

Henry VIII. ließ Catalina vom englischen Hof entfernen, trennte sie von ihrer Tochter Mary; doch Catalina hoffte bis zuletzt, dass Henry zu ihr zurückfinden würde. Im Jahre 1536 starb sie an einer

Krebserkrankung. Sie wurde als Witwe des Fürsten von Wales, nicht als Königin beigesetzt. Weder König Henry noch ihre Tochter Mary gaben ihr das letzte Geleit.

Maria lebte an der Seite ihres Gemahls, des portugiesischen Königs Manuel des Glücklichen, bis zu ihrem Tod im Jahre 1517 als Königin von Portugal. Sie schenkte zehn Kindern das Leben, darunter waren die späteren portugiesischen Könige João III. und Enrique I., sowie Isabél, die spätere Gemahlin des römisch-deutschen Kaisers Karl V., ihres Cousins.

Eine herzerwärmende Liebesgeschichte voller überraschender Wendungen

Marcia Willett
DER GOLDENE GLANZ
DES HIMMELS
Roman
432 Seiten
ISBN 978-3-404-15669-6

Es ist Liebe auf den ersten Blick, als George und Thea sich begegnen. Trotz des großen Altersunterschieds scheint eine Heirat nur folgerichtig, und die Geburten ihrer beiden Kinder sind die Krönung ihres Glücks. Doch dann trifft Thea eines Tages Georges Jugendfreundin Felicity in der Stadt und erzählt George davon. Sie kann ja auch nicht ahnen, dass Felicity einst selbst ein Auge auf den smarten George geworfen und ihm mit ihren Avancen gehörig zugesetzt hatte ...

Bastei Lübbe Taschenbuch

»Dieses Buch ist wie DAS SCHWEIGEN DER LÄMMER im Zeitalter der Französischen Revolution!«

Booklist

Elizabeth Redfern
DER FLUCH DER STERNE
Historischer Roman
567 Seiten
ISBN 978-3-404-15666-5

London 1795: England ist in einen blutigen Krieg mit dem revolutionären Frankreich verwickelt. In beiden Ländern suchen Wissenschaftler nach einem verschwundenen Stern namens »Selene«, der die Harmonie des Planetensystems beweisen soll. Die Existenz eines Spions in den Kreisen der Forscher ruft Jonathan Absey auf den Plan, der im Auftrag des britischen Innenministeriums Jagd auf den Agenten macht. Doch Jonathan verfolgt noch ein anderes Ziel: Er ist auf der Suche nach einem Serienmörder, der auch Jonathans Tocher auf dem Gewissen hat und seinen Opfern vor deren Tod das Wort »Selene« zuflüstert .

Bastei Lübbe Taschenbuch

Der neue Abenteuerroman vom Autor des Bestsellers »Die Bruderschaft der Runen«

Michael Peinkofer
DER SCHATTEN VON THOT
Historischer Roman
464 Seiten
ISBN 978-3-404-15648-1

London im ausgehenden 19. Jahrhundert: In einem der verruchtesten Viertel der Stadt wird eine Prostituierte grausam ermordet. Die königliche Familie bittet die junge Adlige Sarah Kincaid um Hilfe: Ein Neffe der Königin steht unter Verdacht, hinter der Mordserie zu stecken. Wie sich herausstellt, ist er der Vorsitzende einer Gesellschaft von Gentlemen, die sich der Erforschung altägyptischer Geheimnisse gewidmet haben. Der königliche Neffe scheint unter Wahnvorstellungen zu leiden und spricht fortwährend von einer ägyptischen Gottheit, die zurückkehren wird – aber ist er ein kaltblütiger Mörder? Die Spur führt Sarah bis nach Ägypten, wo ein uraltes Geheimnis auf sie wartet ...

Bastei Lübbe Taschenbuch